LES REVENANTS

Originaire du Michigan, Laura Kasischke est souvent comparée à Joyce Carol Oates pour sa critique vénéneuse de la société américaine. Elle est l'auteur de *Rêves de garçons*, *La Couronne verte*, *À moi pour toujours*, qui a reçu le prix Lucioles des Lecteurs en 2008, ou encore de *À Suspicious River* et *La Vie devant ses yeux*, tous deux adaptés au cinéma. Elle est également l'auteur de poèmes, publiés dans de nombreuses revues, pour lesquels elle a notamment remporté le Hopwood Awards et la bourse MacDowell. Laura Kasischke enseigne l'art du roman à Ann Arbor et vit toujours dans le Michigan.

Paru dans Le Livre de Poche :

À MOI POUR TOUJOURS

LA COURONNE VERTE

EN UN MONDE PARFAIT

RÊVES DE GARÇONS

UN OISEAU BLANC DANS LE BLIZZARD

LAURA KASISCHKE

Les Revenants

TRADUIT DE L'ANGLAIS (ÉTATS-UNIS) PAR ÉRIC CHÉDAILLE

CHRISTIAN BOURGOIS ÉDITEUR

Titre original :

THE RAISING

Ouvrage traduit avec le concours du Centre national du livre.

à Bill

On s'empêtre dans un pénible dilemme
quand on se demande si ces apparitions
sont naturelles ou bien miraculeuses.

Montague SUMMERS,
The Vampire : His Kith and Kin.

Et tous les vents vont soupirant
Après les choses douces qui se meurent.

Christina ROSSETTI.

Prologue

La scène de l'accident était exempte de sang et empreinte d'une grande beauté.

Telle fut la première pensée qui vint à l'esprit de Shelly au moment où elle arrêtait sa voiture.

Une grande beauté.

La pleine lune était accrochée dans la ramure humide et nue d'un frêne. L'astre déversait ses rayons sur la fille, dont les cheveux blonds étaient déployés en éventail autour du visage. Elle gisait sur le côté, jambes jointes, genoux fléchis. On eût dit qu'elle avait sauté, peut-être de cet arbre en surplomb ou bien du haut du ciel, pour se poser au sol avec une grâce inconcevable. Sa robe noire était étendue autour d'elle comme une ombre. Le garçon, qui s'était extrait du véhicule accidenté, franchit un fossé rempli d'eau noire pour venir s'agenouiller à côté d'elle.

Il parut sur le point de la prendre dans ses bras. Il lui parlait, il dégageait les cheveux qui lui barraient les yeux, il la regardait. Selon Shelly, il n'avait pas l'air affolé. Il semblait stupéfait et transi d'amour. Il venait de glisser les bras sous elle, pour la serrer contre lui ou la soulever de terre, quand Shelly se ressaisit et actionna le klaxon de sa voiture. Deux fois. Trois fois. Trop loin pour l'entendre même si elle avait crié à tue-tête, il entendit cependant les coups d'avertisseur et releva la tête. Surpris. Désorienté. Comme s'il pensait que la fille et lui étaient les deux dernières créatures sur terre.

Bien qu'il fût fort éloigné de Shelly et séparé d'elle par le fossé rempli d'eau de pluie, il paraissait attendre qu'elle lui dît ce qu'il convenait de faire. Elle y parvint, comme s'ils pouvaient communiquer sans avoir à s'embarrasser de parler. Comme s'ils pouvaient lire dans leurs pensées respectives.

Par la suite, elle repenserait à cela. Peut-être ne lui avait-elle pas parlé du tout, ou bien peut-être avait-elle crié sans s'en rendre compte. Quoi qu'il en soit, elle parvint à lui signifier, posément, afin d'être bien comprise : « Si elle est blessée, il ne faut pas la déplacer. Il faut attendre les secours. »

C'était vraiment la seule chose qu'elle connaissait concernant accidents et blessures. Elle avait été mariée quelques années à un médecin. Ce détail lui était resté en mémoire.

« Les secours ? » interrogea le garçon. Dans le souvenir de Shelly, sa voix était parfaitement audible, toute proche. Comment cela aurait-il été possible ?

« Je les ai appelés, dit-elle. Avec mon portable. Dès que j'ai vu ce qui est arrivé. »

Il eut un hochement de tête. Il avait compris.

« Qu'est-ce qui s'est passé ? demanda-t-il. C'était qui ? Cette voiture tous phares éteints ? Pourquoi est-ce que...

— Je ne sais pas. Vous avez quitté la route.

— À l'aide », dit-il alors – un simple énoncé plutôt qu'une plainte, mais avec un accent à déchirer le cœur. Un nuage passa devant la lune, de sorte que Shelly ne le vit plus.

« Hé ! » appela-t-elle, mais il ne répondit pas.

Elle coupa le moteur, ouvrit sa portière. Ayant ôté ses chaussures, elle s'engagea prudemment dans le fossé.

« J'arrive, lança-t-elle. Restez là où vous êtes. Ne bougez pas votre amie. *Ne bougez pas.* »

L'eau était d'une tiédeur surprenante. La boue était molle sous la plante de ses pieds. Elle ne glissa qu'une fois, en remontant sur la rive opposée – et ce dut être à cet instant qu'elle se coupa la main sur un morceau de chrome arraché à la voiture accidentée, retournée à trois mètres de là sur la chaussée, ou bien sur un éclat de verre du pare-brise. Elle ne sentit rien sur le moment. Ce n'est qu'après que les deux ambulances furent reparties, sirènes et gyrophares en marche, qu'elle remarqua du sang sur ses mains et comprit que c'était le sien.

Quand elle parvint en haut du talus et arriva auprès des deux jeunes gens, le nuage était passé et elle put les distinguer de nouveau clairement.

Le garçon était maintenant allongé à côté de la fille, un bras passé autour de sa taille, la tête reposant sur la blonde chevelure, et le clair de lune les avait changés en statues.

Deux marbres. Parfaits. Lavés par la pluie. Classiques.

Shelly resta quelques instants à les contempler, ainsi étendus à ses pieds. Elle avait le sentiment d'être tombée par hasard sur quelque chose de très secret, sur elle ne savait quel symbole onirique, un arcane du subconscient subitement révélé, quelque rite sacré nullement destiné à des yeux humains, mais auquel elle eût été mystérieusement conviée.

PREMIÈRE PARTIE

1

Cette ville était, de rue en rue, jalonnée de tristes réminiscences :

Le banc sur lequel ils s'étaient assis un moment, regardant passer les autres étudiants avec leurs sacs à dos, leurs jupes courtes, leurs iPod.

L'arbre sous lequel ils s'étaient abrités d'une averse, riant, échangeant des baisers, mastiquant des chewing-gums à la cannelle.

La librairie où il lui avait acheté un recueil de poèmes de Pablo Neruda, et cet horrible bar de supporters où ils s'étaient donné la main pour la première fois. Les colonnes pseudo-helléniques qui faisaient semblant de soutenir le toit de la bibliothèque Llewellyn Roper. Cette boutique de cadeaux empestant le patchouli, l'encens et le tissu d'importation où il lui avait acheté la bague montée d'un morceau d'ambre – bulle de résine sertie d'argent, avec, emprisonnée à l'intérieur pour l'éternité, une drosophile préhistorique.

Et le *Starbucks*, où ils allaient pour travailler et n'ouvraient jamais le moindre livre.

Le père de Craig s'éclaircit la gorge et ralentit à un croisement où une fille en tongs, jean moulant et débardeur, s'engagea sur la chaussée sans même regarder. Elle secouait la tête au rythme de ce qu'elle entendait à travers les fils blancs de ses écouteurs. Le conducteur tourna la tête vers son passager et, d'une voix chargée d'émotion, demanda : « Ça va, fiston ? »

Craig, regardant droit devant, hocha de la tête avec gravité avant de regarder son père. Tous deux tentèrent un sourire, mais, pour qui les aurait vus à travers le pare-brise de la Subaru, ils auraient pu passer pour deux hommes échangeant une grimace, comme brusquement et simultanément pris d'une douleur à la poitrine ou d'un embarras intestinal. Des rais de lumière pénétraient dans l'habitacle à la manière distante et oblique d'une belle journée du début de l'automne ; à l'évidence, ce côté de la planète était en train de s'éloigner du soleil. La fille traversa, le père de Craig appuya sur la pédale d'accélérateur et la voiture repartit à travers le vert ombrage des chênes et des ormes énormes, touffus, qui bordaient la rue d'un bout à l'autre du campus et qui, depuis près de cent cinquante septembres, accueillaient le retour des étudiants.

« La prochaine à gauche, papa », dit Craig en tendant le doigt.

Son père s'engagea dans Second Street. À l'angle, près du trottoir, une fille actionnait du pied la béquille d'une bicyclette démodée. Ses cheveux étaient tellement blonds qu'ils luisaient. Le genre de chevelure dont Craig s'était toujours méfié – trop séraphique, presque mystique – chez les filles.

Jusqu'à sa rencontre avec Nicole.

Mais cette fille au vélo n'était en rien comparable à Nicole.

Celle-ci avait regardé trop de clips vidéo. Elle cherchait à ressembler à ces blondes anémiques, coiffées en pétard, qui se trémoussent derrière le groupe. Elle avait le cheveu gras. Un piercing dans le nez. Son jean s'accrochait à la saillie de ses os iliaques. Le genre avec qui Craig aurait pu sortir quelques semaines, là-bas à la maison. Au temps d'avant Nicole.

« À droite, papa. »

Son père ralentit dans l'étroite King Street. La chaussée était pavée, allez savoir pourquoi. Comme un étrange vestige du dix-neuvième siècle. Se pouvait-il que l'on eût tout simplement oublié d'y couler du bitume ? Les pneus de la Subaru grondaient sur les pavés, le rétroviseur vibrait.

Ici, dans King Street, les arbres formaient une voûte. Au long des trottoirs, les maisons fléchissaient sous le poids des ans. Ces demeures délabrées avaient dû être, à une époque, habitées par l'élite de la ville. Craig se représentait des dames en robe à tournure, des messieurs en smoking, aux moustaches en guidon de vélo, se prélassant sur les vérandas, se faisant servir de la limonade.

C'étaient aujourd'hui des taudis pour étudiants. Les basses sortant d'une stéréo servaient de pouls à l'ensemble du pâté de maisons. Des canapés étaient installés sur les vérandas et sur les pelouses. Des vélos paraissaient avoir été jetés en tas, appuyés les uns contre les autres, cadenassés aux grilles de fer forgé. Il y avait au bas des allées des barres où attacher son cheval, dont la plupart étaient peintes aux couleurs de l'université : cramoisi et or. Deux types torse nu placés à plusieurs jardins de distance se lançaient un ballon ovale avec comme une force mauvaise, cependant qu'une fille en bikini allongée sur une chaise longue regardait le projectile aller et venir devant elle. Sur fond de ciel, on eût dit le noyau d'on ne savait quel fruit bleu vif.

« C'est là. »

Le père de Craig ralentit devant la maison, qui, jadis peinte en blanc, avait peu à peu viré au gris du fait des intempéries. On comptait dix boîtes aux lettres autour de la porte d'entrée – soit le nombre de logements. Et là-bas, c'était Perry.

Ce bon vieux Perry.

Depuis combien de temps était-il posté là à attendre ?

Scout aigle. Enfant de chœur. *Meilleur ami.*

À cette révélation, Craig se sentit comme un goût de larmes au fond de la gorge. Il déglutit. Il leva la main, l'agita.

Perry portait une casquette des Pirates de Pittsburgh, un tee-shirt propre, un short kaki. Des tennis neuves ? Était-ce sa mère qui, d'un coup de fer, avait fait ces plis impeccables à son short ?

Perry salua – tristement, ironiquement, le geste parfait – et le petit rire du père de Craig évoqua vaguement un sanglot. « Voilà ton copain », dit-il avant de se garer contre le trottoir. Perry, l'air pénétré, s'approcha à grandes enjambées, ouvrit la portière d'un coup et lança : « Hé, trouduc, bienvenue à toi ! – puis, se penchant pour regarder par-delà Craig : Comment ça va, monsieur Clements ? »

Perry, si sociable, si présentable, si fiable. Prosaïque, juste ce qu'il faut. Poli, juste ce qu'il faut.

« Ça va super, Perry, répondit le père de Craig d'une voix pleine de gratitude et de soulagement. Ça fait plaisir de te voir. »

L'appartement de Craig et de Perry se trouvait au second. C'est Perry qui l'avait choisi en juillet. « C'est pas le Ritz, dit-il en les précédant dans l'escalier. Mais on a l'eau courante. »

Le père de Craig portait un carton de livres et une masse enchevêtrée de cordons USB. Perry avait le sac marin de Craig sur une épaule et un sac poubelle plein de draps et de taies d'oreiller sur l'autre. Chargé de son ordinateur portable et d'un deuxième sac poubelle – bottes, souliers, doudoune –, Craig gravit un escalier exigu tapissé de crasse beige, prit à gauche, passa devant les portes de deux autres appartements. L'une d'elles était clouée d'un panneau blanc sur lequel était inscrit *Je suis parti à* Good Time Charlie's ! *Retrouve-nous là-bas !* au feutre magique violet, de gros *smileys* figurant les *o*.

« Nous, c'est ici », dit Perry en désignant le numéro 7 d'un mouvement du menton. Il ouvrit la porte du bout de sa basket.

« Super ! » s'exclama de nouveau le père de Craig en entrant à la suite de Perry, d'une voix si forte qu'elle se répercuta sur les murs et le sol nus, donnant plus encore que la première fois une impression de joie contrefaite.

L'appartement était immaculé, bien sûr. Ayant travaillé durant l'été à l'accueil des nouveaux étudiants, Perry y avait emménagé quelques semaines plus tôt, et il s'en était manifestement donné à cœur joie : coups de balai, coups de plumeau, rangement par ordre alphabétique de toute une série de livres sur l'étroite étagère voisine du canapé. Traversant la sombre petite cuisine avec son évier fraîchement récuré, passant devant la chambre de Perry, Craig transporta ses affaires jusqu'à la sienne, puis se planta en son milieu.

Une blancheur étincelante. Les vitres semblaient avoir été lavées tout récemment – Craig était à peu près sûr que le proprio n'y était pour rien – et le lit était impeccablement fait de draps bleus et d'une couverture écossaise.

« C'est ma mère qui s'en est occupée, dit Perry en montrant le lit, et de ça aussi, ajouta-t-il en désignant un bouquet de marguerites dans un vase transparent posé sur une commode en contreplaqué toute marquée de griffures. Je t'aime bien, mec, mais pas au point de t'acheter des fleurs. Pas encore. » Il haussa et abaissa les sourcils comme lui seul savait le faire, et Craig sentit monter dans sa poitrine ce qui aurait pu être un gloussement, mais il le refoula, de crainte qu'il ne se muât en autre chose.

« Ma foi, dit son père en leur appliquant simultanément à l'un et à l'autre une tape dans le dos. Tout ça paraît *super* ! »

L'année précédente, toute la famille avait accompagné Craig jusqu'au campus pour le conduire à Godwin Honors Hall. Son père n'avait cessé de jouer du klaxon pendant toute la traversée de la ville, faisant sursauter les piétons et amenant les autres automobilistes à se retourner avec des mines choquées vers la Subaru. « On ne prend donc pas de cours de conduite dans le Midwest ? » bougonnait-il.

Sa mère se bornait à regarder par la vitre, à contempler le décor. Son silence rendait palpable le mécontentement que lui inspirait l'endroit – une sorte d'épaisse brume verte emplissant la voiture. « C'est *gentillet* », avait-elle dit en tapotant le doigt en direction des ridicules colonnes pseudo-classiques de la bibliothèque, comme s'il ne s'agissait pas de la louange la plus assassine qu'elle pût formuler. À côté de Craig sur la banquette arrière, Scar tripotait sa Game Boy comme un maniaque, en respirant bruyamment par la bouche comme s'il se trouvait seul aux commandes d'un vaisseau spatial sur le point de partir en vrille.

Le père de Craig avait fini par immobiliser la voiture contre le trottoir au pied d'un panneau précisant : STATIONNEMENT INTERDIT D'ICI JUSQU'AU VIRAGE, et demanda : « C'est ça ? », comme s'il pouvait en être autrement malgré l'inscription, GODWIN, gravée dans la pierre au-dessus de l'entrée, malgré la bannière BIENVENUE À GODWIN HONORS HALL tendue entre deux arbres de la cour, malgré l'étudiant planté à l'extérieur avec un écriteau proclamant : GODWIN HONORS HALL.

« On dirait bien », répondit Craig.

Le Godwin Honors Hall était l'édifice le plus ancien du campus, et cela se voyait. Il s'agissait de la seule installation « logement et enseignement » de l'établissement : des étudiants triés sur le volet dormaient, mangeaient et suivaient leurs cours dans un seul et même bâtiment. On comprenait en lisant la brochure que les jeunes gens admis au sein du cursus du Godwin Honors Hall n'auraient jamais à se déplacer plus loin que la bibliothèque, pas plus qu'à suivre un cours ou prendre un repas avec le tout-venant des étudiants pendant les quatre années qu'ils passeraient dans cette université, dont le campus couvrait une centaine d'hectares. Cela avait commencé à titre expérimental en 1965 – le moyen surtout pour quelques activistes hippies d'empêcher la démolition de ce bâtiment délabré, comme Craig l'apprendrait par la suite –, l'idée étant de créer ici même, au centre d'une des plus grosses universités publiques, une petite structure prodiguant un enseignement progressiste de haute qualité (Oberlin ? Antioch[1] ?). Cet enseignement était, disaient d'aucuns, censé attirer des étudiants qui ne voulaient pas se trouver perdus au milieu de la populace.

Ou qui n'avaient pas été acceptés à Oberlin.

Aux yeux de Craig, cela avait un côté claustro, une expérience du genre rat dans le labyrinthe qui aurait dû échouer dès 1966 pour cause de démence du cobaye ; mais son père ne démordait pas de l'idée que le prestige d'avoir suivi ce parcours conférerait à son avenir des propriétés plus ou moins magiques. Et lorsqu'il eut reçu sa lettre d'admission, ce qui commotionna toute la famille, l'affaire fut entendue.

Godwin Honors Hall avait pour fenêtres de tout petits châssis à vitres en losange, dont une ou deux, fêlées, miroitaient au soleil. Les lourdes portes de bois, moulurées et laquées, montraient la doulou-

_____

1. Oberlin College, Antioch College : deux petites universités privées de l'Ohio, réputées pour la qualité de leur enseignement. Oberlin fut le premier établissement à accueillir des étudiantes et des gens de couleur. (*Toutes les notes en bas de page sont du traducteur.*)

reuse fatigue d'un siècle et demi de mauvais traitements infligés par des milliers d'étudiants. Les carreaux rouge sang de l'entrée étaient fendus, ébréchés, fracassés par endroits, remplacés n'importe comment à d'autres. À l'intérieur flottait une odeur de moisissure et de désinfectant. Un type vêtu d'un maillot de football et d'une casquette de base-ball posée à l'envers était adossé à un mur de boîtes aux lettres. Il se pouvait qu'il eût ce matin-là longuement mariné dans une baignoire de bière éventée. Quelqu'un avait écrit à la bombe, avec une faute d'orthographe, le fameux précepte philosophique : CONNAIT-TOI TOI-MÊME. Scar tapota l'épaule de Craig et articula silencieusement la désormais habituelle et horripilante blague : « C'est pas Dartmouth[1]. »

Quatre volées de marches plus haut, parcourant un dédale de vieilles moquettes, de rap assourdissant, de tracts collés sur les parpaings mettant en garde les résidents contre les MST, les conviant à des rassemblements religieux, à des présentations de la bibliothèque, ils aboutirent à la chambre de Craig, la 416, ouvrirent la porte et découvrirent, assis à un des deux bureaux, lisant un traité d'anatomie humaine, celui avec qui il allait la partager.

C'était Perry, à l'époque où il n'était encore qu'un inconnu.

Il n'avait qu'un millimètre de cheveu sur le crâne. Il portait un short kaki et un tee-shirt orange fluo qui paraissait tout neuf, mais qui, comme Craig l'appren-

---

1. L'une des universités les plus anciennes et prestigieuses du pays.

drait plus tard, ne l'était pas (sa mère lui empesait ses tee-shirts, à sa demande), et sur lequel se lisait AIDE BÉNÉVOLE en impressionnantes grandes capitales noires. Quel type d'aide ? Quel genre de bénévolat ? Craig apprendrait aussi par la suite qu'il s'agissait du tee-shirt type porté par la troupe de scouts de Perry quand ils donnaient un coup de main sur les aires de stationnement des foires et autres reconstitutions de la Guerre civile. Il aimait à le porter, en situation ou non ; et, sur le moment, Craig trouva cela déroutant.

« Bonjour ! lança Perry en refermant son livre.

— Salut, lui répondit Craig, puis, avec un haussement d'épaules, comme si cela ne le concernait pas vraiment : Je crois qu'on va loger ensemble. »

Mais Perry se leva d'un bond pour lui tendre la main. Après une ferme poignée de main, il fit le tour de la pièce pour opérer de même avec chacun des membres de la famille, sans oublier Scar. Ce dernier, boucles hirsutes lui retombant devant le visage, se tenait bouche bée face à cette variété inédite d'être humain. Avait-il jamais vu une personne de moins de vingt-cinq ans serrer des mains, sinon à la télévision ou en guise de plaisanterie ?

Était-ce seulement arrivé à Craig ?

« Sois le bienvenu, dit Perry, puis, avec un geste circulaire et sans ironie aucune : Désolé pour le désordre. »

Tout le monde regarda la pièce avec ensemble : quatre murs nus, un lino sans un grain de poussière, deux placards aux portes closes. Le lit de Perry était fait. (Un édredon vert, un oreiller dans une taie de tissu écossais.) Où donc était le désordre ?

« D'où êtes-vous ? interrogea la mère de Craig d'un ton donnant à penser qu'elle s'attendait à ce que Perry reconnût avoir été assemblé dans un laboratoire ou avoir grandi sur la lune.

— De Bad Axe, répondit-il, comme si tout le monde était censé connaître "Bad Axe[1]".

— Pas possible, fit Scar, l'air sincèrement étonné.

— Ben si », dit Perry. Il leva la main et montra son pouce, comme si cela devait livrer une explication. « Et vous autres ?

— Du New Hampshire, répondit la mère de Craig. Via Boston », ajouta-t-elle comme elle le faisait toujours.

À quoi le père de Craig se crispa, comme il le faisait toujours. Mais en regardant Perry, Craig vit bien que rien de tout cela n'avait de sens pour lui.

Aujourd'hui, un an plus tard, Perry avait de toute évidence réservé à Craig la meilleure chambre de l'appartement. La penderie était vaste et la fenêtre donnait sur l'arrière plutôt que sur la rue.

« Il est super, cet appart, tu ne trouves pas ? fit le père de Craig. Bien mieux que la résidence universitaire.

— Ouais, il est super, répondit Craig en faisant un effort pour paraître reconnaissant.

— On a eu pas mal de chance, dit Perry. On s'y est pris rudement tard. En plus, on a une belle vue. »

Il traversa la chambre de Craig pour gagner la fenêtre avec un geste pour désigner le dehors. Craig et son père approchèrent, regardèrent dans la cour :

---

1. Mauvaise hache. Toute petite ville de l'État du Michigan.

deux demoiselles au style coiffure en pétard et anneau dans le nombril y étaient allongées en bikini sur des serviettes. Luisant au soleil. Les os de leurs hanches paraissaient rougeoyer sous la peau en train de bronzer. Craig détourna vite les yeux. Son père et Perry le regardèrent, puis s'éclaircirent simultanément la gorge.

« Bon, est-ce qu'on sort manger quelque chose avant que je reprenne la route du New Hampshire ? s'enquit le père de Craig.

— Vous n'allez pas déjà repartir ? protesta Perry. On peut vous loger pour la nuit, monsieur Clements. Ou pour le temps que vous voudrez.

— Non, non », fit le père de Craig en secouant la tête avec l'expression de qui vient de se voir offrir un remède souverain mais ne veut pas obliger quelqu'un à aller le chercher dans le buffet. Il entendait visiblement ficher le camp. « Il faut vraiment que je… »

Perry hocha la tête, faisant comme si Rod Clements avait achevé sa phrase par quelque chose d'éclairant. Craig savait que son père n'avait aucune raison de vouloir regagner le New Hampshire aussi vite. Son père était romancier. Il écrivait une suite de mille pages à son dernier roman et en était à la moitié. Il ne s'était pas installé devant son ordinateur pour travailler depuis Noël.

Craig savait très précisément pourquoi son père voulait repartir le plus vite possible. S'il était quelque chose que Rod Clements ne supportait pas, c'était de voir souffrir quelqu'un qu'il aimait. Dès son plus jeune âge, Craig avait intuitivement compris qu'il aurait été plus facile à son père de l'abattre, comme on abat un cheval de course blessé, que de le conduire aux urgences, hurlant de douleur avec une jambe cassée.

Cela s'était produit une fois – la jambe cassée – et c'était sa mère qui l'avait emmené, son père tenant à les suivre avec l'autre voiture, pour le cas où la première serait tombée en panne. Bien qu'il souffrît le martyre, Craig avait noté avec quel sourire méprisant elle avait regardé son mari s'éloigner vers sa voiture, de grandes taches de transpiration s'élargissant aux aisselles de sa chemise grise.

Craig savait que son père roulerait probablement pendant deux heures, aussi vite que possible, puis prendrait une chambre dans un *Holiday Inn*.

« Ça fait beaucoup de route, monsieur Clements, dit Perry. Mais c'est comme vous voulez. »

Pour manger un morceau, ils allèrent *Chez Vin*, le restaurant le plus chic de la ville. C'est là que les membres de la famille Clements-Rabbitt avaient dîné l'année précédente, trop habillés et très fatigués au terme d'un long voyage, tous quatre épaule contre épaule face au lutrin de la réception, pendant que le père de Craig faisait savoir à la rouquine à grandes dents qu'ils devaient retrouver un ami.

« Oh ! avait fait cette dernière. Les gars, vous avez rendez-vous avec le doyen Fleming ! »

Roulant des yeux dans le dos de l'hôtesse, la mère de Craig articula silencieusement « les gars » à l'adresse de Scar. Elle s'était plainte de cette tournure depuis la traversée de l'Ohio, où, dans chaque station-service et restaurant du bord de route, on leur avait servi du « les gars ». À un *7-Eleven* de Dundee, dans le Michigan, quand la demoiselle à queue-de-cheval âgée de vingt ans et quelques qui était assise à la caisse gazouilla : « Comment ça va, les gars ? », la mère de Craig finit par craquer et lui demanda abruptement : « Est-ce que j'ai l'air d'un gars ? » Elle désigna d'un geste sa famille, à laquelle elle trouvait manifestement beaucoup plus de prestance qu'on ne lui en reconnaissait, et lança : « Sommes-nous une bande de gars ? C'est quoi, cette histoire de gars ? »

En entendant la caissière partir d'un rire paniqué, Craig avait tourné les talons en emportant ses Tic Tac et franchi à toutes jambes les portes automatiques pour regagner le parking. Pourvu qu'elle croie à une boutade. Pourvu que son père emmène sa mère avant que celle-ci détrompe la malheureuse.

Ce fameux soir à la réception du restaurant *Chez Vin*, Craig avait détourné les yeux de sa mère, de Scar et de la rousse pour fixer le profil du visage paternel tout en se rendant compte pour la première fois que le copain de fac de son père, l'homme avec qui on allait dîner, cet ami d'il y avait longtemps, était doyen du Honors College – cet établissement *incroyablement sélectif* où, « avec ses notes d'élève peu doué et ses piètres résultats aux contrôles », Craig avait eu beaucoup de chance d'être admis.

« Qu'est-ce qu'il y a ? » s'était enquis son père en sentant son regard, pivotant sur place les deux mains en l'air, comme pour prouver qu'il n'avait rien dans les manches.

Cette année-ci, l'hôtesse était une femme plus âgée, qui les accueillit néanmoins d'un « Bonjour, les gars », auquel tous trois répondirent d'un hochement de tête avant de se voir guider jusqu'à une table située dans un angle. Seul Perry s'était soucié de passer une chemise à manches longues et de chausser des souliers de ville. Ils eurent mangé tout le pain de la corbeille avant que le garçon leur ait apporté l'eau minérale. Perry et le père de Craig parlèrent du temps qu'il faisait et des mérites comparés de différents modèles de VTT, cependant que Craig regardait la flamme de la chandelle posée au centre de la table s'élever et se ramasser sur elle-même, tantôt losange parfait, tantôt larme, ou bien encore ongle palpitant puis croissant puis canine puis paupière verticale.

« Perry, déclara Rod Clements devant l'immeuble en serrant les deux mains du garçon entre les siennes, je suis tellement content que Craig…

— Ça va bien se passer pour Craig, monsieur Clements, assura Perry.

— Fiston, commença Rod Clements à l'adresse de Craig, je…

— Fais attention sur la route, papa. »

Ils se tenaient au milieu du trottoir. À quelques mètres de là, sous un réverbère éteint, un couple s'embrassait avec abandon. Un groupe de quatre passants, des types plutôt laids, se divisa pour dépasser le couple, se divisa derechef à hauteur de Perry, de Craig et de son père.

« Je t'aime, dit Rod Clements en attirant son fils à lui pour lui tapoter vigoureusement le dos.

— Moi aussi, je t'aime », dit Craig.

Leur étreinte dura au moins trois secondes, suffisamment longtemps pour que Craig remarque, flottant dans un ciel bleu encre par-delà l'épaule paternelle, suspendue au-dessus du couple d'amoureux et bien au-dessus de l'endroit où le réverbère aurait dû luire, la lune, qui semblait soit de roche compacte soit de tendre chair humaine.

2

Shelly Lockes appela la rédaction du journal après la parution du premier article, plein d'inexactitudes, sur l'accident, et bien que le journaliste qu'on finit par lui passer l'assurât qu'il allait « corriger immédiatement les erreurs », aucun rectificatif ne fut publié.

Après cela, Shelly voulut parler au rédacteur en chef. Une standardiste lui dit : « Je regrette, il ne prend pas les appels en provenance du public. Mais la personne que je vais vous passer fait partie de nos rédacteurs. »

À entendre la personne en question, on aurait dit une petite fille :

« Vous voulez dire que vous avez été la première sur les lieux de l'accident ?

— C'est exact. Pourquoi personne de chez vous ne m'a-t-il interrogée ? Mon nom figure dans tous les rapports. Police et personnel soignant, tout le monde m'a entendue. Je souhaite rectifier le compte rendu que vous avez fait de cet accident. »

La journaliste bafouilla un peu avant de dire : « Ben dites donc. Bon eh bien, entendu, je vais demander à quelqu'un de vous appeler dans l'après-midi. »

Personne n'appela. Et le lendemain, nouvel article à la une racontant que la jeune fille avait été trouvée baignant dans une « mare de sang » sur la banquette arrière de la voiture, où elle avait été projetée par l'impact, n'ayant pas attaché sa ceinture de sécurité. Elle avait déjà succombé à l'hémorragie à l'arrivée de l'ambulance. Son visage était méconnaissable après avoir percuté le pare-brise, puis la lunette arrière. Sa camarade de chambre avait pu l'identifier à la morgue grâce à la robe noire et aux bijoux qu'elle portait ce soir-là. Son petit ami, qui conduisait lors de l'accident, avait été retrouvé des heures plus tard, errant sur une petite route, couvert du sang de la jeune fille.

Les professionnels de santé se demandaient, toujours selon le journal, comment il avait réussi à se traîner aussi loin avec une fracture au bras, une épaule démise, un traumatisme crânien et une rupture de la rate.

Shelly Lockes avait, elle, été sur place.

Elle avait appelé les secours dans les minutes suivant l'accident. Elle avait traversé un fossé plein d'eau et s'était trouvée debout auprès des deux jeunes gens. La fille avait été projetée dans les herbes. Elle n'était plus dans la voiture. Le clair de lune avait permis à Shelly de voir la scène comme en plein jour, et elle était bien certaine que le seul sang versé était le sien.

Cette entaille qu'elle s'était faite à la main.

Une vilaine blessure, il est vrai, qui avait requis points de suture et pansements. Si elle avait pratiqué le handball ou la mandoline, elle aurait sans doute dû y renoncer. La cicatrice continuait de la surprendre chaque fois qu'elle posait les yeux dessus. Comment avait-elle pu ne rien sentir sur le moment ? Ce n'est qu'une fois arrivée aux urgences, alors qu'elle la tenait en l'air enveloppée dans son pull, que sa main avait commencé de lui faire souffrir le martyre.

Mais cela n'avait pas donné lieu à une « mare de sang ».

Il n'y avait pas eu de *mare de sang*.

« Peut-être qu'ils sont tous comme ça, avait émis son amie Rosemary. Peut-être que, dans le canard local, chaque compte rendu de chaque événement est complètement bidonné, mais on n'en sait rien, vu qu'en général on n'y a pas assisté. Une "mare de sang", ça fait vendre plus de papier que pas de sang du tout. »

L'article suivant décrivait la « première personne sur les lieux » comme une femme entre deux âges arrivée sur place plusieurs heures après que l'accident s'était produit. Elle avait composé le 18, puis s'en était allée avant l'arrivée des secours, si bien qu'elle n'avait pu être entendue par la police. Sur quoi Shelly appela le journal *et* la police.

« Pas un mot de ce qui est rapporté n'est exact. Il faut enquêter là-dessus. Pour tout remettre au clair. Nous sommes tous concernés. »

Le fonctionnaire en charge de l'affaire lui assura qu'il avait tout consigné, que son aide en la matière était inappréciable, qu'il allait lui-même entrer en contact avec le journal et procéder aux rectifications nécessaires. Mais il ajouta : « Vous savez, c'est un torchon. Si j'avais touché dix *cents* chaque fois qu'ils ont complètement déformé un fait divers, je serais riche à l'heure qu'il est. »

Le directeur de la rédaction promit à Shelly qu'un rectificatif paraîtrait le lendemain. « Nous avons tant de sources d'information, madame. Je suis certain que vous compreniez qu'avec tant d'apports provenant d'un si grand nombre de gens sur chaque fait divers, il est possible et il arrive que se glissent quelques inexactitudes. »

Elle attendit le rectificatif, passant chaque jour au peigne fin les numéros de la semaine qui suivit, et elle ne le vit jamais.

3

« Elle s'appelle Nicole Werner », dit Perry à son colocataire, qui, bouche bée, ne quittait pas Nicole des yeux. Perry espérait que s'il détournait son attention avec des informations, Craig fermerait la bouche et cesserait de la reluquer. « Sa famille habite Bad Axe depuis des générations. Elle a dans les quatre cents cousins. Notre cours primaire s'appelait l'école Werner.

— Une pouffe de la cambrousse ? interrogea Craig. Une blondasse avec un petit pois dans la tête ?

— Elle a été major des terminales », dit Perry, en apparence plus sur la défensive qu'il ne l'était en réalité. Il ne s'intéressait pas particulièrement à Nicole Werner en tant que telle, mais tout ce que Craig Clements-Rabbitt avait dit depuis qu'il avait étendu son sac de couchage high-tech sur son lit, le jour où ils avaient emménagé dans la résidence, s'était révélé soit agaçant soit exaspérant.

« Ah bon ? Major ? J'aurais cru que c'était toi, le grand Perry. Que diable s'est-il passé ?

— Elle était meilleure élève. » Perry hocha la tête d'un air qui se voulait de sincérité, non d'amertume.

Il y avait eu, assurément, une période d'aigreur. En plus d'être major de la promotion, Nicole Werner avait également décroché la bourse Ramsey Luke – la première fois dans les annales de Bad Axe qu'elle n'était pas accordée au président de la classe de terminale, qui, cette année-là, se trouvait être Perry. Mais celui-ci s'était dit que l'on ne pouvait attribuer au même élève la bourse Ramsey Luke et la bourse E. M. Gelman Band ; or il était nettement en tête des prétendants à cette dernière.

Ils étaient à la cafétéria. Craig avait pris du chili con carne. Son bol était tellement plein d'oignons émincés que, chaque fois qu'il y plongeait sa cuiller, il en tombait sur la table en stratifié. « Et que font ses parents ?

— Ils possèdent un restaurant allemand, le *Boulettes*.

— Ils font des boulettes ? » Craig garda un moment sa cuiller en suspens au-dessus du bol, comme s'il contenait des absurdités. Il écarta de son visage de longues boucles blond sale en lançant la tête vers la gauche – tic branché que Perry avait souvent vu sur la chaîne VH1.

« Non. Le restaurant s'appelle *Boulettes*. »

Craig se laissa aller contre son dossier avec un reniflement de mépris. Perry était maintenant accoutumé à ce genre de réaction. Aux yeux de Craig Clements-Rabbitt, tout ce qui avait trait au Midwest – la cuisine, les arbres, le nom des rues, les filles – n'était qu'une farce.

« Il s'agit du plus fameux restaurant de Bad Axe », ajouta Perry, une fois encore comme si cela lui importait personnellement. Craig était bouche bée, comme si l'information était trop étonnante pour qu'il y crût. Perry détourna le regard.

On aurait pu déduire de l'attitude de ce Craig Clements-Rabbitt qu'il provenait d'une très grande ville. Mais il s'avéra, Perry lui ayant tiré les vers du nez, que la localité du New Hampshire où il avait grandi était un peu plus modeste que Bad Axe.

« Mais ce n'est pas la même chose », avait-il dit, l'air déjà las, comme si la question était trop compliquée à expliquer et qu'il redoutait de s'atteler à la tâche. Cela se passait lors de leur première soirée dans la chambre qu'ils partageaient à Godwin Honors Hall, à l'époque où ils cherchaient encore à se témoigner des égards. Craig avait laissé son sac marin non défait au pied de son lit et déroulé sur le matelas son sac de couchage de haute technologie. Celui-ci était constitué d'une sorte de tissu métallique que Perry, pourtant nanti de bonnes connaissances, acquises chez les scouts, en fait de matériel de camping, ne connaissait pas. D'oreiller, point.

« La ville que j'habite est toute petite, expliqua Craig, mais personne n'en est originaire. Les gens qui y résident travaillent via Internet ou ne se rendent à Boston ou New York que tous les quinze jours. Ou bien ils sont indépendants financièrement ou bien encore ils ont pris leur retraite de bonne heure. À l'exception de deux ou trois dont les parents travaillent à la station de ski. Ceux-là, je suppose, peuvent être regardés comme des gosses vivant dans un petit patelin. Et encore pas vraiment. »

Perry se représenta quelques centaines de familles pareilles à celle de Craig : les mères en jupe droite beige, les pères en jean et veste de velours.

En fait, si Rod Clements était ce jour-là vêtu d'un jean et d'une veste de velours, il avait aux pieds des Converse vert cru et, au poignet, une paire de bracelets en chanvre, un peu comme un collégien. Quant à Scar, le petit frère, il ressemblait déjà à un vieux, un vieux qui aurait porté un catogan. Le visage de ce gosse paraissait taillé dans le marbre, comme s'il n'avait jamais ri ni ne s'était jamais renfrogné de toute sa vie. Et bien que Perry n'eût pas encore demandé à Craig pourquoi son frère se prénommait Scar[1], il était certain qu'il y avait toute une histoire derrière cela. Il était en compagnie des Clements-Rabbitt depuis une heure à peine, qu'ils s'étaient déjà débrouillés pour raconter sur Craig plusieurs anecdotes qui se voulaient amusantes.

(« Ah, Perry, avait dit la mère, j'espère que vous parviendrez à vous faire à la vie avec notre fils. Nous avons compris qu'il était différent quand, à l'âge de trois ans, il nous a demandé le plus sérieusement du monde si, pour son anniversaire, il pouvait avoir un *agent*. »)

Et sur leur famille.

(« Tu te rappelles la fois, avait demandé Rod Clements en promenant un regard sceptique autour de la chambre, où nous avions loué au Costa Rica une villa donnant sur la plage, qui se révéla n'être qu'une remise ? »)

« *Boulettes* », répéta Craig, comme extatique, en regardant Nicole Werner traverser la cafétéria. Elle portait son plateau loin devant elle comme si un objet radioactif y était posé. L'ayant eue pour condisciple

---

1. Cicatrice.

pendant treize ans, Perry la connaissait suffisamment pour savoir que si Nicole se déplaçait ainsi, c'était parce qu'elle se savait observée, et que cela ne la dérangeait pas outre mesure. Sa queue-de-cheval dansait derrière elle comme celle d'un vrai cheval, du blond le plus pâle, comme les cheveux de tous les Werner – excepté Etta Werner, sa grand-mère, délicieuse vieille dame qui vivait au bout de la rue où habitait Perry et qui avait toujours à disposition les plus incroyables petits gâteaux maison qui se pussent imaginer. Elle avait, pour sa part, les cheveux du blanc le plus pur.

« On dirait une crémière. »

Perry ne réagit pas. Il supposa que cela se voulait insultant. Lui-même n'était peut-être pas le plus grand fan de Nicole Werner, mais il ne pouvait s'empêcher de se sentir protecteur. D'abord, il était passablement certain que toutes les insultes que Craig Clements-Rabbitt imaginerait pour Nicole Werner – péquenaude, ringarde, etc. – finiraient par lui être appliquées à lui aussi. Quand Perry l'avait interrogé à propos de son nom de famille, rapport au trait d'union, Craig avait répondu en roulant des yeux étonnés : « Ne me dis pas que tu n'avais jamais vu de noms avec trait d'union ? Est-ce que dans ton patelin les femmes ont le droit de vote ? »

Il est vrai que Perry n'avait jamais connu quelqu'un qui portât ce genre de double patronyme.

« J'ai deux parents, avait dit Craig. Un Clements et un Rabbitt.

— Je croyais que le Clements, c'était ton père.

— Donc il t'est déjà arrivé de croiser ce genre de nom. Suffisamment pour savoir que mes parents sont

39

branchés au point d'avoir choisi de placer le nom de ma mère en second. »

En vérité, Perry n'avait pas trouvé cela tout seul. Un type de leur couloir avait avancé que la mère de Craig devait être R. E. Clements, du fait de l'ordre des deux noms. « Impossible, avait dit sa petite amie. T'en as lu, de ses bouquins à lui ? Aucune femme n'écrirait des trucs aussi débiles. Des inepties inspirées par la testostérone. »

« Et dans ton patelin, reprit Craig en plongeant sa cuiller dans le chili, ce qui répandit encore des oignons autour du bol, dans ce fameux *Bad Ass*[1], est-ce que toutes les filles ressemblent à ça ?

— À quoi ?

— Les joues roses, blondes comme les blés. Solides, mais les attaches fines. Gros nibards. »

Perry réfléchit un instant à la question, puis répondit en toute honnêteté : « À peu près, oui.

— Pas mal, fit l'autre. Bon, quand est-ce qu'on va avec tes parents faire un tour dans ce… (il agita la main en l'air)… ce *Boulettes*, est-ce qu'on y voit Nicole Werner ? »

Perry dut de nouveau réfléchir, puis il lui revint que, oui, elle avait commencé d'y travailler comme serveuse l'été de l'année précédente. Elle y était apparemment surtout le vendredi soir et certains samedis après-midi, évoluant prestement de table en table en jupe à tournure et chemisier à fanfreluches. Mais les parents de Perry y allaient habituellement déjeuner le dimanche, après la messe, avec son

_____

1. Mauvais cul. Jeu de mots sur le nom de la ville de Bad Axe.

grand-père, qui raffolait du Sauerbraten. Bien qu'il l'aperçût à l'église, il ne voyait jamais Nicole au restaurant ce jour-là. Ce devait être son jour de congé.

« À quoi ressemble sa tenue de serveuse ? »

Perry en fit la description. La large ceinture bleue en satin. Le – comment déjà ? – sarrau de paysanne. La jupe rayée.

« Arrête, mec, fit Craig en levant la main. Tu vas me faire jouir. »

Perry s'éclaircit la gorge. Quand, de l'autre bout de la cafétéria, Nicole regarda dans sa direction et lui adressa son sourire poli (contrit ?) habituel, il se sentit rougir de la base du cou au sommet du crâne.

« Putain, mec, mais comment as-tu pu devenir aussi idéaliste ? » interrogea Craig un soir quelques semaines plus tard, alors que leurs rapports étaient devenus ouvertement hostiles. À son retour de la bibliothèque, Perry avait une fois encore trouvé son compagnon de chambre allongé sur le dos (il avait roulé son duvet high-tech et l'avait fourré dans la penderie) en boxer-short, des écouteurs sur les oreilles. Il avait un livre de poche ouvert posé sur le ventre, un roman que son père avait publié quelques années plus tôt et qui, tout au moins selon lui, avait été un grand succès. *Gel du cerveau* de R. E. Clements. Nombre d'autres étudiants du Honors College semblaient savoir qui était le père de Craig et ne pas le tenir en très haute estime ; mais Perry n'en avait pour sa part jamais entendu parler.

C'était un automne d'une beauté à pleurer. Sec et limpide, avec jour après jour des ciels si bleus qu'il était, sans que l'on sût pourquoi, possible de voir la lune suspendue au-dessus de la bibliothèque, comme si toute l'atmosphère avait été purgée. Au milieu de tant de lumière, l'éclat des feuilles d'automne rouges et or et rouille des grands arbres bordant Campus Avenue tenait plus du cinéma que de la nature.

« Il faudrait que tu voies Dartmouth, avait dit Craig un matin qu'ils descendaient prendre le petit déjeuner. Dartmouth fut fondée avant qu'un chemin de terre ait été ouvert dans cet État. »

Perry l'avait déjà entendu évoquer Dartmouth deux ou trois fois et lui avait déjà posé la question évidente, à laquelle l'autre avait répondu : « Parce que je n'ai pas été accepté. C'est une vraie université. En plus, à Dartmouth, j'aurais eu un vrai compagnon de chambre.

— Va te faire mettre, avait lancé Perry, ni pour la première ni pour la dernière fois.

— Merci, mais pour l'instant cela ne me dit rien. »

Aller suivre ses études ailleurs n'avait jamais effleuré Perry. Les jeunes les plus doués de Bad Axe avaient toujours fréquenté cette université-ci. Trois seulement y avaient été acceptés cette année : Perry, Nicole et une fille obèse prénommée Maria, qui pratiquait la harpe et qui, pour ce qu'en savait Perry, n'avait plus adressé la parole à personne en dehors de la psychologue scolaire depuis la classe de quatrième, époque où sa mère s'était suicidée.

Ses parents, qui avaient tous deux fréquenté un établissement plus modeste et plus proche de Bad Axe, en conçurent une fierté qui leur fit friser l'apoplexie. Le surlendemain de l'arrivée de sa lettre d'admission, son père avait peint en cramoisi et or les grands carreaux en ciment du patio. « Tu as décroché la timbale, fiston ! »

Difficile pour Perry d'imaginer une université plus ancienne et plus impressionnante que celle-ci – les énormes piliers de la bibliothèque, la moulure dorée au plafond de l'auditorium Rice, le parc luxuriant et ses bancs de marbre. Qu'est-ce que Dartmouth aurait pu avoir qu'il n'y avait pas ici ?

« L'université est sélective, avait répondu Craig. Elle est privée – et, désignant de la main les murs de leur chambre : Rien à voir avec une brutocratie. »

Mais pour Perry c'était un rêve que d'être étudiant. Les pesants volumes aux pages fines à en être translucides. Les professeurs sociables et ceux qui restaient de marbre. Les épaisses colonnes de l'entrée et, à l'intérieur, les empilements de livres.

Le parfum qui régnait au milieu de ces étroits murs de livres était, à ses yeux, celui de la cogitation même. Des décennies de raisonnement et de réflexion. Il y prenait des ouvrages qui n'avaient rien à voir avec les matières qu'il avait choisies, juste pour en rapporter la pesanteur et l'odeur jusqu'à sa chambre. Un manuel de physique classique. Une histoire des Anglo-Saxons.

« Alors, mec ? lui demanda Craig. D'où vient que tu sois comme ça, tellement romantique à propos de tout ?

— Je l'ignore, *mec*, répondit Perry, traînant sur le dernier mot en imitation de l'accent de la côte Est. Et toi, d'où vient que tu sois si foutrement cynique ?

— Mon intelligence naturelle. Je suis né avec », fit Craig du tac au tac. Il ne se laissait jamais démonter. Il avait en permanence sur le bout de la langue toute une encyclopédie de reparties.

« N'est-ce pas un poids, d'être tellement mieux que ses semblables ? interrogea Perry. Ou bien est-ce jouissif ?

— J'y suis tellement habitué désormais que je ne saurais dire. »

Perry s'assit au bord de son lit et ouvrit la fermeture de son sac à dos. On aurait pu tracer une ligne au centre de la chambre. Chaque fois que du linge sale, un magazine ou un emballage de barre protéinée appartenant à Craig pénétrait si peu que ce fût sur son territoire, il le repoussait méticuleusement du bout du pied de l'autre côté.

« Ta mère a appelé, annonça Craig. Je lui ai dit que tu étais sorti pour essayer de te dégoter un peu d'héroïne, mais que tu serais rentré dans une heure.

— Merci.

— Tiens, si tu veux être tranquille, tu n'as qu'à aller au salon et appeler de mon portable. »

Craig lança son téléphone, à peine plus grand qu'une boîte d'allumettes et tout aussi mince, à Perry. Cela lui avait été un inépuisable motif d'étonnement que son camarade ne possédât pas de téléphone portable et dût recourir à l'antiquité scellée au mur de leur chambre. Craig n'en connaissait même pas le numéro et n'avait jamais décroché le combiné que pour prendre des appels destinés à Perry.

« Merci », répéta ce dernier. Il prit l'appareil et sortit en refermant derrière lui.

« Maman ? »

Il n'y avait personne dans le salon du troisième étage, aussi Perry s'allongea-t-il sur le canapé bleu en ayant soin de ne pas poser ses chaussures sur les coussins.

Sa mère et lui parlèrent de ses cours, de son grand-père, du magasin de son père – un commerce de tondeuses à gazon, le meilleur de la ville – et enfin du temps, qui avait été magnifique. À Bad Axe, lui dit-elle, les feuilles des arbres avaient changé de façon spectaculaire et commençaient de tomber, et elle ajouta pour plaisanter qu'elle allait devoir s'occuper de les ratisser à présent qu'il n'était plus là.

« Je pourrai rentrer un week-end, si je trouve une voiture.

— Ne sois pas idiot. Nous pouvons nous charger des feuilles mortes. Toi, de ton côté, décroche de bonnes notes. »

Perry était enfant unique – à ceci près qu'il y en avait eu un autre avant lui, une fille morte à la naissance, dont sa mère ne lui avait jamais parlé. S'il le savait, c'était uniquement parce que, quand il avait neuf ans, sa grand-mère avait décidé qu'il devait être mis au courant.

Dès son plus jeune âge, Perry avait eu une sœur imaginaire qui se nommait Mary. Sa grand-mère Edwards lui dit un jour qu'il était désormais trop grand pour avoir des camarades de jeux fictifs, et Dieu sait ce que ses parents devaient éprouver en l'entendant parler pendant des heures dans sa chambre à cette fillette imaginaire. Elle ne le ménageait pas, contrairement aux autres grandes personnes de son entourage, qui prétextaient de ce qu'il était encore un enfant. C'était elle qui lui avait appris que feu son grand-père était alcoolique et que l'oncle Benny, qui tenait de ce dernier, était un lamentable ivrogne, ce qui expliquait qu'on ne l'invitât jamais au dîner de Noël. C'était encore elle qui finirait par lui dire qu'elle était en train de mourir d'un cancer de la vessie et non pas en train de « se remettre » à l'hôpital, comme ses parents cherchaient à le lui faire accroire.

Grand-mère Edwards l'emmena donc sur la tombe – pierre plate et polie, gravée de l'inscription « Notre petite fille » et d'une date qui ne signifiait rien pour lui. Ce même jour, Mary, son amie imaginaire, disparut, comme si l'imaginaire pouvait s'éteindre aussi facilement que le réel. De ce jour, Perry ne repensa presque plus jamais à elle, sinon dans les rares occasions où sa peau diaphane lui revenait en mémoire, ainsi que la façon dont, d'une main douce et fraîche posée sur la sienne, elle guida son crayon et lui apprit à dessiner un dinosaure. Et le parfum de ses cheveux – cet enchevêtrement de boucles rousses –, pareil à de la terre tiède.

« Je t'aime, maman, dit-il avant de couper la communication.

— Moi aussi je t'aime, Perry.

— Dis à papa que je l'aime.

— Lui aussi il t'aime. »

Encore quelques au revoir, puis il referma le téléphone portable un peu tape-à-l'œil de Craig, se leva du canapé et prit la direction de la chambre. Quelques étudiants le dépassèrent en chemin – des inconnus, mais qu'il reconnaissait pour les avoir croisés dans les couloirs et à la cafétéria. Un de ces types, qui portait des lunettes à monture métallique, avait un cours en commun avec lui, même s'il ne se rappelait pas lequel. Ils échangèrent gravement, poliment, un signe de tête.

La cage d'escalier était déserte. Il y entendait résonner le bruit de ses pas. Tout en remontant au quatrième il fut soudain assailli par une douloureuse nostalgie de sa mère, seule dans leur modeste pavillon. Que faisait-elle en ce moment, leur coup de fil terminé ? Téléphonait-elle à sa mère ? Regardait-elle la télévision ?

Et il éprouva également une bouffée de chagrin pour son père, encore au magasin. Peut-être était-il en train de faire une réparation, de vendre un article ou bien de donner ses horaires au jeune qui viendrait travailler le samedi, maintenant que Perry n'était plus là.

Il pensa aussi à son grand-père, assis sur le banc dans le hall d'entrée de Whitcomb Manor, déjà impatient de voir arriver le dimanche, quand les parents de Perry passeraient le prendre pour l'emmener au restaurant.

Puis il se sentit triste pour l'ensemble de la ville de Bad Axe. Le drugstore. La pizzeria. Les façades en brique des quelques boutiques du centre-ville, toutes sur le déclin. Les complexes commerciaux excentrés. Le cimetière avec ses fleurs et petits drapeaux piqués dans le sol meuble. Les employées du salon *Fantastic Sam's*, le regard braqué sur l'aire de stationnement, attendant qu'entrât quelqu'un ayant besoin d'une coupe.

Le mal du pays. Il venait de mettre un nom dessus. Dès qu'il quitta la cage d'escalier, les yeux embués par l'émotion, Perry réalisa à quel point il était stupide et essuya ses larmes ridicules. Niaiseries sentimentales. Le seul autre scout aigle de Bad Axe portait déjà l'uniforme des Marines et se trouvait en Afghanistan. Lui, avait de quoi larmoyer, pas Perry.

Une fille en minijupe tourna le coin du couloir tout en hurlant de rire dans son portable. Elle ne lui accorda pas même un regard. Passé le coin, il nota que la porte de sa chambre était ouverte et que quelqu'un se tenait dans l'entrée.

Puis il vit de qui il s'agissait.

La queue-de-cheval d'un blond lumineux. Le maintien parfait.

Nicole Werner.

Elle se retourna à son arrivée. « Salut ! lança-t-elle, d'une voix si fraîche et féminine qu'on l'aurait crue sortie d'un piccolo.

— Salut », répondit-il d'un ton qui, en comparaison, parut rabat-joie. Mais qui pouvait rivaliser avec Nicole Werner en matière d'affabilité ? Il avisa Craig, debout à quelques mètres devant elle, toujours en boxer-short et torse nu.

« Je passais voir comment ça va, dit-elle à Perry, mais avec un regard vers Craig comme pour l'inclure par politesse dans la conversation. Et puis voir si tu veux qu'on s'organise des séances de travail…

— Ah oui, bien sûr. » Cela lui était sorti de la tête. Ils en avaient parlé à Bad Axe à l'époque où ils venaient de recevoir leur lettre d'admission, mais avant qu'elle se voie attribuer la bourse Ramsey Luke. Ils s'étaient dit qu'ils continueraient le rituel, les marathons de bachotage hebdomadaires. « C'est d'accord », dit-il avec un haussement d'épaules.

C'est alors que Craig accrocha son regard et que Nicole se retourna vers ce dernier pour lui dire : « Tu peux te joindre à nous, si tu veux. »

Craig parut réfléchir à la question, puis déclara : « Ça pourrait m'être profitable. Ça pourrait m'aider à conserver de bonnes habitudes de travail. »

Nicole hocha la tête. La fausse note lui avait visiblement échappé, ainsi que le fait que Craig Clements-Rabbitt était à demi nu, ayant passé cette soirée du mardi sur son lit avec son iPod et *Gel du cerveau*. « Super ! dit-elle. Il ne nous reste plus qu'à décider du jour et du lieu. » Elle fit prestement apparaître un agenda qu'elle avait sous le bras et un stylo, commodément glissé dans sa queue-de-cheval. Stylo entre les lèvres, elle se mit à feuilleter l'agenda.

« Je suis libre n'importe quand », dit Craig.

Perry roula des yeux.

4

Ses étudiants devaient la croire atteinte de surdité. Il leur arrivait de la poursuivre dans les couloirs sur plusieurs centaines de mètres en appelant : « Professeur ? », sans que jamais elle se retourne.

Professeur ?

Impossible que ce fût elle.

Et pourtant si. Elle enseignait dans l'une des plus grandes universités du monde. On la disait anthropologue culturel, comme s'il s'agissait d'un métier. Elle était « spécialiste du traitement des dépouilles mortelles au sein des civilisations sans écriture » – de même que son père avait été courtier en assurances et sa mère femme au foyer.

À trente-trois ans, elle était mère de jumeaux âgés de deux ans et épouse d'un type gentil qui ne demandait pas mieux que d'être père au foyer. Elle avait obtenu son doctorat avec la mention très bien, les félicitations du jury et des récompenses exceptionnelles : une bourse Fulbright pour la Croatie et même une dotation de la fondation Guggenheim, traitement sans précédent pour un étudiant de troisième cycle. Sa thèse, intitulée *Pratiques funéraires traditionnelles et leurs origines populaires – peur, fantasme, les cultes de la mort*, avait été publiée dans une collection universitaire prestigieuse quelques mois seulement après qu'elle l'eut terminée. Il y avait eu des recensions favorables dans les publications spécialisées et même un court article dans un ou deux journaux en raison de l'intérêt du public pour son sujet.

En ce cas, quand on la hélait en lui donnant du « Professeur ! », pourquoi Mira ne se sentait-elle pas visée ? Pourquoi avait-elle, jour après jour, à ce point l'impression de donner dans l'imposture ?

Peut-être parce qu'elle *était* un imposteur.

Mira Polson avait atteint cette position de professeur assistant au Honors College grâce aux qualités de ce premier ouvrage et à la « promesse » d'autres publications qu'y avait vue l'établissement. Cela faisait maintenant trois ans et elle se trouvait à deux ans de sa révision de titularisation ; or il était vraisemblable – le président du département avait fait en sorte qu'elle n'eût pas de doute là-dessus – qu'elle ne l'obtiendrait pas et perdrait son emploi si elle ne publiait pas quelque chose d'ici là. Jusqu'à présent, au cours des trois années allouées par l'université pour rédiger et publier un travail, Mira n'avait rien produit d'autre que quelques notes jetées sur un bloc-notes, devenues, un an et demi plus tard, illisibles même pour elle.

Et qu'adviendrait-il si elle n'était pas titularisée ?

Elle serait alors bien pis qu'un imposteur : une chômeuse spécialiste d'un domaine abscons, avec deux bambins et un mari à charge.

C'est à cela qu'elle pensait tout en refermant la porte de l'appartement derrière elle pour se rendre à Godwin Honors Hall, tâchant de ne pas prêter attention aux hurlements des jumeaux ni aux *chut !* agacés de leur père de l'autre côté du battant. Il lui fallut toute la force d'âme dont elle disposait pour continuer de suivre le couloir en direction des escaliers.

Ils avaient été malades cette nuit-là. Pas de température, mais tous deux avaient vomi vers deux heures du matin par-dessus le bord de leur petit lit, Andy imitant Matty, comme il le faisait généralement lorsqu'il s'agissait de rendre leur repas. Ils s'étaient apparemment goinfrés de Doritos la veille, pendant que Mira assistait à une réunion du département. À son retour, Clark dormait à poings fermés, bien qu'il ne fût que neuf heures du soir.

« Ils dorment, vous dormez », leur avait dit le pédiatre lors de la visite des deux ans quand Clark s'était plaint de ce qu'ils se réveillaient toujours une ou deux fois par nuit. C'était de toute façon ce qu'il faisait déjà – dormir quand ils dormaient ; par la suite, fort de ce conseil du spécialiste, Clark en avait fait une religion. Il arrivait même qu'il dormît alors que les jumeaux étaient réveillés. En rentrant, Mira le trouvait inconscient sur la moquette du séjour, allongé à côté du parc, dont les jumeaux secouaient les barreaux molletonnés comme s'il s'agissait des grilles d'une prison.

C'étaient deux garçonnets bouclés, actifs et en bonne santé, qui communiquaient entre eux grâce à un galimatias rapide dont Mira, quand elle versait dans l'irrationnel, pensait qu'il pouvait s'agir d'un atavisme linguistique ou génétique hérité de ses ancêtres d'Europe de l'Est. Pour réclamer du lait ils disaient *milekele* ; « au revoir » était *gersko* ; « maman » et « papa » étaient *meno* et *paschk*. Elle se prenait parfois à souhaiter que sa grand-mère fût encore de ce monde, pour assurer la traduction. Plus irrationnellement encore, elle s'était rendue dans le courant de l'été à la bibliothèque Llewellyn Roper pour rechercher les mots *lait, au revoir, mère* et *père* en lituanien, russe, serbo-croate, et les comparer à leurs équivalents en d'autres idiomes – le latin, le français, l'allemand et quantité de dialectes –, pour ne rien trouver bien sûr qui indiquât que ses jumeaux eussent véritablement parlé une langue étrangère.

Bien sûr.

Revenant ce jour-là de la bibliothèque – que ses austères colonnes néoclassiques faisaient semblant de soutenir –, Mira se sentait au mieux un peu niaise. Au pire, un peu timbrée. Elle consulta des ouvrages et des sites médicaux, et quand elle lui demanda s'il se pouvait que les jumeaux connussent une sorte de retard dans l'apprentissage du langage, le pédiatre en fut amusé et lui répondit : « Vous autres professeurs pensez tous que vos rejetons devraient donner des cours magistraux quelques semaines après la naissance. Écoutez, si, d'ici un an, ils babillent encore dans une langue étrangère, nous explorerons les différentes possibilités. Mais, croyez-moi, il n'en sera rien. »

Clark paraissait fort contrarié de ce que les jumeaux ne voulussent point parler sa langue. Mira savait que son état d'esprit tenait à ce qu'il restait à la maison jour après jour, pendant qu'elle-même faisait de la recherche, assistait à des réunions, donnait des cours. Le plus souvent épuisé, il était, le reste du temps, animé d'une énergie frénétique. Il avait sous les yeux des cernes noirs de la taille d'un demi-dollar. De l'homme le plus porté sur la chose qu'elle eût jamais connu – durcissant de nouveau en elle avant même d'en être ressorti –, il était devenu en l'espace de trois ans le genre de type au sujet duquel des femmes appellent le standard d'émissions radiophoniques pour confier : *Je me demande si mon mari n'aurait pas une liaison ; cela fait trois mois qu'il ne m'a pas fait l'amour.*

L'idée d'une telle liaison aurait pu effleurer Mira si elle n'avait su comment Clark passait ses journées et à quel point il lui aurait été impossible d'y introduire une occupation supplémentaire. Les jumeaux s'éveillaient à cinq heures du matin et ne cessaient jusqu'à neuf heures du soir d'exprimer besoins et exigences en leur langue étrangère. Quand elle n'avait pas cours, Mira se levait en même temps qu'eux pour laisser Clark dormir. En revanche, lorsqu'elle avait cours, c'est-à-dire la plupart des jours de la semaine, c'était lui qui se levait et qui, d'un pas trébuchant, sortait dans le couloir en pestant. Mira se tournait de son côté pour faire semblant de dormir – bien qu'il mît un temps fou à émerger et à tomber du lit. En entendant brailler les jumeaux elle avait mal dans son corps tout entier. À entendre leurs appels, toujours les mêmes (*Braclaig ! Braclaig !*), il était impossible de savoir qui ils réclamaient, mais Mira avait la certitude que c'était elle qu'ils voulaient. Il lui semblait qu'un réveille-matin vibrait dans sa cage thoracique et envoyait des impulsions dans l'ensemble de ses terminaisons nerveuses.

Et il existait tant et tant de terminaisons nerveuses.

L'année précédente, en automne, Clark et elle avaient pris une baby-sitter pour aller voir l'exposition « Body Worlds » présentée au musée d'Histoire naturelle de la ville.

Des corps morts.

La spécialité de Mira.

C'est la raison pour laquelle Clark avait eu l'idée de prendre des billets. Un cadeau d'anniversaire. « Tout à fait ton rayon », avait-il dit en les agitant en l'air.

Sauf qu'il ne s'agissait pas de corps morts *historiques*. De corps morts *folkloriques*. Ils n'avaient rien à voir avec le type d'embaumements primitifs qu'étudiait Mira. Au lieu de cela, il s'agissait de cadavres disséqués et soumis à une technique appelée plastination, puis présentés, désossés et retournés, au public. Un mort était juché sur un cheval mort, tenant dans une main son cerveau et, dans l'autre, celui du cheval. Un autre lançait en l'air un ballon de basket, tous ses muscles bien visibles, rouges et filandreux. Il y avait un cadavre alangui devant un poste de télévision, et un autre agenouillé comme en prière, qui avait littéralement le cœur sur la main. Le pire, qui hanta

Mira pendant des semaines, était le spectacle d'une femme enceinte allongée sur le côté comme une pin-up en double page – plus rien sinon les os, le tissu musculaire et le réseau des vaisseaux sanguins, mais avec toujours le fœtus flottant sinistrement dans l'utérus.

Peut-être cela tenait-il à ce que, spécialiste d'anthropologie culturelle, elle n'avait jamais éprouvé le moindre intérêt pour la biologie ou la physiologie. Toujours est-il que, se tenant ce jour-là dans la file mouvante des visiteurs du musée d'Histoire naturelle défilant d'un pas traînant devant cette mère et son enfant (qui avait à la fois l'air non né et non mort), Mira fut subitement prise du désir de savoir comment cette femme était morte. La brochure qui leur avait été remise en échange des billets précisait que les personnes qui avaient fait don de leur corps pour l'exposition avaient exigé l'anonymat, ayant agi dans l'intérêt de la science, et que la révélation de détails pratiques – concernant leur âge, leur race, leur nationalité, la date et les circonstances de leur décès – aurait brouillé les pistes et affaibli le message de l'exposition, qui était de donner à voir le corps humain dans tout ce qu'il avait de merveilleux.

Foutaises, avait pensé Mira. La seule chose importante en l'occurrence était l'identité de cette femme et ce qu'elle avait fait le jour de sa mort. Se savait-elle sur le point de mourir ? Avait-elle traîné des semaines ou bien avait-elle tout simplement oublié de regarder avant de traverser ? Avait-elle été égorgée par un mari soupçonnant que le bébé n'était pas de lui ? Avait-elle été lapidée à mort dans quelque recoin sinistre de la planète suite à un délit présumé

– peut-être avait-elle fricoté avec un homme d'une autre religion ou bien vendu à l'épouse de ce dernier un livre que les femmes n'ont pas le droit de lire ?

« Ils ont été exécutés, lui souffla Clark à l'oreille alors qu'ils faisaient la queue pour voir la défunte madone, comme s'il tenait la nouvelle de quelqu'un qui avait menacé de le tuer lui aussi s'il l'ébruitait. Tout au moins les hommes. Ça se voit. Ce sont tous des Asiatiques. Ils sont plus petits que les Américains. Des repris de justice chinois. »

Il n'avait pas aimé lui non plus, parce que, disait-il, il avait trouvé cela ennuyeux. Cela lui avait rappelé Mrs Liebler et les cours d'hygiène du lycée. « Ça n'en valait pas la dépense », dit-il, avec toutefois un peu d'amertume, comme s'il s'était attendu à ce que Mira goûtât cette exposition.

Mira était d'accord – non sur le caractère ennuyeux, mais sur le fait qu'ils n'auraient pas dû faire la dépense. Dieu sait s'ils ne pouvaient, à l'époque, jeter l'argent par les fenêtres. Et ils prenaient si rarement une baby-sitter que Mira estimait qu'ils auraient dû utiliser ce temps libre à quelque chose de plus important, comme prendre un bain ou dormir.

Elle avait toutefois appris quelque chose au vu de ces cadavres. Elle avait découvert que les nerfs n'étaient pas ces forces invisibles, semi imaginaires, qu'elle s'était toujours représentées.

Non.

Les nerfs étaient accrochés au corps en cordons ballants, en rideaux pareils à des rameaux de saule. Ils paraissaient humides et lourds. Les humains s'y trouvaient empêtrés comme au milieu d'autant de cordages et de poulies.

Pas étonnant qu'elle eût l'impression que chaque centimètre de son corps était électrisé quand, de son lit, elle écoutait les jumeaux donner de la voix, cependant que Clark ne se hâtait guère d'aller accéder à leurs exigences. Elle était, comprit-elle, enveloppée dans un faisceau de nerfs ! Elle en revêtait toute une trame. Elle en était tendue comme un arbre de Noël de guirlandes.

Pourquoi alors ne se levait-elle pas ?

Parce que c'était son boulot à lui.

Son seul boulot.

Elle, elle en avait un vrai.

Mira ne se prenait pas pour une féministe. Du moins pas exactement. Dans le cas contraire, elle n'aurait pas épousé un homme tel que Clark – avec son admiration lascive pour les jambes des femmes et sa croyance en la suprématie masculine en toutes choses requérant des inclinations logiques ou mécaniques.

Elle pensait également que ce serait un terrible précédent que de le remplacer à ces tâches les jours où elle avait cours. Ce serait lui enlever la dernière chose par laquelle il contribuait au fonctionnement de la maison : s'occuper des enfants pendant qu'elle était au travail.

Un travail au sein du monde du travail. Contre un salaire. Le genre d'activité qu'apparemment Clark n'envisageait pas pour lui-même dans un avenir proche.

L'instant d'après, elle avait honte de penser cela.

Si Clark était une femme, une femme au foyer, et que Mira entendît un homme déclarer que s'occuper de deux enfants n'était pas un *vrai* travail, elle aurait été la première à se dresser, à brandir une banderole et à conspuer le phallocrate. Bien sûr que c'était un emploi à plein temps. Elle aurait dû lui être reconnaissante de s'en acquitter de sorte qu'elle pût occuper le sien. En ce cas pourquoi aurait-elle voulu être le parent restant à la maison avec les jumeaux hurleurs ? Pourquoi en voulait-elle à Clark de ne pas devoir se lever le matin, rassembler ses notes, préparer sa mallette ? Elle savait exactement quels étaient les projets de cet homme quand elle l'avait épousé, or assumer un travail alimentaire n'en faisait pas partie. Elle s'était hérissée lorsque son père avait demandé si Clark projetait de, peut-être un jour, s'inscrire en droit. Elle avait fièrement expliqué à l'auteur de ses jours que Clark et elle accordaient trop de prix à leur « liberté de s'adonner à des activités intellectuelles » pour envisager une filière aussi banale.

N'empêche, Mira avait obtenu son doctorat et Clark avait renoncé aux études alors qu'il était en année de maîtrise de philosophie comparative, jugeant qu'il s'agissait là aussi d'une « filière banale ». À maintenant trente ans passés et parents de deux bambins, ils habitaient un immeuble plein d'étudiants de premier cycle, dont beaucoup conduisaient des voitures plus belles que la guimbarde qu'ils se partageaient. Il arrivait que Clark laissât passer plusieurs jours avant de se raser et il arrivait à Mira de se demander, en sentant son haleine, s'il pratiquait une hygiène dentaire suffisante. Elle savait qu'il se lavait, car il s'enfermait chaque soir dans la salle de bains pour tremper dans la baignoire durant une heure, pendant qu'elle couchait les jumeaux. Un jour, elle lui avait dit que si leur facture d'électricité était si élevée – 125 dollars –, c'était à cause du chauffe-eau, à quoi, se retournant vers elle avec de grands yeux éperdus, il avait répondu : « Ce putain de bain est ma seule perspective réjouissante de la journée…

— Et la salle de muscu ? » lui avait-elle demandé. (Ils s'étaient inscrits dans le meilleur gymnase de la ville, car Clark tenait à un établissement proposant des machines Nautilus et une prise en charge des enfants. Mira, qui ne s'y rendait que rarement, ne pouvait s'empêcher de remarquer que l'aire de stationnement était pleine de BMW. *Vous n'avez pas les moyens d'être membres ici*, lui disaient ces voitures.)

« Et l'*Espresso Royale* ? » Où Clark retrouvait souvent en après-midi une bande de mères au foyer et où, pour ce qu'en savait Mira, on se bornait à laisser sa progéniture escalader les cubes matelassés du coin enfants pendant que l'on prenait le café en exprimant ses doléances.

« J'ai besoin de mon bain », avait fait Clark en posant sur elle un regard absent.

« Madame Polson ? »

Cette fois, Mira se retourna, reconnaissant pour finir, malgré le manque de sommeil et d'attention, son propre nom.

« Oui ? »

Depuis combien de temps ce garçon lui courait-il après ? Il était en nage. Rasé de près, crâne tondu, il avait tout d'un étudiant suivant la formation d'officier de réserve ou peut-être d'un jeune catholique militant. Mais il ne fallait pas se fier à l'apparence de ces jeunes gens. Parfois, le look conservateur était à prendre au second degré, et jusqu'au short kaki repassé. Il aurait pu être guitariste dans un mauvais orchestre estudiantin. Elle avait vu autour de Godwin Hall des autocollants annonçant un concert des Motherfuckers.

« Madame Polson, dit-il, je vous ai aperçue et je voulais vous demander… (il était tout essoufflé)… je voulais vous demander si je pourrais participer à votre séminaire.

— Désolée. C'est complet », répondit-elle avant de se détourner aussi vite et avec aussi peu de compassion que possible. Elle avait toujours mauvaise conscience à refuser des étudiants ; mais si elle ne faisait pas preuve de fermeté, ces retardataires continuaient de réclamer alors que le semestre était déjà entamé de plusieurs semaines. Il s'agissait d'un séminaire pour des gens de première année, et elle ne pouvait pas le diriger convenablement avec plus de quinze participants en raison de la quantité de notes et d'échanges qu'elle leur demandait. L'intitulé en était « La mort, mourir, et les non-morts ». Beaucoup d'étudiants voulaient y participer.

Cela tenait, supposait-elle, à ce qu'ils n'avaient que dix-huit ans, si bien que la mort ne les impressionnait guère – quel jeune de cet âge croit à la mort ? – et à ce qu'ils imaginaient, à tort, que « non-morts » désignait des vampires, alors que ce n'était là que le fil le plus ténu (et selon elle le moins intéressant) du vaste écheveau de cette question.

« Mais…

— J'ai une liste d'attente, dit-elle. Y figurent déjà vingt-sept noms, et pas un de ces étudiants n'a la moindre chance d'avoir une place ; toutefois, si vous insistez, je peux ajouter le vôtre au bas de la feuille.

— Est-ce que je pourrais vous dire juste un mot ? »

Mira prit une profonde inspiration, mais elle s'immobilisa. Elle regarda un point dans l'espace au-dessus de l'épaule du garçon, de sorte à ne pas paraître l'encourager à s'étendre sur ses problèmes d'emploi du temps, d'unités de valeur ou de résultats requis pour l'obtention d'une bourse. Ils étaient les deux seules personnes dans le couloir. Derrière lui, les sols de pierre luisaient au soleil de septembre filtrant par les fenêtres. Godwin Hall était le plus vieux bâtiment du campus, et c'est dans ses croisées, faites de losanges de verre liés par du plomb, que son âge transparaissait le plus. Ces morceaux de verre étaient de différentes couleurs, certains étaient gauchis, un ou deux fêlés et non encore remplacés ; ces derniers, quand le soleil les frappait, ajoutaient aux ors et aux bleus prismatiques et projetaient d'éclatants jeux de lumière sur les murs et les sols.

« Je suis en seconde année, déclara le jeune homme.

— Eh bien en ce cas, dit Mira, désormais moins portée à dissimuler son agacement, vous n'êtes pas admissible à un séminaire réservé aux première année.

— Je ne veux pas y participer pour qu'il me soit validé. Je voudrais juste y assister. Pour des raisons personnelles. »

Mira le regarda droit dans les yeux, qu'il avait marron sombre avec de longs cils. Ses cheveux étaient si courts qu'il était impossible de se prononcer sur leur couleur, mais elle les supposa également foncés, bien qu'il eût le teint pâle. Ses joues étaient encore rouges d'avoir couru.

« Lesquelles ? interrogea-t-elle, mais elle s'interrompit et leva la main – pourquoi l'encourager à énoncer ses explications ou ses prétextes ? Sachez que je suis contre les auditeurs libres. Ils sont à mes yeux une intrusion dans le cercle étroit d'un séminaire et, bien souvent, ils ne s'intéressent que fort peu à ce qui se passe. Et puis l'effectif est complet. »

Néanmoins, elle tenait la tête inclinée de côté pour montrer qu'elle lui prêtait attention. Ce n'était pas commun, mais il arrivait qu'un étudiant choisisse ce séminaire en raison de quelque traumatisme passé. Un accident de voiture arrivé à des copains de lycée. Un aîné qui s'était donné la mort. Par deux fois, elle avait eu quelqu'un qui avait fait une leucémie dans son enfance et qui, bien que guéri, en avait conservé une étrange brume grise planant sur le paysage de sa vie. L'année précédente, une fille de cette classe avait révélé, quelques semaines avant la fin du semestre, que sa mère avait été assassinée par son père.

C'était déjà en soi une histoire assez lourde, mais cette fille se trouvait encore dans le ventre maternel au moment du meurtre et sa naissance avait été provoquée, deux mois avant terme, dans l'heure suivant le décès. Elle avait été élevée par de riches grands-parents qui lui avaient raconté que ses parents avaient trouvé la mort dans un accident de la circulation alors qu'elle était bébé – existait-il d'autres explications possibles ? Mais l'étudiante avait découvert la vérité sur Internet, ses aïeux appartenant à une génération qui ne s'attendait pas à ce qu'un jour, grâce à Google, aucun secret de famille ne fût plus en sécurité.

Le jeune homme avait toujours le souffle précipité. « Je participerai pleinement, madame. Je n'ai que des A dans toutes mes matières. J'ai… » Il se tut. Un losange de lumière rose dansa sur ses yeux à travers un des carreaux cassés – un nuage passant devant le soleil – et il cligna les paupières. « Je n'ai jamais eu de notes en dessous de A.

— C'est remarquable, commenta Mira. Cependant, il s'agit d'un programme pour les première année, et si vous y assistez en auditeur libre vous ne serez de toute façon pas noté. Donc, votre intérêt particulier pour le sujet… ? » Elle agita la main en l'air pour l'inviter à poursuivre. Elle frissonna. Elle était vêtue d'une robe en soie – soldée, choisie dans un catalogue – à manches courtes. Celle-ci lui allait bien, elle le savait, puisque Jeff Blackhawk, le poète en résidence à Godwin Honors Hall, avait manqué de renverser son café en la voyant entrer dans la salle des profs. Il était homme à se laisser complètement démonter par une femme portant une robe sexy, un corsage échancré ou un pantalon bien coupé, et Mira était contente, presque soulagée, d'avoir attiré son attention. Cette robe se révélait cependant trop légère sans un pull de demi-saison, car l'automne arrivait de bonne heure cette année : ce n'était que la première semaine de septembre, et le ciel se chargeait ce matin-là de ces gros nuages bleutés qu'elle associait à la neige. Il prit une inspiration, s'essuya le front d'un revers de main et se lança : « J'étais assez proche de Nicole. Nicole Werner. On a grandi ensemble. Et Craig Clements-Rabbitt était – *est* – le garçon avec qui je partage ma chambre. »

Nicole Werner.

Et cet affreux gosse de riches qui l'avait tuée.

Mira n'avait personnellement connu ni l'un ni l'autre, mais elle était bien évidemment au courant de l'histoire. Il s'agissait du tragique accident de l'année passée. Il y en avait au moins un par an, et la victime était, cette fois-là, parfaite pour le premier rôle : vierge ; éclaireuse ; en passe d'intégrer une sororité[1] ; chrétienne fervente originaire d'une petite ville ; parents mariés et aimants ; leur plus jeune enfant ; leur bébé ; les notes les plus élevées dans toutes les matières ; mais aussi vive et pleine de bonne volonté. Pendant son temps libre, elle enseignait à des enfants illettrés. Elle était aimée de ses professeurs comme de ses condisciples. Tout Godwin Honors Hall avait été tendu de noir jusqu'à la fin du second semestre.

Mira n'avait pas personnellement assisté à la messe du souvenir célébrée dans l'auditorium, mais un collègue lui rapporta que la mère de la jeune fille avait pleuré pendant toute la durée du service, et de façon si déchirante que les quatre cent cinquante personnes rassemblées autour du portrait de la jeune défunte avaient été bientôt secouées de sanglots.

---

1. Sororité (pour les filles) et fraternité (pour les garçons) : au sein des grandes universités américaines, très sélectives associations d'étudiants qui organisent diverses activités et œuvres de bienfaisance et entretiennent entre elles des rapports de compétition. Leur nom est souvent formé de deux ou trois lettres grecques.

Après quoi on avait permis à son assassin de revenir à l'université. Malgré les protestations, l'indignation générale, les courriers adressés au responsable du journal des étudiants et au rédacteur en chef du quotidien local, les hommes de loi de l'université avaient conclu que puisque aucune inculpation n'avait été prononcée, nul n'était fondé à lui refuser sa réintégration. Seul le Honors College avait eu les couilles de l'exclure, et tout le monde savait que ce n'était que parce que le doyen, qui avait été à Dartmouth avec le père du garçon et avait fait une entorse au règlement pour l'admettre, ne tenait pas à ce que l'affaire fît plus de remous dans la presse qu'elle n'en avait déjà fait.

Les bras couverts de chair de poule, repliés autour du buste, Mira s'aperçut que, non contente de frissonner, elle était maintenant secouée de tremblements. Elle craignait de se mettre à claquer des dents. L'automne était bien là. Le soleil était manifestement descendu de quelques crans sur l'horizon. La lumière tombant sur les feuilles était désormais ambrée, non plus blanche ni même dorée comme la semaine passée, et un vent coulis semblait s'engouffrer au travers des croisées séculaires de Godwin Honors Hall, en dépit du fait qu'elles étaient toutes fermées. Cet air froid s'enfilait dans le couloir en un flux régulier qui venait baigner Mira.

« Je sais que vous êtes spécialiste du sujet, reprit le garçon. La mort, mourir, et les non-morts… Moi, je ne sais que ce qui a trait à Nicole et à Craig. Mais il y a… certaines circonstances. Je vous en parlerais bien, mais vous pourriez penser que je suis cinglé. En fait, j'ai besoin d'en savoir plus et j'ai pensé que votre séminaire pourrait m'y aider. »

5

Perry leur avait – très probablement à dessein – choisi un appartement aussi éloigné de Godwin Honors Hall qu'il était possible à l'intérieur du périmètre de cette ville universitaire. Comme Craig n'y suivait plus aucun cours, il n'avait plus de raisons d'y aller. Pourtant, dans l'heure qui suivit son premier cours du semestre, il se retrouva devant le bâtiment, le regard levé vers la fenêtre de la chambre dont il était certain qu'elle avait été celle de Nicole – la quatrième à partir du bout, donnant sur East University Avenue.

Cette fenêtre était ouverte, rideaux tirés. Ils ondulaient légèrement sans toutefois se séparer. Des étourneaux décrivaient des cercles autour du toit, se posant et s'envolant sans discontinuer en une masse qui semblait tout à la fois solide et fluide. La grille en fer forgé qui ceignait la cour avait été repeinte récemment. En noir. L'herbe était vert émeraude. Les branches du noyer qui poussait près de l'entrée ployaient sous le poids de gros fruits verts et, à intervalle de quelques minutes, une noix se détachait pour choir avec un bruit mat sur le gazon.

Craig n'aurait su dire combien de temps il resta planté là ; mais, de tout ce temps, personne n'entra ni ne sortit de Godwin Hall. Nul ne passa à sa hauteur sur le trottoir. Nul n'écarta les rideaux pour regarder par la fenêtre. Et pas un son ne se fit entendre en dehors de la chute sporadique des noix et du ballet des étourneaux – uniquement leurs ailes, rapides, hors d'atteinte, barattant l'air autour de la toiture. Il s'aperçut qu'un an peut-être s'était écoulé depuis ce mardi soir où il était allé ouvrir, pensant que c'était Perry, parti au salon appeler sa mère sur le portable (se croyait-il enfermé dehors ?), et où il l'avait trouvée, elle, debout dans le couloir.

« Salut. Est-ce que Perry est ici ? »

Elle portait son habituelle queue-de-cheval, dont il nota que quelques fils brillants s'étaient échappés, se soulevant et retombant avec légèreté au gré de sa respiration.

Plus tard, il aurait l'impression que cet échange s'était déroulé au ralenti.

Tournant la tête de côté, Nicole Werner regarda dans le couloir, sans doute en quête de Perry, mais probablement aussi pour ne pas avoir Craig sous les yeux – nu hormis son boxer-short. Et le jeu de la lumière sur ces boucles follettes lui donna le sentiment de flotter lui aussi dans l'air autour d'elle.

« Non », répondit-il avec l'impression de s'entendre parler sous l'eau. Mais elle levait déjà la main en direction de Perry, qui arrivait dans leur direction, le portable de Craig à la main et une expression désespérée sur le visage, à croire qu'il venait d'apprendre que l'amour de sa vie était emprisonné en Turquie.

Craig s'étonna alors du détachement avec lequel Perry saluait la céleste créature venue à sa recherche. Comme s'il s'agissait de sa sœur ou comme si, à Bad Axe, les filles de son genre poussaient dans les arbres.

Au lycée de Craig, dans le New Hampshire, les élèves de terminale n'étaient que soixante et onze, dont seulement vingt-neuf filles. De temps à autre, il y avait une nouvelle, mais qui ne restait généralement que quelques mois, la moitié de l'année scolaire – peut-être avait-elle été renvoyée de son pensionnat ou bien arrivait-elle de Boston ou de Manhattan pour séjourner quelque temps chez celui de ses parents qui n'avait pas la garde.

Craig connaissait ces vingt-neuf filles depuis la maternelle. Ses parents connaissaient leurs parents. Il avait suivi en leur compagnie des cours de ski, de natation et de tennis. Il les avait appelées de tous les noms et réciproquement. Il les avait vues ressortir des toilettes des filles les yeux bouffis d'avoir pleuré, et il les avait vues s'y précipiter en robe de bal de promo pour y vomir leurs vodkas orange. Il était sorti avec certaines, avait couché avec certaines, avait été violemment giflé par l'une d'elles. Jamais il n'avait vu de fille comme Nicole Werner.

Les joues incarnadines, l'air sérieux, la sincérité qui rayonnait si ouvertement de sa personne qu'il était tenté de fermer les yeux ou de jeter un manteau sur elle.

Elle était LA jeune fille américaine.

Pour finir, il avait dû faire un pas en arrière.

Un jour à la cafétéria du lycée, Teddy, son meilleur ami, le seul véritable ami qu'il ait eu là-bas dans le New Hampshire, lui avait dit : « Tu détestes les nanas, pas vrai ? » Puis il avait bégayé : « Pas comme si t-t-t'étais pé-pé-pédé, je veux dire. C'est juste que t-t-tu…

— J'aime bien les nanas, avait répondu Craig. Seulement, pas celles-ci. Pas ici. »

Il voulait parler de leur lycée. Il pensait sincèrement qu'elles appartenaient à une variété particulière d'idiotes ou de garces.

Il lui fallait cependant reconnaître qu'il n'aimait pas non plus les nanas du camp quaker où il allait chaque été dans le Vermont. Et qu'il n'éprouvait pas non plus d'attirance particulière pour les vacancières qu'on croisait en ville avec leurs parents. Pas plus que pour celles que sa cousine lui avait présentées pendant les congés de Noël à Philadelphie.

« Ah, que veux-tu, lui avait dit son père un jour où il avait essayé de l'entraîner sur le sujet des femmes. C'est la guerre des sexes. Ça ne date pas d'hier. » Et d'évoquer une infirmière qu'il avait connue au Vietnam. La femme idéale. Elle avait fini par épouser un de ses copains. « J'ai fait en sorte que ça se termine comme ça, conclut son père d'un ton de lassitude. Je savais que si je me mettais à fricoter avec elle, elle ne s'en relèverait pas.

— Qu'est-ce qu'elle est devenue ? Qu'est-ce qu'ils sont devenus ? » interrogea Craig.

Son père secoua la tête. « Je l'ignore. »

Quand il eut treize ans, son petit frère lui demanda conseil à propos des filles. Tout ce que Craig trouva à lui dire fut : « Laisse tomber, mec.

— Merci, mec », avait répondu Scar sans ironie aucune avant de regagner sa chambre, où, semblat-il à Craig, le gamin se mit à suivre le conseil de son aîné.

Quand celui-ci quitta la maison pour aller à l'université, Scar avait quinze ans. Il passait le plus clair de son temps devant l'ordinateur à faire exploser des trucs. Cela faisait deux ans que Craig attendait qu'un de leurs parents ou les deux entretinssent Scar de ce qu'était un emploi du temps fécond ou du caractère crétinisant et débilitant des jeux vidéo, mais jamais ils n'abordèrent le sujet. Peut-être avaient-ils dépensé toute leur énergie parentale avec l'aîné. Du reste, à l'époque où Craig terminait ses études secondaires, ils passaient eux-mêmes tout leur temps devant un ordinateur. Son père écrivait ou essayait d'écrire. Sa mère se consacrait à quelque chose qu'elle regardait comme du travail, mais qui n'en était point. Depuis quelque temps, quand son téléphone portable sonnait, elle répondait : « Lynnette Rabbitt à l'appareil », comme s'il pouvait s'agir de quelqu'un d'autre que son amie Helen ou son coach personnel. Craig était parfois tenté de lui demander ce qu'elle faisait sur l'ordinateur, mais il finissait toujours par s'en tenir au conseil de son père concernant sa mère :

Motus et bouche cousue.

N'empêche, il éprouvait parfois un sentiment déplaisant – jalousie ? appréhension ? – quand il entendait cette dernière s'adresser à son petit frère d'un ton qui, même assourdi par le battant de la porte, ressemblait de façon inquiétante à celui de la confidence.

« Alors, tu en pinces pour elle ? » avait-il demandé à Perry au moment où la porte se refermait derrière Nicole Werner.

(Barbe de maïs. Telles étaient la couleur et la texture des cheveux de cette fille, ainsi que l'impression générale qu'ils donnaient.)

Perry secoua la tête et lui tourna le dos.

« En tout cas, elle avait rudement envie de te voir.

— Superstitieuse.

— Hein ?

— Elle est superstitieuse », répéta Perry en haussant le ton, comme si Craig ne l'avait pas entendu. Il y avait de l'acidité dans sa voix dès qu'il était question de Nicole Werner. Craig avait noté la chose à la cafétéria quelques jours plus tôt, la mettant sur le compte d'un béguin non partagé ou tout au moins d'un désir non partagé.

« Tu m'expliques ? »

Perry s'assit à son bureau et ouvrit son ordinateur portable. Comme s'adressant à l'écran, il dit : « On travaillait ensemble au lycée. Elle a toujours pensé que ça lui valait des A, et que, quand nous ne bossions pas ensemble, ses notes s'en ressentaient.

— Et ça fait donc de toi le grand sorcier ? Le bouddha ? Auquel toutes les filles se doivent d'astiquer la queue avant leurs exams ? »

Perry eut une mimique dégoûtée, puis haussa les épaules. « N'importe quoi…

— Tu as couché avec elle ? »

Perry regarda Craig durant un long moment, mais de loin, avec l'air de compter jusqu'à dix ou vingt avant de répondre.

« Non, finit-il par dire. Pourquoi ?

— Pourquoi pas ? »

Cette fois, Perry se détourna pour garder un long moment les yeux collés à l'écran de l'ordinateur, attendant que quelque chose y apparût, gigabit par gigabit. Renonçant, Craig se rallongea sur le dos et se replaça les écouteurs dans les oreilles.

Cette nuit-là dans la chambre obscure, il se réveilla d'un rêve et se souvint de quelque chose que son frère lui avait dit lors d'une visite de la forêt pétrifiée. Ils y étaient allés avec leur père, qui devait prendre la parole à l'occasion d'un colloque d'écrivains en Californie.

Ils n'avaient pas du tout projeté de se rendre à la forêt pétrifiée – ils ne connaissaient pas même son existence –, mais ils étaient passés à sa hauteur sur la route de Napa Valley, six ou sept panneaux indicateurs les pressant de prendre à gauche pour voir LES MERVEILLES DE LA PRÉHISTOIRE ! REMONTEZ LE TEMPS ! TROIS MILLIONS D'ANNÉES ! « Difficile de refuser », avait dit leur père en levant le pied et en actionnant son clignotant.

Craig, qui avait quinze ans cet été-là, n'avait aucune envie de faire ce détour par la forêt pétrifiée. Il avait hâte d'arriver à l'hôtel où ils avaient réservé, pour s'allonger dans une chambre ombreuse et climatisée, peut-être regarder MTV, assurément relever son courrier électronique, se faire une branlette dans la baignoire si son père et son frère sortaient acheter des hamburgers. Mais ils se retrouvèrent l'instant d'après dans une boutique de cadeaux, au milieu de minéraux pailletés et de dinosaures en plastique, en train de faire la queue pour prendre des billets, puis sur le sentier rouge et poussiéreux menant à ladite forêt pétrifiée. Il était midi et quelques. Il y avait au-dessus d'eux et tout alentour un pénible bourdonnement d'insectes. L'ombre d'un oiseau, qui traversa le chemin juste devant les leurs, fit bondir Craig en arrière. Le trajet en voiture depuis San Francisco l'avait fatigué, et ce vrombissement d'insectes donnait l'impression d'avoir la tête à l'intérieur d'un ordinateur dont le démarrage se serait éternisé, ou d'avoir reçu de plein fouet un ballon de basket sur l'oreille. Cela lui évoquait un sommeil malaisé, le genre de somme dont on émerge un après-midi d'été en se sentant complètement barbouillé.

Ils s'arrêtèrent devant un panneau cloué sur un pieu près d'une dépression entourée d'une clôture. Y était expliqué que le tronc gisant au fond du trou avait été, des millions d'années plus tôt, un imposant « séquoia géant », abattu puis enseveli sous les cendres lors d'une éruption volcanique.

La belle affaire.

Au bout de trois autres creux semblables, chacun occupé par un tronc identique au premier, Craig annonça : « Faut que j'aille aux chiottes. »

Debout au pied d'un panneau et lisant attentivement ce qui y était écrit, son père le congédia du geste sans même le regarder. « Va. »

Mais Scar, qui avait onze ans et n'avait pas encore reçu ce surnom de Scar, tourna de grands yeux d'enfant vers son frère pour lui demander : « Tu trouves pas ça super ? »

Craig secoua la tête. Peut-être roula-t-il des yeux blancs. Et, d'une voix à laquelle il se rappelait avoir voulu donner une tonalité adulte : « Regarder des bouts de bois qui ont été changés en pierre ne me paraît pas très différent de regarder des bouts de bois. »

Alors qu'il revenait sur ses pas en direction de la boutique de souvenirs et, espérait-il, des toilettes, Scar lança dans son dos : « C'est parce que tu as toujours un avis sur les choses avant même de les avoir vues. »

Sur quoi leur père émit un petit rire et posa la main sur la tête de Scar comme s'il venait d'en sortir une bien bonne. C'est à cela que Craig comprit que leur père pensait que Scar était dans le vrai ; et il lui traversa l'esprit que cette sortie de son frère pouvait être quelque chose qu'il avait entendu leur père confier à leur mère ou à un de ses copains écrivains à son propos : *Mon fiston, son problème, c'est qu'il a toujours un avis sur les choses avant même de les avoir vues.*

Il leur avait résolument tourné le dos en marmonnant dans sa barbe un « Je vous emmerde ». Au sortir des toilettes, plutôt que d'aller les retrouver sur le sentier, il avait regagné la voiture de location pour s'adosser aux chromes surchauffés en tirant de temps en temps sur la poignée de la portière comme si elle avait pu spontanément décider de se déverrouiller. Il ne desserra plus les dents jusqu'au soir, quand lors du dîner dans un restaurant chic de St. Helena une très belle femme se pencha au-dessus de la table pour lui demander ce que cela faisait d'avoir pour père un romancier célèbre.

« C'est carrément nul », avait-il répondu, et tous les convives de rire comme s'il s'était agi d'une impayable repartie.

Ce soir-là, après que Craig se fut trouvé seul face à Nicole Werner sur le seuil de sa chambre de la résidence, cette parole de son petit frère lui revint, comme portée par un vent poussiéreux venu de Californie à travers l'espace et le temps – et avec elle la vision de ce séquoia géant changé en pierre, au fond de la fosse.

En vérité, un arbre pétrifié ne ressemblait en rien à un arbre.

Ce tronc vieux de plusieurs millions d'années paraissait recouvert de diamants, saupoudré de gemmes roses et vertes. Comme si en l'ensevelissant la cendre volcanique l'avait, d'arborescent, transformé en quelque chose de céleste. La pression, le temps et l'isolement de la mort avaient complètement altéré sa nature. L'avaient rendu éternel. En avaient fait non pas seulement de la pierre, mais aussi de l'*espace*.

N'avait-il pas déjà décidé que Nicole Werner était une garce ? Une blonde sans cervelle. Une allumeuse. Un joli récipient vide. Il lui avait suffi de l'entrevoir à la cafétéria pour en avoir fait le tour.

Allongé dans le noir, prêtant l'oreille au souffle régulier de son compagnon de chambre, Craig savait qu'il pouvait, s'il le voulait, continuer de penser ainsi – le penser et le repenser, tout en redescendant le sentier et en retraversant la boutique de souvenirs pour gagner les toilettes. Mais il pouvait également voir et sentir encore l'étincelante image de cette fille sur le seuil de la chambre, lui brûlant les paupières comme une chose tellement évidente qu'elle peut rendre aveugle si l'on se laisse vraiment aller à la regarder.

S'il parvint à dormir un peu cette nuit-là, il n'en conserva aucun souvenir.

Le cri d'un geai bleu rompit la transe de Craig. Perché sur la branche basse d'un pommier sauvage dans la cour de Godwin Honors Hall, l'oiseau braillait frénétiquement et de façon fort déplaisante. Peut-être adressait-il ses sévères mises en garde à Craig, qui, pendant une minute, le regarda sautiller mécaniquement le long de la branche.

Il ne les avait pas vues arriver, mais il y avait maintenant, rassemblées autour du râtelier à vélos, un groupe de filles peu attrayantes qui lui lançaient des regards furtifs. Un type torse nu posté à une fenêtre du premier étage le regardait également, tenant le rideau d'une main, se grattant machinalement le ventre de l'autre.

Le geai émit encore quelques cris menaçants et Craig leva de nouveau les yeux vers lui. Il distinguait, posé sur sa personne, le petit œil noir qui luisait d'un éclat intérieur.

Il recula d'un pas, adressa un hochement de tête à l'oiseau et tourna les talons.

6

« Le mieux serait peut-être que vous adressiez un courrier au rédacteur en chef, dit une peu coopérative réceptionniste à Shelly Lockes, le jour où elle se rendit en personne au siège du quotidien.

— Il ne s'agit pas d'une opinion que j'aurais, lui dit Shelly. Il s'agit de faits. Est-ce que votre journal ne souhaite pas rapporter des faits ? »

L'employée posait sur elle un regard vacant, presque comme si elle était frappée de cécité.

« Est-ce que je pourrais voir quelqu'un ? Un responsable ? »

Combiné à l'oreille, la réceptionniste pianota sur un téléphone, puis leva de nouveau les yeux vers Shelly pour lui apprendre que le rédacteur en chef n'était pas sur place (« Un congrès important à Chicago »), mais qu'elle allait appeler un journaliste. La personne que finit par rencontrer Shelly, une fille qui devait avoir une bonne vingtaine d'années, prit d'abondantes notes sur un bloc de feuilles jaunes en hochant la tête d'un air éloquent à chaque nouveau détail.

Néanmoins, l'article suivant réitéra les mêmes informations erronées :

Nul ne savait combien de temps Craig Clements-Rabbitt et Nicole Werner, sa petite amie, étaient restés allongés sur place dans la mare du sang perdu par cette dernière, ni au bout de combien de temps le jeune homme avait quitté les lieux.

La femme d'une cinquantaine d'années qui avait appelé de son portable n'avait pas fourni d'indications suffisamment précises quant au lieu exact de l'accident, si bien que les secours étaient arrivés trop tard pour intervenir efficacement auprès de la victime.

Après cela, Shelly Lockes s'abstint de lire les articles ayant trait à l'accident et, peu de temps plus tard, arrêta de prendre le journal.

Elle supposait néanmoins qu'il y aurait un procès, ou tout au moins un genre d'enquête concernant Craig Clements-Rabbitt, et qu'elle aurait alors peut-être la possibilité de témoigner.

Mais à la fin de l'été elle cessa également de compter là-dessus.

7

« Oméga Thêta Tau », dit d'une voix pâteuse Lucas, le conseiller résidant[1], en désignant du menton la maison qui se trouvait sur les hauteurs.

Lucas, qui possédait environ quatorze flasques, en transportait quatre sur lui ce soir-là, une dans chaque poche, mis à part celle qu'il tenait à la main. Il trébucha sur une irrégularité du trottoir, et Craig s'esclaffa comme s'il s'agissait de la chose la plus drôle du monde. Perry poursuivit sans ralentir. Les deux autres ne cessant de se laisser distancer, il avait décidé que s'ils s'arrêtaient de nouveau pour uriner sur une pelouse privée, il ne les attendrait plus et rentrerait sans eux à la résidence.

« Rien que des pucelles.

— Non, fit Craig en appliquant une tape sur l'épaule de Lucas. Je te crois pas.

— Si. Et qui plus est, les plus belles salopes du campus.

— Non.

— Si.

— Ça devrait être interdit. Putain, ça devrait être contraire à la loi.

— Tu l'as dit », approuva Lucas.

Perry leva les yeux vers la maison posée sur les hauteurs. Il s'agissait d'un impressionnant édifice en brique, une de ces vastes demeures 1900 avec écuries et garage à voitures à l'arrière, chênes et ormes cen-

---

1. Élève de troisième année qui, en échange d'un logement gratuit sur le campus, conseille et assiste les jeunes étudiants.

tenaires en façade. Une banderole blanche frappée des trois lettres grecques était tendue entre les colonnes du péristyle. Il y avait des rideaux de dentelle aux fenêtres de devant, et on aurait dit qu'une chandelle était allumée derrière chacune d'elles. Cela mis à part, la maison était si tranquille qu'on aurait pu la croire inoccupée. Elle était totalement différente de la plupart des résidences des autres fraternités et sororités du campus, qui présentaient un air décrépit, négligé. Tasses en plastique dans les allées. Serviettes accrochées aux fenêtres.

À l'université depuis seulement deux semaines, Perry était déjà habitué à voir des fêtes se répandre à l'extérieur, sur les pelouses. Prises de boisson, les filles, en pull léger et minijupe, titubaient, s'affalaient dans l'herbe ou dans la boue. Il en avait vu clopiner sur le trottoir pour regagner leur résidence après une soirée – un talon haut à la main, l'autre au pied, riant ou pleurant. La semaine précédente, quelqu'un avait mis le feu à un bâtiment durant un barbecue. Un des étudiants de cette fraternité, dont on ne s'était aperçu de la présence à l'intérieur qu'une fois l'incendie maîtrisé, avait été sorti sur un canapé alors que les pompiers arrosaient encore la façade ; il était brûlé sur soixante pour cent du corps.

Perry ne se sentait déjà aucune attirance pour la vie grecque. Il ne voulait pas être frère au sein d'une fraternité ni ne désirait avoir de frères. Cette maison sur les hauteurs lui paraissait malgré tout appartenir à une tradition plus ancienne et plus élégante. Il se représentait les filles de cette sororité siégeant autour d'une grande table de chêne et s'entretenant avec sérieux des traditions de leur résidence. Elles devaient porter des vêtements discrets, de couleur sombre. Il devait y avoir au sol un tapis de style oriental, avec un chat siamois endormi dessus. La lueur dansante qu'il apercevait de l'endroit où il se trouvait sur le trottoir devait être celle d'une chandelle posée au centre de leur cercle. Il y aurait sur la table un grand livre très ancien, ouvert à une page contenant quelque message des sœurs fondatrices. Une des filles, ses longs cheveux retombant sur le texte, serait en train d'en donner lecture d'un ton plein de révérence.

« Faudrait bien que quelqu'un se charge d'aller tringler ces salopes, tu crois pas ? » interrogea Lucas.

Craig ne répondit pas. Il essayait de prendre une flasque dans la poche revolver de Lucas. Orientant ses mains en porte-voix vers la maison sur la colline, celui-ci reprit : « Je disais : Faudrait bien que quelqu'un aille tringler ces salopes d'Oméga Thêta Tau ! »

Une lumière extérieure s'alluma aussitôt.

La porte d'entrée s'ouvrit.

Une mince silhouette nimbée d'une cascade de cheveux sortit sous l'éclairage du péristyle pour regarder dans leur direction.

Craig déboucha la flasque, la porta à sa bouche, tête basculée en arrière. Perry tourna les talons et les planta là au moment où Lucas prenait une profonde inspiration pour recommencer à brailler vers les hauteurs.

« Est-ce que tu t'amuses bien là-bas, mon chéri ? » lui avait demandé sa mère au téléphone cet après-midi-là.

Perry avait répondu que oui.

Elle lui avait ensuite demandé s'il avait reçu les cookies. Oui, quelques jours plus tôt. Mais il n'en avait mangé qu'un avant que, dans la soirée du mercredi, Craig et Lucas, pris d'une frénésie boulimique après avoir fumé, les dévorent jusqu'au dernier. Planté au-dessus d'eux, la boîte à chaussures vide à la main, il les avait traités d'« espèces de salauds ». Vautrés sur le sol devant un échiquier auquel manquaient plusieurs pièces, ils avaient levé vers lui des yeux si injectés qu'il avait dû détourner le regard. Les salauds. Ils avaient mangé les cookies de sa mère.

Il fallait leur reconnaître qu'ils lui avaient tous deux présenté par la suite des excuses profuses. Bafouillant, honteux : « On est des salauds, mec. On mérite un poing dans la gueule. »

Lucas paraissait tout particulièrement horrifié de ce qu'il avait fait, et Craig avait lui aussi l'air épouvanté en regardant à l'intérieur de la boîte. « C'est impardonnable », dit-il sans la moindre ironie. Fumer de l'herbe semblait le laver de toute ironie, bien que cela le rendît con de plein d'autres façons.

Après avoir jeté la boîte entre eux deux, Perry avait prélevé une serviette dans son placard et il était allé prendre une douche. À son retour, les deux autres étaient partis. Craig avait reparu quelques minutes plus tard avec un paquet de cookies du commerce.

« Tu les aimes bien, je crois », dit-il en tendant le paquet à Perry.

Ce dernier le prit en secouant la tête d'un air désabusé.

« On a déconné, reprit Craig. On voulait juste en prendre un chacun, je te jure.

— Tu fumes toujours de telles quantités d'herbe ? » interrogea Perry.

Craig, sourcils froncés, parut réfléchir longuement. Mais ayant apparemment oublié la teneur de la question, il se dépouilla de ses vêtements et se mit au lit sans répondre.

Au téléphone avec sa mère, Perry se la représentait dans leur cuisine. Elle devait porter un de ces vieux chandails qu'elle affectionnait. Une paire de jeans. Elle ne mettait jamais de chaussures à la maison et n'aimait pas les mules ; aussi lui voyait-il ses grosses chaussettes à pois. Ou bien les vertes en laine. Il devait faire plus froid là-haut qu'ici. Si la fenêtre était entrouverte, on devait entendre au loin le lac Huron se faire fouetter par le vent. Ondulatoire bruit d'arrière-fond. Il devait flotter une odeur d'algues et de poisson, et celle, métallique, d'un air qui avait survolé les eaux sur des milles et des milles.

« Demain, papa et moi emmenons ton grand-père au *Boulettes*. Tu vas nous manquer.

— Commandez un strudel pour moi. Vous allez me manquer aussi. Tu diras bonjour à Grandpa de ma part.

— Est-ce qu'il t'arrive de croiser Nicole Werner ? J'ai rencontré sa mère l'autre jour à l'épicerie. Elle m'a dit que Nicole se plaît bien là-bas.

— Oui. On se voit tout le temps. Elle loge à l'étage du dessous. Et nous nous sommes regroupés pour travailler ensemble. Avec nos compagnons de chambre. Elle va bien.

« — Est-ce qu'il y a d'autres filles là-bas, mon chéri ? »

Perry s'éclaircit la gorge. « Oui, il y a des tas d'autres filles ici, maman. » (Josie, compagne de chambre de Nicole, lui traversa l'esprit – le genre de fille qu'il n'aimait pas. Quand elle vous regardait, elle commençait par les souliers avant de décider si elle allait ou pas s'intéresser au reste de votre personne. Perry ignorait pourquoi elle se joignait au groupe d'étude, si ce n'est peut-être qu'elle s'intéressait à Craig. Chacune de ses matières correspondait à une discipline qu'elle avait déjà choisie dans son lycée privé de Grosse Pointe. Chaque fois qu'elle ouvrait un de ses manuels, elle disait en roulant des yeux : « Encore ça ! »)

« Ah, ah, petit finaud, dit sa mère en riant doucement. Tu sais à quoi je pense.

— Eh non, maman, pas de petite amie.

— Ma foi, ta maman t'adore. Quel besoin aurais-tu d'une petite amie ? »

Elle rit de nouveau, et Perry tenta de faire de même.

« J'ai parlé avec Mary, l'autre jour, reprit-elle.

— Ah bon.

— Au téléphone. Elle appelait pour dire bonjour. Savoir ce que tu devenais. »

Perry émit un grognement.

« Oh, Perry, enfin. C'est pour cela qu'elle appelait, je n'allais tout de même pas lui raccrocher au nez. J'ai de la peine pour cette fille.

— Oui, eh bien…

— Eh bien, quoi ?

— C'est quand même elle qui m'a laissé tomber, maman. Est-ce que ce n'est pas pour moi que tu devrais avoir de la peine ?

— Ce serait le cas, Perry, si tu n'étais pas en train de commencer une nouvelle vie, alors qu'elle est coincée là-haut pour toujours, après avoir gâché la sienne.

— À qui la faute ?

— Il me semble que nous avons déjà eu cette conversation. Si j'ai évoqué ce coup de fil, c'est que je croyais que ça t'intéresserait.

— C'est le cas. Ou du moins, ça l'était. C'est bon, m'man. De combien est-elle enceinte ?

— Quatre mois.

— Mais oui. C'est exact. »

Bien évidemment.

Lorsqu'elle sortait avec Perry, pendant *trois ans*, Mary avait vertueusement préservé sa virginité, fidèle à son engagement de se réserver pour leur nuit de noces. En revanche, deux mois après avoir commencé de fréquenter Pete Gerristsen, elle lui faisait un enfant, que cela lui plût ou pas.

La lune suivit Perry jusqu'à Godwin Hall, projetant devant lui une ombre si étirée que l'on aurait cru qu'un séquoia ou un poteau téléphonique déambulait sur le trottoir. Cette ville avait une odeur complètement différente de celle de Bad Axe. Peut-être les émissions de carbone. Non que Bad Axe n'eût de voitures, de bus et de camions, mais pas de façon aussi centralisée. On n'y voyait pas ces alignements de voitures le long des rues, ces parkings à étages, tous ces arrêts de bus.

Perry avait passé toute sa vie à Bad Axe, et la colonie de vacances où il était allé, dans la forêt de Hiawatha, ne se trouvait qu'à cent vingt kilomètres de chez lui. Il avait vu du pays, bien évidemment. Un voyage chaque année en compagnie de ses parents. La Nouvelle-Écosse. Gettysburg. Washington. Quelques années plus tôt, ils étaient allés au Mexique pendant les vacances de Pâques. Mais jamais il n'avait vécu ailleurs. Et déjà, au bout de seulement deux semaines dans cette ville universitaire, il découvrait qu'il s'était trompé en supposant que le monde fonctionnait partout de la même façon.

Il continua de cheminer d'un pas régulier à la suite de son ombre jusqu'à sa résidence, de l'autre côté du campus.

« Salut. »

Elle se tenait dans l'entrée de Godwin Hall : Nicole Werner, vêtue d'un jean et d'un ample sweat-shirt foncé. Elle ne portait pas la queue-de-cheval habituelle, et ses cheveux paraissaient n'avoir pas été peignés. Leurs extrémités, à hauteur d'épaules, semblaient un peu abîmées. Ne l'ayant pas remarquée en traversant la cour, il serait pour un peu passé devant elle sans la reconnaître. Il y avait plusieurs autres filles assises sur les marches en ciment. L'une était en train de parler dans son portable. Une autre fumait une cigarette. Elles n'avaient pas l'air d'être avec Nicole.

« Salut, Nicole. »

Elle fit passer son poids d'une jambe sur l'autre, inclina la tête de côté et demanda : « Comment ça va, Perry ?

— Super. Et toi ? »

Elle eut un haussement d'épaules. Celles-ci lui parurent plus étroites que dans son souvenir. Au lycée, elle pratiquait le volley-ball, et il se souvenait d'avoir été surpris, un après-midi qu'il la vit en tenue dans le gymnase – c'était l'année de leur première –, de la trouver aussi musclée – non pas au mauvais sens du terme, juste bien plantée et vigoureuse, ce à quoi il ne s'attendait pas chez une fille aussi élancée.

Mais ce soir-là, sur le perron de Godwin Honors Hall, Nicole avait un air de gamine. D'enfant abandonnée, pensa-t-il. Et quid de ce sweat-shirt trop grand ? Elle avait compté parmi les filles les mieux habillées du lycée de Bad Axe, ce qui n'était pas peu dire. On aurait pu se figurer que dans une petite ville de cette sorte, les filles ne se souciaient guère de la mode. Ce n'était pourtant pas le cas de celles du lycée de Bad Axe, tout au moins de la plupart d'entre elles. Chaque fin de semaine, elles faisaient deux heures de route pour aller écumer les galeries marchandes de Birch Run. À leur retour, elles portaient du Calvin Klein et autres griffes, l'air de vrais mannequins. Nicole était assurément du nombre. Et jusqu'à aujourd'hui, quand il lui arrivait de la croiser sur le campus, elle semblait n'avoir pas dérogé à cette habitude. Même quand ils se retrouvaient au salon pour travailler ensemble, elle portait un corsage bien coupé ou un pull chic. Un soir, elle était même venue en jupe et sandales à talons.

Elle se noua les bras autour du corps et baissa les yeux vers ses pieds, que Perry fut surpris de voir nus.

« Je crois que ça ne va pas si bien que ça, dit-elle.

— Comment cela ? »

Peut-être avait-elle la grippe ou quelque chose de ce genre. Elle avait effectivement l'air grippée, mais peut-être était-ce dû à la lumière crue éclairant le perron.

« Je ne sais pas. Je pense que j'ai des difficultés à m'adapter.

— Ici ? »

Elle hocha la tête en se composant une petite mine chagrine. Perry espéra qu'elle n'allait pas se mettre à pleurer. Que ferait-il alors ? Il n'avait pas de mouchoir sur lui et il ne se voyait pas lui prêter une épaule et glisser un bras autour des siennes. Il lui faudrait rester planté là comme un imbécile, à lui tenir des propos ineptes jusqu'à ce qu'elle se calme.

Faute de mieux, il dit : « Ça, c'est sûr que ce n'est pas comme le lycée.

— Le lycée, c'était pas si super que ça, laissa tomber Nicole.

— Tu avais l'air pas mal heureuse.

— Ah bon ? » Elle leva les yeux avec une expression d'étonnement sincère.

« Euh, je ne sais pas. Ce n'était pas le cas ?

— C'était mieux que ça, faut croire, dit Nicole avec un regard pour la cour de Godwin Honors Hall. Mais je détestais le lycée. »

Perry eut un petit rire. Ce fut plus fort que lui. Il venait de se la représenter dans sa belle robe à fleurs, recevant la bourse Ramsey Luke des mains de Mr Krug, puis montant au pupitre pour prononcer son discours de major de la promotion sur l'importance d'avoir « d'abord et avant tout de la moralité ».

Paraissant entendre son petit hoquet involontaire, elle haussa soudain les sourcils. « Quoi ? » fit-elle en plongeant son regard dans celui de Perry.

Celui-ci se hâta de baisser les yeux vers son ombre, qui s'étendait entre eux deux. Il s'éclaircit la gorge. « C'est juste que… eh bien, tu étais la reine du lycée, Nicole. Tu faisais ci, tu remportais ça, tu étais présidente de ceci ou de cela. Qu'est-ce qui te déplaisait à ce point ? »

Elle laissa pendre les bras. Ses yeux semblèrent se noyer de larmes. Merde, se dit-il. Cette fois, elle va pleurer.

« Tu m'en veux toujours pour la bourse, Perry ? interrogea-t-elle d'une voix tremblante.

— Quoi ?! » Il fit un pas en arrière, manquant de tomber à la renverse dans les marches. Les autres filles étaient parties, et seul un mégot de cigarette rappelait leur présence. Il se plaqua une main sur la poitrine.

« "Quoi ?", le singea Nicole en se plaquant elle aussi une main sur la poitrine. Ignores-tu donc que si j'ai eu la Ramsey Luke, c'est uniquement parce que tu avais décroché toutes les autres récompenses ? »

Il secoua la tête et eut la nette impression que quelque chose faisait du bruit à l'intérieur de son crâne. S'efforçant d'être convaincant, ne fût-ce qu'à ses propres yeux, il déclara : « Je ne vois absolument pas de quoi tu parles.

— À d'autres, Perry, reprit Nicole. Pourquoi faut-il que tu sois tellement dans la compétition ? Tu n'as donc pas remporté suffisamment de trucs ? Il faut encore que tu en veuilles aux autres des quelques os qu'on leur lance ? »

Perry fourra les mains dans les poches de son jean. Il lui semblait qu'elles tremblaient. « Pourquoi avons-nous cette conversation ? J'allais monter me coucher.

— Nous avons cette conversation… » Nicole parut s'étrangler sur ce qu'elle s'apprêtait à dire, puis, à la grande horreur de Perry, plusieurs grosses larmes débordèrent de ses yeux et roulèrent sur ses joues. Il ouvrit la bouche, plus pour protester contre ces larmes que pour dire quelque chose. Alors, elle s'enfouit le visage dans les mains et, d'une voix entrecoupée de sanglots : « Parce que c'est comme si nous étions de la même famille, Perry. Ici, tu es la seule personne qui me connaisse. Tu me connais depuis toujours. Tu es le seul et tu me détestes. »

Les deux filles précédemment assises sur les marches étaient revenues et elles regardaient ouvertement Perry comme s'il avait commis quelque abomination et pensait pouvoir s'en tirer impunément. Il reporta son regard sur Nicole et fit un pas vers elle le plus lentement qu'il put. Les sanglots redoublèrent d'intensité. Deux ou trois personnes qui se trouvaient à l'intérieur du bâtiment se mirent à la fenêtre pour voir ce qui se passait.

« Écoute, Nicole… », commença-t-il. Mais elle ne disait plus rien et gardait les mains plaquées sur le visage. Il voyait maintenant des flots de larmes s'écouler entre ses doigts. Il sentit son cœur battre à coups sourds sous l'effet de l'affolement. Jamais il ne s'était trouvé auprès d'une fille pleurant autant. Mary n'avait jamais pleuré en dehors de quelques larmes causées par la tension le jour où elle avait rompu avec lui, lui rendant sa bague dans un horrible petit geste.

Et sa mère ne pleurait que lorsqu'elle avait trop ri. Il se mit à tapoter ses poches comme un perdu, tout en sachant qu'il n'avait pas de Kleenex sur lui.

Les deux autres filles continuaient de le fixer et d'attendre. Il regarda alentour, comme s'il était possible qu'un tiers vînt le relever. En désespoir de cause, et bien que son bras lui parût peser deux cents kilos, il parvint à le lever et à poser la main sur l'épaule de Nicole. Elle sembla fléchir un peu, puis fit comme un petit saut vers lui et nicha la tête contre sa poitrine. Alors, il n'eut pas d'autre choix que de passer les bras autour d'elle pour lui tapoter le dos.

8

Combien de temps était-il resté planté là, devant Godwin Honors Hall, le regard levé vers la chambre qui avait été celle de Nicole ?

Avait-il parlé tout seul ?

Les yeux fixés sur ses Converse, s'efforçant de ne pas croiser le regard des passants, qui, à n'en pas douter, le regardaient, Craig s'en revenait à grands pas vers l'appartement qu'il partageait avec Perry.

Son père, rentré dans le New Hampshire, lui avait dit au téléphone : « Dès que tu sens que tu perds le fil, tu m'appelles, d'accord ? Je viendrai, et si je ne peux pas me libérer suffisamment vite, je trouverai quelqu'un. »

Perdre le fil.

Même son père, le célèbre écrivain, n'était jamais parvenu à trouver le mot juste pour désigner cela – cette déraison, cette confusion, ce· brouillard qui l'avait enveloppé après l'accident et qui avait duré des mois pour se dissiper mystérieusement en juillet dernier, quand à son réveil un beau matin il avait su de nouveau qui et où il était.

Qui était donc cet autre individu qui l'avait habité tous ces mois durant ? Avait-il vraiment pris la dénommée Becky, infirmière dans un service de rééducation, pour sa grand-mère, revenue d'entre les morts et rajeunie de cinquante ans ?

« Se remettre d'un traumatisme crânien peut prendre des années, avait dit le Dr Truby, une fois Craig redevenu Craig. Quelques mois seulement. Vous avez de la veine. »

De la veine.

Vraiment ?

Craig savait désormais où il se trouvait, mais parviendrait-il jamais à se défaire de cette impression que l'autre monde, celui où il avait séjourné plusieurs mois, était toujours là ? Et que, dans ce monde, les animaux parlaient, mais pas avec la bouche ? Que si on y regardait fixement l'herbe, elle vous balançait des messages dans le vent ? Que chaque blonde y était un avatar dénaturé de Nicole – le visage déformé ou ridé ou affadi afin de le tourmenter ?

« Des ratés du côté des synapses », avait expliqué le Dr Truby.

« Tu étais vraiment fêlé, lui avait dit Scar. Tu vivais à Pétocheville, mon pote. Content de te revoir. »

Sa mère avait été épouvantée en apprenant qu'il avait l'intention de reprendre les cours en septembre, si on voulait bien le réintégrer. Elle avait bien dû prononcer cinq mille fois les mots *et si* et *rechute*.

« Tout le monde dans cette famille se fiche de mon avis, mais je tiens à répéter qu'il ne devrait pas retourner dans cet horrible établissement », avait-elle répété au père de Craig. Debout sur le trottoir le long de la Subaru, elle parlait d'une voix sonore, comme s'il n'y avait personne dans la voiture. « Et si... rechute... ou quelque chose de pire ?

— Que pourrait-il m'arriver de pire ? interrogea Craig, assis à l'avant. J'ai quand même tué ma copine. » Il parvint même à émettre un rire. Il distinguait par-delà sa mère l'ombre du nouveau petit ami d'icelle évoluant derrière les rideaux de la chambre de ses parents.

« Lynnette, tu as raison sur un point, dit son père tout en remontant la vitre électrique : tout le monde se contrefout de ton avis. »

Sa mère se mit à hurler en direction de la Subaru qui démarrait, mais son père avait monté le son de Vivaldi. Craig ne la revit pas avant la semaine suivante, juste avant son départ pour le Midwest, quand elle passa à l'appartement de son père – radoucie, étranglée par l'émotion, pleurant comme une Madeleine – pour lui dire, comme si c'était couru d'avance : « Surtout, si ça ne va plus, tu rentres aussitôt. Si... rechute.

— Et pour quoi faire ? avait-il demandé. Rentrer vivre avec toi, avec Scar et avec "oncle Doug" ? Bosser à la station de ski ? »

Elle avait tourné les talons, repassé la porte d'entrée, redescendu les escaliers et regagné sa voiture d'un pas vif en pleurant ouvertement, croisant des habitants de la résidence sur l'aire de stationnement, observée du balcon par son fils. Le temps d'une seconde, l'idée avait effleuré Craig de s'élancer à sa suite pour la saisir à bras-le-corps, enfouir son visage dans sa poitrine et fondre lui aussi en larmes. Mais elle s'éloignait déjà à bord de sa Lexus.

À présent qu'il était de retour ici, il se demandait si elle n'avait pas raison.

Il n'aurait pas dû se trouver ici.

On lui avait permis de revenir, mais cela ne signifiait pas que ce fût sa place.

Même le Dr Truby avait paru préoccupé, lui qui, dès le début, avait beaucoup parlé d'autonomie et de guérison complète.

« Il se peut que vous… que vous vous mettiez à… à avoir d'effrayantes réminiscences, avait-il dit. Téléphonez-moi si cela arrivait. »

La dernière fois que Craig avait vu le psy, il faisait plus de trente-cinq degrés dehors et la climatisation du cabinet soufflait dans la pièce une odeur de réfrigérateur en surchauffe. Il savait que le Dr Truby allait lui faire, pour la dix millionième fois, la même demande :

« Dites-moi, Craig, tout ce qui vous revient aujourd'hui au sujet de l'accident. »

Craig avait, comme chaque fois, baissé les yeux, puis il se les était frottés là où il voyait, derrière ses paupières, un visage de femme.

Un visage inconnu. Rond comme la lune.

Elle lui parlait dans une langue étrangère, mais, bizarrement, il comprenait ce qu'elle lui disait.

Ne déplacez pas votre amie.

Craig releva la tête pour dire au Dr Truby : « Je crois qu'il y avait une dame là-bas. »

Le psychiatre hocha la tête. Il avait le crâne rasé, et de forme si parfaite qu'il paraissait avoir été façonné dans l'idée d'être rasé.

« Et cette dame… ? » Il agita la main en l'air, la retournant dans sa propre direction.

Craig réfléchit un instant et dit : « Elle m'a recommandé de ne pas déplacer Nicole.

— À la suite de quoi, vous… ? » De nouveau, ce geste. L'invitant à dévider son souvenir.

Craig avait considéré les chaussures du Dr Truby. Des mules ? Des mocassins ? Elles paraissaient souples, peut-être du daim, et nullement faites pour fouler un trottoir.

« Et ensuite… ? »

Mais Craig n'avait pas de mots pour ce qui avait suivi.

Après, des mains s'étaient portées sur lui. Un coup dans le ventre. Sa tête, ses oreilles résonnaient. Et de l'eau. Était-on en train de le baptiser ? Une aiguille dans le bras. Un homme en uniforme bleu hurlant en direction de lumières qui clignotaient. Quelqu'un lui donna un violent coup de pied dans le derrière qui le fit trébucher. Et pendant tout ce temps, il cherchait à s'informer au sujet de Nicole, mais ses paroles étaient si embrouillées qu'il savait que nul ne pouvait le comprendre. Quelqu'un voulut savoir s'il connaissait son propre nom et l'endroit où il se trouvait, mais quand il tenta de composer dans sa bouche la forme de son nom à elle, quelqu'un lui dit d'un ton apaisant : « Vous ne devriez pas penser à cela maintenant. Il faut vous reposer. Nicole est morte. »

« Je ne sais pas », avait répondu Craig, sur quoi le Dr Truby, qui depuis longtemps devait attendre qu'il en dise plus, se laissa aller contre son dossier, leva les yeux vers le plafond et soupira.

9

Mira commençait toujours le semestre avec l'histoire de Peter Plogojowitz.

En 1725, au village de Kisilova, un paysan du nom de Peter Plogojowitz mourut de mort naturelle et fut enterré. Dans le courant de la semaine, neuf autres villageois trépassèrent, et Peter Plogojowitz apparut à son épouse pour réclamer ses chaussures. On supposa communément que le mort « revenait » et qu'il était à l'origine des autres décès. Aussi fut-il exhumé et son cadavre examiné.

En dehors du nez, qui s'était affaissé, Peter paraissait comme neuf. Les cheveux, la barbe et les ongles avaient poussé. La peau avait pelé et ce qui paraissait être une nouvelle peau, toute rose, s'était formé en dessous. Il avait du sang frais dans la bouche. La foule qui s'était amassée au cimetière fut prise de fureur. Un pieu fut enfoncé dans le cœur du mort, là-dessus il se mit à crier, saigna des oreilles et de la bouche, et eut une érection. Après cela, le cadavre fut brûlé, les cendres dispersées.

Peter Plogojowitz ne revint plus jamais.

Plusieurs parmi les filles du dernier rang s'étaient plaqué la main sur la bouche. L'une d'elles, une belle brune à la peau presque translucide, s'était enfoui tout le visage entre les mains. Deux ou trois garçons firent entendre un rire gêné et quelques autres pouffèrent. Quelques-uns parmi les étudiants les plus sérieux prenaient des notes. Perry Edwards, le seul dont Mira connaissait le nom, car elle avait dû lui signer une dérogation, hochait la tête en la regardant si fixement qu'elle avait l'impression qu'il voyait à travers elle.

« Bien », fit-elle. Elle claqua des mains, se retourna vers le tableau, prit un morceau de craie et, s'adressant à la classe : « Que nous apprend cette anecdote sur les superstitions et pratiques funéraires de la Serbie du dix-huitième siècle ? »

Elle écrivit le chiffre 1 sur le tableau, libérant un petit plumet de poussière blanche.

D'ordinaire à ce stade, personne n'avait rien à dire. Pourtant, Perry Edwards levait la main.

« Oui ? dit Mira en lui faisant signe de parler.

— Ces gens croyaient apparemment qu'un mort pouvait sortir de sa tombe et y retourner. »

Elle approuva d'un hochement et écrivit face au chiffre 1 : *Les morts sont capables de s'extraire de leur tombe et d'y entrer de nouveau.*

« Deux ? » interrogea-t-elle.

Il y eut un temps de silence poli avant que Perry Edwards ne lève derechef la main.

« Les morts qui sont capables de ça ne se décomposent pas ? » dit-il.

Et Mira d'écrire au tableau : *2. Les revenants ne se décomposent pas.*

« Et ils provoquent d'autres morts », dit Perry sans lever cette fois la main. Tandis que Mira notait cela, il poursuivit : « Ils boivent du sang ? Ils peuvent être tués une deuxième fois, plus complètement ? »

Mira écrivit le tout, puis ajouta : *6. Ces créatures sont sexuelles par nature.*

Comme elle s'y attendait, les filles assises au fond avec la main sur la bouche pouffèrent, et les garçons qui avaient ri rigolèrent de plus belle. Mais Perry Edwards soutint si longtemps son regard que ce fut elle qui, pour finir, détourna la tête.

10

Craig s'efforçait de ne pas dévisager Nicole Werner pendant qu'elle travaillait. Cependant, il ne pouvait s'en empêcher, tant la façon dont les cheveux de la jeune fille lui retombaient devant le visage quand elle se penchait sur son *Histoire de la langue anglaise*, tant la façon dont, dans sa main droite, le surligneur voletait au-dessus des pages, et même la manière dont son pied marquait une espèce de rythme durant quatre ou cinq secondes puis s'arrêtait, se révélaient plus captivantes que le manuel qu'il avait sous les yeux.

Si elle savait qu'il la regardait, elle n'en montrait rien.

Perry leur avait trouvé une salle d'étude au sous-sol de Godwin Hall – un ancien salon caché derrière un local de rangement, avec des fauteuils poussiéreux et une moquette bordeaux. Sur la porte, une plaque en cuivre gravée des mots : SALLE D'ÉTUDE ALICE MEYERS. Bien que cela fît apparemment des années qu'elle n'avait servi qu'à des accouplements furtifs (des emballages de préservatifs avaient été fourrés dans un vase en verre contenant par ailleurs des fleurs en plastique), il s'agissait d'une pièce tout à fait confortable.

Comme il n'y avait d'ampoule dans aucune des douilles, chacun avait apporté sa lampe de bureau pour se l'installer en bout de table. Tamisée et bien orientée, cette lumière était à la fois intense et reposante. Perry occupait une table installée dans un angle, les coudes posés de part et d'autre d'un livre ouvert. Nicole était pelotonnée dans un fauteuil rembourré assorti d'un repose-pieds défoncé. Josie Reilly était assise par terre, adossée au mur, jambes repliées dans la position du lotus, comme si elle était d'argile. Craig, allongé sur le canapé, regardait Nicole par-dessus son livre, cependant qu'elle feuilletait le sien en se mordillant la lèvre inférieure.

Il avait pensé qu'un groupe d'étude entraînerait de la communication. Des questions que l'on se serait posées. L'échange de trucs mnémotechniques. Peut-être le partage de fiches. N'ayant jamais fait partie d'un tel groupe, il ne pouvait savoir qu'il s'agissait simplement d'un cercle complice, fait de silence et de concentration – hormis un bâillement occasionnel, le raclement d'une gorge, le délicat éternuement de Nicole, le machinal « À tes souhaits » de Josie. Quand le silence devenait si épais qu'on aurait pu avancer la main pour en saisir une poignée, Craig avait envie de lancer une plaisanterie. Mais il ne savait laquelle. Elle devrait être incroyablement cocasse pour justifier l'interruption ; or il n'était pas lui-même très drôle, sinon face à quelque élément comique à exploiter, et rien ici de suffisamment idiot pour lui inspirer le genre de blague avec laquelle il s'entendait à déclencher une bonne séance de rigolade – une de ces sorties qui lui valaient naguère des ennuis au lycée ou qui, à la table du petit déjeuner, faisaient que Scar recrachait son cacao par le nez.

De temps à autre, la lumière tremblotait. (Peut-être un des lave-linge de la buanderie voisine commençait-il son cycle d'essorage, monopolisant pour un temps l'électricité du sous-sol.) Nicole regardait brièvement en l'air, puis baissait de nouveau les yeux. Elle surlignait quelque chose sur la page qu'elle était en train de lire, puis elle prenait le crayon piqué dans ses cheveux et écrivait rapidement une note dans la marge.

« Tu me rends malade ! »

C'est chez elle, dans la chambre de ses parents, que Randa Matheson lui avait crié cela, un après-midi après les cours. Elle était nue, debout à côté du lit. Craig, allongé sur le dos avec une érection, se demandait : Hein ? Quoi ? Qu'est-ce que c'est ?

« Pardon ? parvint-il à articuler.

— J'ai dit que tu me rends malade ! » réitéra Randa en détachant les mots comme si elle s'adressait à un étranger ou à un demeuré. Elle plissait ses yeux noirs, et ses lèvres, gonflées et rougies par une intense séance de baisers, la faisaient ressembler exactement à sa mère, dont les traits étaient connus de quiconque suivait les rediffusions d'une sitcom débile de la fin des années soixante-dix.

« Quoi ? Qu'est-ce que j'ai fait ?

— Laisse tomber », lui répondit sèchement Randa tout en remontant son string sur ses hanches étroites, dissimulant ainsi un sexe à la pilosité parfaitement entretenue, ce qui ne fut pas pour calmer l'érection du garçon, puis, tournant les talons, elle sortit en hâte de la chambre en tenant son jean et sa chemise contre ses seins. La porte claqua si violemment derrière elle que Craig ferma les paupières dans un tressaillement, imaginant pendant une fraction de seconde qu'on venait de faire feu sur lui.

Après un moment, il se rhabilla et s'en alla.

La maison des Matheson était aussi immaculée que gigantesque. Il s'égara en cherchant la sortie et aboutit dans une sorte de solarium dépourvu de porte. Randa n'était nulle part en vue.

Craig se demanda pendant des mois ce qu'il avait fait, mais il ne lui vint pas à l'idée d'appeler Randa ou de l'arrêter dans le couloir pour lui poser la question. Le lendemain de l'« incident », sa mère gara sa voiture à côté de la Jeep de Randa sur l'aire de stationnement du *Trading Post*. Craig, assis à côté d'elle, se laissa glisser au fond du siège. « Qu'est-ce qu'il t'arrive ? » lui demanda-t-elle. Par bonheur, elle s'aperçut qu'elle avait oublié de prendre son sac à main et ils repartirent aussitôt.

Mais il était impossible de ne pas croiser Randa. Au lycée. Dans les soirées. Chez le loueur de DVD. Au début, il s'attacha à ne pas poser les yeux sur elle, espérant éviter ainsi son regard ; mais il découvrit au fil du temps qu'elle se comportait comme s'il était invisible. Un jour, ils se croisèrent dans les escaliers lors d'un interclasse (elle montait, il descendait) et, stupidement, il bafouilla un « Salut ! ».

Elle le regarda d'un air impassible. Son visage ne montra pas la moindre amorce d'expression. Elle regardait *à travers* sa tête, ne voyant que le mur de l'autre côté.

Il essayait, de temps en temps, de réfléchir à ce qui avait pu se passer.

Ils s'étaient embrassés pendant un moment, pas de doute là-dessus, puis ils avaient ôté leur haut et ensuite leur jean – au niveau des cuisses d'abord, puis aux chevilles, avant de s'en débarrasser tout à fait –, après quoi il avait fait glisser le string en question le long des jambes soyeuses de Randa, tandis qu'elle laissait courir ses doigts le long d'un de ses sourcils. Il s'était ensuite relevé pour ôter son slip, à la suite de quoi elle s'était dressée sur un coude pour lui demander : « Est-ce que je te plais ? »

Il était passablement certain que sa réponse à cette interrogation avait été affirmative (pourquoi en serait-il allé autrement ?), mais Randa enchaîna avec une rafale d'autres questions auxquelles il ne savait plus bien ce qu'il avait répondu.

Tu penses que Michelle a de plus beaux seins ? Quelle est la fille la plus maigre avec qui tu as couché ? Est-ce que tu l'as fait avec Melody ? Quand m'as-tu remarquée pour la première fois ? Est-ce que c'est Tess, celle dont tu as vraiment envie ? Est-ce que tu te sers de moi pour arriver jusqu'à elle ? Si tu es venu ici cet après-midi, c'est uniquement pour faire l'amour avec moi ?

Il s'était rallongé auprès d'elle avec sa palpitante érection. Au bout d'un moment, il l'avait interrompue d'un : « Bon, on baise ou quoi ? » Et c'est là qu'elle avait sauté du lit en lui hurlant dessus.

Il avait à peine approché une fille depuis ce fameux jour avec Randa. Les grandes vacances qui avaient suivi la remise des diplômes s'étaient écoulées sans un flirt ni même un baiser.

Il ferma les yeux, laissant l'image de Nicole Werner – distante d'une soixantaine de centimètres – s'attarder un moment sur ses paupières. Il essaya de se la représenter dans son lycée de Fredonia en train de converser avec une actrice devenue mère ou un père millionnaire se pavanant en costume, sans autre endroit où traîner que le *Trading Post*.

Non.

Il ne parvenait pas à se représenter Nicole Werner en un quelconque endroit où il s'était lui-même précédemment trouvé.

Nicole Werner était à sa place ici et maintenant, dans cette salle de Godwin Honors College.

Vierge et major de sa promotion, fille des propriétaires du *Boulettes*.

Cette chaînette en or qu'elle avait au cou portait sans doute un crucifix reposant quelque part entre ses seins parfaits, intacts, dans les ombres de son corsage à fleurs et de son soutien-gorge aux senteurs de talc.

Le soir, elle disait probablement ses prières avant de se pelotonner contre son singe en peluche. Peut-être que lorsqu'elle était en première elle avait laissé un con lui peloter les nichons et les fesses, et lui fourrer sa langue dans la bouche, mais jamais elle n'avait sauté de la baignoire de ses parents nue comme un ver, défoncée à l'ecstasy, pour inviter tous les types de la soirée à introduire leur bite en elle – ce qui n'était pas chose rare chez les filles du lycée de Craig.

Nicole Werner n'avait jamais mis les pieds dans ce genre de soirée. Elle n'en avait même jamais entendu parler. Craig était bien certain que les jeunes de Bad Axe n'organisaient pas de sauteries de ce genre.

Elle éternua de nouveau – un éternuement délicat, tout en consonnes et s'achevant par un *pchiii !* – et Craig rouvrit les yeux.

Elle était en train de le regarder, un mouchoir en papier sur le nez.

Désolée, articula-t-elle silencieusement.

À tes souhaits, répondit-il de même.

11

Shelly se le repassait mentalement tous les matins et faisait de même chaque soir avant de se coucher. Elle y pensait en se rendant en voiture à son travail et assise à sa table de travail. Parfois, la sonnerie du téléphone la faisait sursauter : elle avait oublié qu'elle se trouvait au bureau, qu'il y avait à côté d'elle un téléphone susceptible de sonner.

En premier, elle se remémorait la voiture et s'en refaisait mentalement la description :

De couleur sombre. Un coupé.

Puis la route, qu'elle connaissait bien :

Une nationale orientée nord-sud. Deux voies, juste à la périphérie de la ville.

Elle l'avait parcourue un million de fois auparavant et une centaine de fois depuis. Cette fois-là, elle écoutait – plaisir coupable – une station spécialisée dans la country. (Si un de ses collègues de la Société de musique de chambre avait découvert son secret, elle n'aurait peut-être pas été renvoyée, mais stigmatisée avec un tel acharnement qu'elle aurait fini par démissionner. Certes, on vivait dans un pays libre, mais non pas quand il s'agissait de certaines préférences esthétiques ou opinions politiques et que l'on travaillait à la Société de musique de chambre de l'université.) Une de ses vedettes favorites chantait combien il faisait bon vivre aux États-Unis, et elle chantait à l'unisson.

Elle se souvenait de la ligne jaune courant au milieu de la chaussée.

Elle se rappelait avoir remarqué une petite voiture de couleur foncée, qui la devançait suffisamment pour qu'elle n'eût pas à s'en soucier plus que cela. Cette voiture ne roulait pas vite. Il n'y avait pas d'autres autos en vue.

Tout en chantant avec la radio, elle s'aperçut que le message sous-jacent de la chanson consistait en ceci : si l'on ne se plaisait pas aux États-Unis, il fallait en partir.

Shelly Lockes était plus ou moins d'accord. Son frère aîné avait été tué au Viêt-nam. Ses parents, qui ne s'en étaient jamais remis, avaient succombé au genre de maladies dont meurent les personnes recrues de chagrin : crise cardiaque pour son père, cancer de l'estomac pour sa mère.

Tout en chantant les paroles entraînantes à gorge déployée, elle se demandait où on pouvait aller si on décidait de quitter les États-Unis. Si on trouvait un pays plus attrayant, est-ce que celui-ci serait disposé à vous accueillir ? Et si, ultérieurement, on souhaitait revenir ?

C'est alors que les feux arrière de la voiture de devant firent un écart, clignotèrent, parurent danser en l'air le temps de quelques folles secondes. Puis disparurent.

Combien de centaines d'heures avait-elle passées connectée sur Google à rechercher des informations sur l'accident ? La fille. Le garçon. L'« enquête », qui semblait avoir été bouclée avant d'avoir jamais débuté.

Mais toutes les réponses qu'elle obtint, en dehors de la croquignolette désinformation du quotidien local, avaient à voir avec les cerisiers du verger du souvenir, proche de la sororité de la défunte, ou bien reprenaient les éloges convenus que les sœurs d'Oméga Thêta Tau avaient prononcés relativement à sa pureté. Shelly entra son propre nom et ne trouva rien. Elle entra la date et le mot *accident*, ajoutant, sur une inspiration subite, *la vérité*. Rien. Tapant *la vérité* et le nom de la sororité de Nicole Werner, elle obtint un résultat surprenant : des données sur une étudiante de l'école de musique, une violoniste du nom de Denise Graham, disparue au printemps, dans les mêmes temps que l'accident. Sur cette page, les sœurs qui avaient présenté Nicole comme « la fille la plus charmante qui ait jamais vécu », disaient de la violoniste disparue : « Elle était distante et bizarre. Personne n'est jamais parvenu à la connaître. » Cette juxtaposition semblait pour un peu destinée à démontrer que Nicole était, de fait, un ange sous l'apparence d'un membre d'une sororité – la preuve résidant dans le fait que personne n'était affecté par ce qui était arrivé à l'autre fille. Si cette dernière avait été retrouvée, Shelly ne vit rien à ce propos sur Internet.

« Shelly ? »

Josie se tenait sur le seuil, arborant l'expression de surprise qui lui était habituelle. Il avait fallu à Shelly trois mois de travail en sa compagnie pour comprendre qu'elle n'était jamais surprise par quoi que ce fût. Cet air était l'expression d'une sorte d'amusement – peut-être aux dépens d'un tiers. Peut-être aux dépens de Shelly.

« Oui ?

— Est-ce que ça vous ennuie si je fais un saut au *Starbucks* ? Pour ma dose de caféine. Je peux vous prendre quelque chose ?

— Non, c'est bon. Allez-y. Mais je n'ai besoin de rien.

— Vous êtes sûre ?

— Tout à fait sûre. »

Après que Josie eut filé sur ses petits escarpins à semelles rigides, Shelly revint au fichier qu'elle venait d'ouvrir sur son ordinateur – des nombres scintillants déferlant électriquement, qui lui parurent n'être dans l'instant que formes et points. Elle se frictionna les yeux en se laissant aller contre son dossier. Quand elle jugea qu'il s'était écoulé suffisamment de temps pour que Josie ait descendu l'escalier et soit sortie dans la rue, elle se mit à la fenêtre et l'aperçut parmi les centaines d'autres étudiants se pressant (entre deux cours) sur le trottoir. Elle la regarda se faufiler d'un pas gracieux en direction du *Starbucks*, les mains enfoncées dans les poches de son sweat à capuche en cachemire.

Elle tenait le dos bien droit, et ses longs cheveux bruns lui fouettaient le visage. Elle était superbe. Au moment où elle traversait la rue, Shelly vit deux garçons se retourner pour la regarder, et bien qu'elle fût trop loin pour lire leur expression, elle les vit se donner du coude comme font les jeunes gens en reluquant la plastique d'une fille. Josie se baissa pour ramasser quelque chose – une pièce de monnaie ? – qu'elle glissa dans sa poche, puis elle passa la main dans sa magnifique chevelure. Les deux types avaient bien du mal à marcher droit tout en se dévissant le cou pour contempler son postérieur. Shelly revint à son écran.

Elle appréhendait ce moment, mais elle allait devoir se séparer de Josie Reilly, qui ne travaillait au bureau que depuis le mois de juillet. Elle était la collaboratrice la moins fiable qu'elle eût jamais eue, et n'avait, à vrai dire, été recrutée que parce qu'il était difficile de trouver des étudiants résidant pendant les mois d'été sur le campus pour leur proposer un emploi rémunéré par l'université, et c'est elle qui avait décroché le poste. De plus, elle s'était montrée si intelligente et si posée au cours de l'entretien, que Shelly en avait été véritablement impressionnée. Mais à présent, des garçons venaient chaque vendredi après-midi traîner dans le hall une heure avant l'horaire auquel elle était censée quitter son travail. Ils lançaient des plaisanteries, évoquaient des soirées à venir, jusqu'au moment où, épuisée par son propre agacement, Shelly finissait par lâcher : « Vous pouvez partir de bonne heure si vous le souhaitez, Josie », à quoi l'intéressée n'opposait jamais d'objection.

Le lundi, seul jour où Josie était censée venir au bureau le matin, elle ne manquait jamais d'y débouler avec une heure de retard, en présentant quantité d'excuses mais toujours avec cet air amusé.

Enfin, faute inexcusable, Shelly avait trouvé, quelques semaines auparavant, en train d'amasser de la poussière sous le bureau de Josie, le formulaire de défraiement du quatuor à cordes de Marymount, qui aurait dû avoir été envoyé un mois plus tôt. Il y avait un soulier griffonné au dos de la feuille, un escarpin à talon haut avec boucle et sangle. « Oh, mon Dieu ! » glapit Josie quand Shelly lui agita le document sous le nez, mais elle ne proposa pas vraiment d'explication, se contentant de s'adresser une série de reproches, et toujours avec cette même expression sur le visage.

Il est vrai qu'aucun des étudiants que Shelly avait employés au fil des ans ne s'était montré à la hauteur. Elle avait moult fois expliqué au doyen qu'il lui fallait un véritable assistant, mais elle héritait chaque année d'un jeune en quête d'un petit boulot. La plupart étaient négligents, peu fiables et sans cervelle, mais Josie Reilly était peut-être la pire. À peine si elle s'efforçait de faire semblant de travailler.

Shelly regarda par la fenêtre juste à temps pour voir Josie ressortir du *Starbucks* avec une tasse dans chaque main.

Elle faisait chaque fois la même chose.

Shelly disait invariablement ne rien vouloir, et l'autre lui rapportait toujours quelque chose. Cela aurait pu passer pour une marque d'attention si cela n'avait aussi ressemblé à une idée après coup, comme si Josie était arrivée au *Starbucks* sans aucun souvenir de ce que Shelly avait répondu à la question de savoir si elle désirait quelque chose.

En traversant la rue pour regagner les locaux de la Société de musique de chambre, Josie leva la tête.

Shelly s'écarta vivement de la fenêtre et se hâta de revenir à son ordinateur, le cœur battant, sentant ses joues s'empourprer, tant elle était confuse.

Shelly, qui était lesbienne, voyait en Josie Reilly le type même de l'étudiante d'une sororité susceptible de lui prêter une attirance pour elle. Cette fille était, pensait Shelly, le genre de personne qui allait son chemin dans la vie en supposant que tout un chacun la trouvait séduisante.

Elle allait supposer que, la trouvant tellement irrésistible, sa chef l'avait regardée de la fenêtre du bureau. Elle allait reparaître avec une tasse de chocolat, de thé ou de chai à la menthe, et Shelly allait devoir supporter sans sourciller cette expression amusée, prendre la tasse, dire merci, proposer de rembourser les exorbitants trois ou quatre dollars qu'elle avait coûté. Et cette fois, parce qu'elle s'était laissé surprendre à lorgner la demoiselle traversant la rue – vieille gouine concupiscente en position de pouvoir au sein d'une université si chatouilleuse sur ces questions que l'air ambiant y paraissait soumis à la censure, comme s'il était devenu possible de châtrer l'esprit –, Shelly allait devoir patienter au moins une semaine de plus avant de la virer.

12

Quand Mira franchit la porte, les jumeaux s'étalèrent sur le sol du séjour – Andy sur le derrière, Matty sur le nez. Cela faisait partie de la routine.

En fin d'après-midi, quand elle rentrait de ses cours et du bureau, ils pleuraient et tempêtaient durant une bonne heure, cependant que Clark arpentait l'appartement d'un pas pesant. Quand elle lui demandait s'ils avaient été difficiles, il secouait la tête en gardant les lèvres hermétiquement closes, manière de lui signifier que ce comportement avait à voir avec elle et qu'il s'agissait par conséquent de son problème.

Elle s'interrogeait sur la signification de leur attitude. Les garçons pleuraient-ils d'excitation parce qu'elle était de retour, ou bien s'agissait-il du chagrin que leur avait inspiré son absence ? Son affreux soupçon était qu'ils avaient eu toute la journée envie de pleurer, mais que, leur père étant tellement peu compatissant ou bien si près lui-même de craquer, ils avaient refoulé cette envie jusqu'à ce qu'elle rentre à la maison.

Elle se déchaussa, s'assit à même le sol et les attira contre elle. Matty ouvrit la bouche et se mit à lui téter la rotule en sanglotant. Andy prit une poignée de ses cheveux, se la fourra dans la bouche et s'enfouit dans son cou pour pleurer de plus belle. « Clark ? » appela-t-elle. Elle avait besoin de boire un verre d'eau, mais se relever l'aurait obligée à se séparer des petits.

Il ne répondit pas.

« Clark ? »

Mira avait grandi au sein d'une famille traditionnelle. Toute la journée, son père plaçait des assurances, cependant que sa mère claquait des portes et hurlait après les gosses. Elle n'avait aucune idée de ce que cette dernière faisait des heures précieuses pendant lesquelles ils étaient à l'école. Au début, elle se l'était imaginée allongée sur son lit en train de fixer le plafond, mains croisées sur la poitrine, pareille à un corps exposé dans un salon funéraire, pour ne se relever, comme ranimée, qu'en entendant le car scolaire s'arrêter le long du trottoir à quinze heures quarante-cinq.

Par la suite, elle avait envisagé d'autres possibilités : un genre de double vie. Non pas un amant, assurément, mais peut-être un groupe d'amies auxquelles sa mère aurait confié, à la faveur d'un thé, les déceptions de son mariage, ses difficultés avec ses rejetons. Ou bien peut-être lisait-elle des romans à l'eau de rose, qu'elle cachait en différents endroits de la maison. Peut-être s'adonnait-elle à quelque passion à laquelle Mira n'aurait pas pensé : l'observation des oiseaux, la composition poétique.

Mais Mira avait à peine atteint ses vingt ans, âge auquel elle aurait peut-être pu faire véritablement connaissance avec l'inconnue qui l'avait élevée, quand sa mère mourut ; et la seule scène de son enfance vraiment révélatrice qu'elle se rappelât avec clarté remontait à un après-midi où elle avait dû manquer l'école, souffrant de règles si douloureuses que sa mère, qui n'avait pourtant nulle patience face aux embarras de cet ordre, dut admettre qu'elle avait l'air malade et lui permit de garder le lit.

Cet après-midi-là, Mira avait quatorze ans. Elle était allée se recoucher sitôt après le petit déjeuner pour dormir jusqu'à midi. À son réveil, la maison était toute silencieuse. Elle gagna le couloir sur la pointe des pieds.

Pourquoi sur la pointe des pieds ? S'attendait-elle à trouver sa mère se livrant à une occupation clandestine ?

Quelle qu'en fût la raison, Mira se souvenait encore de cette impression de mener une mission secrète – la façon dont elle avait précautionneusement foulé le plancher de sa chambre, dont les lames grinçaient, puis celle dont elle avait glissé, plus que marché, en chaussettes dans le couloir.

La maison était petite. Elle ne comptait que trois chambres, dont celle que partageaient ses frères (interminable source de conflit : *Pourquoi est-ce qu'elle a, elle, sa propre chambre ?*). À pas feutrés, elle passa du parquet du couloir à la moquette orange du séjour. Elle glissa un œil à l'intérieur.

Sa mère ne s'y trouvait pas.

Retenant son souffle, elle emprunta le passage voûté donnant sur la salle à manger, séparée de la cuisine par une double porte battante (dont un des vantaux ne battait plus depuis que Bill, à moins que ce ne fût Frank, l'avait arraché au bâti en s'y suspendant, et parce que leur père, qui n'avait aucun don en menuiserie, refusait de faire réaliser les moindres travaux dans la maison).

Si sa mère se tenait de l'autre côté de cette porte, elle était trop immobile pour qu'il fût possible de détecter sa présence.

Mira poussa le vantail intact et entra dans la cuisine.

Personne.

Rien que, sur le bar, la tasse à café de sa mère, à demi vidée, le bord marqué de rouge à lèvres.

Elle posa la main sur la tasse. Elle était froide.

Ne restaient plus que deux pièces où pouvait se trouver sa mère : le sous-sol à demi terminé (sauf que Mira n'entendait ni le lave-linge ni le sèche-linge) ou le garde-manger. Ils ne possédaient qu'une voiture et son père avait dû la prendre pour aller à son travail ; c'est pourquoi, à moins qu'elle ne se fût rendue en ville à pied (chose impensable, car elle n'avait même pas de véritables chaussures de marche et il avait plu ce matin-là, si bien qu'il devait y avoir des flaques, et puis que serait-elle allée faire dans cette bourgade ?), sa mère se trouvait forcément quelque part dans la maison.

Mira se dit qu'elle était peut-être dans la réserve en train de classer des boîtes de soupe ou de vérifier des dates de péremption. Bien qu'encombré de bocaux, d'emballages de pâtes, de biscuits et de céréales, ce local, éclairé d'une ampoule nue, était suffisamment spacieux pour que sa mère pût s'y tenir voire y être confortablement assise sur une chaise, faisant l'inventaire, dressant des listes.

Au moment où elle posa la main sur la tiède compacité de la poignée en faux laiton, elle eut la nette impression qu'il y avait quelque chose de l'autre côté de la porte. Mais quoi ? Non pas exactement sa mère, mais comme une énergie contenue, comme un mouvement à peine perceptible, comme une activité aussi intense que silencieuse, telle une prolifération de cellules ou un coït clandestin. Il lui traversa l'esprit qu'il pouvait y avoir derrière cette porte quelqu'un qui n'était pas sa mère – ou que cette dernière pouvait se trouver là avec quelqu'un.

Après un temps d'hésitation, elle tira si vivement le battant à elle que cela fit un courant d'air sur son visage et dans son cou, et que l'éclairage plafonnier l'aveugla presque après la pénombre du couloir et des autres pièces. Elle eut le souffle coupé quand sa mère se retourna, paraissant moins recevoir cette lumière qu'en être la source, debout au centre de la réserve directement sous l'ampoule nue, vêtue de ce que Mira prit d'abord pour une sorte d'aube blanche, qu'elle n'avait jamais vue et qui était faite de plumes, comme des ailes géantes repliées autour du corps, les yeux clos mais lèvres et joues fardées d'un rouge criard (alors que dans la vraie vie cette femme ne se maquillait que le dimanche, pour aller à l'église, ou les rares soirs de fin de semaine où son mari l'emmenait dîner dehors). Sa peau paraissait humide, couverte d'un film de rosée ou de transpiration, et la fillette eut la nette impression que sa mère venait d'éclore ou bien qu'elle revenait d'entre les morts.

Mira se figea sur le seuil, main plaquée sur la poitrine, cœur battant sous sa paume. Sa mère ouvrit lentement les yeux et dit : « Mira ! » d'une voix cent fois plus douce, plus pétrie de patience et d'affection que celle qu'elle employait d'ordinaire.

« Maman ?

— Oui ?

— Es-tu… ?

— Quoi donc, ma chérie ? »

Mira recula d'un pas et sa mère referma la porte entre elles. Mira ne balança qu'une seconde ou deux avant de regagner promptement sa chambre et de se glisser dans le lit qu'elle n'aurait jamais dû quitter.

Comme le souvenir de beaucoup d'autres incidents de l'enfance et de l'adolescence, ce moment devint peu à peu une vision confuse, et il lui arrivait souvent de penser qu'elle avait seulement rêvé tout cela ou qu'il s'était agi d'une hallucination. (Se pouvait-il que le Tylenol qu'elle avait pris ce matin-là contînt de la

codéine ? Faisait-elle de la fièvre en plus de ses règles ?)
Elle ne se départit cependant jamais de l'impression
d'avoir éventé par hasard ce jour-là un secret profondément enfoui, un secret sur sa mère et cet office ; et
le soupçon aussi diffus qu'irrationnel que cette dernière se régénérait dans cette pièce, s'y *ranimait*, se
dépouillait de cellules pour en constituer de nouvelles,
s'insinua pendant des années dans ses rêves et finit par
prendre pied dans sa vie consciente, cela de façon per-
manente, lorsque sa mère mourut d'un cancer du sein,
cancer qui – sans doute le savait-elle – devait déjà être
à l'œuvre ce jour-là dans la resserre, et ce depuis des
années. Les médecins qui se penchèrent finalement sur
son cas furent sidérés autant qu'horrifiés par le fait
qu'une maladie qui aurait pu être traitée avec succès
avait été ignorée ou dissimulée et endurée en silence
pendant si longtemps.

Au funérarium par une fraîche après-midi d'avril,
Mira regarda sa mère allongée dans le blanc cercueil
et revécut d'un coup ce moment de son enfance en
voyant le fard des joues maternelles, les lèvres peintes
d'un rouge morbide, le film cireux de sa peau et
l'odeur du fluide d'embaumement.

Il lui sembla alors que des dizaines d'années
s'étaient écoulées depuis ce fameux épisode de la
remise et le diagnostic posé quelques mois plus tard.
Ce cancer dura ce qui lui parut une autre vie, durant
ses années de lycée, la remise de son diplôme (nul ne
s'était attendu à ce que sa mère pût y assister), ses
deux premières années à l'université – lors desquelles
Mira fit quatre ou cinq épuisants trajets en car
Greyhound pour revenir à la maison, car sa mère
paraissait vivre ses dernières heures – jusqu'à ce que,

dans le courant de la seconde année, son père l'appelât pour lui annoncer qu'elle s'éteindrait dans les jours à venir, qu'elle ne devait pas rentrer toute affaire cessante, mais que…

Il se trouva que sa mère mourut alors qu'elle rédigeait la réponse à la question numéro huit : « Dans sa réflexion sur la *synchronicité*, Jung établit que le *tertium comparationis* est signifiant. Développez. »

Lorsque sa mère quitta ce monde, Mira était penchée sur un pupitre d'amphi en train de tenter de décrire comment un événement extérieur et un événement intérieur peuvent revêtir une importance égale, et l'exemple dont elle se servait était celui d'une femme qui se voit un jour remettre en mémoire, par une chanson entendue à la radio, un garçon dont elle a été éprise mais qui est resté loin de ses yeux et de ses pensées pendant de nombreuses années, puis qui tombe sur sa notice nécrologique dans un journal qu'habituellement elle ne lit pas.

La semaine suivante, alors qu'elle regardait sa mère plongée dans la lumière du salon funéraire, tous les éléments se mirent en place – le souvenir et l'anticipation, le symbolisme et le folklore inhérents à ce jour où, des années plus tôt, dans son propre délire et perdant son sang menstruel, Mira avait pressenti non seulement la mort de sa mère, mais aussi, en une vision, la trajectoire de sa propre carrière.

À quelques semaines des obsèques de sa mère, elle avait lu *The American Way of Death*[1]. Par la suite,

---

1. Ouvrage de Jessica Mitford (1963 et 1998) sur les tarifs abusifs pratiqués par les entreprises de pompes funèbres aux États-Unis.

elle avait bien sûr lu tous les livres qui avaient été écrits sur les traditions, les rituels et les superstitions liés à la décomposition et à la réanimation du corps, jusqu'au jour où elle n'eut plus rien à lire sur le sujet et se mit à rédiger son propre ouvrage.

Clark, ses Nike à la main, vint se planter au-dessus d'elle pour lui demander : « Peut-être pourrais-tu t'occuper de leur dîner ce soir ? J'en ai jusque-là. Je vais courir.

— Clark… » commença-t-elle, les yeux levés vers lui – vers ce corps qu'il y avait longtemps, par un samedi de farniente, elle avait léché sur toute sa longueur, du bout du gros orteil jusqu'au sommet du crâne – et s'efforça de ne pas s'attarder sur son abdomen, relâché et protubérant. (Comment se faisait-il que Clark eût récemment adopté les attributs physiques d'une personne ayant donné naissance à des jumeaux, alors qu'elle-même n'en montrait plus le moindre signe ?) Elle s'efforça de capter son regard et de conserver un ton de voix égal et objectif, alors même que Matty enfonçait ses dents toutes neuves, incroyablement aiguës, dans la chair de sa cuisse : « J'ai ce soir une réunion du jury de thèse, Clark. Je dois repartir dans une heure. Je te l'ai dit ce matin. »

Sur quoi il tourna les talons et, avant même qu'elle ait compris son geste, les chaussures de jogging avaient traversé la pièce et renversé leur seule jolie lampe, qu'elle entendit se fracasser sur la table basse. Les jumeaux se mirent à hurler avec ce qui semblait être toute la délirante énergie de l'histoire humaine canalisée à travers leurs poumons.

13

Il ne s'agissait pas, loin s'en fallait, d'une résidence réputée pour ses grandes sauteries, mais il était de tradition à Godwin Honors Hall d'organiser une grande bouffe le vendredi soir suivant la fin des premières épreuves.

Craig n'avait pour sa part qu'un seul examen (sciences politiques) et un devoir à rendre (grandes œuvres). Ayant déjà dégoté sur Internet un « modèle » pour le devoir, il avait commencé d'esquisser un vague plan en vue de la transformation de ce canevas en sa propre dissertation trimestrielle. Il ne se faisait pas un monde de l'examen de sciences po. Il lui suffirait de parcourir, le matin de l'examen, la quatrième de couverture du bouquin.

Ses condisciples avaient apparemment des programmes de travail plus chargés ou une approche différente des études. Dès le week-end précédant les épreuves, Godwin était devenu un établissement fantôme, et Perry ne séjournait dans leur chambre que quelques heures au petit matin avant de filer à nouveau.

(« Où t'étais passé, mec ? » lui demandait Craig au passage. « À la bibliothèque, répondait Perry comme énonçant une évidence. Je bossais. »)

Même la cafétéria était silencieuse. Au lieu des attroupements habituels, les gens s'y installaient seuls, portant distraitement les aliments à leur bouche, absorbés par le manuel ouvert à côté de leur assiette. Une fois, Craig vit un type piquer sa fourchette sur la page de son livre plutôt que dans son pain de viande, et même la lever presque jusqu'à sa bouche avant de découvrir qu'il n'y avait rien dessus.

Sacré bon sang. Pas étonnant que son paternel ait dû s'en remettre à sa vieille connaissance le doyen Fleming pour le faire admettre au sein de l'établissement. Ces gens n'étaient pas comme lui. Ils appartenaient à une espèce parfaitement différente. Il y avait certes des bûcheurs professionnels dans son lycée, mais leur supériorité avait un air si naturel qu'il ne s'était jamais soucié de chercher à savoir comment ils y arrivaient. Ils suivaient les doigts dans le nez leurs cours renforcés, collectionnaient les A+ lors des contrôles, longeaient nonchalamment le couloir pour se rendre aux réunions des clubs dont ils étaient présidents, ou se munissaient de leur violon pour prendre la direction de l'auditorium.

Que ces étudiants de Godwin Honors College travaillent à ce point l'effrayait et le plongeait dans la perplexité, ce qui l'empêchait plus encore de s'imaginer se joignant à eux à la bibliothèque. Jusqu'à présent, il n'avait fait qu'y prendre une brassée de CD pour les charger sur son ordinateur portable.

« Est-ce qu'on se voit cette semaine ? interrogea-t-il au milieu de la semaine cruciale, au moment où Perry passait à côté de lui pour aller prendre sa douche.

— Qui ça ?

— Notre groupe de travail.

— On n'a pas arrêté de se voir, dit Perry.

— Quand ça ?

— À la bibliothèque. Tout le temps.

— Pourquoi est-ce qu'on ne m'a pas averti ? s'enquit Craig.

« — Je ne sais pas, lui répondit Perry. On a dû se dire que, si tu voulais bosser, tu te pointerais à la bibliothèque. » Les deux garçons se dévisagèrent d'un regard vide, puis Perry ramassa sa serviette et disparut pour ainsi dire jusqu'au vendredi soir.

Craig jugea que sa dissertation avait bonne allure. Il avait pris la peine de s'assurer qu'aucune séquence de mots ne pût être retrouvée sur Google, ce qui eût révélé sa source. Il pensait également que son contrôle en sciences politiques s'était bien passé, même s'il s'inquiétait un peu de l'avoir terminé beaucoup plus tôt que les vingt-deux autres étudiants de son cours, qui mâchonnaient toujours la gomme de leur crayon quand il remit son devoir et ramassa son sac à dos (en faisant aussi peu de bruit que possible, ce qui n'empêcha pas deux filles, assises de part et d'autre de sa place, de lever la tête pour lui lancer un regard noir).

C'était un bel après-midi d'octobre. Ciel bleu, feuilles rouges et jaunes, herbe verte. Une demi-lune, très lointaine et d'apparence aqueuse, était suspendue au-dessus du paysage.

On était jeudi. Aussi se mit-il en quête de Lucas, pour se faire une fumette. Le jeudi après-midi, ils avaient coutume de se retrouver à l'arboretum avec leur poche d'herbe pour fumer jusqu'à l'heure de rentrer dîner. Ce jour-là, toutefois, Lucas, même lui, paraissait être resté quelque part à bachoter ; si bien que Craig fuma seul ce qu'il avait apporté, puis il se rendit à la supérette, montra rapidement sa fausse pièce d'identité au gros homme trônant derrière le comptoir et fit l'emplette d'un flacon de Jack

Daniel's avant de prendre la direction de sa chambre solitaire.

Pour une raison qu'il avait du mal à discerner, il éprouvait le genre de déprime diffuse qui, depuis pas mal d'années, lui tombait dessus de temps en temps, mais qui l'avait épargné depuis l'été dernier (définitivement, avait-il espéré). Elle l'avait assailli quelques semaines après le bac, quand l'idée qu'il devait être content et fier lui donna en permanence l'envie de pleurer (même s'il ne le faisait jamais). C'était le mois de juin, il venait de décrocher son diplôme, il allait partir pour l'université et son père ne cessait de lui répéter qu'il était en chemin vers la grandeur et une vie meilleure, qu'il devait en éprouver de l'exaltation ; et le fait qu'il n'était ni content ni fier ni exalté l'emplissait d'une perpétuelle fatigue, comme s'il eût charrié en permanence un gros bloc de ciment.

Le premier « épisode », comme le médecin de famille appellerait ces périodes dépressives, survint dans sa quatorzième année, au Belize. Un célèbre metteur en scène de cinéma cherchait à persuader son père de lui vendre les droits de *L'Opération Jaguar*, son plus grand succès de librairie. Partir là-bas seul avec son père, en laissant sa mère et Scar à la maison, lui avait été présenté comme un traitement de faveur.

Craig ne s'était pas laissé complètement abuser. Il savait que sa mère détestait accompagner son père dans ce genre de déplacements. Elle détestait la picole, la parlote, la fausse bonhomie et la compétition avec des femmes plus jeunes, babas devant l'auteur fameux, penchées par-dessus la table du dîner en tenant haut leurs couverts en argent, au point que le contenu de leur décolleté se déversait pratiquement dans l'assiette du maître. Sa mère aurait de toute façon décliné cette invitation au Belize ; quant à Scar, il n'allait jamais nulle part sans sa mère s'il n'y était pas forcé.

N'empêche, en sortant du jet minuscule venu les prendre à Miami – précédant son père, aussitôt enveloppé d'un petit vent à la fois parfumé et chargé de l'odeur de choses mortes pourrissant dans la mer –, quand le célèbre réalisateur ôta son chapeau de paille en poussant une joyeuse exclamation et qu'une actrice, que Craig reconnut pour l'avoir vue une semaine plus tôt dans un film sur la chaîne HBO, leur sourit avec une chaleureuse familiarité, il se sentit privilégié. Il était aux anges.

Il était le fils du célèbre écrivain.

« Salut, lui lança le metteur en scène, tu dois être le célèbre garçon ! »

Le bleu de la mer des Caraïbes composait une saisissante toile de fond à la villégiature du réalisateur. Vingt bungalows couverts de chaume alignés sur la plage, une piscine en forme de haricot logée au milieu, le tout adossé au vert de kilomètres de jungle. Des gens souriants à la plastique parfaite déambulaient en maillot de bain riquiqui, le verre à la main, sur les sentiers sablonneux. Quelques iguanes gris et dodus traînaient leur appendice caudal entre les paillotes. Les cris d'oiseaux survoltés retentissaient dans les frondaisons lointaines. Tandis que le réalisateur faisait faire le tour du propriétaire à son père, Craig resta au bord de la piscine à vider à la chaîne des verres de punch servis sur un plateau par un indigène maussade et assez vieux pour être son grand-père.

Il était complètement beurré quand les deux autres s'en revinrent, de fort bonne humeur. Le vent s'étant levé, le bruissement de la végétation et la rumeur du ressac produisaient un rugissement assourdissant autour de la tête du garçon, lui malmenant les oreilles, l'empêchant d'entendre ce qui se disait à la table du dîner. Le repas fut une succession de mets non identifiables, servis à la louche par le même Noir à l'air revêche, que le réalisateur appelait Bel Homme.

Personne d'autre que lui ne paraissait assourdi par le vent. Il y avait une belle jeune femme assise de chaque côté du réalisateur, et une troisième assise en face de son père. Les conversations en cours paraissaient tout à la fois enjouées et intenses, à croire que les protagonistes pouvaient, eux, s'entendre et se comprendre. Pourtant, quand le domestique se pencha pour lui parler à l'oreille, Craig dut le faire répéter trois fois avant de saisir :

« Avez-vous terminé ? Voulez-vous que je vous resserve ? En sauce blanche ou en bouillon ? »

Son père lui cria par-dessus la table : « Frank me dit que, s'il n'y a pas trop de vent demain, nous pousserons jusqu'à la barrière de corail pour nager au milieu des requins. Qu'est-ce que tu en dis ? »

Craig avait réussi à entendre la proposition. « Waouh ! fit-il. Ouais, super ! »

Le réalisateur et son père se mirent à rire.

« Notre jeune ami désire nager au milieu des requins ! » L'homme de cinéma leva son verre. Les jeunes femmes s'esclaffèrent, puis elles regardèrent

Craig pendant plusieurs secondes tandis que leur sourire s'effaçait. On aurait dit qu'elles venaient seulement de remarquer la présence d'un fils adolescent de l'auteur et n'en étaient pas nécessairement ravies.

Craig s'empourpra. Une des femmes lui dit quelque chose, qu'il ne comprit pas à cause du vent. Il haussa les épaules. Elle rit derechef, avec encore moins d'enthousiasme. Il baissa le nez vers son assiette. Elle avait disparu.

Le lendemain matin, il se réveilla avec un terrible mal de crâne. Il lui fallut demeurer parfaitement immobile sous le ventilateur plafonnier, s'efforçant de ne pas ouvrir les yeux avant que le lit ait cessé de tourner. Il entendait le vent malmener la couverture en chaume, avec, en arrière-fond, le bruit du ressac. Il se mit sur son séant et fut secoué d'un haut-le-cœur, avant d'empoigner une bouteille d'eau sur la table de chevet et de la vider d'un trait. Après avoir réussi à se tenir une minute ou deux sur ses jambes en coton, il quitta son bungalow et trouva l'auteur de ses jours assis à une table basse en compagnie du réalisateur, le vieux Noir leur servant du café.

« Est-ce qu'on va aller nager au milieu des requins ? » interrogea-t-il.

Les deux hommes levèrent les yeux vers lui. Ils étaient visiblement en train d'avoir une conversation sérieuse, peut-être sur fond de désaccord. Ni l'un ni l'autre ne parut content de le voir.

« Désolé, petit. Trop de vent pour sortir du lagon », fit l'autre en levant la main comme pour prendre la brise à témoin. Une sorte de grande fougère s'avançait si loin au-dessus de la tête du domestique que l'on pouvait craindre que le vent ne la déracine et l'emporte jusqu'à la mer.

C'en fut trop pour Craig : loin de chez lui, à quatorze ans, avec la gueule de bois et complètement épuisé ; la perspective de passer cette longue journée seul au bord de la piscine, servi par le vieil indigène, dans ce vent assourdissant, complètement ignoré par le maître du lieu et ses femmes, à manger de petites choses musclées avec une sauce au coco, le frappa comme un direct à l'estomac. (Pour quelle raison son père l'avait-il emmené avec lui ? Il lui apparut pour la première fois que c'était peut-être afin de calmer sa mère, de donner à celle-ci le sentiment que, s'il se rendait au Belize, ce n'était pas dans le but de goûter les bontés des jeunes femmes qu'il allait, elle le savait, trouver sur place.) « Oh, flûte », gémit-il.

Le réalisateur se rembrunit. Il dit à Craig quelque chose que celui-ci ne comprit pas, toujours à cause du vent, puis il se tourna vers son père et, d'une voix plus forte : « À moins que le grand auteur américain ne parvienne à régler le problème du vent ! »

Le père de Craig sourit avec effort. Il leva les yeux vers le ciel. Ses doigts pianotaient sur le dessus de table en verre, chose qu'il avait coutume de faire lorsqu'il essuyait les reproches de sa femme, puis il cria : « Cesse de souffler ! Je te l'ordonne ! » L'autre pouffa, puis regarda Craig avec un sourire sarcastique.

Ce ne fut pas instantané, mais il fut obéi.

Une demi-heure plus tard, l'atmosphère était devenue étrangement calme. Craig, assis en tailleur sur la plage, contemplait les brisants d'un œil maussade quand le grand vent tomba brusquement. Un pélican qui battait laborieusement des ailes au-dessus des eaux commença de planer sans effort, et l'adolescent retrouva soudain son sens de l'ouïe. Un chaleureux éclat de rire retentit derrière lui et, se retournant, il vit le réalisateur appliquer sur le dos de son père une claque suffisamment forte pour que l'impact arrache à ce dernier une expression de surprise et de contrariété.

« Allons-y, les thaumaturges ! »

Le vieux Noir pilotait l'embarcation sur les eaux turquoise à présent apaisées. Le père de Craig et le réalisateur buvaient de la bière à l'arrière. Ils semblaient en froid. Craig était assis à l'avant, et l'océan l'aspergeait de fins embruns. Après avoir coupé les moteurs sur ce qui paraissait un emplacement indéfini, et néanmoins bien précis, de la mer des Caraïbes, l'indigène adressa un hochement de tête à l'adolescent. « Voilà, lui dit-il. Vous pouvez mettre votre masque et votre tuba.

— Amuse-toi bien, mon gars, lui lança le réalisateur en levant sa canette de bière. Content de t'avoir connu ! »

Le père de Craig fit entendre un rire, quoiqu'il parût plutôt mal à l'aise. Sa bière à la main, il se leva pour regarder par-dessus bord. Tout en s'échinant à chausser ses palmes, Craig sentit fondre son enthousiasme quand le Noir tira d'une glacière une poignée de bouts de poissons sanguinolents qu'il jeta à l'eau.

Les morceaux flottèrent quelques secondes à la surface, puis il y eut comme un bouillonnement. L'instant d'après, ils avaient disparu, et Craig vit,

126

côte à côte sous l'impossible bleu, deux longues ombres noires se mouvant dans un silence effrayant, chacune plus longue qu'un homme de grande taille. Le Noir jeta à l'eau une nouvelle poignée de chair de poisson. Elle n'y flotta même pas et disparut dans l'instant au milieu de la meute d'ombres.

« Est-ce bien sans danger ? demanda le père de Craig à l'adresse de l'indigène, qui haussa ses épaules osseuses.

— Je l'ai fait un million de fois, déclara le réalisateur. Je ne me suis pas même fait mordiller. »

Craig découvrait à présent qu'il y avait quelque chose de sinistre chez ce personnage.

(Se pouvait-il que ses iris fussent dépourvus de pupille ?)

L'adolescent détourna les yeux, déglutit, s'équipa du masque et du tuba. Mais son père l'attrapa par le bras. « Minute, fiston, attends un peu.

— Laissez-le y aller ! lança l'autre. Ce garçon veut nager au milieu des requins ! »

C'est alors que Craig comprit de quoi il retournait : le metteur en scène lui avait assigné un rôle, celui de l'ado trop gâté, aussi impulsif qu'imprudent.

Les squales revinrent affleurer la surface, ombres de chair tournant les unes autour des autres, et Craig fit un pas en arrière.

« Laisse tomber, fiston, lui dit son père. Rien ne t'y oblige. Je ne te laisserai pas faire ça. »

Craig se retourna. Le Noir le regardait avec une expression indéchiffrable.

« Rentrons », lui dit le père de Craig. L'homme lança les moteurs. Craig s'assit pour ôter ses palmes.

De retour au bord de la piscine, il continua de vider des punchs longtemps après que les autres furent partis se coucher, et il s'enivra au point qu'il lui semblait que les astres tournoyaient au-dessus de lui dans l'air immobile comme autant de lucioles ou d'escarbilles argentées. Il se leva pour aller remplir son verre et découvrit que quelqu'un avait fermé le bar à clé. Debout sous les étoiles, son gobelet en plastique vide à la main, il se prit à écouter le paisible et lointain battement du ressac sur la barrière corallienne. Renversant la tête en arrière pour boire les toutes dernières gouttes, il perdit l'équilibre et tomba à la renverse dans le sable. Il resta plusieurs minutes sur place à rire de lui-même. Il leva son gobelet vers les astres à la manière dont, sur le bateau, l'autre avait levé sa bière dans sa direction. « Content de t'avoir connu ! » cria-t-il, et il attendit l'écho.

Celui-ci ne vint pas.

Pareille à du coton hydrophile, l'atmosphère tropicale buvait sa voix.

Il cria de nouveau tout en regardant alentour pour voir s'il y avait quelqu'un pour l'entendre. C'est alors qu'il avisa une lumière du côté de l'estacade. Il se leva et, abandonnant le gobelet dans le sable, partit dans cette direction.

Il s'agissait d'un jeune. Peut-être du même âge que lui. Il avait une lampe torche à ses pieds et un filet, qu'il lançait du bout de l'appontement. Debout derrière lui, Craig regarda les mailles flotter mollement sur l'eau claire avant de s'y enfoncer. Le garçon remonta sa nasse, emplie de petits poissons tout frétillants qu'il déversa au fond du bateau à bord duquel l'indigène les avait emmenés jusqu'aux requins cet après-midi-là.

« Salut », dit Craig, qui, dans ces ténèbres hallucinatoires, se sentait soudain beaucoup plus ivre. Le garçon l'ignora au point qu'il se demanda s'il ne le voyait pas en rêve ou si lui-même ne se trouvait pas dans le rêve de l'autre.

Ce dernier lança de nouveau son filet, bien qu'il y eût toujours un poisson dedans, coincé dans une maille, se tortillant.

« Qu'est-ce que tu fais ? » interrogea Craig, à quoi l'autre se retourna pour le regarder. Sa peau foncée accentuait encore l'éclat de ses yeux dans la lumière de la torche posée à ses pieds.

« Je pêche, dit-il.

— Oui, je vois bien. »

Le garçon retourna à son filet, qui s'enfonçait de nouveau sous l'eau. Après ce qui sembla un long silence, il déclara : « Mon père m'a dit que tu n'as pas voulu nager avec les requins (il avait toujours les yeux sur son filet). Même après que ton père a fait cesser le vent pour toi. »

Tout en s'étranglant de rire, Craig commença de s'éloigner à reculons. Il lui semblait que ses jambes étaient faites de ce poisson frétillant qui emplissait le filet et aussi de cette chair inerte et sanguinolente que le père du jeune pêcheur avait jetée par-dessus bord. C'est sur ces jambes flageolantes qu'il s'en fut, toujours hilare, et regagna son bungalow pour s'effondrer sur son lit et se laisser engloutir sous une vague d'étoiles et d'océan. Il dormit comme une brute.

Quand il se réveilla, son père avait déjà fait les bagages et ils quittèrent la propriété sans prendre congé du metteur en scène.

C'est quand il fut de retour à la maison qu'il commença à porter le bloc de ciment. Chaque matin, il était fatigué de l'avoir porté, fatigué à la perspective de devoir le porter encore toute la journée, et tout à fait incapable d'expliquer à sa mère ce qui n'allait pas et pourquoi il avait tant de mal à garder la tête droite à la table du petit déjeuner.

Elle supposait, bien sûr, qu'il se droguait, et elle lui lançait des regards mauvais quand, le week-end, il émergeait de sommes qui duraient toute la journée et, en semaine, s'étiraient dès son retour du lycée et jusqu'à l'heure du dîner. Elle l'envoya voir un psy, qui lui prescrivit des pilules qu'il ne prit jamais en raison d'un des possibles effets secondaires énoncés sur la notice : une absence d'érection. Cependant, au bout de deux ou trois mois, le bloc de ciment disparut, ne revenant que de temps en temps, aux changements de saison, pour disparaître de nouveau une fois Craig accoutumé à la pluie ou à la neige, à la chute des feuilles ou aux premières journées lumineuses de l'été. Aujourd'hui, en ce mois d'octobre, durant cette semaine d'examens, il espérait n'être pas en train de faire une rechute.

Le vendredi soir, Godwin Honors Hall se fit bruyant, alcoolisé et plein d'entrain. Les filles – même les plus popote, celles qu'il n'avait jamais vues qu'en pantalon de survêtement – portaient jupe courte, talons hauts et rouge à lèvres. Les garçons avaient rempli les frigos de Michelob et de Corona, et les playlists des iPod se déversaient dans la cour via des haut-parleurs orientés en direction des fenêtres ouvertes.

Craig s'était réveillé en fin d'après-midi avec la gueule de bois. Tout le monde était revenu de son congé d'une semaine et la bière coulait déjà à flots, ce dont il ne s'aperçut que lorsque, sortant dans le couloir et se dirigeant vers les douches avec une serviette autour des reins, il déboucha au beau milieu de la fête.

Perry était là, adossé au mur, une bière à la main. Une fille et lui étaient en train de comparer leurs réponses à une épreuve d'examen. Cette fille avait les yeux un peu exorbités, mais des chevilles et des mollets magnifiques. Perry et elle étaient si absorbés par leur conversation qu'ils ne répondirent pas au « Salut ! » que Craig leur adressa au passage.

Quand il ressortit des douches, à demi nu, il lui fallut se frayer un chemin à travers une cohue de types à lunettes qui dodelinaient silencieusement de la tête au son d'un vieux rock parvenant d'une des chambres. L'un d'eux lui appliqua une tape sur l'épaule, sur quoi il se retourna vivement, prêt à lui mettre son poing dans la figure ; mais il comprit que l'autre était ivre et content de son sort. Perry se trouvait toujours dans le couloir. Lui et la fille exorbitée discutaient toujours des beautés de leurs comparaisons et de leurs contrastes. Craig éprouva du soulagement en refermant derrière lui la porte de la chambre. Il n'était pas d'humeur à faire la fête. Il était plus tenté par une herbe ultra puissante qu'il fumerait en compagnie de Lucas, peut-être suivie par un saut chez *Pizza Bob's*. Ce n'est que lorsqu'il se baissa pour ramasser son jean par terre qu'il remarqua une paire de longues jambes étendues sur son lit.

« Salut, Craig.

— Bon sang, mais comment es-tu entrée ici ?

— Par la porte. »

Craig laissa retomber le pantalon, se redressa en rajustant la serviette autour de sa taille et regarda Josie Reilly. Elle était allongée sur le lit, ses cheveux noirs en éventail sur l'oreiller, tenant une revue ouverte au-dessus d'elle, mais le regardant lui. Elle portait une petite jupe à motifs de fleurs orange. Ses jambes et ses pieds étaient nus.

« Josie, je peux te demander ce que tu fais ici ?

— Je lisais ton magazine cochon.

— Ah... Bon, eh bien, je vais m'habiller.

— D'accord, fit-elle sans cesser de le regarder.

— C'est pourquoi... » Il agita la main droite en l'air tout en tenant sa serviette de la gauche.

« Oui... ? » Elle jeta le magazine à terre, balança les jambes par-dessus le bord du lit et se leva. Il sentit son parfum quand elle passa devant lui pour aller donner un tour de clé avant de se retourner vers lui. C'est alors qu'elle tituba un peu de côté, se rattrapant au rebord du bureau de Craig. Elle eut un rire, puis se laissa glisser au sol non sans rudesse, jambes repliées sous les fesses.

« Tu es bourrée ou quoi ? interrogea Craig.

— Juste un... (levant le pouce et l'index, séparés de deux ou trois centimètres)... petit peu. » Puis elle lui tendit les bras, comme un petit enfant qui attend qu'on le prenne.

« Josie, plaida-t-il, je ne porte qu'une serviette...

— Enlève-la !

— Je crois que tu es plus qu'un peu ivre.

— Je vais être recalée. Je le sais. J'ai même pas travaillé. » Elle fit le geste d'effacer quelque chose sur un tableau noir. « Et pouf !

— Pas forcément, dit-il. Tu t'en es probablement mieux tirée que tu ne crois. » Il ne savait absolument pas si c'était le cas, mais que pouvait-il dire d'autre ?

Elle se mit à avancer vers lui à genoux. Il recula de deux pas. Elle se mit à quatre pattes, fonça sur lui et le saisit aux chevilles.

« Merde, Josie, arrête ! » Il essayait de se dégager, mais elle le tenait solidement. « Arrête ça, merde, tu me chatouilles ! »

Il ne pouvait s'empêcher de rire. Cela le chatouillait vraiment. Elle aussi riait et, telle une araignée, montait le long de ses jambes jusqu'à la serviette. L'instant d'après, elle était debout contre lui, se pressant contre sa nudité, lui enfonçant la langue dans la bouche, lui glissant les mains dans les cheveux. Malgré son peu d'entrain (il avait vraiment envie d'aller se faire cette fumette avec Lucas), il eut la verge toute gonflée sitôt le début du baiser. Josie referma la main dessus, plaqua les lèvres au creux de son cou et l'entraîna à reculons jusqu'au lit.

14

La voyant sortir du *Starbucks* avec un gobelet dans chaque main, Perry se cacha derrière un angle de mur. Josie Reilly était bien la dernière personne qu'il avait envie de voir en ce moment. La dernière fois remontait au mois de mai, à la fin du semestre, lors d'une cérémonie du souvenir organisée pour Nicole.

Tout un verger de cerisiers, financé par Oméga Thêta Tau, avait été planté en l'honneur de Nicole à côté du bâtiment de la sororité. Une pelle mécanique creusa les trous, puis déposa les arbres un par un dans la terre meuble. Une foule se rassembla pour chanter et prier toute la journée, après quoi il y eut une veillée aux chandelles qui dura toute la nuit. Il y avait dix-huit arbres, un pour chacune des années de Nicole Werner. Ils étaient en fleur.

(« Tu sais combien ça coûte de planter un verger d'arbres adultes *en fleur* ? » avait-il entendu un étudiant de Godwin Hall demander à un autre, ce matin-là, au-dessus de leurs pancakes ramollis. Avaient suivi quelques mauvaises plaisanteries à propos de cerises et de cette histoire de virginité concernant Oméga Thêta Tau en général et Nicole en particulier.)

Pendant la veillée aux chandelles, Josie s'était débrouillée pour le trouver au milieu de la foule et elle s'était pelotonnée contre lui pour murmurer d'un ton théâtral : « Elle est toujours avec nous, Perry. Est-ce que tu le sens ? Elle n'est pas morte. »

Il s'était écarté.

« Qu'est-ce que t'as ? » avait-elle dit, vexée. Il s'était borné à secouer la tête et elle était passée à quelqu'un d'autre. La bougie, collée dans un gobelet, qu'une fille de la sororité avait remise à Perry, s'éteignit. Quelques minutes plus tard, quand l'assistance avait entonné « Le vent sous mes ailes », il avait jeté le gobelet dans une poubelle et repris la direction de Godwin Hall.

134

Josie avait à peine connu Nicole, mais on ne s'en serait pas douté en voyant la manière dont elle exploita le fait d'avoir été pendant huit mois sa compagne de chambre. Elle lut un poème putride lors de la cérémonie du souvenir, elle fut interviewée par le journal, elle arbora durant tout le mois d'avril et jusqu'en mai un tee-shirt moulant imprimé de la photo de Nicole ainsi qu'un brassard noir, et elle parvint à se faire dispenser des examens de fin d'année et de la dissertation en sources classiques de la culture moderne, sous le prétexte qu'elle organisait la pétition pour faire renvoyer Craig Clements-Rabbitt de l'université. Pétition dont le chapeau s'énonçait ainsi : « Ivresse + automobile + accident mortel = meurtre. »

Perry apprit dans le journal étudiant qu'elle s'était rendue à Houston pour prendre la parole devant la convention annuelle du SADD[1] « en souvenir de ma meilleure amie, assassinée par un chauffeur en état d'ivresse ».

Elle présenta à Perry des excuses au nom des anonymes qui avaient aspergé sa porte de peinture rouge avant d'y coller le portrait de Nicole.

« Personne ne te reproche quoi que ce soit, Perry. On sait tous que tu as juste eu la malchance de l'avoir pour compagnon de chambre.

— Il n'est pas ici, répondit Perry. Pourquoi ont-ils salopé ma porte ?

— C'est symbolique. Il faut que tu le comprennes. »

---

1. Students Against Driving Drunk : association estudiantine militant contre la conduite sous l'emprise de l'alcool.

Quand cela se produisit une deuxième fois, l'administration le fit emménager dans une chambre inoccupée située à l'autre bout du bâtiment.

En voyant Josie Reilly sortir du *Starbucks* d'un pas rapide et décidé, Perry se dit qu'elle devait être au courant du retour de Craig (après tout, cela avait été annoncé dans le journal), mais il ignorait si elle savait que ce dernier et lui avaient emménagé ensemble, et il ne souhaitait pas en avoir le cœur net. Il s'en revenait de la librairie, où il avait acheté *Le Corps après la mort*, livre que Mrs Polson leur avait demandé de lire cette semaine-là. La jaquette en était blanche, le lettrage noir, et une citation de Mrs Polson en personne figurait sur la quatrième de couverture, présentant cet ouvrage comme le texte de référence sur le folklore et les sciences funéraires. Outre un classeur, c'était le seul objet contenu dans son sac à dos, qui joua librement entre ses omoplates lorsqu'il tourna aussi vite que possible au coin de State Street et de Liberty Avenue, faisant un écart pour éviter un stand de sandwichs, de crainte que Josie ne l'aperçoive et ne se mette en tête de lui parler de Nicole ou de Craig.

À l'époque de la cérémonie du souvenir, organisée en avril, cela faisait déjà deux semaines qu'on avait inhumé Nicole. Quatre cents personnes s'étaient entassées à l'intérieur de l'église luthérienne de Bad Axe, et cent de plus étaient restées sur le parvis et l'aire de stationnement, où un blizzard tardif faisait son possible pour les ensevelir petit à petit. Certaines femmes étaient en chaussures découvertes. Certains hommes n'avaient qu'un veston sur le dos. Quelques personnes avaient ouvert leur parapluie pour éviter d'être trempées par la neige. Un de ces parapluies était imprimé de *smileys*, et Perry eut du mal à en détacher les yeux lorsqu'il passa à sa hauteur, portant avec trois autres garçons le cercueil blanc de Nicole.

Cela tenait moins au côté ironique de ces *smileys* qu'à leur banalité.

Et ce n'était pas seulement ce parapluie. C'était l'ensemble.

Le cercueil rutilant. Le linge blanc un peu miteux étendu dessus. Le portrait de Nicole – sa photo officielle de l'album de terminale – posé sur le couvercle.

Le cercueil était fermé, bien évidemment. Comme cela avait été rapporté tant et plus dans le journal, on avait identifié Nicole à ses bijoux et à ses vêtements, car il ne restait rien de sa personne qui fût identifiable. Point de sourire parfait. Point de blonde queue-de-cheval. Point de joues incarnates.

La dernière fois que Perry l'avait vue remontait à l'avant-veille de l'accident, le soir où elle l'avait croisé sur le trottoir de Campus Avenue. Accrochée au bras d'un type plus âgé, elle regagnait sans doute la maison de sa sororité, chancelant un peu sur ses talons hauts, le cheveu humide plaqué au visage, bien que la nuit fût parfaitement claire et qu'il n'eût ni plu ni neigé depuis des jours. Elle avait à la main une tasse en plastique rouge.

Perry ne l'avait pas tout de suite reconnue. Il aurait pu s'agir de n'importe quelle étudiante prise de boisson. Finissant par la reconnaître, il fut choqué de voir à quel point elle était ivre. Le type qui la soutenait avait l'air à la fois très content de ce qui lui arrivait et parfaitement sobre.

Perry s'arrêta devant eux pour demander : « Nicole, est-ce que ça va ? »

Ce fut comme s'il lui fallait plusieurs secondes pour comprendre que quelqu'un s'adressait à elle, et plus longtemps encore pour que sa vision accommode sur lui. « Oh, salut, Perry, dit-elle après un petit hoquet.

— Tu veux que je te raccompagne à ta résidence ? Tu sembles avoir besoin d'un petit coup de main.

— Laisse tomber, l'ami, fit son compagnon. On se débrouille très bien sans toi. »

Nicole s'appuya sur le bras du type, trébucha sur le talon de son soulier, fit entendre un petit rire. L'autre la rattrapa, la replaça contre son épaule. Elle leva sa tasse de plastique à l'attention de Perry. « Non, tout va bien. Mais merci d'être un si bon boy-scout », dit-elle, ce qui fit rigoler le type. Puis tous deux s'éloignèrent.

Perry se retourna pour les regarder. Il n'était pas tranquille, mais qu'y pouvait-il ?

Sur la photographie posée sur le cercueil, Nicole portait la robe qu'elle avait mise, Perry s'en souvenait, pour la cérémonie de remise des bourses, une robe bleue à jabot. Quand, se voyant remettre la bourse Ramsey Luke, elle avait esquissé une révérence, cette robe avait renvoyé des chatoiements sous les projecteurs du gymnase. Alors que le service touchait à sa fin au milieu des pleurs, des prières, des accents de l'orgue et des nez que l'on mouchait, Perry, assis au premier rang dans l'église de Bad Axe, repensa à cette petite révérence et à la façon dont elle l'avait exaspéré. Puis le révérend Heine enleva la photo et fit signe aux quatre porteurs de s'avancer pour emporter Nicole Werner jusqu'au corbillard, qui attendait sur l'aire de stationnement.

Il était d'un poids surprenant, ce cercueil, même bien équilibré sur leurs quatre épaules. Perry se trouvait à l'avant, sur le côté droit. Descendant l'allée centrale de l'église, il portait son regard au loin, droit devant, et s'efforçait de ne pas poser les yeux sur les sœurs de Nicole, regroupées sur le premier banc en une nébuleuse de dentelle noire et de blond chagrin, ni de regarder du côté de sa mère à lui, dont il sentait sur le côté de son visage la présence des yeux rougis.

Ils sortirent de l'église et débouchèrent sous l'averse glacée. Sur le parvis, les employés des pompes funèbres faisaient signe à l'assemblée de s'écarter pour leur ouvrir un passage jusqu'au corbillard. C'est alors que Perry avisa le parapluie aux *smileys*. Peut-être les trois autres le virent-ils également. Les quatre porteurs eurent un temps d'hésitation en haut des marches, se préparant pour la délicate descente. L'oncle de Nicole – placé à l'avant, en vis-à-vis de Perry – paraissait éprouver quelque difficulté à soutenir ce poids tout en pleurant de façon incoercible. Ils négocièrent néanmoins les marches une à une, avec lenteur, jusqu'au moment où, sur la dernière, Tony Werner, le cousin de Nicole et le garçon qui avait un jour flanqué à Perry un coup de poing dans le ventre parce que celui-ci refusait de lui donner un ballon sur le terrain de jeux, trébucha. Du sel avait été épandu sur la neige, mais cela n'en avait rendu le ciment que plus glissant, plus dangereux.

Rien de fâcheux ne se produisit, Dieu merci. Les trois autres compensèrent en se penchant en arrière, et Tony parvint à se remettre prestement d'aplomb et en cadence avec les autres. Ils traversèrent le parking et firent glisser le cercueil à l'arrière du corbillard sans autre incident. Cependant, au cours de ces quelques instants, Perry avait senti le poids de Nicole basculer vers son épaule avant d'être de nouveau également balancé entre eux quatre – et il lui arrivait souvent depuis de repenser à cette sensation.

Dissimulé par le stand de sandwichs, il attendit d'être certain que Josie avait parcouru la longueur du pâté de maisons et traversé la rue, puis, tournant les talons, il reprit le chemin de l'appartement qu'il partageait avec Craig.

15

Le soir où elle tomba sur l'accident, Shelly s'en revenait de la salle de gymnastique. C'étaient les ides de mars. Durant toute la journée, un soleil humide avait tenté de s'extraire d'un nuage gris, dépenaillé, sans contours, pour finir par renoncer et se laisser sombrer derrière l'horizon. Après quoi, bien évidemment, le ciel se dégagea et de dures petites étoiles s'allumèrent une à une à mesure qu'il s'assombrissait. Puis une pleine lune énorme s'éleva sur le tout, extrêmement lumineuse, comme si c'était elle qui avait chassé le soleil.
Toi aussi, Brutus ?
Aux yeux de Shelly, il n'était pas juste qu'une journée aussi sombre ait fait place à une nuit aussi

limpide. Quand arrivait la mi-mars, elle était invariablement lasse de l'hiver et de ses incessantes petites injustices. Elle se languissait du printemps.

Son dos et ses bras étaient douloureux. Elle en avait trop fait, une fois de plus. Chaque soir avant de gagner la salle, elle se disait qu'elle n'allait pas forcer, après quoi elle prélevait sur le râtelier et emportait jusqu'à son banc les fontes les plus lourdes qu'elle pût soulever.

Pourquoi ?

Qui voulait-elle donc impressionner ?

Elle ne cherchait pas à impressionner les hommes, et il n'y avait presque jamais de femmes dans le coin haltères et poids de la salle.

Il fallait croire qu'elle désirait en mettre plein la vue à son reflet dans le miroir.

Souvent, elle y parvenait.

Elle mesurait un mètre soixante-cinq pour cinquante-deux kilos. Lorsqu'elle arrachait du sol ces barres de dix-huit kilos, on aurait pu dénombrer les tendons de ses biceps et de ses triceps. On aurait pu dessiner ses fibres musculaires. Elle était, à quarante-huit ans, une femme tout en muscles. « Waouh ! lançait presque toujours tel ou tel type placé de l'autre côté du râtelier. Vous faites du culturisme ou bien vous voulez faire peur à quelqu'un ? »

Le plus souvent, elle ne réagissait pas. Une fois cependant elle répondit : « J'ai un passé » en tâchant d'y mettre l'accent de la plaisanterie.

Or le ton était grave. Le type, qui avait voulu blaguer, détourna les yeux. Mais un adolescent, qui la lorgnait de l'autre bout de la salle, lança à son tour : « On s'en serait douté. »

Shelly savait qu'elle faisait son âge, mais aussi qu'elle n'était pas mal du tout. Elle avait le ventre plat, les jambes minces. Une peau lisse et pâle. Elle avait les cheveux longs, blond vénitien. De toute sa vie, des garçons comme celui-ci – corps ciselé, visage mangé d'acné – n'avaient cessé de la regarder. Depuis quelque temps en revanche, les hommes plus âgés la laissaient tranquille. Plus expérimentés, ils flairaient la chose.

Lesbienne.

Elle n'allait pas avec les hommes.

Elle aurait bien voulu ne l'avoir jamais fait.

Elle portait toujours une cicatrice, de la clavicule à l'os de la hanche, souvenir de la grande – et dernière – erreur hétérosexuelle de sa vie.

Non qu'elle s'en sortît si bien que ça avec les femmes. La dernière qu'elle avait fréquentée plus de quelques semaines était partie vivre en Arizona avec une partenaire de longue date dont elle n'avait jamais pris la peine de l'informer de l'existence.

« Bon débarras ! » avait conclu Rosemary. Mais Rosemary avait trois fils adolescents et un fringant mari, neurochirurgien de son état. Il lui était facile de sortir les gens de la vie de Shelly sans jeter un regard en arrière. Sauf pour aller à son travail, Shelly avait à peine mis le nez dehors de tout le mois qui avait suivi la rupture.

Et voilà que, pour couronner une vie de déboires amoureux, survenait une ménopause précoce. Quelques semaines plus tôt, faisant la queue à la caisse du supermarché, elle avait dû se dépouiller de sa veste et de son pull. En nage, le souffle court. Que se passait-il ? Est-ce que par hasard on avait poussé le chauffage au maximum ? Est-ce qu'un incendie venait de se déclarer ? Lui revint soudain un nauséeux souvenir d'enfance, celui d'avoir été placée sous le casque dans un salon de coiffure étouffant et d'avoir dû se tenir immobile pendant que, par cent petits orifices, l'engin lui soufflait sur le crâne un air empuanti et que des produits chimiques agressifs lui pénétraient le cuir chevelu.

« Seigneur ! » fit-elle ce jour-là au supermarché, et la caissière de lui faire observer – accent traînant du Midwest, voix cassée par le tabac : « Vous nous faites une bouffée de chaleur, ma bonne. Est-ce que ce serait la première fois ? »

Oui. Oui, c'était assurément une première. Mais elle en avait désormais un jour sur deux. « Ma foi, avait dit son médecin, c'est certes un peu tôt, mais comme ça ce sera fait, non ? » Sur quoi elle se demanda s'il lui tiendrait le même genre de langage quand elle viendrait le voir pour une maladie incurable.

Loin devant, une voiture semblait zigzaguer un peu. Shelly se frictionna le biceps gauche de la main droite, tout en tenant le volant de la gauche, puis elle intervertit mains et biceps.

Elle était compacte. Elle avait certes les muscles endoloris, mais ses bras étaient durs comme du bois. Elle chantait en accompagnant la radio. Une chanson country qui parlait de loyauté envers les États-Unis. Qui ne se plaît pas dans ce pays n'a qu'à en partir, nasillait le chanteur. Et Shelly vit s'extraire des dix milliards d'images contenues dans son subconscient une photo en noir et blanc de son frère, celle de son album de terminale.

Il y souriait, se préparant à aller mourir au Viêt-nam.

Les feux de la voiture de devant semblaient décrire d'elliptiques embardées de l'autre côté de la ligne centrale, jusque sur le bas-côté, revenir sur la voie de droite, franchir de nouveau la ligne jaune. Sans doute des jeunes en train de faire les idiots. Ou bien un automobiliste évitant quelque chose qui traînait sur la route. La distance était trop grande pour que Shelly s'en inquiétât beaucoup. Elle continuait de chanter tout en se massant les muscles. Elle était en train de se dire à quel point elle était lasse de faire semblant d'être ce qu'elle n'était pas, puis de se demander qui elle serait si elle cessait de faire semblant, quand, sous le clair de lune, l'autre voiture (à une cinquantaine ou une quarantaine de mètres en avant) sembla arrachée à la nuit par une main gigantesque.

Disparue.

16

Nicole Werner se tenait, toute secouée de frissons, devant la bibliothèque. Elle avait un classeur serré contre la poitrine. Elle portait un corsage blanc sans manches sur un short kaki. On était dans la dernière semaine d'octobre, mais la journée avait été étrangement chaude et brumeuse – avec un ciel d'un mauve cotonneux derrière les feuilles altérées –, et bien qu'il parût fort éloigné, le soleil avait réussi, dès quatorze heures, à changer en sauna la chambre de Craig et de Perry, dont la fenêtre regardait à l'ouest.

La journée paraissant à ce point estivale, Craig avait lui aussi quitté Godwin en short et tee-shirt cet après-midi-là, mais il était revenu enfiler un jean et une chemise de coton, ce dont il se félicita car, dès le crépuscule, ce fut de nouveau l'automne. De toute évidence, Nicole Werner n'était ressortie de la bibliothèque qu'après la chute de température.

« Salut, Nicole. Qu'est-ce que tu fais ici ? » interrogea Craig en la rejoignant en haut du perron. Il venait de demander à Lucas d'aller se faire voir.

(« Comment ça, mec ? avait lancé celui-ci en le voyant s'éloigner à travers le parc en direction de la colonne contre laquelle Nicole était adossée. Tu me lâches pour cette salope ? »)

Nicole leva les yeux, et la lumière sortant du bâtiment tomba sur ses cheveux soyeux, qui étaient comme à l'accoutumée relevés en queue-de-cheval mais paraissaient un peu décoiffés, comme si elle s'était roulée dans une meule de foin ou qu'elle eût fait de la philo toute la nuit. Les épreuves de mi-semestre avaient pris fin une semaine plus tôt. Se pouvait-il qu'elle fût déjà en train de plancher sur autre chose ?

« J'attendais Josie, répondit-elle.

— Ah bon », fit-il en s'efforçant de ne pas montrer de réaction particulière en entendant ce nom. Mais il ne put s'empêcher de regarder alentour pour s'assurer que ladite Josie ne se trouvait pas dans les parages. « Tiens, enfile ça », dit-il en ôtant son blouson de jean. Il aurait préféré s'approcher pour le lui déposer sur les épaules (geste qu'il était certain d'avoir vu exécuter par des personnages masculins au cinéma, attendu que jamais son père n'aurait eu ce genre d'attention pour sa mère), mais il se sentit incapable d'entrer dans le cercle de lumière qu'occupait Nicole.

D'une main, elle tint le classeur en équilibre sur sa hanche et, de l'autre, elle prit le blouson. « Merci, Craig, dit-elle. Bravo, dis donc !

— Je n'ai pas froid, dit-il, regrettant aussitôt cette parole : au lieu de passer pour chevaleresque, il donnait l'impression d'avoir été en quête d'un portemanteau.

— Eh bien, moi, je suis frigorifiée, dit-elle en glissant les bras à l'intérieur du blouson. J'ai été rudement bête de sortir comme ça. Je pensais sans doute être de retour pour le dîner, mais ensuite j'ai été tellement obnubilée par ce devoir débile que je me suis retrouvée en train de manger un sandwich que j'ai pris au distributeur. Je ne savais pas qu'il faisait aussi froid.

— Ce devoir, c'est pour quand ?

— Dans deux semaines. »

Il ne put s'empêcher de montrer de l'étonnement, bouche bée et yeux ronds. « Et tu y travailles *déjà* ? »

Elle se mit à rire, roulant des yeux, les écarquillant, pour l'imiter. « Eh oui, dit-elle. Ici à l'université, certains d'entre nous ont du mal, Craig. Ce n'est pas parce que tu réussis haut la main dans toutes les matières que… »

Craig envisagea de la détromper, puis se ravisa. Il eut un haussement d'épaules.

« Perry dit que tu ouvres un livre, que tu le refermes, et l'affaire est faite. Crois-moi, je t'envie. »

Craig était tout disposé à clore ce sujet. Il repensait à la main moite que lui avait tendue le doyen Fleming ce premier soir au restaurant *Chez Vin*, et aux quelques phrases bidon qu'il avait réussi à pondre sur le bonheur de compter le fils de son vieil ami dans l'effectif de Honors College, tout en faisant semblant de croire que c'était le fruit du hasard. Depuis lors, les rares fois où Craig l'avait croisé dans les couloirs, le doyen Fleming avait fait mine de ne pas le connaître mieux que n'importe quel autre étudiant. Craig était certain que le bonhomme était furieux d'avoir dû rendre ce service à son vieux copain de Dartmouth.

« Tu sais, je devrais peut-être bosser un peu plus que je ne le fais. » Il se passa une main sur les yeux. Était-ce une illusion ou bien la lumière qui frappait le visage et les cheveux de Nicole croissait-elle en intensité ? Il prit une inspiration et demanda : « Est-ce qu'on rentre à Godwin ensemble ?

— Comme je t'ai dit, j'attends Josie. Tu veux l'attendre avec moi ?

— Non », répondit-il. Trop vite. Un temps, Josie lui était sortie de l'esprit. « C'est pas grave. »

Il leva la main en guise d'au revoir, recula d'un pas, sur quoi Nicole lui dit : « Et ton blouson ? »

Elle paraissait inquiète, comme s'il s'apprêtait à sauter d'un avion sans parachute – mais peut-être était-elle toujours inquiète. Il se rappelait la manière dont elle avait fait signe à Perry d'approcher, un soir à la cafétéria. *Perry !* s'était-elle exclamée. *J'ai oublié de te dire ! Je suis rentrée chez moi le week-end dernier et j'ai vu Mary. Elle m'a dit de te saluer !*

Perry s'était juste fendu d'un grognement. Il n'avait pas même levé les yeux de son plateau. Nicole semblait, elle, faire grand cas de cette Mary ; mais quand Craig voulut en savoir plus, Perry lui répondit : « On s'en tape !

— Pas Nicole, en tout cas, objecta-t-il. À l'entendre, on aurait cru que cette Mary était une cousine longtemps perdue de vue, ou quelqu'un revenu d'entre les morts.

— Eh bien, c'est pas le cas. De plus, Nicole a toujours cet air exalté. »

Il était alors apparu à Craig, une fois de plus, que Perry portait en lui une rancune d'origine amoureuse. En tout cas, celui-ci n'avait pas tort : Nicole et les filles de ce genre avaient souvent un air exalté ou inquiet ou à moitié hystérique, alors même qu'elles n'étaient rien de tout cela. Cela tenait à leurs voyelles marquées et consonnes brèves, ainsi qu'au fait que presque toutes leurs phrases se terminaient par « les gars ! » et semblaient interrogatives. En entendant : « Je suis comme qui dirait morte de faim, les gars ?! », on se serait figuré que l'intéressée était au bord de l'inanition, alors qu'elle cherchait simplement à emprunter de quoi s'acheter une barre chocolatée.

« Pas de problème, dit Craig en continuant de s'éloigner à reculons. Je le récupérerai plus tard.

— Grand merci, Craig. Tu es si gentil !

— Ce n'est rien. » Il aurait préféré qu'elle ne dise pas cela : *Tu es si gentil*. Apparemment, Josie ne lui avait pas parlé de l'autre soir. Peut-être n'en ferait-elle rien, du moins il l'espérait. D'un autre côté, pour quelle raison s'en abstiendrait-elle ? Il s'était raccroché à l'espoir qu'elle ne se rappellerait même pas l'incident tant elle avait bu ; mais cet espoir avait volé en éclats quand, la rencontrant dans la cour le dimanche matin, il l'avait vue se planter devant lui.

« Salut, avait-il dit.

— Ouais », avait-elle répondu.

Il fit son possible, dans un premier temps, pour ne pas la regarder dans les yeux, mais elle riva son regard au sien en sorte qu'il ne put se dérober. C'était, de plus, une lumineuse matinée dont l'éclat se mit à lui tirer des larmes. Il n'avait pas quitté sa chambre depuis le vendredi. Depuis qu'il avait vu Josie, il avait pour ainsi dire passé son temps à se défoncer ou à dormir.

« "Salut", c'est tout ce que tu as à me dire ? » interrogea-t-elle.

Une centaine de mauvaises boutades lui passèrent instantanément par la tête, un peu comme si Eddie Murphy ou Lenny Bruce avait battu les cartes à l'intérieur de son crâne, mais il parvint à garder les lèvres hermétiquement closes. Sous ce soleil matinal, les cheveux de Josie étaient d'un jais si noir et si lustré qu'ils lui faisaient peur. Eût-il voulu parler qu'il ne l'aurait pas pu.

« Tu es un type super, Craig, avait-elle dit. Vraiment exceptionnel. J'espère que tu iras croupir en enfer. »

Sur quoi elle s'en alla si vite qu'il n'aurait su dire quelle direction elle avait prise.

Eh, merde, avait-il pensé. Elle se souvient de tout.

Il ne la revit pas d'au moins une semaine, mais cela tint au fait qu'il resta à l'écart de tout endroit où elle risquait de se trouver – évitant les escaliers desservant l'aile où elle avait sa chambre, empruntant l'entrée de service de Godwin plutôt que d'avoir à traverser la cour. Et quand il l'aperçut, il eut la chance qu'elle ne remarque pas sa présence.

Nicole et elle se trouvaient ensemble à la cafétéria, habillées pour un thé grec ou une soirée grecque ou quelque autre raout tout aussi féminin, mystérieux et inepte (la semaine des intronisations[1] commença sitôt la fin des épreuves ; la moitié des filles de Godwin Honors Hall devenant membres d'une sororité, on les voyait apparaître soudain, le soir, en jupe et parées de perles, cependant que les garçons qui postulaient déambulaient çà et là, l'air désorienté, comme souffrant d'une gueule de bois). Dès qu'il avait reconnu la chevelure noire de Josie, il avait battu en retraite aussi vite que possible vers le fond de la cafétéria.

La semaine suivante, il ne se joignit pas au groupe d'étude le soir où celui-ci se réunissait dans la salle Alice Meyers. Pourtant, le groupe lui manquait. Nicole lui manquait, et il était chagrin à la pensée que plus jamais il ne serait dans cette pièce avec elle, l'écoutant respirer par le nez tandis qu'elle potassait. Il supposait que Josie lui avait désormais exposé en détail sa version des événements :

La façon dont, alors que l'affaire était bien engagée, cette dernière lui avait demandé : « As-tu mis un préservatif ? »

Il s'agissait de la première phrase complète qu'elle prononçait depuis qu'elle s'était débarrassée de ses vêtements et que, debout devant lui dans sa rayon-

---

1. Période pendant laquelle fraternités et sororités recrutent de nouveaux membres parmi les étudiants de première année.

nante nudité, elle lui avait murmuré : « J'ai envie que tu me baises. Ça fait longtemps que j'en ai envie. »

« Non », avait-il répondu d'un ton plus agacé qu'il n'aurait voulu. Quand aurait-il pu enfiler une capote ? Pensait-elle qu'il était sorti de la douche avec une capote en place ?

Rouvrant d'un coup ses yeux noirs, tout troubles qu'ils étaient, elle lui posa une main sur la poitrine pour le repousser. « Ressors !

— Quoi ?

— Sors de là, je te dis ! »

Craig roula sur le côté, même si chacune de ses terminaisons nerveuses – son cerveau s'étant mué en une espèce de lampe stroboscopique – lui ordonnait de rester en elle et de continuer à besogner.

« Je vais être enceinte ! Ou choper une maladie !

— Hein ? Tu ne prends pas la pilule ou quelque chose ?

— Non. Pourquoi je la prendrais ? Je ne suis même pas sexuellement active en ce moment. »

À quoi Craig pouffa : « Moi, je trouve qu'en ce moment tu l'es plutôt, sexuellement active. » Il n'avait pas voulu paraître à ce point sarcastique. Mais il faut dire que l'ensemble de l'affaire était diablement stupide. Il ne demandait rien à personne quand elle s'était pointée dans sa piaule, s'était désapée et l'avait entraîné sur le lit.

Présentement, elle était debout, occupée à remonter sa soyeuse petite culotte sur la toison noire de sa luxuriante chatte. Puis elle regarda alentour en quête de son haut. Craig laissa échapper un soupir, trop sonore, et se laissa retomber sur le dos. « Je vais aller voir si quelqu'un de l'étage pourrait me dépanner d'un préservatif, proposa-t-il avant de s'apercevoir qu'elle pleurait.

— Je ne peux pas y croire », dit-elle en descendant son débardeur sur ses seins.

Il s'assit alors au bord du lit. Par bonheur, son érection s'était complètement résorbée, mais il ramassa quand même sa serviette pour s'en couvrir le sexe. « Qu'est ce que tu ne peux pas croire ? » interrogea-t-il. Mais, maintenant rhabillée, elle avait déjà déverrouillé la porte pour se glisser dehors et claquer le battant derrière elle. Par l'entrebâillement qu'elle avait ménagé pour sortir il entendit durant une fraction de seconde la sauterie qui battait son plein dans le hall – tous ces étudiants studieux fêtant leur moisson. Chemises écossaises et robes vichy, pétant de santé, menant leur existence féconde, il se les représentait tout en cherchant un boxer-short propre dans la commode. Il l'enfila, se recoucha sur son lit en désordre et enfonça le plus profondément qu'il put les écouteurs de son iPod dans ses oreilles.

Mais aujourd'hui, alors que, sans son blouson, il tournait le coin de la rue pour regagner Godwin Honors Hall – d'apparence à la fois majestueux et décrépit au clair d'une lune basse –, il espérait avec ferveur que Josie n'était plus aussi fâchée contre lui, ou qu'au moins elle n'avait pas tout raconté à Nicole. De toute façon, il ne s'était à vrai dire jamais accordé la moindre chance avec une fille comme Nicole (en premier lieu, parce qu'il savait qu'il n'aurait jamais suffisamment de courage ou d'imagination pour se lancer ; toutes celles avec qui il avait eu une relation avaient fait le premier pas, et il lui paraissait peu probable que ce fût le genre de Nicole), mais, après cette merde avec Josie, il avait été surpris de se voir aussi abattu à l'idée d'être grillé auprès de Nicole avant même d'avoir rien tenté.

Lucas était en train de fumer une cigarette au pied d'un orme de la cour.

« Alors, mon pote ? lui lança-t-il. Tu t'es encore pris un râteau ? »

Craig tendit la main pour réclamer une cigarette, mais l'autre tapota sa poche en disant : « J'en ai plus. » Puis : « Elle n'est pas faite pour toi, de toute façon, Craig. Elle est de ces filles qui ne pensent qu'au mariage. Après quoi elle voudra deux mômes et un 4 × 4, et rester à la maison à faire de la pâtisserie, pendant que tu te casseras le cul dans un boulot merdique. En plus, quand on te voit, on lit : "Je nique et je me casse." »

— Hein ? fit Craig, sincèrement étonné de cette assertion. Oh, ta gueule, Lucas. C'est pas du tout l'impression que je donne.

— Oh que si. Tu regardes les filles comme si tu les haïssais.

— Quoi ? Mais pas du tout. »

Lucas eut un haussement d'épaules et lança son mégot sur le trottoir par-dessus la grille en fer forgé.

« Bon, d'accord, dit-il. Excuse-moi. Simplement, je te vois pas emmener miss Rayon-de-Soleil se promener dans le parc pour lui demander sa main. »

Ne trouvant rien à répondre, Craig resta coi. Il regardait les silhouettes d'autres étudiants défiler derrière les minuscules et miroitantes fenêtres de Godwin Honors Hall. Ils savaient, eux, ce qu'ils fichaient ici. Pour commencer, ils n'avaient pas été admis simplement parce que leur vieux était copain avec le doyen.

« D'ailleurs, reprit Lucas, est-ce que tu ne préfères pas une pipe grandiose à un rendez-vous gentillet ? Je vois d'ici ton oie blanche à genoux, ses jolies lèvres rouges refermées autour de ton énorme outil.

— Ferme ta gueule », dit Craig

Mais il n'y avait nulle vivacité dans cette injonction.

Aucune énergie.

Il savait que Lucas avait sans doute raison.

Ce type était souvent dans le vrai.

Craig s'aperçut qu'il n'avait jamais eu un seul rendez-vous dans les règles avec une fille. Ce genre de sortie – inviter la demoiselle, passer la prendre – lui semblait une autre de ces dix millions de choses que les types normaux, ceux qui portaient un pantalon kaki et se trimballaient avec un bouquet de pâquerettes, savaient mener à bien de bout en bout, mais qui lui auraient été à peu près aussi faciles que de construire un vaisseau spatial pour faire ensuite une virée autour de la Terre.

« Écoute, m'en veux pas, dit Lucas en réponse au silence de son ami. Je ne voulais pas…

— Laisse tomber, dit Craig, plus pour lui-même qu'à l'adresse de l'autre. Allons plutôt fumer un bang.

— Super idée, mec, approuva Lucas. Allons tirer un bang. »

17

Mira trouva Perry Edwards en train de l'attendre à la porte de son bureau. Elle n'en fut pas autrement surprise. En libérant ses étudiants à la fin de la première séance, elle lui avait vu une expression particulière, une sorte d'hésitation, comme s'il souhaitait s'attarder, comme s'il avait quelque chose à ajouter. Elle devait toutefois se rendre à une réunion de commission et était déjà en retard ; c'est pourquoi, évitant de croiser son regard, elle ramassa ses livres et papiers de façon à montrer combien elle était pressée. Elle avait une autre raison, à savoir l'intensité dont Perry Edwards faisait preuve en classe, combinée à ce qu'il lui avait confié ce fameux jour où, dans le couloir, il l'avait implorée de l'admettre dans son séminaire :

« J'ai des questions fondamentales sur la mort, des questions auxquelles j'essaie de trouver une réponse. Et pas seulement des questions philosophiques. Des questions métaphysiques. Mais aussi des questions *physiques*. »

Il avait dans la voix une telle insistance que Mira lui avait signé une dérogation sans demander plus d'explications.

Ce garçon était, dans le meilleur des cas, un authentique philosophe – un métaphysicien en devenir, un des rares jeunes de sa connaissance qui eussent une véritable vocation et les moyens intellectuels de l'accomplir. Au pire, il s'agissait d'un de ces étudiants au goût morbide qui n'avaient plus de secrets pour Mira. Qui était mieux placé qu'elle pour connaître la fascination des jeunes gens pour la mort ? Elle emmenait chaque année ses élèves en sortie au salon funéraire local et à la morgue du CHU, où elle avait tout loisir d'observer leur intérêt pour la table d'embaumement de l'institut Phillips & Lux, leur silence quasi religieux lorsqu'ils descendaient dans les sous-sols de l'hôpital pour gagner la salle des réfrigérateurs. Quand aucun corps ne s'y trouvait entreposé, quelqu'un – souvent celle des filles qui avait l'air le plus délicat – exprimait une vive déception. Et quand on les faisait entrer en salle d'autopsie, où un cadavre reposait encore sur la paillasse du légiste, leur souffle se précipitait, puis il s'établissait un grand silence intimidé. Il arrivait que quelqu'un s'évanouît, mais jamais personne ne sortait au motif qu'il ne supportait pas ce tableau.

L'intérêt manifesté par Perry Edwards paraissait toutefois plus profond que la banale fascination morbide. Au cours de cette première séance, il avança une réponse à chaque question posée. Le sujet n'était pas nouveau pour lui. Il avait mené, pour des motifs personnels, son propre travail de recherche. C'est pourquoi Mira n'avait pas souhaité discuter avec lui après la classe : peut-être n'était-elle pas prête à entendre ses raisons.

« À la prochaine fois, avait-elle dit sans lever les yeux.

— Merci, madame Polson », avait-il répondu en passant devant elle pour quitter la salle.

Le voyant debout devant la porte de son bureau, Mira s'éclaircit la gorge afin de ne pas le faire sursauter en arrivant dans son dos. Un jeudi matin de si bonne heure, le couloir était désert. Perry regardait un document qu'elle avait punaisé deux semestres plus tôt, une photo qu'elle avait prise dans les Balkans pendant son année Fulbright, celle de l'ossuaire d'un petit village de montagne.

Au dix-neuvième siècle, les habitants de l'endroit avaient coutume d'exhumer les corps du cimetière quelques mois après leur enterrement et d'exposer crânes et os longs, sur lesquels ils peignaient en couleurs vives le nom et les dates de naissance et de décès de leurs anciens propriétaires. Mira avait pris cette photo de loin, mais au téléobjectif par une journée ensoleillée, si bien qu'elle-même avait été frappée de saisissement en découvrant le tirage : une vertigineuse multitude de crânes fixaient de leurs orbites vides un petit groupe de touristes qui les regardaient en retour.

Sous cette photo, elle avait scotché une notice explicative : les villageois pensaient que les morts pouvaient s'évader de leur sépulture et que le seul moyen d'éviter cela était de les déterrer pour s'assurer qu'ils se trouvaient toujours dans la tombe et que leurs chairs s'étaient totalement décomposées. De la sorte, s'ils tombaient sur un cadavre non putréfié (un « marcheur » potentiel), il leur était possible de lui appliquer le rituel du pieu dans le cœur. Selon la tradition orale du village, il leur était arrivé une ou deux fois de trouver une tombe vide, et cela avait provoqué l'épouvante. Il se disait que, lors d'une semblable panique, le village avait perdu, sans comptabiliser les vieillards, les trois quarts de sa population. Les gens avaient chargé leurs charrettes et s'en étaient allés en laissant sur place les aïeux trop faibles pour suivre. L'année où Mira s'était rendue dans ce village, celui-ci n'était guère plus qu'une étendue piquetée de pâquerettes avec une église de pierre en son centre, et cet ossuaire pour seule curiosité.

« Ah, madame Polson, fit Perry en se retournant. Je ne voudrais pas vous importuner. Je me demandais juste s'il me serait possible de… »

Mira lui remit le livre qu'elle avait à la main, *Coutumes funéraires des Lapons Skolt* par Nils Stora, afin de chercher ses clés dans les ténèbres de son sac de cuir. Elle sortit d'abord la tétine violette d'un des biberons des jumeaux. En dépit de tout ce qu'elle avait lu et des recommandations qu'on lui avait adressées sur ce qu'il convenait de faire, elle laissait les garçons emporter leur biberon quand elle les emmenait au supermarché ou au jardin public. Il arrivait que ces tétines se dévissent, soient souillées, tombent sous les sièges de la voiture. Qui sait quand elle avait fourré celle-ci dans son sac ? Perry Edwards regarda l'objet, puis détourna les yeux comme si Mira venait de lui donner à voir quelque chose d'intime – ce qui, supposa-t-elle, était le cas.

Elle plongea de nouveau la main et, cette fois, attrapa le trousseau, assorti d'un cœur en caoutchouc que Clark lui avait offert des années plus tôt. (« Pince-moi », pouvait-on y lire et, quand on s'exécutait, une voix mécanique disait : « Je t'aime. ») Elle ouvrit la porte et fit entrer Perry. Il s'assit sur la chaise qui faisait face au bureau, regarda alentour, puis lui rendit son livre.

« Êtes-vous… ? Le moment est-il… ? bredouilla-t-il poliment.

— Aucun problème », lui répondit Mira. Elle débarrassa les livres qu'elle avait empilés sur sa chaise, les déposant par terre à ses pieds, puis elle prit place au bureau, croisa les mains dans son giron et demanda : « Que puis-je pour vous ?

— J'ai lu ceci », dit Perry en ouvrant la fermeture éclair de son sac à dos posé sur le sol. Il en sortit un livre portant la couverture générique de la bibliothèque Roper et le leva en l'air, comme si ce volume était en soi porteur d'une explication.

Elle le prit. Il s'agissait du *Catalogue des phénomènes naturels peu courants* de G. Melvin – ouvrage placé en vingt-quatrième position sur la liste des lectures conseillées. Mira l'avait confié quelques années plus tôt à la bibliothèque de Godwin Hall, mais, à sa connaissance, personne ne l'avait encore emprunté. Elle en recommandait toujours un chapitre aux étudiants qui pouvaient souhaiter approfondir, dans le cadre de leurs travaux de recherche, le sujet de la superstition liée à la mort et à la sépulture en Ukraine – en particulier un épisode (tardif, compte tenu de sa teneur) concernant une adolescente décédée accidentellement aux alentours de 1952 dans une ferme d'un village primitif de basse montagne. Cette fille était, disait-on, parvenue à s'évader de sa tombe, la preuve en étant que, même si nul ne la vit en vrai, chaque fois qu'une photo fut prise au village au cours de l'année suivant sa mort, son image brouillée apparaissait dans le coin supérieur gauche ou droit de la photographie.

Dans le *Catalogue*, étaient reproduites plusieurs photos au grain prononcé qui montraient des paysans guindés, endimanchés, fixant l'objectif d'un œil inexpressif. Dans le coin de chacune d'elles, la silhouette floue d'une fille brune paraissait chercher à fuir aussi vite que possible le champ de l'appareil. Et comme si cela ne suffisait pas, cette fille apparut nuitamment à chaque homme du village, nue et exigeant ses faveurs. Apparemment, tous s'exécutèrent, fût-ce à contrecœur. Pendant l'acte, elle les mordit – quelques-uns dans le cou, d'autres au bras et, pour l'un, impitoyablement au mamelon, le lui tranchant net avant de disparaître. Chacun de ces hommes perdit la vie lors d'un accident de travail dans les semaines qui suivirent.

Mais Mira tenait surtout à ce que ses étudiants lisent le passage qui suivait.

Un an après la mort de la fille, on avait ouvert la tombe. Le corps contenu dans le cercueil était dans un impeccable état de fraîcheur. Les chairs étaient roses. Les cheveux de l'adolescente avaient magnifiquement poussé autour de ses épaules. Sa bouche rubis était emplie de sang. Ses dents avaient poussé, et elles luisaient. Seuls ses vêtements s'étaient décomposés, révélant, bien sûr, ses seins resplendissants.

Le village fit venir à grands frais un camion de béton, qui recula jusqu'à la tombe et y déversa son chargement. De ce jour, la fille, qui se prénommait Etta, ne hanta plus jamais le village, et les accidents cessèrent mystérieusement – ce que les habitants attribuèrent au bétonnage de la tombe et non au fait qu'en l'espace de quelques années leur mode de vie fondé sur l'agriculture avait été complètement chamboulé par l'implantation au village d'une fabrique de cartons d'emballage.

L'auteur, Melvin, enseignait, à un âge vénérable, dans l'établissement où Mira était en classe préparatoire. Il lui avait infligé le seul B qu'elle avait jamais eu au cours de ses études supérieures. Elle n'en jugeait pas moins brillante son analyse de superstitions attisées par le passage d'une culture agraire à une culture urbaine. Cette histoire d'Etta, écrivait-il dans son *Catalogue*, était la dernière histoire vraie de « vampire » dont le monde entendrait parler. Un ou deux ans plus tard, tous les jeunes adultes qui auraient pu mourir en travaillant la terre ou en moissonnant des céréales étaient employés à l'usine d'emballages ou dans les magasins de quelque métropole soviétique, et les traditions mortuaires s'en trouvèrent changées à jamais. En remplacement des enterrements tout simples dans un cercueil en bois au cimetière local, survint l'industrie funéraire avec embaumement, fosses scellées et bières dont le coût dépassait ce que la plupart des familles du secteur gagnaient en une année.

« Il s'agit d'un excellent ouvrage, dit Mira en rendant le livre à Perry. Je suis contente que vous ayez choisi de l'emprunter.

— J'ai lu tout ce que vous nous avez demandé de lire, et je…

— Cela n'avait rien d'obligatoire, rectifia-t-elle. Ce sont des suggestions de lecture. Pour des recherches supplémentaires.

— Je sais. Cependant… » Perry secoua la tête, puis il ouvrit le livre pour montrer une des photos de la dénommée Etta. Il avait coché la page. Mira regarda la photo et opina du chef.

Il n'était pas exclu, se dit-elle, que ce garçon souffrît de maladie mentale. Cela n'avait rien d'inhabituel. Il y avait toujours des étudiants dans ce cas, surtout au Honors College. Intelligence et ambition allaient apparemment de pair avec égarement. De plus, Mira constatait qu'à l'époque actuelle des étudiants qui étaient peut-être légèrement déprimés (combien de jeunes gens intelligents de vingt ans ne l'étaient pas ?) se voyaient prescrire par leur médecin de famille des médications qui les mettaient dans un état d'insensibilité apathique ou d'excitation frénétique. Ces jeunes trimbalaient leurs flacons de Klonopin et de Xanax d'un cours à l'autre et s'envoyaient ces pilules par poignées avec des gorgées de boisson énergétique. Allez savoir ce que celui-ci prenait, surtout s'il avait été, comme il l'affirmait, très bon ami avec Nicole Werner.

Mira se pencha en avant pour examiner la photo. Dans l'angle, la menue silhouette grise fonçait vers l'extérieur du cadre, cependant qu'une famille à l'air sinistre regardait comme si de rien n'était l'objectif. Bien que datant de 1952, cette photo était en noir et blanc et empreinte d'une atmosphère de sévérité vieillotte qui la faisait plutôt ressembler à une image de la fin du dix-neuvième siècle. Mira s'était rendue dans des villages proches de celui-ci et, même au milieu des années quatre-vingt-dix, en plein jour, au printemps, il y avait toujours quelque chose de noir et blanc dans les lieux et chez les gens, comme si leurs vies sans joie avaient vidé le monde environnant de ses couleurs.

Son regard passa de la photo au visage de Perry. Celui-ci avait le front tout plissé. « Oui, eh bien ? interrogea-t-elle.

« — J'ai lu tout le livre, dit-il. Les faits et l'analyse qu'en fait l'auteur. Je comprends ce qu'il dit sur le contexte culturel, les changements sociétaux et la tradition, mais… » Il marqua un temps, cherchant apparemment ses mots. Il referma le livre.

« Mais quoi ? » demanda Mira.

Il se pencha de nouveau vers son sac à dos et déplia sur ses cuisses un numéro du journal de l'université. À la une, l'article paru sur Nicole Werner quelques jours après l'accident. Un côté de la page était occupé par le désormais familier portrait de Nicole, réalisé pendant son année de terminale, les projecteurs du studio déversant un halo de lumière chaude sur ses cheveux blonds. De l'autre côté, une photo de la plantation, en souvenir d'elle, d'un verger aux abords de la maison de sa sororité. On y voyait un groupe de sœurs en robe noire et verres fumés qui se donnaient la main, tête basse, autour d'un des cerisiers en fleur que l'on venait de planter. Perry Edwards désigna cette dernière photo, pointant le doigt sur l'arbre – qui, même en miniature et en noir et blanc, avait tout de la luxuriante icône de l'innocence perdue qu'il était censé être. Le bout de son doigt glissa des fleurs vers le coin droit de la photo.

« Regardez », dit-il.

Ce que fit Mira.

Il n'y avait rien à cet emplacement.

Son regard remonta lentement du journal vers le visage de Perry Edwards, puis elle secoua la tête.

« Il y a une fille, là », insista-t-il.

Elle regarda derechef, avec plus d'attention – même si elle savait désormais de quoi il retournait, même si elle voyait se confirmer sa petite idée d'un problème psychologique chez ce garçon. Scrutant l'arrière-fond grenu, elle finit par discerner, au-dessus de l'ongle soigné de son étudiant, ce qui paraissait être la silhouette grise d'une fille se dirigeant vers l'extérieur du cadre.

Elle regarda Perry et, dans un haussement d'épaules : « Oui. Peut-être. Et ensuite ? »

Il reposa le journal dans son giron et tira de son sac une enveloppe de papier kraft.

« J'ai scanné la photo, puis je l'ai agrandie », dit-il en la sortant – glacée, grisâtre, au format A4 – de l'enveloppe et en la remettant à Mira. Seule subsistait à présent la partie droite de l'image : en bas, quelques pétales sur un rameau, pareils à un tapis brumeux ; sur la gauche le pare-chocs luisant d'une voiture garée dans l'allée de la sororité ; au centre, la fille, floue.

Elle portait un vêtement léger, soit une robe arrivant à mi-cuisses soit un chemisier sur une minijupe ou sur un short. Elle était bras nus et visiblement pressée de se rendre quelque part : une de ses jambes était fléchie derrière elle, comme si elle courait. Ses bras battaient violemment de part et d'autre de son buste. Il y avait l'éclat de l'argent ou de l'or à son poignet – un bracelet – et le côté de son visage accrochait le soleil, ce qui lui accusait les traits. Ses cheveux blonds flottaient au-dessus de ses épaules, soulevés par la brise ou par le vent de la course.

Assurément, vue à cette distance, cette fille ressemblait à Nicole Werner, mais c'était aussi le cas de la moitié de celles qui se donnaient la main sur la première photo, avec leur robe noire et leurs cheveux blonds et raides.

164

C'était le cas de la moitié des filles du campus, surtout les membres des sororités.

« Oui », dit Mira en lui rendant la photo.

Elle réfléchit avec soin à ce qu'elle allait dire ensuite. Il lui était arrivé dans le passé de commettre l'erreur de trop encourager certains de ses étudiants. Elle avala sa salive, prit une inspiration, puis se lança : « Vous avez vécu un terrible traumatisme. Cela, je le comprends bien. Je crois que, pour cette raison, ce n'est pas un cours que vous devriez suivre. Son contenu est peut-être trop *d'actualité* pour vous en ce moment et cela pourrait... (elle se servait de ses mains pour essayer de tempérer ses paroles avant même qu'elles franchissent ses lèvres) vous *suggérer* certaines choses. »

Perry Edwards hocha la tête, mais ne détourna pas les yeux.

Il paraissait s'être attendu à ce qu'elle lui tînt ce discours et ne semblait ni déçu ni contrarié.

Il gonfla ses poumons, se mordit la lèvre un court instant, puis déclara : « Je comprends votre point de vue. Mais j'ai cette photographie depuis le mois d'avril. Et puis ce n'est pas tout. » Il leva les yeux vers le plafond, de l'air de chercher ses mots, puis revint à Mira. « Nicole est ici, madame Polson. Elle est toujours sur le campus. J'ai passé tout l'été ici. Je l'ai vue. »

Mira se carra contre son dossier, mouvement de recul qu'elle regretta aussitôt. Le ton de voix de ce garçon... Il était tellement certain de ce qu'il disait...

Perry tira une seconde enveloppe de son sac à dos, en sortit une nouvelle photo. Celle-ci représentait une brune mince, les cheveux aux épaules, qui sortait d'une des maisons de l'alignement des sororités. Elle fusillait le photographe du regard, comme sur le point de lui lancer une insulte ou de lui adresser un geste obscène. Perry plaça à côté de cette photo le journal où figurait le portrait de la blonde Nicole.

Mira regarda alternativement les deux images, puis concéda : « Je vois bien une ressemblance, Perry. Cependant, vous n'allez tout de même pas…

— Je sais, dit-il. Je sais que toutes ces filles se ressemblent pour qui ne les connaît pas. Seulement, moi, madame Polson, j'ai fait toute ma scolarité avec Nicole Werner. Nous avons passé notre enfance dans la même ville. Nous étions ensemble au catéchisme. Nous avons fait notre confirmation dans la même église. Je sais à quoi elle ressemble. Je la vois. Elle est ici. Elle s'est teint les cheveux, mais c'est bien elle. J'ignore comment c'est possible. Je ne m'attendais pas à ce qu'on me traite d'autre chose que de cinglé, si je m'en ouvrais autour de moi ; c'est pourquoi je n'en ai parlé à personne. Mais je me suis dit que… enfin voilà, j'ai lu votre livre, *Pratiques funéraires traditionnelles et leurs origines populaires* (il articula les mots avec soin, comme si Mira eût pu ne pas reconnaître le titre de son propre ouvrage). Et j'ai pensé que peut-être, si vous êtes en train de travailler sur un nouveau projet, un livre du même genre, quoi de mieux que de faire un pendant de celui-ci pour ce qui se passe sur le campus ? (Il levait de nouveau le livre de Melvin, ouvert à la photographie d'Etta.) Parce que, même si vous pensez que nous sommes toqués…

— Nous ?

166

— Oui. Deux autres types l'ont vue. Lucas Schiff. Il est en cinquième année. Il était notre conseiller résidant l'an dernier.

— Je connais Lucas », dit Mira. Ce Lucas Schiff avait suivi le séminaire l'année où elle était arrivée sur le campus. Il avait été par la suite arrêté pour possession de substances illicites, mais relâché pour vice de forme. Il était de ces jeunes politisés qui utilisent leur engagement comme prétexte pour ne pas prendre de bain et fumer de l'herbe en quantité.

« Et Patrick Wright.

— Je connais aussi Patrick », dit Mira. Originaire d'une petite ville du nord de l'État, Patrick était un garçon soigné. Rien à voir avec Lucas Schiff. « Il est en troisième année, non ?

— Oui, dit Perry. Lucas et lui ont été avec Nicole depuis qu'elle est morte.

— Comment cela ?

— Ils ont couché avec elle. »

Mira se plaqua la main sur la bouche. Elle ne savait pas si elle allait rire ou pleurer. Perry ne sembla pas remarquer son geste. Il poursuivit :

« Là où je veux en venir, madame Polson, c'est que vous pourriez peut-être écrire ou dire quelque chose établissant une comparaison entre Etta et…

— Et Nicole Werner ?

— C'est ça. Si vous travaillez à un nouveau livre, j'entends. Vous ne seriez pas obligée de nous croire. Melvin ne croit pas à ce que les villageois racontent à propos d'Etta. Il se contente d'écouter et d'analyser. »

Mira regarda attentivement Perry Edwards. Elle se demanda le temps d'une seconde s'il avait parlé d'elle au doyen de Honors College, s'il pouvait savoir qu'elle n'avait pas même commencé le travail qu'elle devait publier dans les dix-huit mois. Qu'elle n'avait même pas d'idée précise quant à sa teneur.

Non, bien sûr que non. Il n'était qu'un garçon intelligent et passionné, ou peut-être perturbé. Elle prit une profonde inspiration et demanda : « Pourquoi ? Pourquoi voulez-vous que je fasse ça ? À quelle fin ?

— J'ai besoin de votre aide. Il y a là quelque chose de fort. Il me faut… (Ce fut comme si quelque chose se mettait en travers de sa gorge, et il déglutit.) Il me faut un adulte.

— Perry… », commença Mira avant de se raviser.

Même si elle chercherait par la suite à se persuader que cette supplique qui lui était adressée en sa qualité d'« adulte » les avait réunis dans leur quête de Nicole, Mira voyait déjà entre ses mains, dans son bureau au mois de septembre prochain, le livre en question, publié par une presse universitaire de premier plan, avec en couverture le rayonnant portrait de Nicole Werner en classe de terminale, et en dessous son nom à elle. Et, posée à côté, la lettre adressée au doyen par le président du département, lettre contenant une recommandation pour sa titularisation.

Qu'avait-elle à perdre, au point où elle en était ?

« Madame Polson ? » dit Perry après que Mira fut restée très longtemps silencieuse.

Elle leva la main pour l'empêcher d'ajouter quoi que ce fût, puis elle porta cette main devant ses yeux et se força à compter jusqu'à cinq avant de regarder de nouveau le jeune homme pour lui répondre : « C'est d'accord. »

DEUXIÈME PARTIE

18

C'était, à la Société de musique de chambre, une de ces journées affreusement mornes et débilitantes. Les différents bureaux en vrombissaient littéralement. Dans celui de Shelly, une mouche prise entre store et fenêtre se jetait avec l'énergie du désespoir contre ces deux barrières. Shelly la regardait de son poste de travail. Le bourdonnement électrique du diptère rivalisait avec le faible ronflement de l'ordinateur en veille.

Septembre tirait à sa fin et le temps faisait un effort concerté pour changer. Le ciel était désormais plus lavande que bleu, et il flottait dans l'air une odeur de feuilles affadies, amollies, lâchant prise, en perte de vitesse. Comme toujours, cette transition entre été et automne ramenait Shelly aux septembres de sa vie – la poussière tourbillonnant autour de son pupitre à la maternelle, socquettes et souliers vernis, et jusqu'à sa dernière année de troisième cycle, rapportant de la librairie un manuel fort coûteux jusqu'à son petit studio au-dessus du grossiste en bière – et tous les septembres égrenés depuis lors, les années passant une à une devant la fenêtre de son bureau de la Société de musique de chambre de l'université.

Elle se demandait à quoi pouvait ressembler septembre pour qui ne travaillait pas dans l'enseignement. Se trouvait-on épargné par la mélancolique réminiscence de ce mois-là ? Si oui, ce devait être comme de sécher un des douze travaux d'Hercule ; on ne coupait certes pas au bourdon de Noël, mais au moins n'avait-on pas à revivre la fin de toutes les grandes vacances de sa vie, cette triste prise de conscience de sa propre mortalité, quand une fois encore, année après année, les enfants envahissaient votre univers avec leurs pulls neufs et leurs crayons bien taillés.

Non, supposait-elle, nul ne devait y couper. Ce calendrier se gravait de si bonne heure dans la psyché de chacun. Personne n'échappait au caractère funeste de septembre.

« Ce que tu peux être déprimante », avait coutume de lui dire son ex-mari, et il le lui répéta une dernière fois en secouant tristement la tête le jour où elle le quitta – après quoi, alors qu'elle franchissait la porte de derrière, il s'élança à sa suite comme par l'effet d'un commutateur actionné sous son crâne et la ramena à l'intérieur en la traînant par les cheveux.

« Shelly ?

— Oui ?

— Comme on est tous très pris, est-ce que vous pensez que je pourrais...

— ... partir plus tôt ? » Shelly prit sur elle pour ne pas laisser échapper un soupir d'exaspération.

« Oui. » Josie s'enroulait autour de l'index une mèche de cheveux noirs. Elle tenait la tête penchée à angle droit, comme un moineau. « C'est la Semaine grecque.

« — Vous appartenez à une sororité ?

— Oui.

— Laquelle ?

— Oméga Thêta Tau. » Josie, debout sur le seuil, avait dit cela avec une irrépressible fierté.

Shelly orienta son fauteuil pour lui faire face. « N'est-ce pas celle à laquelle appartenait Nicole Werner, l'étudiante tuée dans un accident de voiture ? »

Josie hocha lentement la tête d'un air mélodramatique, paupières mi-closes.

« Vous la connaissiez ? » interrogea Shelly. Comment avait-elle pu ignorer non seulement que Josie faisait partie d'une sororité, mais aussi qu'il s'agissait de celle de Nicole Werner ?

L'étudiante haussa les épaules. « Nous la connaissions toutes. Elle et moi avons postulé et été admises en même temps. Oméga Thêta Tau ne fait pas partie des plus grosses résidences – nous sommes soixante filles –, c'est pourquoi, oui, bien sûr, je la connaissais. »

Shelly se leva. « Saviez-vous que...

— ... que vous avez fait partie d'une sororité ? (Le visage de Josie s'éclaira d'un sourire.) Oui. Vous portiez un tee-shirt Êta Lambda le jour où on s'est croisées devant la salle de gym. Un soir que j'étais là-bas pour une soirée, je vous ai cherchée sur la plaque murale et j'ai vu votre nom. C'est super. Je suis certaine que, comme sororité, c'était mieux à l'époque où...

— Non, vous n'y êtes pas, dit Shelly, chagrinée d'éprouver, dès qu'il était question de sororités, cette réaction défensive familière qu'une lesbienne quadragénaire aurait dû avoir dépassée. Non, ce n'est pas à cela que je pensais. Saviez-vous que je me suis trouvée sur le lieu de l'accident ? L'accident de Nicole Werner. J'ai été la première sur place. »

Josie regardait le plafond en se mordant la lèvre, de l'air de fouiller ses souvenirs en quête de cette information. Ne l'y trouvant point, elle dit : « Non. – puis, écarquillant les yeux : C'était donc vous ? La dame entre deux âges, celle qui n'a pas communiqué les indications nécessaires aux secouristes pour se rendre là-bas ? »

Shelly sentit ses joues s'empourprer, brûler, et ses poumons se vider complètement. « Pas du tout. Je leur ai donné tous les renseignements. J'étais là quand les ambulances sont arrivées. Je suis restée jusqu'à ce qu'ils les emportent tous les deux.

— Bon sang, fit Josie. Ç'a dû être horrible. Je n'étais pas au courant. »

Bien sûr qu'elle n'était pas au courant.

Comment aurait-elle pu savoir ?

Le nom de Shelly n'avait jamais été cité dans la presse, qui n'avait correctement relaté aucun des détails relatifs à l'accident – sinon, apparemment, qu'elle-même était entre deux âges.

« Les journaux ont tout rapporté de travers. J'étais là quand ils ont emmené les deux jeunes.

— Ah bon ? Eh bien, dites donc, c'est vraiment nul. Au fait, pour en revenir à ce que je vous ai demandé…

— Si vous pouvez partir plus tôt ?

— Oui.

— Oui », répondit Shelly et, en moins d'une seconde, l'autre avait décampé. Toujours debout, le regard braqué sur le seuil à présent désert, Shelly prêta l'oreille au bruit de la porte de la Société de musique de chambre qui s'ouvrait, puis se refermait, et au son des ballerines noires de Josie dévalant l'escalier. Elle se rassit, ouvrit un des tiroirs de son bureau pour y prendre le dossier marqué Josie.

Son CV, sa lettre de motivation. Shelly parcourut rapidement le tout en quête de mentions d'Oméga Thêta Tau. Ces donzelles n'omettaient jamais de préciser dans leurs courriers de candidature leur appartenance à une sororité. Elles avaient une si haute idée d'elles-mêmes qu'elles supposaient que tout le monde partageait ce sentiment.

Mais il n'y en avait pas trace dans le dossier. Josie n'avait donné comme contact que l'adresse de ses parents à Grosse Isle.

Grosse Isle ?

Comment Shelly avait-elle pu laisser passer un détail pareil ?

Josie recevait une aide financière en échange du « travail » qu'elle accomplissait à la Société de musique de chambre. Or existait-il à Grosse Isle un seul jeune qui eût besoin de ce type de subsides pour poursuivre des études supérieures ? À l'époque où Shelly était elle-même à l'université, une des filles de sa sororité, originaire de cette localité, l'y avait invitée pour le week-end. Le toit de la maison où la demoiselle avait grandi était équipé d'une plateforme d'atterrissage pour l'hélicoptère paternel.

Certes, même si les Reilly habitaient la banlieue la plus riche de l'État, Shelly ne pouvait préjuger de leur standing. Un divorce au couteau ou bien la maladie ou bien encore la perte d'un emploi pouvait expliquer certaines choses. Ce n'était d'ailleurs pas son rôle que d'évaluer la situation financière des postulantes. Le dossier était examiné par le service des bourses et aides, puis transmis au doyen de l'école de musique, qui donnait son approbation.

Ayant replacé le dossier dans le tiroir, Shelly porta son attention vers la fenêtre. Un papillon blanc, qui paraissait chercher à se poser sur l'appui, se faisait malmener par la brise et repousser chaque fois qu'il touchait au but.

Shelly suivait ce spectacle avec un sentiment de malaise. Elle détestait ce qu'elle voyait et se trouvait cependant incapable d'en détacher les yeux. Son regard était fixé sur ce papillon, tandis que ses pensées voletaient alentour.

Oméga Thêta Tau.

Celles-là étaient les sœurs vierges. Leur sororité était soi-disant celle qui prônait chasteté et tempérance. La presse avait monté cela en épingle après la disparition de Nicole Werner. Qu'elle eût été si sage avait encore ajouté une strate à la tragédie.

À l'époque de Shelly, dans les années quatre-vingt, on était un peu plus cynique – même s'il était étrange de constater que, les années passant, les Américains devenaient de plus en plus innocents.

En ce temps-là, Oméga Thêta Tau était la sororité toute désignée pour les filles désirant faire de la politique ou épouser un politicien. Celle où l'on se devait d'avoir un parcours sans taches. Shelly était à peu près sûre que la femme du gouverneur était une ancienne OTT. Qui d'autre encore ? Les plus influentes confréries entretenaient avec les personnalités les plus importantes de la nation des connexions qui formaient comme un réseau téléphonique. Peut-être tous les juges femmes du pays en avaient-elles été. Sans doute la moitié des juristes de sexe féminin ambitionnant de devenir juge – ou sénateur ou membre du Congrès – en avaient-elles été. Il était très probable qu'un énorme pourcentage des épouses de sénateur ou de membre du Congrès pouvait se prévaloir d'avoir été d'Oméga Thêta Tau – et qui sait combien de premières dames ?

La sororité de Shelly, Êta Lambda, n'avait rien de comparable. On l'appelait la Sororité des chic filles. En d'autres termes, elle était moins sélect que les autres ; ses sœurs n'étaient pas aussi populaires, ni aussi jolies.

On pourrait penser que cela en faisait une résidence où la vie était plus facile – avec des sœurs plus relax, moins de pressions de toute nature –, en quoi on se tromperait. Le fait de se trouver sur un échelon inférieur de l'échelle grecque donnait aux sœurs d'Êta Lambda un esprit de compétition encore plus développé, les rendait plus brutales, plus impitoyables. Dans son souvenir le plus vivace, remontant à la soirée des adhésions, Shelly descendait les escaliers en robe du soir et voyait les autres filles, déjà assemblées dans le hall, s'entre-regarder et se plaquer d'un même mouvement, lui sembla-t-il, la main sur la bouche pour étouffer un rire.

Son cœur s'était mis à battre si fort qu'elle avait bien cru s'évanouir. Elle ne savait toujours pas à ce jour ce qui avait provoqué cette hilarité. Peut-être était-elle un peu forte ou son décolleté trop profond. À moins que ce ne fût sa coiffure, son maquillage, ses souliers, son petit sac cousu de paillettes. Elle n'en saurait jamais le fin mot. Elle n'était pas destinée à le connaître. Pas une seule fille parmi toutes ces sœurs n'aurait eu la gentillesse de le lui dire ou de la rassurer. Elle continua donc de descendre les escaliers (que pouvait-elle faire d'autre ?), puis traversa cette soirée dans un nuage de honte, fuyant toutes les activités dès que l'occasion se présentait d'aller s'examiner dans le miroir des toilettes : ses dents, le duvet blond sur sa lèvre, ses sourcils. Elle renifla ses dessous de bras. Elle renifla sa culotte. Elle vérifia le devant de sa robe, l'arrière de sa robe, ses bretelles de soutien-gorge, et le pire était qu'elle n'arrivait pas à mettre le doigt dessus. Sur ce dont il s'agissait, cette chose qu'elles voyaient toutes et à laquelle elle-même était aveugle.

Tout en essayant, mais en vain, de trouver ladite chose, de la voir, de l'élucider, elle avait traversé les deux années suivantes dans la peau d'une Êta Lambda, résolue à rester et à affronter jour après jour cette énigme quelle qu'elle pût être.

Un parfait gâchis de temps et d'énergie juvénile, elle le savait aujourd'hui. Il lui fallait cependant reconnaître qu'elle s'était fait à Êta Lambda une paire d'amies de toujours, des amies qui avaient été là le jour de la remise de son diplôme, pendant ses années de troisième cycle, son mariage désastreux et son divorce, et qui l'avaient ensuite acceptée dans la nouvelle vie qu'elle s'était choisie en tant que lesbienne.

Un type particulier de loyauté était issu de ces étranges liens entre femmes. Non pas les liens du sang, mais comme un précieux fluide corporel qu'elles auraient partagé.

Le papillon semblait désormais plaqué par le vent contre l'appui de fenêtre.

C'était véritablement insupportable à regarder. Sans doute pratiquement indétectable pour tout ce qui n'était pas, comme ce lépidoptère, de fil et de papier, ce mouvement d'air était en train de l'écraser contre la brique. Après avoir contemplé ce tableau encore quelques secondes, Shelly ne vit pas d'autre choix que d'ouvrir pour le faire entrer. Par chance, bien qu'elle en profitât rarement, elle travaillait dans un des rares bâtiments du campus à posséder des fenêtres ouvrantes. Il fallut exercer une forte poussée, puis tenir le lourd châssis en l'air pendant que, de l'autre main, elle tentait de cueillir délicatement le papillon.

Elle le saisit. Elle aurait juré qu'elle sentait battre son cœur (murmure atomique et petites particules poudreuses de temps et de terreur) et elle éprouva un pincement de terreur quand elle secoua les doigts pour le faire tomber sur le bureau et qu'il resta inerte (se pouvait-il qu'elle l'eût tué ?).

Elle était certaine de l'avoir écrasé, de l'avoir fait mourir de peur, de l'avoir blessé de façon irrémédiable. Or voilà qu'au bout de quelques secondes l'insecte se mit à battre des ailes, puis il prit son essor. Elle s'écarta pour le laisser passer, traverser la pièce, s'en aller zigzaguer dans le couloir, dont elle alla lui ouvrir la porte, après quoi il descendit la cage d'escalier jusqu'à la porte d'entrée, tenue en position ouverte, et partit se perdre de nouveau dans le monde.

19

C'était le jour de la Putréfaction. Pendant que ses étudiants entraient dans la salle, Mira écrivit au tableau :

> *On le dirait en train de dormir.*
> *Hélas, il ne va pas se conserver,*
> *Car c'est l'été et nous allons manquer de glace...*

> « Pore Jud Is Daid », *Oklahoma*[1] *!*

Perry Edwards, premier entré, son cahier déjà ouvert devant lui, y consignait ces trois lignes (qui se voulaient plus un clin d'œil que quelque chose à inclure dans ses notes).

Il était vêtu d'un austère pantalon noir et d'une chemise blanche entièrement boutonnée, comme s'il arrivait d'un concert de la chorale ou d'un enterrement.

« Perry, demanda Mira alors que les autres n'avaient pas encore gagné leur place, cela vous ennuie d'actionner le projecteur ?

— Pas du tout, madame Polson. » Il quitta sa place pour aller s'asseoir sur la chaise voisine du projecteur à diapositives.

« Bien, commença Mira. Aujourd'hui est le grand jour. Je vais vous donner votre premier sujet de devoir, qui sera à rendre la semaine prochaine. Si je ne l'ai pas fait plus tôt, c'est parce que je ne suis pas,

---

1. Comédie musicale de R. Rodgers et O. Hammerstein créée à Broadway en 1943.

contrairement à certains autres professeurs, partisane de laisser à mes étudiants un mois entier pour rédiger un travail. D'après mon expérience, plus vous avez de temps, plus vous remettez à plus tard. Par ailleurs, comme je le précise dans le programme, je n'accepte pas les travaux en retard ; c'est pourquoi je vous suggère de vous y mettre dès aujourd'hui. Cet essai pourra faire la longueur qu'il vous faudra pour développer vos arguments, mais il ne devra pas descendre en dessous de dix pages.

— Dix pages ! » laissa échapper Karess Flanagan avant de rougir et de regarder alentour, comme si cette sortie était le fait de quelqu'un d'autre.

En quelles circonstances, se demanda Mira, des parents en venaient-ils à prénommer leur enfant Karess ? Ils n'avaient évidemment aucun moyen de savoir que leur fille nouveau-née deviendrait une beauté brune incroyablement sexy, avec des bonnets C et de luisantes lèvres roses. Mira était loin d'imaginer toutes les plaisanteries que le prénom et la demoiselle avaient inspirées au fil des ans dans les vestiaires des garçons.

Karess avait toujours l'air choquée, par le nombre de pages, par son exclamation ou par les deux.

« N'avez-vous pas lu le programme ? lui demanda Mira. À la rubrique "Ce qui vous sera demandé" (elle sortit un exemplaire dudit document d'une chemise posée sur le bureau) il est précisé de façon assez claire : "Cinq dissertations, de dix pages à double interligne ou plus, doivent recevoir au minimum un C pour que le cours soit validé." »

Karess parvint à simultanément hocher et secouer la tête.

« Donc, voici votre sujet », dit Mira.

De la même chemise, elle sortit un paquet de photocopies et les remit à Karess pour qu'elle les distribue. Quand celle-ci se leva, tous les garçons de la classe, hormis Perry (qui examinait le projecteur), la détaillèrent des chevilles à la poitrine et n'en détachèrent plus les yeux jusqu'à ce qu'elle soit allée se rasseoir.

« Je vais vous laisser en prendre vous-même connaissance, reprit Mira, mais laissez-moi préciser au préalable quelques points essentiels. Pour cet essai, qui est un travail de réflexion personnelle, vous devez vous pencher sur vos propres superstitions – personnelles et culturelles – concernant la mort. Vous pourriez commencer par ce qui vous a poussés à vous inscrire à ce cours, mais vous pourriez également vous intéresser à vos présupposés concernant l'inhumation, la crémation, les rites funéraires et autres pratiqués au sein de votre famille et de votre communauté. Quelle est votre expérience de la mort ? Vous êtes-vous trouvés en présence d'un défunt et, si oui, quelle a été votre réaction ? Quelles sont vos peurs concernant la mort ? Quels sont aussi les attraits qu'elle exerce sur vous ? »

Il y eut çà et là rires et manifestations de surprise. Cela se passait à l'identique chaque année.

Mira d'enchaîner aussitôt : « Ce n'est pas vous, entre tous, qui me direz que cette matière ne présente pas d'attrait à vos yeux, puisque vous vous êtes inscrits à ce cours sur la mort et les morts. Vous l'avez choisi parmi vingt autres. Même si j'aimerais penser que ma réputation d'excellente enseignante en fait chaque année le cours le plus couru de Godwin

Honors College, je suis portée à en douter. Il y a d'autres raisons, peut-être de même nature que la fascination qu'éprouvent, par exemple, pour Sylvia Plath des jeunes femmes s'intéressant peu à la poésie en dehors des cartes Hallmark, ou que ce qui fait que Kurt Cobain, qui n'a guère vécu que le temps d'écrire et d'enregistrer une poignée de chansons potables, a autant d'admirateurs parmi les adolescents de sexe masculin.

» Tels sont les sujets, poursuivit Mira en parcourant des yeux son auditoire, accrochant le regard des étudiants qui paraissaient le moins impressionnés, que je veux vous voir traiter dans cet essai avec toute la profondeur, l'analyse critique et la réflexion personnelle dont vous êtes capables. »

Elle tourna les talons et alla s'asseoir à son bureau, avant d'ajouter d'un ton moins passionné : « Vous trouverez sur le site web des devoirs des années passées. Des questions ? »

Les étudiants, bouche bée pour certains, regardaient qui Mira, qui leur feuille. Il y eut des questions concernant la taille des caractères, les citations et la dimension des marges. Mira précisa que dix pages, c'était dix pages. Les questions frénétiques décrurent quand il devint évident qu'il n'y aurait pas moyen d'y couper, même si, au lycée, les profs comptabilisaient la page de titre ou acceptaient des marges de cinq centimètres et des caractères en corps dix-huit.

« Bien, reprit Mira. Venons-en enfin au sujet du jour : la putréfaction. »

Il y eut des rires, une plainte.

« Je suis désolée, dit-elle, mais je crains que nous ne puissions commencer à comprendre le folklore et les superstitions entourant les morts avant de bien nous représenter la réalité de la mort et de la pourriture. À notre époque et dans notre pays, il est rare de se trouver en présence de restes humains en train de se putréfier, mais cela fait moins d'un siècle qu'existent la technologie et les services professionnels nous permettant d'éviter cette désagréable réalité ; et il en va autrement dans la plupart des endroits du globe. La décomposition des restes humains reste par conséquent un souvenir psychique et culturel vivace.

» Je suppose que vous avez tous lu, dans les photocopies que je vous ai fournies, les extraits de *Chimie de la mort* de W. E. B. Evans ? »

Il y eut quelques hochements de tête. Mira éteignit la lumière et déroula l'écran devant le tableau noir. « Bien. Perry, voulez-vous allumer le projecteur ? Première diapositive. »

La première image était une photo du film *L'Armée des morts*. Un « cadavre » en haillons poursuivait une belle jeune fille sur une étendue de pelouse vert émeraude.

« Vous connaissez probablement ce film. Je suppose que la plupart d'entre vous connaissent aussi le conte intitulé *La Patte de singe*, dans lequel un homme rapporte à sa femme une patte de singe dont on lui a dit qu'elle exaucerait trois vœux. Le premier, qui porte sur une somme d'argent, entraîne la mort de leur fils dans un accident minier et le versement subséquent d'une prime d'assurance dont le montant correspond exactement à ce qui avait été demandé.

184

» Quelques jours après l'enterrement de son enfant, la mère, terrassée par le chagrin, prononce le deuxième vœu : qu'il revienne.

» Elle a pour ainsi dire perdu espoir quand, un soir tard, le couple entend quelque chose de lent et de pesant remonter l'allée avec des bruits de frottements. La femme se précipite vers la porte, mais son mari l'arrête. Il a compris, contrairement à elle, ce que sera devenu leur fils, s'en revenant ainsi après plusieurs jours passés dans la tombe. Aussi utilise-t-il le dernier vœu pour le faire s'en aller.

» À présent, je vous pose la question : il s'agit de votre fils unique, votre enfant chéri, et vous êtes responsable de sa mort. Est-ce que vous ouvrez la porte ? »

Ce fut un « Non ! » général. Karess Flanagan porta les mains à ses joues incarnates pour secouer vigoureusement la tête.

« Mais pourquoi cela ? interrogea Mira, faisant semblant d'être choquée par leur insensibilité. Il s'agit quand même de votre fils, de votre enfant bien-aimé. De quoi avez-vous peur ?

— Il est mort !

— Et alors ? Il est de retour ! » Mira avait contrefait leurs inflexions, ce qui les fit rire.

« Il ne sera plus le même, dit Miriam Mason. Il a été *enterré*.

— Il sera sacrément en rogne, lança Tony Barnstone.

— Peut-être pas, avança Mira. Il aura sans doute compris que vous avez commis une bourde avec ce premier vœu. Et puis, tout de même, vous avez utilisé le second pour le tirer de la tombe.

« — Les morts l'ont toujours mauvaise, persista Tony.

— Cela amène une autre question : pourquoi ? Qu'est-ce qui transforme une personne qui était, disons, gentille et timide de son vivant en cette sorte de monstre ? » Mira se servit de son stylo pour désigner le zombie écumant de la photo.

Il n'y eut pas de réponses.

« Perry ? Diapo suivante. »

Apparut à l'écran une photographie que Mira avait prise en Bosnie pendant son année Fulbright. On y voyait une vieille femme en noir sortir à reculons d'une maisonnette à flanc de colline. Elle était en train d'en balayer le seuil.

« La fille unique de cette femme était morte d'une pneumonie quelques jours avant que je fasse cette photo. Me trouvant au village, j'avais été conviée aux obsèques, où je vis cette femme se jeter sur le cercueil de sa fille et s'y agripper. Il fallut pour finir que ses fils l'en arrachent. Pendant la procession et la messe, elle se laissa tomber cinq ou six fois à genoux, accablée de chagrin. Ce qu'elle fait ici (Mira montrait le balai du bout de son stylo), c'est de balayer le seuil de la maison en allant à reculons, cela quarante-huit heures exactement après le décès de sa fille, pour s'assurer que celle-ci ne reviendra pas. »

Certains étudiants mordillaient l'extrémité de leur crayon.

« Perry ? »

Perry engagea la diapositive suivante, qui, en fait de provocation, était le maximum que Mira s'autorisât en ce début de semestre. Il s'agissait d'une photo en noir et blanc, prise à la morgue, de Marilyn Monroe allongée sur un plateau roulant, un drap remonté jusqu'au menton. Le visage était complètement flasque, les joues caves et décolorées, la peau marbrée sur les pommettes, le front et le nez, les cheveux ramenés en arrière, les lèvres étirées en une fine grimace.

« Voilà la dernière photo de Marilyn Monroe », annonça Mira.

Les étudiants laissèrent échapper les « Oh mon Dieu » et autres cris d'effroi attendus à mesure qu'ils identifiaient derrière les traits altérés du cadavre l'icône bien connue du sexe et de la beauté. Certains se penchaient par-dessus leur pupitre pour mieux voir. Aucun ne se détourna.

« Perry ? »

L'image suivante était celle, fameuse, de la même Marilyn campée sur la grille de métro et faisant mine de vouloir rabaisser sa jupe plissée.

« Merci, Perry. Vous pouvez éteindre le projecteur. Donc, comme vous l'avez appris à travers vos lectures, s'il n'est ni traité ni réfrigéré, le cadavre connaît les altérations suivantes dans les douze à quinze heures qui suivent la mort :

» Un changement de coloration, l'amenant habituellement à une sorte de violet rosâtre. Cela s'appelle l'*hypostase*. »

Mira écrivit ce mot au tableau.

« Avant même les douze heures, selon les conditions ambiantes, on observe une tumescence générale due à l'accumulation de gaz dans le corps, qui rend les traits du visage méconnaissables. Des cloques se forment à la surface de la peau, puis crèvent en raison de la desquamation de l'épiderme. On appelle cela l'*exfoliation*. »

Elle écrivit le mot *sacromenos* au tableau.

« Ceci, dit-elle en pointant le doigt, est le mot grec pour "vampire". Littéralement, il signifie : "chair faite par la lune". Vous arrivez, je suppose, à vous représenter cet aspect du mort après l'exfoliation ? »

Hochements teintés d'hébétude parmi les étudiants.

« Ensuite, poursuivit Mira, quelques heures après ce phénomène, se produisent l'écoulement par les orifices du corps de fluides teintés de sang et la liquéfaction des globes oculaires. Dans les vingt-quatre heures – toujours en fonction du temps qu'il fait – on relèvera la présence de vers. Puis, encore vingt-quatre heures plus tard, la chute des ongles et des cheveux. Après, ce sera une conversion des tissus en une masse semi fluide, altération qui, combinée à l'accumulation des gaz, provoquera l'éclatement de l'abdomen, souvent accompagné d'une détonation sonore.

» Vous ne serez peut-être pas surpris d'apprendre que, chez les anciens combattants, la cause première du "choc des tranchées", comme on appelait cela jadis, ou du "stress post-traumatique", selon l'appellation actuelle, n'est ni l'expérience du pilonnage d'artillerie ni la peur de mourir, mais le fait d'avoir côtoyé des cadavres.

» C'est pourquoi dans *La Patte de singe* le père, qui vivait peut-être au temps d'avant le développement massif des salons funéraires et qui était peut-être lui-même ancien combattant, se garde d'ouvrir la porte et de découvrir de l'autre côté son fils mort depuis trois jours ; et c'est pourquoi cette vieille Bosniaque balaie le seuil de sa maison pour s'assurer que sa fille bien-aimée n'y reviendra pas. C'est la raison pour laquelle notre peur des morts et la conviction qu'ils sont malfaisants – l'extrême aversion qu'ils nous inspirent – ont perduré et influencé tant de nos rituels et de nos croyances. Comme pour tout ce qui inspire autant de crainte, on trouve en corollaire obsessions et fascinations. Ce sera le sujet de notre prochain cours. »

Il n'y eut pas de questions. Les étudiants paraissaient vaguement désorientés, comme souvent le jour de la Putréfaction, et Mira les libéra dix minutes en avance. Ils rassemblèrent leurs affaires en silence. Tandis qu'ils défilaient devant le bureau pour quitter la salle, Perry débrancha le projecteur et en lova soigneusement le cordon. Alors que Mira rangeait ses affaires, il lui demanda : « Est-ce que nous nous voyons cet après-midi, madame ? »

Elle consulta sa montre. On était mardi, et Clark devait avoir grande hâte de se voir soulager des jumeaux, qui s'étaient montrés particulièrement infects ce matin-là – lançant leurs céréales à travers la cuisine, criant après leur mère dans leur sabir aussi musical qu'inintelligible. « Ne sois pas en retard, lui avait-il recommandé alors qu'elle filait vers la porte.

— Clark, avait-elle répondu en se retournant, je vais tâcher d'être à l'heure, mais j'ai un travail. J'ai des étudiants, des collègues, des courriels, des coups de fil… »

Et lui de lever la main. « Pas la peine de m'asséner toute la liste, Mira. J'ai compris. Rentre quand tu peux.

— Clark… » avait-elle fait, les mains tendues vers lui – non pas, réalisa-t-elle, comme si elle avait voulu le toucher, mais plutôt comme si elle offrait ses poignets pour qu'il lui tranche les veines. Elle avait répété son nom, mais il avait déjà filé dans la salle de bains et refermé la porte derrière lui.

Elle regarda Perry.

Ayant pensé à leur projet durant tout le week-end, elle avait cent questions à lui poser. Une étrange et vive lueur d'espoir s'était allumée en elle. Elle avait, bien malgré elle (sachant combien il était insensé de mettre la charrue avant les bœufs), pensé à un titre : *Sexualité, superstition et mort sur un campus américain.*

C'était, force lui était de l'admettre, la première fois depuis la naissance des jumeaux qu'elle avait le sentiment de porter un nouveau livre, le sentiment qu'une carrière s'ouvrait à elle.

« Oui, dit-elle à Perry, voyons-nous. Mais je ne vais pas pouvoir rester plus d'une heure. Pour cause d'enfants. »

Elle avait une boule dans la gorge. Elle pensait que cela avait à voir avec les jumeaux, avec la façon dont, ce matin-là, au moment où elle se penchait pour leur donner un baiser, les garçons avaient levé les yeux vers elle, le visage poissé de lait et de pétales de maïs, avec le fait que, inquiète de leur réaction en la voyant partir (et de la réaction de Clark à leur réaction), elle avait renoncé à leur dire au revoir. Les entendant babiller en leur désespérante langue étrangère, elle avait dû refouler, comme elle le faisait toujours, sa crainte que quelque chose ne clochât, que ce ne fût pas une banale « acquisition différée du langage », phénomène parfaitement normal, comme l'avait affirmé le pédiatre, mais quelque chose de plus lourd annonçant des horreurs à venir qu'elle faisait son possible pour ne pas imaginer. Clark refusait d'en parler avec elle, sinon pour dire : « Tu penses que c'est ma faute, je suppose ?

— Pourquoi penserais-je cela ?

— Eh bien mais, parce que c'est moi qui élève nos enfants. »

Elle comprenait que tout, et jusqu'aux sons qui franchissaient les lèvres de leurs bambins, faisait désormais entre eux comme un champ de mines.

Incapable de dire au revoir, elle avait attendu qu'ils fussent de nouveau absorbés par le maniement de leur cuiller de plastique en forme d'avion, pour se glisser dehors et refermer sans bruit la porte.

20

« Je suis amoureux, mon vieux. »

Craig était assis au bord de son lit. En ce samedi soir de la mi-novembre, Perry venait de terminer une dissertation sur l'idée de Socrate selon laquelle la critique de soi rationnelle serait propre à libérer l'esprit de la domination de l'illusion. Il n'avait nulle envie de parler de Nicole Werner avec son compagnon de chambre.

« Super, mon vieux.

— Je suis sérieux. Je sais bien que tu me prends pour un pauvre mec, mais…

— Qui a dit que les pauvres mecs ne pouvaient pas tomber amoureux ? »

Perry gardait délibérément le dos tourné, espérant que Craig en tirerait les conséquences.

« Je ne suis pas dupe, tu sais », dit celui-ci.

Perry se retourna – ce fut plus fort que lui. « Ah ouais ? Et de quoi n'es-tu pas dupe ?

— Tu es amoureux d'elle, toi aussi. Tu l'es probablement depuis la maternelle ou ce que je sais. Ça te fout les boules que je sorte avec elle. Ça te rend marteau.

— Putain ! fit Perry en se renversant contre son dossier pour lever les yeux vers le plafond. Ce que tu peux débiter comme conneries ! Tu dirais ça quelle que soit la fille avec qui tu sors. Tu penses que le monde entier a les yeux braqués sur toi et bave d'envie. Mais tu sais quoi ? Scoop : c'est pas le cas. »

Craig fit entendre un ricanement, comme si, en les rejetant, Perry confirmait ses soupçons. C'était un des nombreux côtés exaspérants du personnage : pas moyen de sortir gagnant d'une discussion avec Craig Clements-Rabbitt ; soit on reconnaissait qu'il était dans le vrai, soit on mentait.

« Écoute, commença Perry (il prit une longue inspiration). Quand bien même j'aurais été dès la maternelle follement amoureux de Nicole Werner, je me serais dépris d'elle en la découvrant assez niaise pour sortir avec quelqu'un comme toi – sans parler de cette histoire de sororité, qui est bien le truc le plus débile qui soit.

— Qu'est-ce que tu veux dire par là ? »

Perry secoua la tête.

« Vas-y, dis, insista l'autre.

— Laisse tomber.

— Elle aime bien sa sororité. Et alors ? Moi, je trouve ça mignon. Tu dois bien reconnaître qu'elle a une allure incroyable avec un collier de perles. Et ce putain de char qu'elles avaient décoré pour la fête de début d'année !

— Si tu le dis.

— Un peu que je le dis. Et tu sais bien que c'est vrai.

— Où est passé tout ton cynisme, mec ?

— Il se trouve que je suis tombé amoureux de Nicole Werner. Tout comme toi autrefois à Bad Ass.

— Bon sang, mais à quoi bon parler de ça ? À quoi bon parler tout court, d'ailleurs ?

— Parce que tu ne veux pas l'admettre ni te l'avouer à toi-même. Tu es amoureux de Nicole. »

Perry leva les bras au ciel. « C'est bon, Craig. D'accord. Si j'"admets" que j'en pince pour ta petite amie, est-ce que tu fermeras ta gueule ? Tu te sentiras le cador ? Le tombeur du campus, qui se paie la fille qu'on ferait tous n'importe quoi pour avoir ?

— Admets-le d'abord. Ensuite, j'aviserai.

— C'est bon (Perry s'éclaircit la gorge, roula des yeux vers le plafond). Voyons voir. La première fois que j'ai vu Nicole Werner dans la classe de maternelle de Mrs Bell, un crayon pastel dans une main et un morceau de papier couleur dans l'autre, je me suis dit : voilà la seule fille que j'aimerai jamais. J'espère sacrément qu'elle ne finira pas par sortir avec mon compagnon de chambre à l'université, parce qu'alors je n'aurai plus qu'à mettre fin à mes jours. »

L'autre hocha la tête. « Je le savais, dit-il.

— Tu vas la boucler à présent ?

— Non », répondit Craig. Et il entreprit de raconter à Perry sa soirée de la veille avec Nicole. Une pizza au *Knockout's*. Des heures ensuite au *Starbucks*, à se donner la main. Une longue balade à travers le campus sur une neige étincelante. Il l'avait raccompagnée et l'avait embrassée devant la porte de sa chambre.

« Tu savais que je suis amoureux ? demanda-t-il à Perry.

— Il me semble que tu m'en as touché un mot », répondit Perry.

21

Craig savait que c'était une mauvaise idée de passer à proximité de la sororité. Il avait promis à Perry, ainsi qu'à son père, de s'en abstenir et il avait réussi à traverser tout septembre sans en rien faire, sans retourner dans aucun des endroits qu'il fréquentait naguère, hormis ce fameux jour où il s'était arrêté un long moment sous les fenêtres de Godwin Honors Hall. On était maintenant en octobre.

Où donc était passé septembre ?

À croire qu'il l'avait traversé en somnambule. S'éveillant le matin, il découvrait qu'il avait, il ne savait comment, fait son travail. Il n'en conservait qu'un très vague souvenir, et pourtant tout était là, dans son ordinateur portable : un essai sur la stratégie ptolémaïque qu'il ne lui restait plus qu'à imprimer. Les notes prises en cours étaient bien de sa main, c'était donc bien lui qui les avait écrites, mais cela lui rappelait le conte intitulé *Les Elfes et le Cordonnier*. À son réveil, tout était fait, comme par des elfes ou par un autre lui-même.

Ce matin-là, il entendit Perry faire couler de l'eau dans la cuisine, réchauffer quelque chose au micro-ondes. Les basses de la stéréo du voisin lui parvenaient à travers l'autre mur. Dehors, les merles qui avaient pris l'habitude de venir se percher en masse dans les arbres face aux fenêtres de l'appartement, donnaient déjà de la voix. L'ombre d'un de ces volatiles passa telle une flèche noire sur le store. Craig savait qu'il allait devoir se lever et qu'une fois debout il irait longer la résidence d'Oméga Thêta Tau.

« Ça n'a pas l'air d'aller, fiston, lui avait dit son père au téléphone, le samedi. Tu es déprimé ? Serais-tu en butte à des harcèlements ? Des problèmes ? Des réminiscences ?

— Non, p'pa. Personne ne me harcèle. Et, oui en effet, je suis un peu déprimé. Mais je ne le serais pas moins ailleurs. Du côté de la tête, je crois que ça va. Aussi bien que ça ira jamais, je suppose.

— Tu es bien certain que personne ne te fait des misères ?

— Personne », répondit Craig, réalisant, non pour la première fois, qu'il avait peut-être espéré le contraire. Peut-être était-il revenu ici avec l'espoir d'être chassé du campus, tourné en ridicule, *tué*. Où étaient passées les sœurs indignées de la sororité ? Pourquoi ne l'avaient-elles pas traqué pour le mettre en pièces ? Avaient-elles oublié Nicole ? Ne devrait-il pas quotidiennement y avoir des manifestations de protestation devant le bâtiment de l'administration ?

Comment avait-on pu réintégrer l'assassin de Nicole Werner ?

Mais la mort de Nicole était apparemment déjà de l'histoire ancienne. Il n'en avait entendu parler nulle part. Si les gens le reconnaissaient, ils n'en montraient rien. Si ses professeurs faisaient le lien entre son nom et la mort de Nicole, ils le gardaient pour eux. Peut-être trouvait-on toujours des tracts sur les tableaux d'affichage de Godwin Honors Hall, une installation commémorative dans l'entrée ou quelque chose de ce genre, mais il n'y avait rien d'autre ailleurs sur le campus.

S'étant arraché du lit, il ramassa son ordinateur, enfila un sweat-shirt par-dessus son tee-shirt douteux, lança un « À plus ! » à Perry et fila en vitesse avant que ce dernier lui demandât où il allait.

Il allait *là-bas*. Il prit conscience qu'il n'avait pas revu le bâtiment depuis ce fameux dernier soir, au mois de mars.

À l'époque, il vomissait la maison d'Oméga Thêta Tau et la façon dont, chaque fois qu'il l'y raccompagnait, la porte d'entrée s'ouvrait pour Nicole et l'avalait tout entière. Il y avait toujours une blonde debout dans l'ombre passé le seuil. Le battant se refermait, et Craig savait qu'il ne la récupérerait pas avant que fût terminé ce qui occupait la sororité ce soir-là, raout quelconque, cérémonie des promesses, réunion à huis clos, élection des membres de la commission aux compositions florales, ou encore choix du menu de la soirée des fondatrices.

Combien de fois, après qu'il eut commencé de sortir avec Nicole, avait-il longé cette résidence (ses maussades briques brunes et blondes, sa varangue, ses hautes fenêtres, ses avant-toits croulant de lierre) juste pour voir si les bougies y brûlaient toujours ?

Et les types qui traînaient dans le secteur.

Ces types des fraternités avec leurs poignées de main et leur col remonté. Se lançant un ballon de foot, à tir tendu. Le claquement du cuir entre leurs mains.

« Peut-être pourrais-tu envisager ton entrée dans une maison l'année prochaine. Il n'est pas trop tard. Des tas de garçons font ça en seconde année, lui avait dit Nicole, un soir qu'il la raccompagnait de Godwin Honors Hall à la résidence d'Oméga Thêta Tau.

— Pourquoi ? interrogea-t-il.

— Je ne sais pas, dit-elle avec une mignonne moue. Peut-être que, tu vois bien, cela rendrait les choses plus faciles.

— Qu'est-ce qui est difficile présentement ?

— Je ne sais pas. Il y a beaucoup de rencontres et de trucs sociaux. La sororité voit d'un bon œil que ton petit ami soit grec. L'année prochaine, quand j'aurai emménagé à la résidence, on me mettra peut-être, je ne sais pas, un peu plus la pression pour que je sorte avec un type appartenant à une fraternité.

— Nicole, déclara Craig lentement, comme s'adressant à une enfant, en s'attachant à ne pas la brusquer et, espérait-il, en rayonnant d'affection. Je n'ai pas l'intention de faire partie de ces trouducs. Comprends-moi bien, je trouve bien mignon tout ton truc de sororité. Seulement, tu es une fille. Pour toi, cela a à voir avec des questions de coiffure et de maquillage, de râper des copeaux de chocolat sur de la crème glacée et de décorer des chars. Mais si je devais, moi, faire partie d'un de ces machins, je serais obligé de, va savoir, porter une casquette à hélice, me raser les poils pubiens ou ce que je sais.

— Quoi ? Tu le penses vraiment ?

— Bon, d'accord, peut-être pas ça. Mais quelque chose de tout aussi débile et détestable. Ces types sont tous débiles et détestables. Plutôt mourir que d'emménager avec ce genre de gus. »

Nicole ne répondit pas. Elle se fit toute silencieuse.

Parfois, quand elle faisait grise mine, Craig notait une petite fossette à la commissure droite de ses lèvres et il parvenait alors à l'imaginer en toute petite enfant fâchée pour une vétille, ours en peluche ou sucette. Alors, l'envie le prenait de lui accorder tout ce qu'elle voulait.

« Mais je vais y réfléchir, reprit-il. Je vois en quoi tu penses que cela faciliterait les choses.

— C'est vrai ? » fit-elle en se tournant pour prendre ses mains entre les siennes et les lui embrasser.

Il avait détesté devoir relâcher ces mains-là – douces et blanches comme de petites mitaines en cachemire – et la regarder s'éloigner, remonter gracieusement du pas de ses sandales argentées le pavage menant à la porte d'entrée de la résidence, cependant que, du perron de la fraternité voisine, un type adipeux suivait son postérieur des yeux.

Il traversait le campus le plus vite possible, à grandes enjambées, les yeux au sol. Il avait une raison de se rendre aujourd'hui à la résidence d'Oméga Thêta Tau, bien que cette raison ne fût qu'à peine formée dans sa tête, sorte de rêveuse velléité qui lui était venue quelques jours plus tôt à la bibliothèque Roper. Il y était allé pour emprunter un ouvrage qu'avait fait mettre de côté le professeur qui leur dispensait un cours sur la mentalité occidentale, mais le livre était déjà sorti et il se retrouva assis devant un ordinateur en train de taper le nom de Nicole Werner dans l'accueillante lucarne de Google. Environ quatre cent vingt pages s'affichèrent, surtout des articles, qu'il avait déjà lus cent fois, du journal local rendant compte de l'accident, mais aussi quelques-uns du *Bad Axe Times*, dont une nécrologie, et deux ou trois autres parus dans la feuille de l'université, réclamant sa peau pour les premiers, déplorant sa réintégration pour les derniers, papiers qu'il connaissait et auxquels il s'était habitué.

Mais il tomba ensuite sur un article assorti d'une photo montrant les abords de la maison d'Oméga Thêta Tau : tout un verger de cerisiers que l'on était en train de planter sur l'hectare de terrain s'étendant entre la limite sud de la propriété et l'église presbytérienne qui la jouxtait.

La cerisaie créée en souvenir de Nicole Werner.

Comment avait-il pu rater cela au cours de ses nombreuses visites sur Google ?

Quinze, vingt arbres, et, comme leur rendant un culte, un alignement de filles de la sororité se tenant par la main en robe noire et verres fumés, tête basse, cheveux pâles luisant au soleil.

Les branches des arbres étaient chargées de fleurs resplendissantes. À l'arrière-plan, quelques voitures rutilantes.

Craig avait agrandi la photo et, se penchant en avant, avait amené son visage à quelques centimètres de l'écran. Il parvenait maintenant à reconnaître plusieurs de ces filles. Nicole lui en avait présenté quelques-unes alors qu'ils traversaient le campus, faisaient la queue devant le *Bijou* ou bien regardaient la salle par-dessus leur milk-shake au *Pizza Bob's*.

(« Craig, je te présente ma sœur Allison. Voici Joanne. Voici Skye. Voici Marrielle. »)

À l'époque, elles lui avaient toutes paru semblables. Blondes (la plupart) ou brunes, de pâles imitations de Nicole ; comme si, malgré leurs efforts, elles ne pouvaient que rêver d'approcher l'éclat de son regard, l'incarnat de son teint, sa pure beauté.

Nicole l'avait accusé de froideur. On était alors en décembre et cela faisait deux mois qu'ils étaient ensemble (une éternité pour Craig, de loin le plus longtemps qu'il était resté avec une fille). « Tu ne regardes pas mes sœurs dans les yeux, lui avait-elle dit. Elles te trouvent froid. » Il accepta, quoique à contrecœur, de faire un effort. Mais les rencontres suivantes avec l'une ou l'autre des filles de la sororité se produisirent après qu'il les eut fortement indisposées en faisant irruption dans une soirée exclusivement grecque.

Il était deux heures du matin, et Nicole lui avait dit de venir la retrouver à minuit devant la maison d'Oméga Thêta Tau. Après avoir fait les cent pas durant un bon bout de temps, il était allé s'asseoir sur les marches de la véranda et s'était mis à appeler sans discontinuer la chambre de Nicole. (À l'instar de Perry, elle ne possédait point de portable, à croire que Bad Axe n'était pas encore équipé d'antennes relais.) Il pensait qu'elle finirait par décrocher et lui expliquerait qu'elle l'avait attendu devant la résidence d'OTT et que, ne le voyant pas venir, elle était rentrée toute seule à Godwin. Elle lui dirait combien elle était désolée et lui demanderait s'il voulait bien venir lui faire un baiser de bonne nuit. Dans le pire des cas, ce serait Josie qui décrocherait ; elle lui ferait sûrement mauvais accueil, mais au moins lui expliquerait-elle ce qu'il en était de Nicole.

Mais la chambre de Nicole et Josie ne répondait pas, et pas la moindre sœur d'Oméga Thêta Tau n'apparaissait sur le seuil. Craig entendait de la musique dans les profondeurs du bâtiment et, de temps à autre, un violent éclat de rire ou un cri suraigu de fille, comme si quelqu'un se faisait chatouiller avec quelque chose d'étonnamment effilé. Il avait déjà essayé de regarder par les fenêtres, mais celles-ci étaient fort hautes, et puis la fête avait apparemment lieu au sous-sol. Les seuls membres de la soirée qu'il eût entraperçus étaient un type effondré sur un canapé et deux filles qui paraissaient occupées à se lire les lignes de la main.

Il y avait un videur à la porte, un malabar en chemise et pantalon noirs, talkie-walkie à la main, qui paraissait n'avoir jamais été inscrit à l'université. Dès que Craig approchait de l'entrée, le personnage se levait pour le toiser en roulant des épaules d'un air menaçant. Quand Craig faisait le tour du bâtiment, il y avait toujours, postée à la porte de service, une sœur de la sororité – jamais la même – qui croisait les bras par-dessus ses seins comme s'il allait les empoigner, et qui, tout en conservant cette posture de bretzel, parvenait à dire quelque chose dans son talkie-walkie en le regardant avec défiance jusqu'à ce qu'il s'éloigne.

Il fit semblant de regagner la rue, puis rebroussa chemin dans la pénombre et trouva, sur le pignon du bâtiment, un endroit où il pourrait s'insinuer entre deux arbustes pour regarder dans le sous-sol par un soupirail de la taille d'un grille-pain. Lesdits arbustes étaient du genre épineux, ce qu'il éprouva à travers le fin coton de son tee-shirt. Il savait qu'il serait couvert d'égratignures, mais il parvint à gagner la petite ouverture et à y coller le visage, les mains placées en œillères.

Le sous-sol était éclairé par un stroboscope apparemment couplé avec les basses de la musique. À la lumière de ces éclats spasmodiques, Craig vit une piste de danse, des filles aux bras nus levés en l'air, des filles au ventre nu oscillant du bassin, des filles se tenant par le cou ou par les épaules, tête renversée en arrière, paraissant hurler ou s'esclaffer, quelques-unes se donnant la main et courant en une ronde endiablée, s'affalant sur le sol, des bras et des jambes, des cheveux, des bretelles de soutien-gorge et de la peau dénudée, un fût de bière dans un angle avec des filles faisant la queue devant, puis, dans un autre coin, ce qui semblait bien être Nicole (il plaqua si fortement le visage contre la vitre qu'il crut bien qu'elle allait se briser), tenant à la main un gobelet en plastique, y buvant une gorgée, les bras autour du cou d'un type bien en chair, à l'air plus âgé, en chemise bleu pâle tachée de transpiration. Alors, bien avant de comprendre ce qu'il faisait, Craig s'engouffra à travers la porte de derrière, passant sous le nez de la fille de la sororité, qui se mit à jurer dans son talkie-walkie et lui lança à pleine voix : « T'as pas le droit d'entrer ici, connard ! »

Trouvant son chemin d'instinct, il dévala les marches quatre à quatre, glissant sur la dernière pour tomber au milieu d'une petite cohue enfumée en train de danser sur une chanson merdique de Beyoncé, les yeux dans les yeux avec une fille au visage couvert de longues gouttes noires mêlées de sueur et de mascara. « Bordel, mais qu'est-ce que… », commença cette dernière, sur quoi celle qui le poursuivait depuis la porte de derrière lui attrapa le bras, et le videur, arrivé par-devant, le saisit au collet. Dans le coin où il était certain d'avoir aperçu Nicole, il n'y avait personne.

« Nicole ?! Nicole ?! Nicole ?! »

Il hurla encore et encore son nom par-dessus la musique en direction de l'angle déserté, tandis que le colosse l'entraînait vers les escaliers, en haut desquels il vit Nicole qui le regardait avec une expression choquée.

« Craig… ?

— Nicole ?

— Qui c'est, ce pauvre type ? fit la fille au talkie-walkie à l'adresse de Nicole tout en le fusillant du regard. Tu le connais ? »

Arrivé en haut des escaliers, le videur appliqua une bourrade dans le dos de Craig. « Oui, dit Nicole, comme regrettant de devoir l'admettre. Il s'appelle Craig. C'est un ami. Je vais le raccompagner. »

L'autre fille lança un regard mauvais à Craig.

Ses yeux étaient trop bleus pour être vrais. Ce doit être des lentilles, se dit-il.

Elle se tourna vers Nicole. Elle avait tant de gloss sur les lèvres qu'on aurait dit qu'elle venait d'embrasser une nappe de pétrole. « Ne le laisse jamais revenir traîner par ici, dit-elle. Jamais, tu m'entends ?

— Oui, fit Nicole, comme dans un état second. Allez, viens, Craig.

— Tu n'avais pas une veste ou quelque chose ? interrogea la fille.

— Je passerai la prendre demain », répondit Nicole en poussant doucement Craig vers l'obscurité du dehors. La température avait dégringolé depuis qu'il l'avait accompagnée ici. Il voyait la vapeur de leur haleine tandis qu'ils cheminaient à pas rapides, sans un mot, en direction de Godwin Hall. Nicole frissonnait de froid et secouait lentement la tête. Quand il voulut lui passer un bras autour du cou, elle se dégagea d'un mouvement d'épaules.

« Mais qu'est-ce qui t'est passé par la tête ? » demanda-t-elle, sans un regard pour lui. Elle marchait si vite qu'il lui fallait presque trottiner pour rester à sa hauteur.

« Tu avais dit que tu quitterais la soirée à…

— Peut-être, mais je ne t'ai jamais demandé de venir me chercher. Je t'ai dit que je rentrerais avec Josie. Pourquoi es-tu revenu ?

— Je voulais être sûr que tu rentrerais bien à Godwin Hall. J'étais inquiet. Je me faisais du souci pour toi. Désolé. »

Cela avait un ton geignard et pathétique, même à ses propres oreilles.

« Je donnais un coup de main, vois-tu. Ramasser tout ce qui était vide, veiller à ce que les gens éteignent leurs cigarettes, jeter les gobelets usagés. Tu te rends compte de l'effet que cela produit, Craig, d'avoir un ami qui s'introduit de force dans une soirée, qui fait du scandale et qui…

— C'est ce que je suis pour toi, Nicole ? Un ami ?

— Bien sûr, dit-elle, comme si elle avait voulu le consoler.

— Eh bien, moi qui pensais que j'étais un peu plus que ça… » Il sentit quelque chose derrière son arête

204

nasale – ses sinus ? – se gorger de ce sarcasme, de l'apitoiement sur soi qui y était implicite, un peu comme si… Bon sang, allait-il se mettre à chialer ?

« Enfin, je veux dire, on sort ensemble, bien évidemment. On est plus que de simples amis. Mais je pense que l'amitié est vraiment un bien précieux, peut-être la chose la plus importante au monde après la famille. Je veux être ton amie, Craig. Seulement… »

Elle avait ralenti le pas et glissé une main froide dans celle de Craig. Elle y exerça une pression. Comme elle frissonnait toujours, il l'enlaça pour l'attirer à lui. Il ne répondait rien, heureux de simplement la tenir contre lui.

Il n'aurait pu, de toute façon, discuter. Il savait d'expérience qu'il ne fallait pas chercher à argumenter lorsqu'elle agitait des abstractions telles que l'amitié, Dieu, l'amour, le patriotisme, la chasteté. Il aimait beaucoup ce côté-là chez elle.

« Oui, dit-il, point trop contrarié de baisser pavillon. Moi aussi. Mais ce n'est pas le problème. Il y a que je t'ai vue danser avec un type.

— Non, ce n'est pas vrai ! s'écria-t-elle en s'écartant brusquement comme s'il venait de dire un mensonge grossier. Je n'ai dansé avec aucun garçon. J'ai dansé un petit peu avec Josie et une fois avec Abby. Mais quand un type m'invitait, je répondais : "Désolée, je ne peux pas", et je lui montrais ça. »

Il s'agissait de la bague qu'il lui avait achetée deux semaines plus tôt chez *Grimoire Gifts* – une petite perle d'ambre où un petit insecte noir était emprisonné pour toujours. Elle la portait à la main droite, car elle avait à la gauche un anneau que lui avait offert son père. Il aurait préféré l'inverse, mais elle lui avait fait comprendre que ce n'était pas négociable.

Elle s'immobilisa pour tourner vers lui une expression peinée. Elle tremblait si fort qu'il l'entendit claquer des dents – comme des ongles cliquetant sur un clavier ou bien des dés secoués dans une boîte en fer-blanc. « Seigneur Dieu, fit-il, ému par ce bruit et la violence de ses frissons, même s'il savait qu'elle n'aimait pas l'entendre jurer. Oh, Nicole. » Il déboutonna et ôta sa chemise – il avait un tee-shirt en dessous –, puis il la posa sur les épaules de Nicole et l'aida à en enfiler les manches, comme il eût fait avec un invalide ou un tout petit enfant. Elle acceptait passivement sa sollicitude. Il l'enveloppa de nouveau dans ses bras et la ramena prestement à Godwin Hall, en lui murmurant comme un perdu, tout en cheminant, des mots d'excuse à l'oreille.

Quand ils furent enfin arrivés à la résidence et qu'il lui eut répété tant de fois son amour qu'elle finit par se mettre à rire, quand ses frissons se furent apaisés, elle s'adossa au mur de l'entrée et l'attira contre elle. Ils restèrent là si longtemps à échanger des baisers que la durée en parut abolie et que peut-être une centaine de personnes passèrent à côté d'eux, montant et descendant les escaliers ; mais cela ne suffisait pas à Craig, qui ne cessait de réclamer : « Encore une minute ou deux », jusqu'à ce que Nicole finisse par s'écarter en riant et, tout en lui lançant des baisers, s'engage dans les marches pour gagner sa chambre. Il était pardonné.

Ce fut la première chose que vit Craig en tournant au coin de Seneca Lane et de West University

Avenue : la maison d'Oméga Thêta Tau projetant son ombre sur le fameux verger, qui n'existait pas l'hiver précédent, la dernière fois qu'il était passé par là.

Il y avait en son centre un ange de pierre, ailes déployées, mais courbé vers l'avant comme par le poids de celles-ci.

Nul besoin de beaucoup d'imagination pour deviner l'inscription gravée sur la plaque de cuivre figurant au pied de la statue.

Le lendemain, supposa-t-il, on allait y déposer des quantités de roses, un ours en peluche, ce genre de choses.

Le lendemain, elle aurait eu dix-neuf ans.

22

Clark dormait quand Mira rentra à deux heures de l'après-midi. Il était couché sur leur lit, allongé sur le dos, mains croisées sur la poitrine, si profondément endormi qu'il ne l'entendit pas pénétrer dans l'appartement ni n'entendit les glapissements assourdissants par lesquels les jumeaux l'accueillirent – comme chaque fois, les retrouvailles éplorées, le cramponnement, les sanglots contre sa poitrine. Le temps qu'elle les calme suffisamment pour pouvoir se relever, leurs larmes avaient dessiné deux cercles humides sur son corsage de soie rouge.

Il est fichu, se dit-elle. Sa mère avait un truc pour faire disparaître les auréoles sur la soie, mais elle ne se rappelait pas, faute de s'y être intéressée à l'époque, en quoi consistait cette méthode. Tout en partant en quête de Clark, elle se dit qu'elle ferait une recherche sur Internet si elle trouvait un moment. Le Net était devenu, pour celles qui n'avaient plus leur mère, le principal filon des remèdes de bonne femme et autres conseils féminins.

« Clark ? »

Il bredouilla, battit des paupières, toussa comme un homme qui refait surface, puis il eut un sursaut et se dressa sur son séant. « Quoi ?

— Est-ce que ça va ? »

Il se frotta les yeux, puis la regarda, la moitié du visage renfrognée. L'autre moitié de sa physionomie parut toujours familière à Mira. Cette expression vacante lui rappela une photo de leur album de mariage. « Qu'est-ce que tu veux dire par là ? Bien sûr que ça va.

— Ma foi, je te trouve en train de dormir à poings fermés à deux heures de l'après-midi, alors que les jumeaux ont faim et sont assis, la couche pleine, sur le sol de la cuisine. J'ai pensé que tu étais peut-être souffrant.

— Va te faire foutre, Mira. » Il se laissa retomber sur le dos, se croisa de nouveau les mains sur la poitrine et ferma les yeux d'un air si irrévocable que Mira crut même entendre ses paupières cliqueter avec l'impeccable précision d'une montre de gousset suisse.

Elle tourna les talons et referma la porte de la chambre sans ménagement.

La crotte contenue dans la couche des jumeaux paraissait être là depuis longtemps. Elle était dure et moulée par leur petite raie des fesses. Mira changea d'abord Matty parce que c'était lui qui avait pleuré le plus fort quand elle était rentrée. Il en avait encore des hoquets tout en levant vers elle de grands yeux vides. Elle lui chanta les « cinq petits canards » afin de le divertir sur la table à langer, mais il pleurnicha lorsqu'elle dut le frotter un peu vigoureusement avec des lingettes pour lui nettoyer le derrière. Quand elle eut terminé, la peau en était tout enflammée mais elle était propre, et il ne pleurait plus. Après y avoir saupoudré du talc, elle lui chatouilla le ventre, puis le souleva de la table pour le déposer à terre.

Avec Andy, ce fut plus facile. Il s'était toujours mieux accommodé d'une couche souillée, et tant qu'elle lui chanta la chanson des petits canards, il se laissa frictionner sans maugréer. Elle chantait en le regardant dans les yeux, et pas une fois il ne cligna les paupières, comme s'il craignait qu'elle disparût de nouveau. Pendant ce temps, Matty s'agrippait à sa cheville et chantonnait en bavant contre son mollet.

Après avoir changé Andy, Mira s'assit sur le sol et attira les jumeaux à elle. Elle déboutonna son corsage taché, dégrafa son soutien-gorge et laissa ses seins leur tomber dans la bouche.

(« Ma parole, Mira, mais combien de temps encore vas-tu continuer de les nourrir ? » lui avait demandé six mois plus tôt la sœur de Clark, venue en visite d'Atlanta. Les jumeaux n'avaient que deux ans à l'époque, mais, prenant cela comme une réprimande, Mira avait bredouillé qu'elle ne leur donnait le sein qu'une ou deux fois par jour. Elle tenta d'expliquer que c'était surtout une habitude. Un moyen de les apaiser et de les rendormir quand ils avaient une nuit agitée. Ils recevaient des aliments solides, bien évidemment. Ils mangeaient, et en quantité, à peu près la même chose que Clark et elle. De plus, comme elle était absente une bonne partie de la journée, ils ne dépendaient assurément pas de son lait pour leur subsistance.

« Eh bien, en ce qui me concerne, avait dit Rebecca, Ricky avait six mois quand j'ai arrêté de lui donner le sein : il avait ses dents de devant et j'avais peur qu'il m'arrache un mamelon. »

Mais Rebecca était mariée à un ingénieur en packaging. Elle était restée à la maison avec Ricky jusqu'à ce qu'il entre en maternelle ; ensuite, elle n'avait travaillé que deux matinées par semaine, dans une librairie pour la jeunesse. Mira était bien certaine qu'il ne lui était jamais arrivé en rentrant de trouver Ricky avec une couche toute raide de caca et un mari dormant comme une souche dans la pièce voisine.)

Tandis que les garçons tétaient avec de plus en plus d'application, Mira se mit à verser des larmes. Elle avait perdu quarante-cinq précieuses minutes dans son bureau en compagnie de Perry Edwards, alors qu'elle aurait dû être à la maison avec ses bébés. Elle s'était ensuite arrêtée sur le seuil du bureau du doyen Fleming juste pour lui adresser un sourire et un signe amical. Mais elle avait fini par perdre une demi-heure supplémentaire, car elle s'était arrêtée là à dessein, sachant qu'il lui demanderait comment avançait son « travail » ; or, pour la première fois depuis longtemps, elle avait quelque chose à répondre : elle travaillait sur un sujet prometteur, une étude substantielle sur le folklore de la mort sur le campus d'une université américaine.

Le doyen Fleming haussa les sourcils comme s'il mesurait lui aussi l'énorme potentiel du projet. « Intéressant, dit-il, manifestement aussi satisfait qu'impressionné. Je savais que vous finiriez, le moment venu, par mettre le doigt sur quelque chose de superbe. » Il lui souhaita bonne chance, l'assura de son soutien. « Si vous avez besoin d'une subvention en vue d'un déplacement ou d'une allocation pour des livres, faites-le-moi savoir. Nous verrons ce que nous pourrons faire. »

Elle quitta Godwin Hall la tête plus légère qu'elle ne l'avait eue de longtemps. Elle tenait un projet. En raison de la pluie torrentielle qui tombait ce matin-là, Clark l'avait, quoique de mauvais gré, laissée prendre la voiture ; aussi décida-t-elle de passer par le lieu de l'accident, celui de Nicole Werner, qu'elle avait commencé de regarder comme du *matériau*.

Elle était passée par là des centaines de fois depuis l'hiver précédent, car cela se trouvait sur le chemin de la moitié des endroits où elle avait à se rendre (épicerie, pharmacie, station-service). Comme tous les gens du cru, elle avait assisté à l'accumulation progressive de tout un fatras aussi puéril que macabre.

Cela avait commencé par une croix blanche portant le nom de la victime, puis quelques animaux en peluche étaient venus s'y agréger, ainsi que plusieurs couronnes de fleurs roses et blanches, à la suite de quoi, en l'espace de quelques semaines, cela avait pris la forme d'un véritable monument. Une glycine fut plantée. Une banderole fut passée dans les branches de l'arbre le plus proche, à laquelle vinrent s'ajouter des décorations. (Des anges ? Des fées ? De la route, Mira n'aurait su se prononcer.) Des peluches supplémentaires et des poupées s'amoncelèrent à la base du tronc, et un agrandissement plastifié de la fameuse photo de terminale de Nicole Werner y fut adossé, contemplant le lieu où elle avait perdu la vie. Il y avait des monceaux de fleurs fraîches toujours renouvelées et une innombrable quantité de bouquets en soie et en plastique, bien que Mira n'eût jamais vu quiconque déposer ces objets ni s'en occuper. (Ces personnes venaient-elles à la faveur de la nuit ?) Les compositions florales s'étiraient du bord de la route, par-dessus le fossé, jusqu'à la clôture électrique, derrière laquelle il y avait toujours quelques moutons, à l'air médusé, comme pressentant leur sort scellé.

Mira ralentit au passage. Elle se dit que, dès la prochaine matinée ensoleillée, elle apporterait son meilleur appareil pour prendre des photos.

Les jumeaux s'étaient endormis en tétant. Quand il émergea de la chambre, Clark regarda un moment Mira et les deux garçons empourprés et rêvant, toujours accrochés par les dents à leur mamelon. Il dut constater qu'elle pleurait – des larmes roulaient dans son cou et sur sa poitrine dénudée –, mais, outre qu'il se tenait loin au-dessus d'elle, il conserva une expression indéchiffrable.

« Je vais courir », annonça-t-il. L'instant d'après, il n'était plus là.

23

On était dans la deuxième semaine de janvier. Rentrant de son colloque international sur les droits de l'homme, Perry la trouva allongée sur la courtepointe de Craig (depuis qu'il sortait avec Nicole, Craig s'était en effet mis à faire son lit). Vêtue d'un tee-shirt et jambes nues. Avec un choc teinté de panique, Perry crut entrapercevoir une culotte bleu pâle au moment où elle croisa les jambes. Elle portait un bracelet d'argent à la cheville. Y était accroché quelque chose qui ressemblait à une clochette ou à une ancre ou bien encore à un crucifix. Elle avait un livre entre les mains.

Perry détourna les yeux. Il se dirigea délibérément vers son bureau, s'y assit et, dos tourné à Nicole, lui demanda : « Qu'est-ce que tu fais ici ? Craig ne rentrera qu'après le dîner.

— Je lis, répondit-elle. C'est plus tranquille ici que dans ma chambre. Josie n'arrête pas d'écouter Norah Jones. Ce n'est qu'un bêlement d'un bout à l'autre. C'est à devenir folle. »

Perry entendit grincer le sommier. Elle avait dû changer de position, rouler sur le côté. Il n'allait pas lui donner la satisfaction de la regarder. Il alluma son ordinateur, et on entendit s'élever le bruit habituel, celui d'un chœur angélique produisant une note dissonante mais céleste.

« Ne le prends pas mal, parvint-il à articuler, mais quand mon compagnon de chambre n'est pas ici, je goûte vraiment ma solitude.

— Craig m'a dit que cela ne te dérangerait pas,

répondit Nicole d'un ton détaché. Il m'a donné sa clé. »

L'économiseur d'écran se déclencha (des comètes filant à travers un ciel bleu nuit). Au même instant, quelque chose de pointu frappa l'épaule de Perry, et il ne lui fallut qu'une fraction de seconde pour identifier la clé de Craig, maintenant tombée sur le sol. Avant qu'il eût pu s'en empêcher, il fit pivoter sa chaise pour regarder Nicole d'un œil peu amène.

Elle était, comme il l'avait pensé, allongée sur le flanc, une jambe passée par-dessus l'autre. Son pied nu (ongles vernis d'un rose nacré) était pointé vers lui et oscillait comme un pendule au-dessus du bord du lit.

« Enfin voyons, Nicole, dit-il. Pourquoi es-tu ici ? » Il se frictionna les yeux du revers de la main pour essayer d'avoir l'air plus épuisé qu'agité. Il n'allait pas lui faire le plaisir de paraître aussi troublé par sa présence qu'il l'était effectivement. Depuis qu'elle et Craig étaient liés à plein temps, elle lui était devenue, tout comme ledit Craig, une cause de sempiternel agacement, surtout du fait que ce dernier ne cessait de parler d'elle et tournait à son sujet dans une spirale sans fin d'extase et de désespoir hystériques. Quand il ne cherchait pas frénétiquement à la joindre ou à la trouver, il était au téléphone avec elle ou bien en sa compagnie dans cette chambre-ci. Ils ne pouvaient aller dans celle de Nicole, car Josie ne pouvait pas voir Craig en peinture. Aussi les trouvait-on ici, ou bien dans le couloir à attendre que Perry eût fini de s'habiller. Dès que ce dernier lui faisait une remarque, Craig répondait : « Tu es jaloux, mon pote. Tu es amoureux de ma copine. Plus vite tu l'admettras et mieux ça se passera pour tout le monde. » Ce qui avait fini par prendre des accents de plaisanterie n'en demeurait pas moins exaspérant.

« Je crois que tu sais pourquoi je suis ici », répondit Nicole avant de se lever du lit pour traverser la pièce – ces pieds nus, ces ongles roses, il s'efforçait de ne regarder qu'eux – et de venir s'agenouiller devant lui. Elle leva les yeux vers lui, occupant le centre de son champ de vision si bien qu'il ne put faire autrement que de la regarder. Elle lui prit la tête entre les mains pour l'attirer doucement à elle et, avant qu'il eût compris ce qu'elle s'apprêtait à faire ou ce qui se passait, elle lui donna un baiser, lèvres entrouvertes, glissant une langue tiède et mentholée sur la sienne.

24

Shelly tapa « Josie Reilly » sur Google.

On était lundi, et Josie n'était pas venue travailler. En arrivant au bureau ce matin-là, Shelly avait trouvé un message rauque dans sa boîte de réception :

« Bonjour, c'est Josie. Je suis vraiment patraque. Désolée, mais je ne peux pas venir travailler. Je vais de ce pas à l'infirmerie. Je serai sûrement là mercredi. »

Un nombre étonnant de pages s'afficha sur Google.

Bien sûr, *Josie Reilly* n'était pas le nom d'une seule personne. Une certaine Josefina/Josie Reilly avait apparemment joué un rôle dans l'affaire des procès en sorcellerie de Salem. Une autre Josie Reilly avait été directrice générale d'une importante société à présent en faillite. Il y avait également une longue liste de filiations généalogiques – des Reilly, des Riley et des Reiley remontant sur plusieurs siècles, traversant l'Atlantique, se prétendant parents, comme si cela avait de l'importance. (Qu'est-ce que les gens croyaient gagner à revendiquer des liens de parenté avec des inconnus, vivants ou morts ? s'était toujours demandé Shelly.)

Puis sa Josie Reilly fit surface. Incontestablement, l'étudiante et membre d'une sororité, originaire de Grosse Isle, celle que Shelly avait recrutée à la Société de musique de chambre.

Après le décès de sa compagne de chambre, elle dénonce le chauffeur alcoolisé.

Il y avait une photo de Josie, dans toute sa beauté de brune irlandaise aux yeux de biche, tenant un micro sur le perron de la bibliothèque Llewellyn Roper. Le soleil éclairait ses cheveux de jais, qui s'accordaient avec une robe noire échancrée dans le dos. Derrière elle, le pommier bien connu, qui paraissait pousser sur les fondations mêmes du bâtiment (et que l'on menaçait toujours d'arracher car il foutait en l'air les conduites d'eau), n'était pas encore en fleur.

Sa compagne de chambre ?

Shelly se souvenait parfaitement d'avoir interrogé Josie au sujet de Nicole Werner. « Vous la connaissiez ? » Avec un haussement d'épaules : *Nous la connaissions toutes. Elle et moi avons postulé et été admises en même temps.*

Josie n'avait rien dit du fait qu'elles avaient été compagnes de chambre. Pas un mot. Rien non plus sur ce 1er mai où elle avait pris la parole devant la bibliothèque pour évoquer son amie disparue et stigmatiser la conduite en état d'ivresse.

Pourquoi ?

Ce soir-là, après avoir bu un verre de cabernet sauvignon tout en survolant les pages du *New York Times*, Shelly appela Rosemary.

Cela faisait plus de vingt ans que toutes deux bavardaient à intervalle de quelques jours au téléphone, et un peu plus souvent ces temps derniers, car l'aîné de Rosemary était entré dans l'adolescence et il y avait tant à dire sur ce terrifiant passage.

Pendant la première moitié de la conversation, Shelly écouta Rosemary pester contre les écoles publiques et le fait de laisser des enfants de quatorze ans se bécoter sur les bancs de la cour à l'heure du déjeuner.

« Tu imagines si nous avions essayé de faire ça au collège ? » Comme Rosemary n'attendait pas de réponse, Shelly s'abstint de dire que c'était précisément ce qu'elle faisait, et qu'elle se souvenait de ce printemps de sa quatrième où, le midi, quand il ne pleuvait pas, elle allait retrouver Tony Lipking (un nom amusant, considérant qu'il était le premier garçon qu'elle embrassait[1]) du côté du parking. Elle n'avait pas oublié la tiédeur de la calandre contre l'arrière de ses cuisses tandis qu'il la maintenait entre lui et sa Ford, la bouche collée à la sienne pendant la totalité de l'heure, alors qu'elle aurait dû être en train de manger le sandwich à la dinde et les bâtonnets de carotte que lui avait préparés sa mère.

---

1. *Lip* : lèvre ; *king* : roi.

Quand Rosemary eut fini de fulminer, Shelly lui parla de Josie et lui raconta avoir découvert sur Internet qu'elle avait été la compagne de chambre éplorée de Nicole.

« Pour quelle raison ne m'en a-t-elle pas parlé quand je l'ai interrogée à ce sujet ? Pourquoi serait-ce un secret, surtout après que je lui ai dit que je m'étais trouvée sur le lieu de l'accident ? »

Rosemary parut réfléchir un bon moment, même si Shelly entendait en arrière-fond de l'eau couler dans un évier. Il lui semblait souvent que son amie s'adonnait à différentes tâches pendant leurs échanges téléphoniques. « Traumatisée ? proposa cette dernière. Ou peut-être juge-t-elle l'affaire trop sujette à polémique ? Peut-être qu'elle ne tient pas à revenir dessus ? Peut-être cherche-t-elle à dépasser toute l'histoire ?

— Non, dit Shelly sans même prendre le temps de la réflexion. Ça ne lui ressemble pas. Cette fille serait absolument ravie de susciter la polémique. Tu peux me croire. »

Elle informa Rosemary de tout ce qu'elle savait sur Josie Reilly : les garçons venant l'attendre au bureau, les journées écourtées, les retards au travail, les prétextes qu'elle avançait. Elle décrivit les débardeurs à fines bretelles. Les petites sandales argentées, les ballerines à nœud ruché. Pendant qu'elle dépeignait les habitudes de sa collaboratrice et l'étrange mystère qui l'entourait, Shadow, son matou, couché à ses pieds sur le tapis tressé, était en train de lécher sa souris fourrée à l'herbe à chats.

« Shelly, dit Rosemary quand son amie en eut terminé. Est-ce que je peux te poser une question ?

— Bien sûr. »

Rosemary hésita, puis, d'une voix plus sourde : « Est-ce que tu ne serais pas, euh, amoureuse de cette fille ?

— *Hein ?* (Shelly constata avec surprise que son pouls s'emballait, qu'une bouffée de chaleur lui picotait la poitrine et les joues.) Mais pourquoi une question pareille ?

— Pardonne-moi, ma chérie. Je ne cherche pas à t'accuser de quoi que ce soit. C'est juste que... (Rosemary eut un petit rire contraint.) Il y a quelque chose dans ta voix... Tu parais si... intriguée.

— On peut être intriguée sans être amoureuse, fit observer Shelly.

— Oui, bien sûr que oui. Ne pense plus à ce que j'ai dit, tu veux bien ? Toutefois, si jamais tu décides que tu es amoureuse d'elle, veille à m'appeler avant de...

— Mais enfin, Rosemary. Elle n'a même pas vingt ans. Je ne...

— N'y pense plus. Je n'ai rien dit. Tu as parfaitement raison. Je suis grotesque. Raconte-moi plutôt une blague ou quelque chose. Ou dis-moi plutôt ce que tu t'es préparé ce soir pour le dîner. Tu as vu de bons films récemment ? »

25

D'un ton solennel, comme si s'exprimer à voix basse, buste penché en avant, était propre à entrouvrir l'inconscient de son patient, le Dr Truby demanda : « Et pour remonter plus tôt lors de cette soirée, vous ne vous rappelez même pas comment vous vous êtes retrouvé en voiture, comment il se faisait que Nicole fût avec vous, où vous vous rendiez avant que se produise l'accident ? »

Craig se mordillait la lèvre inférieure en regardant le plafond. Il déglutit. Ferma les yeux. Il voulait se souvenir. Il voulait offrir un petit quelque chose au Dr Truby en échange du mal de chien que celui-ci se donnait. Mais quoi ? Il avait déjà récapitulé avec le psychiatre tout ce qu'il se rappelait, et ça ne faisait pas lourd :

À présent, il se souvenait assez bien d'avoir conduit la vieille Ford Taurus de Lucas. Il revoyait vaguement ce dernier, défoncé dans sa chambre, lui jeter les clés avec un : « Bonne chance, mec. » Mais il ne se rappelait pas du tout en quoi il aurait eu besoin de chance. Il avait appris de la bouche de son avocat que Lucas, interrogé par les enquêteurs, avait répondu : « J'étais complètement hors du coup. Il s'est pointé dans ma piaule et m'a dit : "Faut que je t'emprunte ta voiture" ; je lui ai balancé les clés en lui disant où elle était garée, et j'ai ajouté : "Bonne chance, mec." Il était bien trop pressé pour que je lui demande quel était le problème. Sur le coup, j'ai pensé que ça avait peut-être à voir avec Nicole – enfin, une histoire de gonzesse, quoi. Peut-être une hémorragie ou quelque chose comme ça. J'ai connu une fille à qui c'est arrivé. C'était un genre de grossesse ectoplasmique ou un truc comme ça – je ne sais plus comment on dit. »

Selon les policiers, Lucas avait déclaré que Craig semblait n'avoir ni bu ni fumé quand il était venu lui demander ses clés. Mais cette déclaration pouvait n'avoir pas grande valeur, considérant d'une part ses antécédents d'usager de substances illicites et, d'autre part, le fait qu'il était le propriétaire du véhicule impliqué dans l'accident.

Craig abandonna le plafond pour regarder d'abord ses genoux, puis le Dr Truby. « Je me souviens qu'elle m'a appelé sur mon portable. Elle voulait me voir. J'avais les boules à cause de la soirée. Il y avait là-bas quelqu'un avec qui je ne voulais pas qu'elle soit, mais je ne me rappelle pas qui. » Il ferma les yeux. Il revoyait une chemise bleue. Le vague souvenir d'un insigne. Pas un boy-scout, assurément. Pas un flic. « Un infirmier ? dit-il à l'adresse du Dr Truby, comme si celui-ci pouvait avoir la moindre opinion là-dessus. Vous savez, un chauffeur d'ambulance, ou quelque chose comme ça ? »

Le médecin hocha la tête et eut, pour l'engager à poursuivre, un geste dans l'espace qui les séparait. « Vous étiez jaloux ?

— Je… je suppose. Bien qu'elle ne m'ait jamais donné de raisons de l'être. Nicole était très à cheval sur la monogamie. Elle m'avait dit que si jamais elle pensait éprouver, ne serait-ce qu'une seconde, de l'attirance pour quelqu'un d'autre, elle m'en parlerait, et elle m'avait demandé d'en faire autant. Nous étions très clairs là-dessus. Tout à fait honnêtes. Il n'y avait aucune raison de ne pas l'être. Qu'un garçon lui fasse la cour, Nicole croyait beaucoup à ça. Si elle sortait avec un garçon, c'était uniquement dans l'idée de trouver celui qu'elle épouserait. Elle portait à la main gauche un anneau que lui avait donné son père, comme une alliance, un genre d'anneau de promesse. »

Le psychiatre, qui continuait de hocher la tête, souleva légèrement une épaule, l'air nullement surpris. Peut-être avait-il déjà entendu parler d'anneaux de promesse. En revanche, cela avait été pour Craig une vraie révélation de constater qu'il existait des filles dont le père se mêlait de la vie sexuelle au point de leur offrir un tel anneau et de leur faire prendre l'engagement de ne pas coucher avant le mariage. Celui de Nicole ressemblait en tout point à un anneau de fiançailles : un cercle d'or auquel était enchâssé un petit diamant.

« Elle prenait cela très au sérieux. Seulement, je savais que tout un tas de types s'intéressaient à elle ; en plus, je n'avais pas accès aux fêtes de la sororité en raison de l'incident que vous savez. Vous comprenez, j'avais toujours peur qu'il se passe quelque chose en mon absence. Je ne pensais pas qu'elle me tromperait, mais je me disais qu'elle pouvait rencontrer quelqu'un, s'intéresser à un autre. »

Le Dr Truby hochait la tête de plus belle. (Bon sang, se dit Craig, il pourrait se dégoter un job de chien pour lunette arrière.) Mais il jeta un coup d'œil à sa montre, et Craig sut que la séance était terminée. Le thérapeute s'éclaircit la gorge et, de sa voix de « conclusion » : « Vous avez fait un bon bout de chemin pour quelqu'un qui a subi ce type de lésion cérébrale. Encore un petit effort, Craig, encore quelque temps, et nous aurons réglé tout cela.

— Parfait », répondit Craig en s'efforçant de ne pas paraître aussi sarcastique qu'il l'était intérieurement. Comme si quoi que ce soit pourrait jamais *régler* le fait qu'il avait tué Nicole.

Son père l'attendait à bord de la Subaru devant le cabinet du médecin, situé dans un coin isolé du périmètre de l'hôpital, comme s'il convenait que le psy et ses patients ne fussent pas vus des vrais malades – cancers, problèmes cardiaques, diabètes.

« Salut, mon pote », dit Rod Clements quand son fils prit place et referma la portière. Il se pencha pour lui tapoter le genou avec une vigueur telle que Craig aurait sourcillé s'il s'était senti plus d'énergie – en l'occurrence, il se contenta de répondre d'un signe de tête. « Comment ça s'est passé, fils ?

— Pas mal. Enfin, je crois.

— Écoute, rien ne t'oblige à m'en dire quoi que ce soit », dit son père, les deux mains levées au-dessus du volant. (Combien de fois avait-il dit ça ? Était-il à ce point habitué à voir Craig en zombie qu'il projetait de lui sortir ça jusqu'à la fin des temps ?) « Mais si tu as envie d'en parler, je tiens à ce que tu saches que je suis tout disposé à t'écouter, et que je ne ferai aucun commentaire si tu préfères que je me taise.

— Merci, papa », répondit Craig, après quoi il se tourna vers la vitre pour signifier à son paternel qu'il ne se sentait pas capable de parler de quoi que ce soit à cet instant particulier et que le mieux était de se borner à rentrer à la maison.

La « maison » était désormais l'appartement qu'avait pris Rod Clements dans une résidence baptisée les Alpines, à quelques kilomètres de Fredonia. Scar et sa mère étaient restés dans la maison. Se trouvant à l'université pendant que se réglaient les ultimes détails, Craig ne savait pas comment il se faisait que Scar vivait chez sa mère, sinon que ce n'était un secret pour personne que ces deux-là étaient plus proches l'un de l'autre qu'ils ne l'étaient de lui ou de son père. La séparation de ses parents avait couvé au cours des mois précédant l'accident, pendant la merveilleuse période de sa relation avec Nicole. C'est dans une espèce de coma qu'il avait regagné le New Hampshire après l'accident ; aussi ne sut-il pas comment il avait été décidé qu'il emménagerait aux Alpines avec son père.

Non que cela lui posât un problème.

Cela ne lui faisait maintenant plus rien que ses parents divorcent. Tout se passait comme si ce qui lui avait fait perdre tout souvenir de l'accident avait également effacé tout le ressentiment et tout le désespoir qu'il en avait conçus.

Après avoir mûri pendant des mois, la séparation de ses parents avait donc eu lieu, telle une toile de fond un peu brouillée, au cours des premiers mois de sa relation avec Nicole.

Un samedi après-midi de janvier, à son frère qui était à l'autre bout du fil, Craig avait hurlé : « Bon sang, mais qu'est-ce qui se passe là-bas ? » Il entendait obtenir des réponses de quiconque consentirait à lui en donner. Cela faisait des jours qu'il appelait sans discontinuer, mais personne ne décrochait le putain de fixe ni ne répondait sur son portable, cela depuis la fois où son père lui avait annoncé la nouvelle au téléphone : « Ta mère me quitte, fils. Elle pense que la vie est trop courte pour la passer avec moi. »

Quelques heures plus tard, sa mère avait appelé, soit pour tenter d'atténuer les choses (« On va gérer la situation au jour le jour et voir comment ça évolue ») soit pour se défausser de sa responsabilité (« Je sais que ton père dit que c'est ma décision, mais je suis bien certaine que ce n'est pas une surprise pour toi ou pour qui que ce soit ; cela se profilait depuis longtemps, ce n'est la décision de personne en particulier »).

Eh bien, cela avait été une Putain de Grosse Surprise pour lui. Il avait prévu de passer avec Nicole un bienheureux week-end d'amour et de farniente dans sa chambre, Perry devant rentrer à Bad Axe pour un baptême. La dernière chose à laquelle il s'attendait était bien de recevoir pareille nouvelle de chez lui. Son chez-lui était censé demeurer immuable.

« Putain, mais comment c'est arrivé ? hurla-t-il dans le téléphone.

— J'en sais rien », lui répondit Scar, apparemment défoncé – pourtant, avant l'automne précédent et le départ de son aîné pour l'université, Scar se montrait violemment opposé à l'idée de fumer de l'herbe (« Pourquoi voudrait-on devenir plus bête qu'on l'est ? »). Mais Craig savait aussi leur mère passablement exaltée par les nouveaux miracles psychopharmacologiques. Elle ne cessait de recommander à ses amies tel ou tel produit contre le malaise, la contrariété ou l'anxiété. Peut-être faisait-elle prendre à Scar quelque chose contre sa légère anxiété, que Craig jugeait plutôt normale pour un jeune de cet âge-là et dont il pensait qu'elle s'estomperait avec le temps, tout comme sa cicatrice, qui commençait à ressembler à une vague ombre de crucifix creusée dans la peau de son dos.

Scar était en sixième lorsque c'était arrivé. Il rentrait de l'école sur le chemin longeant la berge de

Mill Creek, sans doute en écoutant Nirvana sur son iPod, quand, jaillissant des taillis, un gamin d'un an plus âgé le plaqua au sol, le nez dans l'herbe, et, sans prononcer un mot, souleva l'arrière de son tee-shirt « Je skie à Purple Mountain » pour lui tracer un crucifix dans le dos à la pointe du couteau. Après quoi l'agresseur se releva, courut vers la route et fit signe de s'arrêter à une automobiliste – une hippie à bord d'un fourgon, qui avait quitté l'autoroute en quête d'un snack-bar.

Le gamin (Remco Nolens) avait dit à cette femme en montrant Scar : « Il a besoin d'aide ! », avant de rentrer à toutes jambes chez lui, où les policiers le cueillirent une heure plus tard.

Remco était apparemment sous l'emprise d'un mauvais acide au moment des faits, et il fut incapable de dire pourquoi il s'était dissimulé dans les fourrés, pourquoi il avait bondi avec son couteau, pourquoi il avait tailladé un crucifix dans le dos de Scar. On l'envoya vivre en Floride chez ses grands-parents, et une partie de sa punition tint dans l'obligation d'écrire chaque année une lettre d'excuse à Scar.

Ces lettres provoquaient l'hilarité générale chez les Clements-Rabbitt, tant elles étaient contraintes et exemptes de la moindre contrition : « Je tiens à te dire une fois encore que je suis désolé de t'avoir écorché le dos avec mon canif. »

La blessure se révéla en fin de compte sans gravité – même si elle était plus qu'une simple « écorchure ». Ce surnom procédait d'une volonté de traiter l'affaire à la légère un peu comme Remco l'avait fait – manière de faire comme si l'incident n'était pas pire que de se faire casser une dent par un frisbee.

Craig avait été secoué : pendant des mois, il fit des rêves dans lesquels il arrachait le corps inanimé de son petit frère à une créature noire et ailée en laquelle il identifiait Remco. Quant à Scar, s'il en était ressorti perturbé, il ne s'en ouvrit jamais.

« Tu ferais mieux d'en parler avec maman ou avec papa, lui répondit Scar au téléphone. C'est pas vraiment mes oignons.

— Pas tes oignons ? Aux dernières nouvelles, ils sont aussi tes parents, mon pote.

— Ne m'appelle pas "mon pote" quand tu m'engueules. On croirait entendre papa.

— Quoi ? Mais qu'est-ce que tu racontes ? Depuis quand papa t'engueule-t-il ? »

Silence au bout du fil. Craig n'aurait su dire si cela confirmait son opinion selon laquelle leur père ne criait jamais après Scar (ni après lui), ou s'il devait en inférer que la famille suivait désormais une nouvelle dynamique, que leur père élevait la voix, qu'il avait de bonnes raisons de le faire.

« Simplement, ne me pose pas de questions sur les parents, reprit Scar. Adresse-toi directement à eux, si besoin est. Mais personnellement, je pense que tu ferais mieux de laisser tomber.

— Laisser tomber ? Tu veux dire me désintéresser du fait que mes parents sont en train de se séparer ?

— Oh, écoute, Craig, dit encore Scar, l'air toujours un peu somnolent, lointain. Tu es un grand garçon maintenant, tu devrais… »

Craig lui raccrocha au nez et ne lui reparla plus avant ce jour de mars où il fut ramené dans le New Hampshire, n'ayant alors qu'une idée fort vague de l'identité de ce garçon coiffé d'une tignasse lui retombant devant les yeux. Il mit des semaines avant de se rappeler son nom, et une autre encore pour comprendre pleinement ce que signifiait le fait qu'il était son frère.

26

« Lucas ! »

Perry reconnut à un pâté de maisons de distance le catogan et la longue démarche dégingandée. Il rattrapa Lucas au pas de course. « Salut », dit-il en arrivant à sa hauteur.

L'autre eut un sursaut et se retourna vivement. Il n'avait apparemment pas entendu Perry l'appeler. « Ça alors, Perry, tu m'as flanqué une de ces frousses.

— Désolé. Je pensais que tu m'avais entendu.

— Ben non. » Lucas était essoufflé. Au brillant soleil d'automne, son visage paraissait étrangement défait, beaucoup plus pâle qu'une semaine plus tôt, la dernière fois que Perry l'avait vu. On aurait dit qu'il était défoncé depuis des jours et peut-être n'avait-il dormi que quelques heures la nuit précédente. Il paraissait en train de perdre rapidement du poids.

« Je voulais te parler », dit Perry.

Lucas s'immobilisa.

Il fit face à son interlocuteur, tout en regardant de droite et de gauche comme s'il cherchait quelqu'un ou craignait qu'un tiers se trouvât suffisamment près pour entendre ce qui allait se dire. Mais il n'y avait personne de leur côté de la rue. Tous les étudiants se hâtaient vers le centre du campus, soucieux de ne pas être en retard à leur cours de la matinée. Lucas était chargé d'un sac de courses. Peut-être regagnait-il son appartement après être sorti s'acheter un pack de bières.

« C'est à propos d'*elle* ? interrogea-t-il.

— Pas exactement, répondit Perry. C'est à propos de mon prof. Mrs Polson. Je suis son séminaire.

— Celui sur la mort ?

— Oui.

— Je le croyais réservé aux première année.

— Oui, mais elle m'a autorisé à y assister.

— Pourquoi ? demanda Lucas, le visage tout à la fois inexpressif et soupçonneux.

— Parce que je lui ai demandé de faire une exception. Je voulais…

— À cause d'*elle* ?

— En partie », reconnut Perry. L'autre ayant adopté un ton vaguement accusateur, il se sentait sur la défensive. « Et aussi parce que Mrs Polson travaille à un livre sur…

— Pourquoi viens-tu me parler de ça ? demanda Lucas, s'animant soudain, agitant sa main libre comme pour chasser Perry. Ça ne m'intéresse pas.

— Parce qu'elle voudrait s'entretenir avec toi. Elle désire te poser certaines questions. Au sujet de Nicole. Je lui ai rapporté ce que tu m'as dit. Au sujet de Patrick également. Et de ce que j'ai vu. Elle te croira. Seulement, elle a besoin de t'entendre.

— Tu as parlé de ça à un *prof* ? T'es cinglé ou quoi ?

— Lucas, c'est important. Elle peut aider.

« — Aider ? Et qu'est-ce qu'elle va faire pour aider ? »

Perry ouvrit la bouche, mais ne trouva rien à répondre.

Il pleuvait quand Perry et Mira Polson s'étaient retrouvés à l'*Espresso Royale* après les cours. Ils prirent une table au fond, loin des fenêtres donnant sur la rue. Perry entendait néanmoins la pluie, une pluie violente et précipitée, comme des quantités de petits pieds courant furieusement sur le toit. La brune Mrs Polson avait les cheveux tout mouillés, et cela lui faisait des frisettes plaquées à son cou et sur les côtés du visage. Elle semblait avoir froid, ne portant qu'une robe en soie et un cardigan. Elle avait dû se faire tremper en venant de Godwin Honors Hall. Perry était parti devant quand elle lui avait dit devoir passer par la bibliothèque pour y déposer un livre. En la voyant frissonner, il se prit à culpabiliser. Il avait un parapluie et, s'il avait su qu'elle en était dépourvue, il le lui aurait prêté ou bien il l'aurait accompagnée à la bibliothèque et ils auraient parcouru ensemble le trajet jusqu'au café. Elle prit le gobelet blanc entre ses mains et le porta à sa bouche pour humer la vapeur avant de boire une gorgée. C'était le genre de geste que Perry avait vu des femmes accomplir au cinéma – tenir sa tasse à deux mains, y tremper les lèvres tout en regardant par-dessus –, mais il n'était pas certain d'avoir déjà vu faire ça dans la vraie vie. Mrs Polson avait des mains très blanches et délicates, parcourues de quelques veines bleutées.

« J'aimerais interviewer Lucas, dit-elle. Lui avez-vous dit que vous m'aviez fait part de ces informations ?

— Non, répondit Perry. Mais il ne m'a jamais dit de les garder pour moi. Je vais aller le trouver et l'amener à votre bureau. Je pense qu'il sera d'accord.

— Peut-être pas au bureau. J'aimerais enregistrer l'entretien. Je ne voudrais pas qu'il soit inhibé par le lieu. Voyons-nous en dehors du campus. Peut-être pourriez-vous l'amener chez moi ?

— Entendu.

— Après cela, nous aviserons. Même chose, éventuellement, pour Patrick Wright. Qu'en pensez-vous ? »

Depuis le soir où il lui avait parlé de Nicole, Patrick semblait éviter Perry. Et il était manifestement pris de boisson quand Perry lui avait téléphoné. Même s'ils se connaissaient à peine – l'année précédente à Godwin, Patrick, étudiant de deuxième année, avait sa chambre dans le même couloir que Craig et Perry –, il savait que Perry était allé au lycée avec Nicole, comme il savait que le compagnon de chambre de Perry était celui qui avait eu l'accident dans lequel elle avait trouvé la mort.

(« Je me demandais : toi, est-ce que tu l'as vue ? avait dit Patrick d'une voix pâteuse. Est-ce que je suis en train de devenir cinglé, Perry ? Qu'est-ce qui se passe ici ? »)

Ne sachant que répondre, Perry lui avait bredouillé de se calmer et de rappeler le lendemain matin. Mais Patrick n'avait pas rappelé, et Perry ne l'avait pas croisé depuis. Il avait appris les détails par la bouche de Lucas.

« Voyons d'abord comme cela se passe avec Lucas. Au fait, Perry… (elle reposa son gobelet sur la table et glissa les mains quelque part sous son pull) avez-vous parlé de tout cela à quelqu'un – à un membre du corps enseignant, par exemple ? »

Perry ignorait pour quelle raison il ne put soutenir son regard. Il n'avait parlé à personne et n'avait aucune raison de mentir sur ce point à Mrs Polson ; pourtant, il fixait la table plutôt que de la regarder. Elle avait des pattes d'oie au coin des yeux – chose dont il savait que les femmes s'inquiétaient, car sa mère possédait une centaine de potions différentes pour les combattre et se plaignait toujours de ce qu'elles étaient inopérantes ; mais celles de Mrs Polson lui conféraient un air à la fois sage et sexy.

« Perry ? dut-elle insister.

— Non, dit-il. Non, madame. Je n'ai rien dit à qui que ce soit. Pas même à Craig. Pas même à mes parents. Vous êtes la seule personne à qui j'aie parlé de ça. »

Elle sortit une main de l'endroit où elle l'avait glissée entre robe et cardigan, reprit son café. « Je ne vous demande pas de n'en rien faire, dit-elle. Simplement, je suis curieuse de ce que pourraient être les rumeurs, s'il y en avait.

— Je comprends.

— Et je ne veux pas vous induire en erreur, Perry. Mon approche pourrait ne pas correspondre exactement à ce que vous attendez. Je crois ce que vous me dites, je pense que vous y croyez, et que ce que vous tenez d'autres personnes, comme Lucas… Je pense que vous dites chacun la vérité telle que vous la voyez. Mais je sais aussi que la mort est une force

232

intense, puissante, incompréhensible, qui agit sur le psychisme – particulièrement chez les jeunes gens. En d'autres termes, Perry, je ne pars pas nécessairement avec vous en quête de Nicole Werner.

— Je le comprends bien.

— Mais je vous *crois*. J'ai foi en votre sincérité et aussi en votre intelligence. Tout m'y engage. D'après ce que j'ai pu observer jusqu'à présent, vous êtes quelqu'un de remarquable, Perry. Je suis fière d'entreprendre ce projet avec vous. »

« Pourquoi me croirait-elle ? » demanda Lucas. Il souleva une épaule, la laissa retomber, et Perry trouva que sa chemise jouait bizarrement sur son dos, comme s'il était encore plus maigre qu'il ne le paraissait.

« Elle me croit, moi, dit Perry. Elle a l'esprit ouvert. Je pense que tu n'as rien à perdre, Lucas. Elle ne va pas nous faire interner ni… »

Après un nouveau haussement d'épaule, Lucas s'était remis à marcher, comme s'il considérait la conversation terminée. « Je n'ai rien à perdre, ça, c'est sûr. »

27

« Qui c'est, ce type ? » demanda Craig. Nicole était en train de s'enrouler le visage dans un long foulard de couleur rouge. Quand elle eut terminé, seuls ses yeux étaient visibles.

Des granules de grésil leur picotaient le visage tandis qu'ils traversaient le campus. Craig lui donnait la main, mais entre son gant de ski et la moufle de laine qu'elle portait, il aurait aussi bien pu tenir n'importe quoi – la patte de la mascotte de l'université, une branche d'arbre enveloppée de bandages. Elle dit à l'intérieur du foulard quelque chose qu'il ne comprit pas.

« Pardon ? »

Elle secoua la tête, le regarda. Vision ravissante : elle avait de petits flocons de neige accrochés dans ses cils noirs. Il ne pouvait pas voir sa bouche, mais il comprit à son regard qu'elle souriait, et il décida de laisser tomber le sujet.

Cependant, quelques jours plus tard, il revit le type en question : bien découplé, crâne rasé, traversant en brodequins noirs la neige jaunie de la cour de la maison d'Oméga Thêta Tau quelques secondes avant que Nicole apparût à son tour sur le perron, enroulant une nouvelle fois son foulard autour de son visage, levant sa moufle à l'adresse de Craig.

« Encore lui, dit-il.

— Qui ça ?

— Mais ce type, Nicole. Ne fais pas celle qui ne comprend pas. Il sortait d'ici, forcément. Une fois de plus. C'est la troisième fois cette semaine que je le vois entrer ou ressortir d'ici. Il vient de sortir juste avant toi. Ces empreintes de pas sont les siennes. » Craig montrait des traces en train de fondre sur la pelouse.

Nicole jeta un coup d'œil dans la direction indiquée, puis tourna son regard vers l'homme en blouson bleu qui s'éloignait de l'autre côté de la rue. Elle secoua la tête, leva les yeux vers Craig en haussant les sourcils, comme si ce mystère l'intriguait autant que lui.

« Ce type n'appartient pas à une fraternité, dit-il. Il ne peut s'agir du petit ami d'une sœur de la sororité. C'est un homme adulte.

— Ma foi, dit-elle, certaines des sœurs fréquentent des hommes. Nous ne sommes pas toutes exclusivement axées sur les garçons, tu sais.

— Tu vois bien ce que je veux dire. » Il lui prit son manuel de trigonométrie et le glissa sous son bras. Ayant égaré ses gants – peut-être les avait-il oubliés à la cafétéria –, il avait l'extrémité des doigts tout engourdie ; mais il savait, pour avoir vu de nombreuses sitcoms, qu'on ne laisse pas sa petite amie porter un livre aussi lourd.

« Ce que je veux dire, reprit-il, c'est que ce type ne m'a pas l'air à sa place par ici. »

Nicole glissa la main sous son bras libre et s'appuya contre lui. Nonobstant les épaisseurs de nylon et de duvet les séparant, il crut sentir contre son flanc la petite palpitation du cœur de sa bonne amie. On était jeudi après-midi, moment de la semaine où ils filaient habituellement au *Starbucks* pour s'y attarder, main dans la main, avec leur cappuccino et leurs livres de cours fermés posés entre eux. Il attendait cela avec impatience depuis qu'il s'était mis au lit la veille. Cependant, alors qu'ils atteignaient l'angle des boulevards State et Campus, Nicole s'immobilisa soudain. « Craig, dit-elle, je ne peux pas aller au *Starbucks* cet après-midi. J'ai promis à Josie de la retrouver dans la chambre. On doit commencer la fabrication des roses en papier pour le bal. Nous…

« — Il faut vraiment que tu t'y mettes *aujourd'hui* ? (Malgré lui, il geignait.) Je croyais que ce bal était dans quelque chose comme trois semaines.

— Non, dans quatre semaines. Mais tu n'as pas idée du nombre de fleurs que nous devons confectionner. C'est Josie et moi qui nous y collons. Les roses en papier, c'est nous seules, et il en faut au moins cinq mille.

— Quoi ? (Craig s'arrêta net en entendant cette absurdité.) Cinq mille roses en papier ? »

Nicole riait tout en acquiesçant de la tête. Ils étaient arrivés à la lisière du campus. Craig avait le bras tout ankylosé. Il glissa le livre sous son autre bras, puis il fit le tour de Nicole et passa son bras nouvellement libéré autour de ses épaules, exposant ainsi sa main nue au froid – mais qu'importe, puisqu'elle était déjà complètement engourdie.

« Cinq mille, vraiment ?

— Eh oui ! fit Nicole, de l'air de partager son étonnement. Et il nous faut genre une heure pour en faire un cent. Pour le moment, on en a fabriqué cent dix.

— Qu'est-ce que c'est que ça ? interrogea Craig. Une forme de servitude volontaire ? Je veux dire, ce n'est pas comme si tu étais payée pour faire partie de cette sororité. Elles ne se disent pas que tu as peut-être une vie privée ? »

Il était sincèrement scandalisé, mais Nicole se mit à rire, et son rire, pareil à une quantité de clochettes, alla se répercuter contre le mur en brique de l'institut de technologie.

« Elles estiment qu'Oméga Thêta Tau devrait être toute ma vie !

« — Et c'est ce que tu souhaites, Nicole ? Je veux dire, ça te tente d'être enfermée dans une pièce à faire des roses en papier avec Josie pendant les quatre années à venir ?

— En fait, ce sont toujours les futures recrues qui confectionnent les roses, et donc l'an prochain…

— D'accord, oublions les roses. L'an prochain, tu feras des tonnes de crêpes ou autre. Il y aura toujours quelque chose.

— Je suis désolée, Craig. » Il regarda le profil de son visage. Le foulard était descendu au niveau de son menton, et elle faisait sa fameuse petite moue. Elle avait sur l'arête du nez une bosse à peine marquée, adorable défaut infime qui permettait, selon lui, de la distinguer des deux ou trois autres filles complètement parfaites sur terre. Il était sur le point de s'excuser de s'être échauffé de la sorte, quand elle tourna vers lui un grand sourire. « Tu pourrais donner un coup de main ! dit-elle. Josie serait d'accord. En tout cas c'est elle qui l'a suggéré. Que des garçons viennent nous aider, pour peu qu'on ait de la bière ou autre chose à leur offrir en retour. Tu pourrais amener Lucas. »

Craig éprouva cette sensation familière de la transpiration formant un film sous ses bras, ce qui se produisait chaque fois que Nicole remettait Josie sur le tapis, ou évoquait la possibilité qu'il participât à quelque chose susceptible d'inclure Josie – par exemple, que cette dernière vînt les retrouver à la pizzeria. Voire seulement quand elle disait un truc du genre : « Josie te salue. » Ou encore la fois où il faillit vomir son dîner quand au sortir de la cafétéria ils tombèrent sur Josie accrochée au bras de Lucas, tous deux visiblement raides défoncés.

« Salut, mon grand, avait lancé Josie en lui adressant un signe avec tous ses doigts à hauteur de sa bouche.

— Josie ! Mais tu as fumé ! avait dit Nicole en riant.

— C'est pas faux, avait répondu Josie. Aie l'œil, sinon je vais me faire ton petit copain. » Nicole lui avait par jeu appliqué une tape sur l'avant-bras, cependant que Craig prenait la poudre d'escampette. Nicole, riant toujours, lui emboîta le pas. Josie leur lança encore une apostrophe, que Craig ne comprit pas, tant son cœur battait la chamade. Passé le coin du couloir, Nicole le fit s'arrêter, se retourner, et elle se mit à le dévisager.

Le soleil se couchait derrière les miroitantes vitres serties de plomb donnant sur la cour de Godwin Hall. Sous cet éclairage, le bleu des yeux de Nicole paraissait presque fluorescent – comme l'océan au Belize, comme le ciel en haut du mont Washington. « Qu'est-ce qui ne va pas entre Josie et toi, Craig ? » interrogea-t-elle, soudain habitée d'un sérieux terrifiant.

Le souffle coupé, Craig dut se faire violence pour soutenir son regard, avec l'air de n'avoir rien à cacher. Durant toutes ces semaines, il s'était raccroché à l'espoir infime (illusoire, il le voyait maintenant) que Josie avait tout raconté à Nicole et que celle-ci ne s'en était pas formalisée – ou du moins *comprenait*. Il n'en avait jamais eu la moindre preuve et n'avait nulle raison de penser que, si elle apprenait ce qui s'était passé, Nicole ne le plaquerait pas dans la seconde. *A fortiori* maintenant qu'ils étaient ensemble depuis deux mois.

« Mais rien, répondit-il d'une voix de fausset qui lui sembla grotesque.

— En ce cas pourquoi te déteste-t-elle ?

— Pardon ? fit-il, feignant la surprise.

— Pourquoi est-ce qu'elle te déteste ? »

Il essaya d'écarquiller plus encore les yeux. « Elle me déteste ? »

Nicole éclata de rire. « Mais oui. Cela t'a échappé ? »

Sur quoi, il haussa les épaules.

« Écoute, tu l'évites comme la peste ; cela signifie qu'il y a quelque chose. Tu as cessé de participer au groupe d'étude, alors que tu aimais tant y venir durant un temps. Tu évites même d'approcher de notre chambre s'il se peut qu'elle y soit. Chaque fois que je prononce son nom, tu t'empresses de changer de sujet. »

Le cerveau de Craig était inopérant. Sa bouche béait. Au cours des semaines passées, il avait cherché ce qu'il pourrait dire si jamais la question était soulevée. Faux-fuyants. Mensonges. Ou au moins un peu de langue de bois. Il s'efforça d'imaginer une explication présentant une Josie à ce point éméchée et insistante qu'il avait eu, ce soir-là, le sentiment de devoir faire quelque chose, de crainte de la blesser, ce qui était assez proche de la vérité ; sauf qu'il avait été parfaitement heureux de la sauter et que cela n'avait pas grand-chose à voir avec une réaction de courtoisie. Mais peut-être qu'en trouvant les mots justes… Il savait Nicole plutôt naïve en ce qui concernait les gens et leur vie sexuelle secrète. Elle était toujours étonnée d'apprendre que telle célébrité célibataire était enceinte, ou que Craig avait vu, au petit matin, telle fille de sa résidence à elle sortir en catimini de la chambre de tel garçon de sa résidence à lui. (« Ils ont dû passer la nuit à bachoter », avançait-elle avec beaucoup de sérieux, suite à quoi, le voyant rire, elle lui assénait un coup de poing dans le biceps.) Il était après tout possible qu'elle croie ce qu'il lui dirait.

Mais là, cuisiné de la sorte dans le couloir de la cafétéria, sous les beaux yeux de Nicole illuminés par le crépuscule – tout ce rose et ce mauve se déversant à travers les vitres, et son demi-sourire, sa tête dressée comme une tête de mésange, en attente –, non seulement l'esprit de Craig, mais aussi son âme, était en panne. Nicole attendit encore une ou deux interminables secondes, puis elle secoua la tête et dit : « D'accord. Je ne t'ai rien demandé. »

Il s'efforça de déchiffrer son visage, qui se fermait. Était-elle au courant ? Est-ce qu'elle savait et s'en fichait ? Ou bien est-ce que, ignorant tout, elle le giflerait de toutes ses forces pour ne plus jamais lui adresser la parole quand elle saurait ?

Comprenant qu'il n'en avait pas la moindre idée, il repensa au cours moyen. La lecture de cartes. Il n'y arrivait pas. Il essayait de faire semblant (« La Mongolie ? »), ce qui déclenchait des tonnerres de rires. Ce doit être comme ça au purgatoire, se disait-il. Cela pouvait être ou tout blanc ou tout noir – tout ce qui comptait à ses yeux.

« Nicole, je… » bafouilla-t-il sans savoir ce qu'il allait dire. Par chance, elle leva la main pour l'interrompre.

« Tu as sans doute raison, dit-elle. Je ne tiens probablement pas à savoir. Ou plutôt, je crois qu'en fait je le sais. »

Craig recula d'un pas. Il redoutait de regarder autre chose qu'un point situé exactement entre les yeux de Nicole. Il était certain que des auréoles de transpiration se dessinaient aux aisselles de sa chemise kaki. Nicole s'enveloppa de ses bras, comme pour s'y raccrocher. Les jointures de ses doigts blanchirent.

« Tu as d'abord craqué pour elle, pas vrai ? dit-elle avec un petit sanglot dans la voix. C'est pour elle que tu venais au groupe d'étude, et ensuite tu as découvert qu'elle avait ce copain de Grosse Isle. Ce type de Princeton. »

Craig prit une frémissante inspiration en tâchant de ne pas exploser de soulagement. C'était comme de voir dans le rétroviseur le camion-citerne qui vous collait de trop près aller au fossé. « Non ! dit-il, découvrant qu'il pouvait de nouveau cligner des yeux maintenant qu'il disait la vérité. Non, Nicole ! J'ai été dingue de toi dès la première fois que je t'ai vue. C'est pour toi seule que je me suis joint au groupe. Ta compagne de chambre, je ne l'avais même pas *vue*. Je n'ai jamais rien ressenti de tel pour une autre. Josie ? Tu parles ! Non, non…

— Craig, je sais que tu m'aimes, à présent. Mais je sais aussi qu'il y a d'autres filles, des filles plus jolies, et… »

Cette fois, il explosa, de rire. Il se glissa les mains dans les cheveux comme pour se maintenir la tête sur les épaules, puis, hilare, il se rua sur elle et la souleva de terre en lui appliquant des baisers et en la faisant

241

tourner. Les derniers dîneurs ressortaient de la café-téria et défilaient à côté d'eux sans même les regar-der. Il se dit qu'il aurait pu la tenir ainsi embrassée pour l'éternité. Elle riait, elle aussi. Il se prit à espérer qu'elle attribuait sa transpiration et les battements de son cœur à la touffeur qui régnait dans le couloir et au fait qu'il était si amoureux.

Cet après-midi-là, il ne dit plus rien à propos des roses en papier et du temps pendant lequel elles acca-pareraient Nicole jusqu'à la date du bal (auquel elle ne pouvait l'inviter attendu qu'il n'était pas membre d'une fraternité ; « Je vais y aller avec une sœur », lui avait-elle répondu à la question de qui serait son cavalier).

Ils poursuivirent leur promenade, passèrent devant le *Starbucks* sans s'y arrêter et regagnèrent la rési-dence de Nicole. Changeant de sujet, ils s'étaient mis à parler du délire de celui qui avait bombé tous les panneaux de stop de la ville. Ainsi pouvait-on y lire des choses comme STOP *à la guerre*, STOP *aux mas-sifs*, STOP *aux stops*, *auto*-STOP, STOP*over*, STOP *à l'érythème fessier*, etc. Ils se demandèrent quelle bande du campus avait fait cela, mais peut-être s'agissait-il d'un original solitaire ou bien encore de lycéens. Craig avait les bras noués autour de Nicole ; sa bouche et son nez étaient pleins de l'odeur et du goût du foulard de laine rouge. Il avait les mains si engourdies qu'il devait y jeter un coup d'œil de temps en temps pour s'assurer qu'il n'avait pas lâché le livre de trigo.

C'est alors qu'il vit de nouveau, à quelque distance devant eux, le type qui était sorti juste avant Nicole de la maison d'Oméga Thêta Tau. Toujours vêtu d'un blouson bleu, il sortait cette fois de la banque en rangeant son portefeuille dans la poche revolver de son pantalon kaki.

« Tiens, le revoilà, dit Craig en pointant le doigt.

— Qui ça ? » demanda Nicole, l'air absent. Elle ne regardait même pas dans la bonne direction.

« Celui qui se trouvait à OTT. Le gus, là-bas. »

Cette fois, Nicole regarda alentour, comme si elle balayait l'horizon, n'y voyant rien de particulièrement intéressant. « Oui, et alors ?

— Je veux juste savoir qui c'est. Qui est-ce, Nicole ?

— Comment le saurais-je ? Je ne vois même pas qui tu me montres. » Elle regardait dans la direction diamétralement opposée. C'est alors que l'inconnu se retourna, et Craig eut la certitude qu'il les regardait, comme s'il était au courant de leur présence, comme s'il les cherchait.

Il avait un macaron sur la poche de poitrine de son blouson. Craig parvenait maintenant à le lire : « EMT[1] ».

« Il est ambulancier ou quelque chose comme ça, dit-il, plus pour lui-même qu'à l'adresse de Nicole.

— Et alors ?

— Qu'est-ce qu'il fabrique du côté de ta sororité ? Pourquoi traîne-t-il en permanence dans le coin ? »

Nicole leva sa main en visière et regarda derechef dans la mauvaise direction, puis elle répondit : « Je ne vois pas de quoi tu parles, Craig. Aucun EMT ne traîne à la sororité.

---

1. Emergency Medical Technician.

— D'où tiens-tu qu'il s'agit d'un EMT ?

— Mais tu viens de le dire. (Elle parut taper légèrement du pied sous l'effet de l'agacement.)

— Non, je ne l'ai pas dit. J'ai dit "ambulancier" après avoir vu EMT écrit sur sa poche.

— C'est pareil.

— Pas du tout. »

Elle continuait de regarder alentour, en évitant soigneusement l'endroit où se trouvait le personnage en question. Quand celui-ci tourna les talons pour s'engager dans la rue, un camion blanc le dissimula à la vue de Craig ; ce camion passé, l'homme avait disparu et Craig n'eut plus sous les yeux qu'un mur de brique.

Nicole se mit sur la pointe des pieds pour lui déposer un baiser sur chaque joue. « Bon, c'est ici qu'on se dit au revoir, dit-elle. Tu retournes au *Starbucks* ?

— Sans toi ?

— Pourquoi pas ? Tu travailleras mieux sans moi, de toute façon. On se retrouve pour le dîner, d'accord ?

— D'accord », répondit Craig avec le sentiment de n'avoir vu que du feu dans un tour de cartes – un tour non pas déplaisant, mais déroutant. L'instant d'après, Nicole s'éloignait d'un pas léger en direction de Godwin Hall.

28

Ce jour-là, le cours de Mrs Polson portait sur l'âme.

« Dans certaines cultures, on ne doit pas prononcer le nom du défunt, parce que l'âme pourrait entendre son nom et se mettre en quête de son corps. Ou, pire, le corps pourrait se mettre en quête de son âme.

» Du reste, la pratique de la crémation, qui nous paraît être une des façons les plus modernes de traiter la dépouille mortelle, trouve là son origine. Si le corps est réduit en cendres, il ne peut y avoir de réincarnation, de retour.

» Certains anthropologues pensent qu'en matière de deuil, bon nombre d'usages servaient à l'origine l'objectif de tenir le mort à distance. Schneerweiss – vous avez lu, n'est-ce pas, la traduction de son article ? – a émis l'hypothèse que, si les veuves devaient se vêtir de noir pendant au moins un an et se coiffer différemment, c'était afin d'être méconnaissables quand leur mari se lancerait à leur recherche.

» Pourquoi devrait-il en être ainsi ? Pour quelle raison toute veuve qui se respecte ne serait-elle pas ravie de voir son époux lui revenir ?

— La putréfaction ! lancèrent les étudiants presque d'une même voix.

— Exactement. La peur, l'*aversion*, que nous croyons de nature superstitieuse ou religieuse, s'appuie en fait sur la réalité physique. Sur l'expérience. *Pénible* expérience. On voit donc que les peuples primitifs, que l'on aurait un peu vite tendance à taxer d'inconséquence, avaient en réalité une expérience de la mort plus étroite et plus intime que celle que la plupart d'entre nous n'aurons jamais – à moins de participer à un conflit armé ou d'entrer dans les pompes funèbres. Ils savaient ce qu'ils cherchaient à éviter. »

Mrs Polson se retourna vers le tableau, sur lequel elle avait écrit une citation extraite de *La Montagne magique* de Thomas Mann :

« Ce que nous nommons le deuil est peut-être moins le chagrin de ne pouvoir rappeler nos morts à nous que celui de ne pouvoir nous résoudre à le faire. »

Perry tapotait du bout de son crayon une phrase de la lecture du jour :

« H. Guntert : *Larve* (all. *Maske*) est étymologiquement lié aux esprits du royaume des morts, les *lares* (lat.), mot apparenté au verbe *latere* (être caché ou se tenir caché) et à Latone, la déesse de la mort (Leto en grec), et rend compte de la perception humaine immédiate en ce qui concerne le cadavre – présence visible du corps et profonde occultation de la personne. »

Il désirait demander à Mrs Polson, en cours plutôt que dans son bureau (où elle semblait souvent trop préoccupée par ses enfants pour consacrer du temps à ce sujet), si elle avait des aperçus là-dessus, si elle pensait que cette idée d'admettre, face au corps du défunt, que l'âme ne l'habite plus, était à l'origine d'un surcroît de superstitions et de croyances. Il avait lui-même quelques idées sur la question.

Mais elle était en train de répondre à une question bateau posée par Elwood Campbell : compte tenu des horreurs de la putréfaction, pourquoi tant de gens éprouvaient-ils non de la répulsion mais bien plutôt de la fascination pour les morts, et tenaient-ils à en voir des représentations ? « Et ceux qui raffolent de voir du sang ? » ajouta-t-il dans un ricanement. Perry soupçonnait Elwood de parler de son propre cas. Ce garçon était au nombre des quelques étudiants qui ne s'étaient pas penchés en avant pour mieux voir la photo de Marilyn Monroe à la morgue, et Perry avait le sentiment qu'il était déjà familier de ces choses, qu'il faisait probablement partie de ces gens qui fréquentaient les sites Internet spécialisés ou y envoyaient des documents.

« Et les nécrophiles ? renchérit Elwood. Vous savez, ceux qui veulent s'accoupler avec des cadavres ? »

Quelques-unes des filles échangèrent des regards embarrassés, mais Mrs Polson ne se troubla point :

« "Et ainsi, toute l'heure de la nuit, je repose au côté de ma chérie, – de ma chérie, – ma vie et mon épouse, dans ce sépulcre près de la mer…" Poe n'est qu'un des nombreux poètes et philosophes qui ont dépeint la mort d'une jeune femme comme l'un des plus beaux spectacles qui se puissent contempler.

— Ouais, fit Elwood, paraissant prendre cela pour une confirmation de ses vues.

— D'où le *fun* de *funérailles*, lança Brett Barber, à quoi presque toute la classe éclata de rire, même si personne ne s'esclaffa aussi fort qu'Elwood.

— Sur ce bon mot, ce sera tout pour aujourd'hui, dit Mrs Polson. Je vous revois mardi. »

Elle n'attendit pas que ses étudiants aient quitté la salle, et elle n'était pas dans son bureau quand Perry y passa un peu plus tard.

« Tout va bien, mon chéri ? lui demanda sa mère ce soir-là au téléphone.

— Bien sûr, maman, que tout va bien. Cesse donc de t'en faire à ce point.

— Et Craig, il va bien ?

— Craig, ça va. Il ne pète pas le feu. Mais ça va.

— Tu es un bon camarade, Perry. Je suis fière de savoir que tu ne le laisses pas tomber. Le pauvre garçon. Transmets-lui notre bonjour, d'accord ? Invite-le pour le week-end, si…

— Ce ne serait pas une bonne idée, maman.

— Non, bien sûr. Je ne sais pas ce qui m'est passé par la tête. Simplement, je voudrais que nous puissions faire quelque chose pour… »

Malgré la forte animosité qui régnait à Bad Axe à l'encontre de Craig (il s'était même trouvé quelqu'un pour placarder dans le parc Leazenby une affiche avec sa photo et la mention « Recherché pour meurtre » écrite en dessous au feutre rouge, ce dont tous les journaux de l'État s'étaient fait l'écho), la mère de Perry était absolument convaincue qu'il n'était pas responsable de l'accident dans lequel Nicole avait trouvé la mort. Même avant les résultats des examens sanguins prouvant qu'il n'avait ni bu ni fumé, elle avait cru Perry lorsqu'il lui avait affirmé que Craig n'aurait jamais pris le volant en état d'ivresse.

« Et chez vous, ça va ? demanda Perry. Papa et toi ? Et au magasin, comment ça se passe ?

— Oh, pour ça. Tu connais ton père. Il ne m'en parle jamais. Nous pourrions être millionnaires ou endettés jusqu'au cou, que je n'en saurais rien. Mais il se fait assez d'argent pour entretenir son bateau. Et j'ai eu un nouveau manteau pour l'hiver. » (Il s'agissait d'un jeu auquel sa mère sacrifiait toujours, et tous deux savaient à quoi s'en tenir. N'était-ce pas elle qui tenait la comptabilité de la maison Edwards et fils ? Elle prenait probablement les neuf dixièmes des décisions touchant leur commerce, cela sans même se soucier de mettre son mari au courant.) « Hier, dit-elle d'une voix plus lente et plus grave, j'ai vu les sœurs Werner.

— Ah ? fit Perry. Où donc ?

— Au cimetière.

— Qu'est-ce que tu faisais au cimetière, maman ?

— Je passais devant en voiture. Je les ai aperçues de la route. Elles étaient en train de fleurir la tombe de Nicole. Alors, je me suis arrêtée. C'était son anniversaire, Perry. Elle aurait eu dix-neuf ans.

— Bon Dieu ! » souffla Perry.

Sa mère ne prit pas la peine de le gronder pour avoir prononcé en vain le nom du Seigneur. « Eh oui, je sais », soupira-t-elle.

Il s'étonnait de n'avoir pas pensé, de ne pas s'être souvenu que c'était l'anniversaire de Nicole. Il se rappelait les assortiments de petits gâteaux chaque début d'octobre à l'école élémentaire, puis, plus tard au collège, les filles en effervescence à la perspective d'une soirée pyjama chez Nicole. Dans tous les cours, c'était toujours elle qui jouissait de la plus grande popularité. Son anniversaire, les autres en faisaient chaque année tout un plat. On lui décorait son casier, on lui chantait quelque chose à la cafétéria, ce genre de trucs.

À présent, ses sœurs se retrouvaient au cimetière pour orner sa tombe.

« Ses sœurs, comment t'ont-elles semblé ? interrogea Perry.

— Ma foi, comme tu imagines », répondit sa mère sans rien ajouter, comme s'il pouvait effectivement les imaginer. Mais il en était incapable. Il ne pouvait vraiment pas se les représenter dans un cimetière. Ces blondes pleines d'entrain, leurs rires… Impossible de se les figurer penchées au-dessus d'une tombe quelle qu'elle fût, sans parler de celle de leur sœur cadette. « Tu te doutes bien qu'elles n'avaient rien de positif à dire sur Craig, reprit sa mère. Je me suis gardée de leur dire que vous logez de nouveau ensemble. Je ne pense pas qu'elles sachent seulement que tu le connais, et m'est avis que c'est aussi bien.

— Oui », approuva Perry.

Eh, merde, se dit-il. Craig savait-il pour l'anniversaire de Nicole ?

Sûrement.

Était-ce pour cette raison qu'il avait filé de si bonne heure ce matin-là et que Perry ne l'avait pas vu de toute la journée ?

Qui savait combien d'anniversaires de ceci ou cela – leur première sortie ensemble, leur premier baiser, le jour où il lui avait offert la bague à l'ambre – Craig traversait et traverserait. Il n'allait pas en parler à Perry, c'était certain, mais celui-ci se sentait néanmoins un bien piètre ami de ne pas être plus au courant à ce sujet.

« Elles m'ont dit que leurs parents ne vont pas bien fort », ajouta sa mère. Il attendit qu'elle poursuive, mais elle ne dit rien de plus sur Mr et Mrs Werner. Ils parlèrent ensuite de l'équipe de football de

Bad Axe – la pire saison de la décennie, même si elle n'avait jamais tellement brillé.

Tout en écoutant sa mère, Perry alla sortir une chemise d'un tiroir de son bureau. Il en tira la photographie et, ayant allumé sa lampe, se pencha pour regarder cette image sur papier glacé où se dessinait dans un angle, fuyant le cadre, floue mais reconnaissable, la silhouette dont il savait – il le *savait* – qu'il s'agissait de celle de Nicole Werner.

Il la contempla jusqu'au moment où, ses yeux devenus trop secs, il dut battre des paupières. Sa mère était en train de lui donner d'autres détails sur l'affaire familiale, sur l'emploi du temps de ses journées, de lui dire qu'elle l'aimait et qu'il lui manquait.

« Moi aussi, je t'aime, maman, lui répondit-il.

— Sois un bon garçon. Fais attention à toi. Mange des légumes. Dors suffisamment. Ne… »

Il ferma les yeux et retourna la photo, de sorte à pouvoir se concentrer.

« Je vais bien. Tout va bien. Dis à papa que je l'aime. On se voit bientôt. »

29

« Qu'est-ce que c'est que ça ? s'enquit Mira, s'efforçant de maîtriser son inquiétude si bien que sa voix sortit voilée et haletante, comme pour une imitation de Marilyn Monroe.

— Ça se voit, non ? C'est un sac marin rempli de fringues, lui répondit Clark. Tu ne dois pas t'en souvenir, mais je t'ai dit que j'emmenais les jumeaux voir ma mère.

— Quoi ?

— Les jumeaux. Tu sais les deux mômes qui gambadent ici. Je crois que c'est même toi qui les as mis au monde.

— Clark, laisse tomber les sarcasmes. Qu'est-ce que tu me racontes ?

— Je t'en ai parlé il y a deux semaines, Mira. Ça va être l'anniversaire de ma mère. J'emmène les jumeaux deux jours. Qu'est-ce que ça fait ? Tu vas avoir du temps pour travailler. »

Mira regardait Clark avec de grands yeux. Elle avait certes été préoccupée, mais jamais elle n'aurait oublié pareille chose. Jamais Clark n'avait emmené les jumeaux nulle part sans elle, encore moins chez sa mère. C'était elle, Mira, qui prévoyait et organisait chaque visite à la pauvre vieille, qui semblait n'inspirer à son fils qu'un mélange de pitié et de mépris, de sorte qu'il lui était pratiquement impossible d'avoir avec elle une conversation qui ne tournât au vinaigre.

En visite chez sa mère ? Avec les jumeaux ?

« Non », dit-elle.

Clark laissa tomber la mâchoire de façon toute théâtrale. Durant une fraction de seconde, Mira aperçut ses molaires, petite cordillère osseuse plongée dans la pénombre. Il referma la bouche avant qu'elle ait pu y regarder de plus près, mais il lui avait paru possible, à la faveur de ce bref aperçu, que ses dents fussent en mauvais état. Une carie dans le fond ? Peut-être était-ce pour cela que son haleine avait pris une étrange odeur – pas exactement mauvaise, mais *organique*. Les rares fois où ils échangeaient un baiser, elle croyait sentir une odeur de trèfle ou celle du papier d'un vieux livre.

« Comment ça, non ? s'insurgea-t-il. Non, je ne peux pas emmener mes fils chez ma mère pour une paire de jours ? Désolé, Mira, mais je ne pense pas que tu aies le droit de donner ou de refuser ton autorisation, cela d'autant que si j'y vais sans eux, il n'y aura personne ici pour s'en occuper.

— Si tu m'avais mise au courant, j'aurais pris mes dispositions. Je me serais arrangée. » Alors même qu'elle disait cela, elle se demanda comment elle s'y serait prise et si elle l'aurait vraiment fait.

« Tu aurais annulé tes cours ? Remis ton travail de recherche à plus tard ? Tu rigoles ou quoi ? À force de t'entendre discourir sur l'importance de ces cours et la façon dont le monde repose sur l'évaluation de tes étudiants, à force de t'entendre dire que, si tu perds un jour dans tes recherches, la chute de Rome s'ensuivra, il ne m'a pas une fois traversé l'esprit que tu "aurais pris tes dispositions" pour nous accompagner. »

Mira prit du recul. Elle essaya de se voir en réalisateur dirigeant cette scène. Ou en critique littéraire. Clark, en l'occurrence le personnage principal, était bien trop agité pour que la question de fond fût l'anniversaire de sa mère, ni même son dépit face à l'emploi du temps de sa femme.

« Tout d'abord, pourquoi ? interrogea-t-elle en s'efforçant d'adopter, bien que chacune de ses terminaisons nerveuses tremblât d'émotion, le ton dépassionné qu'elle pratiquait avec ses étudiants, avec ses collègues. Pourquoi y aller maintenant ? Depuis toutes ces années que je te connais, pas une fois tu n'es…

— Mais parce que ma mère va avoir soixante-dix ans, bordel ! Je ne veux pas que ça se passe comme pour toi, Mira : ne faire au bout du compte le voyage que pour assister aux putain d'obsèques. »

Regardant sa main qui la cuisait, Mira comprit qu'elle venait de gifler Clark sans même s'en apercevoir, sans même se savoir capable d'un tel geste.

Levant les yeux, elle le vit chanceler en arrière en poussant un juron.

Encore quelques battements de cœur, et elle reprit suffisamment pied dans le réel pour comprendre que, réveillés de leur somme dans la pièce voisine par les vociférations de leur père, les jumeaux avaient commencé à crier et pleurer.

Enfin, elle découvrit que son visage était mouillé de larmes, qu'elle sanglotait.

Clark était la seule personne à qui elle eût parlé de cet épisode, et cette confession avait été la plus difficile de sa vie. Elle revoyait ce moment où, des années plus tôt, il l'avait tendrement bercée après qu'elle se fut enfin déchargée de ce poids : « Je n'y suis pas allée quand mon père m'a dit que ma mère allait mourir, parce que j'ai eu peur d'être recalée à mon examen... »

Et la façon dont il l'avait embrassée et consolée, la façon dont il lui caressait les cheveux et séchait ses larmes avec ses lèvres. C'était alors qu'elle avait su qu'elle l'épouserait, qu'il serait la réponse à toutes les prières qu'elle n'avait jamais dites, la prière pour obtenir l'absolution.

La prière pour s'accorder l'absolution.

« Tu n'étais encore qu'une enfant, Mira. Comment pouvais-tu savoir ? Tu aimais ta mère. Elle le savait. Elle a compris... »

À présent, une main plaquée sur la joue, Clark la regardait avec des yeux étrécis.

« Va te faire foutre, Mira. Va te faire foutre ! »

30

« Qui est là ? C'est toi, Perry ? »

Craig se dressa sur son séant. Il dormait encore, non ? Oui, c'était ça. Cela expliquait que quelqu'un se tînt de l'autre côté de la porte tout juste entre-bâillée – une jambe nue dans le couloir obscur, le bruissement d'un tissu léger. Une fille. *C'était un rêve*.

Une fille.

Du bout du pied, elle poussa la porte. Une sandale argentée. Ongles vernis en rouge.

Ce serait un rêve érotique.

À quand remontait le dernier qu'il avait fait ?

C'était longtemps avant…

Elle posa la main sur la porte. Les doigts étaient élégants, longs, inconnus, les ongles également vernis en rouge.

« Qui est-ce ? » répéta-t-il, cette fois dans un murmure.

Comme en guise de réponse, un peu de la robe, de la chemise ou du drap dont elle était vêtue flotta à l'intérieur et repartit en arrière. Puis elle s'avança à l'intérieur de la chambre, et Craig sentit son cœur battre plus fort, dans sa poitrine mais aussi partout où se prend le pouls, les poignets, la gorge, les tempes.

La fille avait les cheveux noirs, ramenés sur le devant, d'un seul côté. Elle avait les yeux fermés. Son fard à paupières était bleu foncé. Ses lèvres étaient pâles, mais elles luisaient. Au travers du voile – chemise ou drap –, ses seins dessinaient deux globes parfaits au large mamelon rose, et Craig distinguait également entre ses jambes le triangle sombre de la toison pubienne. Elle ouvrit les yeux.

Ils étaient gris, ou bien perdus dans les ombres de la volumineuse chevelure noire.

Elle entrouvrit les lèvres et fit lentement un pas vers lui.

Il aurait volontiers bougé – il ne savait si ç'eût été pour s'approcher ou pour fuir –, sauf qu'il en était incapable. Il connaissait bien cette paralysie du cauchemar : on voudrait crier, mais la voix fait défaut ; on voudrait détaler, mais les jambes restent inertes.

Il réussit néanmoins à de nouveau balbutier : « Comment t'appelles-tu ? »

Quand elle parla, sa voix fut comme de l'air. Il fut surpris de pouvoir l'entendre. À moins qu'il ne lût sur ses lèvres, qui formèrent les mots *Je m'appelle*, puis *Alice*.

« Alice », répéta-t-il.

Elle hocha la tête comme si un grand poids pesait sur son dos, comme si l'énoncé de son propre nom lui remettait ce poids en mémoire.

« Alice comment ? »

Elle leva les yeux au plafond, ce qui lui permit de mieux les voir. Ils étaient d'un bleu intense. Turquoise. Extraordinaires. Surtout sur sa peau de lait et ses cheveux de jais.

« Meyers, répondit-elle en ce silence voilé qui lui tenait lieu de voix. Alice Meyers.

— Alice Meyers ? » Craig connaissait ce nom, mais il ne savait d'où. Il le prononça derechef : « Alice Meyers.

— Est-ce que je peux entrer ? »

Dans un premier temps, il ne put répondre, puis, sachant que ce serait la meilleure réaction dans un pareil cauchemar, il parvint à dire : « Non. »

Soudain, elle se mit à hurler à tue-tête, un cri qui évoquait un cheval roué de coups ou plus effroyable encore. Il ferma les yeux et, quand il les rouvrit, elle avait disparu. Il entendit claquer la porte d'entrée de l'appartement, puis ce fut un bruit de pas précipités dans le couloir. Il se retrouva lui-même en train de hurler dans la chambre noire, à peine éclairée d'un rai de lune se glissant par un jour du store. *Au secours ! À l'aide !* Finissant par se taire, il s'enfouit le visage au creux du bras, ferma hermétiquement les paupières, se mordit la lèvre, jusqu'à ce que le silence devienne le battement de son cœur, qui, peut-être, était en train de ralentir et de s'apaiser. *Merde. Merde.* « Perry ? » parvint-il à articuler dans les ténèbres.

Traversant sa chambre d'un pas titubant pour se diriger vers celle de Perry, il était toujours paniqué, mais aussi gagné par la honte, allumant les lumières au passage, s'efforçant de ne pas pleurnicher. (*Bon sang, c'est comme d'aller trouver sa mère en pleine nuit ; maman, j'ai fait un mauvais rêve…*)

Mais Perry avait dû l'entendre. Il devait se demander ce que pouvait bien…

Il ouvrit la porte et constata à la lueur du couloir que Perry n'était pas dans son lit.

« Perry ? » appela-t-il en direction de la cuisine, du salon. Mais l'appartement était minuscule – si Perry avait été là, il l'aurait entendu depuis longtemps. Bon sang, tous les autres occupants de l'immeuble l'avaient probablement entendu brailler. Perry, lui, n'était pas là.

Où diable était-il passé ? Dormait-il chez une fille dont il ne lui aurait pas parlé ? (Peut-être la mystérieuse nana de première année, celle dont il avait trouvé la culotte au pied du lit de Perry ? Celui-ci n'avait livré aucun éclaircissement malgré les railleries de Craig.) Ce n'est pas parce qu'il semblait n'avoir aucune vie sexuelle qu'il n'en avait pas.

Craig commençait à se calmer, à se sentir plus furieux et laissé-pour-compte que terrorisé. Il alla fermer la porte d'entrée à clé et mit même la chaînette en place. Si ce con de Perry rentrait dans la nuit, il lui faudrait toquer comme un malade ; et si Craig ne l'entendait pas, il n'aurait qu'à dormir dans le couloir.

L'instant d'après, jugeant cela idiot, il ôta la chaîne, puis alla se faire couler un verre d'eau à la cuisine. Après tout, Perry avait bien le droit de découcher. N'empêche, tout en buvant l'eau tiède, il se dit qu'il aurait aimé que son colocataire fût présent, au moins pour rire avec lui de ce rêve ridicule.

Je m'appelle Alice Meyers. Cela aurait pu être drôle si... s'il n'avait pas eu la frousse de sa vie. Il s'était recouché, lumières éteintes et couvertures remontées par-dessus l'oreille, lorsqu'il comprit d'où il connaissait ce nom.

Bien sûr.

Merde alors !

Godwin Hall.

La salle d'étude Alice Meyers.

Son cœur se remit à battre plus fort, mais il n'allait pas paniquer. Il alluma la lampe de chevet, se saisit du roman merdique, *Le Point d'ébullition*, signé par Dave Cain, rival et meilleur ami de son père, et décida de lire jusqu'au matin.

Il ne devait plus rester que quelques heures, n'est-ce pas, avant le point du jour.

31

On était dans la deuxième semaine d'octobre. Il avait fait jusque-là un temps exceptionnellement chaud – estival durant tout septembre, un début d'octobre pareil à un début de septembre. Puis le temps avait littéralement changé du jour au lendemain.

Shelly se mit au lit avec les fenêtres grandes ouvertes, car l'atmosphère était un peu confinée. Ce matin-là, elle avait fermé toutes les ouvertures de la maison car le bulletin météo annonçait de la pluie – pluie qui ne vint jamais. Elle se réveilla en position fœtale dans un coin du lit, enroulée dans un drap et une couverture légère. Jeremy était niché contre son bassin, comme pour se protéger des éléments. Les rideaux s'agitaient devant l'encadrement de la croisée. Il ne devait pas faire plus de dix degrés dans la chambre.

« Merde ! » dit-elle en sautant du lit, catapultant Jeremy hors de la pièce dans sa hâte d'aller refermer la fenêtre. Comment avait-elle pu dormir alors que s'opérait ce changement radical ? La pendule affichait 7:02, mais il faisait noir comme dans un four. Dans le ciel, d'énormes nuages boursouflés semblaient se préparer pour une bataille de dimensions épiques. Elle ramassa son peignoir pour s'en envelopper, puis, prenant le même chemin que Jeremy, gagna la cuisine. En passant devant le thermostat, elle en tourna le bouton à 22° – deux degrés de plus que la température qu'elle maintenait au cœur de l'hiver, et quatre de plus que ce que son ex-mari lui avait jamais permis.

Ce changement de temps lui serait problématique. Avant de partir à pied pour se rendre au bureau, il lui fallait dénicher sa doudoune et ses chaussures étanches ; elle était déjà en retard, et il lui restait encore à nourrir le chat et à prendre une douche. Or cette obscurité déconcertante et la perspective de devoir traverser la ville sous cette pluie d'encre lui soufflèrent l'idée de se faire porter pâle, considérant que l'on était mardi, jour où Josie prenait son service de bonne heure.

Quel mal y aurait-il à cela ? Elle était à jour dans la préparation des quatre prochains concerts et n'avait pas de nouveaux projets qui ne pussent attendre le lendemain. Il lui suffisait d'appeler le portable que Josie gardait en permanence collé à l'oreille pour lui dire qu'elle était souffrante, puis de téléphoner à la sécurité pour leur demander d'ouvrir à cette dernière afin qu'elle puisse assurer la permanence téléphonique. Elle serait assurément capable de répondre aux deux ou trois appels de la matinée tout en se limant les ongles et en pianotant en ligne.

Cette perspective l'envahit comme une injection de sang frais.

Elle s'aperçut qu'elle n'avait pas, jusqu'à cet instant, mesuré à quel point elle avait besoin de prendre une journée. Était-elle devenue comme ces gens qui détestaient leur boulot ? En dix-neuf ans, elle n'avait appelé qu'une seule fois pour dire, résolument et sans honte aucune, qu'elle était malade, alors qu'elle était en pleine forme : le matin où, se réveillant pour la première fois à côté de Paula, elle avait compris qu'il faudrait beaucoup plus que la Société de musique de chambre pour l'arracher à ce lit si cette dernière y restait.

Rétrospectivement, même compte tenu de tout ce qui s'était ensuite passé, cette journée volée avait été une bonne décision, une matinée pleine de sensualité (café renversé sur les oreillers, œufs refroidis, draps entortillés autour de leurs jambes) qui resterait à jamais gravée dans sa mémoire. Ce souvenir l'emplissait toujours de plaisir et de contentement, même si Paula retourna quelques mois plus tard avec son mari, quand il fit une dépression nerveuse et que leurs grands enfants lui dirent que leur père mourrait peut-être si elle ne revenait pas, et qu'ils ne lui reparleraient plus si cela devait arriver.

Certes, Shelly en avait eu le cœur brisé. Elle trouvait néanmoins cela très beau, y voyant la preuve qu'elle avait été capable de cette sorte d'amour au moins une fois dans sa vie. Elle avait fonctionné comme un zombie durant toute une saison – telle la bête du poème de Stephen Crane, qui se dévore le cœur et s'en délecte, parce que c'était si cruel et parce que c'était son cœur. Mais elle portait au plus profond la satisfaction d'avoir jeté dans cet amour tout ce qu'elle avait, d'avoir fait tout ce qui était humainement possible pour persuader Paula de rester avec elle.

Elle avait appris qu'il s'agissait là de la différence entre chagrin d'amour et regret :

On pouvait vivre avec le chagrin s'il ne s'accompagnait pas de regret.

Elle sirota son café en regardant le mauvais temps par la fenêtre de la cuisine. Jeremy, lui aussi perturbé, abandonna prématurément son déjeuner (d'ordinaire, il léchait l'écuelle jusqu'à la faire briller) et regagna à la hâte la chambre, où, elle le savait, il se cacherait sous le lit.

Il était neuf heures moins le quart. Shelly se dit que le moment était venu d'appeler Josie, de sorte que celle-ci ne se casse pas le nez au bureau, même si, par ce temps, il paraissait peu probable qu'elle fût déjà en chemin.

« Shelly ? »

Josie répondit dès la première sonnerie – ou à la première note du dernier single de quelque pop star avec lequel elle avait personnalisé son téléphone – et Shelly fut surprise de constater qu'ou bien elle connaissait son numéro par cœur ou bien elle l'avait mis dans la mémoire de son portable. Elle ne se souvenait pas que Josie l'eût jamais appelée chez elle.

« Allô, Josie ?

— Oui ! Je suis à l'angle de la Quatrième et de South U. Je serai là dans quinze minutes.

— Ce n'est pas pour ça que j'appelle, dit Shelly. Vous n'êtes pas en retard. (Pour une fois, pensa-t-elle.) Non, j'appelle parce que… parce que je me sens un peu patraque et…

— Ça ne va pas ? »

L'inquiétude qui perçait dans la voix de Josie était franchement touchante. Shelly se la figurait tenant son téléphone sous la capuche d'un de ses sweat-shirts noirs ou gris en cachemire, courbée en avant, le vent en plein visage, des ballerines noires exposant ses pâles cous-de-pied aux éléments, s'arrêtant pour mieux entendre.

« Si, si, ça va. Je vais tout à fait bien. Juste pas vraiment dans mon assiette, voilà tout. Je voulais savoir s'il vous serait possible de prendre les appels ce matin sans que cela…

— Oh, pas de problème, répondit Josie. Je peux même rester toute la journée si vous voulez. Je n'ai qu'une seule heure de cours et elle est à…

— Ce ne sera pas nécessaire. Vous pouvez partir à midi comme prévu. Toutefois, quand vous partirez, pouvez-vous laisser un mot sur la porte et… ? »

Shelly continua de donner ses instructions, dont celle concernant la sécurité, à laquelle il reviendrait d'ouvrir puis de refermer au moment du départ de Josie. Cette dernière acquiesça à tout avec obligeance, si bien qu'à la fin du coup de fil Shelly se sentait soulagée et certaine d'avoir choisi le bon jour. Peut-être Josie finissait-elle par prendre ses marques en ce début d'année universitaire et par s'habituer au rythme de cet emploi de bureau, avec pour résultat que son attitude se modifiait. Peut-être ne serait-il pas nécessaire de la renvoyer, après tout.

Ayant reposé le combiné sur sa base, elle contempla un moment le décor de sa kitchenette, puis se retourna pour regarder à l'intérieur du séjour (table basse, canapé trop rembourré, tapis tressé du chat posé auprès de la lampe orientable de sa maîtresse), ne sachant trop ce qu'elle était censée faire ensuite (se doucher ? s'habiller ? relever ses courriels ?). Elle finit par conclure qu'il n'y aurait rien de répréhensible à se recoucher, et c'est ce qu'elle fit.

Les taies d'oreiller sentaient le propre et la lavande. Les draps avaient une plaisante fraîcheur, et le battement continu de la pluie sur la toiture était tout à la fois assourdissant et apaisant. Jeremy sortit de sous le lit pour venir se pelotonner contre sa hanche. Elle s'endormit en l'espace de quelques secondes.

Deux heures avaient dû s'écouler dans les songes de Shelly quand retentit la sonnette de l'entrée – à l'intérieur de sa cage, un oiseau bleu pâle ouvrant et refermant le bec, acheté dans une galerie marchande où, enfant, elle allait faire des courses avec sa mère, et qui, au lieu de siffler, émettait un son assourdi de carillon. Après peut-être trois ou quatre sonneries, elle comprit qu'elle était endormie et que ce bruit se produisait autant à l'extérieur qu'à l'intérieur de son rêve. Elle lança les jambes par-dessus le bord du lit. Inquiet, Jeremy courut se cacher sous le sommier dans un crissement de griffes sur le parquet.

Shelly ne savait guère l'heure qu'il était ni quand la pluie avait cessé ni ce qu'elle avait sur le dos ni même pour quelle raison elle était au lit plutôt qu'au bureau. Elle n'avait pas vraiment recouvré ses esprits quand, arrivant devant la porte et se haussant sur la pointe des pieds pour coller l'œil au judas, elle reconnut Josie Reilly debout sur le palier.

Cette dernière portait un de ses minuscules débardeurs sous un sweat à capuche dont elle avait à demi remonté la fermeture éclair. Elle tenait dans chaque main un grand gobelet *Starbucks* à couvercle blanc et regardait droit vers l'œilleton avec un petit sourire sur ses lèvres passées au gloss, à croire qu'elle voyait l'œil de Shelly de l'autre côté de l'oculaire.

32

Perry trouva que l'immeuble dans lequel se trouvait l'appartement de Mrs Polson aurait mieux convenu à un étudiant qu'à un professeur et sa famille. L'hiver précédent, lors de son colloque international sur les droits de l'homme, il avait d'ailleurs fait la connaissance d'un type qui habitait ce même bâtiment. Vers la mi-trimestre, celui-ci lui avait proposé de travailler avec lui. Mais le jour où Perry se présenta à son domicile, le personnage était ivre et ne semblait plus se souvenir de leur projet ni même se rappeler qui était son visiteur.

À l'époque, comme aujourd'hui, l'odeur régnant dans la cage d'escalier évoquait de la bière surie imbibant la moquette. Lucas montait les marches devant lui, abordant chaque degré comme s'il était plus haut que nature. Perry dut ralentir pour ne pas entrer en collision avec lui. Se tenant à la rampe, ses épaules osseuses voûtées sous un tee-shirt élimé, Lucas avait tout d'un vieillard. Au dos de son tee-shirt, une inscription si fanée que Perry ne parvenait pas à la déchiffrer.

« C'est quel numéro ? interrogea-t-il pour la deuxième ou troisième fois quand ils prirent pied dans le couloir.

— Le 233 », répondit Perry en le poussant doucement vers la porte portant ce numéro.

Mrs Polson ouvrit avant même qu'ils eussent toqué (leur ayant répondu sur l'interphone, elle les savait dans l'immeuble, en train de monter les escaliers, à la suite de quoi elle avait dû les entendre approcher dans le couloir). Elle était vêtue d'un corsage ruché violet à manches longues et motifs de fleurs, et d'un jean délavé avec une pièce au genou. Perry réalisa que cette tenue correspondait exactement à ce qu'il se serait attendu à lui voir quand elle n'était pas habillée en prof. En cours, elle portait toujours du noir – robes noires, jupes noires, vestes noires –, mais Perry pensait qu'elle y jouait un rôle requérant ce type de costume et qu'elle eût été bien plus à son aise en robe ou jupe genre hippie et tee-shirt imprimé d'une peinture à la Monet. Il se la représentait sans peine avec un chapeau à bords flottants, des sandales à lanières de cuir et une jupe en soie de couleur vive.

Elle ouvrit la porte en grand et leur fit signe d'entrer. « Asseyez-vous, les garçons. Je vais préparer du thé. »

Perry s'avança à la suite de Lucas sans bien savoir où se diriger. Lucas marchait vers un fauteuil que l'on apercevait dans la pièce après l'entrée. Mrs Polson avait disparu à l'intérieur de ce qui devait être la cuisine. Perry sentit que le thé était déjà en train d'infuser – à moins qu'elle ait fait brûler avant leur arrivée une bougie parfumée et que celle-ci fût éteinte. Sa mère aurait jugé l'appartement dans un désordre épouvantable. Des livres jonchaient le sol, certains ouverts, et un petit amoncellement de ce qui semblait être des pulls et des lavettes traînait à côté du canapé. On remarquait un tapis d'Orient, brodé de rouges et de jaunes éclatants là où des traces d'usure ne montraient pas le gris de la trame.

Lucas se laissa lourdement tomber sur un relax, qui émit un grincement, et il fit une petite grimace, comme si un relief métallique lui avait meurtri le dos. Perry prit place sur le canapé, qui avait un air ancien et fatigué mais se révéla confortable. Il était flanqué d'une belle lampe qui dispensait une chaude lumière dorée à travers un abat-jour en dentelle. Il semblait à Perry que tout ce qui se trouvait ici pouvait ou bien avoir été acheté cinquante *cents* dans un vide-greniers ou bien provenir d'un riche héritage – ou les deux à la fois. Il se dit que ce devait être l'intérieur le plus intéressant qu'il eût jamais vu, hormis au cinéma. Il n'était jamais parvenu à se figurer Mrs Polson chez elle, mais, maintenant qu'il était sur place, il savait que cela correspondait à ce qu'il aurait imaginé. Quand elle entra chargée de trois tasses, il lui dit : « J'aime bien votre appartement. »

Elle roula un peu des yeux, lui tendit une tasse. « Faites attention : il est brûlant. » Quand elle lui tendit la sienne, Lucas leva les yeux comme s'il n'avait jamais vu une tasse de thé de sa vie. Il finit néanmoins par la prendre.

Depuis que Perry était passé le chercher chez lui, Lucas avait tout fait de cette manière, au ralenti. Après qu'il eut mis une vingtaine de minutes à remonter la fermeture éclair de son blouson, apparemment incapable d'en faire coïncider les deux extrémités, Perry avait fini par lui demander : « Tu ne serais pas défoncé, par hasard ? »

— Non, avait fait l'autre, bataillant toujours mollement avec sa fermeture. Je ne fume plus. J'ai arrêté. Ça m'empêchait de dormir. »

Perry était sur le point de lui proposer de l'aide, quand il réussit enfin à remonter la fermeture.

« Merci d'être venus, les garçons », dit Mrs Polson. Elle s'assit sur le canapé à côté de Perry et posa sa tasse sur la pièce à fleurs du genou de son jean. « Comment ça va, Lucas ? Il me semble qu'on ne s'était pas encore croisés cette année. Avez-vous passé un agréable été ?

— Ça peut aller, répondit Lucas, qui regardait avec appréhension les volutes de vapeur s'élevant au-dessus de sa tasse.

— Est-ce que Perry vous a dit que nous souhaitons parler avec vous de… ?

— Ouais. Il m'a dit ça, répondit-il en levant les yeux vers Mrs Polson.

— Vous n'avez rien contre ?

— Non, rien. »

Perry remarqua pour la première fois qu'il manquait à Lucas, au-dessus de la tempe, un rond de cheveux de peut-être deux centimètres de diamètre. Comme si quelqu'un (Lucas lui-même ?) avait saisi une mèche et l'avait arrachée.

« Lucas ? » dit Mrs Polson en se penchant en avant. De l'endroit où il se trouvait, Perry put voir son amulette en argent osciller dans l'échancrure du corsage, dans la région ombreuse entre les seins. Il détourna les yeux, reporta son attention sur Lucas, qui fixait maintenant du regard un des emplacements élimés du tapis.

« Est-ce que ça va ? s'enquit Mrs Polson, qui l'examinait attentivement. Vous semblez fatigué. Est-ce que vous dormez ? Fumez-vous de l'herbe ? Prenez-vous quelque chose de plus dur ? »

Lucas secoua la tête et fit la même réponse qu'à Perry : il avait arrêté de fumer « et tout le reste » dans l'espoir que cela l'aiderait à retrouver le sommeil. « Je ne dors plus. Depuis ce truc avec… »

Il y eut un long silence. Après avoir attendu, Mrs Polson finit la phrase à sa place :

« Nicole ? »

Lucas porta les mains à ses tempes et se mit à les masser du bout de l'index et du majeur. Perry constata qu'il frictionnait selon un mouvement circulaire l'emplacement exact où il lui manquait des cheveux.

« Êtes-vous réellement prêt à parler de cela ? interrogea Mrs Polson. Rien ne vous y oblige, vous savez. Je n'agis pas dans le cadre de l'université. Si je mène une recherche, c'est uniquement en tant que spécialiste, et mon intérêt pour ces questions porte sur la tradition en la matière. Je ne voudrais pas que vous me regardiez comme une spécialiste du surnaturel – vous me comprenez bien ? Je suis folkloriste.

» Je vais écouter ce que vous avez à dire. Et je vais vous croire, considérant que vous dites la vérité telle que vous l'avez vécue. J'ai cependant certaines vues personnelles quant à la manière dont ces choses se produisent – il se peut au bout du compte que certaines vous aident, nous verrons bien. » Elle hésita un moment, épaules haussées. Perry leur trouva un air fragile, gracile, comme des épaules de petite fille.

Comme Lucas ne réagissait pas, elle reprit : « Elles pourraient vous aider à vous sentir mieux, à y voir plus clair. Mais il se pourrait aussi que vous ayez besoin de consulter quelqu'un, et je vous donnerai quelques adresses pour ça. Au moins pour vos problèmes de sommeil. »

Cessant de se toucher les tempes, Lucas laissa retomber les mains dans son giron. Il leva les yeux vers Mrs Polson et lui répondit d'un hochement de tête.

« Bien. Est-ce que cela vous dérange si j'enregistre notre conversation ? Me faites-vous confiance si je vous affirme que je ne partagerai ce document avec personne sans votre autorisation écrite ? Et d'ailleurs, je vais vous remettre ceci pour que vous en preniez connaissance et y apposiez votre signature. » Elle alla à la bibliothèque pour y prendre une feuille de papier glissée sur une rangée de livres à reliure cartonnée. « Il est dit ici que je ne communiquerai votre témoignage à personne sans avoir préalablement obtenu votre autorisation écrite. »

Lucas prit la feuille, qui trembla un peu dans sa main. Il la regarda durant quelques secondes, hocha la tête derechef. Mrs Polson lui tendit un stylo, et il signa son nom au bas de la page.

« Parfait, dit-elle en reprenant la feuille pour aller la replacer sur l'étagère. Donc, êtes-vous d'accord pour que j'enregistre ce que vous avez à dire ?

— Oui, si c'est votre idée », répondit Lucas avant de prendre une profonde inspiration.

270

Perry ne lui trouvait pas l'air de quelqu'un qui serait capable de parler suffisamment longtemps et d'une voix assez forte pour raconter une quelconque histoire, vraie ou imaginée ; mais quand Mrs Polson eut mis en place son petit magnétophone – couleur argent, lisse et brillant comme l'amulette qui pendait entre ses seins, Lucas se lança d'un coup comme s'il avait longtemps attendu, en retenant son souffle, le moment de prendre la parole :

Bon alors. (Long soupir.) Faut d'abord vous dire que je l'ai pas très bien connue. J'étais copain avec Craig, et je crois bien qu'elle ne m'appréciait pas beaucoup. Dès le début, il m'a confié qu'elle lui avait dit ne pas du tout approuver la fumette, que c'était contraire à sa religion et qu'en plus elle trouvait que ça le rendait con. Et ça, il y avait du vrai. Des fois, il devenait vraiment bizarre quand il avait fumé. Il se mettait à parler tout seul, à marmonner. Il vous cherchait des crosses ou bien il se mettait à pleurer, rapport à ses parents qui divorçaient ou est-ce que je sais. Ou bien encore il se mettait en tête de faucher des trucs. Allez savoir. Je pense qu'elle avait pas tort là-dessus. Et elle me tenait pour son fournisseur, alors qu'il achetait aussi sa dope à d'autres dealers. J'étais pas le seul. En tout cas, j'avais l'impression qu'elle me portait pas dans son cœur. Ou alors c'est de lui que je tiens ça. On a à peine échangé deux mots. Sauf une fois. Enfin, la fois avant l'autre fois. J'étais dans ma chambre, en train de fumer en écoutant Coldplay. Elle a frappé, et dès que je l'ai vue j'ai fait comme ça : « Désolé, il est pas là. Je sais pas où il est. » Et elle : « C'est pas Craig que je voulais voir. » Alors, j'ouvre la porte en grand et je lui demande : « Qu'est-ce que je peux pour toi ? » – sauf que j'étais défoncé, alors peut-être que j'ai pas dit ça comme ça ; peut-être que j'ai dit : « Dans ce cas, qu'est-ce que tu viens foutre ici ? » ou quelque chose de ce genre, vu qu'elle a fait, je m'en souviens, une petite grimace désapprobatrice avec les coins de la bouche. Elle s'est avancée à l'intérieur – c'était un simple studio, vu que j'étais conseiller résidant –, elle a marché jusqu'à mon lit et elle s'y est assise. Elle portait une jupe courte et des tongs, alors qu'on devait être à la mi-février. Elle s'est penchée en avant, les mains posées sur les genoux, et s'est mise à me regarder. Moi, je restais planté sur place, et peut-être parce que j'étais défoncé et à cause de ses cheveux, qui étaient rudement blonds, elle était comme qui dirait recouverte d'une lumière, pareille à une fumée, qui palpitait un peu comme... je sais pas. Bref, je ne sais plus trop, mais je crois qu'elle a déboutonné les deux boutons du haut de son corsage, puis elle a pressé ses seins l'un contre l'autre et elle m'a sorti un truc du style : « Je ne te plais pas ? » C'est pas ce que j'aurais dit. Mais j'étais pote avec Craig, et ils sortaient ensemble depuis déjà, je dirais, quatre mois, et il était vraiment amoureux. Alors, j'ai répondu quelque chose comme : « Si, si, bien sûr. Vous avez rompu, Craig et toi ? » Mais j'étais, faut croire, si raide défoncé que je savais pas comment réagir, vu qu'en plus, je vous mens pas, elle avait des petites flammes, des genres de flammèches, comme de petites cornes, qui lui sortaient des côtés de la tête.

De temps en temps, quand je suis vraiment foncedé, je vois des trucs comme ça. Sûrement des hallucinations. Une fois, j'ai vu une auréole autour de la tête de ma grand-mère. Une nuit, quand mon ex s'est levée pour aller aux toilettes, j'ai cru qu'elle avait une queue ; je la voyais qui se balançait (rires, toux). Mais là, les petites cornes de Nicole m'ont vraiment fait flipper. J'ai dit : « Bon, Nicole, maintenant, faut que tu partes. » Je suis allé lui ouvrir la porte. Elle s'est levée très lentement, elle est passée devant moi, corsage toujours déboutonné, puis elle m'a passé les bras autour du cou, elle s'est serrée contre moi et elle a collé sa bouche contre la mienne. Ç'a été un peu comme un réflexe de ma part – je veux dire, elle était très sexy, peut-être la fille la plus sexy que j'aie jamais vue. Je l'ai embrassée, et ça a duré très longtemps. Elle essayait de me ramener dans la chambre, mais je lui répétais : « Non, il vaut mieux que tu t'en ailles. » Elle s'est mise à rire, elle a reboutonné son corsage, puis elle a dit : « Je reviendrai, Lucas. Tu vas coucher avec moi et tu le sais. Parce que je sais que tu en as envie, et parce que j'en ai envie aussi. » Après ça, j'ai tâché de l'éviter quand elle était avec Craig, parce que je me sentais coupable et parce qu'elle me mettait vraiment mal à l'aise. Elle n'est revenue qu'une seule fois à ma piaule, mais Murph était là. On était en train de découper des parts dans le contenu d'un sac de… (Il s'éclaircit la gorge.) Elle est entrée et elle est allée s'allonger sur mon lit. Elle a tendu le bras et s'est mise à me tripoter les cheveux. Murph me regardait de l'air de penser : C'est quoi, ce plan ? Alors j'ai dit

273

à Nicole qu'elle ferait mieux de s'en aller, que si les flics ou l'administration se pointaient, elle serait tenue pour notre complice. Comme elle était une petite sainte en apparence, je savais qu'en disant ça je la ferais partir, et c'est effectivement ce qui s'est passé. Après ça, pendant les vacances de Pâques, je suis allé au Mexique pour une semaine, et je les ai peu revus, Craig et elle, jusqu'à ce fameux soir où il... Je sais bien que ce n'est pas ma faute. Mais tout ce truc, elle, moi, toute cette dope que je vendais et que je consommais. En plus, ça s'est passé avec ma bagnole. Elle est morte dans ma putain de bagnole. À cause d'elle.

(Parvenu à ce point, on entend en arrière-fond la voix assourdie de Mrs Polson, trop éloignée du magnétophone pour être distincte.)

Oui. C'est ce que je me répète tous les jours. Mais ce qui est sûr, c'est que si je lui avais dit : « Non, mec, tu es trop défoncé, pas question que tu prennes ma voiture », ou un truc du genre si j'avais fait mine de ne pas trouver les clés ou si j'avais prétendu en avoir besoin ce soir-là, l'accident n'aurait pas eu lieu et Nicole ne serait pas morte. Personne d'autre dans le coin n'en avait une à lui prêter. Enfin, bon, c'est comme ça. Ça n'a plus d'importance aujourd'hui, mais j'ai pas arrêté d'y penser durant tout le printemps. Et la messe du souvenir et les affiches et... Je ne dormais pas non plus à l'époque. Et je fumais toujours beaucoup. J'aurais sans doute dû rentrer chez mes vieux ou prendre ce boulot d'été que je m'étais trouvé dans le Montana, mais j'ai choisi de rester ici, allez savoir pourquoi. Je n'ai même pas vraiment terminé le semestre, alors que mes profs me mettaient des B et qu'ils m'ont tenu quitte des exams. J'ai donc passé tout l'été ici. Il n'y avait, comme qui dirait, plus un chat en ville à part Murph et moi. Murph, ça n'allait pas fort non plus pour différentes raisons. Sa copine. Il s'était mis aux amphés et ça ne lui réussissait pas, si bien que je le voyais plus. Je sous-louais un appart sur Coolidge Avenue. L'immeuble comptait une quarantaine de logements, tous inoccupés, je crois. Sauf un, où vivait une toxico. La nuit, elle rôdait dans les couloirs. Elle avait les yeux pochés et je vous en passe, elle racontait qu'elle cherchait un bébé, elle débitait tout un tas de dingueries. Comme ça me flanquait les jetons, j'ai commencé à passer de moins en moins de temps chez moi, je me baladais en ville en écoutant Coldplay sur mon iPod. Leur dernier CD, ça parle que de la mort. Et c'est là que j'ai commencé à la voir.

(Un blanc. Mrs Polson, en arrière-fond : « Nicole ? »)

Oui.

(Autre silence. Une question est posée, inaudible sur l'enregistrement.)

Tout à fait, oui. J'en étais certain. La question n'était pas de savoir si c'était elle, je veux dire. C'était bien elle. Je la reconnaissais. Elle s'était teint les cheveux, mais c'était bien Nicole. Et elle savait que c'était moi. La première fois, elle a fait mine de ne pas me voir ; elle a tourné les talons pour repartir à grands pas dans la direction opposée. C'était du côté de chez Barnes & Noble. Apparemment, elle venait d'acheter un livre. Je me suis figé sur place. C'était comme de… je sais pas. Pas comme de se retrouver face à un fantôme. C'était comme de regarder à l'intérieur de… d'une crevasse.

(Un blanc. Une autre question.)

Exactement.

(Mrs Polson : « Désolée de vous demander cela, Lucas, mais est-ce que vous aviez fumé ? »)

Non. J'aurais préféré. Ça aurait expliqué la chose. Je faisais un break, car j'avais postulé pour un boulot à la Commission routière après avoir compris que je ne décrocherais pas mon diplôme avant encore au moins un an, et la candidature supposait un test de dépistage, que finalement je ne suis pas allé passer. Ensuite, ce fameux après-midi, je suis rentré à l'appart me rouler un pétard – je savais de toute façon que je serais recalé au test, vu toute la dope que je m'étais envoyée deux semaines plus tôt. Après ça, j'ai commencé de la voir un peu partout. Elle était assise en compagnie d'un type au bar du *Clancy's*. Ils étaient occupés à quelque chose, genre en train de regarder l'écran d'un ordinateur portable et d'y taper des trucs. Là aussi, j'étais certain que c'était bien elle. Sa coiffure avait changé, mais rien d'autre. Je l'ai revue deux jours plus tard, en train de traverser la rue près de la fac de droit. Là, elle m'a vu. Elle devait se trouver à quoi, une quinzaine de mètres, et je sais qu'elle m'a vu parce qu'elle a souri et m'a adressé un petit signe de la main. Ensuite, la dernière fois, il était tard, je rentrais de chez Murph, et là, je le reconnais, j'étais défoncé, à l'herbe et à d'autres trucs. Mais je sais ce qui s'est passé, je sais…

276

(Il s'éclaircit la gorge. Un blanc.)

Elle était à un pâté de maisons de distance, elle me suivait. J'arrêtais pas de jeter des coups d'œil en arrière et je voyais bien que c'était elle.

(Mrs Polson : « Il ne faisait donc pas noir ? »)

Les lampadaires. On y voyait comme en plein jour. Je savais que c'était elle et je tâchais de me dépêcher. Et puis j'ai dû me dire : mais qu'est-ce que tu fabriques ? et là, je me suis arrêté, je me suis retourné, juste devant la porte de mon immeuble, et je lui ai dit : « Je sais que c'est toi. »

Elle a ri tout en continuant de venir dans ma direction. J'ai dit : « Je rentre. » Je suis monté, j'ai ouvert ma porte, je suis entré chez moi, mais je n'ai pas refermé à clé – je voulais qu'elle vienne, faut croire. Je me suis posé sur le canapé sans même allumer, parce que, je sais pas, l'idée de la voir en pleine lumière me paraissait pire. Elle est arrivée, restant à hésiter un moment sur le seuil. Elle souriait. « Je peux entrer ? » elle demande. Et moi : « Ouais, tu peux entrer. » Elle a refermé derrière elle, et tout s'est passé exactement comme la première fois : elle a déboutonné son corsage, blanc, tout fin, et elle a baissé la fermeture éclair de son short. L'instant d'après, elle se glissait à côté de moi sur le canapé et on s'embrassait, et je crois même que je pleurais. Quand on a eu terminé, elle m'a fait comme ça : « Je te l'avais bien dit, pas vrai ? »

Là-dessus, elle s'est rhabillée et elle est partie.

(Une question. Un silence.)

Je ne sais pas. Je me rappelle pas ce que j'ai dit, ni même si je le lui ai demandé. Je... C'était comme si nous étions ailleurs. J'avais peur. J'étais excité, mais je n'en menais pas large, je tremblais de trouille. Je me souviens que ça l'a fait rire. Je claquais des dents. Elle trouvait ça drôle. À un moment, elle a même dit que, de nous deux, c'était elle qui était censée avoir froid.

Je ne l'ai pas rencontrée depuis, mais je crois la voir à tout bout de champ. À chaque coin de rue, et il s'avère au bout du compte que c'est pas elle. Je dors avec la lumière allumée ou je ne dors pas du tout. Je... je...

(Ici se termine l'interview.)

« Lucas, dit Mrs Polson, je ne veux pas vous forcer la main, mais je me vois dans l'obligation de faire quelque chose : je vais appeler le service de psychiatrie pour vous prendre un rendez-vous. »

Lucas hocha la tête, comme s'il s'y était attendu.

Mrs Polson resta au téléphone dans la cuisine pendant une éternité. Elle revint avec un morceau de papier sur lequel étaient notés le nom d'un psy et un rendez-vous pour le lendemain matin. Lucas regarda Perry comme pour lui demander s'il devait prendre ce papier. Perry, qui se sentait à la fois triste et soulagé, fit signe que oui.

33

Mira fit tomber une minuscule goutte de liquide à vaisselle dans chacune des tasses, puis y laissa couler l'eau chaude, abîmée dans la contemplation de la mousse qui débordait.

Il était trois heures du matin.

Après le départ des deux garçons, elle avait déambulé pendant une demi-heure dans l'appartement – l'avait arpenté en une succession d'allers-retours ponctués de stations lors desquelles elle se demandait si elle s'était arrêtée au centre de telle ou telle pièce pour une raison particulière, et si oui, laquelle. Elle avait fini par aviser les trois tasses – deux sur la table et la troisième (la sienne) sur le sol devant le canapé, et elle se sentit soulagée de s'être trouvé quelque chose à faire, une raison de ne pas encore aller se coucher.

Quand cessa la formation de bulles, elle coupa l'eau, retourna les tasses pour les vider et les posa à l'envers sur l'égouttoir. Elle éteignit la lumière, resta un long moment à contempler l'évier, puis s'adossa au mur et s'y laissa glisser, se retrouvant bientôt assise par terre.

À quand remontait la dernière fois qu'elle avait été seule à la maison ?

C'était assurément avant la naissance des jumeaux. Mais en remontant encore plus loin, cela ne s'était produit que quelquefois dans les premiers temps de leur mariage – uniquement dans des chambres d'hôtel (conférences, entretiens d'embauche). Ce n'était pas la même chose. Les jumeaux étaient censés se trouver ici, en train de dormir, couverture ramenée sous le menton (tous deux dormaient ainsi, sur le dos, les doigts refermés sur l'ourlet du satin, frimousse rose, yeux remuant au gré de leurs rêves sous leurs paupières bleutées).

Et Clark.

Mira était censée gagner leur chambre et le trouver endormi sur le côté, le lit défait par ses multiples remuements, torse nu, et la médaille de saint Christophe qu'elle lui avait offerte accrocherait la lumière du couloir.

Elle avait rapporté cette médaille de Roumanie, alors que Clark n'était encore qu'une chimère – ils avaient passé une semaine au lit juste avant qu'elle parte un an à l'étranger –, juste un garçon intéressant et séduisant qu'elle espérait beaucoup revoir. À l'époque, le fait de glisser dans son sac cette médaille emballée d'un papier cadeau n'avait pas laissé de l'étonner. Elle n'aurait pas appelé « liaison » ce qu'elle avait vécu avec Clark avant son départ pour l'Europe de l'Est. (Du reste, qu'était-ce donc qu'une « liaison » en ces années de troisième cycle, quand la vertu la plus importante était la capacité négative[1], quand on se gardait de seulement oser demander, question ô combien angoissante : « Est-ce que je vais te revoir ? ») Elle avait acheté le saint Christophe à un petit éventaire installé à la porte d'une église non loin du rivage de la mer Noire, sachant qu'elle le destinait à Clark. Le vendeur, un vieillard, le lui déposa dans la paume de la main, lui referma les doigts dessus, puis lui déposa un baiser sur le poing.

Si Clark avait été là, au lit, chez eux, là où il était censé se trouver présentement, il aurait ronchonné en la sentant s'allonger à côté de lui. Et Mira n'aurait su

_____

1. Concept du poète anglais John Keats (1795-1821), selon lequel un homme devait être capable de rester dans le mystère, dans le doute, sans vouloir à tout prix parvenir à une explication rationnelle.

dire s'il était contrarié d'avoir été réveillé ou si, ne dormant pas, il était contrarié qu'elle soit entrée dans la chambre. Elle remontait à loin (un an ? deux ans ?), la dernière fois où il s'était retourné pour lui enlacer la taille et enfouir son visage dans ses cheveux.

Était-ce ainsi lorsqu'on se retrouvait en train de glisser inéluctablement vers le divorce ?

Qu'arrivait-il ensuite ?

Allaient-ils, Clark et elle, et ce merveilleux miracle des jumeaux, se muer, comme cela semblait désormais l'usage, en un de ces systèmes de garde alternée ? En un dispositif défini et paraphé par un juge ? Du jeudi au lundi avec Mira. Du lundi au jeudi avec Clark. Ou bien une semaine chacun ? Ou de quinze jours en quinze jours ? Jours de vacances pris en compte et partagés en deux parties absolument égales ?

Au temps de l'enfance de Mira, quand il y avait divorce, le père se bornait à filer en Californie, bientôt remplacé par le nouveau mari de la mère. Mais Clark n'était pas le genre à partir en douceur. Il pouvait se révéler du style à batailler pour obtenir une garde à plein temps. Il pouvait même se la voir attribuer par une juge de gauche soucieuse de montrer qu'elle accordait autant de valeur à la notion de père au foyer qu'à celle de mère au foyer.

Mira s'aperçut qu'elle pleurait.

Des larmes lui ruisselaient dans le cou. Des larmes s'amoncelaient autour de ses lèvres. Elle les essuya. Elle retint sa respiration pour tenter de réprimer ses sanglots. Il était ridicule de noircir ainsi le tableau, alors que Clark n'avait pas prononcé le mot de divorce. Il avait simplement emmené les jumeaux voir sa mère dont c'était l'anniversaire. Le soixante-dixième anniversaire. Il allait revenir. Il avait dit vrai : Mira n'aurait pas pu les accompagner en milieu de semaine.

Elle ôta les mains de son visage et se força à penser à autre chose.

L'interview.

Voilà à quoi elle allait réfléchir. Lucas. Le travail de recherche qu'elle menait. Son livre. Quand les deux garçons étaient arrivés, elle était certaine de ce qu'elle ferait de Lucas et de son témoignage. Il s'était affalé sur la chaise longue, l'air encore plus fatigué que dans son souvenir – mais les drogues produisaient ce genre d'effet, même chez les très jeunes gens. Jeff Blackhawk lui avait dit que Lucas faisait partie de son atelier de poésie ce semestre-ci, qu'il composait des choses intéressantes mais semblait incapable de s'exprimer oralement. Mira se souvenait de lui comme d'un étudiant exécrable à l'écrit – tout en adjectifs et affirmations sans fondement – qu'elle ne pouvait dissuader de parasiter de ses opinions chaque discussion ayant lieu en cours. À la moitié de son trimestre de cours avec elle, il avait été pincé pour usage de drogues ; après cela, il s'était fait plus discret, même si ses devoirs étaient encore plus péremptoires et truffés de morceaux de bravoure. Elle se rappelait une de ses dissertations qui, totalement hors sujet, consistait en une charge contre une législation antidrogue répressive :

Pourquoi les États-Unis, peut-être le jardin le plus varié de la terre, estiment-ils devoir opprimer les jeunes mêmes qu'ils prétendent vouloir amener à l'épa-nouissement ?

Elle se souvenait d'avoir lu cette première tirade à Clark alors qu'elle corrigeait les copies sur la table de la cuisine. C'était censé l'amuser, lui donner idée du labeur fastidieux dont elle s'acquittait pendant que, assis en face d'elle, il faisait sauter les jumeaux sur ses genoux pour les endormir ; mais il s'était borné à grogner : « Tout à fait », bien d'accord avec la façon de voir de Lucas.

Mais le Lucas venu chez elle ce soir lui avait semblé vidé de ses mièvres emportements. Il présentait, au-dessus de la tempe gauche, une zone sans cheveux où il ne cessait de porter les doigts pour se masser comme s'il ressentait une violente douleur à cet emplacement. Ce faisant, il avait dû user ses cheveux, puis, à force, les empêcher de repousser.

Son monologue avait été effrayant, déroutant, incroyable. Il ne pouvait s'agir d'un numéro, à moins que ce garçon ne fût un futur lauréat des Oscars. Mira avait le sentiment qu'il n'avait raconté cette histoire à personne et qu'il n'y avait peut-être jamais réfléchi en détail avant de s'en ouvrir à elle.

Que s'était-il réellement passé ?

Mira savait ce qu'elle *voulait* croire – à savoir ce qui cadrerait avec la thèse qu'elle avait, à tort, déjà échafaudée.

Il existait des milliers de témoignages à propos de fantômes vus sur des campus universitaires. Étudiante assassinée faisant de l'auto-stop pour regagner le cimetière où elle était enterrée. Suicidé pleurant toujours dans les douches de sa résidence. Membre d'une fraternité revenant rôder sous le balcon d'où il était tombé un soir de beuverie. Les jeunes défunts étaient particulièrement propres à inspirer semblables histoires, et les jeunes vivants paraissaient particulièrement inspirés par leurs pairs trépassés. Or Nicole Werner campait un parfait fantôme de campus. La belle vierge et son déjà spectral portrait officiel de classe de terminale. Le malfaisant petit ami. Ses sœurs en sororité bourrelées de chagrin. La nuit sombre et froide de sa mort. Sa compagne de chambre l'identifiant à ses bijoux, tant cette fille splendide était méconnaissable.

Lors d'un séminaire de troisième cycle auquel Mira, alors en licence, avait été invitée (son professeur, Mr Niro, la tenant pour l'étudiante la plus sérieuse qu'il eût jamais rencontrée), des lectures avaient été faites du classique de Charles Mackay *Les Délires collectifs extraordinaires et la Folie des foules*. Cet ouvrage avait profondément impressionné Mira – probablement plus qu'il n'avait marqué les autres étudiants, peut-être parce qu'elle était si jeune. L'enseignant avait montré quelque mépris pour une recherche sommaire, une analyse psychologique bâclée, des exagérations ; néanmoins, Mira ne s'était jamais, au cours de ses années d'études, départie de l'impression provoquée par ce livre, et elle en conservait la trace en elle encore aujourd'hui. Il n'abordait pas la question des fantômes de campus, mais elle se souvenait bien du chapitre sur les maisons hantées et de sa conclusion, selon laquelle les personnes faibles et crédules qui éprouvaient de l'attirance pour ces endroits étaient le type même des gens portés à y voir des fantômes.

Lucas pouvait fort bien se ranger dans la catégorie des êtres faibles et crédules. Son cas était limpide. Mais *quid* de Perry ? Se pouvait-il qu'ils souffrent tous deux d'une stimulation exacerbée de l'imagination ?

Mira consulta le cadran vert fluorescent de sa montre-bracelet : 4:02. Elle faisait cours dans cinq heures. Pourtant, elle ne fut pas surprise (une caméra l'aurait filmée levant tranquillement les yeux de sa montre comme si elle s'attendait depuis le début à entendre ce genre de bruit) quand quelques coups timides furent frappés à la porte, suivis d'un chuchotement qu'elle n'aurait pu entendre si elle avait été couchée. « Madame Polson ? C'est de nouveau Perry Edwards, si vous êtes là… »

34

Nicole n'avait plus que son soutien-gorge et sa culotte. Ils étaient assortis. Roses. Sans avoir pu y regarder de près, Craig croyait bien avoir aperçu un petit cœur, ou peut-être un oiseau, cousu sur le coin droit de la culotte. Et il était certain d'avoir entraperçu un peu de poil blond entre celle-ci et la limite du bikini sur l'intérieur de sa cuisse. Au cours des deux heures qu'ils avaient passées au lit, le teint des joues de Nicole avait viré d'un rose s'accordant auxdits sous-vêtements à une nuance plus profonde. Dieu sait de quelle couleur étaient celles de Craig. Il était en nage, cheveux plaqués sur le front par la transpiration. Son cœur avait battu si fort et si longtemps dans toutes les parties de son corps qu'au moins il était sûr de n'avoir aucun dysfonctionnement cardiaque non décelé. Dans le cas contraire, il n'aurait pas survécu à la séance.

Perry était rentré à Bad Axe pour le week-end, si bien que Nicole avait passé ces deux jours à aller et venir entre la chambre des garçons et ses activités extérieures.

« Non, Craig, pas encore. Mais c'est si bon. Oh, mon Dieu. Non, arrête. Oh... »

C'était devenu comme le refrain de la plus jolie chanson que Craig eût jamais entendue. Il aurait fait tout ce qu'elle aurait pu lui demander. Il était certain que, si elle l'avait laissé faire, il aurait été capable de léviter en l'emportant dans ses bras et qu'ils auraient fait l'amour au plafond. Il aurait pu s'ouvrir le corps comme avec une fermeture éclair et envelopper Nicole à l'intérieur de sa peau. Il aurait pu s'enfouir au creux de son cou, se glisser tout entier entre son épaule et sa gorge et y demeurer à jamais soudé par la passion.

Mais elle ne le laissait pas faire.

« Non, ah, Craig, c'est si dur de refuser. J'en ai tant envie, moi aussi. Mais c'est non. Je ne suis pas prête. Si je l'étais, ce serait avec toi et ce serait maintenant. Mais...

— D'accord. C'est bon, je comprends, soufflait-il entre les lèvres de Nicole. Je veux juste me serrer contre toi. Laisse-moi te tenir. Est-ce que je peux te toucher... ?

— Là. Oh, oui. Oh, mon Dieu... »

35

C'était une de ces journées d'octobre qui paraissent de bout en bout plongées dans la nuit. Shelly supposa que c'était à cause de cela qu'elle se réveillait si désorientée. Cela et la bouteille de vin.

Où se trouvait-elle ? Quelle heure était-il ? Qui dormait à côté d'elle ?

Deux bouteilles de vin ?

Elles avaient commencé de boire après le déjeuner – thon à l'huile d'olive et rondelles de tomates. Elles s'étaient d'abord partagé la bonne bouteille de blanc, puis le rouge bon marché que Shelly gardait pour faire des sauces. Avaient-elles fini les deux ?

Franchement, elle n'aurait su dire quelle quantité elles avaient bue. En revanche, elle éprouvait toujours la merveilleuse lassitude musculaire de l'amour. De plusieurs heures d'amour. Passant la langue sur ses lèvres gonflées, elle en retrouva le goût salé, sucré. Ses seins lui semblaient lourds. Les mamelons en étaient toujours rigides. Entre les jambes, elle se sentait toute mouillée et comme contusionnée.

Comment s'étaient-elles retrouvées dans ce lit ?

Comment étaient-elles arrivées de ce fil-là à cette aiguille-ci ?

Une lune à son plein brillait de l'autre côté de la fenêtre (Shelly ne s'était pas souciée de baisser les stores), si bien qu'après avoir ouvert tout à fait les yeux et se les être frottés, elle put voir avec netteté et ravissement que Josie était endormie à côté d'elle, drap à peine ramené sur la nudité d'une hanche blanche et pâle, cheveux noirs épandus en travers de la taie bouton de rose. Dans le coin, des yeux verts clignèrent, et il fallut une seconde à Shelly pour identifier Jeremy, cloué sur place, comme en état d'alerte ou bien changé en pierre. Interdit. Réprobateur. Supplanté. Elle se souvint de Josie lui disant d'une voix douce et contrite : « Est-ce qu'on pourrait le faire descendre du lit ? J'ai vraiment du mal avec les chats. »

Josie laissa échapper un soupir et ouvrit les yeux. Elle sourit en voyant Shelly la regarder. Elle tendit un bras gracieux, celui qu'enserrait la veine argent d'un bracelet, et posa le bout des doigts sur la gorge de Shelly avant de se dresser lentement sur un coude et de déposer un baiser à l'endroit qu'elle venait d'effleurer, tandis que sa main glissait vers le sein de sa maîtresse et que ses lèvres remontaient de son cou à ses lèvres.

Il était à peine midi passé quand, toute frissonnante à l'intérieur de son sweat à capuche détrempé, Josie s'était présentée chez Shelly avec deux gobelets provenant de chez *Starbucks*.

« Je peux entrer ? » avait-elle demandé. « Bien sûr », avait répondu Shelly, quoique fort contrariée de la voir là, alors qu'elle aurait dû assurer la permanence au bureau, et d'avoir été arrachée à son somme.

Josie avait les joues cramoisies, marbrées, et il y avait de minuscules gouttes de pluie sur son front. Sans doute Shelly dissimula-t-elle mal son agacement, car Josie se mordit les lèvres. « Oups, je n'aurais peut-être pas dû passer. Je m'étais dit que vous aviez probablement besoin d'un peu de réconfort.

— Non, non, répondit Shelly, c'est bon. C'est… gentil. Merci, Josie. C'est très attentionné de votre part. » D'une main, elle prit le gobelet que lui tendait l'étudiante et, de l'autre, rajusta son peignoir sur sa poitrine. « Entrez. Asseyez-vous et donnez-moi votre sweat. Je vais le mettre dans le sèche-linge – programme "délicat". »

Josie battit des paupières, l'air ravi, et des gouttes de pluie tombèrent de ses cils sur ses joues. Elle confia son gobelet à Shelly pour abaisser la fermeture éclair de son sweat-shirt.

« Merci. Je suis trempée. »

Au bruit produit par la fermeture, Shelly pensa à une comète – quelque chose se déplaçant à une vitesse incroyable, très loin. L'instant d'après, Josie se tenait devant elle, vêtue de ce que les filles d'aujourd'hui appelaient une « camisole » ou un « débardeur », et que, de son temps, on regardait comme de la lingerie. Le genre d'effet que l'on porterait pour sa nuit de noces.

Ce vêtement était en soie grège, vert pâle, bordé d'une dentelle d'un vert encore plus pâle. Également humide, il lui collait aux seins, en suivait les contours parfaits, les révélant sans qu'il fût besoin de faire effort d'imagination. Les tétons en étaient durs. Elle avait la peau des bras hérissée par la chair de poule.

« Ça va, si je reste un peu ? Je ne peux pas sortir comme ça. » Elle écartait les bras comme pour se montrer tout entière dans sa camisole, comme pour engager Shelly, l'inciter à regarder son corps. Et Shelly n'y manqua pas – c'était plus fort qu'elle –, puis elle leva les yeux vers le visage de Josie et ne put interpréter que comme une invite l'expression qui s'y peignait :

289

Les lèvres étaient pincées. Les cils papillotaient. Une ombre de sourire flottait aux commissures de la bouche. Son poids portait sur une jambe, en sorte que son autre hanche se trouvait dénudée, aveuglante étendue de chair pâle.

Shelly prit une inspiration oppressée, haussa les sourcils, ouvrit la bouche pour expirer et déclarer d'un ton qui se voulait détaché : « Bon, j'emporte ça en bas.

— Grand merci, Shelly. Ça va, si je m'assieds ? Je ne crois pas être trempée au point de ruiner le canapé.

— Bien sûr. » En entendant sa propre voix, Shelly pensa à une personne qui aurait été plongée dans une transe, qui aurait subi un envoûtement, ou quelqu'un qui, descendant d'un tapis de jogging, retrouve soudain le sol ferme. Arrivée au sous-sol, elle fut presque surprise de trouver lave-linge et sèche-linge à l'endroit où ils avaient toujours été. Elle sortit le chargement précédent, ses chaussettes et culottes, le jeta dans la panière en plastique posée dans un coin, nettoya d'un geste le filtre de la machine, jeta le sweat-shirt de Josie à l'intérieur du tambour, programma le cycle « articles fragiles », puis remonta à l'étage.

« J'adore votre intérieur », lui dit Josie. Elle s'était déchaussée et avait déposé ses chaussures près de la porte d'entrée. Ses ongles étaient vernis couleur argent, comme ceux de ses mains. Elle avait croisé une jambe par-dessus l'autre pour ensuite la ramener sous la première en une position qui paraissait à la fois relâchée et d'une impensable souplesse. Elle s'était accoudée sur le dossier du canapé, et ses doigts jouaient dans ses cheveux, soulevant, tirant et tortillant les mèches noires, cependant que, de l'autre main, elle portait le gobelet à sa bouche, prenait une gorgée, se passait la langue sur les lèvres. « Il est vraiment super, dit-elle en promenant un regard alentour. Vous vivez seule ?

— Oui, répondit Shelly. Avec mon chat.

— Comment s'appelle-t-il ? interrogea Josie en regardant autour d'elle, comme si elle redoutait l'apparition de l'animal.

— Jeremy.

— Pourquoi Jeremy ? Ce n'est pas un peu bizarre pour un chat ?

— Oui, peut-être. »

Shelly s'aperçut qu'elle n'avait pas d'anecdote plaisante à raconter concernant le nom de son chat. Elle avait juste voulu éviter de lui donner le genre de nom qu'avaient donné au leur ses amies lesbiennes, toutes célibataires et toutes dans l'enseignement : Platon, Sexton, Amadeus, Sappho.

Elle avait choisi ce nom au petit bonheur, considérant qu'il n'avait aucune charge affective, car elle n'avait jamais connu personne se prénommant ainsi. Elle se souvint toutefois, des mois plus tard, d'un Jeremy qui lui était sorti de la tête : un gamin retardé vivant jadis dans son quartier, qui s'était tué en tombant dans l'escalier chez lui.

« Je ne suis pas folle des chats, dit Josie. J'apprécie plus les chiens. Les chats me font un peu peur. Sans vouloir être désagréable. »

Shelly s'assit dans le fauteuil en vis-à-vis. Ce faisant, elle eut soin de ramener les pans de son peignoir sur ses genoux. Elle avait oublié les gobelets sur la table de la cuisine. Leur contenu devait probablement être

291

froid à présent. Elle n'avait aucune idée du type de boisson sirupeuse que Josie lui avait apportée cette fois-ci.

« Mince, reprit sa visiteuse en promenant de nouveau un regard autour d'elle. J'ai tellement l'habitude de vivre avec des tonnes de gens... Ça doit faire bizarre, mais ça doit être super en même temps, d'avoir une maison entière pour soi toute seule. » Elle avait une expression rêveuse, comme si elle se voyait déambuler seule dans les pièces de la maison de Shelly, et pensait à ce que ça serait si elles étaient à elle.

« Ma foi, répondit Shelly, c'est assurément préférable à...

— À une foutue sororité », dit Josie avant de boire une nouvelle gorgée en détournant modestement le regard. Jamais elle n'avait dit un gros mot en présence de Shelly – quoique, un jour que l'imprimante avait sorti trois fois trop d'exemplaires d'un long document, elle l'avait entendue lancer un « Merde ! ».

Shelly s'éclaircit la gorge pour demander : « Êtes-vous tenue de loger à la sororité ? » Elle détesta le son de sa voix, ainsi que la façon dont son peignoir la fagotait.

À la salle de gym, quand elle soulevait de la fonte et qu'elle se voyait dans le miroir, elle se sentait physique, forte, pas mal du tout. Elle rougissait facilement et savait que des hommes la regardaient. Mais, en présence de Josie Reilly – en présence d'une fille dont le corps n'avait traversé que dix-neuf ou vingt années –, elle comprenait que cet intérêt que lui témoignaient les hommes au gymnase ne comptait pour rien. Josie, là, devant elle, incarnait la jeunesse et la beauté. Cette fille sortait à peine du cocon de l'enfance. Shelly crut discerner comme un film de rosée dans son cou et sur sa gorge, et humer, flottant jusqu'à elle, comme une odeur d'étang, fétide et douce à la fois, et si entêtante.

Pourquoi laissait-elle la chose se produire ? se demanda-t-elle dans un éclair de lucidité.

Était-ce en train d'arriver ?

Jamais elle ne s'était imaginée en vieille gouine capable de coucher avec une étudiante, une gamine. Jusqu'à présent, les seules femmes par lesquelles elle s'était sentie attirée avaient son âge ou plus. Elle avait en horreur les lesbiennes de sa connaissance qui entretenaient une femme moitié plus jeune et lui payaient son loyer. Ce type de relation, manifestement ramenée au seul physique, ne s'inscrivait pas dans sa démarche, celle d'une femme préférant les femmes aux hommes afin de refuser, justement, ce genre de réification. Refuser cet abus de pouvoir.

Elle était après tout la chef de Josie Reilly. Et celle-ci avait moins de la moitié de son âge. Cependant, cette fille, assise en face d'elle sur le canapé, rayonnait sans conteste d'un pouvoir inaliénable.

Elle s'était étalée. Une de ses jambes était voluptueusement étendue sur la longueur du canapé. Ses doigts continuaient de jouer dans sa soyeuse chevelure noire. Son petit haut s'était retroussé, révélant cinq adorables centimètres de ventre blanc et plat. Aux aisselles se voyait une ombre de duvet non rasé. Une des bretelles de la camisole avait glissé de son épaule, et la partie haute de son sein droit s'en trouvait dénudée. Ce tableau était douloureux à regarder, et il était pourtant impossible d'en détacher les yeux.

Posant sa tasse de café entre ses jambes, Josie demanda : « Est-ce que vous auriez quelque chose à grignoter ? Un sandwich ou autre ? »

36

Impossible de ne pas regarder Mrs Polson en train de faire la cuisine. À l'instar de la mère de Perry, elle cassait les œufs d'une seule main et jetait les coquilles dans l'évier. Elle ne mesurait rien. Deux feux brûlaient en même temps sur la gazinière. Elle râpa du fromage directement au-dessus de la poêlée d'œufs brouillés.

Si Mrs Polson lui rappelait sa mère, elle ressemblait également à une fille de l'âge de Perry – cheveux en désordre lui retombant autour du visage en une masse de boucles épaisses. Les mains occupées, elle se servit de son épaule pour les rejeter en arrière lorsqu'elle se pencha au-dessus de la cuisinière. Ainsi vêtue d'un jean et d'une chemise indienne, elle aurait facilement pu passer pour une étudiante. Elle était mince, voire un peu maigre. Jamais on n'eût deviné qu'elle avait porté des jumeaux. Il supposa qu'elle ne mangeait pas énormément, car elle n'avait pas l'air athlétique. À Bad Axe, les seules mères de sa connaissance qui ne fussent pas en surpoids étaient les sportives : marcheuses, cyclistes, nageuses. Ou celles qui fumaient. Et les alcooliques. Mrs Polson paraissait en bonne santé, mais elle n'avait rien de quelqu'un fréquentant un gymnase ou passant beaucoup de temps au grand air. Perry se dit qu'elle ressemblait exactement à ce qu'elle était : une femme qui lisait et écrivait beaucoup, et qui enseignait. Une femme qui avait passé sa vie à étudier un domaine aussi particulier qu'obscur et qui en était devenue spécialiste parce qu'elle s'y intéressait plus que quiconque ne l'avait fait ni ne le ferait.

Mais elle lui évoquait en même temps des femmes comme sa mère, ses tantes, les mères de ses amis, et des filles comme Mary, Nicole, Josie Reilly, et même Karess Flanagan – tout en ne leur ressemblant en rien.

Elle n'était ni jeune ni vieille, ni branchée ni hors du coup. Elle existait quelque part entre le monde des mères de sa connaissance et celui des filles de sa connaissance. Il était incapable de détacher les yeux d'elle tandis qu'elle décollait des tranches de jambon dans un emballage en plastique, puis les jetait dans un poêlon où elles se ratatinaient rapidement, emplissant la cuisine d'une odeur de viande et d'érable. Il réalisa qu'il avait une faim de loup.

Ils avaient dû converser pendant des heures. Perry avait perdu la notion du temps. Il faisait nuit noire quand il était revenu chez Mrs Polson, et voici que le soleil commençait de frapper les fenêtres de l'appartement. Des heures avaient dû passer.

Quand ils étaient repartis de chez Mrs Polson après l'interview, Perry avait raccompagné Lucas chez lui, puis il avait rebroussé chemin avec l'intention de regagner son propre appartement. Il s'était toutefois retrouvé en train de se diriger vers la résidence d'Oméga Thêta Tau.

La pluie avait cessé pendant que les deux garçons se trouvaient chez Mrs Polson. Les rues luisaient d'humidité sous le clair de lune. Le ciel était parfaitement dégagé, et on aurait dit que de gigantesques rouleaux de satin d'un noir bleuté avaient été déroulés au-dessus de la ville. La lune, tout près d'être pleine, avait changé les branches des arbres en une sorte de parodie d'octobre – sinistres, détrempées. Des feuilles, abattues par la bourrasque, jonchaient les rues, les trottoirs, les pelouses. Elles s'accrochaient au bout des souliers de Perry.

C'était plus fort que lui.

Il fallait qu'il y aille.

Il avait l'intention de se poster devant la maison.

Il avait une prémonition. Chaque fois que cela s'était produit, elle lui était apparue ou avait *semblé* lui apparaître.

Il connaissait déjà, plus ou moins, l'histoire que Lucas allait raconter à Mrs Polson, mais elle ne l'en avait pas moins terrifié. Le côté prosaïque du récit. Les détails terre à terre. Cette triviale et piteuse récapitulation des événements. Il avait dû prendre sur lui pour écouter jusqu'au bout. Plus d'une fois, il avait été saisi du désir de se sauver. Il s'était revu en costume sombre, aux obsèques à Bad Axe, marchant avec la bière à l'épaule. Et, quand ils le sortaient de l'église pour le charger dans le corbillard, cet affreux et indiscutable déplacement du poids à l'intérieur du cercueil au moment où le cousin de Nicole avait trébuché.

Et d'autres choses encore lui revenaient en mémoire.

Au mois de mars, dans sa chambre de Godwin Hall, quelques semaines seulement avant l'accident.

Je te l'avais dit, pas vrai ?

296

Après, Nicole lui avait appliqué un baiser, puis elle s'était levée et, tout en reboutonnant son corsage, elle avait lâché : « Je te l'avais dit, pas vrai ? Je savais que tu avais envie de baiser avec moi, et que tu le ferais. » Après quoi, ayant fini de se rhabiller, elle avait refermé la porte derrière elle – en s'arrangeant pour oublier sa culotte au pied du lit afin que Craig l'y trouve (même si ce dernier ne la reconnut pas et se mit à asticoter sans pitié, pitoyablement, Perry à propos de sa « mystérieuse copine »). Pourquoi avait-elle fait cela ? Il ne pouvait s'agir d'une étourderie. Il connaissait Nicole depuis toujours. Jamais elle n'avait été négligée. Même à la maternelle, elle était la première à jeter son carton de lait vide à la poubelle ou à replier sa natte après la sieste.

Au début, Perry s'était dit qu'elle cherchait peut-être à adresser un message à Craig ; mais, par la suite, il s'était demandé s'il ne s'agissait pas d'autre chose, d'un moyen de le discréditer, lui, de jeter le soupçon sur lui. Elle avait dû s'apercevoir que Craig et lui étaient en train de se lier d'amitié.

Bien que le porche de la maison d'Oméga Thêta Tau fût éclairé, Perry ne put voir, du trottoir situé en contrebas, s'il s'y trouvait quelqu'un.

La ville était plate, l'État tout entier était plat ; aussi était-il étrange, et inquiétant, que la résidence de la sororité fût ainsi perchée au sommet d'une colline surplombant le quartier.

Sur l'arrière, le verger du souvenir descendait jusqu'au mur séparant la parcelle de la sororité de celle, moins étendue, de la fraternité voisine. Pour ce que Perry pouvait en voir, les cerisiers avaient perdu leurs feuilles et n'étaient plus que deux squelettiques alignements de branches noires luisantes d'humidité et de clair de lune. Il n'y avait apparemment qu'une seule lumière à l'intérieur de la maison : une lueur vacillante à l'une des fenêtres de l'étage. Difficile de dire s'il s'agissait d'une chandelle ou si ce tremblotement était dû aux passages répétés de quelqu'un entre la croisée et la source lumineuse. Cette fenêtre semblait pourvue de rideaux de dentelle apparemment tirés. Perry se dit qu'il n'y avait rien de si bizarre à ce que tout fût éteint à cette heure de la nuit – ou du petit matin – en pleine semaine précédant les examens. Oméga Thêta Tau avait la réputation d'une sororité studieuse.

S'étant assuré qu'il n'y avait personne en vue, il s'engagea sur la pelouse. Désireux de s'approcher, il avait écarté l'idée de suivre l'allée principale, illuminée par l'éclairage de l'entrée. Il ne savait pas ce qu'il cherchait. Pensait-il que Nicole serait *là* ? Si elle y était, comment cela se pouvait-il ? Si elle n'y était pas, de quoi avait-il peur ? Sinon, que ferait-il ?

Il remonta la pelouse en restant dans l'ombre. Le sol était détrempé, glissant, jonché de feuilles mortes. Il cheminait lentement, sans la moindre idée de ce qu'il ferait lorsqu'il serait au pied de la varangue. (Aller toquer à la porte de derrière et demander à voir Nicole ? Regarder par les fenêtres avec l'espoir de l'apercevoir ?)

Il s'immobilisa pour regarder alentour, derrière, devant, du côté du porche. Juste après qu'il eut entrevu ce qu'il prit pour un homme en costume sombre ou en uniforme, la lumière s'éteignit et il se retrouva plongé dans le noir. Puis il entendit un bruit (tellement insolite ici qu'il mit plusieurs secondes à le resituer dans le contexte des parties de chasse au canard avec son père au lac Durand, de chasse au cerf dans la forêt domaniale avec son grand-père, d'une centaine de concours de tir organisés par le club Chasse et Pêche de Bad Axe), quelque chose qui ressemblait à l'armement d'une culasse de fusil. Alors, retenant son souffle, il rebroussa chemin à croupetons, retraversant la pelouse et s'éloignant de la maison aussi prestement et silencieusement que possible.

Plusieurs pâtés de maisons plus loin, il s'aperçut qu'il avait parcouru au pas de course tout le chemin le ramenant au domicile de Mrs Polson. La porte d'entrée de l'immeuble étant ouverte, il n'eut pas à utiliser l'interphone. Il monta les escaliers quatre à quatre et toqua chez elle.

Elle lui ouvrit comme si elle l'attendait.

À l'évidence, il ne la tirait pas du lit. Elle était toujours vêtue du haut et du jean qu'elle portait pendant l'interview de Lucas. Ses yeux étaient humides, comme si elle avait pleuré ou toussé. Elle était un peu plus décoiffée. (Peut-être s'était-elle allongée ?) Mais quand elle vit que Perry, debout sur le seuil, était presque plié en deux et hors d'haleine, elle le remorqua à l'intérieur et, sans poser de questions, le poussa jusqu'au canapé.

« Je vais vous chercher de l'eau, dit-elle. Essayez de respirer carré. Vous savez ce que c'est que la respiration carrée ? »

S'il le savait, c'était uniquement parce qu'elle leur en avait parlé en cours, préalablement à la sortie à la morgue. Elle leur avait expliqué que, s'ils commençaient de tourner de l'œil pendant la visite, s'ils se sentaient sur le point de vomir ou se mettaient à hyperventiler, ils devaient fermer les yeux et pratiquer la respiration carrée.

(« Inspirez par le nez en comptant jusqu'à quatre. Retenez votre souffle en comptant jusqu'à quatre. Expirez en comptant jusqu'à quatre. » Et de les faire s'entraîner. « Avant d'enseigner la respiration carrée, j'avais à chaque sortie au moins trois étudiants qui mordaient le linoléum. »)

Resté seul, haletant sur le canapé, Perry suivit le conseil.

Un. Deux.

Ainsi plongé dans la pénombre, l'appartement prenait un air différent.

Trois. Quatre.

Mrs Polson revint dans le séjour avec un pull jeté sur les épaules et, à la main, un verre d'eau où dansaient trois glaçons. Elle alluma la lampe qui se trouvait à côté du canapé et remit le verre à Perry, puis elle se posa dans le fauteuil en face, s'asseyant sur le bord du siège, penchée en avant, les coudes sur les genoux, et demanda d'une voix douce où perçait de l'inquiétude : « Qu'est-ce qu'il y a, Perry ? Pouvez-vous me le dire ? »

La respiration carrée, ou autre chose, avait opéré. Il avait recouvré son calme. Il ne se sentait même plus essoufflé. Il lui raconta ce qui s'était passé. L'obscurité. La bougie. L'homme qu'il croyait avoir entraperçu dans le noir et ce bruit de fusil de chasse que l'on armait, la façon dont il avait couru sans même s'apercevoir qu'il revenait ici.

Mrs Polson parut réfléchir longuement avant de parler. « Perry, je pense que nous sommes allés trop loin. Je crois que je vous ai encouragé à… (elle ôta le pull de ses épaules pour le déposer dans son giron, puis elle le ramassa entre ses mains, le porta à son visage et parut le humer un moment avant de reprendre)… à engager une réflexion stérile. Quand l'imagination – et je ne parle pas ici de *votre* imagination, mais de l'imagination collective, de l'imagination occulte – est stimulée, beaucoup de choses qui ne sont pas réelles peuvent finir par en prendre l'apparence. Des personnes parfaitement saines d'esprit, des personnes qui…

— Non », la coupa Perry.

Elle hocha la tête, comme s'attendant à ce qu'il proteste, puis elle poursuivit :

« Je vais vous raconter quelque chose. » Et de relater un épisode de son enfance. Relatif à sa mère. Une espèce de transfiguration dans une arrière-cuisine. Un cercueil blanc et le fait qu'elle avait compris, en regardant à l'intérieur, ce dont était capable l'inconscient. Les images qui influençaient cette vie, cette culture.

« On peut se dire non superstitieux. On peut se dire sans religion. On peut avoir l'assurance de ne pas croire à la vie après la mort, si c'est ce que l'on veut. Mais cela n'empêche pas, Perry, que nous soyons ici, nous autres humains, dans une bien étrange situation. En parfaite connaissance de la façon dont cela finira, et sans la moindre idée de ce qui arrivera ensuite – juste une poignée de symboles, un peu de musique et quelques mythes pour nous montrer le chemin.

» Bien sûr que vous croyez votre amie vivante. Qu'elle est tapie dans tous les coins. Que sa mort pourrait être quelque chose d'aussi actif que l'était sa sexualité, que l'est la vôtre. Vous avez dix-neuf ans. Qui meurt, qui croit à la mort à cet âge ? Des gens ayant beaucoup plus d'expérience de la vie que vous ont cru à des choses plus étranges. Ont vu de plus étranges choses. Le folklore est plein de…

— Excusez-moi, madame Polson, je sais tout ce que vous dites. Mais il ne s'agit pas de folklore. Ce dont nous parlons, ce n'en est pas. »

Il y avait une espèce de compréhension triste dans le regard de Mrs Polson, mais elle n'en secouait pas moins la tête.

« Perry, folklore ne veut pas dire que telle chose ne tient pas debout ou n'a pas l'apparence de la réalité. Les croyances – les croyances traditionnelles et superstitieuses – naissent et se transmettent pour des raisons cohérentes et substantielles. Elles se fondent sur des données psychologiques et physiques, réelles ou non. Des expériences partagées. Dans notre domaine nous parlons d'*explication élégante*. Il y a souvent un élégant aspect de rationalité même aux croyances les plus étranges. Mais cela ne rend pas réel leur objet. Fondées sur la peur, inspirées par l'espoir, elles peuvent être dangereuses, Perry, et je crois que c'est la direction que nous avons prise, et que nous devons interrompre ce que nous faisons, avant que cela ne mène à quelque chose de…

— Non, je vous en prie, la coupa Perry. Je vous en prie. J'en parlerai exactement comme vous voulez que je le fasse. Nous pouvons appeler cela *explication élégante* ou *folklore du campus*, si vous le désirez. Mais, s'il vous plaît, ne cessez pas de… de m'écouter. Madame Polson, je… »

Elle tendit le bras par-dessus la table basse pour lui prendre la main et la tenir quelques secondes. Il mesura à quel point sa propre main était froide. Elle la serra plus fort avant de la laisser aller et de dire : « Je sais, je sais. C'est d'accord.

— Merci. Je… »

Elle avait levé la main pour l'empêcher d'en dire plus. Elle quitta son fauteuil et lui fit signe de la suivre dans la cuisine. Là, il s'adossa au mur pendant qu'elle lui préparait une tasse de thé, et ils parlèrent du dernier cours, de l'article sur la magie apotropaïque dont elle leur avait conseillé de prendre connaissance pour la semaine suivante et que Perry avait déjà lu. Elle lui parla des voyages qu'elle avait faits pendant son année Fulbright, de ce bourg où elle avait séjourné, dont chaque maison, chaque auberge et chaque restaurant, et jusqu'à l'église, portait fixé sur sa porte d'entrée un fragment du miroir qui se trouvait jadis dans les toilettes pour dames de la cathédrale locale jusqu'à ce que celle-ci soit bombardée.

Il n'y avait qu'une seule personne à l'intérieur de la cathédrale ce jour-là – une vieillarde sourde qui n'avait pas entendu les sirènes de l'alerte aérienne.

La malheureuse était tellement déchiquetée qu'il avait été impossible de rassembler ses restes pour l'enterrer comme il convenait.

Les habitants avaient placé ce morceau de miroir sur leur porte pour l'empêcher de s'arrêter chez eux.

Ils parlèrent de la partie de l'essai qui traitait du *motif des sensations nuisibles.* Les Sirènes. La Lorelei. La harpe de Dagda. La chanson suicidaire hongroise – dont on croyait que tout auditeur mettait ensuite fin à ses jours.

Perry raconta que, lorsqu'il était au lycée, une rumeur avait circulé selon laquelle avait été postée sur YouTube une vidéo – un corps se balançant au bout d'une corde attachée à une branche d'arbre – qui, si on la regardait, faisait que l'on se pendait dans les trois jours. Des filles avaient fait frénétiquement le tour de l'établissement en multipliant les messes basses à propos de celles qui avaient eu l'inconséquence de la regarder lors de la dernière soirée chez telle autre. Il en avait même vu verser des larmes dans les couloirs. Le principal avait fini par faire passer un billet aux parents pour les instruire de cette rumeur et les inviter à en parler avec leurs rejetons.

« Oui, dit en souriant Mrs Polson, émoustillée. C'est exactement le genre de chose qu'il nous faut pour notre étude, Perry. Exactement. »

Perry avait toujours en tête les mots *notre étude* et le petit frisson de plaisir qu'il en avait conçu, quand elle déclara : « Je crois que c'est l'heure du petit déjeuner. Je ne sais pas pour vous, mais je dois aller donner le cours pour lequel vos parents me paient. » Tous deux regardèrent simultanément leur montre, puis ils prirent place à table pour manger les œufs, qui avaient refroidi pendant qu'ils conversaient, mais n'en furent pas moins délicieux.

TROISIÈME PARTIE

37

Josie était chaussée de tongs bien que la température extérieure ne dût pas dépasser cinq degrés. C'était une de ces journées de la fin d'octobre dont la matinée couleur étain s'éternise et finit pas se muer sans une plainte en crépuscule. Shelly était allée, pour la première fois de l'année, pêcher ses bottillons en daim au fond du placard. Non seulement il faisait trop froid pour des claquettes, mais encore il s'agissait là de l'unique article vestimentaire qu'elle avait demandé à Josie, le jour où elle l'avait recrutée, de ne jamais porter au bureau.

Et elle avait plus d'une heure de retard.

« Salut, lança-t-elle, hors d'haleine, en ouvrant la porte avec la hanche. Désolée pour le retard ! »

Shelly s'efforça de détourner le regard avec tout le détachement possible pour retourner au document Word vierge qu'elle s'était dépêchée d'ouvrir en entendant ce qu'elle avait supposé être Josie montant les escaliers.

« Tu n'es pas fâchée, au moins ? » interrogea cette dernière. Mais elle avait déjà repassé le seuil avant que Shelly ait eu le temps de répondre, claquettes giflant le talon des petits pieds blancs qui l'emportaient vers les toilettes à l'autre bout du couloir.

Il y avait deux semaines qu'elles avaient couché ensemble pour la première fois. Depuis, elles avaient dîné ensemble à deux reprises (chez Shelly, qui s'était mise aux fourneaux). Trois autres soirs, elles avaient quitté le bureau de concert pour aller boire un verre chez la même, et cela s'était à chaque fois terminé au lit. La désinvolte Josie avait été à l'initiative de ces rendez-vous (« Dis, Shelly, et si on prenait un petit verre de vin en fin de journée ? »), Shelly se jurant invariablement, l'affaire faite, qu'on ne l'y reprendrait pas.

Trop risqué. Trop inconvenant.

Mais refuser lui était impossible. Désormais, il lui arrivait une ou deux fois par jour de se voir presque pliée en deux de désir pour cette fille.

Les petits mamelons durcis sous ses mains. La douce palpitation à la base de sa gorge. La façon dont Josie (qui avait parfois besoin pour atteindre à l'orgasme d'une heure de bienheureuse action de la langue et des doigts) renversait la tête en arrière dans les secondes ultimes ; Shelly n'entrevoyait alors que le bas de ses blanches incisives entre les lèvres ouvertes qui laissaient échapper comme un sifflement, et cela envoyait à travers son corps comme une onde de choc qui suffisait à l'amener au plaisir sans même qu'elle eût besoin de se toucher.

C'est seulement au lit qu'elles évoquaient le fait d'avoir déjà couché ensemble et l'éventualité de recommencer, si bien que chaque séance ressemblait à la pratique d'un sport extrême – l'adrénaline née de ne pas savoir ce qui suivrait.

Entre-temps, le sens déontologique de Josie avait fondu comme neige au soleil. Elle ne prenait même plus la peine de s'excuser quand elle partait avant l'heure ; elle se bornait à dire qu'elle s'en allait. Par deux fois, elle avait téléphoné pour dire qu'elle était malade, laissant dans la boîte vocale des messages éraillés, ayant manifestement eu soin d'appeler à une heure où Shelly ne serait pas au bureau et ne pourrait par conséquent décrocher.

Ce matin, les tongs. Et encore en retard.

Shelly ne s'en étonnait pas. (Pourquoi en aurait-il été autrement ? Josie avait été dès le départ une médiocre collaboratrice.) Mais cela lui faisait peur. Elle savait que la relation amoureuse faisait qu'elle ne se trouvait plus en position de la réprimander ni même de lui adresser les remontrances les plus mesurées. Le lendemain matin de leur première nuit, Josie avait enfilé son jean en se trémoussant, remonté la fermeture de son sweat-shirt et déclaré avant de passer la porte : « Shelly, je vais devoir rattraper les TP de chimie que j'ai séchés hier après-midi. Je ne vais donc pas venir au bureau. Mais on se voit bientôt, d'accord ? »

Shelly s'était trouvée dans l'incapacité de lui rappeler qu'elle avait un rôle à jouer le lendemain à l'occasion du concert du quintette Saint-Crispin. Il fallait quelqu'un pour accompagner les musiciens de leur hôtel jusqu'à l'auditorium Beech (leur contrat stipulant qu'ils ne faisaient rien sans escorte) et il entrait dans les fonctions de l'étudiant employé à la Société de musique de chambre de pourvoir à ces détails. C'était en fait la raison première de l'existence de ce poste : le fait de côtoyer ces professionnels devait se révéler très positif pour la formation de l'étudiant concerné.

Or, ce fameux matin, Shelly était allée se poster sur le pas de la porte en tenant son peignoir dûment ramené autour d'elle. « D'accord », avait-elle répondu, et les ultimes lambeaux de dénégation concernant la nouvelle dynamique instaurée entre elles se réduisirent à néant, lorsque, inclinant la tête, Josie souffla un baiser dans sa direction. Shelly se sentit rougir mais ne put s'empêcher de tendre les bras (au vu et au su de la factrice, de l'autre côté de la rue) pour saisir les pompons pendant à la capuche rose de Josie et la ramener doucement dans l'entrée.

Avec un sourire somnolent, rêveur, Josie s'était laissé attirer à l'intérieur de la porte moustiquaire et, paupières closes, avait laissé faire. Se plaquant contre elle, Shelly avait passé les mains dans ses cheveux noirs, avait baisé ses lèvres avec autant de retenue que possible (mais elle était secouée de tremblements et produisait de petits bruits avec sa gorge, sa langue passant sur ces dents parfaites, ses mains remontant, comme si elles ne lui appartenaient plus, vers la taille de Josie, vers ses seins, les parcourant maladroitement, cependant que l'étudiante s'abandonnait, passive, malléable, contre la porte grillagée). Quand Shelly parvint enfin à faire un pas en arrière, elle lut sur le visage de Josie ce qui pouvait presque passer pour un air de triomphe.

Celle-ci avait plissé les paupières, s'était passé la langue sur les lèvres, avait exhalé un soupir et tendu la main pour toucher la gorge de Shelly. « À la prochaine », avait-elle dit avant de tourner les talons et de partir (pour de bon cette fois) en roulant des fesses dans l'allée, sûrement consciente d'être dévorée des yeux, sans se retourner une seule fois vers Shelly, debout sur le seuil.

Du bureau voisin, Shelly l'entendait parler au téléphone. Chacune de ses phrases se terminait par une inflexion interrogative.

« Après ça, nous sommes allées au bar ? Crystal et Stephanie y étaient ? Je crois que, de toute façon, on va se retrouver ce soir à la maison pour les dessaisir de leurs prérogatives ? Et ensuite, nous voterons ? Alors, dis-leur de ne pas mettre de chaussures, d'accord ? Toutes les autres le pourront ? »

Seigneur Dieu, pensa Shelly. De quoi pouvait bien parler Josie ? Mais souhaitait-elle vraiment le savoir ? S'agissait-il d'une forme de bizutage ? Plus de « prérogatives » ? Pas de chaussures ?

Peut-être une punition pour être allées au bar alors qu'elles étaient censées confectionner des napperons pour l'anniversaire de la sororité ?

Shelly se dit qu'il s'agissait peut-être de la semaine de mise à l'épreuve – rebaptisée « semaine spirituelle » par l'Association panhellénique après un scandale remontant à quelques années quand une sœur ivre avait été emmenée à une soixantaine de kilomètres de là et abandonnée au bord d'une route de campagne.

C'était apparemment devenu une épreuve habituelle précédant l'admission dans une sororité. Vous étiez conviée à une soirée où on vous incitait à vous alcooliser comme jamais. Ensuite, vos « sœurs » aînées, apparemment compatissantes, insistaient pour vous ramener chez vous. Au lieu de cela, elles vous déposaient au milieu de nulle part en vous invitant à rentrer par vos propres moyens.

Sans doute la plupart des filles parvenaient-elles à rentrer et vivaient-elles assez longtemps pour, l'année suivante, infliger cette épreuve à une nouvelle génération de sœurs. Mais, une année, une victime prise de panique s'était élancée à la suite de la voiture qui venait de la déposer, réussissant à courir suffisamment vite pour se jeter contre le pare-chocs, s'y cogner la tête et décéder.

L'administration, les parents et l'Association panhellénique avaient poussé des cris d'orfraie, comme s'ils ignoraient que ce genre de pratique avait régulièrement cours. Il y eut beaucoup de « saisissement » et d'« indignation » au sein de la communauté universitaire, ce d'autant qu'il s'agissait d'une sororité. « Des filles bizutent des filles ! » fut-il proclamé à la une, comme si on découvrait la chose.

Shelly savait qu'aucune femme ne s'étonnait de la brutalité des filles entre elles. Assurément, aucune de celles de sa connaissance ayant été membre d'une sororité n'aurait fait plus que hausser un sourcil, sinon étouffer un bâillement, à l'annonce que des sœurs en sororité prises de boisson en déposaient nuitamment d'autres en pleine nature et repartaient en riant. Si elle n'avait jamais été abandonnée ainsi au bord d'une route, Shelly avait dû rester deux semaines sans se brosser les dents, tenue de se présenter chaque matin sur le perron de la maison d'Êta Lambda pour faire viser l'épaisseur de sa plaque dentaire.

Alors qu'elles buvaient un thé après leur troisième partie de jambes en l'air, Shelly avait demandé à Josie si les sororités avaient encore ce genre de pratiques, et cette dernière lui avait raconté en riant que, petite nouvelle, elle avait dû porter la même culotte tous les jours pendant quatre semaines – de règles à règles –, puis l'enlever dans le salon et se tenir nue devant le conseil des anciennes pendant que celles-ci la faisaient circuler, la reniflant ou se la jetant à la figure en poussant des cris, avant de la lui redonner pour qu'elle la remît.

« J'ai triché, expliqua Josie. Je l'ai lavée plusieurs fois dans l'évier. Ensuite, j'ai déposé du dentifrice au fond pour qu'elle ait l'air vraiment dégueu, si bien qu'elles ont paniqué en la voyant et se sont bien gardées de la renifler – heureusement, vu qu'elle sentait la menthe !

— Seigneur Dieu », avait fait Shelly en se frottant les yeux.

Bien que cette tradition du bizutage en tant que telle n'eût cours que pendant la période précédant son admission dans la vie sororale, son esprit même imprégnait l'air que l'on respirait dans la maison d'Êta Lambda. Il arrivait de temps à autre qu'une sœur trouvât votre brosse à cheveux pleine de cheveux sur le lavabo de la salle de bains ou bien quelque chose de dégoûtant au fond de la douche, et se mît à brailler *Beuuurk !* pour que tout le monde en profite.

Or ces petites humiliations vous remettaient tout en mémoire :

La crasse d'être humain, d'être une femme, d'être vivant, de vivre dans un corps, la honte de voir tout cela déballé devant des filles plus jolies, plus soignées, meilleures.

Levant les yeux, Shelly eut la surprise de voir Josie debout sur le seuil, accotée au chambranle. Une des fines bretelles de son débardeur avait glissé de son épaule. Elle possédait un bassin si étroit que sa jupe en denim paraissait ne tenir à ses hanches que par l'effet d'une force antigravitationnelle. S'efforçant de fixer son regard sur un endroit situé juste au-dessus de l'épaule de la jeune fille, Shelly lui dit : « Oh, bonjour. Dis-moi, as-tu appelé l'école de musique, à propos de Jewett Smith ? » Elle nota combien sa voix était grêle, et cela lui donna envie d'aller se cacher quelque part pour y mourir.

« Non, répondit Josie. Mais je vais le faire.

— Merci. » Shelly se retourna vers son ordinateur pour contempler d'un œil vacant le document vierge, où elle n'avait réussi à taper que « Demande de subvention ».

« Hum, Shelly ? »

Shelly tourna la tête et nota que Josie se mordillait l'ongle de l'auriculaire de la main gauche. Ce qu'elle ressentit en voyant ce petit doigt entre les dents blanches ne peut se décrire que comme une violente douleur dans la poitrine – une espèce de supplice sexuel. Si elle s'était levée, ses jambes se seraient sans doute dérobées sous elle. Quand elle voulut articuler le mot *oui*, rien ne sortit de sa bouche.

Était-elle en train de perdre la raison ?

Était-ce le lot des vieilles gouines ? S'agissait-il d'une sorte de dysfonctionnement lié à la ménopause ? Sans même battre des paupières, elle eut la brève vision de Josie sur le dos, bassin haussé sur un oreiller à fleurs, cuisses lisses ouvertes, et d'elle-

314

même, Shelly, ouvrant du bout des doigts le rose coquillage, s'en approchant lèvres entrouvertes, Josie frémissant sous elle – et elle fut saisie d'une forme de terreur, très semblable à l'extase, en constatant que, assise là devant son ordinateur, il lui fallait se mordre les lèvres pour ne pas crier.

« Shelly, j'ai quelque chose à te dire, et je suis vraiment désolée. »

38

Jeff Blackhawk s'attardait dans le bureau de Mira, touchant quelques-uns des petits objets qu'elle rangeait sur son étagère, les manipulant – un presse-papiers que lui avait offert un de ses étudiants (un pétale de rose rouge velouté flottant sans poids ni âge à l'intérieur d'un globe de verre), un galet de Petoskey qu'elle avait ramassé sur la plage, l'année précédente, lors d'un voyage jusqu'au lac Michigan, une paire de trombones. Quelques minutes auparavant, il s'était levé comme pour prendre congé, aussi Mira l'avait-elle imité. Mais voilà qu'il paraissait ne plus vouloir partir, avec un air sincèrement ragaillardi par leur conversation, ce que Mira trouvait étrange mais nullement déplaisant, car elle ne se rappelait pas la dernière fois qu'elle avait eu avec l'un ou l'autre de ses collègues un échange portant sur autre chose que le temps qu'il faisait.

Elle avait toujours pensé que devenir universitaire (surtout si elle avait la chance de décrocher un poste au sein d'une prestigieuse université de recherche, puis dans une niche comme Godwin Honors College, connue pour encourager la libre exploration intellectuelle) serait synonyme de conversations sans fin dans des couloirs et des bureaux. Ses études de troisième cycle avaient été riches en semblables échanges, et même s'il lui fallait bien reconnaître aujourd'hui, avec le recul, qu'elle ne se rappelait pas avoir véritablement vu deux profs ou plus s'entretenir d'autre chose que savoir s'il y avait ou non du papier dans la photocopieuse, elle s'était attendue à participer, lorsqu'elle serait à son tour professeur, à de passionnants débats quotidiens dans la salle à manger sur les points les plus subtils des sujets les plus obscurs.

Elle n'aurait pu se mettre le doigt plus avant dans l'œil.

Sans doute les ouvriers d'usine travaillant en équipe de nuit passaient-ils plus de temps à philosopher entre eux qu'elle ne le faisait avec ses collègues de Godwin Honors Hall. En l'espace de trois ans, les discussions les plus enflammées qu'elle avait eues dans la salle à manger portaient sur la température à laquelle il convenait de régler le mini-réfrigérateur et sur l'identité de la personne qui chipait les Coca sans sucre de la secrétaire.

Mais, ce jour-là, Jeff Blackhawk était venu parler avec Mira de la nouvelle recherche qu'elle entamait. Le doyen Fleming lui en ayant touché brièvement mot un après-midi, Jeff paraissait sincèrement intéressé.

L'automne précédent, Nicole Werner avait participé à son séminaire de première année et, quoiqu'il affirmât ne pas l'avoir très bien connue, il avait manifestement été affecté par sa mort. Comme tout le monde, il incriminait le petit ami. « Le gars venait l'attendre dans le couloir, comme s'il craignait qu'elle parte avec un autre s'il ne la cueillait pas à la sortie de la salle. »

Compte tenu de la réputation de Jeff, connu pour courtiser ses plus belles étudiantes, Mira subodorait non sans malice qu'il avait vu d'un mauvais œil cette présence de Craig Clements-Rabbitt, qui l'empêchait de coincer Nicole entre quatre yeux. N'empêche, elle était flattée de l'intérêt qu'il témoignait pour sa recherche. Il avait toute une série de suggestions à lui faire et, bien qu'elle se gardât d'accorder beaucoup d'attention aux enseignants en création littéraire (leur éducation comportait toujours des lacunes), elle trouva ses idées vraiment bonnes, ses anecdotes intéressantes.

Savait-elle, par exemple, que pendant de nombreuses années, jusqu'à ce que les administrateurs parvinssent à y mettre bon ordre, il régnait une sorte d'hystérie parmi certains groupes d'étudiants, qui croyaient Godwin Honors Hall hanté ?

« Il y a eu un article dans le journal étudiant. Tu devrais le consulter. Tous ces témoignages selon lesquels une fille faisait le tour des chambres à la recherche de quelqu'un. Bien sûr, les versions variaient avec les personnes, mais toutes s'accordaient peu ou prou pour la dépeindre comme frénétique, à demi nue, l'air d'appartenir à une autre époque ; et quand on lui demandait son nom, elle répondait qu'elle était *Alice Meyers*. »

Il souligna ce nom et marqua un temps, comme si Mira aurait dû le connaître.

Ce n'était pas le cas.

317

« Tu sais : la salle d'étude. Sur le côté sud du sous-sol. »

Mira ignorait complètement l'existence de cette salle. Quoiqu'elle fît souvent cours dans des salles du sous-sol (honneur surtout réservé aux maîtres assistants), elle n'était allée qu'une seule fois dans la partie sud, où il n'y avait pas de salles de cours, à la recherche d'un étudiant qui avait oublié son sac dans sa classe et dont on lui avait dit qu'il se trouvait à l'atelier de céramique. Ce côté du sous-sol de Godwin Honors Hall semblait n'être occupé que par des ateliers d'artisanat d'art, de bruyantes tuyauteries et une buanderie, même s'il s'y trouvait aussi quelque part, elle le savait, un petit local baptisé le Demi-cul, où les étudiants organisaient parfois des lectures de poésie et des concerts de médiocres groupes de rock.

« Oui, il s'y trouve également une salle d'étude. Je crois qu'elle ne sert plus. Elle a été financée par les parents de cette Alice Meyers. Étudiante à Godwin Honors Hall, elle a disparu un jour de 1968. Elle avait punaisé son nom sur le tableau d'affichage du syndicat étudiant afin de trouver une voiture pour rentrer chez elle, un petit bled dans l'Ohio. La dernière fois qu'on l'a vue, c'est au bureau du syndicat.

— Seigneur ! » fit Mira. Elle était accoutumée aux histoires de ce genre, mais elles lui donnaient toujours la chair de poule.

« Ben, oui, c'est comme ça. Par ailleurs, bien que ça n'ait pas été divulgué par les huiles, il y a eu un nouveau décès récemment sur le campus. Une fille, là-bas à Bryson. Une première année. Elle a été retrouvée morte après que quelqu'un a senti une sale odeur provenant de sa chambre. Je crois que les autorités ne peuvent se prononcer avec certitude quant à l'hypothèse du suicide, si bien qu'elles ne disent pas grand-chose. Cela remonte à trois semaines, et cela n'a même pas fait les journaux. Par chance, faut croire, ses parents sont des anonymes de je ne sais plus quelle bourgade rurale située loin d'ici. »

Mira hocha la tête. Elle n'était pas au courant de l'affaire, mais n'en était pas autrement surprise. Il se trouvait toujours, chaque année, un étudiant pour mettre fin à ses jours, soit en chambre individuelle soit en chambre à plusieurs. (Excellent argument en faveur du logement à plusieurs.) Chaque fois, une puanteur. Chaque fois, la possibilité qu'il s'agît d'une crise cardiaque ou d'une overdose et non d'un suicide ou, à Dieu ne plaise, d'un meurtre ; si bien que l'université pouvait affirmer qu'elle ne négligeait pas ses jeunes gens – leur santé mentale, leur sécurité – même si tout le monde savait que, sur un campus de cette taille, l'institution n'accordait pas la moindre attention à la santé mentale ni à la sécurité des individus. Les seules personnes ayant quelque responsabilité en ce domaine étaient les jeunes qui, comme Lucas, assumaient la fonction de conseillers résidants et qui, en échange du gîte et du couvert, faisaient semblant de veiller au grain.

Jeff Blackhawk ramassa un trombone qui traînait sur l'étagère et le porta à ses lèvres. Il le garda d'abord entre ses incisives, puis le fit disparaître à l'intérieur de sa bouche. Mira dut refréner son inquiétude – son premier mouvement aurait été de lui écarter les mâchoires pour récupérer l'objet. Mais Jeff parvint à s'exprimer sans en être autrement incommodé :

« Et il y a aussi le cas de cette autre fille de la sororité de Nicole Werner.

— Hein ?

— Ah, tu vois ? » Il eut un geste à l'intention de Mira, comme s'il avait déjà démontré son point de vue. « Personne n'est informé. Secret d'État. Écrans de fumée à tous les étages. Il n'y a que ça, ici.

— Que s'est-il passé ? Qui ?

— Denise quelque chose. Ils ont cherché à faire passer ça pour une fugue. Elle aurait fréquenté un type plus vieux qu'elle et, suite à la réprobation de ses parents, elle se serait évanouie dans la nature. C'était pile dans les temps de la mort de Nicole, et ses sœurs en sororité disent toutes que la dernière fois qu'elles ont vu la Denise en question, c'était lors de cette sinistre plantation de cerisiers. Après, elle est montée dans la voiture d'un type, avec toutes ses affaires, et ça a été terminé. Les parents n'arrivent même pas à obtenir des flics locaux qu'ils fassent une enquête – ce qui fournit à nos huiles un prétexte en or pour lever les bras au ciel et dire : "Désolés pour la disparition de votre fille ! C'est pas notre problème ! Même les flics n'y peuvent rien !"

— En quelle année était-elle ?

— En première année. Elle allait être admise en sororité. Comme Nicole. Et le plus drôle, c'est qu'elle logeait à Fairwell. »

Il ouvrit la bouche pour rire, et Mira fut soulagée de voir que le trombone était toujours sur sa langue.

Fairwell était une résidence recevant exclusivement des étudiantes. Le folklore du campus voulait que les première année qui logeaient là n'atteignent jamais la seconde année, qu'elles soient recalées aux examens. Statistiquement, c'était faux. Les filles de Fairwell n'avaient pas plus de chances que tout autre groupe d'échouer en première année. Néanmoins, il était toujours difficile d'en remplir les lits. L'université permettait aux étudiants de lui adresser des fiches de vœux, en sorte que Fairwell, fort peu prisé, était surtout occupé par des étudiantes étrangères ou des filles en provenance de villes si petites qu'elles n'avaient jamais rencontré quelqu'un leur ayant raconté cette histoire. (Certes, avec Internet, il était devenu de plus en plus difficile de capturer ce type de population ignorante.) Mira avait un jour demandé au doyen, lors d'un cocktail collet monté organisé pour l'accueil des jeunes professeurs, pourquoi on ne débaptisait pas tout simplement cette résidence. Est-ce que cela n'aurait pas résolu le problème ? Manifestement, comme elle le lui fit remarquer, la rumeur était née de l'homophonie entre Fairwell et *Farewell* [1].

« Cela ne m'avait jamais traversé l'esprit, lui avait-il répondu. Mais, non, impossible. Marjorie Fairwell était l'épouse du premier gros donateur de l'université. Elle a des tas de descendants qui continuent de financer la résidence. Ils aimeraient mieux qu'elle reste inoccupée plutôt que de la voir changer de nom. Ils finiront, je suppose, par en faire une fondation, et toutes les étudiantes qui y logeront seront boursières ou en année probatoire, et bien contentes d'avoir un endroit où dormir, point. »

Adossé au mur du bureau, Jeff contemplait maintenant les jambes de Mira. Il finissait toujours par en

---

1. Adieu.

arriver là, et elle était surprise que cela lui ait pris aussi longtemps. Sans doute fallait-il y voir la marque de son intérêt sincère pour le sujet dont ils parlaient. « Si cette affaire de disparition a été à ce point étouffée, comment se fait-il que tu sois au courant ? lui demanda-t-elle.

— Une amie à moi travaille au bureau du doyen. Elle est sous serment de confidentialité relativement à tout ce qui se passe là-bas, mais deux verres de vin et elle n'est plus qu'une langue. »

Mira essaya de ne pas se représenter la scène suggérée par ce choix de mots, la langue de son amie. Jeff était un homme exceptionnellement séduisant – de haute taille, les yeux vert olive, une crinière de cheveux bruns. Mais Mira le trouvait aussi attirant qu'un mannequin de catalogue présentant des sous-vêtements masculins. Bien sûr, on y regardait à deux fois, mais le problème était que l'on vivait dans un monde en trois dimensions, alors qu'il n'était qu'une surface lisse et glacée. (« Il couche avec tout ce qui porte jupon, avait un jour confié à Mira, en passant, une prof de langues à temps partiel. C'est plutôt triste, vraiment. Si c'était une femme, on aurait pitié d'elle et on se ferait du souci pour son amour-propre. »)

Mira consulta sa montre (Où était Clark ? il fallait qu'elle l'appelle) et remercia Jeff. Avant de prendre congé, il sortit le trombone de sa bouche et le reposa sur l'étagère.

39

Tant d'années passées dans un environnement intellectuel, voilà sans doute pourquoi la première pensée de Shelly fut : Ce n'est pas une métaphore creuse.

Cela lui avait *glacé les sangs*. La température avait chuté d'une dizaine de degrés dans ses veines lorsque, découvrant Josie plantée sur le seuil et considérant que jamais celle-ci ne s'excusait pour les erreurs commises dans son travail, elle comprit qu'il devait s'agir de tout autre chose. De quelque chose de terrible.

L'étudiante déglutit. Shelly le vit aux muscles de son cou, au petit bruit mouillé qui se fit dans sa bouche.

« Quoi ? interrogea-t-elle, la bouche sèche, les orteils se recroquevillant à l'intérieur de ses bottillons en daim. Qu'y a-t-il ?

— Ah, mon Dieu, Shelly. Tu vas être tellement furieuse après moi. » Le ton était geignard, mais avec une qualité singulière, comme si elle lisait un texte. Shelly s'aperçut qu'elle-même s'était levée et qu'elle reculait, comme pour prendre du champ. « Et ce sera bien compréhensible. Mais, euh, tu sais, ces photos que j'ai prises ? Avec mon portable ? Tu sais, quand nous… ? »

Shelly leva la main pour l'empêcher de poursuivre.

Non, disait cette main. Ne le dis pas. Inutile de m'en parler.

Bien sûr qu'elle savait :

Elles étaient allongées ensemble. Peau contre peau. Drap de dessus et couverture bouchonnés au pied du lit. Josie lui avait mangé le cou de baisers en y barbouillant son rouge à lèvres « Cover Girl » (ce dont elle ne s'était aperçue que plus tard dans la salle de bains, croyant dans un premier temps avoir saigné). Elles avaient bu du vin rouge, dont une giclée avait fait comme une balafre sur le drap de dessous. Shelly était un peu ivre, et Josie paraissait l'être davantage. Elle avait eu un tel fou rire suite à une blague idiote que Shelly lui avait racontée (tout en lui léchant la hanche : « Tu sais ce que font les hippies ? Ils tiennent les *leggies*[1] ») qu'elle avait dû pour finir sauter du lit en hurlant : « Oh, mon Dieu, arrête, Shelly, sinon je fais pipi au lit ! » (Shelly avait remarqué que plus Josie buvait, plus elle perdait son accent huppé et traînait sur les voyelles à la mode du Midwest.) Au retour des toilettes, elle était revenue dans le lit avec son téléphone portable. Se pelotonnant contre Shelly, refermant ses petites incisives blanches sur le mamelon de cette dernière, elle prit une photo en tenant l'appareil à bout de bras.

Un rire polisson.

« Qu'est-ce que tu viens de faire ? » demanda Shelly.

Elle savait, bien évidemment, que les téléphones possédaient cette fonction, et, même si elle ne s'était jamais souciée d'apprendre à l'utiliser, elle savait que le sien comportait aussi une telle application ; il lui fallut néanmoins plusieurs secondes pour comprendre que Josie était en train de prendre des photos. Au cours de ce laps de temps, celle-ci avait réussi

---

1. Le mot *hippie* est construit sur *hip*, la hanche ; *leggie* est un mot inventé à partir de *leg*, la jambe.

à en prendre une autre puis une autre encore. Ensuite, elle se mit à califourchon sur son bassin – incroyable sensation chaude humide de l'entrejambe de Josie pressé contre le sien – et, tenant de nouveau le téléphone à bout de bras, les photographia toutes deux, souriantes et nues, et sûrement, à cette distance, complètement obscènes.

Après quoi Josie était revenue se lover contre elle pour lui montrer cette dernière photo. Shelly en avait eu le souffle coupé.

Cette image miniature d'elle-même en femme mûre, encore svelte, à la peau crémeuse, tenant dans ses bras une sylphide aux cheveux noirs. Elle était perdue, complètement égarée, et elle le savait bien, même lorsque, empruntant l'appareil, elle fit une photo de Josie dans une position alanguie, yeux de biche, une main en coupe sur le sein, et une deuxième de sa chevelure déployée sur ses propres hanches tandis qu'elle lui donnait de petits coups de langue sur le clitoris. Après cela, Josie prit une photo de Shelly adossée au dosseret du lit, jambes écartées, avec, entre celles-ci, sa main, celle de Josie – délicieusement reconnaissable à sa petite bague en or montée d'un rubis.

Un index disparaissant en elle, son visage reflétant le plaisir qu'elle en éprouvait, la bouche arrondie, paupières mi-closes, la volupté de l'instant et le bonheur de le capturer aussi parfaitement que soudainement, comme quelque chose que l'on attraperait au vol, toujours bourdonnant, vrombissant, jouissant, et que l'on épinglerait à jamais.

Si quelque chose dans cette vie avait plus exalté Shelly, l'avait fait être au monde plus pleinement, elle n'aurait su dire ce que c'était.

Aujourd'hui, tandis que Josie se tenait devant elle dans les locaux de la Société de musique de chambre, une épaule à demi dénudée haussée en signe d'infime contrition, Shelly identifiait ce quelque chose dans sa globalité pour ce qu'il était : la folie.

L'effondrement d'une petite existence soigneusement construite.

Ah, comme ils allaient adorer cela ! Après tant de professeurs hommes mis au pilori pour cause d'aventure avec une étudiante, combien satisfaisant, combien rassurant, que de flanquer une lesbienne à la porte !

« Je m'apprêtais à te les envoyer en pièces jointes. Je m'étais dit que… (Josie émit un gémissement, ferma hermétiquement les yeux.) Elles étaient sur mon ordi. Ma compagne de chambre les a vues et j'ai bien peur qu'elle les ait balancées au conseil d'Oméga Thêta Tau.

— Oh, mon Dieu. Josie, comment as-tu pu… ? »

Josie leva défensivement le menton tout en secouant la tête, si bien que ses longues boucles d'oreilles en perles se mirent à osciller autour de ses cheveux.

« Écoute, Shelly, reprit-elle d'un ton comme irrité. J'ai vraiment la trouille, moi aussi. Tu comprends, je ne vais pas leur dire avec qui je suis sur ces photos. Mais je me dis qu'il y a peut-être quelque chose là-dessus dans le règlement intérieur. Si je ne dis rien et qu'on pense que tu es un prof ou bien ma chef, peut-être que… »

Shelly se prit la tête entre les mains et se laissa retomber sur sa chaise. Au bout de quelques secondes, elle dit, toujours à l'intérieur de ses mains : « S'il te plaît, accorde-moi quelques minutes pour réfléchir. Seule. Je t'en prie, laisse-moi.

— Bien sûr. »

Le ton était si guilleret que Shelly leva les yeux, et ce fut un choc de voir que l'autre, toujours accotée au chambranle, n'avait pas bougé d'un pouce et lui souriait, plutôt gaiement, semblait-il, de toute sa hauteur.

40

« Maman ?

— Perry, mon chéri ! Ça fait des jours que j'essaie de t'avoir. Tout va bien là-bas ?

— Désolé, maman. C'est juste que j'ai été très occupé. J'ai commencé un travail pour un de mes profs, avec des recherches et des interviews. Je ne me rendais pas compte que je n'avais pas appelé depuis un moment.

— Ne laisse pas ce genre de chose empiéter sur tes études. C'est pour cela que tu as eu une bourse, mon chéri, pour que tu aies le temps d'étudier, pas pour…

— Mais c'est pareil, maman. Ce sera bon pour moi. Mon prof est en train d'écrire un livre. Ça va me rapporter des UV. Non, je t'assure, c'est…

— C'est bon, je te crois. Simplement, quand je n'ai pas de nouvelles, je m'inquiète. Je ne voudrais pas que tu te surmènes. Tu n'as pas l'air dans ton assiette, mon cœur. Est-ce que tu dors bien ? Est-ce que ça va ? Et Craig, comment va-t-il ?

— Craig va bien. Et moi aussi. Oui, je dors bien. »

Il y eut un silence, et Craig crut entendre la course cliquetante de la grande aiguille de l'horloge accrochée dans la cuisine de Bad Axe. Fermant les yeux, il vit cette horloge en arrière-fond au-dessus de l'épaule de sa mère et il envisagea, brièvement, de tout lui raconter.

Nicole. La photo. Lucas.

Il s'imagina lui demandant… quoi au juste ?

De prier pour lui ?

De venir le chercher ?

De lui dire qu'il avait perdu la tête ou que, oui, ce genre de chose arrivait tout le temps.

Des filles mouraient et revenaient d'entre les morts.

Pensait-il que sa mère lui dirait : *Ne t'en fais pas pour ça, mon chéri. Tu élucideras tout en temps voulu* ? Non, elle serait abasourdie. Elle paniquerait. Elle pleurerait. Au lieu de cela, il préféra s'éclaircir la gorge pendant que l'ange passait, et sa mère reprit : « C'est bien, mon chéri. Simplement, aie soin de dormir tout ton soûl et de manger convenablement, d'accord ? Et transmets notre bonjour à Craig. Je vous ai envoyé des cookies. Ils devraient arriver dans un ou deux jours. »

Il se frictionna les yeux. S'efforçant de paraître reposé, bien nourri, sain d'esprit, il dit : « Merci, maman. Comment va papa ?

— Il va bien. Nous allons bien tous les deux. Pourras-tu venir à la maison avant Thanksgiving ou faudra-t-il attendre jusque-là ?

— Je vais chercher un covoiturage. Je vous tiens au courant. Il faut que je voie avec mon calendrier et avec ma prof.

« — Oui, bien sûr. C'est simplement que tu nous manques. Tu sais que l'ours noir est revenu ?

— C'est pas vrai ?

— Si, si.

— Ben, dis donc. »

L'été précédent, un ourson était venu rôder derrière la maison. Ils en avaient conclu qu'il devait s'agir d'un orphelin. Il y avait eu dans le journal de Bad Axe un article à propos d'un ours noir tué par arme à feu dans un champ de maïs des abords de la ville. (Celui qui l'avait abattu avait emporté la tête, et l'agriculteur qui l'avait découvert avait appelé les services de l'environnement.) Tout le monde était au courant de la présence d'ours dans la région, mais ils ne pullulaient pas au point que le journal local restât muet quand l'un d'entre eux était retrouvé décapité.

« Tu es certaine que c'est le même ?

— Ma foi, il est beaucoup plus gros que l'année dernière et il a perdu un bout d'oreille, mais c'est sûrement lui, tu ne crois pas ?

— On le dirait bien. Est-ce qu'il cause des dégâts ?

— Il a appris à enlever le couvercle de la poubelle sans faire de bruit, mais à part ça, non, aucun désagrément. Papa a fixé une chaîne sur le couvercle. En revanche, Tigre n'est plus très bouillant pour sortir. »

Cela les fit rire. Tigre était le plus timoré des matous. Il s'asseyait quelques secondes chaque jour sur les marches du perron, et si un écureuil ou un oiseau venait à se poser dans le jardin, il se mettait à gratter frénétiquement au grillage de la porte pour rentrer.

« J'ai vu les parents de Nicole à l'église, dimanche dernier.

« — Ah ? Comment vont-ils ?

— Pas bien du tout. Mrs Werner est malade. Ils ne savent pas ce qu'elle a. Mais Mr Werner a parlé à ton père et lui a dit que c'est une "maladie anémiante", ce qui veut dire, j'imagine, qu'elle perd du poids et qu'ils ne savent pas pourquoi. Lui, je lui ai trouvé l'air aussi affaibli qu'elle. Il a perdu tous ses cheveux.

— Mon Dieu ! » Mr Werner n'avait aucunement tendance à perdre ses cheveux la dernière fois que Perry l'avait vu. « C'est le cancer ? Pour Mrs Werner, je veux dire ?

— C'est bien sûr ce à quoi tout le monde pense, mais les médecins disent que non. Ils sont même allés jusque par chez toi, à l'hôpital universitaire, pour des examens. Les spécialistes voulaient la revoir six semaines plus tard, mais Mr Werner a dit qu'ils ne pourraient pas y retourner. Il leur est tout simplement impossible de séjourner dans cette ville à cause de…

— Oui, bien sûr.

— Et j'ai vu le bébé. Le bébé de Mary. »

Perry mit plusieurs secondes à comprendre de qui parlait sa mère. Dans un premier temps, quand elle dit « bébé », « Mary », il pensa à son amie imaginaire et à sa sœur aînée, morte en bas âge. « Notre petite fille. » Puis cela lui revint, avec à la fois du soulagement et un douloureux élancement : *Mary*.

« Comment va-t-elle ?

— Eh bien, elle habite présentement chez sa sœur. Le père, tu sais ce qui lui est arrivé ? »

Il vint à l'esprit de Perry que, pour sa mère, l'actualité de Bad Axe était reprise dans les journaux de l'ensemble de l'État. « Non. Quoi ?

— Il a été grièvement blessé. Lésions cérébrales. Il était dans un hôpital en Allemagne jusqu'à la semaine dernière. Il vient d'être ramené en Caroline du Nord. Encore un de ces fous de poseurs de bombe.

— Seigneur, fit Perry, en panne de commentaires.

— Perry, il me semble quand même que tu n'as pas l'air bien.

— Mais si, maman. » Il se frotta les yeux de sa main libre et, tâchant de paraître parfaitement bien : « Écoute, je t'appelle dans quelques jours pour dire quand je peux venir. J'ai seulement certains trucs à régler avant, d'accord ?

— Entendu, mon chéri. Continue de bien étudier. Voilà ce qui importe. C'est ce que tu fais ?

— Mais oui, maman. Je m'en tire bien.

— Je le savais, je le savais. Je t'aime, mon Perry.

— Moi aussi, maman, je t'aime.

— Au revoir, mon chéri. On se rappelle bientôt. »

Perry venait de reposer le combiné sur son socle et se dirigeait vers le réfrigérateur (du beurre d'arachides ? des crackers avec du fromage ?), quand la porte de l'appartement s'ouvrit à la volée sur Craig, les cheveux en désordre, les yeux exorbités sous l'effet de – quoi au juste ? L'horreur ? La stupeur ? La joie ?

« Lis-moi ça. Lis-moi ça », fit-il en tendant d'une main tremblante un petit rectangle de papier.

41

Shelly se présenta au bureau du doyen de l'école de musique. Celui-ci l'attendait flanqué de son assistante chargée des tâches administratives.

Elle n'avait pas fermé l'œil de la nuit, mais elle s'était fait couler ce matin-là suffisamment d'eau brûlante puis d'eau glacée sur le corps, et elle avait ingurgité assez de caféine pour espérer au moins ressembler à quelqu'un possédant encore une apparence de pouls. Elle portait son tailleur gris, qui n'était pas sorti depuis deux ans de la housse du pressing, un maquillage léger, du mascara brun et de l'eye-liner. Elle avait cherché, supposait-elle, à se donner un air asexué, mais non pas celui d'une lesbienne asexuée. Une paire de souliers plats. Des collants. Un doigt de dentelle bordant le col de son chemisier. Elle avait choisi un vernis à ongles pêche. Avant d'entrer elle prit appui sur le montant de la porte et s'efforça de respirer lentement – inspirer par le nez, expirer par la bouche, en comptant jusqu'à quatre ; elle oublia de s'arrêter à quatre et s'aperçut qu'elle soufflait depuis fort longtemps en comptant toujours, cela sous les yeux du doyen et de son assistante, qui la regardaient avec gravité.

Le doyen paraissait s'étrangler d'embarras derrière sa cravate. Son assistante, très jeune, très jolie, était toute nouvelle à ce poste, si bien que Shelly ne l'avait pas encore rencontrée en personne. Ses petites mains étaient sagement croisées sur un bloc posé dans son giron. Elle avait les yeux levés non vers Shelly mais vers un point du plafond.

Tout en regardant ces mains liliales, Shelly emplit de nouveau ses poumons et se répéta une fois encore qu'elle ne devait surtout pas tourner de l'œil. Elle devait s'abstenir de pleurer. Sa voix de trembler. Elle devait éviter de se plaquer les mains sur le visage pour étouffer un affreux sanglot. Elle s'était pourtant laissé aller sans discontinuer à ces manifestations de désespoir depuis qu'elle savait qu'une plainte avait été déposée à son encontre et qu'elle allait sans doute devoir consulter un avocat.

« Bonjour », dit le doyen. Il se souleva de quelques centimètres avant de se laisser retomber sur son siège. Il resserra sa cravate comme s'il méditait de s'étrangler, puis il désigna du plat de la main sa collaboratrice. « Je vous présente Allison. Elle va prendre des notes. Veuillez vous asseoir, madame Lockes. »

Il ne l'avait plus appelée « madame Lockes » depuis qu'il l'avait recrutée quatorze ans plus tôt. Même si elle ne l'aurait pas regardé comme un ami personnel, tous deux se connaissaient depuis un bail. Elle l'avait vu grisonner. Elle avait envoyé un mot à ses enfants chaque fois qu'ils avaient décroché tel ou tel diplôme, et des fleurs à son domicile quand il avait perdu sa sœur. Il l'avait toujours appréciée, et réciproquement. Elle pensait qu'ils s'étaient toujours l'un et l'autre vus comme les occupants d'un îlot de bon goût au milieu d'un océan de philistinisme. Au début, il s'était plaint amèrement du nouveau département de jazz, mais ce ne fut rien comparé à celui de folk/rock puis de pop/rock, filières proposées au cours des années qui suivirent. Leur seul désaccord musical portait sur Mozart, que le doyen Spindler tenait pour supérieur à Haendel. Mais Shelly n'avait pas démordu de son opinion : elle voyait en Mozart une machine juvénile, brillante mais sans âme, alors que Haendel était un mortel qui, ayant entraperçu l'éternité, l'avait retranscrite sur la portée. Le doyen faisait semblant, de façon charmante, de s'en formaliser. Mais Shelly lui avait offert pour Noël un enregistrement de *Giulio Cesare*, suite à quoi il lui avait envoyé pendant les vacances un courriel où il disait l'avoir écouté sans arrêt :

> *Vous êtes bien près de m'avoir convaincu, Shelly. Je suis aussi étonné que je vous suis reconnaissant de cette révélation tardive. J'espère que de nombreuses années de collaboration nous attendent.*

« Êtes-vous accompagnée de votre avocat ? » interrogea-t-il.

Shelly secoua la tête. Elle prit place sur la chaise disposée en face du bureau. « Je n'ai pas d'avocat, répondit-elle.

— On vous a pourtant recommandé de prendre un conseil, non ? »

Elle hocha la tête. Puis, comme il paraissait attendre une réponse orale : « Oui. » À quoi l'assistante de griffonner discrètement sur son bloc sans regarder ni Shelly ni ce qu'elle écrivait, à croire qu'elle tâchait de prendre des notes sans qu'on pût l'accuser de le faire.

« Nous devons consigner cela dans le procès-verbal, déclara le doyen, à savoir qu'il vous a été conseillé de venir avec un avocat et que vous avez choisi de vous en abstenir. »

Shelly hocha la tête derechef.

« Il nous faut également y porter que vous comprenez bien ce qui motive cette action discipliniare. » Il s'éclaircit la gorge. Il semblait toutefois moins gêné à présent, enhardi par l'éminente et sûre position morale qui était la sienne. « Donc, dois-je vous montrer les photographies ou puis-je me borner à les décrire, et pouvez-vous me dire si vous êtes ou non un des protagonistes que l'on y voit ?

— Il n'est pas nécessaire que vous le fassiez », dit Shelly. Impossible d'empêcher sa voix de se casser. C'était comme si cette voix appartenait à quelqu'un d'autre.

« À vrai dire, j'y suis obligé. Je préférerais m'en abstenir, croyez-moi. Mais si vous ne confirmez pas avoir connaissance des preuves photographiques en notre possession, vous pourriez par la suite invoquer une confusion, et cela pourrait être sans fin. »

Du dépit transparaissait maintenant dans sa voix. De la contrariété. Shelly savait que, par sa faute, son emploi du temps s'alourdissait de maintes tâches fastidieuses, sans parler de la gêne et du côté déplaisant de toute l'affaire.

« Croyez-moi, dit-elle, ce ne sera pas sans fin. » Là-dessus elle s'enfouit le visage dans les mains et commença à pleurer, exactement comme elle s'était juré de ne pas le faire. Convulsivement. Avec des sanglots déchirants. Une douleur, un apitoiement sur soi, un dégoût de soi sans fond. Elle n'avait pas la moindre idée de ce que faisaient le doyen et son assistante pendant ce temps, mais ni l'un ni l'autre ne prononça un mot ni ne sembla bouger, se lever, quitter la pièce, éternuer. C'était comme si, quelque part par-delà ses pleurs, ils étaient figés dans la durée et dans l'horreur. Elle continua ainsi, et c'est seulement quand elle comprit qu'elle n'avait pas le choix – qu'elle allait se noyer dans les larmes accumulées entre les paumes de ses mains si elle ne demandait pas un mouchoir – qu'elle finit par lever les yeux et découvrir que l'assistante était partie.

Apparemment, le silence du doyen était l'effet d'une sorte de paralysie. Il parvint à lui tendre un Kleenex, mais sa physionomie était celle de qui aurait plongé si longtemps le regard dans un gouffre de honte que cette vision en resterait gravée sur son visage de façon indélébile. Elle prit le mouchoir, puis il lui tendit toute la boîte. Il plissait les paupières comme si Shelly se trouvait à une grande distance ou qu'elle lui fût en tout point incompréhensible. Puis il déclara, pareil à un comédien sortant de scène : « Enfin, bon sang, Shelly. Mais que diable vous est-il arrivé ? Comment cela a-t-il pu se produire ? »

Elle ouvrit et referma la bouche, mais finit par renoncer à parler. Des larmes s'égouttaient de ses lèvres. Elle ne pouvait qu'imaginer à quoi ressemblait son visage.

« Vous comprenez bien, n'est-ce pas, que cela signifie la fin de votre emploi à l'université ? Et il s'agit là du meilleur scénario possible. Qui sait quelles autres complications pourraient s'ensuivre ? Actions en justice ? Enquêtes ? »

Shelly hochait la tête. Il se frotta les yeux, se laissa aller contre son dossier et, s'adressant au plafond :

« Vous pouvez prendre un jour ou deux pour vider votre bureau. En attendant que votre dossier soit bouclé, qu'il soit passé par les différentes commissions, etc., vous serez officiellement en congé, avec votre traitement. Une nouvelle fois, vous pouvez recourir aux services d'un avocat, mais je dois vous dire en toute honnêteté que, surtout eu égard à nos nouvelles lignes de conduite en matière d'abus d'influence dans les rapports de professeur à étudiant et d'employeur à employé, ce ne sera...

— Je sais, plaça Shelly. Je sais, je sais. »

Il la regarda de nouveau, puis indiqua la porte d'un léger mouvement de tête, alors elle se leva. Il lui dit au revoir comme elle franchissait la porte, mais elle fut incapable de se retourner.

42

Même distraite par Lucas et Perry, ainsi que par ses cours et réunions, Mira avait difficilement vécu l'absence des jumeaux. Elle se prenait à s'attarder sur le seuil de leur chambre, à en contempler l'intérieur, éprouvant le genre de tristesse qui, se disait-elle, aurait été plus de mise pour un décès que pour ce séjour de quarante-huit heures chez leur grand-mère. Quand arriva le colis UPS renfermant leurs costumes d'Halloween, elle l'ouvrit sans ménagement, les yeux pleins de larmes.

Elle les avait commandés sur Internet.

Un capuchon pourvu de petites cornes, de petits gants en forme de sabots, des taches blanches et noires.

Les garçons traversaient depuis des mois une période d'amour fou pour les vaches. Dans la partie du zoo où l'on peut caresser les animaux, ils étaient restés fascinés par une énorme masse bovine toute de pesanteur et de scepticisme, mufle humide et palpitant, comme s'ils reconnaissaient un élément de leur vie précédente.

L'animal ruminait d'un air pensif tout en regardant tour à tour Matty et Andy, Andy et Matty (l'un et l'autre stupéfiés par sa seule présence), et cela dura si longtemps que Mira avait éprouvé le besoin de les entraîner plus loin, redoutant que cette vache ne fût ou bien éprise d'eux comme ils l'étaient d'elle, ou bien sur le point de se défouler sur eux d'années de frustration et de ressentiment.

Mais lorsqu'elle les prit par le bras pour les remorquer vers le lama, ils se mirent à pousser des cris perçants comme dans un documentaire qu'elle avait vu, où des parents tentaient d'arracher leurs rejetons à une secte.

De ce jour, il n'y eut plus que les *vaches*.

Des vaches dans des livres. Des vaches dans des magazines. Des vaches dans leur pâture, aperçues en passant sur l'autoroute.

Mira avait fait leur bonheur en s'arrêtant à la librairie, un après-midi après le travail, pour leur acheter deux vaches en peluche. Chacun s'était emparé de la sienne et la gardait maintenant jalousement par-devers lui. Leur mère n'avait aucune idée de la façon dont ils les distinguaient l'une de l'autre, mais ils y parvenaient. Une fois, elle tenta par mégarde de glisser celle de Matty dans le lit d'Andy. Ce dernier la regarda avec dégoût avant de la jeter vers son frère avec une exclamation en laquelle Mira crut entendre « Conakry ! » ou « Connerie ! ». Elle espéra qu'il s'agissait de *connerie*, ce qui aurait signifié que la « phase imaginative » de leur acquisition du langage, comme les ouvrages qu'elle lisait nommaient cela, survenait dans les temps. Il n'était pas douteux qu'ils avaient fréquemment entendu Clark et elle utiliser ce mot.

Ils dormaient avec leur vache. Ils l'emportaient partout avec eux. Et, à la différence de tous les autres jouets qu'ils avaient possédés dans leur courte vie, jamais ils ne l'égarèrent. Jamais ils ne la laissèrent tomber ni ne la perdirent au supermarché. Jamais ils ne l'oublièrent pour la nuit sur la banquette arrière de la voiture.

Forte de ce succès, Mira avait un soir rapporté une paire de vaches en plastique qui les avaient rendus fous de joie. Quelques jours après, elle acheta deux biscuits en forme de vache dans une boulangerie devant laquelle elle passait sur le chemin du parking à étages. Ils en raffolèrent et se mirent à les lécher à qui mieux mieux, mais ils la regardèrent avec horreur quand, bouche ouverte, elle leur montra ses dents pour leur suggérer de les grignoter.

« Tu es en pleine surcompensation, avait fait Clark.

— Pardon ?

— Tu fais de la surcompensation. Tu essaies de les acheter.

— De les acheter ? » Elle avait voulu le suivre dans le couloir pour lui demander à quelle fin exactement elle aurait fait de la surcompensation, mais il s'était enfermé dans la salle de bains, y restant jusqu'à ce qu'elle dût partir pour son travail.

Elle punaisa dans la chambre des enfants une affiche montrant une vache paissant sur un coteau herbu du Vermont. Chaque matin, les jumeaux, debout dans leur petit lit, regardaient cette affiche en se parlant l'un l'autre :

« *Descher neigelein harva stora.*

— *Gott swieten mant brounardfel.* »

Mira les supposait en train de spéculer. Cette vache était-elle contente de son sort ? Avait-elle une famille ? Son avenir serait-il aussi paisible que semblait l'être son présent ? Mais quand elle-même montrait l'animal en disant : « Vache ! », puis attendait qu'ils répètent le mot, ils la regardaient sans comprendre. « *Haller* », disait l'un. « *Haller* », renchérissait l'autre. Après quoi ils reflétaient l'attente de leur mère, attendant apparemment, eux aussi, qu'elle dise le mot. Pour le consacrer. Pour montrer qu'elle comprenait ce qu'était un *haller* – que c'était noir et blanc et que cela mangeait de l'herbe sur un coteau herbu du Vermont, là, juste sous son nez (ils parlaient manifestement ici de la même chose, cherchant à lui donner un nom), mais, pour s'empêcher de le prononcer, Mira ne put que répéter « Vache », cette fois en désespoir de cause et avec moins d'assurance. Ils la regardèrent d'un air où elle crut lire de la déception.

Quand Clark franchit enfin la porte avec les jumeaux cet après-midi-là, Mira s'agenouilla pour les serrer si fort et si longuement dans ses bras que Matty, qui d'ordinaire n'en avait jamais assez, finit par s'arracher à son étreinte, l'air inquiet.

« Tu as beaucoup, beaucoup manqué à maman », lui dit-elle, sur quoi il lui appliqua un baiser consolateur dans les cheveux et lui tapota l'épaule comme si elle était pensionnaire dans un hospice de vieillards.

Alors, levant les yeux, elle croisa le regard de Clark et tous deux éclatèrent de rire. Elle se releva pour le prendre dans ses bras, et il parut répondre à ce geste avec chaleur. « Tu m'as manqué », dit-elle, et ils échangèrent un baiser – non pas long, mais donné de bon cœur. Elle avait dû lui manquer de même.

Elle espérait qu'ils passeraient une agréable et paisible soirée. Elle avait acheté deux tranches de thon dans un marché de luxe proche du campus. La poissonnière les avait emballées dans plusieurs épaisseurs de papier blanc, et Mira, pleine d'espoir, les avait rapportées à la maison. Clark aimait bien cuisiner le thon dans de l'huile de sésame – rose au milieu, blanc en périphérie. Il y avait au moins un an qu'il ne l'avait fait, mais elle se souvenait que c'était toujours délicieux. Elle avait pensé qu'il s'y mettrait après le coucher des enfants, pendant qu'elle préparerait une salade et ferait cuire du riz.

Peut-être qu'après le dîner et un dernier verre de vin, ils feraient l'amour.

Clark avait l'air détendu, de meilleure humeur qu'il ne l'avait été ces temps derniers. À l'évocation de cette bonne humeur, il n'avait lancé qu'une seule pique : « Ça fait du bien, un petit coup de main. »

Peut-être que, voyant alors la tête de Mira, il avait eu autant qu'elle le souci d'éviter une scène, car il avait aussitôt nuancé :

« Ma mère prend vraiment les choses en main, tu sais. Si je l'avais laissée faire, elle me nourrissait pendant deux jours à la petite cuiller. Avant même que j'ouvre les yeux le matin, elle avait déjà levé et habillé les garçons et les avait mis à jouer avec ma vieille boîte de cubes. »

À partir de ce moment, ils n'eurent qu'un seul échange un peu tendu – il n'arrivait pas à mettre la main sur ses chaussures de jogging, qu'il avait pourtant laissées sous le lit, mais que, avant de les retrouver, il accusa Mira d'avoir mises « dans le coffre à jouets ou je ne sais où » pendant son absence – et une dispute lorsqu'elle découvrit sur le comptoir de la cuisine, après qu'il fut parti courir, un billet de sa main qui disait :

2:20 – *Ton petit ami a encore appelé. Je lui ai dit que tu étais au bureau, qu'il essaie de te joindre là-bas.*

Elle avait gardé cette feuille de calepin un bon moment dans la main, sans en détacher les yeux, cherchant à en discerner la signification. Elle pensa dans un premier temps qu'il parlait de Jeff Blackhawk, mais pas une fois elle n'avait eu ce dernier au téléphone. Jeff était cependant, pour ce qu'elle en savait, le seul homme qui l'eût *regardée* depuis la naissance des jumeaux.

Clark n'avait quand même pas en tête l'un ou l'autre des petits amis qu'elle avait eus avant leur mariage ?

Quand il rentra, elle lui agita la feuille sous le nez en demandant : « Qu'est-ce que c'est que ça ? »

Essoufflé, le visage tout rouge, de la sueur ruisselant sur les joues, il évita son regard et passa devant elle pour gagner la chambre.

« Clark ? insista-t-elle en lui emboîtant le pas.

— Tu le sais parfaitement, Mira. Ton scout aigle. Ton étudiant "travail-études". » Il avait, par geste, assorti le mot de guillemets. Il s'assit au bord du lit et entreprit de délacer ses chaussures.

« Perry Edwards ? Voilà que Perry est mon petit ami à présent ? s'esclaffa-t-elle. Perry a *dix-neuf* ans. » Soulagée, elle se dit : Voilà, c'est ça, c'est une blague. Et d'avancer la main pour lui ébouriffer les cheveux. Mais il eut un mouvement de recul.

« Clark ? Tu plaisantes, n'est-ce pas ?

— Ouais, c'est ça. Je suis un gros farceur. Ou plutôt, si farce il y a, c'est moi le dindon. »

Ayant ôté son tee-shirt gorgé de sueur, il le jeta par terre, puis passa devant elle. Elle remarqua, pour la première fois, qu'il était en train de perdre du poids. Il n'était plus fait au ciseau comme quelques années plus tôt, mais c'était en bonne voie. Les cinq (sept ?) kilos en surplus étaient en train de fondre.

« À quoi est-ce que tu joues ? » souffla-t-elle en le suivant dans le couloir. Ils passèrent devant la porte des jumeaux, heureusement endormis une heure plus tôt qu'à l'accoutumée.

« Clark ? »

Ayant gagné la salle de bains, il était entré dans la cabine de douche. Elle demeura à l'extérieur, le regard fixé sur la porte, puis elle finit par retourner au living pour essayer de lire le journal. Quand il reparut, Clark paraissait avoir oublié le différend.

« Un verre de vin ? interrogea-t-il. Un petit verre en douce ? »

Elle lui parla du poisson, puis l'informa de ce qu'elle avait fait venir des costumes d'Halloween pour les garçons. Elle allait les lui montrer. Elle déposa deux verres de vin sur la table basse et, quand il entra au salon – le visage toujours coloré, le cheveu mouillé –, elle déploya les costumes et dit :

« Tu ne les trouves pas rudement mignons ? »

Dans un premier temps, il parut ne pas les identifier comme des déguisements pour enfants, puis il battit des paupières et, avec si peu d'émotion qu'il aurait aussi bien pu exprimer de la haine ou du mépris qu'une parfaite apathie, demanda : « C'est pour les garçons ?

— Mais oui », dit Mira. Et d'ajouter, même si elle le regretta aussitôt : « Pour qui veux-tu ?

— Je demandais juste, vu que des vaches et des gars, ce n'est pas la même chose. »

Il fallut à Mira quelques secondes pour formuler une réponse.

« J'en suis bien consciente, Clark, dit-elle en laissant retomber les costumes sur ses genoux.

— Parce que les jumeaux en sont, eux, des garçons. Du sexe masculin, si tu préfères.

— Merci pour cet aperçu on ne peut plus pénétrant, dit-elle en commençant de ranger les deux tenues dans leur carton.

— Il me semble, à moi, qu'un costume de, je ne sais pas, de taureau ou de Superman, ce genre-là, serait plus approprié pour deux petits garçons, tu ne penses pas ? Désolé si tu le prends mal ou s'il est trop difficile de trouver quelque chose qui convienne mieux à leur sexe. Ce n'est pas comme si je te suggérais de coudre mille paillettes sur un costume de serpent de mer que tu aurais confectionné de tes mains. »

Ah, mais oui.

Lorsqu'il était petit, sa mère lui avait confectionné un costume de monstre marin et y avait cousu un millier de paillettes. Il lui avait raconté cela à l'époque où ils commençaient de sortir ensemble, ce afin de lui donner une idée de la femme qui l'avait élevé – une idée du dévouement fanatique qu'elle témoignait à son fils, du sérieux avec lequel elle assumait son rôle de femme d'intérieur.

(« Je n'ai porté ce truc qu'une seule fois, lui avait-il dit. Cette femme aurait été parfaitement heureuse, quand bien même elle aurait perdu la vue en fabriquant ce déguisement d'Halloween. »)

Ils roulaient de nuit, Clark au volant. Mira ne pouvait voir son visage, mais elle ne put se méprendre sur le chagrin, voire la honte, qui perçaient dans sa voix. Elle lui avait alors pris la main, sentant ses propres yeux se mouiller de larmes. Soudain, elle voulait l'aimer avec ce genre de dévotion. Elle voulait devenir, un jour, le genre de mère qui coudrait mille paillettes vertes sur un costume de feutre, simplement parce que son enfant s'est pris d'une passion passagère pour les serpents de mer. Elle serait, oui, ce genre de mère, se promit-elle cette nuit-là, ses enfants dussent-ils, plus tard, s'attrister en pensant à ces sacrifices insensés. Elle voulait que ceux qu'elle aimait fussent à ce point assurés de son amour.

Levant aujourd'hui les yeux vers Clark, elle lui dit : « Je voudrais bien avoir le loisir de rester à la maison pour faire moi-même les costumes des garçons, mais il faut que je paie le putain de loyer. Il faut bien que quelqu'un ici se charge de payer le putain de loyer. »

Elle ne remarqua qu'il avait ramassé le journal que lorsqu'il le lui eut jeté à la figure. Les pages retombèrent, chiffonnées, tout autour d'elle. Elle les ramassa à pleines poignées, les chiffonna et les lui relança alors qu'il se dirigeait déjà vers la porte.

<h1 style="text-align:center">43</h1>

« La Semaine d'enfer ? Un genre de bizutage, tu veux dire ? Tu me fais marcher ou quoi ? Pourquoi adhérer à un "club" qui t'aura torturée durant toute une semaine ?

— Ça aide à établir des liens », répondit Nicole, sur quoi Craig manqua s'étrangler avec son milk-shake. Elle avait dit cela de si mignonne façon, tellement naïve. « Tu comprends, cela fait qu'ensuite on est vraiment des sœurs.

— Nicole, tu es déjà passée par ce genre de truc pendant le mois du "pas cap". Si le fait d'avoir dû garder la même culotte pendant quatre semaines n'a pas renforcé vos liens, à quoi va servir cette Semaine d'enfer ?

— Arrête, Craig. Tu m'avais promis de ne pas te moquer. »

Il hocha la tête. C'était vrai. Il avait promis tout ce qu'elle voulait pour l'amener à lui dire ce qui l'avait à ce point travaillée au mois de novembre. Il avait subodoré qu'elle projetait de rompre, car chaque fois qu'il cherchait à l'embrasser elle trouvait une bonne raison de se dérober. À la cafétéria, elle s'installait le plus loin possible de lui, sans qu'il fût toutefois possible de dire, techniquement parlant, qu'ils ne mangeaient pas ensemble. Un mardi soir, il s'était présenté avec un bouquet de roses rouges devant la maison d'Oméga Thêta Tau après une de ses fameuses « réunions secrètes », et elle avait pris ses jambes à son cou en fondant en larmes. Quand il la rattrapa enfin, un demi-pâté de maisons plus loin, il pleurait lui aussi. Il la saisit au bras, mais elle se dégagea en le suppliant : « Je t'en prie, je t'en prie, évitons de nous voir pendant encore quelques jours.

— Mais enfin pourquoi ? Je t'aime, Nicole. Qu'est-ce qui ne va pas ? »

Elle se remit à courir, mais sans conviction, comme ayant perdu de sa détermination à le fuir. Il réussit à l'entraîner dans une venelle entre un magasin de spiritueux et un marchand de sushis. Il y avait déjà un moment qu'il avait jeté les roses sur un banc du parc. Il la prit par les bras pour l'attirer contre lui. Secouée de sanglots, elle cessa de résister quand elle comprit qu'il ne la lâcherait pas. « Je t'en prie, Nicole, lui murmura-t-il dans les cheveux. Je meurs à petit feu. Je t'aime tant. Dis-moi tout.

— Tu vas me détester, lui répondit-elle entre deux sanglots. Tu vas me trouver stupide. Tu vas penser que je suis vraiment… vraiment dégoûtante. Tu vas te moquer de moi ou bien tu vas tout raconter autour de toi. Tu vas…

— Arrête de dire ce que je vais faire, Nicole ! Rien ne pourrait me conduire à te détester. Et jamais je ne te trahirais. Tu es ce qu'il a de plus précieux, de plus…

— D'accord ! D'accord ! C'est ma culotte, si tu veux savoir ! » cria-t-elle. Un quidam qui passait au bout de la venelle ralentit le pas. Nicole eut un mouvement de recul et, s'enfouissant la tête entre les mains, répéta d'une voix heurtée : « Ma culotte. Ma culotte.

— Quoi ta culotte ? » Une rapide succession d'images insensées lui traversa l'esprit. Il vit les joueurs d'une équipe de foot se faisant des passes sur le terrain avec la culotte de Nicole, une culotte flottant en haut d'un mât, une culotte en vente sur eBay, les photos d'une culotte punaisées sur un tableau d'affichage. Et c'est alors qu'elle lui dit : « Elle est sale. Vas-y maintenant, dis-moi combien tu me trouves idiote. »

Il fallut un long moment, toujours dans cette ruelle, et quantité de larmes imprégnant la veste en velours côtelé de Craig pour amener Nicole à tout lui raconter. Cette culotte, elle devait la porter encore trois jours. Le samedi suivant, elle devrait la remettre à la présidente d'Oméga Thêta Tau à l'occasion d'une sorte de célébration rituelle de la sororité. Alors, elle aurait le droit d'en changer.

« Je la sens d'ici », sanglota-t-elle.

Difficile de ne pas rire, mais plus difficile encore de ne pas la sermonner :

« Tout ça est absurde, Nicole. Tu ne viens pas de t'enrôler dans l'armée. Tu ne devrais pas avoir à subir ce genre de connerie simplement pour vivre dans une grande maison avec une bande de reines de promo.

— Tu vois, je savais bien que tu…

— C'est bon, c'est bon », fit Craig, et il se contraignit au silence en pressant ses lèvres sur le front de Nicole.

Ces faits s'étaient passés en novembre. Aujourd'hui, dans les premiers jours de mars, elle l'informait que, pendant la Semaine d'enfer, elle ne pourrait

348

quitter le sous-sol de la maison d'Oméga Thêta Tau, sauf pour se rendre en cours.

« Mais que diable – sans jeu de mots – vas-tu faire tout ce temps dans un sous-sol ?

— On ne nous le dit pas. Mais les filles de l'année dernière racontent que cela avait surtout à voir avec différents projets. La préparation de certains événements. Des tests sur des trucs, des faits, panhelléniques.

— De pures conneries, oui, lâcha Craig. Pourquoi faudrait-il que tu restes au sous-sol ?

— C'est une mise à l'épreuve. » Nicole leva le menton, et Craig vit qu'il tremblait. « C'est la tradition. » Elle haussa une épaule, la laissa retomber. « Moi, je trouve que ça a l'air sympa.

— Sympa ?

— Tu ne fais pas partie d'une fraternité, Craig. Je crois que tu ne peux pas comprendre ce que… ce que…

— Ça, tu l'as dit. » À cet instant, la serveuse vint pour enlever l'assiette de Nicole, bien que celle-ci n'eût pas encore touché à son croque-monsieur. Craig leva la main et fit le geste de la chasser. « Elle n'a pas fini, dit-il.

— Je suis vraiment désolée », fit la serveuse sans une ombre de sarcasme en levant les mains comme s'il avait tenté de la gifler. Il s'agissait d'une de ces horripilantes femmes entre deux âges du Midwest qui usent de leur amabilité comme d'une arme. Avant de prendre la commande, elle les avait assaillis de compliments – *J'adore votre manteau, j'adore votre pull, j'adore ce truc dans vos cheveux, j'adore votre bague, j'adore vos bottines.* Tout en étudiant la carte, Craig s'était pris à imaginer de quelle façon sa mère l'aurait congédiée : *Merci, nous vous adorons nous aussi…*

Mais Nicole engagea la conversation avec volubilité. Elle lui répondit que le pull venait de chez Gap, que la veste de Craig provenait de l'Armée du Salut (!), que le truc qu'elle avait dans les cheveux n'était qu'un chouchou appartenant à sa sœur, que les bottines étaient des Ugg et que la bague, c'était Craig qui la lui avait offerte.

Là, au moins, Craig cessa de sourciller le nez dans la carte et leva les yeux vers la serveuse, qui regardait le bijou que Nicole portait à la main droite. Celle-ci levait la main comme une reine attendant le baiser d'un courtisan.

« Ouah, fit la femme en la prenant par le bout des doigts pour lui orienter la main à la lumière. Ouah. C'est de la sève, non ? » Puis se penchant pour mieux voir : « Il y a… il y a quelque chose à l'intérieur.

— Une petite mouche, une drosophile, déclara fièrement Nicole. Elle pourrait être vieille de quarante millions d'années. »

Elle tenait cela de Craig.

Craig, dont, en sixième au collège de Fredonia, le professeur de sciences naturelles possédait une petite collection de choses incluses dans l'ambre – une araignée, une grenouille, quelques moustiques. Il possédait même un bloc dans lequel flottait comme un long cheveu noir, et un autre renfermant deux pauvres petites fourmis qui s'étaient bousculées pour s'en extraire avant de se faire emprisonner pour l'éternité. Craig avait été horrifié et transporté à l'idée que, comme Mr Barfield l'avait expliqué, elles étaient probablement tombées dans le piège parce qu'elles étaient attirées par cette masse poisseuse. La preuve d'une erreur de jugement conservée dans l'ambre pendant des millions d'années.

« Ce n'est pas de la sève, rectifia Craig. C'est de la résine. »

La serveuse hocha la tête comme s'il s'agissait là de l'information la plus intéressante qu'elle eût reçue de toute sa vie, après quoi elle finit par s'en aller, jeta au cuisinier le papier sur lequel était notée leur commande, et disparut. Elle reparut un peu plus tard pour laisser leurs croque-monsieur une bonne dizaine de minutes sous les lampes rouges du comptoir séparant les cuisines de la salle. Quand elle les leur apporta, ils étaient froids.

« Pourquoi faut-il que tu sois si négatif ? interrogea Nicole après que la serveuse fut repartie. Quelle différence ça fait ? Si tu étais grec, toi aussi, tu ferais le même genre de chose, et je comprendrais.

— Écoute, Nicole. Semaine d'enfer ou autre. Fais ce que tu as à faire, mais ne compte pas que je ne sois pas malheureux de ne pas te voir de toute une semaine. Si tu partais en Espagne ou je ne sais où, je comprendrais ; mais, franchement, coudre des napperons dans un sous-sol… »

Les larmes qui picotaient Nicole aux coins des yeux depuis le moment où Craig avait renvoyé la serveuse coulèrent librement. Quand elles commencèrent à lui rouler le long du nez et que l'une d'elles tomba sur sa lèvre inférieure, Craig bondit de sa banquette et fit le tour de la table pour la prendre dans ses bras et effacer cette larme d'un baiser.

« Allons, voyons, ne pleure plus. Désolé, je suis un con, disait-il tout en l'embrassant encore et encore. Fais tes fichus napperons, mais reviens-moi. Je ne peux pas vivre sans toi. » Il tenait son visage entre les mains pour le manger des yeux.

Nicole fit une tentative de rire qui avorta, puis elle posa la tête sur l'épaule de Craig et se mit à pleurer de plus belle.

« Oui, mais tu ne pourras jamais comprendre. Il y aura toujours cette chose entre nous. Tu ne cesseras jamais de te moquer. Je…

— Es-tu en train de me dire que tu veux rompre ? » interrogea Craig en se raidissant, en s'efforçant de ne pas hurler sa question. Il avait péniblement conscience de la présence de la serveuse, qui rôdait dans son dos et dont il savait qu'elle ne s'éloignerait pas avant d'en avoir suffisamment entendu pour se faire une idée de la nature du problème. Baissant la voix, il reprit : « Donc, tu as l'intention de me larguer pour je ne sais quel connard de membre d'une fraternité ? C'est bien de ça qu'il s'agit ? » Il commença à se lever, mais Nicole le retint par le revers de sa veste. Elle le serra dans son poing comme eût fait un bébé, et il eut envie de pleurer lui aussi en voyant cette petite main si douce accrochée à sa veste de l'Armée du Salut.

(C'est elle qui la lui avait achetée. Elle était allée voir les fripes avec les sœurs de la sororité afin d'acheter des déguisements pour un carnaval qu'elles préparaient. Elle y était tombée sur cette veste. « Je me suis dit que tu serais chou avec ça ! En plus, c'était ta taille ! »)

« Non, Craig. Non. C'est toi que je veux. Si seulement tu voulais bien…

— Je te l'ai dit, Nicole : je vais y réfléchir. De toute manière, pour cette année, c'est trop tard. L'an prochain, d'accord ? Je vais y penser pour l'an prochain, ça te va ? » Elle ne répondait rien et, le visage contre son épaule, le tenait toujours par le revers de sa veste. « Est-ce que ça te va ? »

Elle eut un gémissement, puis répondit : « Non. Tu ne le feras pas. Tu détesterais ça. »

Alors qu'il allait la contredire, elle leva les yeux vers lui avec un petit sourire – un petit sourire mélancolique et plein de regret qu'il ne lui avait jamais vu, qu'il n'avait peut-être jamais vu sur le visage de quiconque.

« Tu détesterais ça, répéta-t-elle – et elle se mit à rire. Je te vois d'ici. » Elle était franchement hilare à présent, et lui aussi se mit à rire en la regardant le regardant, et il comprit alors ce que signifiait son expression : elle le reconnaissait pour ce qu'il était et cela l'amusait.

Malgré elle, elle aimait bien ce qu'elle voyait.

Peut-être aimait-elle ce qu'elle voyait.

Il le voyait dans ses yeux.

Est-ce qu'on l'avait jamais regardé ainsi ?

Il avait l'impression d'être en verre, l'impression qu'une note jouée sur un violon ou une flûte pouvait le briser en mille morceaux. Il s'aperçut qu'il tremblait. Il prit sur lui pour ne pas pleurer. Il se fit le serment, non pour la première fois, de faire tout ce qu'elle désirerait, tout ce qu'il faudrait pour la garder tout le restant de sa vie, tout le restant de leur vie.

C'est alors qu'un courant d'air glacial passa sur eux. Craig tourna machinalement la tête vers la porte d'entrée de l'établissement. Quelqu'un venait d'entrer. Brouillée par les larmes de Craig, une silhouette se tint une ou deux secondes sur le seuil. Battant des paupières, ajustant sa vision, il reconnut l'homme à l'instant où celui-ci tournait prestement les talons pour ressortir.

Il s'écarta de Nicole et, désignant la porte d'un mouvement du menton : « C'était lui.

— Qui ça, lui ?

— Le fameux type. L'EMT. Le putain d'ambulancier. Il nous a vus et il a fichu le camp.

— Mais quel EMT ? interrogea Nicole en se tamponnant les yeux avec sa serviette. De quoi est-ce que tu parles ?

— Ce type, je l'ai vu genre cinq fois à ta sororité. Je t'en ai déjà parlé. Tu ne te souviens pas ? Je t'ai dit que je n'arrêtais pas de le voir dans le coin. Qui est-ce ?

— Je ne vois pas de quoi tu parles, Craig. Je ne sais même pas ce qu'EMT signifie. »

Craig ne prit pas la peine de discuter ni d'expliquer ce que signifiait EMT. Il regardait du côté de la baie vitrée pour voir si le type passerait devant la façade. Mais ce dernier avait dû partir dans l'autre direction. Pour éviter que Craig ne le voie ?

Craig se leva, comme pour le suivre, bien qu'il n'eût aucune idée de ce qu'il ferait s'il le rattrapait. Mais Nicole le saisit par la manche et le força à se rasseoir. Elle lui noua les bras autour du cou et lui donna un baiser si tendre et si prolongé que même la serveuse, qui les observait toujours, dut se sentir gênée et s'éloigna.

44

« Attends, je vais y aller », dit Perry en cherchant à saisir le coude de Craig au moment où celui-ci quittait la fenêtre pour se diriger vers la porte.

Ils avaient guetté ensemble l'arrivée du courrier. Le facteur traversait enfin la rue, courbant la tête face à un vent qui devait être assez fort (c'était une lumineuse journée de la fin d'octobre, mais les branches nues des arbres se faisaient malmener sans merci, et un air glacial s'insinuait par les interstices de la croisée). Le préposé disparut pendant quelques minutes, sans doute occupé à trier et distribuer le courrier dans l'entrée de l'immeuble. Puis ils le virent réapparaître et traverser la pelouse en direction de la maison voisine, une feuille rouge vif collée à sa casquette bleue, des douzaines d'autres adhérant à ses brodequins noirs.

Resté à l'appartement, Perry prêtait l'oreille aux coups sourds et grincements familiers de l'escalier sous les baskets de Craig. Il nota même la syncope lorsque son ami sauta la septième marche.

Elle avait été défoncée une semaine auparavant par un pied anonyme et présentait désormais un trou béant qu'il convenait d'éviter à la descente comme à la montée si l'on ne tenait pas à s'y enfoncer jusqu'au genou. Aucun des occupants de l'immeuble ne semblait savoir qui l'avait crevée ; mais, depuis lors, une des filles de l'appartement d'à côté s'y était tordu la cheville et se déplaçait maintenant avec des béquilles. Perry en avait informé le propriétaire par courrier et, faute de réponse, il avait placardé une mise en garde en haut et en bas de l'escalier (ATTENTION : TROU DANS LA SEPTIÈME MARCHE). Quand la demoiselle aux béquilles découvrit qui avait placé ce billet, elle lui apporta des cookies de sa confection en remerciement pour sa prévenance.

Les cookies avaient goût de carton, mais la fille était jolie – joues colorées, cheveux teints en noir coupés au bol. Si elle lui avait dit son nom, il ne se le rappelait plus. Deux ou trois jours après qu'il eut scotché l'avertissement, quelqu'un y ajouta : « Signé, Rumpelstilchen ».

Craig avait déjà dû prendre le courrier dans leur boîte. Perry l'entendait remonter les marches deux à deux, peut-être trois à trois. Il entendit comme un bruit d'essoufflement. L'instant d'après, Craig poussait la porte et s'encadrait sur le seuil, tenant dans une main une nouvelle carte postale et, dans l'autre, une liasse de prospectus en papier glacé vantant les mérites de différentes pizzerias et sandwicheries.

« C'est elle. C'est vraiment elle, déclara-t-il. Encore un message d'elle. »

Perry fit un pas circonspect vers lui pour prendre la carte. C'était apparemment la même que la fois précédente – une de ces cartes postales d'un papier fin et pulpeux, vendues déjà affranchies. Perry regarda l'adresse, y lut le nom de Craig, puis il la retourna. Il dut se frotter les yeux, regarder de nouveau, se frotter derechef les yeux.

L'écriture.

Il avait vu cette écriture çà et là pendant des années. Une mine grasse sur du papier réglé. Signatures au pastel au bas de travaux d'arts plastiques. Cartons d'invitation, exclamations punaisées sur des portes de casier, notes empruntées et recopiées suite à des cours d'anglais ou autres qu'il avait manqués, vers composés lors d'un atelier de poésie auquel il avait participé avec elle en classe de première. Il se frotta encore une fois les yeux. Il aurait reconnu n'importe où ces consonnes minuscules tout en rondeurs, même s'il ne savait pas exactement quel type de poème elle était susceptible d'écrire à Craig sur une carte postale. Mr Brenner leur avait parlé en cours de l'assonance métrique. Il n'avait pas du tout été tendre avec Nicole (dont les vers rimaient toujours – « Sinon à quoi bon ? » avait-elle dit) à propos de ses « prédilections amour/toujours ». À la fin du trimestre, la bonne élève qu'elle était avait complètement assimilé la leçon et s'était mise à faire aux compositions de ses condisciples exactement les mêmes reproches que ceux que Mr Brenner lui avait adressés sur les siennes.

> *Je ne puis te dire qui je suis désormais*
> *Je ne puis dire la profondeur de mon regret*
> *Que tu ne m'aies pas tuée, Craig, mais*
> *Sache que mon âme ne se peut enterrer.*

« Doux Jésus, souffla Perry en se laissant tomber sur le sofa, la carte toujours à la main. Son cœur battait à rompre contre sa cage thoracique. Jusque-là il n'était pas convaincu, en dépit de ce qu'il croyait au sujet de Nicole et en dépit de l'insistance de Craig.

La précédente carte postale ne disait que : *Tu me manques. N.* Elle pouvait provenir de n'importe qui. Ce pouvait être une blague de mauvais goût. Il avait dit cela à Craig, qui avait paru en convenir. Mais à voir l'impatience avec laquelle il avait guetté le facteur ces deux derniers jours, il apparaissait qu'il s'était borné à complaire à Perry tout en attendant la prochaine carte.

« Merde ! lança Perry en rendant la carte à Craig, après quoi il lui tourna le dos, le cœur toujours affolé, les mains tremblantes. Merde, merde et merde ! »

Jusqu'à présent, il s'était montré sceptique. Il n'avait pu croire à rien de tout cela. Il avait été en quête de quelque chose, sans s'attendre à le trouver. La panique lui causait à la gorge une constriction entraînant une quasi-aphonie, quand Craig déclara, d'un ton de pondération qui lui était inhabituel : « Elle n'est pas morte, Perry. Ou bien. Ou bien elle est… *autre chose.* »

Levant les yeux, Perry fut tout à la fois sidéré et pas même surpris de ce qu'il vit :

Craig était heureux.

Il n'avait pas même l'air déconcerté.

Il avait une mine réjouie comme Perry ne lui en avait pas vu depuis avant l'accident. Il présentait, pensa ce dernier, la physionomie des communiantes aussitôt après la cérémonie où elles avaient reçu le Christ en elles : l'œil brillant, pétries de foi, voyant au-delà de ce monde et de ses apprêts dérisoires. L'extase. Cet air était celui de l'extase.

Il fallait le mettre au courant. Il fallait lui montrer la photo.

Il fallait lui parler de Lucas, de Patrick Wright et de Mrs Polson. Jusqu'à présent, cela paraissait trop dément, trop cruel ; mais il fallait désormais que Craig soit mis au courant.

Toutefois, Perry devait d'abord téléphoner à Mrs Polson. Il entendait lui demander conseil. Il avait besoin de lui parler de tout cela.

« Il faut que je sorte, dit-il. J'ai besoin de m'éclaircir les idées. Et je dois aussi appeler quelqu'un. Passe-moi ton portable.

— Pas de problème, dit Craig, hochant la tête comme un détraqué, souriant comme un gamin. Pas de problème. » Il aurait tout donné à Perry en cet instant. S'ils s'étaient trouvés au bord d'un toit, il aurait pu s'envoler à tire-d'aile. Non seulement il était lavé du pire crime qui se pût imaginer – tuer la personne que l'on aime le plus au monde –, mais il venait aussi d'apprendre que les morts pouvaient revenir à la vie. Tout en continuant de tenir délicatement la carte postale entre ses doigts, comme on le ferait avec un oiseau blessé, il remit son téléphone à Perry, puis, tel un zombie, semblant rire et pleurer à la fois, il gagna sa chambre.

Perry ne se soucia pas de prendre une veste. Il se borna à remonter son col de chemise pour se protéger du vent et, dès qu'il fut dehors, composa le numéro de Mrs Polson.

Au bout de plusieurs sonneries il coupa la communication avant que le répondeur se déclenche. Il allait devoir appeler chez elle. Cela ne lui souriait guère, mais il lui fallait savoir que faire ensuite. À qui d'autre aurait-il pu demander cela ? N'empêche, il hésitait. La dernière fois, deux jours plus tôt, c'est le mari de Mrs Polson qui avait décroché. Il avait répondu qu'elle était sous la douche, puis avait raccroché sans même dire au revoir, comme s'il était contrarié que Perry eût appelé.

« Oui, allô ? »

De nouveau le mari.

« Bonjour. Ici Perry Edwards. Je suis le…

— Oui, le travail-études. Comme d'habitude, elle n'est pas disponible. Je vais lui dire que vous avez appelé, mon vieux. »

Il raccrocha et ce fut comme s'il avait lancé le combiné contre un mur.

45

Cela faisait un jour et demi que Mira n'avait ni dormi ni mangé. Elle tenta de donner le change pendant sa première heure de cours, mais cela se révéla finalement impossible. Chaque fois qu'elle se levait de son bureau et, munie d'un morceau de craie, se dirigeait vers le tableau, celui-ci semblait la fuir. Elle y écrivit deux fois la même chose sans s'en rendre compte :

Bachlabend Perchtennacht
Bachlebend Perchtennacht

Elle ne s'en aperçut que lorsque Karess Flanagan lui fit remarquer qu'elle avait orthographié différemment dans le second cas. Se retournant, elle constata qu'elle avait effectivement fait une faute, la seconde fois. Elle n'avait nul souvenir de l'avoir écrit une première fois.

Le cours qu'elle essayait de faire avait pour sujet Frau Holle-Percht, la démone allemande de la Mort, « Celle qui est cachée ». Il s'agissait, en temps normal, d'un de ses cours préférés. Les étudiants avaient eu pour consigne de lire la traduction d'un manuscrit en latin rédigé à Tegemsee au quinzième siècle, dans lequel était condamnée la pratique païenne consistant à décorer les maisons au mois de décembre afin d'apaiser la démone de la Mort, et à déposer de petits gâteaux dans l'âtre à l'intention de « Frau Holle et de ses sept fils ».

C'était une révélation pour ces jeunes gens de dix-huit ans que d'établir un lien entre père Noël et peur de la mort. À chaque cours, il y avait toujours au moins un étudiant qui, enfant, avait eu peur du père Noël et racontait qu'il ne fermait pas l'œil de la nuit de Noël, tant il était terrifié.

Mais ce jour-là, Mira n'alla pas plus loin que la coutume (ayant toujours cours dans un village du Harz qu'elle avait visité pendant son année Fulbright) de jeter dans le noir, le 24 décembre, de petites poupées emmaillotées pour tenter de faire accroire à Frau Holle que les familles lui donnaient leurs véritables bébés « morts ». Parvenue à ce point, elle commença à craquer.

Le mardi soir précédent, elle était rentrée plus tard que prévu d'une réunion de la commission des programmes de Godwin Honors College. La raison en était une remise en question inattendue du contenu de son projet de séminaire de troisième cycle intitulé « La mort et le paysage culturel ». Le président de la commission voulut savoir pour quelle raison elle avait choisi de substituer une « étude sur le terrain » à l'une des deux thèses requises. Il lui avait donc fallu expliquer que l'étude sur le terrain était préalable à la thèse, qu'elle serait la fondation sur laquelle celle-ci serait rédigée, et qu'il serait impossible d'accomplir sérieusement le tout en l'espace de quinze semaines si elle devait demander deux travaux écrits.

Même le doyen Fleming, qui l'avait à l'origine incitée à proposer ce cours, avait paru sceptique. Bien qu'ayant duré une heure de plus que prévu, la réunion s'était achevée sur rien de plus que l'accord de réexaminer la proposition lors de la prochaine séance.

Il pleuvait quand elle quitta enfin Godwin Hall, et elle n'avait pas de parapluie. Elle savait qu'elle était en train de massacrer ses chaussures – de jolis souliers italiens achetés en solde quelques années auparavant – mais elle n'allait pas prendre le risque d'appeler Clark pour qu'il vienne la chercher. Il lui aurait fallu sortir sous la pluie avec les jumeaux et tout l'équipement ; or il avait insisté pour qu'elle rentre le plus tôt possible, parce qu'il voulait se rendre à une rencontre des Philosophes en chambre, groupe de lecture que lui avait recommandé une des mamans de ses après-midi à l'*Espresso Royale*. Cette dernière avait, elle aussi, commencé des études de philosophie (« Du sérieux, avait dit Clark : elle suivait les cours de Kurdak à Princeton »), études ensuite interrompues par l'arrivée d'un bébé. Il aurait semblé à Mira que ce club, auquel cette femme avait persuadé Clark d'adhérer, était exactement le genre d'engeance qu'il méprisait d'ordinaire ; il paraissait néanmoins décidé à y aller.

« Je ne sais pas, avait-il dit d'un ton évasif. C'est probablement une perte de temps, mais elle affirme que ce sont des gens sérieux et que ce groupe pourrait me sauver la vie. »

Il avait ensuite ri de ses propres paroles, mais Mira en avait retenu qu'il avait confié à cette femme que sa vie avait besoin d'être sauvée et qu'il ne prenait pas son conseil à la légère. Mira aurait pu soupçonner une liaison entre Clark et ce philosophe femelle, sauf qu'il la lui avait présentée quelques semaines plus tôt, dans la rue à hauteur de la quincaillerie, et elle avait constaté qu'en plus d'être de nouveau enceinte (de sept mois), Deirdre présentait sous le ballonnement de la grossesse ce qui avait tout l'air d'une surcharge pondérale. L'intérêt de Clark n'avait donc apparemment pour objet que le club en soi. L'idée que sa passion pour la philosophie pût s'enflammer de nouveau inspirait à Mira une forme d'espoir teinté de panique. Elle n'avait pas réalisé à quel point ce Clark-là lui avait manqué – celui qui entassait des livres à sa tête de lit et qui avait en permanence un crayon sur l'oreille.

C'est pourquoi, tout en courant, ses souliers s'emplissant d'eau (elle en sentait littéralement la colle et les coutures délicates se désagréger autour de ses pieds), elle était catastrophée à la pensée qu'elle rentrerait trop tard. Quand bien même elle serait rentrée dix minutes plus tôt, Clark n'aurait pu traverser la ville et arriver à l'heure ; or il n'était pas le genre à se présenter avec un pareil retard à ce type de réunion. Il serait probablement furieux. Soulagé aussi, mais il lui en voudrait de ce soulagement. Il ne lui avait pas adressé la parole depuis la scène de la veille, sinon pour lui rappeler de rentrer à temps de sorte qu'il pût se rendre au « club de lecture des ratés », sur quoi elle l'avait assuré qu'elle ferait de son mieux.

Mira traversa si précipitamment l'aire de stationnement de l'immeuble qu'elle ne remarqua pas que leur voiture n'était pas garée à l'emplacement habituel. Quand elle constata que la porte de l'appartement était fermée, elle y vit une initiative destinée à l'agacer, à l'obliger à fouiller dans son sac pour y trouver les clés. Elle se sentait si coupable qu'il ne lui vint pas à l'idée de lui en vouloir.

Il était sans doute installé sur le canapé avec le journal, l'écoutant s'escrimer sur la serrure.

Quand elle fut finalement entrée, qu'elle eut laissé choir son sac sur le sol et qu'elle eut appelé : « Clark ? » sans obtenir de réponse, elle le supposa en train de maronner dans la chambre. Elle allait le trouver allongé sur le dos, les yeux au plafond, avec un petit sermon rageur tout prêt ; à moins qu'il ne se contentât de mettre ses chaussures et de passer devant elle sans piper, avec son short de jogging, pour sortir sous la pluie, en refusant de se retourner lorsqu'elle lui adresserait la parole.

Trouvant la chambre déserte, elle se plaqua une main sur la bouche, et sa première pensée fut : Nom de Dieu ! Il est parti à sa fichue réunion en laissant les jumeaux tout seuls.

« Andy ? Matty ? »

Ils n'étaient pas dans leur chambre. Les draps, imprimés à l'effigie de Thomas le petit train, traînaient par terre. Les tiroirs de la commode étaient grands ouverts.

Il les y a emmenés avec lui, pensa-t-elle, tout près de rire tout haut tant elle était soulagée. Elle gagna la cuisine, regarda sur le comptoir.

Pas de billet.

Typique du personnage.

Il avait voulu la punir. Et ce n'était rien à côté de la culpabilité dont il l'accablerait à son retour en lui racontant comment les jumeaux avaient torpillé la réunion.

Ou alors, peut-être que le mari de Deirdre les gardait. Comment s'appelait-il, déjà ? Clark avait-il prononcé son nom ?

Elle ouvrit l'annuaire, comprenant bientôt qu'il aurait été oiseux d'y chercher une Deirdre. Elle n'avait plus qu'à attendre son châtiment. Elle se ferait pardonner en lui confectionnant une miche de pain irlandais. C'était sa spécialité. Clark en raffolait. Ou du moins en raffolait-il naguère encore.

Elle s'emplit un verre de vin à la bouteille qu'ils avaient ouverte une semaine plus tôt, puis elle ôta avec difficulté ses souliers abîmés et les balança dans la penderie. Elle éponge le sol, là où elle avait laissé de l'eau, avec une serviette en papier, après quoi elle sortit du placard la boîte de farine et la petite boîte jaune contenant le bicarbonate de soude.

Le vin avait goût de vinaigre et d'eau de pluie. Cela lui remémora une gare où elle avait dû passer la nuit. (Était-ce en Albanie ?) Il s'agissait de la gare d'une petite localité sans hôtel ni restaurant. Personne ne put lui dire pourquoi le dernier train de la journée n'était pas passé ou s'il passerait un jour. Par chance, il y avait là un vieil homme qui vendait du pain et du vin aux quelques voyageurs qui, comme elle, s'étaient présentés sur le quai, mais qui, eux, ne s'étonnaient apparemment pas de la non-venue du train. Après avoir vidé sa bouteille – un vin aigre et tiède – et mangé son pain, elle avait fini par s'endormir. Le sifflet du train avait retenti au petit matin. Les voyageurs, qui l'avaient attendu toute la nuit, présentèrent leurs billets et montèrent à bord.

Elle mélangea eau, farine et bicarbonate tout en écoutant du Mozart. Elle but un deuxième verre de vin. Au sortir du four, le pain était parfait. Elle décida de ne pas le trancher avant le retour de Clark. Ce serait son offrande de paix. Elle lui servirait un verre de vin et l'interrogerait sur sa soirée. Il était tard ; les jumeaux iraient directement au lit, s'ils n'étaient déjà endormis dans ses bras.

C'est à minuit seulement que sa stupidité commença de lui apparaître – le temps perdu à faire du pain, la trompeuse relaxation induite par le vin. (Comment avait-elle pu s'autoriser une soirée de détente ? Pour qui se prenait-elle ?) Elle retourna dans la chambre des jumeaux et comprit que les tiroirs étaient ouverts parce que Clark avait emporté leurs vêtements, et que les draps étaient à terre parce qu'il avait pris aussi leurs couvertures. Elle resta un moment à contempler la chambre pendant que son cœur, s'emballant, rattrapait la cavalcade de ses pensées, puis elle se retourna vers le seuil en tendant des mains implorantes.

Qu'allait-elle faire à présent ?

Bêtement, elle se prit à repenser à cette offre de deux téléphones portables pour le prix d'un, à laquelle elle avait projeté de souscrire sans toutefois avoir eu le temps de s'en occuper. Ils n'avaient qu'un seul portable et il se trouvait dans son sac à main.

Ayant regagné le living d'un pas chancelant, elle fouilla frénétiquement le tiroir aux paperasses et mit la main sur le numéro de sa belle-mère. Elle pianota sur les touches aussi vite que le lui permirent ses doigts fébriles.

Lorsqu'elle décrocha – paniquée, égarée, le souffle court –, la mère de Clark paraissait sortir d'un sommeil sous somnifère. « Kay ? dit Mira. Ce n'est que moi. Est-ce que Clark est chez vous ? Est-ce que les jumeaux sont avec lui ? » Pour finir, après avoir beaucoup bafouillé, Mira parvint à expliquer, en usant d'un ton et de termes le plus mesurés possible, qu'elle et Clark s'étaient disputés, qu'il était parti avec les jumeaux et était sans doute en route pour se rendre chez elle. « Est-ce qu'il vous a appelée ? interrogea-t-elle.

— Non, répondit Kay, parvenant à trouver, même dans son demi-sommeil, suffisamment d'énergie et de clairvoyance maternelles pour la rassurer. Mais il appellera demain matin, ma chérie, s'il n'est pas arrivé d'ici là. Compte tenu de l'heure tardive, il se sera sûrement arrêté dans un motel. Vous deux allez vous raccommoder. Si j'avais touché un dollar chaque fois que le père de Clark et moi avons eu une dispute de ce genre… »

Le ton de cette voix, vibrant de compassion, et la représentation qu'elle se faisait de sa belle-mère, cheveux rares en désordre sur un oreiller à fleurs, joues flasques fripées de sommeil, revêtue d'une chemise de nuit synthétique miteuse, allongée sur le flanc dans le noir et s'attachant à la rasséréner, firent que Mira se mit à pleurnicher au téléphone. Sur quoi la veille dame, soudain bien réveillée, parut plus inquiète.

« Mira, ma petite, ne vous inquiétez pas. Clark ne ferait rien de tel. Il n'est pas comme ça. Il vous aime et il aime les bébés. Vous réglerez tout ça demain. Allez vous mettre au lit. Appelez-moi dès qu'il y a du nouveau, et je ferai de même de mon côté. D'ici un an nous rirons de tout ça. Je suis beaucoup plus âgée que vous. Je sais ce qu'il en est de ces petits pépins. D'accord ? Est-ce que vous m'entendez ?

— Oui, dit Mira, éloignant le combiné à bonne distance afin que Kay ne puisse discerner les tremblements de sa voix. Merci beaucoup.

— Oui, oui. N'hésitez pas à appeler si vous avez besoin de moi. Mais tâchez de dormir, d'accord ?

— D'accord.

— Tout va bien se passer.

— Merci, Kay.

— Bonne nuit, ma douce. »

Mais elle n'avait pas fermé l'œil de la nuit, et quand arriva l'heure de partir pour donner son cours, elle était toujours sans nouvelles de Clark. Et sa belle-mère n'avait pas répondu quand elle avait essayé de la joindre à nouveau. Elle envisagea d'appeler le doyen pour lui dire qu'elle avait un problème et ne pourrait assurer son cours ; mais qu'aurait-elle fait à la place ? Un tour en voiture ? Et pour aller où ? D'ailleurs, Clark avait pris l'auto. À quel moment appelait-on la police pour dire que votre mari parfaitement sain d'esprit, doublé d'un père aimant, un homme au foyer qui consacrait quotidiennement plus de temps à vos enfants que vous ne le faisiez vous-même, était parti avec eux sans un mot d'explication ?

Et que faisait ensuite la police ?

Elle se brossa les dents et se passa un gant de toilette sur le visage, puis elle régla son téléphone en mode vibreur et le glissa dans une petite poche de son corsage, sur son sein, là où elle le sentirait quoi qu'elle fît. Enfin, elle laissa un billet grand format sur le comptoir de la cuisine.

CLARK, S'IL TE PLAÎT, APPELLE-MOI. JE T'AIME.

Flageolant sur ses jambes, elle se détourna du tableau pour faire face à la classe. Elle dut se stabiliser en prenant appui sur le bureau avant de se rasseoir, et elle leur dit tout uniment ce qu'il en était :

« J'ai passé une sale nuit. Je suis désolée. Je préférerais que nous reprenions ce cours un autre jour. À la place, peut-être pourrions-nous lancer une discussion ? »

L'expression qui se peignit sur les visages – surprise et sollicitude marquées – lui serra le cœur. (Combien les clichés décrivaient les vérités éternelles avec plus d'exactitude que tout ce que pouvaient proposer les poètes ? Cela ne laissait jamais de l'étonner.) Son cœur plongea en elle comme l'appât au bout d'une ligne, ne remontant que par l'effet de la gravité inversée et de la physionomie de ses étudiants.

« Dites-moi, je vous prie, ce qui vous a attirés vers ce cours. Pourquoi des gens de votre âge sont-ils si intéressés par la mort ? »

Elle ne comptait pas vraiment obtenir de réponses ; elle cherchait juste à meubler le reste de l'heure. Elle savait le doyen Fleming dans son bureau. Si elle avait regagné le sien avant la fin du cours, cela ne lui aurait sûrement pas échappé.

Jim Enright s'exprima le premier. Il s'agissait d'un garçon discret originaire d'une petite ville du nord de l'État. Mira l'avait déjà catalogué comme le Sauveur. Il ne supportait pas de voir l'un ou l'autre de ses condisciples bégayer ou perdre le fil de sa pensée. Un jour qu'un autre étudiant ne parvenait pas à trouver le mot *crémation*, Jim lui avait proposé une dizaine de vocables possibles jusqu'à tomber sur le bon.

Il avança d'un ton hésitant : « C'est parce que nous n'en avons pas encore peur ? »

Mira hocha la tête.

« Ouais, fit Ben Hood. Ou alors, peut-être que… »

— Eh bien, moi, j'en ai peur, le coupa Melanie Herzog. Je trouve rudement flippante l'idée de ne plus exister. C'est pour cela que tout le monde veut savoir ce qu'il pourrait y avoir après. Moi, je dirais que le cours ne porte pas sur la mort. Je pense qu'il porte sur la vie après la mort. »

Mira ne put s'empêcher de se sentir ravivée. Il s'agissait là de considérations intéressantes. Ils n'avaient rien apporté de nouveau, mais ils disaient le fond de leur sentiment et ne s'exprimaient pas mal du tout. Karess (qui avait croisé et décroisé plusieurs fois ses longues jambes lisses) s'avança au bord de sa chaise pour déclarer : « Je pense que peut-être, étant encore assez jeunes, on est dans le vrai. Nous n'avons pas renoncé à l'espoir, je veux dire. Les vieilles personnes ont peur de la mort parce qu'elles ont vu des gens mourir. Mais nous, ce n'est pas notre cas, nous ne possédons pas tout ce bagage ; c'est pourquoi nous pensons encore que, peut-être, il y a une vie après la mort. »

Il y eut quelques rires – peut-être provoqués, se dit Mira, par l'accent californien de Karess. Elle ne pouvait ouvrir la bouche sans que l'on pense à un personnage de sitcom des studios Disney.

« Parfait, dit Mira en joignant ses mains tremblantes sur le bureau. Je crois n'avoir pas encore posé la question, et peut-être est-ce le bon moment pour le faire. Combien d'entre vous pensent qu'ils vivront après leur mort ? »

Cela prit un moment (certains mettaient toujours un peu plus de temps pour fouiller leur âme avant de répondre à pareille question), mais, pour finir, toutes les mains furent levées.

Mira promena le regard sur la classe.

La salle était pleine de mains levées haut au-dessus des têtes, rendant compte de l'espoir le plus triste et le plus intime de tous les espoirs tristes et intimes de ce monde sans espoir. Mira se plaqua la main sur la bouche pour s'empêcher de sangloter, de se lamenter, voire de rire. Elle secoua légèrement la tête et abaissa la main pour dire : « Ce sera tout. Le cours est terminé. Rendez-vous ici mardi pour notre sortie à la morgue. »

46

Karess Flanagan quitta la salle à la suite de Perry pour lui emboîter le pas. Au moment où Mrs Polson sortait en hâte, il avait pris à droite afin de la suivre à ce qu'il espérait être une distance respectable. Il ne voulait pas l'importuner, mais il avait besoin de s'entretenir avec elle. Souvent, elle restait sur place jusqu'à ce que tous ses étudiants fussent partis – effaçant le tableau, ramassant ses affaires, éteignant les lumières et refermant la porte derrière elle. Mais aujourd'hui, quelque chose n'allait pas. Elle en avait touché un mot à la classe, bien que rien ne l'y obligeât. Tout le monde avait vu cela à sa tête quand elle était entrée. Elle avait les yeux tout gonflés.

Perry pensa à son mari et à sa façon de raccrocher rageusement le téléphone.

Il était donc arrivé quelque chose. Outre son intention de lui parler de la carte postale, de Craig (il voulait lui demander ce qu'il devait faire : pouvait-il mettre Craig au courant pour la photo, pour Lucas, pour Jim Wright ?), il s'en serait voulu de ne pas passer par son bureau pour lui demander s'il pouvait faire quelque chose. Il savait qu'ils n'étaient pas amis à proprement parler, mais il n'était plus non plus juste un étudiant parmi d'autres.

Et cette expression qu'elle avait eue en regardant la classe, une main plaquée sur la bouche.

Il avait voulu se lever pour s'approcher elle. Il s'était vu, et si facilement, l'enveloppant dans ses bras, peut-être s'agenouillant devant elle, prenant entre ses mains son visage en forme de cœur.

Il n'en avait rien fait, bien sûr. Mais il l'avait suivie au sortir de la salle. Après que tous les autres eurent pris à gauche, il s'était dirigé vers l'escalier le plus proche, celui qui menait au couloir où se trouvait le bureau de Mrs Polson (elle était toujours suffisam-

ment près pour qu'il entende ses talons hauts cliqueter sur les marches). Les autres étant partis dans la
direction opposée, il entendait également derrière
lui Karess, dont les bottines noires pointues frap-
paient vivement le linoléum en une rapide succession. Apparemment, elle hâtait le pas à sa suite. Il se
mit à marcher plus vite en se disant que, s'il se retournait, il la verrait peut-être courir pour le rattraper. Il espérait le contraire. Il n'avait présentement
nulle envie d'avoir un quelconque échange avec
Karess Flanagan.

« Hé ! » appela-t-elle à l'instant où il arrivait au
bas des marches. La lourde porte coupe-feu était
ouverte. « Hé, Perry ! Est-ce que je peux te parler
deux secondes ? »

Il s'immobilisa et se retourna à contrecœur.

Elle était là, dans tout son clinquant, à seulement
quelques mètres de distance, en caleçon violet et
cuissardes, avec un haut blousant, mi-chemise, mi-
robe. Sa chevelure flottait autour de ses épaules en
boucles luxuriantes, resplendissant de mèches claires
et de mèches foncées et de tout l'arsenal capillaire
dont disposaient les brunes comme elle pour devenir
par trop éblouissantes aux yeux des simples mortels.
De minuscules demi-lunes en argent pendaient à ses
oreilles, et sa bouche arborait un gloss rouge tel que
l'on aurait dit qu'elle avait récemment mangé un
massif de framboisiers de baisers si passionnés que
ses lèvres s'étaient mises à saigner. « Tu veux bien ?
demanda-t-elle, s'arrêtant, puis faisant encore un pas
vers lui. Est-ce qu'on peut parler ? »

Il ne répondit pas. Il tâchait de la regarder avec
l'air de ne rien comprendre à ses paroles, comme si

cela pouvait la faire partir. Cela ne fonctionna point. Elle s'approcha encore.

« Dis, je peux te demander ce qui se passe ? »

Elle dit cela du même ton que tout ce qu'elle disait : « Est-ce qu'on a besoin d'un cahier d'examen ? » « Est-ce qu'on est censés faire une page de titre ? » « Est-ce qu'on doit utiliser une police particulière pour ce qu'on imprime ? » « Est-ce que l'univers est en expansion ? » Quoi qu'elle dise en cours, elle semblait toujours mi-exaspérée, mi-égarée et pas mal stupide. Apparemment, elle donnait la même impression en dehors des cours.

« Quoi donc ? interrogea-t-il.

— Eh bien… » Elle leva les mains, paumes orientées vers lui. Elles étaient fort pâles. Le temps d'une seconde, Perry envisagea de les regarder, quasi certain qu'elles seraient complètement dépourvues de lignes. « Qu'est-ce qui se passe avec toi et ce cours ?

— Je ne vois pas du tout de quoi tu veux parler, déclara Perry, même s'il craignait de ne le savoir que trop.

— Primo, pourquoi l'avoir choisi ? Il est réservé aux première année. Or tu n'es pas en première année. »

Perry se borna à la dévisager.

« Je veux dire, peut-être que ça ne me regarde pas, mais…

— Ça se pourrait bien, en effet. »

Elle eut un rire bon enfant et peut-être piqua-t-elle un léger fard – difficile à dire car elle portait déjà une bonne couche de fard à joues –, mais il lui accorda le bénéfice du doute. Il s'était montré agressif, même à ses propres oreilles, et elle ne s'était pas laissé démonter. Ou peut-être était-elle un peu gênée par sa propre démarche.

« D'accord, reprit-elle. Ce n'est vraiment pas mes oignons. Seulement je suis très curieuse. Je ne m'attends pas à ce que tu répondes, et d'ailleurs pourquoi le ferais-tu ? On ne se connaît même pas. Seulement, il se passe quelque chose de vraiment bizarre. Je n'y crois pas forcément, je veux dire, mais il y en a pas mal qui pensent que tu couches avec Mrs Polson. »

Perry laissa échapper un rire bref, après quoi il se sentit rougir, sensation de brûlure qui lui monta de la poitrine à la racine des cheveux. Karess afficha un petit sourire à la fois narquois et triste, comme si elle l'avait surpris la main dans le sac et le déplorait. Elle croisa les bras, attendant apparemment qu'il parle ; mais le pauvre ne put pas même prendre une inspiration. Pour finir, elle s'éclaircit la gorge et dit : « Bon, c'était un peu maladroit de ma part. »

Se ramenant une boucle noire derrière l'oreille, elle s'humecta les lèvres et reprit : « Je ne dis pas que ça dérange qui que ce soit. Tu es un grand garçon et il est évident que, de son côté à elle, ça ne va pas fort à la maison ; mais entre ça et toute cette merde à la résidence avec *Nicole Werner* et *Alice Meyers* et cette autre fille, qui a *disparu…* (elle soulignait un nom, un mot, de-ci, de-là, à la fois par son intonation et par un mouvement enveloppant des mains, comme pour brasser l'air autour de chaque nouvel élément de sa liste)… sans parler des *photos*, balancées sur le *Net*, de la compagne de chambre de Nicole Werner en train de faire des galipettes avec la prof de musique, et là-dessus ce cours bizarroïde, un tour à la morgue

375

la semaine prochaine et, aujourd'hui, Mrs Polson qui se fait genre une crise de nerfs sous nos yeux. Moi, je commence à me demander ce que c'est que cette université. J'étais acceptée à *Columbia*, je veux dire. Je suis venue ici parce que je pensais que ce serait *plus calme.*

— Josie ? parvint à articuler Perry après avoir pris le monologue à rebours pour essayer d'y voir clair.

— Pardon ?

— La compagne de chambre de Nicole. Tu veux parler de Josie ?

— Oui, je crois. La nana qui est en sororité. Ça court sur Internet. À peu près quatre cents personnes différentes m'ont envoyé le lien. Je ne crois pas que son nom soit cité. Rien que ce tas de photos dégoûtantes. Mais certains disent qu'elle était la compagne de chambre de Nicole Werner.

— C'est bien Josie, confirma Perry.

— Si tu le dis. En tout cas, c'est revenu aux oreilles de mes parents, et ils veulent savoir ce qui se passe ici. J'étais dans une institution religieuse avant de débarquer ici. Nous sommes peut-être d'Hollywood, mais nous sommes catholiques.

— Qui est Alice Meyers ? » demanda Perry. Il connaissait ce nom mais ne parvenait pas à lui apposer un visage.

« Mon Dieu, tu ne le sais pas ? Mais *tout le monde* sait ça. C'est le fantôme de Godwin Hall. » Karess écarquilla les yeux et agita la main en l'air, geste dont Perry supposa qu'il était censé contrefaire plaisamment la frayeur.

« Je ne vois pas de quoi tu veux parler », dit-il.

Karess jeta au pied du mur le sac contenant ses livres, comme projetant de rester un long moment plantée là, au sous-sol de Godwin Hall, à parler avec Perry. Du pouce, elle montra la partie du bâtiment qui se trouvait derrière elle.

« Tu sais, la salle d'étude, dit-elle. Alice Meyers. Cette fille a disparu, je dirais, dans les années soixante ou quelque chose comme ça. Personne n'approche de cette salle, parce qu'on dit qu'elle s'y trouve toujours. »

La salle d'étude Alice Meyers. Mais oui, bien sûr.

« On allait y travailler l'année dernière, dit Perry.

— Si tu le dis, fit Karess avec, simultanément, un battement de paupières et un haussement de sourcils, de l'air de dire : "Ça se tient." La plupart des gens n'y mettent pas les pieds. Je suppose que, ces dernières années, l'administration avait fini par étouffer, avant l'affaire Nicole Werner, cette rumeur concernant des apparitions. Si bien que tu n'en as pas entendu parler l'année dernière. Tu ne loges plus en résidence cette année, n'est-ce pas ?

— En effet.

— Eh bien, sache qu'Alice Meyers n'arrête pas de faire des apparitions un peu partout. Mais surtout, il y a ce groupe de filles. Les scarificatrices. Elles forment un club. Elles ont mené des recherches sur Alice Meyers, et, à ce qui se dit, elles descendent dans la salle en question pour faire du vaudou, du Ouija, ce genre de conneries. Tout ce que je sais, c'est que la fille qui a la chambre en face de la mienne se promène avec des coupures au rasoir sur les bras, et quelqu'un m'a dit qu'elle fait partie de ce groupe. C'est complètement tordu. »

Karess eut une grimace qui était l'image même de l'épouvante. Rien de tout cela ne surprenait pourtant Perry. Même à Bad Axe, il y avait quelques filles gothiques, adeptes de la Wicca et qui pratiquaient la scarification. Des bruits couraient selon lesquels elles allaient au cimetière s'allonger nues sur des tombes d'adolescentes. Perry s'était moins passionné pour ces rumeurs que certains de ses camarades ; mais il pensa à Mrs Polson et à son livre. C'était exactement le genre de matériau qui l'intéresserait. Encore une chose dont il avait à lui parler. Il hocha la tête avec l'espoir de conclure là la conversation et se tourna vers les marches. Mais Karess l'attrapa par le bras. « Attends, dit-elle, je n'en ai pas terminé avec toi. »

C'était d'une si grotesque exigence que Perry s'esclaffa. À quoi l'autre, comprenant apparemment à quel point elle était ridicule, bégaya : « Désolée. C'est juste que... enfin, j'aimerais en savoir plus sur toi. Je suis prête à te payer un café ou un petit déjeuner ou ce que tu voudras. Je voudrais juste qu'on cause. Tu as un rendez-vous, là tout de suite ? Je veux dire... (Elle montrait l'escalier, pensant à l'évidence au bureau de leur professeur.) Je veux dire que Mrs Polson ne m'a pas paru assez en forme pour que vous parliez de ce dont vous parlez d'habitude. Pourquoi ne viens-tu pas plutôt discuter avec moi ? »

Elle baissa les yeux, puis, les relevant, battit outrageusement des paupières, comme contrefaisant une manœuvre de séduction. Complètement ahuri, Perry ouvrit la bouche pour répondre, mais il ne parvint pas même à dodeliner de la tête. Karess attendit un instant, puis, quand il fut manifeste qu'aucune réponse ne viendrait, elle eut comme une moue et, montrant le pied du mur, laissa tomber : « Je te laisse porter mon sac, il pèse une tonne. »

47

La fille à la cheville foulée se trouvait devant les boîtes aux lettres quand Craig débula l'escalier pour relever le courrier. Posté à la fenêtre, il avait entendu le pas du facteur dans l'entrée et attendu qu'il reparte.

Cette fille, que Perry et lui appelaient désormais la fille aux cookies, ne l'avait apparemment pas entendu descendre – il était en chaussettes. Elle sursauta en réprimant un petit cri et se retourna aussi prestement que le lui permettaient ses béquilles.

« Bon sang. Tu m'as fait peur.

— Excuse-moi. » Il tâchait de sourire poliment, mais avec l'espoir qu'elle se dépêchât de débarrasser le plancher pour qu'il puisse prendre son courrier. Mais elle ne bougeait pas, comme suspendue par les aisselles aux appuis molletonnés de ses béquilles, un pied pendouillant au-dessus du sol.

« Tu ne quittes jamais ton appart, dit-elle – non pas à Craig, mais à l'adresse d'un point situé au-dessus de l'épaule de celui-ci –, sauf pour descendre à la boîte aux lettres. »

Craig sentit son sourire se figer. « Bien sûr que si, dit-il. Je me rends à mes cours.

— Ah bon ? Oui, sans doute, mais pas souvent. »

Il haussa les épaules, sa gêne croissant à mesure qu'elle continuait de le dévisager. Elle n'avait pas encore pris son courrier. Il allait devoir attendre

379

longtemps pour avoir le sien, à moins de l'écarter de force, ce qui n'était bien sûr pas envisageable.

« Est-ce que ça va ? » interrogea-t-elle.

Là-dessus il s'appliqua à effacer son sourire. Il n'avait jamais bien su ce que sa physionomie révélait de sa personne. Sa mère l'avait des millions de fois accusé d'afficher un sourire narquois ou de grimacer, des petites amies lui avaient reproché de rouler des yeux. Une fois, au collège, une de ses professeurs (Miss Follain, la prof de lettres) s'était interrompue au beau milieu de son cours sur les phonèmes pour lui demander ce qu'il y avait de si drôle.

Complètement pris au dépourvu, il avait levé les yeux vers Miss Follain. Il n'y avait rien de drôle. Il n'avait même pas fumé. Il n'avait pas même pensé à quelque chose de drôle.

« Qu'est qui te fait rire ? insista Miss Follain.

— Mais je ne ris pas », protesta Craig, après quoi, bien sûr, il ne put s'empêcher de commencer à rigoler. Ironie et absurdité de la situation : il ne riait pas au moment où il en avait été accusé, et voilà que maintenant il était tout près de se décrocher la mâchoire. Incapable de contenir son hilarité, il s'enfouit le visage dans l'angle du coude, et le reste de la classe se mit de la partie, riant d'abord sous cape et bientôt emportée par un fou rire. Miss Follain, joues creuses cramoisies, finit par lui faire prendre la porte. Dans le couloir, il ne réussit à se calmer qu'au bout de vingt minutes de quasi-suffocation. Heureusement, la cloche avait sonné avant qu'il n'ait dû soit retourner dans la classe pour demander un billet de sortie à Miss Follain, soit descendre au bureau du principal. « Dis donc, mec, lui dit son copain Teddy à la fin de l'heure, qu'est-ce qui te faisait marrer comme ça ? On t'entendait continuer de rigoler dans le couloir. J'ai bien cru que la prof allait faire une attaque.

— Mais rien du tout, répondit Craig. Je riais parce que je ne riais pas. »

Bien sûr, cela le fit pouffer de plus belle.

« T'as vraiment un grain », avait fait Teddy.

La fille aux cookies paraissait peu encline à en dire plus ; en revanche, elle le regardait comme si elle lui trouvait un air très bizarre ou peut-être un tantinet menaçant, et quand il s'appliqua à rendre son visage le plus neutre possible, elle écarquilla les yeux avec alarme, finit par fuir son regard et se détourna en sautillant. Après s'être escrimée un moment avec sa clé, elle ouvrit sa boîte pour en sortir un prospectus de chez *Hungry Hippo* (« Pour toute commande d'un sandwich *Hungry Hippo*, un deuxième à moitié prix ! »). Quand elle se retourna, Craig essayait déjà de la contourner pour atteindre la boîte qu'il partageait avec Perry. Elle se figea et débita d'un trait : « Je sais qui tu es, et je tiens à ce que tu saches que je ne crois pas que tu aies tué cette fille. »

La main tenant la clé engagée dans la serrure, Craig sentit ce qui ne pouvait être que son sang refroidissant subitement. La sensation qu'en lui un robinet relié à un cours d'eau glacée venait de s'ouvrir. Il ne bougeait plus.

« Ce qui t'est arrivé, un truc du même genre m'est arrivé », dit-elle dans un souffle. Elle ne le regardait pas, et cependant il sentait sa présence comme un fer rougi au feu. « J'ai grillé un stop, poursuivait-elle

381

d'une voix sourde. Je ne l'avais même pas vu. J'ai tué un cycliste. J'avais seize ans. J'avais le permis depuis une semaine. Sa sœur continue de m'envoyer des lettres pleines de haine. Il n'y a pas un jour, pas une minute, où je n'y pense pas. »

Sa voix se brisa en un sanglot affreux, irrépressible. Bien qu'elle se déplaçât à l'aide de béquilles et dût mettre dix bonnes minutes pour remonter les escaliers, Craig eut le sentiment qu'elle avait été emportée par une bourrasque, enveloppée dans un nuage de poussière, cela bien trop vite pour qu'il pût répondre quelque chose ou lui poser une main sur l'épaule. Quand il pivota sur lui-même, tenant le courrier dans sa main tremblante, il en était à se demander si elle avait vraiment été là, s'il ne s'était pas agi d'une hallucination. Il se prit à espérer que, si elle existait vraiment, elle ne s'était pas postée en haut des marches pour le voir tomber à genoux après avoir passé le courrier en revue : le prospectus de chez *Hungry Hippo*, une lettre prioritaire adressée à Perry et une carte postale provenant d'un lieu touristique.

Le Glockenspiel de Frankenmuth.

Avec, au dos, l'écriture bien reconnaissable de Nicole.

Ai visité cet endroit, je savais que cela te ferait rire, celui que tu étais me manque. Je suis ce que l'on dit.

48

Shelly ne se sépara pas de son peignoir ni de ses mules pendant quatre jours, sinon pour se mettre au lit. Elle finirait par devoir faire un saut au supermarché, elle le savait, surtout afin d'acheter des boîtes et de la litière pour le chat ; mais pour l'heure, elle pensait pouvoir s'en tirer avec vingt-quatre heures supplémentaires de ce régime peignoir et mules. Elle alluma sa lampe de chevet et reprit le livre dont elle avait été incapable de lire une page entière de tout le temps où elle l'avait eu sous le nez depuis l'après-midi de son renvoi.

Ce fameux après-midi, elle avait débranché le téléphone sitôt rentrée chez elle. Elle n'avait pas une seule fois allumé l'ordinateur. On avait toqué à la porte à plusieurs reprises et, une fois, elle crut bien que quelqu'un avait lancé une brique ou un corps inerte sur le perron ; mais elle n'était pas sortie pour s'en assurer, ni n'avait même écarté les rideaux. Le courrier lui était délivré par une fente dans la porte, si bien qu'elle n'avait pas à se soucier de son accumulation dans une boîte extérieure, avec le risque que les voisins finissent par se demander si elle n'avait pas glissé dans sa baignoire. Elle n'était abonnée à aucun journal. Elle laissait les factures, publicités et autres par terre au pied de la porte.

Jeremy se croyait mort et arrivé au paradis. Il avait enfin de la compagnie de jour comme de nuit, compagnie qui, de surcroît, dormait encore plus que lui.

Shelly n'avait cependant pas l'inconséquence de croire qu'elle allait cesser de vivre. Tôt ou tard, il lui faudrait régler les factures qui s'entassaient sur le sol. Tôt ou tard, elle devrait mettre la maison en vente, faire ses bagages et aller s'établir là où elle trouverait un emploi.

Mais pas aujourd'hui.

Aujourd'hui serait une journée de plus passée à poser un regard absent sur *Retour à Cold Mountain*.

Dans les derniers temps de son mariage avec Tim, quand celui-ci était en déplacement professionnel ou partait pour un week-end de pêche, elle enfilait son peignoir (il s'agissait du même), abaissait les stores et se glissait dans leur lit.

Elle ne se regardait pas à l'époque comme une personne en dépression. Elle n'avait pas encore pris connaissance de la liste, désormais omniprésente dans les magazines, des symptômes de cette maladie, en tête desquels figurait quelque chose comme « infichue de sortir du lit ». Elle demandait à Tim de l'appeler quand il serait à une heure de la maison, prétendant que c'était afin qu'il eût quelque chose de chaud à manger à son retour ; en fait, il s'agissait pour elle d'être levée, douchée, habillée et prête à affronter le monde en la personne de son mari au moment où il franchirait la porte.

Plus personne, désormais, pour qui s'arracher à son lit, personne à séduire ou réconforter. Elle savait pourtant que cela ne pourrait durer beaucoup plus longtemps (le téléphone débranché, le portable éteint, le courrier lettre morte). Rosemary s'inquiéterait et finirait par passer.

Il lui était toutefois déjà arrivé, dans le passé, de rester plus d'une semaine sans avoir de contact avec son amie. Dans un premier temps, cette dernière la supposerait accaparée par son travail. Elle ignorait son licenciement. Shelly n'avait pas reparlé de Josie depuis le coup de fil où Rosemary lui avait demandé : « Est-ce que tu ne serais pas amoureuse de cette fille ? » Bien qu'elle ait eu l'intention de lui en dire plus, elle n'avait jamais franchi le pas. Sans parler du côté sexuel, des photos, de la convocation disciplinaire chez le doyen. Il y aurait, comme on dit, un gros travail de remise à jour.

Elle roula sur le côté. Jeremy grogna un peu, dans son rêve, et roula de même sur le flanc.

Seigneur Dieu.

Pour ajouter encore à l'horreur et à la honte, dès qu'elle fermait les yeux elle pensait non pas à son humiliation publique ou à la perte de son gagne-pain, de son identité et de sa vie même, mais à Josie Reilly.

À la clavicule d'icelle. Aux ombres qui s'y rassemblaient au clair de lune. Aux blanches quenottes mordillant dans la lumière du matin une lèvre inférieure humide et luisante.

Comme son chat, elle grogna un peu, se prit la tête entre les mains et repensa au dernier coup de téléphone qu'elle avait reçu de l'administration de l'université. « Nous voulons être certains que vous avez bien compris qu'il ne doit y avoir aucune communication entre vous et l'étudiante concernée. Toute tentative pour entrer en contact avec elle pourrait entraîner une action en justice de sa part ou de la nôtre. »

Elle avait écarté le combiné de son oreille en marmonnant : « Bien sûr. » Et de le reposer en se disant : Oh, mon Dieu, je suis devenue une espèce de monstre lubrique, dont on redoute qu'il ne harcèle une étudiante.

Alors même que cette pensée la traversait, elle ouvrit son téléphone portable et fit apparaître le numéro de Josie, après quoi elle rabattit le couvercle de l'appareil en laissant échapper une faible plainte.

Ne plus jamais parler à cette stupide petite garce, plus belle créature de ce monde en perte de vitesse.

Merde.

Elle repoussa les couvertures, posa les pieds par terre.

Qu'avait-elle vraiment à perdre ?

On lui avait recommandé de ne pas tenter d'entrer en contact avec « l'étudiante concernée », mais on ne lui avait pas interdit d'aller se poster au *Starbucks*, où, elle le savait, ladite étudiante se rendait dix fois par jour.

49

« Où es-tu ?

— Qu'est-ce que ça peut te faire, Mira ? Les garçons vont bien. Je viens de les déposer chez ma mère. Ils étaient aux anges de la voir.

— Pourquoi ne m'avoir pas dit où tu allais ? Pourquoi ne m'as-tu pas appelée hier soir pour dire où tu étais ? »

Mira s'efforçait de ne pas élever la voix. Elle se trouvait dans son bureau et venait de croiser Jeff Blackhawk dans le couloir. Ils étaient convenus quelques jours plus tôt de se voir pour discuter, ici dans ce bureau, après leurs cours du mardi. Il était donc en train de l'attendre. Elle aurait dû lui dire qu'elle avait un contretemps, qu'ils se verraient une autre fois ; mais il était en grande conversation avec Ramona Cherry, seul auteur de fiction et pire cancanière de Godwin, et Mira n'avait pu s'y résoudre. Elle voyait d'ici quelle eût été l'expression de Ramona : ce regard distancé, teinté d'une lueur amusée, sur les malheurs d'autrui.

La *Schadenfreude* ou, comme sa grand-mère serbe appelait cela, beaucoup plus joliment, la *zloradost*, la joie mauvaise.

Elle n'aurait pas supporté.

Elle s'était bornée à les saluer d'un geste de la main en passant à côté d'eux. Et le téléphone avait sonné dès qu'elle avait refermé la porte de son bureau.

« Comment étais-je censé savoir que tu étais rentrée ? s'enquit Clark.

— Comment ça ?

— Eh bien, je t'ai attendue. Tu avais dit que tu rentrerais de bonne heure, ou du moins *à temps*, mais tu n'arrivais pas. Pour ce que j'en savais, c'était plutôt toi qui avais mis les voiles.

— N'importe quoi. J'étais en retard. J'avais une réunion. J'essaie de gagner ma vie, Clark.

— Ouais, ouais, Mira, je suis au courant. Désolé d'avoir été un tel boulet, vous tirant vers le bas, toi et ta magnifique carrière. En attendant, tout baigne : tu peux vaquer à tes occupations, tes si importantes occupations. Les jumeaux sont en de bonnes mains chez leur grand-mère. Je passerai les reprendre dans quelques jours, et ensuite...

— Quoi ? Qu'est-ce que tu entends par "Je passerai les reprendre" ? Où comptes-tu aller ?

— Je m'accorde un petit congé. Je l'ai bien mérité. Je viens de passer deux ans coincé avec deux bambins dans un appart de quatre-vingts mètres carrés pendant que toi, tu menais ton éminente carrière. Je compte louer une petite maison au bord du lac et peut-être aussi un bateau. Je vais peut-être m'adonner à la pêche pendant quelques jours. Je te tiendrai au courant.

— À la pêche ? On est presque en hiver.

— Ça n'empêche pas qu'il y ait des poissons dans le lac, Mira. Ils ne migrent pas.

— Bon sang, Clark, mais pourquoi avoir emmené les jumeaux ? Pourquoi ne pas les avoir laissés à la maison avec…

— Tu rigoles, Mira ? Je les ai emmenés parce qu'il n'y a personne pour s'occuper d'eux à la maison. Ils ont besoin d'une mère. Je les ai laissés auprès de la seule qu'ils aient, la mienne.

— Va te faire foutre, Clark. Va te faire… »

Mais il avait déjà raccroché, et elle se retrouva, combiné à la main, en train de contempler son tableau d'affichage, sur lequel une photo des jumeaux – sourire rougi de grenadine recouvrant leur véritable sourire, casquette des Chicago Cubs et maillot de bain imprimé de requins, le lac Michigan écumant en arrière-fond – était punaisée horriblement de guingois, en sorte qu'ils paraissaient glisser de biais vers la pile de devoirs non encore corrigés posée sur le bureau.

Lâchant le combiné, elle arracha cette photo du tableau pour la presser contre son sein. Elle était dans cette attitude quand Jeff Blackhawk poussa la porte, qu'elle n'avait pas tout à fait refermée dans sa hâte à répondre au téléphone, et, remarquant l'expression de son visage, demanda : « Mira ? Tout va bien ? »

50

Perry suivit Karess Flanagan jusqu'à sa chambre dans les étages. Il n'avait plus mis les pieds dans cette partie du bâtiment de Godwin Hall depuis qu'il en était parti, au mois de mai dernier, et l'odeur qui y flottait (vieille moquette et autre chose qui fleurait inexplicablement la paille humide) lui remit en mémoire la totalité de l'année précédente. Les talons des cuissardes de Karess cliquetaient sur les marches. Elle parlait d'une voix sonore qui couvrait en partie le bruit de ses pas.

« Tu n'as pas répondu à ma question sur ce qui t'a poussé à choisir ce cours. Est-ce que tu aurais raté cette UV en première année ou quelque chose comme ça ?

— Non, répondit-il, semblant plus sur la défensive qu'il ne l'aurait voulu. J'ai choisi le cours parce qu'il m'intéresse.

— Vraiment ? » fit-elle sans chercher à cacher son scepticisme. Arrivant la première à la porte donnant sur le couloir, elle la lui ouvrit, sur quoi il chercha un moyen de se placer derrière elle afin de lui tenir le battant ou au moins de le tenir pour lui-même. Il n'était nullement habitué à ce qu'une fille lui tînt la porte, et doutait même qu'une telle chose lui fût jamais arrivée. Mais il n'aurait pu y arriver sans la bousculer, aussi avança-t-il dans le couloir.

« Pourquoi la mort t'intéresse-t-elle à ce point ? »

Il ne répondit pas et attendit qu'elle franchisse le seuil à son tour.

À Godwin Hall, les étages où se trouvaient les chambres se divisaient en plusieurs couloirs portant le nom d'anciens étudiants oubliés depuis longtemps, à ceci près que l'on faisait l'association entre certains de ces noms et les meilleures douches ou l'exposition des fenêtres. Perry et Karess se trouvaient dans l'aile Hull, où logeaient Nicole et Josie l'année précédente. Des portes étaient ouvertes tout au long du couloir, et Perry voyait en passant des filles assises à leur bureau, devant l'écran de leur ordinateur, allongées sur leur lit, le portable collé à l'oreille. L'une d'elles, une serviette en turban autour des cheveux, se tenait devant un miroir mural et, pince à épiler levée à hauteur de sourcils, paraissait rassembler son courage avant de passer à l'action. Après cette vision, Perry s'attacha à ne plus regarder que ses pieds.

« Attends-moi ici, si tu préfères, lui dit Karess. Notre chambre est une véritable porcherie. Je dois juste prendre mon portefeuille et changer de chaussures. » Elle désigna ses cuissardes. On aurait dit des engins de torture médiévaux. Il éprouva du soulagement à la pensée qu'elle n'allait pas tenter de traverser le campus jusqu'au *Starbucks* avec cela aux pieds. Il s'accota au mur et croisa les bras.

En face de lui, un tableau d'affichage sur une porte close. Une fleur en plastique rose y était punaisée et, en dessous, la photo brouillée d'un chaton. Il semblait courir – ou bien c'est le photographe qui avait couru en le prenant. Il s'agissait d'une très mauvaise photo, mais Perry se représenta sans peine des filles poussant des oh ! et des ah ! devant le flou de ce chaton trop mignon.

S'il s'abstenait de regarder en direction de l'ancienne chambre de Nicole et de Josie, il ne put en revanche éviter de se demander qui l'occupait cette année, et si ses occupantes savaient qu'il s'agissait de l'endroit où avait vécu la défunte.

À moins qu'elle ne fût vide. Peut-être l'administration prenait-elle certaines mesures en ce genre de circonstance. Peut-être mélangeait-on les numéros des chambres, de sorte que les nouveaux venus ne puissent savoir laquelle était hantée. Godwin étant la plus vieille résidence du campus, il était probable qu'un certain nombre d'étudiants y étaient morts. Sans doute existait-il une procédure particulière pour l'attribution de telles chambres. Même si les résidents eux-mêmes ne voyaient aucun inconvénient à y loger, il se pouvait que les parents ne soient pas d'accord pour que leur progéniture dorme sur un matelas qui avait été occupé par la victime de l'affreuse tragédie de l'année précédente

Perry se prit à se demander si Nicole était revenue dans ce couloir depuis sa mort. Avait-elle souhaité jeter un œil à son ancienne chambre, pour voir si…

Il sursauta quand Karess repassa sa porte et lui demanda, pleine d'entrain : « Paré ? »

Elle avait changé de chaussures (des talons encore plus hauts) et de haut – mauve avec un liseré de dentelle bordant un décolleté prononcé dont Perry détourna aussitôt le regard.

« Donc, reprit-elle, tu étais sur le point de me dire ce que tu trouves à ce point fascinant dans ce cours sur la mort. Et si tu ne me sors pas quelque chose de convaincant, je vais devoir en conclure, comme la plupart de nos camarades, que c'est en fait Mrs Polson qui te fascine. »

Perry se prit à ouvrir et refermer la bouche, ne produisant que des soupirs d'exaspération et éprouvant à l'encontre de cette fille ce qu'il identifia comme de la haine.

Non mais pour qui se prenait-elle ?

Elle lança un regard par-dessus son épaule, battit des paupières et demanda : « Le chat t'a mangé la langue ? », à quoi il se fourra les mains dans les poches pour qu'elle ne voie pas qu'il serrait les poings.

« Pas du tout », finit-il par répondre en continuant de descendre les escaliers à la suite de Karess.

Pourquoi ? Pourquoi continuait-il de la suivre ? Était-ce pour la raison qui aurait poussé n'importe quel garçon à la suivre ?

À cause de ces boucles brunes, à cause de la façon dont sa taille s'évasait sur ses hanches, à cause de son postérieur pareil à deux pleines poignées de chair mûre empaquetées dans une minijupe ? Il avait remarqué dès les premières heures de cours que ses sourcils très arqués lui donnaient un air perpétuellement étonné – ou bien l'air de chercher à séduire ou bien encore celui d'éprouver il ne savait quel plaisir physique.

Un plaisir *sexuel*.

Il avait pris sur lui pour ne pas glisser des regards dans sa direction. Il lui avait toujours semblé peu digne, irrespectueux, voire dangereux, de faire savoir à une fille qu'on l'avait remarquée – mais voilà que, alors qu'il regardait en contrebas sa souple chevelure de pub pour shampooing (quelques mèches soulevées au-dessus du reste, brillantes et ambrées au soleil qui traversait les petits carreaux losangés), une autre possibilité lui apparut :

Peut-être était-elle inoffensive. Peut-être était-elle seulement en train de badiner et entendait-elle que lui aussi s'amusât en toute innocence.

Cette pensée lui mit du baume au cœur. Elle avait simplement cherché à le taquiner. C'était là quelque chose que Mary lui disait toujours (« Je voulais juste te taquiner, Perry ») et qu'il n'avait jamais pu comprendre. Les petites piques, les sarcasmes (« Ne sois donc pas à ce point boy-scout »). Il avait toujours pris cela en mauvaise part, se disait-il à présent tout en entendant Karess fredonner tout bas. Elle goûtait sa compagnie. Elle souhaitait qu'il l'aime bien.

Était-ce ainsi que procédaient les filles ?

De longues boucles d'oreilles en argent lui dansaient sous les lobes, lui frôlant presque les épaules, projetant des reflets. Elle exhalait un parfum d'agrume, légèrement âcre mais épicé et attrayant. Elle avait au cou un lacet en cuir au bout duquel pendait un genre d'amulette, et aussi une chaînette en or et une d'argent, plus autre chose encore, enfilé de perles. Elle portait une vingtaine de bracelets à chaque poignet.

Mince, pensa-t-il, cette fille doit mettre quatre heures à se préparer chaque matin.

Elle discourait allègrement, expliquant que ce n'était pas rigolo d'avoir sa chambre au second, que ses parents, quand ils étaient venus l'aider à emménager, avaient dû tout se coltiner par les escaliers car l'ascenseur était en dérangement.

« Je l'ai toujours connu en panne, commenta Perry.

— À quel étage étais-tu ?

— Au troisième.

— Dans quelle aile ?

— Mack.

— Alors, tu as dû le connaître, non ? Craig Clements-Rabbitt. »

Ils arrivaient au bas des marches. Elle attendit Perry près de la porte. Un écriteau y annonçait : SORTIE INCENDIE, L'ALARME SE DÉCLENCHERA, mais tout le monde savait qu'il n'y avait pas d'alarme. Karess poussa le battant et sortit dans l'air vif de cette fin de matinée.

Il envisagea de mentir ou de ne rien dire, mais à quoi cela aurait-il servi ? Karess était à l'évidence suffisamment curieuse de tout pour trouver d'une manière ou d'une autre ce qu'elle voulait savoir. Le nom de Perry, tapé sur Google avec celui de Craig Clements-Rabbitt, permettait d'accéder à la totalité de l'histoire. Hormis quelques données relatives à son accession au rang de scout aigle, qui avaient paru dans le journal de Bad Axe, son titre de gloire sur la Toile était d'avoir été le compagnon de chambre de Craig et d'avoir confié à un journaliste du quotidien local : « Il n'est pas un meurtrier. »

« Il était mon compagnon de chambre », dit-il à Karess.

Elle se retourna vivement. « Quoi ? Tu as vécu avec lui ? » Elle écarquillait à ce point les yeux qu'il voyait palpiter le trou d'épingle de ses pupilles au centre du bleu saisissant de ses iris.

« Eh oui, répondit-il.

— Eh bien », fit-elle. Elle sourit. Ses dents étaient si blanches qu'on aurait dit, tout comme ses incroyables yeux bleus, qu'elles étaient des accessoires pour mannequins de devanture plutôt que d'authentiques éléments physiques. « L'affaire se corse.

— Que veux-tu dire ?

— Eh bien, vivre avec un assassin... Ta première année a dû être plutôt pourrie.

— Quoi ?

— Un salaud d'assassin.

— Ce n'est pas un assassin.

— Ça alors ! Ne me dis pas que tu es toujours ami avec lui. Il a quand même tué sa copine.

— Il n'a pas tué sa copine. Il a eu un accident dans lequel elle a trouvé la mort.

— Ce n'est pas ce qu'on m'a dit.

— En ce cas, on t'a mal renseignée.

— Ce qu'on m'a dit, c'est qu'il avait bu et fumé, qu'il est allé la chercher à sa sororité, vu qu'il était jaloux d'un type plus âgé qu'il y avait là-bas. Elle a eu beau hurler et supplier, il l'a forcée à monter en voiture et il s'est mis à rouler genre à cent soixante, pour mourir ensemble. Comme s'il considérait qu'ils avaient passé une espèce de pacte d'amour complètement tordu. Il voulait qu'elle meure avec lui et il ne lui a pas laissé le choix. Et maintenant elle est morte et lui, il est de retour ici. C'est pas pensable. »

Perry était contraint de se tenir la main en visière, car un soleil aveuglant se réfléchissait sur les cheveux de Karess. Ils se trouvaient dans la cour. Des étudiants passaient à côté d'eux, qui téléphonant avec son portable, qui se fourrant une barre protéinée dans la bouche, qui les oreilles reliées à son iPod. Une fille aux joues roses poussa une exclamation en avisant Karess. Elle s'apprêtait à la serrer dans ses bras mais, remarquant sans doute sa mine sérieuse, se borna à agiter les doigts et à lui adresser une mimique avant de passer son chemin.

En l'absence de feuillage et de nuages, et le soleil étant fort éloigné dans le ciel automnal, il n'y avait rien pour tamiser la lumière. Perry sentit ses yeux s'emplir de larmes. Il tourna les talons et commença de s'éloigner de Karess. « Tu pleures ? lança-t-elle à sa suite avant de l'attraper par le bras. Mon Dieu, je suis désolée.

— Non, je ne pleure pas », répondit-il sans pourtant s'arrêter, car il n'était pas certain de ne pas pleurer – et s'il pleurait, il ne savait pourquoi. Il s'efforça de traverser rapidement le passage voûté donnant sur Godwin Avenue. Même quand la température extérieure avoisinait les trente-cinq degrés, ce passage restait froid et humide. Quelqu'un avait bombé le prénom *Jean* au plafond de la voûte. Perry s'immobilisa pour s'appuyer du plat de la main contre la paroi de brique et tenter de reprendre son souffle. « Je ne pleure pas », répéta-t-il, bien qu'il fût encore plus aveuglé à présent, étant passé du grand soleil à cette pénombre. Il se frotta les yeux et déclara : « Tu ne devrais pas parler de choses dont tu ne sais rien. Où as-tu entendu toutes ces conneries, comme quoi il l'aurait forcée à monter en voiture, et cette histoire de pacte fatal ou je ne sais quoi ?

— Tout ça est vrai. » Elle se tenait si près de lui qu'il pouvait sentir son haleine. Un parfum de cannelle. « Il y a eu dans notre aile une réunion destinée aux filles de première année. Des sœurs d'Oméga Thêta Tau y participaient. L'idée de départ était de mettre les nouvelles en garde contre toute relation dommageable avec un garçon. Mais pour finir, on s'est toutes retrouvées mortes de trouille à l'idée d'habiter l'aile où avait vécu la défunte. Elles nous ont passé des diapos. De Nicole. Elles nous ont dit qu'elles se sentaient coupables parce que toutes savaient qu'elle sortait avec ce type hyper collant, Craig Clements-Rabbitt, qui n'arrêtait pas de venir l'attendre devant leur maison, qui ne la laissait pas vivre sa vie et qui a fini par la tuer. Elles pleuraient, et pour finir tout le monde pleurait. Par la suite, j'ai appris que les filles qui occupaient son ancienne chambre y pratiquaient le Ouija. Je ne sais pas ce qui s'est passé ensuite, mais cela leur a flanqué une peur bleue et elles ont obtenu de changer de chambre.

» Plus personne n'occupe cette chambre à présent. Elle est fermée à clé. Et les gothiques du club Alice Meyers n'arrêtent pas de venir allumer des cierges et faire brûler des bâtonnets de sauge devant la porte, et ça déclenche les alarmes incendie, et elles fabriquent de petits sanctuaires que les employés de ménage mettent ensuite à la poubelle. C'est dingue. Et tu dis que tu partageais ta piaule avec ce type ? »

Perry fut pris d'une sorte de vertige. Le passage voûté lui semblait se déformer. Soudain, il sentit une fois encore le déplacement du contenu du cercueil. Le corps inerte glissant à l'intérieur de la bière.

Karess avait l'air inquiète. « Est-ce que ça va ? » demanda-t-elle. Elle s'approcha encore d'un pas pour le dévisager avec grande attention, puis glissa un bras sous le sien. « Allez, viens, dit-elle. Je vais te

payer un chocolat chaud. Je te promets de ne plus
parler de tout ça. Ne pleure pas. »

Il la regarda.

« Je ne pleure pas », dit-il, et d'avoir dû répéter
cela eut l'heur de le faire rire.

Elle se mit à rire, elle aussi.

« Je pense que tu es vraiment un type bien, dit-elle
en l'entraînant hors du passage par le bras qu'elle
avait noué autour du sien. Je l'ai pensé dès le premier
jour où je t'ai vu. »

51

Le trajet à pied de chez elle au *Starbucks* semblait
durer des heures, mais quand elle consulta sa montre,
Shelly vit que seulement quinze minutes s'étaient écoulées depuis qu'elle avait quitté la maison. Elle était en
train de passer devant le bâtiment qui abritait la Société
de musique de chambre. Elle prit sur elle pour ne pas
lever les yeux vers la fenêtre de son bureau, mais elle
sentit cette fenêtre la regarder. Elle sentait la Shelly
d'avant regarder passer celle qu'elle était devenue.

Qu'aurait-elle pensé, disons six mois plus tôt, si on
lui avait parlé d'une femme qui, disposant d'un
emploi sûr et bien payé à l'université, avait tout sacri-
fié pour une sordide liaison avec une étudiante ?

Qu'aurait-elle pensé si on lui avait dit de quelle
manière cette femme avait été prise la main dans le
sac – en se laissant photographier sur un portable au
lit avec une fille de dix-neuf ans ?

Qu'aurait-elle pensé en voyant de sa fenêtre cette
femme passer dans la rue, cheminant inexorablement,

comme chargée de fers aux poignets et aux chevilles, vers le lieu où elle croyait pouvoir trouver cette fille – cette fille que les autorités de l'université lui avaient instamment demandé de ne pas harceler ?

Elle aurait peut-être pensé qu'il n'est de pire imbécile qu'une vieille imbécile.

Ou, peut-être, quelque chose de plus sévère. De bien plus sévère.

Désormais, se dit-elle, en imaginant se voir des sommets qu'elle occupait naguère, elle était devenue une de ces femmes-là.

Elle était à ce point perdue dans ses pensées que, lorsqu'elle se vit dans une vitrine des abords du *Starbucks*, elle fut surprise de reconnaître son reflet. Elle comprit qu'elle s'attendait à se voir en sorcière couverte de verrues, en spectre, en créature – lubrique et concupiscente, et d'autant plus repoussante puisque, bien qu'elle eût l'air asexuée, elle ne l'était point.

Mais elle ne ressemblait pas à cela.

Dans cette vitrine, elle avait l'air égarée, même à ses propres yeux. Et pitoyable. Inoffensive. Triste peut-être. Ses cheveux étaient en désordre, mais ils luisaient au faible soleil de novembre. Un homme en costume noir et cravate rouge la détailla d'un air appréciateur tout en lui tenant la porte. Elle ne semblait pas être un monstre à ses yeux, mais correspondre plutôt à son reflet dans la vitrine. En revanche, il n'y eut pas à se méprendre sur l'expression horrifiée qui déforma les traits de Josie Reilly quand, se détournant du comptoir, un gobelet à la main, celle-ci la vit entrer.

52

Jamais jusqu'ici Mira n'avait confié à un collègue quoi que ce fût de ses problèmes personnels. Même au temps de ses études, à l'époque où il n'était pas rare que ses semblables pleurent dans les bras les unes des autres pour cause de rupture ou de déprime, elle s'était toujours gardée d'en trop dire à son propre sujet.

Tessa, une de ses meilleures amies, elle aussi thésarde en anthropologie, lui avait parlé de ses jeunes années, durant lesquelles elle avait subi les pratiques incestueuses d'un demi-frère beaucoup plus âgé qu'elle ; elle avait par la suite réagi avec un dépit confinant à la colère le jour où, alors qu'elles étaient liées depuis de nombreuses années, Mira lui parla de la mort de sa mère.

« Tu ne m'avais jamais dit que ta mère était morte.

— Cela remonte à des années, plaida Mira. J'étais en première année de licence. Nous ne nous connaissions pas.

— Il n'empêche qu'il nous est arrivé de parler d'elle à peu près cinq cents fois (Mira vit alors descendre dans le regard de son amie une appréhension, un repli, un retrait qui annonçaient la fin de leur amitié), et pas une fois tu ne m'as donné à penser que tes parents ne filaient pas le parfait bonheur en Ohio. Je t'ai tout raconté de la mort de mon père. Ç'aurait pu être l'occasion, il me semble, de me faire savoir que tu avais, toi aussi, perdu un de tes parents. »

Mira n'avait pas eu l'intention de hausser les épaules. Elle savait qu'une telle réaction aurait signifié que l'affaire était sans importance ou bien qu'elle jugeait outrée la réaction de son amie. Elle se sentit néanmoins esquisser ce geste et, ce faisant, elle eut l'impression que quelque chose (leur amitié ?) glissait de ses épaules, comme un châle, et tombait à terre derrière elle.

Aussi fut-elle étonnée de se voir en train de pleurer dans ses mains, face à un Jeff Blackhawk, qui, assis face au bureau, la regardait en se massant les genoux. Elle ne parvenait pas à contenir ses sanglots.

Elle avait projeté de lui dire qu'elle était bousculée parce qu'elle devait louer une voiture, son mari étant parti avec la leur, et aller chercher ses enfants chez leur grand-mère, dans le nord de l'État. Mais dès qu'elle eut prononcé leurs prénoms (*Andy*, *Matty*), il lui avait semblé que ses poumons s'emplissaient de larmes, et elle s'était mise à suffoquer, hoqueter, bafouiller. Pour finir, après ce qui dut lui paraître un inquiétant laps de temps, Jeff prononça son nom, « Mira », de la façon dont on rappellerait un chien qui court vers la route ; elle leva alors les yeux, et l'expression affreusement gênée qu'elle lui vit fit qu'elle se ressaisit instantanément.

Elle fit prestement pivoter sa chaise pour prendre une poignée de mouchoirs en papier et s'empressa de s'essuyer les yeux, le nez, les joues et la bouche. De quoi avait-elle l'air ? En quel état devait se trouver son rimmel ? Mais elle réussit finalement à prendre une profonde et frémissante inspiration et retrouva l'usage de la parole.

« Jeff, dit-elle, je suis vraiment désolée. Je n'ai pas dormi de la nuit et… »

Il agita la main comme pour disperser une fumée ou un gaz lacrymogène. « Non, dit-il, tu n'as pas à t'excuser. Je voudrais juste savoir comment t'aider. Tu n'es assurément pas en état de faire toute cette route. Veux-tu que je demande à quelqu'un ? Ou plutôt non. Comme je n'ai pas vraiment grand-chose à faire jusqu'à mes cours de jeudi prochain, à part lire de la mauvaise poésie estudiantine, je pourrais t'y emmener avec ma voiture. J'aime bien les enfants. J'aimerais faire la connaissance des tiens.

— Alors ça, c'est trop… (Elle ressentit, comme une implosion subite, la honte de son soulagement.) Mais je ne…

— Ne dis pas non, Mira. La première neige de l'année est prévue pour aujourd'hui. Ou pour la nuit prochaine. Elle pourrait être abondante. Les routes seront glissantes, et dans ton état… (Il leva les mains pour souligner l'évidence de la chose.) Tu dois à tes enfants de ne pas te tuer sur la route. Laisse-moi te…

— Entendu », dit-elle.

53

« Qui est à l'appareil ? » interrogea Craig. Sa main tremblait, mais il parvenait à tenir le téléphone contre son oreille. La pendule posée sur la commode indiquait 12:00. Était-il minuit ? Non : un faible soleil brillait dehors. Il devait être midi. Il avait réglé la sonnerie à neuf heures du matin. Il se souvenait de l'avoir entendue sonner ainsi que d'avoir entendu Perry, qui partait pour son premier cours de la journée, refermer la porte derrière lui. Il avait dû couper la sonnerie et se rendormir.

Aucune réponse à l'autre bout de la ligne.

« Qui est à l'appareil ? » répéta-t-il. Tendant l'oreille, il perçut un bruit de respiration. Il se mit sur son séant. De sa main libre, il se massa la tempe. Bien qu'il voulût ne rien dire de plus, simplement écouter, il demanda dans un souffle : « Nicole ? C'est toi ? »

Il y eut un éclat de rire aigu, dément, puis :

« Mais non, idiot ! Ici Alice. Aurais-tu oublié Alice ? »

Et la communication fut coupée. Le cœur battant la chamade, il sauta du lit, traversa l'appartement comme une flèche et se rua dans le couloir, la porte claquant derrière lui.

54

L'expression du visage de Josie, debout au comptoir du *Starbucks* (se retournant à l'instant, doigts graciles refermés autour d'un gobelet de carton blanc) la figea sur le seuil, une main sur la porte, l'autre plaquant contre sa hanche son sac à bandoulière. Un courant d'air froid lui passa sur les chevilles, et il lui sembla qu'outre Josie tous les gens se trouvant dans l'établissement s'étaient instantanément tournés dans sa direction pour la regarder, pour voir d'où provenait ce courant d'air, pour lancer un regard noir à cette femme qui laissait la porte grande ouverte.

(Quand s'était-il mis à faire si froid ? Elle avait fait tout ce chemin en robe légère. L'humidité qu'elle sentait dans son cou, était-ce celle de la neige en train de fondre ?)

Une femme avec une poussette se faufila pour entrer. Une fois à l'intérieur avec son bébé et son paquet de couches, elle se retourna et, désignant la porte d'un mouvement du menton : « Vous devriez la refermer. » Elle s'était exprimée avec une telle affabilité que Shelly la regarda pour tenter de comprendre non pas le sens de ses paroles mais le ton qu'elle avait employé. « La porte, précisa la femme. Le temps s'est bien rafraîchi. »

Shelly entra tout à fait et laissa la porte se refermer. Josie s'était déplacée vers l'autre côté de la salle. Elle était en train de poser un couvercle sur son gobelet tout en lançant alentour des regards furtifs. Nonobstant la mise en garde des autorités de l'université, Shelly marchait dans sa direction en prononçant son nom suffisamment fort pour que les consommateurs assis aux différentes tables se retournent.

Josie voulut s'éloigner encore, mais Shelly anticipa et la saisit par le bras (nu en dépit du froid – l'étudiante portait un jean délavé, avec des trous aux genoux, et un petit débardeur noir, un pull en cachemire négligemment noué autour de la taille, comme une décision après coup) et ne la lâcha pas.

« Je t'en prie », dit-elle.

D'un mouvement brusque, Josie libéra son bras. Regardant autour d'elle d'un air exaspéré, elle demanda à voix basse : « Qu'est-ce que tu veux ?

— Il faut que je te parle.

— Tu es censée ne pas me harceler.

— Je ne viens pas te harceler, Josie. S'il te plaît. Après, je te jure que je te laisserai tranquille. Je ne te… (Josie fit un pas en arrière, comme par anticipation du mot *toucherai*…) Seulement, il faut que je te parle. Je t'en prie.

— Non. » Josie secouait la tête avec énergie. Puis elle se figea, parut réfléchir, un court instant mais d'un air pénétré, et Shelly fut surprise et soulagée de la voir hocher la tête. « D'accord, dit l'étudiante, apparemment plus agacée que réticente ou effrayée. D'accord, d'accord », répéta-t-elle, comme reconnaissant sa défaite, puis elle leva le menton pour désigner une table inoccupée dans un angle du fond de la salle. Shelly lui emboîta le pas.

Josie se glissa derrière la table, se carra contre le dossier, croisa bras et jambes. Shelly se laissa tomber sur la chaise en bois, fort raide, placée en face, et fit son possible pour se tenir droite. (C'était là quelque chose dont l'accusait son ex-mari : « Tu ne t'assois pas sur une chaise, tu t'y avachis. ») Une fois assise, Josie n'hésita pas à la regarder droit dans les yeux ni à se pencher en avant, mains jointes posées sur la table. Shelly s'était attendue à un silence gêné. Bien au contraire, Josie prit tout de suite la parole :

« Écoute, je sais que tu es sans doute aussi emmerdée que moi, mais je tiens à dire que tout ça n'est pas vraiment ma faute. Je n'y peux rien si nous avons eu cette… relation, et peut-être que j'aurais dû placer les photos en lieu sûr. Il n'empêche que c'était toi l'aînée dans cette histoire, tu étais la figure de l'autorité. Il te revenait de… » Parvenue à ce point, elle parut chercher un terme qu'elle avait mémorisé. Ne le retrouvant pas, elle se lança dans des considérations sur la nature du rapport étudiant/employeur, en lesquelles Shelly crut discerner le ton d'une leçon apprise par cœur et médiocrement récitée. Là-dessus elle commença à se demander si tout cela n'avait pas été de bout en bout un coup monté.

Elle se pencha par-dessus la table et, afin d'interrompre Josie, lui posa la main sur le poignet.

« Pourquoi ?

— Pourquoi quoi ? fit l'étudiante, décontenancée d'avoir été coupée dans son soliloque.

— Pourquoi tout ça ?

— J'étais justement en train de t'expliquer qu'il y a certains paramètres dans les rapports étudiant/employeur à l'université…

— Des paramètres ?

— Appelle ça comme tu voudras. Toujours est-il qu'étant ton étudiante travail-études…

— Pourquoi moi ? Est-ce que cela aurait à voir avec le bizutage ? »

Josie devint de marbre.

Elle n'avait pas même un battement de paupières.

Elle soutint le regard de Shelly suffisamment longtemps pour que cette dernière pût se passer de réponse à sa question.

« Je te l'ai déjà dit, reprit Josie : Oméga Thêta Tau ne pratique pas le bizutage.

— Et le coup de la petite culotte ?

— De quoi parles-tu ?

— C'est toi qui m'as raconté ça. Que tu avais dû garder la même culotte pendant tout un mois et que…

— Oh, ça ? (Josie agita la main en l'air comme pour chasser un insecte importun.) Ce n'était pas du bizutage.

— En ce cas, si ça n'en était pas, ceci n'en est peut-être pas non plus.

— "Ceci" ? fit Josie en traçant des guillemets en l'air de chaque côté de son visage.

— Tu sais bien, répondit Shelly d'une voix qui lui parut comme synthétique. Une liaison. Avec une femme. Des photos. En guise de preuve. Peut-être provoquer des ennuis à une personne, faire en sorte qu'elle soit virée de son travail.

— Impossible. On se ferait éjecter du Conseil national panhellénique si jamais on…

— Pas du tout », coupa Shelly. Elle s'aperçut qu'elle tremblait, mais ses paroles lui venaient sans passion, comme si elle lisait un texte, et ce qu'elle lisait lui était déjà familier, avait été lu et relu une centaine de fois. « J'ai moi aussi fait partie d'une sororité, Josie. Nous faisions les mêmes genres de trucs, tout en sachant parfaitement que jamais nous ne pourrions être exclues par le Conseil national panhellénique. Nous savions, comme vous aujourd'hui, que si cela lui était revenu aux oreilles, tout ce que le Conseil aurait fait, c'est de travailler à étouffer l'affaire. Des gens qui n'ont pas connu cela pourraient se laisser abuser, mais pas moi.

— Tu ne peux rien prouver », rétorqua Josie.

À la manière dont elle croisa les bras et se carra contre le dossier de sa chaise, Shelly comprit qu'elle disait vrai.

55

Tout en conduisant, Jeff croquait des bonbons à la cannelle, et le bruit en provenance de sa bouche fermée était si sonore et chaotique que Mira se dit qu'il était en train de se concasser les dents. Mais quand elle le regarda et qu'il la regarda en retour avec un sourire, elle fut soulagée de voir que sa dentition était intacte. « Ça te fait envie ? demanda-t-il en montrant le paquet de friandises posé entre eux. Sers-toi.

— Non merci », dit-elle.

Après avoir quitté Godwin Hall et avant d'aller chercher la voiture de Jeff dans le parking à étages de l'université, ils étaient repassés par l'appartement de Mira pour qu'elle y prît sa carte de crédit. (Malgré les protestations de Clark, qui trouvait qu'elle le traitait comme un enfant de deux ans, elle tenait à laisser la carte de leur compte joint chez eux, à l'intérieur d'une boîte rangée dans le bas du secrétaire, car ils étaient déjà tellement endettés que ladite carte ne devait, selon elle, servir qu'en cas de force majeure.) Elle alla au secrétaire, ouvrit le tiroir du bas, ouvrit la fameuse boîte et ne l'y trouva point.

Clark l'avait donc emportée en plus du reste.

Elle avait lancé à Jeff, resté dans le living : « J'arrive tout de suite ! », tout en passant en revue d'autres tiroirs. Elle regarda même sous le lit et ouvrit la penderie pour fouiller les poches des vestes de Clark.

Toujours rien.

Elle entendait Jeff qui fredonnait en sourdine tout en feuilletant des livres prélevés dans la bibliothèque.

Que faire ?

Il y avait plus de trois cents kilomètres, soit au moins deux pleins pour l'aller et retour. Elle avait fait limiter l'autorisation de retrait dans les distributeurs automatiques à cinquante dollars par jour (là aussi afin d'éviter les tentations), et elle ne tenait assurément pas à faire poireauter Jeff devant la société de crédit mutuel pendant qu'elle essaierait de tirer de l'argent sur son compte d'épargne ou sur celui de Clark.

« Désolée si c'est un peu long ! lança-t-elle, surtout pour gagner du temps et finir par imaginer un expédient.

— Pas de problème, Mira, lui répondit-il de même. J'ai vingt-quatre heures devant moi avant que quiconque s'avise de ma disparition, et encore ce ne sera qu'une douzaine d'étudiants plutôt soulagés. C'est ce qu'il y a de bien dans le célibat : personne pour te signaler avant une semaine au service des personnes disparues. Dis donc, je vois que tu as toute une étagère de Camille Paglia. Tu es fan ? »

Mira se dit qu'elle lui parlerait plus tard de son intérêt pour la vulgarisation de la critique littéraire par Paglia, ainsi que de son espoir de mener une semblable démarche dans le domaine de l'anthropologie. Mais pour le moment elle était à quatre pattes, en train de tâter la moquette sous le secrétaire. Elle resta assise sur le sol pendant quelques minutes puis, en désespoir de cause, elle se releva et gagna le living pour avouer à Jeff : « Je n'ai pas le moindre argent. En dehors de ce que je vais pouvoir tirer sur le compte courant. Mon mari a emporté la carte de crédit. »

Jeff tenait *Sexual Personæ* comme s'il n'avait jamais tenu un vrai livre de sa vie et n'avait pas la moindre idée de la façon de l'ouvrir, les deux mains déployées en dessous comme s'il s'agissait d'une assiette débordant de nourriture. Il haussa les épaules et répondit : « J'ai du liquide sur moi et mon réservoir est plein. En plus, je sais où tu habites et je connais des gens qui, au besoin, peuvent m'aider à récupérer mon prêt. » Il jouait grotesquement des sourcils, sans prendre la peine de sourire, et Mira comprit dans l'instant, physiquement (même si elle ne se trouva pas l'énergie de le *ressentir*), pourquoi, s'il fallait en croire la rumeur, tant de filles et de femmes se laissaient utiliser par cet homme.

« Merci », lui dit-elle pour la dixième ou quinzième fois de la matinée. Il accueillit cela d'un nouveau haussement d'épaules et reporta son attention sur le livre. Elle lui proposa une tasse de thé ou un sandwich, mais il répondit qu'il préférait s'arrêter au *Wendy's* de l'autoroute si cela ne la dérangeait pas.

« J'ai une faim de loup. Je préfère attendre de mettre la main sur un hamburger, si ça ne t'ennuie pas. »

Ils prirent ensemble la direction du parking à étages le plus proche de Godwin Hall. C'était à deux pas, mais le ciel crachait une neige humide. Ils durent cheminer tête basse, si bien que, quand bien même Mira eût été d'humeur, il leur aurait été impossible de papoter.

Jeff était garé au premier niveau, sous un panneau proclamant : STATIONNEMENT INTERDIT. Il préleva l'amende glissée sous l'essuie-glace et, sans

le moindre commentaire, la jeta sur la banquette
arrière.

Sa voiture était une poubelle.

Mira se dit qu'elle s'attendait peut-être à une
Porsche. Bien qu'elle sût que Jeff ne devait pas gagner
beaucoup plus qu'elle, elle était en permanence surprise par les maisons opulentes et les vacances exotiques de ses collègues (tous percevant un salaire qui,
dans son cas à elle, couvrait à peine le loyer), de sorte
qu'elle avait fini par supposer que la plupart des universitaires avaient des sources de revenus occultes –
fonds en fidéicommis, héritages, règlements d'actions
en justice. Elle avait imaginé que, s'il était de ceux-là,
Jeff devait mettre son argent dans des choses qui en
jetaient, propres à produire leur effet sur les femmes,
comme par exemple une voiture de sport.

Non seulement ce véhicule n'avait rien d'une voiture de sport, mais il était encore plus rouillé et fatigué que l'auto de Mira et Clark.

La porte de la boîte à gants avait été arrachée, et
Jeff fourrait là ses papiers de bonbons, dont beaucoup étaient retombés sur le plancher. La banquette
arrière était une mare de paperasses, de prospectus
et de sachets de chez *Wendy's*. (Voyant cela, elle se
demanda où elle allait mettre les jumeaux ; sans
compter que Clark avait leurs sièges auto. Mais elle
se soucierait de ça plus tard.) Jeff dut s'y prendre à
plusieurs fois pour lancer le moteur. Lorsque celui-ci
se mit enfin à tourner, ce fut dans un vacarme de
vaisseau spatial au décollage, pour devenir ensuite
étrangement silencieux dès que la voiture s'ébranla.
Mira s'aperçut alors qu'ils descendaient la rampe du
parking en roue libre, moteur coupé ; mais Jeff

paraissait maîtriser les choses, et la confiance qu'il dégageait – se jetant des bonbons dans la bouche, tripotant les boutons d'une radio hors d'âge – fut de nature à la rassurer. « Je sais bien qu'elle ne paie pas de mine, dit-il, mais on ne fait pas plus fiable. Nous allons être le bolide le plus rapide de l'autoroute, chérie. »

Mira ne perçut pas ce petit terme affectueux comme une invite ni ne le jugea trop familier. Il lui sembla au contraire procéder d'un désir de la réconforter – et une nouvelle fois, la nième de la journée, les larmes lui montèrent aux yeux, et elle se promit d'acheter sitôt rentrée *L'Horizon bouché*, ce mince recueil de ses poèmes qu'elle avait vu au rayon Auteurs locaux de la librairie. Elle les lirait attentivement et l'interrogerait sur ses influences, ses inspirations et aspirations. Elle lui témoignerait plus de respect. Elle était désolée, tellement désolée, d'y avoir manqué jusqu'à présent.

À la guérite marquant la sortie du parking, Jeff montra son passe à l'employé. L'instant d'après, ils suivaient le dédale des voies du campus.

Le temps se refroidissait, le ciel s'assombrissait. Mira se dit que c'était une question de minutes avant que débute vraiment le premier blizzard de l'année. Pourtant, il y avait toujours dans les rues des garçons en chemisette et des filles en minijupe et débardeur. Était-ce vanité ou bien inconscience, ou bien le métabolisme de la jeunesse leur assurait-il une espèce d'avantage face au froid ?

Pour sa part, elle frissonnait, le chauffage de la voiture lui soufflant au visage un air glacé qui sentait la poussière.

412

Jeff ralentit à une intersection qui regorgeait de piétons et de cyclistes. À l'angle de State Avenue et de Seymour Street, Mira vit le doyen Fleming planté sous le signal lumineux du passage clouté, attendant qu'il passât au vert. Le vent avait rabattu sa cravate rouge sur son épaule, et il avait enfoncé sa casquette de tweed sur sa crinière de cheveux gris. Il parut regarder la voiture au passage, mais s'il la reconnut et nota qu'elle se trouvait à bord de la guimbarde de Jeff Blackhawk, il n'en montra rien. Un flocon de neige énorme se posa devant elle sur le pare-brise, ne donnant aucun signe de devoir fondre.

« On prend l'autoroute et on s'arrête au *Wendy's* ? interrogea Jeff.

— Oui, d'accord. Je te suis vraiment, vraiment reconnaissante de ce que tu fais.

— Je sais », dit-il avant d'écraser un bonbon entre ses molaires et de tourner la tête vers elle pour lui adresser un clin d'œil sans sourire.

56

Craig portait un boxer-short, son vieux tee-shirt « Skiez à Fredonia ! » et pas de chaussures. Il comprit qu'il était à la porte dès qu'il entendit le pêne s'engager avec un clic dans la gâche, mais il était trop terrorisé pour en tenir compte.

Il était trempé de sueur, et cette sueur était froide ; mais au lieu de frissonner (il faisait toujours beaucoup plus frais dans le couloir, car les gens coinçaient toujours la porte d'entrée afin que leurs amis puissent entrer sans avoir recours à l'interphone), il était brûlant.

Il se sentait tel qu'à l'époque où il faisait du demi-fond au collège, avant de commencer à fumer de l'herbe et d'abandonner l'athlétisme : au terme d'une course prolongée, cette sensation qu'on vous étreint par-derrière à vous écraser les poumons, ce besoin impérieux de respirer, sauf que l'air extérieur est brûlant et que l'inspirer par petits halètements va vous incendier les entrailles.

Dans le couloir, il se pencha en avant pour tenter de reprendre son souffle, comme son entraîneur le lui avait montré à Fredonia. Il se mit les mains sur les genoux et tâcha de compter jusqu'à quatre tout en inspirant par la bouche, de bloquer sa respiration jusqu'à quatre et d'expirer de même ; mais il haletait à peu près dix fois plus rapidement que cela.

Il avait cru qu'il s'agissait de Nicole. Il en avait la certitude. Qu'elle l'appelait de…

Il n'entendit pas la fille aux cookies sortir de chez elle et ne prit conscience de sa présence que lorsqu'elle s'éclaircit la gorge tout à côté de lui. Il fit un bond en arrière et se redressa, les mains plaquées sur la poitrine. « Qu'est-ce qui t'arrive ? » interrogea-t-elle, les yeux écarquillés par l'inquiétude.

Il ne traversa même pas l'esprit de Craig qu'il était à demi nu, qu'il avait l'air complètement affolé et qu'il ne connaissait pas cette fille. « Je ne sais pas, répondit-il. Il y a quelqu'un qui me tourmente, qui me hante. »

Une vague de tristesse passa sur le visage de la fille, comme si Craig venait de lui annoncer quelque chose qu'elle redoutait, mais s'attendait à entendre. À la faible lumière du couloir, il trouva un air d'angoisse à ce petit visage blême. Elle avait arboré la même expression juste avant de lui révéler, auprès des boîtes aux lettres : « J'ai tué un cycliste. J'avais seize ans. »

« Ton compagnon de chambre est là ? » s'enquit-elle d'une voix égale et triste.

Il fit non de la tête.

« Tu t'es enfermé dehors, c'est ça ? demanda-t-elle avec un regard vers la porte de Craig, qui ne put que hocher la tête. Écoute, viens chez moi (elle lui fit signe de la suivre). Mes colocs sont sorties. Tu vas t'installer sur le canapé avec une couverture pendant que j'appelle le gardien pour qu'il vienne t'ouvrir. »

Elle sautilla sur son pied valide jusqu'à sa porte, se retournant pour s'assurer qu'il la suivait bien. Elle lui indiqua le canapé, puis, toujours à cloche-pied, disparut derrière un angle en expliquant : « Je vais chercher le téléphone. »

Il régnait dans cet appartement une odeur de fleurs et de renfermé qui, soudain et avec force, rappela douloureusement à Craig la chambre de Josie et de Nicole à Godwin : ce mélange d'articles importés, parfums, eaux de toilette, crèmes diverses, de linge propre et de savonnettes aromatisées, sans oublier des produits chimiques comme le vernis à ongles et le dissolvant, et peut-être aussi l'hamamélis – n'était-ce pas ce que sa mère utilisait pour se nettoyer le visage ? Et des onguents et des lotions à base de miel et de babeurre.

Assis sur le canapé, il s'accouda sur ses genoux et se prit la tête entre les mains. La fille reparut quelques secondes plus tard munie d'un téléphone et d'une couverture rose. Elle lui en enveloppa les épaules, puis lui tendit l'appareil. Voyant qu'il se bornait à le regarder d'un air vacant, elle dit : « D'accord, c'est moi qui vais appeler. »

Apparemment, le gardien ne répondait pas. La fille était repassée dans l'autre pièce, et Craig l'entendit dire à un répondeur : « Ici Deb Richards. Au 326. Euh, mon voisin est enfermé dehors. Pouvez-vous me rappeler, pour que je lui dise si vous allez venir lui ouvrir ? » Suivit une ribambelle de numéros : de fixes, de portables, celui de l'appartement de Craig, celui du sien. Elle revint au salon, cette fois en s'aidant d'une béquille, et déclara : « Je vais te faire du thé. »

Craig fit oui de la tête.

« Écoute, dit-elle en revenant de la kitchenette avec une tasse sortant du micro-ondes, d'où un nuage de vapeur montait et une étiquette Lipton pendait. Écoute, je sais que tu ne me connais pas, mais j'ai à te parler. Je crois savoir ce qui se passe ici. Mais il me faut d'abord te demander de ne dire à personne que je t'ai parlé de ça. Et de l'autre truc, ce que je t'ai confié en bas dans l'entrée. Personne ici n'est au courant, d'accord ? Je me suis inscrite exprès dans une fac située à trois mille kilomètres de l'endroit où c'est arrivé, et si je t'en ai parlé, c'est parce que j'ai entendu ce que les gens racontent à ton sujet et que j'ai fait une recherche sur Internet, si bien que j'ai le sentiment que je peux… faire le lien. Et il y a aussi autre chose que j'ai à te dire. »

Craig écoutait en buvant son thé à petits traits. Il n'avait pas cherché à enlever le sachet ni à le promener un moment dans l'eau comme il était censé le faire. Ce thé avait surtout goût d'eau très chaude et il lui brûlait la langue ; en même temps, il lui paraissait le meilleur breuvage qu'il eût jamais porté à ses lèvres. LE GRAND JOUR, était-il écrit sur le côté de la tasse, avec en dessous une petite crosse de hockey.

« Elles te persécutent, reprit la fille aux cookies (Deb ?). Je connais certaines de ces filles. Ma coloc de l'année passée, dans l'aile Woodson, est une Oméga Thêta Tau. Dès qu'elle a bu plus de deux margaritas, plus moyen de la faire taire. Elles ont un plan pour te chasser de ce campus. »

Craig prit une nouvelle gorgée. Bizarrement, il se sentait parfaitement en paix. Enveloppé dans la couverture rose de cette fille sympa. Sirotant le thé qu'elle lui avait préparé. Elle avait une voix qui lui rappelait sa mère – la voix de sa mère quand il était enfant et qu'elle lui parlait paisiblement, en détachant chaque syllabe. Deb paraissait ignorer qu'il savait déjà que les sœurs de la sororité de Nicole le haïssaient et à quel point elles voulaient le chasser d'ici. Elle semblait redouter de le choquer si elle avait parlé trop rapidement – cela ou bien cette manière de s'exprimer lui paraissait la meilleure pour s'adresser à quelqu'un que l'on vient de trouver en train de haleter dans le couloir, cassé en deux, en pleine crise, vêtu en tout et pour tout d'un boxer-short.

Elle poursuivit, expliquant comment elle avait appris par hasard ceci et cela, racontant que le père du garçon qu'elle avait tué s'était arrêté net, un jour au supermarché de sa ville d'origine, pour hurler en la montrant du doigt : « *Cette salope, cette putain de petite salope, cette putain de petite salope a tué mon petit garçon !* », cela d'une voix si forte et avec une telle violence qu'elle ne put même pas sortir du magasin, parce que les gens la regardaient, certains

417

l'invectivant. Une caissière s'était même dressée en travers de son chemin pour lui bloquer la sortie et lui cracher, en devenant toute rouge, que c'était elle, Deb Richards, qui aurait dû être morte. « *Espèce de sale gosse négligente et gâtée, tu iras pourrir en enfer, tu pourriras en enfer chaque nuit de ta vie pourrie et ensuite tu y pourriras pour l'éternité...* »

Craig se sentait affreusement mal pour elle.

Et elle était si gentille d'éprouver la même chose pour lui qu'il fut d'autant plus triste de ne pas même pouvoir faire semblant d'être surpris par ce qu'elle avait à lui dire. Elle avait l'air de penser qu'il s'agissait là de gros secrets. Elle lui dit être pas mal certaine que les sœurs d'Oméga Thêta Tau avaient toutes sortes de plans d'action pour lui faire peur, pour le tourmenter et pour le chasser d'ici. Savait-il à quel point des filles pouvaient se montrer vindicatives ? Surtout les membres d'une sororité ?

Il envisagea un court instant de lui dire qu'il savait en effet combien les sœurs de la sororité de Nicole le haïssaient, mais que, non, il ne s'agissait pas aujourd'hui d'Oméga Thêta Tau. C'était autre chose. *Quelqu'un*. C'était Alice Meyers. Elle lui avait rendu visite. Elle était quelque part et elle connaissait Nicole. Apparemment, elle et Nicole se trouvaient ensemble quelque part et envoyaient des cartes postales, faisaient des visites à domicile, passaient des coups de téléphone. Mais il ne dit rien de tout cela.

Et voici que Deb Richards craquait, lui prenait la main, lui disait que tout allait s'arranger, mais qu'il devait vraiment aller s'inscrire ailleurs, qu'il n'y avait que ça qui l'avait aidée, que partir lui avait sauvé la vie (pourtant, il semblait à Craig qu'elle avait emporté son lieu d'origine avec elle, qu'il était ici dans cette pièce et tout autour d'elle, dans sa posture et sur son visage) et qu'il devait au moins l'envisager, parce que...

C'est alors qu'elle lâcha : « Je connais aussi Lucas.

— Lucas ? s'étonna Craig.

— J'ai fait sa connaissance l'année dernière. Il m'a vendu de l'herbe de loin en loin. Elles en ont aussi après lui, tu sais. J'ignore pourquoi. Elles pensent qu'il t'a vendu de la mauvaise dope ou quelque chose comme ça. Ou bien c'est le fait qu'il t'a passé sa voiture alors que tu étais défoncé, si bien que...

— Je ne l'étais pas », plaça Craig. Il dit cela sans force, l'ayant répété tant de fois qu'il ne pensait plus que quiconque pût l'écouter ou le croire.

« Elles mijotent aussi un sale coup contre lui. Mon ex-coloc m'a rapporté un truc qu'elle trouvait hilarant. Un jour, Lucas appelle Suicide écoute, or une des sœurs Oméga, de permanence au standard cette nuit-là, prend l'appel et finit par découvrir l'identité du correspondant. Elle s'emploie alors à le persuader de se supprimer. Il lui raconte en long et en large qu'il voit des fantômes, qu'une fille morte voilà une vingtaine d'années vient le hanter. Et l'autre salope lui sort des trucs comme : "Oh, ça donne le frisson. Moi, si j'étais poursuivie par un fantôme, j'aimerais mieux mourir. Les fantômes choisissent les gens au hasard, mais ensuite ils ne les lâchent plus de toute la vie. Est-ce que vous pouvez vous procurer une arme à feu ou quelque chose, parce que cela pourrait vous simplifier les choses..."

» Et elles se tordaient de rire en attendant de lire dans les faits divers qu'un étudiant en licence s'était donné la mort.

— Lucas ? » répéta Craig.

Cela faisait un moment qu'il n'avait plus pensé à Lucas, et lui venait tout à coup à l'esprit tout ce que ces événements avaient dû lui infliger, à lui aussi. Reposant sa tasse sur la table voisine, il commença à s'en vouloir terriblement. Il regardait autour de lui (recherchant de l'aide ? Une excuse ?) en se disant en substance : *Bon sang, Craig, combien de vies penses-tu pouvoir gâcher dans le courant de la tienne ?* Tout ce qu'il avait fait pour Lucas, c'était de lui passer un coup de fil du New Hampshire, l'été précédent, au moment où certaines pièces du puzzle s'étaient mises en place. Au téléphone, Lucas n'avait pas dit grand-chose, en fait. Il avait marmonné à plusieurs reprises : « Ça alors, mon pauvre vieux », puis il avait dit : « Je ne t'en veux de rien du tout. Mais il faut que je raccroche. Je ne peux vraiment pas parler de ça, mec. J'espère que tout va s'arranger, et je dois dire que, si j'étais toi, je resterais pas là-bas. Je m'inscrirai genre dans le Connecticut. Ici, tu sais, c'est pas cool en ce moment. On se reverra peut-être un jour. Va en paix, mec. » Et il avait raccroché.

Putain ! Il avait aussi gâché la vie de Lucas.

Deb paraissait émue aux larmes en voyant la tête de Craig. Elle se leva pour venir lui nouer les bras autour du cou, elle rajusta la couverture sur lui et le serra fort. Il se laissa aller à cette étreinte tout comme il se souvenait qu'il s'abandonnait entre les bras de sa mère quand il était petit enfant, même quand il la savait fâchée après lui, car elle faisait mine de ne pas l'être.

Il se trouvait transporté à cette époque, les yeux clos, sanglotant contre l'épaule maternelle, la mouillant de larmes et disant des choses dans une langue qu'il n'était pas certain de parler. Elle le tapotait sans discontinuer – Deb, pas sa mère – et pleurait de même. « Écoute, lui dit-elle, tu vas te glisser dans mon lit et dormir. Les draps sont propres. Si jamais le marchand de sommeil se pointe pour ouvrir ta porte, je te réveillerai. D'ici là, repose-toi. »

Quand il se réveilla une nouvelle fois, les aiguilles vert martien de la pendule de Deb indiquaient 4:10 (du matin ?). La chambre était plongée dans le noir, hormis la lueur d'un iPod posé sur son chargeur, et tout l'appartement était silencieux. Il avait envie d'uriner, mais il se dit que cela ne pressait pas au point de réveiller un appartement rempli de filles et de risquer de leur flanquer la frousse. Allongé sur le flanc entre les draps tout propres, dont la senteur lui rappelait Nicole et aussi l'amidon que sa mère vaporisait sur son pantalon kaki, il regarda les aiguilles du réveille-matin tourner par petites saccades autour de leur cadran, jusqu'à ce que Deb entre dans la chambre en short de gym et tee-shirt et s'assoie au bord du lit pour lui poser une main fraîche sur le front.

Alors, il se rendormit.

57

Josie eut l'air de se radoucir quand il lui apparut que, bien qu'elle eût découvert une partie de la vérité, Shelly n'allait ni la menacer ni faire une scène.

Peut-être même était-elle quelque peu exaltée.

À présent posée sur le bord de sa chaise, penchée vers Shelly, elle lui expliquait avec de gracieux mouvements de mains les subtilités du bizutage au sein de sa sororité. Son genou tressautait un peu et, bien qu'elle ne regardât pas Shelly droit dans les yeux, son regard lui effleurait le visage, s'attardait une fraction de seconde sur son épaule, sur une boucle d'oreille, avant de parcourir de nouveau la salle.

« Nous ne faisons jamais rien de physiquement dangereux, dit-elle. Mais, tu comprends, on ne peut se sentir vraiment un groupe sans quelques rituels et quelques traditions. Et aussi des secrets. Si ce n'est pas au moins un petit peu dangereux, rien ne justifie de garder le secret, c'est pourquoi… »

Se pouvait-il qu'elle se sentît soulagée maintenant que la vérité était révélée et que Shelly paraissait en avoir pris son parti ?

Cette dernière voyait bien que Josie était transportée de pouvoir dévoiler les secrets, de disposer en sa personne d'un auditoire captif. Car que pourrait-elle faire de la moindre information qu'elle recevrait désormais de Josie ?

« Il faut savoir que ce n'est plus le bizutage d'autrefois. On sait comment cela se passait. Les sœurs se coupaient la paume des mains, se tailladaient vraiment, je veux dire, au point de saigner à gros bouillons, et elles faisaient cercle toutes nues autour d'un cierge pour se livrer à des trucs mystiques ou je ne sais quoi qui faisaient d'elles des sœurs. Au grenier, il y a des tas de photos en noir et blanc des années soixante ou quelque chose comme ça. Il y a du sang partout, et un type tout nu à cheveux longs qui joue de la flûte. Ça fait peur. »

Shelly se dit que cela ressemblait effectivement au genre de pratiques qui avaient cours dans les années soixante. Josie riait.

« Je me demande ce qui se passait si l'une d'elles perdait trop de sang », dit Shelly, plus pour elle-même qu'à l'adresse de Josie. Elle pensait à ce que lui avait raconté son ex-mari à propos d'une adolescente qu'il avait dû soigner après quelque chose du même ordre, un rituel avec effusion de sang entre partenaires d'une équipe de volley-ball. Elles s'étaient entaillé la face intérieure du bras, mais la fille en question en était arrivée à se trancher une artère. L'ex de Shelly lui avait si bien décrit la situation que, vingt ans après, elle se représentait toujours la malheureuse (congestionnée, livide, bleuie, vêtue de son seul blouson de l'équipe première des Wildcats), qui avait rendu l'âme dans le hall des urgences.

« Je suppose qu'elles appelaient les secours », dit Josie, apparemment peu intéressée par la question. Qu'en avait-elle à faire ? Qu'est-ce que c'était pour elle que les années soixante ? « Nous avons toujours quelqu'un qui se tient en retrait, pour le cas où quelque chose irait de travers. »

Elle lança un regard par-dessus son épaule, mais il n'y avait que le mur. N'empêche, il était manifeste qu'elle se savait sur le point d'entrer en territoire interdit, sur le point de communiquer à Shelly quelque chose qu'elle était censée tenir secret.

« Nous avons un EMT avec nous, un secouriste. Il nous appartient. Il est un peu comme le petit ami de toutes les filles, une espèce de mascotte. Nous l'adorons. Nous lui faisons porter son uniforme, c'est tellement mignon ! Il passe la nuit dans une chambre sur l'arrière de la maison, et la sororité le paie pour qu'il soit présent lors des cérémonies, pour qu'il soit de permanence afin de… » Josie se tut. Son regard se fit vague et alla se perdre quelque part entre ses genoux et le sol.

« Quelles cérémonies ? interrogea Shelly.

— Eh bien, il y a ce truc. Il y a un rituel au printemps et un rituel en automne. On y participe en seconde année – ça va donc bientôt être mon tour (elle eut un petit rire). J'en suis morte de trouille. Tu me promets de n'en parler à personne ? »

L'absurdité de sa question dut lui apparaître car elle poursuivit avant que Shelly eût pu répondre.

« Nous *renaissons*. En tant que sœurs. Tu ne vas pas le croire. »

Shelly haussa les sourcils, comme pour dire *Chiche* ; mais ce qu'elle avait présentement du mal à croire, c'était le fait qu'elle avait sabordé sa carrière et fichu toute sa vie en l'air pour coucher avec cette pipelette ordinaire et creuse, assise devant elle au *Starbucks* et discourant comme si elle était la seule à avoir jamais fait partie d'une sororité, et comme si les choses qui s'y déroulaient avaient une quelconque importance aux yeux du monde. Face au visage pâle et excité de Josie Reilly, Shelly s'étonnait de ce qu'une semaine plus tôt elle se serait volontiers coupé

424

plusieurs doigts pour passer un nouvel après-midi au lit avec cette fille. Et dire qu'elle s'était crue amoureuse.

« Ça s'appelle la Résurrection. Nous avons un cercueil au sous-sol, dit Josie en se penchant en avant et en chuchotant avec suffisamment de force pour que, à supposer qu'un quelconque client du *Starbucks* éprouvât le moindre intérêt pour le sujet, il pût tout entendre à quatre tables de distance. Et toutes les novices de seconde année *sont mises dedans*. Il se passe que… Alors, pour commencer, tout le monde est raide bourré. Ensuite, celle qui doit connaître la Résurrection est assise par terre, elle respire très fort et très vite pendant exactement deux minutes, puis une fille lui appuie sur l'artère du cou, si bien qu'elle s'évanouit.

» On l'étend alors dans le cercueil, et quand elle revient à elle, elle renaît. Et les sœurs se tiennent tout autour avec des cierges.

» Les novices attendent en haut, vu qu'il leur est interdit d'assister au rituel jusqu'à ce qu'elles-mêmes soient en position de renaître ou soient déjà passées par là.

» C'est mon tour dans trois semaines.

— Mince alors ! » fit Shelly, réagissant non pas à l'imminence de l'épreuve, mais à la grandeur des pupilles de Josie. Et de ses globes oculaires – avait-elle déjà remarqué leur dimension ? Elle pensa à certains personnages de dessins animés. Minnie Mouse. Betty Boop.

« C'est incroyable, non ? lança Josie.

— Non. Enfin, oui. »

Bien sûr qu'elle y croyait. C'en était même presque risible tant c'était croyable. Il fallait s'y attendre. Shelly aurait pensé qu'à l'époque actuelle les sororités avaient trouvé de nouveaux rituels aussi choquants qu'innovants. Celui-ci méritait à peine l'appellation de bizutage. À l'époque du collège, elle avait elle-même participé à de semblables rituels d'évanouissement dans la salle de jeux de Valerie Kolorik pendant que les parents de celle-ci se trouvaient à leur country-club. Point de cercueil, bien sûr, mais uniquement parce qu'elles n'en avaient pas sous la main. Elles auraient raffolé d'avoir un cercueil. Shelly se souvenait encore du contact des mains moites de Valerie autour de son cou au terme des deux minutes d'hyperventilation. Il s'agissait de sa dernière sensation physique avant de sombrer dans l'inconscience. À son réveil, les autres filles étaient assises autour d'elle, hilares.

« Oui, fit Josie en dodelinant de la tête avec une frénésie telle que Shelly se dit qu'elle devait avoir peur. Tu comprends, ce n'est qu'un jeu, mais il est parfois arrivé qu'il y ait des complications. D'où la présence du secouriste, au cas où. »

Elle avait murmuré cela avec un accent de sincérité – fini, le ton fabriqué – et Shelly comprit qu'elle-même était censée s'informer desdites possibles complications ou exprimer de l'inquiétude pour Josie ; mais elle ne put s'y résoudre. Il s'agissait, se dit-elle, d'une nouvelle façon de sombrer dans l'inconscience – sauf que, cette fois, les petites mains enserrant son cou étaient celles de Josie, et elle savait qu'elle les sentirait là jusqu'à la fin de ses jours.

« Tu ne vas en parler à personne, n'est-ce pas ? » dit Josie, les yeux ramenés à deux minces fentes. C'était une affirmation plus qu'une question. « Des cérémonies, je veux dire. Ce n'est pas exactement du bizutage, mais si jamais le Conseil panhellénique...

— Non, dit Shelly. Bien sûr que non.

— Je te remercie, dit Josie d'un ton purement formel. Surtout après la mort de Nicole et toutes les conneries qu'on raconte autour de la disparition de Denise...

— Denise ? »

Josie eut un mouvement de la main et afficha un petit sourire suffisant. « Une fugue ou quelque chose du genre. Elle faisait peur. Mais les gens ne cessent de fureter, comme si on l'avait enterrée derrière dans la cour. »

Cela revint à Shelly : il s'agissait de cette étudiante de l'école de musique qui avait disparu, comme elle l'avait découvert en faisant des recherches sur l'accident. « Que lui est-il arrivé ?

— Comment le saurais-je ? Mais on ne peut pas nous tenir responsables de toutes les sœurs un peu dérangées qui se mettent à fuguer. Elle n'aurait jamais dû entrer à OTT pour commencer. Le genre de naze qui aurait eu sa place dans... » Josie s'interrompit avant de nommer la sororité de Shelly, à quoi un fard ridicule gagna le cou et la gorge de cette dernière. Elle battit des paupières, déglutit, se leva (les pieds de sa chaise émettant un raclement aussi sonore qu'obscène sur le sol nu du *Starbucks*) et, d'un ton qui se voulait posé, déclara : « Il faut que j'y aille. »

Josie eut une expression contrariée et désappointée, comme si elle avait d'autres surprises en réserve, l'air de se demander si elle allait laisser Shelly s'en aller – et toutes deux savaient que, si elle lui avait ordonné de se rasseoir, Shelly se serait exécutée ; c'est pourquoi celle-ci resta sur place, attendant de voir si elle serait congédiée. Josie paraissait peser le pour et le contre tout en promenant un regard à travers la salle, puis en direction de la porte d'entrée, où, sembla-t-il, quelqu'un de plus intéressant venait de s'encadrer.

Quand Josie se leva à son tour, Shelly y vit l'occasion de dire au revoir et se surprit même à esquisser une courbette ; mais l'autre passa devant elle en disant : « Rassieds-toi, veux-tu ? Je dois aller saluer quelqu'un, mais je reviens tout de suite. »

Quel choix avait Shelly ?

Elle sentit son poids, et le poids de l'injonction de Josie, la renvoyer lentement mais inexorablement sur sa chaise.

58

Jeff Blackhawk conduisait d'une main et mangeait son hamburger de l'autre. Il avait coincé entre ses cuisses un gigantesque gobelet de Coca, et Mira lui tenait à portée sa barquette de frites. En plus de manger et de conduire, il faisait les frais de la conversation. La difficulté qu'éprouvait Mira en la matière lui était apparue quand il l'avait interrogée sur son enfance (les questions bateau : où elle avait grandi, ce que faisaient ses parents) ; elle avait bafouillé que sa mère était femme au foyer, avant de s'interrompre pour refouler le sanglot qui allait survenir si elle prononçait un mot de plus.

« Putain, ce que je déteste cet État ! dit-il. J'ai passé mes jeunes années dans l'ouest du Texas, région dont tout le monde se gausse, mais je vais te dire un truc… (Il rumina un moment son idée et son hamburger avant de poursuivre.) Les gens savent ce que vivre veut dire dans l'ouest du Texas. Tu t'achètes un peu de terre. Pas le moindre arbre, d'abord et d'une. Un mobile home. Plat, c'est tout plat ! Et il y a le ciel. Partout, le ciel. »

Il traversa l'esprit de Mira que la poésie de Jeff Blackhawk devait être du type super minimaliste. Il semblait mettre longtemps à trouver les mots requis pour ce qu'il entendait exprimer, mais quand ils étaient là, c'étaient les bons.

Elle se représentait son Texas occidental, bien qu'elle n'y eût jamais mis les pieds.

Le mobile home. Le paysage tout plat. Un buisson dans les lointains. Du bleu. Du bleu.

« Alors qu'ici, reprit-il en agitant son hamburger en direction du pare-brise comme pour effacer le décor. Du fouillis. Du bric-à-brac. Rien. »

Elle le découvrait bien différent de Clark. Jamais ce dernier n'aurait utilisé le mot *putain* dans la conversation courante, sauf s'il était en colère. S'il s'était trouvé pour une raison ou pour une autre obligé d'aller dans un *Wendy's*, il aurait commandé du blanc de poulet avec un accompagnement de laitue et de tomates. S'il avait dû manger dans sa voiture, ç'aurait été à l'arrêt. Jamais, Mira en était absolument certaine, il n'aurait proposé à une vague connaissance de travail de lui servir de chauffeur pour aller récupérer les enfants d'icelle chez sa belle-mère à trois cents kilomètres de là.

« Tes recherches, comment ça se passe ? interrogea Jeff, et, sans attendre la réponse : Tu sais que ton sujet m'intéresse de plus en plus. Aussi, désolé si tu te retrouves avec un concurrent en la personne de ton serviteur. Non que je sois capable d'écrire en prose ; tu n'as donc pas à redouter de concurrence sur ce terrain. Mais toute cette histoire, avec la fille… Je ne devrais sans doute pas te dire ça, mais je suis sorti, il y a deux ans, avec une fille. Pas une de mes étudiantes, note bien (il regarda gravement Mira, ne détournant pas la tête avant qu'elle le regarde à son tour), mais une étudiante, et qui appartenait à cette sororité, celle de Nicole Werner. Tu n'as pas idée de ce qu'elle m'a raconté comme histoires ! Elle les a plaquées quand elles ont voulu la mettre dans un cercueil et la faire revenir d'entre les morts ; à la suite de quoi elles l'ont si salement ostracisée qu'elle est partie s'inscrire à Penn State. Voilà quelque chose pour ton livre sur le sexe et la mort : des sœurs de sororité dans des cercueils.

» C'était une fille incroyable, vraiment. Une chevelure pareille à… (il avala le dernier morceau de son hamburger, mais il parut passer avec difficulté, comme s'il se trouvait sur le chemin de la comparaison qu'il méditait)… pareille à du verre, à du métal laminé. Je ne sors pas habituellement avec des étudiantes, Mira. Je sais bien quelle est ma réputation, mais c'est seulement celle d'un homme seul, pas d'un Casanova. De toute manière, j'ai dans l'idée que si je décidais aujourd'hui de jouer les tombeurs parmi la population féminine estudiantine de Godwin Honors College, je ne me ferais pas un bien gros tableau de chasse. Cependant ! (Il leva les deux mains au-dessus du volant et, à l'adresse du pare-brise :) Il fut un temps ! Oui, vraiment, il y eut une époque faste dans la vie d'un homme seul du nom de Jeff Blackhawk. »

Mira baissa le regard vers le genou de Jeff. Il y avait une tache de graisse sur son jean là où il posait le hamburger entre deux bouchées. Elle comprit alors que l'odeur qui flottait autour de sa personne dans les couloirs, celle qu'elle prenait pour une espèce d'émanation toute masculine, était en fait l'odeur de sa voiture et des hamburgers de chez *Wendy's*. Elle résista à une envie de lui tapoter le genou. Cela n'avait rien de sexuel et elle était absolument certaine qu'il ne se serait pas mépris. Mais il n'avait pas les mains sur le volant et semblait si exalté qu'elle avait un peu peur de finir dans le terre-plein central si elle esquissait soudain ne fût-ce que le plus mesuré des mouvements.

59

« Salut, Perry
— Bonjour, Josie.
— Un moment qu'on ne t'avait vu. »
Perry ne pouvait la contourner. Elle se tenait directement en face de lui et de Karess, debout à côté de lui. Le seul moyen de filer sans bousculer l'une ou l'autre aurait été de ramper par-dessus une table à laquelle étaient assis deux types, apparemment des

troisième cycle, qui ne cessaient de se repasser avec humeur une feuille noircie de calculs.

« Eh ouais », fit-il à l'adresse de Josie en regardant de façon ostensible vers le comptoir pour tenter de lui faire comprendre qu'il n'avait nulle intention de s'attarder ici avec elle. Mais Josie n'avait jamais été du genre à se faire souffler sa conduite par autrui. « Tu es en coloc avec Craig ? lui demanda-t-elle. Parce que c'est ce qui se dit. » Elle toisa Karess de la tête aux pieds et parut la ranger comme quantité négligeable avant de revenir à Perry.

« En quoi est-ce que ça t'intéresse ? interrogea-t-il.

— Ça m'intéresse, c'est tout.

— Écoute, Josie, je…

— Excusez-moi », fit Karess avec une politesse presque outrée en se faufilant entre Perry et Josie. Arrivée au comptoir, elle se retourna pour faire signe à Perry de la suivre. Il ne le pouvait pas, Josie lui bloquant toujours le passage.

« Qui c'est ? s'enquit-elle avec un mouvement de tête vers Karess. Tu sors avec une hippie ?

— Josie…

— Je veux que tu dises quelque chose à Craig de ma part. »

Perry regarda le plafond. Il attendait.

« Je veux que tu lui dises "Va te faire foutre" de ma part. »

Perry regardait toujours en l'air – même si, du coin de l'œil, il voyait Karess continuer d'agiter sa blanche main à son adresse, avec un peu plus de vigueur à présent. Ses bracelets envoyaient la lumière danser au plafond. Tentant de se concentrer sur ce phénomène, il vit (comme s'il disposait subitement d'une vision

432

panoramique et qu'il pût embrasser tout le *Starbucks* sans décoller les yeux du plafond) la tout aussi blanche main de Josie s'élever et monter vers lui pour entrer en collision avec son visage.

Le bruit de la gifle fut étrangement assourdi pour lui, car, en même temps que la joue, Josie lui avait frappé l'oreille ; il constata néanmoins, même abasourdi comme il l'était, que tout le monde avait entendu, puisque tous les regards s'étaient braqués d'un coup sur lui, cependant que le cliquetis des petits souliers noirs de Josie s'éloignait vers l'endroit d'où elle était venue, produisant sur le linoléum un bruit de griffes ou de serres.

« Oh, mon Dieu ! » s'écria Karess en se précipitant comme si elle le croyait victime d'un coup de feu. Elle l'attrapa par le bras pour l'entraîner vers la porte et jusque dans la rue. « Oh, mon Dieu ! lança-t-elle derechef. Mais cette fille t'a giflé ! »

60

Tournant la tête au bruit de la gifle, Shelly vit Josie, joues colorées, bouche ouverte, s'en revenir vers leur table, et le garçon qu'elle venait apparemment de gifler foncer vers la porte avec son amie et ressortir sous ce qui semblait devenu un véritable blizzard.

Le sentiment de défaite et d'abdication qui l'avait assaillie quand Josie lui avait dit de se rasseoir, la reprit quand elle comprit qu'elle allait devoir rentrer chez elle par ce temps avec seulement une robe et un pull léger. Peut-être Josie allait-elle la gifler

elle aussi avant qu'elle s'en aille à travers la tourmente.

Josie se laissa tomber sur sa chaise au moment où
la salle tout entière retentissait de rires et d'acclama-
tions, comme si l'équipe locale venait de marquer un
essai. À une table près de l'entrée, deux garçons à
l'air polar se tapèrent l'un l'autre dans la main. On
entendait siffler, et une fille assise seule dans un angle
leva les yeux de son ordinateur pour brandir un
poing victorieux. « Bravo, mademoiselle ! » lança la
caissière de derrière son comptoir. Le préposé au
percolateur leva les deux pouces en l'air, et même la
maman à la poussette, qui était entrée en même
temps que Shelly et lui avait parlé si gentiment, souriait.

S'était-il dit quelque chose qui avait échappé à
Shelly – une parole qui avait valu une gifle à ce garçon ? S'il avait effectivement dit quelque chose, se
pouvait-il qu'autant de gens l'aient entendu ? Elle-
même n'avait rien perçu avant le bruit de la gifle et
l'exclamation inquiète de la fille ; or certaines des
personnes qui manifestaient bruyamment leur approbation étaient assises encore plus loin qu'elle de la
scène.

Évidemment, si l'inverse s'était produit et que ce
garçon eût giflé Josie, il aurait été immédiatement
saisi à bras-le-corps par les deux types qui venaient
de se taper dans la main. On aurait appelé la police.
Le garçon aurait été emmené menotté.

Josie avait des couleurs, les lèvres entrouvertes.
Elle ne souriait certes pas, mais ne semblait pas non
plus particulièrement émue.

« Qu'est-ce qui s'est passé ? » lui demanda Shelly en essayant de paraître plus intéressée, plus inquiète, qu'elle ne l'était. Ce qu'elle voulait, c'était ficher le camp.

« Foutu connard ! fit Josie. Il habite avec quelqu'un que je hais.

— Qui cela ? » Josie marmonna un nom. Se penchant en avant, Shelly insista : « Qui ?

— Craig Clements-Rabbitt, dit Josie, exaspérée, comme si Shelly la tarabustait à ce sujet depuis des jours. Le trou du cul qui…

— Celui de l'accident de voiture », dit Shelly. Sa voix lui sembla celle de quelqu'un d'autre. La voix d'une narratrice. La voix détachée d'une conteuse. Une narratrice omnisciente. Une narratrice qui aurait connu depuis le début l'ensemble des faits, mais aurait choisi de ne les révéler qu'au compte-goutte. « Craig Clements-Rabbitt, répéta-t-elle, plus pour elle-même que pour Josie. Tu le connaissais donc. »

Josie eut un rire bref et sans joie. « Oui. Je le connaissais. Un menteur, un cavaleur, qui mérite ce qui va s'abattre sur lui – et, crois-moi, ça va être du lourd.

— Tu penses donc qu'il a tué ta compagne de chambre. Nicole. Ton amie. »

Josie ne nia pas, bien qu'elle n'eût jamais dit à Shelly avoir été la compagne de chambre de la défunte. Au cours de tout ce qui s'était passé depuis entre elles, Shelly ne l'avait jamais non plus interrogée à ce sujet.

Mais si elle avait eu des raisons de s'en défendre, Josie n'en avait plus à présent. Elle dit dans un haussement d'épaules : « Oui. Ça en fait partie. »

Elle n'avait visiblement pas envie d'en dire plus.

Oui, il avait peut-être tué son amie, mais il avait fait quelque chose de pire encore.

« Qu'a-t-il fait, Josie ? »

Josie éluda la question d'un geste de la main et dit : « Peu importe désormais. Il va payer.

— Il a déjà payé, dit Shelly en tâchant d'empêcher sa voix de trembler. J'étais sur les lieux de l'accident. J'ai vu ce qui s'est passé. Et ce qui *ne s'est pas* passé.

— Tout le monde paie à la fin, dit Josie avant de faire entendre un rire exempt de la moindre joie.

— Cela s'applique aussi à moi ? » interrogea Shelly.

Josie parut sincèrement surprise par la question. Ses sourcils disparurent sous ses boucles.

« Non », répondit-elle après avoir réfléchi pendant ce qui sembla une éternité. Elle laissa échapper un rire sonore, étrange, et, gardant la bouche ouverte, regardant toujours Shelly avec surprise : « Tu n'as pas encore pigé ? Cela n'a rien à voir avec nous. Et ce n'est pas une stupide histoire de bizutage, comme tu sembles le penser. Je ne me serais pas abaissée à ça, et jamais Oméga Thêta Tau ne me l'aurait demandé. Ce qui s'est passé entre nous a à voir avec ceci : tu étais sur les lieux. Elles veulent t'éliminer du paysage. »

Elle se laissa aller contre son dossier et considéra Shelly comme d'une très grande distance. Elle arborait l'expression de qui vient de mettre un point sur le dernier *i* de son devoir écrit, d'en agrafer les pages et de le déposer sur le bureau du prof.

Voilà, je vous le rends, qu'en pensez-vous ?

Shelly ne put que lui retourner son regard.

QUATRIÈME PARTIE

61

« Je ne l'aurais pas proposé s'il y avait eu un problème, dit Jeff. Je trouve que tes gosses sont mignons et ta bibliothèque regorge de Camille Paglia. Qui ne voudrait pas faire du baby-sitting ici ?

— Ils t'aiment bien », dit Mira, plus par étonnement qu'en guise de compliment. Andy et Matty chevauchaient chacun un des mocassins de Jeff, qu'il soulevait alternativement. Faisant comme chez lui, il s'était affalé sur le canapé et avait déposé sa tasse de café par terre, où elle serait sûrement renversée ; mais cette décontraction faisait que sa présence était encore plus opportune et bienfaisante. « Merci, dit-elle encore. Je serai de retour à temps pour que tu ailles donner ton cours. Je le jure.

— Oh, tu sais, de toute façon, mes étudiants ne s'attendent jamais à me voir arriver à l'heure, et puis tu ne vas pas quitter la morgue en courant, sans dire au revoir. Prends tout ton temps. On va lire des ouvrages de théorie féministe tout en se barbouillant de petits gâteaux.

— Pourvu seulement que tu n'aies pas à changer une couche.

— Diable, j'espère que non ! Mais t'inquiète, ça va aller comme sur des roulettes. Petite confidence :

quand j'étais collégien, j'ai suivi une formation au baby-sitting dispensée par la Croix-Rouge, dans l'espoir de me faire un peu d'argent pour acheter de l'herbe. J'étais brillant, mais ensuite, va savoir pourquoi, personne n'a fait appel à moi pour garder ses gosses. Jusqu'à aujourd'hui ! N'empêche, je n'ai rien oublié en ce qui concerne le changement d'une couche. Aucune inquiétude là-dessus. »

Mira fit au revoir aux garçons, qui poussaient des cris perçants, toujours accrochés aux chevilles pâles et poilues de Jeff, qui se voyaient entre ses chaussettes et les ourlets élimés de son pantalon kaki.

Il faisait désagréablement froid dehors, et les nuages étaient de sinistres masses bleues qui rasaient le faîte des bâtiments. Les jeunes gens qui dépassaient Mira à grands pas sur le trottoir pour se rendre en cours, avaient la tête enfouie dans leur parka, même si quelques-uns étaient toujours, mystère ou bravade, chaussés de tongs. Un cycliste filait sur le bitume humide, pneus sifflant comme un serpent. Dans un jardinet, un homme était en train d'enfoncer un piquet dans sa pelouse.

Une pancarte « À louer », supposa Mira.

Elle supposait également qu'il lui faudrait bientôt se pencher sur les petites annonces et s'intéresser à ce genre d'écriteaux afin de trouver un nouvel appartement, et cette idée lui fit monter les larmes aux yeux.

Clark.

Grand Dieu.

À Petoskey, sa belle-mère avait tenté, physiquement, d'empêcher Mira de repartir avec les jumeaux.

« Clark me les a confiés, Mira. Il repasse demain, sans doute. Qu'est-ce que je vais lui dire ?

— Vous lui direz que leur mère, sa femme, est venue les chercher. Qu'elle les a ramenés à la maison.

— Mais enfin, Mira, vous ne pouvez tout de même pas… »

Mais Mira avait déjà remballé le paquet de couches, boutonné la veste des jumeaux par-dessus leur pull et elle en portait un sur chaque hanche, tels deux mignons sacs de courses. Ils avaient été si excités de la voir qu'ils s'étaient mis à hurler à tue-tête. À présent, juchés de chaque côté de sa personne, ils lui tapotaient les joues comme pour s'assurer qu'elles étaient bien réelles. Ces tapes la cuisaient, mais elle adorait cela.

La mère de Clark la saisit par la manche de son pull. « Ne partez pas, Mira. Sinon, je vais devoir…

— Vous allez devoir quoi ? la coupa Mira en ayant soin de ne pas élever la voix, ce qui aurait inquiété les jumeaux, qui, après tout, adoraient leur grand-mère. Qu'allez-vous faire, Kay ? Appeler la police ? Lui dire qu'une mère vient récupérer ses enfants ? Ou bien appeler Clark ? J'ai moi-même essayé. Une centaine de fois. Il n'a pas allumé son portable ou bien il ne l'a pas sur lui, et puis à quoi cela servirait-il de toute manière ? Nous devons tous finir par rentrer à la maison, et les garçons ont besoin d'être avec leur mère. »

Admettant apparemment sa défaite, la mère de Clark avait fini par relâcher sa manche. Mira avait eu de la peine pour elle. Sa belle-mère avait les cheveux plus gris que dans son souvenir, et ramenés en totalité sur un côté de la tête, ce qui lui dénudait une partie du crâne. Elle était vêtue d'un sweat-shirt fatigué portant l'inscription KEY WEST, endroit où Mira était certaine qu'elle n'avait jamais mis les pieds. C'était à vous briser le cœur. La mère de Clark avait toujours été bonne pour elle et aimante avec les jumeaux. Mais Mira devait partir. Il lui fallait ses enfants avec elle, il lui fallait assurer ses cours, elle devait donc les ramener à la maison.

« Je suis navrée, Kay, dit-elle. Je vous suis très reconnaissante de les avoir gardés et d'avoir si bien pris soin d'eux. »

Kay avala sa salive, hocha la tête d'un air pénétré, embrassa chacun des garçonnets, puis Mira également, sur la joue, avec chaque fois le même *smack* un peu idiot.

« Je vous aime tous ! » lança-t-elle, la voix se brisant, le menton tremblant, et Mira se mit à pleurer elle aussi. Les jumeaux considéraient ces larmes, les essuyaient, regardant d'un air grave et perplexe leur mère et leur grand-mère, tandis que cette dernière les raccompagnait à la porte avant de jeter un œil dehors.

Jeff était resté dans la voiture afin de ne pas compliquer les choses. Il avait laissé tourner le moteur, qui produisait des bruits gutturaux et dont l'échappement émettait une fumée bleutée. Il semblait en train de chanter ou de réciter quelque chose tout en se regardant les genoux.

« Qui est-ce ? Qui est cet homme ? interrogea Kay, comme face à un spectre.

— Il s'appelle Jeff Blackhawk, expliqua Mira. Il est mon collègue à l'université. Il a proposé de me conduire jusqu'ici, puisque, comme vous le savez, je n'avais pas la voiture. Vu que Clark l'a prise. »

Kay hocha lentement la tête, comme si tout cela se tenait au bout du compte, puis, comme s'il risquait d'entendre, elle demanda dans un souffle : « C'est un Indien[1] ?

— Je ne crois pas, murmura Mira en retour. Je n'en ai pas l'impression. »

Kay opina du chef, semblant se dire que cela faisait au moins une bonne nouvelle, puis elle attrapa de nouveau Mira par la manche. « Ramenez-moi les bébés aussi vite que possible. Et faites attention sur la route. Raccommodez-vous avec Clark. Je vous aime, ma petite fille.

— Moi aussi, je vous aime », répondit Mira, et elle regarda longuement sa belle-mère avant de tourner les talons et de regagner la voiture avec les jumeaux.

De retour à l'appartement au terme de ce long trajet, et après que Jeff l'eut aidée à monter les jumeaux à l'étage (et eut pris congé avec la visière d'une casquette imaginaire et l'ébauche d'une révérence), Mira se sentait si rassérénée par leur retour qu'elle n'eut pas même une pensée pour Clark. Son soulagement d'avoir les garçons dans ses bras, de les câliner, de leur donner des baisers, de leur humer les cheveux et la nuque, était total, comme si elle avait été retenue en otage pendant ces quelques jours sans eux et qu'elle eût été libérée à l'instant. Des larmes lui roulaient sur les joues tandis qu'elle les berçait d'avant en arrière sur le canapé en leur donnant le sein. Ils

_____
1. *Black hawk* signifiant « faucon noir ».

tétèrent goulûment et finirent par s'endormir. Alors, elle les souleva pour aller les mettre au lit (tâche difficile avec deux bambins inertes, mais ils dormaient à poings fermés), après quoi elle s'attarda un long moment dans la chambre, les contemplant couchés dans leur petit lit. À la maison.

Ce n'est qu'en gravissant les escaliers de Godwin Hall pour retrouver les étudiants qu'elle allait accompagner à la morgue, qu'elle prit pleinement conscience qu'une nouvelle partie de sa vie avait commencé et continuerait de commencer, qu'elle le voulût ou pas.

62

Debout au milieu de l'appartement, Perry laissait un message sur le répondeur de Craig (« Où diable es-tu passé, mec ? ») quand il découvrit que le téléphone portable de son ami traînait, éteint, sur la table basse à un mètre de lui. Cela faisait vingt-quatre heures qu'il n'avait pas vu son colocataire, et il serait en retard pour la sortie à la morgue s'il ne partait pas sur-le-champ. « Et merde ! » dit-il à l'adresse du combiné avant de raccrocher. Il ramassa son sac à dos et se dirigea vers la porte.

Il était en retard.

Mrs Polson se tenait dans le hall, ses étudiants déjà rassemblés autour d'elle. Elle leur donnait quelques directives, leur expliquant que la morgue du centre hospitalier universitaire était une infrastructure en accès restreint et que c'était un privilège rare que d'être autorisé à la visiter, privilège qui leur était accordé parce que son travail de recherche lui valait un laissez-passer qu'elle avait réussi à étendre à des « chercheurs en visite ». Le fait que lesdits chercheurs fussent en réalité des première année n'avait apparemment pas été porté à l'attention du directeur de la morgue ou du service de sécurité de l'hôpital. Pas encore. Aussi convenait-il, pour que les choses restent en l'état, de ne pas attirer l'attention. « C'est entendu ? » interrogea-t-elle, à quoi tous acquiescèrent.

Il se trouvait aussi, reprit-elle, que le préparateur était une connaissance personnelle. Cet homme travaillait autrefois dans un dépôt mortuaire qu'elle avait visité en Hongrie. Elle et lui étaient restés en contact, et il avait fini par émigrer aux États-Unis.

« En cas de facéties, d'irrespect, de vol – ce qu'à Dieu ne plaise – ou de tout autre comportement regrettable, je ne serai probablement plus autorisée à y amener mes étudiants. Et, ce qui vous concerne au premier chef, le sujet ou les sujets mis en cause n'obtiendront pas leur unité de valeur pour ce cours et seront l'objet de toutes autres sanctions que je trouverai. » Elle avait dit cela sur le ton de la bonne humeur, mais on voyait à son expression qu'elle ne badinait pas.

Ce matin-là, Mrs Polson portait un pull noir et une jupe violet foncé. Ses cheveux étaient lisses et brillants, et elle avait une roseur aux joues. Perry se dit qu'elle avait dû bien dormir la nuit précédente. Au cours des dernières semaines, elle avait présenté des cernes sous les yeux, mais aujourd'hui elle les avait clairs et vifs.

Elle était si ravissante à contempler. Perry avait du mal à en détacher les yeux, bien qu'il se défendît de la regarder avec insistance. Au travers de son foulard vaporeux, il distinguait ce qui semblait être une croix en or, suspendue au-dessus de la naissance de ses seins. Et peut-être aussi l'amorce d'une camisole ou d'un soutien-gorge bordé de dentelle. Il dut prendre sur lui pour détourner le regard et, ce faisant, il croisa celui de Karess.

Elle le dévisageait d'un air sombre.

Perry tenta un sourire, mais il lui fit l'effet d'une grimace, et l'expression de Karess – surprise, contrariété – le conforta dans l'idée que son visage ne réagissait pas comme il aurait voulu.

Elle ne détournait pas les yeux. Elle semblait s'y refuser. Alors, Perry, déstabilisé, fit mine d'avoir besoin de rattacher son lacet. Il s'accroupit derrière l'énorme postérieur d'Alexandra Robbins, là où il ne voyait personne et où personne ne pouvait le voir, jusqu'à ce qu'il entende Mrs Polson dire : « Bien, suivez-moi. »

Sur le chemin de la morgue, Perry s'attacha à suivre le groupe à bonne distance. La plupart semblaient faire leur possible pour marcher tout à côté de Mrs Polson (chose impossible, car on ne pouvait cheminer qu'à deux de front sur ce trottoir, et ils étaient au nombre de vingt). Pour sa part, Karess peinait en bottes de cow-boy sur la banquette d'herbe boueuse. Elle portait apparemment deux minijupes superposées – l'une de dentelle noire et, par-dessus, l'autre en denim avec une pièce à demi décousue à hauteur de la hanche. Elle s'était tressé les cheveux en y incluant des plumes et des perles de collier. Elle glissa un regard par-dessus son épaule, et il sembla à Perry que son visage scintillait. Non pas de plaisir, mais par l'effet de ce fond de teint à paillettes qu'utilisaient parfois les filles. Il se rappelait que Mary s'en était passé sur les pommettes pour le bal de promo, deux ans plus tôt, et que, quand ils dansaient ensemble, il croyait, chaque fois qu'il la regardait, qu'elle avait les joues noyées de larmes.

Brett Barber faisait son possible pour rester à la hauteur de Karess. On aurait dit qu'il raccourcissait ses enjambées afin de ne pas la distancer. Elle s'était mise à faire des mouvements de main devant elle, comme cherchant à lui exposer quelque important concept ; et lui, de regarder sa mitaine en laine couleur lavande comme si elle tenait la clé de l'univers et qu'il craignît qu'elle ne la laissât choir.

Le pauvre devait se croire trépassé et arrivé au paradis. Perry ne se rappelait pas avoir jamais vu Karess lancer le moindre regard en direction de Brett. S'il avait eu plus de tonus, s'il n'avait pas veillé la moitié de la nuit à attendre que Craig toque à la porte (où qu'il fût allé, ce dernier avait oublié ses clés), il aurait hâté le pas pour les rattraper et se placer entre eux deux. Cependant, primo, ses jambes se refusaient à le porter aussi vite, et secundo, il n'était pas certain d'être prêt à essuyer l'accueil que Karess était susceptible de lui réserver. Il voulait croire qu'ils s'étaient séparés bons amis la veille, mais il avait quelque doute à ce sujet.

Après le *Starbucks*, après que Josie l'eut giflé et qu'ils se furent retrouvés dehors sous une chute de neige d'une singulière intensité, il avait commis l'erreur de l'accompagner jusqu'à sa chambre. Sa compagne de chambre avait pris congé sitôt leur arrivée (pour aller « travailler au foyer »), comme s'il s'agissait d'un accord entre elles deux.

« Attends que je te regarde », avait fait Karess. Elle s'approcha de lui, mains ouvertes comme si elle portait une coupe, et lui prit le visage – mais au lieu de l'examiner, elle l'embrassa.

Ce baiser dura longtemps. Comme Karess était à peu près de la même taille que lui et qu'elle le tenait serré tout contre elle, Perry ne vit aucun moyen (du moins est-ce ce qu'il se dit) de se dégager autrement qu'en jouant des épaules. Il se laissa mordre la lèvre inférieure, cependant qu'il lui promenait la langue sur les dents – elles avaient goût de girofle et de menthe –, mais il garda les mains posées sur ses épaules et ne les en bougea point, bien que celles de Karess courussent le long de son dos avant de revenir à son visage. De l'index, elle traça une ligne de sa tempe à ses lèvres, puis, après un temps d'arrêt à leur commissure, elle le lui plongea à l'intérieur de la bouche.

Perry rouvrit alors les yeux. Ceux de Karess étaient ouverts et le regardaient. Elle recula d'un pas pour se débarrasser de sa veste d'un mouvement d'épaules, puis elle le prit par la main pour l'entraîner vers le lit, recouvert d'une sorte de nappe indienne, d'un million de polochons à vocation décorative et d'un chat noir en peluche nanti de peu rassurants yeux verts. Perry fit non de la tête.

Karess le regarda, secoua à son tour la tête, comme pour le singer. « Quoi », dit-elle, sans que ce fût à proprement parler une question.

448

« Il faut que j'y aille, dit-il en tâchant d'arborer un air contrit.

— Pardon ?

— Je ne peux pas. Il faut que j'y aille.

— C'est ça. » Elle baissa les yeux vers le jean de Perry, dont l'érection était manifeste. « On dirait que tu peux, au contraire.

— Ce n'est pas ça. » Il cherchait comment lui dire quel était le problème, bien qu'il ne le sût pas lui-même.

Elle était splendide. Il savait bien de quoi l'aurait traité une chambrée de garçons.

Mais Nicole était splendide, elle aussi.

Et avec elle, cela avait été affreux.

Alors que dans le cas de Mary – qui n'était en rien aussi magnifique que ces deux-ci –, il l'avait désirée si fort et pendant si longtemps qu'il aurait volontiers donné sa vie pour l'avoir. Il se réveillait certaines nuits en grognant. Certains jours, arrivé dans le hall du lycée, il empruntait des itinéraires détournés pour se rendre en cours ou à la cafétéria en l'évitant, car il ne supportait pas de la voir. La croiser avec tel joli corsage ou telle jupe légère le mettait au supplice pour le restant de la journée.

« Qu'est-ce que c'est, dans ce cas ? l'interrogea Karess. Je ne suis pas ton type ou quelque chose ? Tu n'es pas gay, au moins ?

— Non. Tu es si belle, seulement je…

— Tu as une copine, c'est ça ? (Elle laissa échapper un soupir.) Je me demandais, aussi. Tu n'as jamais le moindre regard pour les filles, en dehors de Mrs Polson. Je me disais que tu étais ou puceau ou chrétien, ou bien encore que tu couchais avec la prof ; mais en fait tu as une petite amie qui t'attend là-haut dans ton patelin – Bad Ass ? – avec un ruban jaune dans les cheveux[1], c'est ça ? »

Perry hésita, puis ne sachant que faire face à Karess, qui le dévisageait, il eut un hochement de tête.

« C'est pour ça que l'autre salope de la sororité t'a giflé ?

— Eh bien, pas exactement. Elle...

— Oui, eh bien en tout cas, merci de m'épargner son sort. Et maintenant, aie l'amabilité de vider le plancher, monsieur Bad Ass ? J'en ai soupé de toi pour la journée. »

C'était surtout de la frime, mais Karess alla se poster à la fenêtre pour regarder dehors. De la main, elle lui fit signe de s'en aller. Perry s'éclaircit la gorge, mais ne trouva rien à dire. Il déverrouilla la porte, sortit dans le couloir et referma sans bruit derrière lui.

À présent, Brett Barber trottinait derrière elle, et c'est tout juste s'il ne remuait pas la queue. Quel que fût le sujet dont elle l'entretenait, il ne semblait requérir aucune réponse de sa part. Il ne hochait même pas la tête. Mrs Polson, en bottes d'un noir brillant qui lui montaient aux genoux, traversait à longues enjambées l'aire de stationnement, puis le groupe la suivit dans une voie piétonne qui se fit de plus en plus étroite. Bientôt, le passage devint si exigu qu'ils durent marcher en file indienne. Quelques-uns riaient nerveusement, se retournaient avec des haussements de

---

1. Dans la tradition puritaine une jeune fille porte un ruban jaune pour indiquer sa qualité de promise.

sourcils vers ceux qui suivaient. « Où diable est-ce qu'on va ? » souffla quelqu'un.

Perry s'en étonnait, lui aussi. Il s'était attendu à ce que la morgue disposât d'un bâtiment en propre, bien clair et un peu niais, comme la maison Robbins & Dientz à Bad Axe, qui, chaque jour de fête, décorait sa longueur de pelouse – des rubans, des fleurs, des guirlandes, des œufs de Pâques, des cœurs de la Saint-Valentin – sauf à Halloween.

En revanche, la morgue du centre hospitalier universitaire paraissait reléguée exactement là où l'on situerait un endroit servant à dissimuler des cadavres : une basse-fosse. À l'écart, près des incinérateurs de l'hôpital. Nulle pancarte en façade pour les accueillir avec un *smiley*. Point d'euphémismes dans les panneaux indiquant DÉPÔT ET CHAMBRE MORTUAIRE ou LABORATOIRE MÉDICO-LÉGAL.

Mrs Polson continuait d'avancer et ils continuaient de la suivre. Ils dépassèrent les bennes, longèrent des chaînes interdisant tel ou tel accès, des panneaux DÉFENSE D'ENTRER, et poussèrent jusqu'à un endroit au-delà duquel ils n'allaient apparemment trouver d'entrée à rien du tout, et avaient assurément passé le point au-delà duquel quiconque aurait voulu s'aventurer. L'instant d'après, Mrs Polson descendait une longue volée de marches donnant sur une niche sombre et une porte coupe-feu brune et dépourvue d'imposte sur laquelle se lisait, peint au pochoir en grandes lettres jaunes, MORGUE.

63

Quand Shelly parut devant lui, le doyen de l'école de musique se tournait les pouces, bien carré dans son confortable fauteuil de bureau. Il offrait l'image même de la maîtrise de soi, à ceci près qu'il rougissait. Après que la secrétaire l'eut annoncée, Shelly avait eu droit à quinze minutes d'attente dans le couloir. Il avait eu tout le temps de se composer cette façade de sang-froid, mais impossible de masquer l'accélération de son rythme cardiaque, due soit à l'idée d'un affrontement imminent soit à la simple gêne.

« Madame Lockes », dit-il en guise d'accueil.

Shelly secoua la tête, ne voyant pas de raison de poursuivre ce petit jeu. « Vous pouvez m'appeler Shelly, comme vous l'avez toujours fait, dit-elle tristement. Et si cela ne vous dérange pas, je vais continuer de vous appeler Alex, comme je le fais depuis vingt ans. Je ne viens pas vous parler de mon emploi. »

Les joues du doyen s'empourprèrent d'une nuance de plus. Il s'agissait d'un homme pâle et replet, avec un côté porcin. Ne l'ayant pas connu plus tôt, Shelly avait supposé que cette corpulence lui était venue avec l'âge ; mais elle se le représentait aujourd'hui, pour la première fois, en classe de cinquième, déjà rondouillard, pourchassé dans la cour de récréation par des gamins dégingandés.

Hors d'haleine. Refoulant ses larmes. Les joues exactement de la même teinte qu'en ce moment.

Il poussa un soupir, se redressa sur son siège et plaça les mains sous le bureau, là où elle ne pourrait plus les voir.

« Désolée, Alex, mais je viens vous demander une faveur. » Voyant son menton trembler imperceptiblement, elle leva les mains comme pour parer quelque chose qu'il n'aurait pu, de toute manière, se résoudre à formuler. « Soyez sans inquiétude, reprit-elle. Une nouvelle fois, cela n'a rien à voir avec le travail, et je n'ai absolument pas l'intention de vous demander des références ni quoi que ce soit qui pourrait vous placer dans une position inconfortable. Il s'agit de tout autre chose. Disons que cela concerne l'université. Vous rappelez-vous l'accident du printemps dernier ? Nicole Werner ? Une première année originaire de Bad Axe ? »

Le doyen opina lentement du chef, sans ouvrir la bouche, sourcils haussés, comme s'il redoutait que ce fût une question piège. Shelly attendit en le regardant jusqu'à ce qu'il finisse par dire : « Oui. Bien sûr.

— Je n'ai probablement jamais eu de raison particulière de vous en parler. Je ne me rappelle pas vous avoir beaucoup vu au printemps dernier, et puis cette affaire ne vous concernait en rien ; de plus, malgré tout ce que j'ai pu faire dans ce sens, mon rôle dans cette histoire n'a pas été évoqué dans le journal, si bien que vous n'avez pas pu être au courant. Sachez que j'ai été la première personne sur le lieu de l'accident. Je rentrais de la salle de gym. Je suis la femme qui a appelé les secours.

— Ah ? » dit-il. Il semblait intrigué, mais de l'air de chercher à dissimuler son intérêt, comme pour faire comprendre à Shelly que rien de ce qu'elle dirait ne pourrait le gagner à ses vues, de crainte qu'elle ne l'entraînât dans quelque chausse-trape juridique, psychologique ou intellectuelle.

« Selon le journal, je n'aurais pas donné les bonnes indications relativement à l'emplacement de l'accident et je serais repartie avant l'arrivée des secours. On y trouvait cent autres détails énormes, tous aussi faux les uns que les autres. Jusqu'à présent, je ne comprenais pas. J'y voyais de l'incompétence. Je pensais que la presse locale avait été incapable de relever correctement les faits, que les journalistes étaient des péquenauds et que le fonctionnement interne du journal était si relâché que je n'avais même pas pu faire paraître une lettre ouverte au rédacteur en chef. J'ai compris depuis que c'était là ce qu'ils voulaient que je croie. Je sais maintenant que c'est tout l'inverse : il s'agit d'une machine très bien huilée, un modèle d'efficacité. Et l'université a la haute main là-dessus. J'ignore comment et pourquoi, mais… »

Elle s'interrompit momentanément en avisant l'expression du doyen. Il eût été exagéré de parler d'horreur ou de répugnance, mais l'émotion qu'elle révélait provenait de la même source.

Il pensait qu'elle était folle.

Peut-être la tenait-il pour une schizophrène à tendance paranoïaque.

Il se repassait mentalement toutes les années où il l'avait connue en cherchant quels avaient pu être les premiers symptômes. Il y en avait eu, forcément : son insistance à placer Haendel au-dessus de Mozart ; son homosexualité ; cette photo de chat qu'elle avait sur son bureau. Il ne rougissait plus. Elle comprit qu'il n'avait plus à se sentir gêné, car il ne se considérait plus en présence d'un pair, d'une collègue, ni même d'une ancienne employée, mais d'une aliénée mentale.

Elle soupira en refoulant ses larmes, puis elle déglutit et reprit : « Vous ne me croyez pas. Mais je ne vous demande même pas de me croire. J'ai travaillé pour vous pendant vingt ans et j'attends de vous quelque chose de très simple, quelque chose que vous seul pouvez faire. J'ai grand besoin que vous demandiez l'ouverture d'une enquête sur la disparition d'une jeune personne qui suivait les cours de cette université. Elle était étudiante à l'école de musique. Une violoniste. Elle accomplissait sa période d'essai avant d'être admise au sein de la sororité Oméga Thêta Tau. Elle a disparu au cours de l'hiver dernier. Or pour ce que j'en sais d'après ce que j'ai pu voir sur Internet, aucune investigation n'a été menée, que ce soit par la police locale ou par l'université.

» Je ne doute pas qu'en votre qualité de doyen de l'école de musique vous souhaitiez savoir ce qui lui est arrivé. On ne peut accepter la disparition pure et simple d'une étudiante de l'école de musique, vous ne pensez pas ? »

À voir son air, elle comprit qu'il n'avait jamais entendu parler d'une violoniste disparue et qu'il n'avait aucune envie d'en savoir plus. Néanmoins, il avait mis de côté ses doutes sur la santé mentale de son ancienne collaboratrice pour des préoccupations autrement importantes ayant trait à sa responsabilité, à sa réputation, à un possible battage autour de sa personne. Shelly le vit avec soulagement tirer un stylo de sa poche intérieure, placer un bloc devant lui et, d'un signe de tête, l'inviter à poursuivre.

« Pourquoi vous préoccupez-vous de cette personne ? Et comment cette affaire vous est-elle parvenue aux oreilles ?

— Elle était une des sœurs en sororité de Nicole Werner et également de Josie Reilly, et cela me semble faire un peu beaucoup – un peu trop de coïncidences. Où est passée cette fille ? Et pourquoi jamais personne ne s'est-il présenté avec des informations à son sujet ?

— Si j'ai bien compris, dit-il en posant son stylo, vous ne savez même pas si elle reste introuvable. Pour ce que vous en savez, elle pourrait tout aussi bien avoir repris les cours ou être rentrée chez ses parents.

— Je l'ignore, en effet, admit Shelly.

— Je vais faire ma petite enquête. Mais bon. Je ne vois pas ce que cela a à voir avec quoi que ce soit.

— Merci. C'est tout ce que j'attends de vous. Et aussi, est-ce que je peux vous demander… (elle marqua un temps avant de s'apercevoir qu'elle avait depuis le début l'intention de poser cette question)… comment il se fait que Josie Reilly m'ait été envoyée pour le poste travail-études ? Elle ne bénéficiait pas de l'aide financière, si je ne m'abuse. Ces postes sont réservés aux étudiants peu argentés. »

Le doyen ferma les yeux, s'éclaircit la gorge. Il fit la grimace, comme si quelque chose entrevu derrière ses paupières closes lui causait une douleur physique. Il les rouvrit, poussa un soupir et dit : « Ma foi, Shelly, cela s'inscrit dans l'ensemble de cette situation fâcheuse. L'étudiante en question n'était même pas payée. Elle souhaitait juste acquérir cette expérience et, sachant qu'elle ne pourrait avoir le poste sans la bourse travail-études, elle se montrait disposée à travailler pour rien. Aussi ai-je fait en sorte

qu'elle vous soit attachée. En premier lieu, parce
qu'elle était ravissante en plus d'être un bon élément,
et ensuite parce qu'il se trouve que sa mère et mon
épouse ont fait leurs études ensemble et qu'elles sont,
de surcroît, sœurs en sororité. »

64

« Tu plaisantes, non ? » dit Craig. Il la tenait dans
ses bras. Elle portait un soutien-gorge imprimé de
pâquerettes orange et une culotte assortie en coton.
Elle avait pris l'initiative d'ôter son tee-shirt et son
jean, disant : « Je veux sentir contre la mienne autant
de ta peau que possible, sans que... »

Elle n'avait pas eu à en dire plus.

Il savait à quoi elle pensait.

Il avait accepté de ne plus insister à ce sujet, un
soir, après les vacances de Noël, où il l'avait tant et
plus suppliée de se laisser embrasser les seins. Elle
avait fini par hocher la tête d'une façon qui lui avait
paru presque solennelle – la porteuse de la Croix face
à l'autel opinant devant le prêtre – et Craig avait senti
son cœur presque exploser dans sa poitrine.

Mais quand il s'était dressé sur les coudes pour
dégrafer son magnifique soutien-gorge de dentelle
rose, il avait découvert qu'elle pleurait, que deux
larmes symétriques glissaient de biais sur chacune de
ses joues, zigzaguant jusque dans ses cheveux d'or
pour y disparaître. Il ôta ses mains tremblantes du
soutien-gorge comme si elles s'y étaient brûlées. Il les
laissa planer un moment en l'air avant de se laisser
retomber à côté d'elle sur le sommier grinçant,

d'enfouir la tête dans son cou et de lui dire : « Non, Nicole. Pardonne-moi. »

Elle restait silencieuse.

« Je ne t'importunerai plus avec ça.

— Je t'aime », souffla-t-elle. Comme chaque fois qu'elle lui disait cela, Craig sentit quelque chose se serrer entre sa gorge et son palais. Il perdait alors l'usage de la parole. Il lui avait fait mille déclarations depuis le mois d'octobre, mais il était incapable de répondre lorsqu'elle lui disait son amour : invariablement, il se sentait ferré comme par un hameçon.

Nicole souriait, semblant comprendre. Il n'était pas tenu de le dire. Il l'aimait. Et elle savait à quel point.

Cela s'était passé six semaines plus tôt. Depuis lors, il l'avait tenue dans ses bras en soutien-gorge et culotte, fidèle à sa promesse de n'en pas demander plus.

« Dis-moi que c'est une mauvaise blague, lui dit-il. Ta sororité ne donne quand même pas dans ce genre de conneries ?

— Ce n'est pas si bizarre, répondit-elle. Toutes les sociétés secrètes ont leurs rituels. Il se trouve que c'est le nôtre. »

Il ne put s'empêcher de ricaner, puis il marmonna un mot d'excuse. « Désolé. Simplement, je ne vois pas ta sororité comme une société secrète. Je croyais que l'idée était de préparer des soirées habillées, de décorer des chars, de faire de la pâtisserie et peut-être de vous poser les unes les autres des extensions à clip dans les cheveux. Jamais je n'aurais imaginé que vous avez un cercueil au sous-sol et que...

— Chhh, moins fort. » Elle promena un regard autour de la chambre comme si quelqu'un pouvait entendre, alors qu'ils étaient en petite tenue et parfaitement seuls dans la chambre de Craig. Perry assistait à son cours de sciences-po de l'après-midi. Les rideaux étaient tirés.

« Nicole... », commença-t-il, renonçant aussitôt à poursuivre. Il trouvait cela vraiment mignon. Cela lui rappelait la façon dont, à l'école élémentaire, les filles devenaient tout excitées avec leurs petits secrets dérisoires, faisant circuler des billets, piquant une crise si un garçon leur en chipait un, même si ces petits papiers ne contenaient rien de plus palpitant que *Deena en pince pour Bradley !!!* Comme si cela intéressait quelqu'un.

« Tu comprends, la Société panhellénique pourrait fermer notre maison si cela lui revenait aux oreilles. C'est considéré comme du bizutage.

— Combien de fois par an ta sororité organise-t-elle de ces... résurrections ? interrogea Craig en tâchant de donner un ton sérieux à sa question, en s'interdisant de tracer des guillemets en l'air autour de ce dernier mot.

— Deux fois par an. La dernière fois, c'était en novembre, mais nous, les nouvelles aspirantes, nous avons dû rester en haut. Nous ne pourrons y assister que lors du rituel de Printemps. »

Ce fut plus fort que lui. Il se mit à rire en l'entendant parler de « rituel de Printemps ». Au fond, il s'agissait de soûler les sœurs de la sororité à la tequila, de les faire hyperventiler jusqu'à ce qu'elles tombent dans les pommes, de les allonger dans un cercueil, puis de les « ramener d'entre les morts », ressuscitées de frais au sein de la sororité Oméga Thêta Tau. Il aurait été difficile, se dit-il, de classer cela dans les « activités du printemps », où le Rotary Club aurait rangé une chasse aux œufs de Pâques ou une partie de patins à roulettes organisée pour des enfants trisomiques.

« Craig, reprit Nicole en lui donnant doucement du poing contre le bras. Tu m'as dit que tu voulais que je te confie tout. Et tu as juré de n'en parler à personne. »

Il se posa la main sur le cœur. « Je le jure. Sans rire. Le secret de ta société secrète est en sécurité avec moi. Mais ne t'en va pas me faire une mort cérébrale ou quelque chose du genre, d'accord ? Tu es bien certaine que c'est sans risque ?

— Absolument. Des centaines de filles sont passées par là depuis les années cinquante. Il n'y a jamais eu le moindre problème.

— Oui, mais s'il arrivait quand même quelque chose ? On entend tout le temps parler de trucs comme ça. Des personnes souffrant à leur insu de déficience cardiaque, ce genre de chose…

— Ma foi, une douzaine de sœurs fondatrices seront présentes. Et je ne serai que célébrante cette année. Je ne serai ressuscitée que l'année prochaine.

— Bon, j'aime mieux ça », dit-il, pourtant toujours vaguement inquiet. (Et d'abord, qui donc étaient ces vieilles dames à cheveux bleus qui se pointaient pour assister à pareille dinguerie, et pour quelle raison le faisaient-elles ? Mince, est-ce que Nicole donnerait toujours là-dedans à quatre-vingts ans ?) « Je t'aime, reprit-il, mais l'idée de devoir tamponner ta bave jusqu'à la fin de tes jours n'est pas plus sexy que ça. N'empêche, s'il le faut, je le ferai.

— Allez, ne t'inquiète pas. De toute façon, nous avons notre EMT. La sororité le paie pour qu'il soit présent en ces occasions et…

— Ah, ce type ! sursauta Craig en se hissant sur un coude. Tu prétendais ne pas savoir qui il était.

— Quel type ?

— Celui qui traîne sans cesse du côté de ta sororité. Je te l'ai montré, un jour. Je t'ai dit : "Il a sur la poche un macaron EMT", et toi : "Ça veut dire quoi, EMT ?"

— Hein ? » Elle l'attira à elle pour lui déposer un baiser sur la tempe. « Tu as les sourcils tout ridés. Je déteste ça. »

Elle disait souvent cela – qu'elle ne supportait pas de lui voir les sourcils « ridés », et quand il tentait de lui expliquer que c'était son *front* qui se ridait, puisque des rides étaient comme des lignes et que des sourcils ne pouvaient prendre cette forme, elle disait : « Peu importe. Je n'aime pas quand tu fais cette tête-là. »

« Tu sais parfaitement ce qu'EMT veut dire, Nicole. Dis donc, tu ne jouerais pas un peu les idiotes avec moi ?

— Tu veux savoir si je joue les idiotes ou si je suis tout simplement idiote, c'est ça ? »

Cela le fit rire. Elle lui déposa un baiser sur le front.

« Ne te moque pas de moi », dit-elle. Mais elle n'était pas fâchée. Elle lui donna un coup de langue sur le front, puis se nicha dans son cou. Il laissa ses mains vagabonder sur la peau douce et nue de son buste.

65

Kurt, qui sentait fortement l'eau de Cologne, serra Mira dans ses bras devant les étudiants, la soulevant de terre avec ce côté physique dont elle se souvenait depuis l'année qu'elle avait passée dans cette partie du monde.

« Mira ! » lança-t-il en la reposant sur ses pieds.

Se retournant vers eux, elle découvrit que ses étudiants la regardaient avec ce qui pouvait être de l'inquiétude. Mais elle les supposa surtout en train d'appréhender le décor (l'austérité, la froidure) et de humer la présence de Kurt, vivace, toute corporelle, sur fond d'odeur d'antiseptique en provenance de la salle d'autopsie, de l'autre côté des portes coulissantes, d'entre lesquelles il avait émergé dans sa blouse blanche, cheveux roux ramassés à l'intérieur d'une fine toque bleue, avec un grand sourire auquel manquait une dent de devant.

« Mira ! répéta-t-il avant de lever une main à l'adresse des jeunes gens, qui ne le quittaient pas des yeux. Bienvenue à la morgue. »

Il y eut un éclat de rire, suivi d'un silence tendu. Ils lui répondirent d'un signe de tête dans lequel ils mirent plus d'énergie que nécessaire. Mira voyait déjà lesquelles des filles espéraient se pâmer – quoique celles-ci fussent rarement celles qui en définitive s'évanouissaient. Ceux qui se sentaient mal étaient en réalité les garçons du type dur à cuire et les jeunes femmes pleines de sérieux qui voulaient depuis toujours embrasser la profession de chirurgien.

« Dans un instant, nous pénétrerons en salle d'observation, déclara Mira en leur faisant signe de la suivre de l'autre côté des portes coulissantes. Cette partie de la morgue a été conçue pour la phase qui consiste à confirmer qu'un corps inanimé est bien mort. Jusqu'à récemment, comme nous l'avons vu en cours, il n'existait pas de méthode sûre pour vérifier la mort, et les gens nourrissaient des craintes sincères d'être enterrés vivants. La salle d'observation a été conçue pour recevoir les morts pendant une période de temps durant laquelle les garçons de salle sont à l'affût du moindre signe de vie. C'est bien cela, Kurt ? »

Kurt hocha la tête d'un air sincère. Il était la sincérité faite homme. La première fois que Mira et lui s'étaient trouvés en présence, ils étaient penchés au-dessus d'une fosse commune emplie de cadavres de Serbes.

Des restes à l'état de squelettes. Quelques lambeaux de vêtements. Çà et là une montre-bracelet. Une alliance.

Kurt s'était retourné vers elle, l'avait regardée un long moment, puis lui avait mis sa main devant les yeux.

Depuis qu'il était venu s'établir aux États-Unis, Mira ne l'avait rencontré qu'à la faveur de ces visites à la morgue en compagnie de ses étudiants. Une fois, elle l'avait invité à venir prendre un café, mais il avait répondu qu'il était occupé. Une autre fois, elle l'avait invité à dîner chez elle, mais il avait décliné.

« Votre mari n'apprécierait pas.

— Mais au contraire. Clark aimerait bien vous rencontrer. Il a tellement entendu parler de vous.

— Non, avait répondu Kurt. Je suis célibataire. Il me regarde une fois, il sait que j'éprouve quelque chose pour vous. Je suis un homme timide, Mira. Costaud, oui, mais timide. Je ne veux pas me battre avec votre mari.

— Vous battre ? » s'était exclamée Mira dans un rire. Mais Kurt parlait sérieusement, et elle comprit que, en raison de ce sérieux même, il n'aurait pas été possible de le convaincre sans l'insulter, sans sous-entendre que jamais son mari ne le regarderait comme un rival, qu'ils ne joueraient pas des poings. Aussi n'avait-elle pas insisté. Toutefois, quand Clark avait ri à gorge déployée en apprenant les craintes de Kurt, elle avait brièvement envisagé de lui dire que cet homme figurait depuis un moment en bonne place dans son imaginaire érotique.

Sa prégnante présence est-européenne, son odeur d'eau de Cologne, son expérience du monde, de la guerre, des épreuves et de la mort.

Kurt inclina la tête à l'adresse des étudiants et leur dit : « Vous allez devoir être très silencieux, quoique, bien sûr, les morts n'entendent pas. (De nouveau, des rires nerveux et contraints.) Silencieux parce que, vous savez, *morgue* vient d'un mot français qui signifie à la fois "regarder solennellement" et "braver". Voyez-vous la similitude ? Et l'étrangeté ? »

Ils hochèrent la tête avec ensemble, cette fois. Peut-être comprenaient-ils, ou peut-être commençaient-ils d'avoir le sentiment que leur vie était suspendue au bon vouloir de cet homme.

Ils firent halte devant les portes coulissantes. Mira se retourna pour leur dire : « Nous nous trouvons ici dans ce que les Victoriens appelaient étrangement le Cottage aux Roses. Dans les morgues pour enfants, ils l'appelaient la salle Arc-en-ciel. Même si ces euphémismes sont charmants et drôles, nous devons garder à l'esprit que la plupart d'entre nous aboutirons dans une morgue, non pas pour *regarder* mais pour *être regardés*.

— Aujourd'hui, reprit Kurt, nous avons un homme qui a fait une rupture d'anévrisme. Nous avons une femme très âgée. Nous avons un suicide. Je dois vous mettre en garde, car ce n'est pas rien : nous avons aussi une famille, à savoir deux enfants, le père, la grand-mère, morts dans une collision frontale. La morgue connaît une grosse journée aujourd'hui. »

Un ou deux étudiants firent un pas en arrière et, comme pris de panique, se mirent à chercher des yeux la sortie.

« Comme je l'ai déjà précisé, dit Mira (inutilement, puisque jamais personne ne s'en allait), tout cela est optionnel. Vous pouvez attendre ici ou quitter les lieux. Vous ne serez pas pénalisés. »

L'émotion se mua alors en résignation. Chez certains, cela ressemblait à une attente teintée de nervosité. S'ils avaient affirmé ne pas vouloir voir de morts, ils le firent néanmoins. Chaque trimestre, cette sortie constituait un moment clé du cours. Après cela, ils étaient, au moins pour un temps, pénétrés comme jamais de ce que le corps vivant est un état temporaire. Le noir du deuil devenait autre chose qu'une façon de se vêtir. Ils communiquaient entre eux et avec elle de façon plus précautionneuse.

Les portes coulissantes s'effacèrent. Kurt les franchit, Mira et ses étudiants lui emboîtèrent le pas.

66

« Je t'aime », répéta Nicole. Elle ferma les yeux et l'embrassa. « Je t'aime et je t'aime et je t'aime. Mais à présent je dois y aller. »

Il regarda son petit corps si bien proportionné et parfaitement lisse quitter le lit pour enfiler la robe noire achetée pour le rituel grotesque qui aurait lieu ce soir-là à la sororité. Si celles qui seraient ressuscitées devaient être en blanc, toutes les autres porteraient la tenue de deuil. Celles qui avaient déjà été ressuscitées et celles qui le seraient ultérieurement étaient les « pleureuses ».

Tout cela était ridicule, se disait-il tout en admirant la robe que Nicole ôtait du cintre sur lequel elle l'avait soigneusement disposée sitôt arrivée, et plus ridicule encore le manque d'imagination dont la sororité avait fait preuve pour baptiser ce *bizutage*. Mais il s'était engagé à ne plus faire le moindre commentaire. Il s'agissait de ce genre de chose dont l'absurdité ne se perçoit que du dehors. Nicole aurait jugé absurdes, il le savait, les claques bien senties que les membres de son équipe s'appliquaient sur la fesse après une rencontre d'athlétisme, ainsi que ces colloques d'auteurs où il avait accompagné son père (romanciers et poètes languissants en train de déambuler avec leur verre de vin et leur petit agenda en cuir), sans parler de la tradition en vogue à Fredonia parmi les jeunes de sexe masculin, chaque hiver juste avant l'ouverture de la station de ski, de se mettre tout nus sur les pentes enneigées, de prendre un acide et de se bagarrer comme des forcenés.

L'idée lui traversa brièvement l'esprit d'appeler Lucas pour lui proposer d'aller ensemble s'incruster dans la soirée, mais il y renonça aussitôt. Il ne pouvait risquer d'essuyer de nouveau le courroux des sœurs de Nicole. Il n'avait même plus le droit de gravir les marches du perron quand il passait la prendre. Et Nicole lui en aurait terriblement voulu.

Sa robe noire était d'une matière qui paraissait plus soyeuse que la soie. Craig s'assit au bord du lit. Il devait prendre sur lui pour ne pas se jeter à quatre pattes et dévorer de baisers l'ourlet de la jupe. Elle était allée chez le coiffeur quelques semaines plus tôt et, même s'ils restaient longs, ses cheveux montraient maintenant de petites mèches épointées qui rebiquaient légèrement autour des épaules. Elle s'était mise à les attacher moins souvent. Parfois, lorsqu'elle travaillait ou réfléchissait, ou bien encore quand elle se tenait devant un miroir, elle passait les doigts dans sa chevelure, qui semblait s'écouler entre eux comme de l'or en fusion.

Elle sortit la chaise de sous le bureau et, y posant le pied, commença d'enfiler un bas noir très fin. Craig avait le regard rivé à sa cheville. Elle se mit à rire.

« Tu es en train de baver, Craig. » Il referma aussitôt la bouche.

L'autre pied de Nicole était encore nu.

Les ongles en étaient vernis de rose pâle. À la lumière qui filtrait par un interstice entre les rideaux, ils paraissaient rougeoyer. Craig se jeta par terre et, à quatre pattes, alla prendre le pied de Nicole entre ses mains pour le caresser, le porter à ses lèvres, le couvrir de baisers, sur le dessus près de la cheville, et descendre ensuite vers les orteils. « Arrête ! Arrête ! Ça chatouille ! » glapissait-elle. Craig entendit alors une clé tourner dans la serrure. Perry s'encadra sur le seuil, le découvrant en sous-vêtements, à genoux devant Nicole, son pied contre ses lèvres.

« Excusez-moi, dit-il en levant les yeux au plafond. Mais si vous pouviez m'ouvrir quand vous aurez fini. Il faut que je récupère mon passe dans mon tiroir de bureau pour aller dîner à la cafêt. » Il ressortit en claquant la porte, mais pas avant que Nicole et Craig eussent éclaté de rire. Comment auraient-ils pu s'en empêcher ? À quoi devait ressembler la scène vue par les yeux de Perry ? Craig relâcha le pied de Nicole, lui prit le visage entre les mains et l'attira doucement à lui pour y déposer un baiser, puis il s'assit sur ses talons pour la contempler. Toute cette chevelure dorée. Ces pommettes rosissantes.

Il s'efforçait de ne pas l'imaginer, tout à l'heure dans un sous-sol, en robe noire, avec une bande de sœurs en sororité soûles ou défoncées en train de psalmodier en se tenant par la main.

« On a intérêt à se dépêcher, dit Nicole. Perry va être furieux.

— Perry, on l'emmerde », lança Craig en direction de la porte, comme s'adressant directement à l'intéressé. Il doutait en vérité que Perry pût l'entendre à travers le panneau en bois plein ; de plus, il n'avait pas plus envie de le blesser que de l'emmerder. Perry s'était montré particulièrement sympa ces derniers temps, écoutant Craig discourir à n'en plus finir sur le divorce de ses parents, dodelinant de la tête avec commisération. Il avait le bon goût d'être horrifié par le comportement de sa mère, qui quittait son père. Une fois, il s'était trouvé là au moment où Craig appelait chez lui, sa mère lui disant d'un ton las : « Cela n'a rien à voir avec toi, Craig. C'est entre moi et ton père et Scar.

— Entre toi et papa et *Scar* ? » s'était écrié Craig, puis, sans attendre la réponse, il avait refermé son portable et l'avait lancé contre le mur.

Perry avait bondi de son ordinateur pour le prendre par les épaules et, d'une voix de type vraiment mûr, lui avait dit : « Ça va, mec. Ça va aller. Il faut te calmer, d'accord ? »

Il avait aidé Craig à raccommoder son téléphone avec de l'adhésif. (Il était très fort pour réparer ce genre d'appareil, comme Craig l'avait constaté quand Perry avait malencontreusement marché sur sa calculette.) Après cela, ils étaient allés au *Z's*, où ils s'étaient pas mal arsouillés – Craig bien plus que Perry, toutefois.

Craig découvrit qu'il aimait bien, bizarrement, la façon qu'avait Perry de blanchir ses chaussettes et de les plier en petites boules obsessionnelles qu'il alignait dans le tiroir du haut de sa commode. Quand Nicole était à une réunion de la sororité, les deux garçons prenaient leur repas ensemble à la cafétéria et, de temps à autre, ils descendaient au foyer se vautrer sur le canapé pour regarder un match de basket dont ils n'avaient que faire.

« Ne sois pas vache avec Perry, dit Nicole. Il est un peu comme un membre de la famille. »

Craig reporta son attention sur elle. Elle ne bla-
guait pas. Elle était si mignonne.

« Tu as raison, lui dit-il. J'ai fait la bonne pioche
au rayon compagnon de chambre.

— Oui, Perry, c'est du solide. » Elle dit cela en
regardant le plafond, et Craig lui trouva les yeux
étrangement vides. Il se leva pour mieux voir et,
même vue d'en haut, elle avait une expression inac-
coutumée. Il la jugea très pâle. Même ses iris.

« Oui ? dit-elle sans le regarder, comme si elle était
aveugle.

— Est-ce que ça va ?

— Pourquoi est-ce que ça n'irait pas ?

— Je… je ne sais pas.

— En ce cas, ne dis pas n'importe quoi. » Sa voix
était dépourvue d'intonation, son visage toujours
bizarre. Se pouvait-il que Craig fît un de ces flashs
d'acide tant redoutés, bien qu'il n'eût pas arrêté le
LSD depuis des années.

« Nicole ? »

S'arrachant brusquement à cet état second, elle le
regarda. Nicole toute pure. La petite fossette près
de la commissure droite des lèvres. Sacrément soulagé, il se posa une main sur la poitrine et poussa un
soupir.

« Qu'est-ce qui t'arrive, mon cœur ? interrogea-
t-elle.

— Rien du tout. » Mais voilà qu'un mauvais pres-
sentiment l'assaillait relativement au rituel de Printemps. « Nicole, reprit-il en s'agenouillant de nouveau
à ses pieds. Est-ce que tu ne pourrais pas t'abstenir
d'assister à ce truc ? C'est tellement débile et…

470

— Tu es dingue ou quoi ? » Elle parlait sérieusement. Elle avait l'air sincèrement choquée, comme s'il avait lui proposé de se jeter avec lui du haut du toit. Il secoua la tête pour lui faire comprendre qu'il n'allait pas insister. Il se releva, et elle put finir d'ajuster ses bas, puis elle glissa les pieds dans ses escarpins noirs à talons, lui souffla un baiser et ouvrit la porte. Craig l'entendit lancer un au revoir musical à Perry en sortant comme celui-ci entrait.

« Tu viens dîner ? » s'enquit Perry tout en ramassant son passe sur le bureau, l'air de rien, comme s'il n'avait pas fait irruption quelques minutes plus tôt dans la chambre au moment où Craig, à demi nu, mangeait de baisers le pied menu de Nicole, comme si rien ne différait des centaines d'autres fois où ils avaient pris ensemble le chemin de la cafétéria.

67

De la salle d'observation, Kurt, l'ami de Mrs Polson, les emmena dans un couloir comportant plusieurs portes.

Ces portes étaient numérotées selon un ordre apparemment aléatoire. La salle numéro 3 voisinait avec la 11. Il n'y avait pas de salle 1. Punaisée sur la porte de la salle 4, la photo d'un chat blanc posant à côté d'une boîte aux lettres bleue. Perry était en train de s'interroger sur la présence de cette photo en un lieu où il n'y en avait point d'autres, quand quelqu'un, coiffé d'une charlotte vert pâle et d'une tenue assortie, ouvrit la porte pour regarder au-dehors, une lumière blanche se déversant sur lui (ou elle), puis referma.

Tout dans ce couloir était luisant et froid. Il ne s'agissait pas du froid hivernal du dehors, mais d'un froid sec, artificiel, comme si un air asséché par la réfrigération tombait du plafond via les lampes fluorescentes.

Arrivé au bout du couloir, Kurt se retourna et leva la main.

« Merci d'avoir été aussi discrets, dit-il. Il n'y a personne aujourd'hui, mais c'est ici qu'un parent, une épouse ou un mari doit parfois venir identifier un défunt. Cela ne se passe pas tout à fait comme dans la série télévisée. Nous ne les faisons pas entrer dans une pièce pour écarter un drap et leur donner à voir le visage de l'être cher. Nous leur montrons les effets personnels. Portefeuille, bijoux, et cetera, et ensuite une photo polaroïd du visage du mort. Ils se prononcent ou ne se prononcent pas. S'ils ne sont pas certains, il faut alors qu'ils voient le corps. S'ils sont certains et tiennent néanmoins à le voir, ils peuvent en faire la demande. Avec le Polaroïd, c'est plus facile. Aujourd'hui, par chance pour nous, les familles, s'il y en a eu, sont déjà reparties. »

Nicole. Nicole était passée par ici, bien sûr ; et c'est Josie Reilly qui était venue l'identifier. S'il était hautement impossible de se figurer Josie foulant ce couloir avec une paire de gentils petits escarpins, cela l'était encore plus d'imaginer Nicole au milieu de cet éclat glacé, exposée comme l'on exposait ici les morts, ce que Perry était sur le point de découvrir. Soudain, cela ne le tentait plus du tout.

Mais n'était-ce pas là une des raisons pour lesquelles il avait choisi ce cours ? Pour voir de ses propres yeux ?

Il se sentait épuisé, la tête lui tournait, comme si une grave erreur avait été commise par quelqu'un qu'il avait été et n'était plus du tout. Il porta une main à sa tête.

En retrait contre la paroi du couloir, Mrs Polson le vit et haussa les sourcils comme pour demander : *Ça va ?* Mais, tout en le regardant, elle semblait préoccupée par autre chose, car elle avait son téléphone portable à l'oreille. Quelques secondes plus tard, elle le tenait dans la paume de sa main, parcourant ses messages ou consultant son répertoire. La lumière fluorescente conférait à ses cheveux un lustre roussâtre que Perry n'avait jamais remarqué auparavant. Il la regarda jusqu'à ce qu'il s'avise du coin de l'œil que Karess le lorgnait, de nouveau, et lorgnait Mrs Polson.

« Aujourd'hui, une autopsie doit avoir lieu, poursuivait Kurt. Mais elle n'est pas encore près de commencer. Je vous emmène en salle d'autopsie, où se trouve un corps que vous allez voir. Ce cadavre, qui n'a pas été défiguré, montre les signes typiques d'un décès par strangulation, et l'on pense en effet que cette personne s'est pendue. Si vous craignez de vous sentir mal ou d'être choqué, vous pouvez vous abstenir. »

Kurt hocha la tête avec solennité, de l'air de considérer que tous avaient compris sa mise en garde. Sur quoi, qu'ils eussent compris ou non, tout le monde le suivit à l'intérieur de la salle 42 – à l'exception de Mrs Polson, qui avait de nouveau le portable à l'oreille, cherchant apparemment à joindre un correspondant, chose que Perry jugea plutôt improbable dans ce sous-sol, endroit guère idoine, selon lui, à passer ou recevoir des appels par téléphone cellulaire.

« Allons-y, dit Kurt. Quatre personnes à la fois. Vous allez mettre bottillons, charlotte et tunique – il montrait une penderie dépourvue de porte où étaient pendues les tenues vert menthe. Nous n'en avons qu'un nombre limité, ajouta-t-il avec une tape sur l'épaule de quatre étudiants, dont Karess. On doit obligatoirement porter ces tenues en présence d'un corps. »

Karess se retourna pour regarder Perry droit dans les yeux, comme si elle attendait de lui une sorte de conseil.

Il lui répondit, stupidement, par un sourire figé, contrit, sur quoi elle détourna les yeux. Brett Barber, son nouvel ami, faisait lui aussi partie du premier groupe de quatre. Il se pencha pour lui murmurer quelque chose dans les cheveux. Perry supposa qu'il s'agissait d'une blague vaseuse quand il la vit soulever l'épaule – une sorte de dérobade – comme pour faire barrage à tout ce que Brett aurait pu ajouter. Puis elle se défit de son manteau et de son pull aussi ravissant que fatigué, et leva ses longs bras graciles pour enfiler les effets vert pâle en les faisant glisser sur son corps.

68

Mira ne trouvait pas comment hausser le volume du téléphone dont elle avait fait l'acquisition en remplacement de celui que Clark avait emporté. Bien qu'il s'agît d'un modèle meilleur marché, il comportait plus de boutons et de gadgets que l'autre, plus ancien et qui avait coûté plus cher.

Pendant le laïus de Kurt au sujet de la salle d'autopsie puis lorsque le premier groupe d'étudiants enfila les tenues chirurgicales, elle avait remarqué qu'un nouveau message vocal était arrivé – la petite enveloppe de dessins animés sur l'écran du téléphone –, bien qu'elle n'eût pas entendu l'appareil sonner. Elle appela immédiatement le serveur, craignant que ce ne fût Jeff, qu'il manquât quelque chose aux jumeaux, ou qu'il voulût lui demander un renseignement, ou quelque chose de pire. (Andy s'était mis à ramper sur le dossier du canapé, et Mira était terrorisée à l'idée qu'il pourrait en tomber et se cogner la tête sur la fenêtre qui se trouvait derrière.)

À un moment donné, elle avait cessé d'attendre que Clark la rappelle et s'était dit que, s'il rentrait alors que Jeff se trouvait là, celui-ci saurait se débrouiller de la situation. Il était bien trop affable pour que Clark voie en lui une menace.

Mais le message n'était pas de Jeff. Il provenait de l'université (elle reconnut dans les trois premiers chiffres l'indicatif de l'établissement), mais elle ne put saisir ce que disait son correspondant. Impossible de trouver comment augmenter le volume. Il semblait miraculeux que le signal soit parvenu ici, à la morgue, au tréfonds du sous-sol de l'hôpital – tout en parpaings et lourdes portes coupe-feu ; mais à quoi servait-il de recevoir un message, si elle ne pouvait le déchiffrer ?

« Mira, ici… (le doyen Fleming ?)… finalement… dans les deux prochaines… absolument impératif que… »

Elle était surprise et inquiète de ce qu'il possédât déjà son nouveau numéro de téléphone. Elle l'avait laissé à sa secrétaire à peine deux heures plus tôt. Elle ne se rappelait pas qu'il l'eût jamais appelée sur son portable ou sur son fixe ; il s'était toujours borné à laisser des communications sur la messagerie vocale de son bureau ou à lui coller des Post-it sur sa porte.

Elle appuya sur la touche Répondre, et le téléphone s'éteignit.

À cet instant même, Perry Edwards passait devant elle. Leurs regards se croisèrent. Elle referma son portable et leva la main pour l'arrêter.

« Perry, j'ai reçu un appel auquel je dois répondre. Je remonte dans la ruelle, et peut-être jusque dans la rue s'il le faut. Est-ce que vous voulez bien… ? »

Il hocha la tête avant même qu'elle soit allée au bout de sa requête. « Bien sûr, dit-il. Si nous avons besoin de vous, je monte vous chercher.

— C'est cela. Pourvu que personne ne tombe dans les pommes ni ne…

— Allez-y. Tout va bien se passer.

— Merci, merci, merci », dit-elle en s'éloignant à grands pas. Ce jeune était tellement sympa. Elle qui croyait que la production de ce modèle avait pris fin aux alentours de l'année 1962.

Elle fut tentée de lui coller une bise avant de filer, comme elle aurait pu le faire sur la joue d'Andy ou de Matty. Mais elle s'en abstint, se bornant à le remercier une quatrième fois alors même qu'il ne pouvait plus l'entendre.

69

« Pourquoi est-ce que tu joues à ce petit jeu avec lui ?

— Quel petit jeu ? demanda Nicole.

— *Quel petit jeu ?* »

Elle était en train de passer un débardeur en soie verte, sans soutien-gorge. Elle le laissa un instant en suspens au-dessus de ses seins avant de les en recouvrir, puis elle tourna le dos à Perry.

C'était exactement l'étendue blanc crémeux qu'il avait imaginée, les yeux clos, en y laissant courir les doigts ; mais il fit la grimace et détourna le regard quand il réalisa ce que cela lui rappelait : Mary. La robe dos nu que celle-ci portait au bal de promo. Dansant un slow sur une chanson débile, lui murmurant à l'oreille combien elle était amoureuse de lui. Sa main à lui posée sur la peau douce entre les omoplates de sa cavalière.

Nicole s'approcha, vêtue de ce seul débardeur, et s'assit à côté de lui sur le lit. Elle lui passa la main sur le torse et jusqu'à son cou, l'y laissa un moment, puis remonta vers la joue et enfin les yeux, dont elle ferma délicatement les paupières avant de se pencher pour y déposer des baisers.

Il sentait sur son visage le frôlement de ses cheveux blonds, il sentait son haleine (réglisse, agrumes) lui effleurer l'oreille. Elle laissa sa main redescendre le long de son flanc, jusqu'à la hanche. Elle déplaça sa bouche jusqu'à sa pomme d'Adam, y déposa un baiser, la lécha, puis la mordit assez fort pour lui arracher un tressaillement, sur quoi elle se redressa en riant.

« Tu n'as pas répondu à ma question, dit-il en rouvrant les yeux.

— Non, répliqua-t-elle. C'est toi qui n'as pas répondu à la mienne. »

Il se plaqua une main sur les yeux pour ne plus regarder la courbe délicate du sein de Nicole sous la soie ni sa clavicule gracile ni la chair étonnamment parfaite de son bras. S'il avait poursuivi, il aurait trouvé le triangle d'or niché entre ses cuisses. Qui était-il pour faire cela avec elle ? Et qui était-elle ?

La main toujours sur les yeux, il dit : « Craig te croit vierge, Nicole. Il pense que tu es chrétienne et te voit comme une espèce de petite bergère conventionnelle du Midwest.

— Et toi, il te tient pour un compagnon de chambre exceptionnel et un boy-scout pur jus. Et il te croit puceau, toi aussi.

— Ouais. Je suis un salaud, je le reconnais. Un ami merdique. Un compagnon de chambre merdique. Mais moi, il se borne à me supporter. Alors que toi, il pense qu'il va t'épouser. Il te regarde comme la future mère de ses enfants. La pureté incarnée. Il pense que son rôle est de préserver ton innocence dans ce monde infect. »

Nicole eut un rire, puis elle répondit : « Ma foi, dans ce cas, je dirais que c'est lui qui joue à un jeu. »

Perry attendit qu'elle poursuivît. Comme elle se taisait, il finit par demander : « Que veux-tu dire ?

— Pourquoi tient-il à croire à tout ça ? Et si c'est là ce qu'il veut croire, pourquoi pas ?

— Parce que tout est bidon.

« — Mais il ne tient pas à connaître la vérité. De toute façon, jamais il ne trouvera le genre de fille qu'il croit que je suis.

— Alors comme ça, tu as pigé le genre de fille que voulait Craig et tu as décidé de te couler dans le moule ?

— N'est-ce pas ce que tout le monde fait ?

— Hein ? Mais non !

— Non ? Qu'est-ce que c'était que cette foutaise de bague de promo entre toi et Mary ? M'est avis que tu avais pigé ce qu'elle attendait et que tu as pas mal joué le jeu durant un bon bout de temps. »

Perry se redressa. Il porta la main à sa pomme d'Adam, là où elle l'avait mordu. L'endroit était humide, et quand il regarda ses doigts, il fut surpris d'y voir une goutte de sang. « Mais qu'est-ce que tu racontes ? C'est l'inverse qui s'est produit.

— Détrompe-toi, dit Nicole, qui souriait toujours. Tu la savais séduite par ton côté scout aigle. Ton côté garçon qui a grandi dans une petite ville. Qui fera un bon père. Travaillera au magasin de tondeuses à gazon Edwards & fils et, le week-end, aménagera le mini-van. Elle pensait que l'objet de toute cette ambition – les bourses, les notes, les scores au SAT[1] – était d'être un jour en mesure de lui acheter une gentille petite maison à la périphérie de la ville et une bague de fiançailles un an ou deux après le lycée, et ensuite en avant pour les bébés. Et ce petit jeu t'a vraiment bien réussi, pas vrai ? Tu as eu pour petite amie, pendant trois ans, la plus

---

1. Scholastic Assessment Test : test destiné à évaluer l'aptitude des diplômés du secondaire à suivre des études supérieures.

chouette fille du lycée de Bad Axe, après quoi tu l'as larguée. Lui as-tu dit une seule fois la vérité – que ton véritable projet était d'aller dans une bonne université, pour y étudier peut-être quelque chose comme la philosophie ? Faire une dizaine d'années d'études et, qui sait, t'en aller ensuite parcourir l'Europe avec un sac à dos durant quelques années de plus. Bon sang. Cette pauvre Mary doit passer des nuits blanches à se demander ce qui a bien pu se passer, avec qui exactement elle est sortie pendant tout ce temps. »

Perry avait le cœur battant – non pas seulement dans sa poitrine, mais aussi dans sa gorge, palpitant contre sa pomme d'Adam. Le sang battait dans ses poignets, ses jambes, ses tempes. Il s'était mis debout sans même s'en rendre compte. Les yeux levés vers lui, Nicole affichait toujours ce sale petit sourire. Il aurait voulu lui dire quelque chose d'horrible, quelque chose qui aurait chamboulé sa vie, quelque chose qui l'aurait épouvantée, quelque chose... mais il en était incapable. Jamais il ne le pourrait. La regardant lui sourire ainsi, il ne put pas même conserver l'envie de le faire.

Bon sang !

Pas étonnant que Craig soit une pareille dupe et lui-même un crétin, un traître, un infect menteur.

Elle était si belle. L'idéal de Platon, comme il l'avait appris sur le site Philosophy 101[1]. Elle l'avait toujours été, mais à présent il percevait la chose pour ce qu'elle était, et savait que l'apparence était trompeuse.

----

1. Site didactique s'adressant aux enseignants en philosophie.

Elle inclinait joliment la tête de côté, à la manière d'un moineau ou d'un chaton, et affichait ce sourire ridicule de petite fille. Perry pensa soudain à ce à quoi devait ressembler sa photo du cours préparatoire. Des couettes. Point de dents de devant. Saisie en noir et blanc, avec un peu de dentelle autour du col et une croix d'argent en sautoir. Puis il se revit avec une netteté parfaite assis derrière elle en cours élémentaire, la classe de Mr Garrison. Il était ce jour-là question d'hygiène publique, et Nicole avait levé la main pour demander à l'instituteur : « Qu'est-ce qu'il devient, le caca, après qu'on a tiré la chasse d'eau ? » Tous les autres, et surtout les garçons, avaient été pliés de rire en entendant le mot *caca* sortir de la jolie petite bouche de Nicole Werner, qui s'était alors retournée vers Perry, horrifiée, rougissant à s'en faire luire les pommettes, pour l'implorer du regard. Il s'était senti rudement soulagé d'avoir, pour sa part, réagi trop lentement pour rire avec les autres ; aussi lui fut-il possible de la regarder dans les yeux et de hausser les épaules de l'air de dire : *Va savoir ce qui fait rigoler ces débiles. On s'en moque bien.*

À présent, il la contemplait allongée à demi nue sur le lit, la bretelle du débardeur ayant glissé de sa si belle et si féminine épaule. Incapable d'ouvrir la bouche, il sut néanmoins, à voir son expression, qu'il était en train de l'interroger avec les yeux. *Est-ce là ce que j'étais ?* lui demandait-il. *Est-ce ce que Mary pensait que j'étais ? Est-ce ce que je faisais alors ? Comment le savais-tu alors que moi-même je l'ignorais ?* Au lieu de lui répondre, elle se leva, ramassa son jean par terre, l'enfila. Tout en la regardant faire, il repensait à la fois où, quelques mois plus tôt, il l'avait rencontrée sur le perron de Godwin Hall attifée d'un sweat-shirt trop grand – perdue et triste – et où elle avait posé la tête sur son épaule pour pleurer, ouvrant la bouche mais incapable de proférer un mot. Était-elle vraiment triste ? Avait-elle vraiment le mal du pays ? Ou bien était-ce là aussi un genre de test ?

Elle lui posa les bras sur les épaules et lui donna un baiser (baiser rapide, tendre, non sexuel, pour prendre congé). « Allez, c'est bon, Perry. Nous venons du même endroit. Je sais qui tu es et tu sais qui je suis. À un de ces quatre, d'accord ? »

70

Shelly trouva sans difficulté sur Internet les parents de Denise Graham, la « fugueuse » d'Oméga Thêta Tau. Comme les gens désespérés tendaient à le faire en cet âge de l'informatique, ils avaient créé un site, retrouvonsdenise.com.

Elle s'afficha sur l'écran de l'ordinateur de Shelly : une belle blonde avec de grands yeux bleus. N'eût été la couleur des cheveux, elle aurait pu servir de doublure à Josie Reilly. La même coupe, lisse, lustrée, descendant aux épaules. Le maquillage charbonneux. La dentition impeccable.

Sur cette photo, Denise Graham portait un débardeur bordé de dentelle. Elle était assise dans un fauteuil écossais aux airs de meuble de famille. Dans son giron, un chat à poil long, qu'elle caressait en souriant.

S'IL VOUS PLAÎT ! DENISE GRAHAM EST NOTRE FILLE BIEN-AIMÉE, MAGNIFIQUE ET BRILLANTE. ELLE A DISPARU DE SA SORORITÉ AU MOIS DE MARS ET N'A PLUS ÉTÉ REVUE DEPUIS.

Les mêmes capitales rouge vif énonçaient ensuite les détails. La date et l'heure de son dernier contact avec ses parents. Sa taille et son poids (1,65 m pour seulement 55 kilos). Et aussi ses régals (nachos, soda Dr Pepper) et ses différents surnoms (Deny, Doucette, Nisette) – à croire qu'il fallait, comme au chat, lui donner de ces petits noms pour l'amener à sortir d'une véranda ou d'un véhicule.

Le numéro de téléphone des Graham figurait également sur la page – Shelly se demanda combien de mauvais plaisants avaient dû les appeler –, de même que leurs adresses postale et électronique. Ils n'habitaient qu'à une cinquantaine de kilomètres de la ville universitaire où leur fille avait disparu.

Par deux fois, Shelly décrocha le téléphone pour les appeler et, par deux fois, elle rédigea un courriel à leur intention. Puis elle décida de se rendre tout bonnement à Pinckney pour se présenter à eux ; car en vérité qu'avait-elle à leur offrir ou à leur demander ? Mieux valait qu'ils la vissent sur le pas de leur porte, en situation d'humilité face à leur chagrin.

Ou du moins est-ce ce qu'elle pensa jusqu'au moment où elle gara la voiture devant chez eux.

Construite dans un lotissement récent, c'était une de ces demeures cossues prévues pour séduire, supposa Shelly, des gens qui recherchaient une sorte de vie campagnarde à l'anglaise sans la campagne. La propriété, sur laquelle une neige légère avait commencé de tomber, comportait un sentier pavé qui serpentait entre des buissons d'un vert intense chargés de baies rouges à vocation ornementale. L'endroit avait tout d'une publicité pour un certain style de vie, visiblement pratiqué dans l'ensemble de ce lotissement aux maisons quasi identiques, sauf qu'ici la pelouse n'avait pas été tondue ni les haies taillées, et que la boîte aux lettres située en bas de l'allée du garage paraissait avoir été emboutie par une voiture (petite porte noire cabossée et pendant dans le vide). Les stores étaient baissés, les rideaux tirés à toutes les fenêtres. Bien que deux automobiles fussent garées, de travers l'une par rapport à l'autre, devant la porte fermée du garage, l'endroit semblait, du dehors, inhabité depuis de nombreux mois.

Shelly allait passer la marche arrière pour exécuter un demi-tour, quand la porte s'ouvrit à la volée sur une femme en peignoir rose vif qui se précipita, nu-pieds, sur les marches de la véranda en agitant les bras en l'air avec frénésie, comme si elle faisait signe à une ambulance ou tentait d'aider un avion à atterrir.

Son identité ne faisait aucun doute.

La ressemblance était troublante. Il s'agissait de Denise Graham, la disparue, avec trente ans de plus. Affolée, épuisée, peut-être sous médicaments ou un peu alcoolisée. Ayant vécu les huit derniers mois dans l'espérance éperdue que, chaque fois que le téléphone sonnerait, que le courrier arriverait, qu'un véhicule s'arrêterait dans l'allée, ce serait pour lui ramener sa fille. « Qui êtes-vous ? » lança-t-elle à l'adresse de Shelly, qui n'eut plus d'autre choix que de se ranger et descendre de voiture.

La salle de séjour se trouvait sens dessus dessous. Des journaux étaient empilés sur le canapé en cuir. Du courrier traînait sur une table à café ancienne. Il y avait une tache (café ? Pepsi ?) au centre de l'épaisse moquette blanche. Le chat, que Shelly reconnut pour l'avoir vu sur le site, était installé, parfaitement immobile, devant la cheminée éteinte. Seuls ses yeux bougèrent quand elle s'assit dans le seul fauteuil à ne pas crouler sous les papiers.

« Madame Graham, je tiens à préciser tout de suite que je ne…

— Appelez-moi Ellen », dit la femme, comme si cette interruption, l'intimité d'un prénom pouvaient altérer le déroulement de l'entretien et la conduire jusqu'à sa fille. Sans prendre la peine de se faire de la place, elle se laissa tomber sur le canapé en face de Shelly, s'asseyant sur un journal et quelques imprimés publicitaires. Les pans de son peignoir s'écartèrent pour révéler des genoux abîmés, qu'elle ne prit pas la peine de recouvrir. Par respect pour elle, Shelly détourna les yeux, mais la seule autre chose à regarder dans la pièce en dehors d'Ellen Graham et d'un tas de ceci ou de cela était le chat, fort troublant par l'impassibilité avec laquelle il lui retournait son regard.

« Entendu. Et moi, c'est Shelly. Mais je tiens à ce que vous sachiez que je n'ai pas le moindre renseignement concernant votre fille. J'appartiens à l'université, mais je travaille – ou plutôt travaillais – à la Société de musique de chambre. L'unique trait d'union entre nous est une des sœurs de la sororité de votre fille. J'ai lu des choses au sujet de Denise et à propos d'un autre événement touchant cette sororité…

— Nicole Werner, dit Ellen Graham. Cet accident a eu lieu le soir de la disparition de ma fille. »

Shelly hocha la tête, bien que les comptes rendus qu'elle avait lus fissent remonter la disparition de Denise Graham à au minimum une semaine avant la mort de Nicole.

« Je ne suis en aucune façon une spécialiste, poursuivit-elle, et je ne suis probablement pas fondée à… »

Ellen Graham s'était mise à secouer la tête. « Cela m'est parfaitement égal, dit-elle. La seule chose qui compte pour moi, c'est de retrouver Denise. Qu'importe que l'on soit spécialiste ou même simplement courtois. Cela ne nous a menés nulle part. Nous nous fichons bien que vous veniez ici pour fouiner ou que vous soyez animée d'une curiosité morbide. Nous voulons seulement quelqu'un qui nous aide. »

Là-dessus, Ellen Graham porta les mains à ses genoux et commença à se les gratter d'un air absent, en oscillant d'avant en arrière.

Shelly marqua un silence, le temps de décider quel biais elle allait adopter. Elle prit une inspiration et dit : « J'ai été la première personne sur le lieu de l'accident. Celui de Nicole Werner. J'ai vu ce qui est arrivé, et je sais que la relation qui en a été faite est inexacte. Je cherche à élucider ce qui s'est réellement produit. J'ignore si cela a eu quelque chose à voir avec votre fille…

— Denise, précisa la femme, comme si elle avait attendu l'occasion de prononcer ce nom.

— Oui, avec Denise. Mais je sais à présent que l'université ou la police ou la presse ou la sororité, ou les quatre ensemble, ont pris le parti de mentir. Ces gens s'emploient à étouffer quelque chose. Ils ont quelque chose à cacher. Ils…

— Qui est cette fille, celle que vous connaissez au sein de la sororité ? Est-ce qu'elle ne s'appellerait pas Josie Reilly ? » Il n'y avait pas à se méprendre sur le ton de la voix d'Ellen Graham lorsqu'elle avait dit ce nom : celui d'une haine profonde, de la rage et de la colère, et de la dérision.

« Oui, répondit Shelly, étonnée. Comment le savez-vous ?

— Je vais vous montrer comment je le sais. »

Ellen Graham se leva, mais son corps parut conserver la forme du canapé, la posture de quelqu'un qui était resté assis, prostré, pendant si longtemps qu'il avait fini par devenir le siège même. Shelly la suivit jusqu'au pied de l'escalier, également moquetté et tout aussi encombré – magazines, livres de poche, enveloppes non décachetées. Ellen Graham, imitée par Shelly, enjamba ou contourna les différents empilements. Elles arrivèrent dans un long couloir où étaient accrochées les photographies d'une fille qui devait être Denise : Denise dans son berceau en osier, vêtue d'une barboteuse rose ornée de dentelle ; Denise avec des nattes, en train de faire du vélo ; Denise en robe de satin bleu, étonnamment décolletée, au bras d'un garçon en smoking ; Denise plissant les yeux au soleil, coiffée de sa toque de nouvelle diplômée.

Elles s'arrêtèrent devant une porte ouverte.

« La chambre de Denise », précisa Ellen Graham, comme si Shelly pouvait se méprendre.

Le lit croulait sous les animaux en peluche – le genre peluches coûteuses et recherchées (des espèces menacées avec étiquette personnalisée et yeux de verre peints à la main) et non le genre qui aurait traîné partout depuis le temps de la maternelle. Dans la bibliothèque, la série complète des volumes d'une encyclopédie, avec deux chats en céramique pour serre-livres. Seul le panneau d'affichage montrait quelque laisser-aller, recouvert comme il l'était d'une triple épaisseur de photos d'adolescentes en bikini ou à bicyclette ou pilotant un hors-bord, de pages de papier glacé arrachées dans des magazines, de cartes de vœux proclamant : TU ES LA MEILLEURE ! ou BRAVO, CONTINUE COMME ÇA !, et de petites choses toutes desséchées qui devaient être des souvenirs de fêtes, de soirées dansantes, de flirts.

Le violon, sorti de son étui, était posé de côté sur la commode.

« Je n'ai rien changé, déclara Ellen Graham. Avant l'arrivée de la police, j'ai fait un relevé de la position de tous les objets, en sorte que tout reste exactement comme elle l'a laissé, pour le jour où elle reviendra. » Elle regardait Shelly d'un air de défiance, s'assurant apparemment que celle-ci comprenait bien que Denise *reviendrait*. « La seule différence est que j'ai rangé dans sa penderie les vêtements et les affaires que les filles de sa sororité m'ont rapportés. Tenez, regardez. »

Elle conduisit sa visiteuse jusqu'à un placard dont elle fit coulisser la porte. Aussitôt, sans qu'aucun interrupteur ait été actionné, une rangée de lampes blanches s'alluma, et Ellen Graham pénétra à l'intérieur – dans cette lumière et dans la penderie – puis, avançant, disparut à la vue de Shelly.

Cette dernière la suivit, non sans hésitation, découvrant bientôt que cette penderie avait les dimensions d'une pièce, d'un petit studio ou d'un intérieur de caravane. On n'aurait pas même appelé cela un dressing. Il s'agissait d'un espace que quelqu'un aurait pu habiter. Outre qu'il ne comportait pas de fenêtres, la seule caractéristique qui le rapprochait d'une penderie était les rangées de vêtements qui se pressaient le long des parois.

Ellen Graham se retourna pour regarder Shelly, puis leva les bras en l'air comme pour ou bien révéler quelque chose d'extraordinaire ou bien pour tenter d'exprimer la parfaite futilité d'une tâche sans fin. Après quoi elle se haussa sur la pointe des pieds pour saisir un petit coffret laqué de noir. Elle l'ouvrit et le tendit à Shelly de l'air de lui en offrir le contenu.

Des bijoux reposant sur du satin noir.

Une paire de boucles d'oreilles.

Semblables à des grains de raisin, deux grappes d'opales et de rubis chacune suspendue à une attache en or chantournée dans le style victorien. Le genre de joyaux que l'on entreposait dans des vitrines au palais de Holyrood ou de Buckingham. Quand Denise les portait, ces boucles devaient lui descendre jusqu'aux épaules. Elles devaient peser une tonne et valoir une fortune.

Ellen Graham en préleva une et expliqua : « Elles appartenaient à ma grand-mère. Elle était italienne.

Une comtesse. Vous n'êtes pas obligée de me croire. Vous n'aurez qu'à chercher sur Internet. »

Shelly hocha la tête, ce qu'elle regretta aussitôt car cela pouvait signifier qu'elle projetait effectivement de vérifier sur la Toile le pedigree de l'aïeule d'Ellen Graham.

« J'ai autorisé Denise à les emprunter pour le rituel de Printemps. Elle y portait une robe blanche que nous avons achetée ensemble à Chicago. Elle était aux anges. Jamais je ne lui avais permis de seulement les toucher.

» Ma fille est un ange, Shelly, mais on ne peut pas dire qu'elle soit extrêmement fiable en ce qui concerne le côté pratique des choses. Elle a égaré quatre téléphones portables entre sa dernière année de lycée et l'époque de sa disparition.

» Ce qui ne l'empêchait pas d'en connaître la valeur et l'importance. »

Le rituel de Printemps. La description qu'en avait faite Josie. La tequila. Le cercueil. Shelly se demanda si Denise avait disparu avant ou après.

« Et cette sale petite garce ! lança Ellen Graham, sa voix se brisant sur le dernier mot, avant de refermer d'un coup sec le coffret laqué pour le reposer sur l'étagère au-dessus des pulls et des robes de sa fille. Cette Josie Reilly ! Cette sale petite garce, qui s'est présentée ici flanquée d'une autre de ces pimbêches d'Oméga Thêta Tau avec une malle remplie des affaires de ma fille. Mais point de boucles d'oreilles. Point de robe blanche. "Où sont-elles passées ?" leur ai-je demandé. Quelle idiotie de ma part ! »

Elle jouait une scène à présent, elle débitait un texte écrit.

« "Auriez-vous vu par hasard, leur ai-je demandé, une robe blanche et une splendide paire de boucles d'oreilles italiennes d'une valeur d'environ vingt mille dollars ?"

» "Ah, non, madame Graham. Mince alors. Nous avons passé en revue toutes les affaires de Denise. Nous vous rapportons le tout. Nous n'avons trouvé ni robe blanche ni boucles d'oreilles italiennes. Denise est partie longtemps avant le rituel de Printemps. Peut-être les portait-elle quand elle s'en est allée." »

Shelly suivait la scène, attendant qu'elle s'achève.

« Tout ça ne tenait pas debout, pas vrai, Shelly ? Pourquoi Denise aurait-elle porté la tenue prévue pour le rituel de Printemps, qui ne devait avoir lieu que trois jours plus tard ? Seulement, voyez-vous, j'étais perdue. J'étais aux cent coups. La police, l'université, la Société panhellénique, tout le monde menait son enquête. Tout le monde se donnait tellement de mal. Arborant un ruban. Passant des coups de fil. À l'époque, je remerciais le Ciel de ne pas être la mère de Nicole Werner. Je me disais que son sort était pire que le mien. Je m'estimais heureuse qu'en plus de tout ça on s'intéressât à la disparition de Denise.

» Et puis, bien sûr, ces filles étaient si gentilles. Et si belles. Josie et l'autre fille, Amanda quelque chose. Elles auraient pu être Denise. Leurs cheveux, leurs vêtements, leurs petites manières, leurs ongles manucurés. Je me suis dit : bon, d'accord, ma fille a mis les boucles d'oreilles de son arrière-grand-mère et sa robe de cérémonie et elle a sauté dans un car et… et quoi ?

» Alors, je me suis mise à l'ordinateur pour faire une recherche sur elle – sur Nicole Werner –, en grande partie parce que ses parents étaient à ma connaissance les seuls parents sur terre dont le lot fût pire que le mien. Peut-être y trouvais-je une sorte de satisfaction perverse. J'ai lu tout ce que j'ai pu trouver sur l'accident, sur les obsèques, sur la cérémonie du souvenir, sur la sororité et ses saletés de cerisiers, et c'est alors que j'ai trouvé un document très, très intéressant.

» Je suis tombée sur une photo de cette jolie brune qui m'avait rapporté les affaires de Denise. Elle avait apparemment été la compagne de chambre de Nicole Werner. Et la voilà sur cette photo, debout derrière un pupitre, en train de faire un petit discours lors de la dédicace du verger de cerisiers, soi-disant deux semaines après la disparition de ma fille, et figurez-vous que cette petite garce avait aux oreilles les boucles de ma comtesse italienne de grand-mère ! »

Soudain, Shelly revit mentalement la photo en question, qu'elle avait elle-même trouvée sur Google :

Josie Reilly, vêtue d'une jolie et minuscule robe noire, les mains en appui sur les rebords d'un pupitre, des lunettes de soleil sur le nez, avec en arrière-fond une branche croulant de fleurs baignées de soleil, et, pendant à ses oreilles, la tache étincelante des boucles de l'aïeule d'Ellen Graham.

Shelly n'avait pas jusque-là remarqué ces deux bijoux. Ou bien elle avait supposé qu'il s'agissait d'articles de pacotille que Josie avait achetés dans la galerie marchande – au *Claire's* ou au *Daisy's*, une de ces boutiques où les filles des sororités adoraient s'approvisionner en colifichets.

« On était alors en septembre, poursuivit Ellen Graham malgré le tremblement de sa voix et de son corps tout entier. J'ai appelé mon petit frère, qui est videur dans un bar d'Ypsilanti – un mètre quatre-vingts, quatre-vingt-dix kilos de muscles. Nous sommes allés tout droit à la résidence d'Oméga Thêta Tau et nous avons mis l'endroit sens dessus dessous. Quand nous les avons trouvées dans sa chambre, Josie Reilly a eu l'air étonnée d'apprendre que ces boucles d'oreilles étaient celles de ma grand-mère. Elle a prétendu que Denise les lui avait données en lui disant qu'il s'agissait de bijoux fantaisie. J'ai fait remarquer que je n'avais permis à Denise de les emprunter que *deux jours* avant sa disparition – ma foi, rien n'y a fait. Ces filles ont leur version et elles s'y tiennent. Mais je suis certaine que ma fille n'a pas disparu avant le rituel de Printemps. Elle y était et elle y a porté sa robe et ces fameuses boucles d'oreilles. Simplement, j'ignore ce qu'il s'est passé après.

— Et pour ce qui est de son téléphone ? interrogea Shelly. Est-ce que la police s'est intéressée à ses communications ? Et en ce qui concerne sa présence en cours ?

— Son portable, elle l'avait égaré la semaine précédente. Un des quatre perdus en l'espace d'un an et demi. Nous étions en train de lui en procurer un nouveau. Et le seul cours qu'elle avait entre le lundi et le mercredi était un cours magistral avec trois cents autres étudiants. Sa leçon de violon avait été annulée car son professeur était souffrant. C'est un campus gigantesque, comme vous le savez. Personne ne s'est avisé de noter ses allées et venues.

» Et ces garces de la sororité ! Les sales petites menteuses ! Denise n'arrêtait pas de la journée de pianoter sur Twitter, sur Facebook et sur son portable, comme toutes les autres. Elles s'envoyaient des messages d'un bout à l'autre de la ville, vingt-quatre heures sur vingt-quatre, sept jours sur sept. Si elles n'avaient pas la moindre idée de l'endroit où se trouvait ma fille, pourquoi n'y avait-il *pas le moindre message* sur sa page Facebook après le jour de sa disparition ? Comment se fait-il que pas une seule fille n'ait balancé sur Internet un mot disant : *Dites, ça fait six mois que je n'ai pas vu ma sœur en sororité, quelqu'un sait-il où elle est passée ?* »

L'éclairage de la penderie était si intense que les yeux de Shelly avaient commencé de larmoyer. Elle porta la main à son front, en manière de visière. Elle regardait Ellen Graham, dont les yeux étaient rougis au point qu'elle semblait les avoir cernés de rouge à lèvres.

Elle avala sa salive et demanda : « Quel est votre sentiment, Ellen ? Qu'est-il arrivé à votre fille ?

— Vous croyez qu'on n'a pas tenté de contacter la presse ? Vous croyez qu'on n'est pas allés une centaine de fois voir la police, la sécurité de l'université, les administrateurs ? Je connais désormais comme ma poche le bâtiment de l'administration de l'université. Nous avons engagé un détective privé. Nous avons tenté de faire intervenir le FBI. Nous ne sommes pas des parents parfaits, mais notre fille n'avait aucune raison de nous fuir. »

Shelly la croyait. Totalement et sans réserve. Elle avait beau avoir passé les trente dernières années dans le milieu universitaire, où nul ne pensait qu'une

personne extérieure à ce petit monde pût être réellement intelligente, elle savait qu'il n'en était rien. Il y
avait dans les yeux d'Ellen Graham une force dure,
étincelante, de pure intelligence. Elle aurait pu être
n'importe où, faire n'importe quoi. Elle était plus
intelligente que Shelly, plus intelligente que tous les
autres.

Ellen Graham porta la main à sa gorge et dit : « Je
sais ce qui est arrivé à Denise, mais j'en ignore le
pourquoi. Je le sais sans l'accepter pour autant. Je l'ai
su le soir même, le soir du rituel de Printemps (elle
cracha le mot *rituel*). On a tué ma fille. Son père et
moi étions en avion, nous rentrions de vacances.
C'était en pleine nuit. Nous volions au-dessus des
nuages. J'avais l'intention de l'appeler à la sororité
sitôt l'atterrissage, pour savoir comment s'était passée
sa soirée. Mais quand j'ai regardé par le hublot, je l'ai
vue. Elle était là, avec sa robe blanche et les boucles
d'oreilles de ma grand-mère. On aurait dit qu'elle me
regardait avec l'air de se demander si je pouvais la
voir. Des larmes ruisselaient sur son visage, et quand
j'ai porté la main au hublot, il était brûlant. L'instant
d'après, elle avait disparu. Je ne reverrai plus jamais
ma fille vivante. »

Point d'apitoiement sur soi. Pas de geignement.
Irrévocabilité, lucidité, rien d'autre. Shelly comprit
que Denise serait devenue une femme exactement
semblable à sa mère. Une mère que les enseignants
les moins consciencieux devaient redouter de voir
apparaître. Une femme qui devait faire vraiment bouger les choses au sein de la commission scolaire. Le
genre de personne qui menait une vie épanouissante,
qui payait les impôts permettant à tant des collègues

universitaires de Shelly de se sentir si supérieurs. Comme sa mère, Denise Graham se serait mariée avec discernement ; elle serait peut-être restée au foyer avec ses enfants, veillant à ce qu'ils prennent chaque matin un solide petit déjeuner, toujours là pour aller les chercher après l'école, superviser leurs devoirs, les conduire à leur cours de solfège. Elle aurait été heureuse de son chez-soi, de sa ville, de ses parents, tandis que, de forces vives, ils auraient glissé dans le grand âge. Elle aurait été à leur chevet au moment de leur mort.

Shelly devait faire un effort pour soutenir le regard de cette femme. La seule chose qui lui vint fut : « Cependant, vous continuez de la rechercher... »

L'autre eut un rire bref, agita la tête comme un cheval gêné par le mors. « Quoi d'autre ? dit-elle. Que voudriez-vous que je fasse d'autre désormais ? »

71

Karess ressortit de la salle d'autopsie tout à la fois livide et empourprée. Elle avait remonté ses cheveux sous la charlotte et, quand elle l'ôta, ils retombèrent en cascade sur ses épaules.

Elle lança la coiffe à Perry, se débarrassa de la tunique et la jeta également dans sa direction, mais elle atterrit aux pieds de son destinataire. Elle ôta les bottillons avec quelque difficulté, en titubant à reculons, n'évitant de tomber que grâce à la présence derrière elle de Brett Barber. Elle le heurta et il la saisit tant bien que mal sous les bras. Elle tourna la tête vers lui, paraissant plus agacée que reconnaissante. Elle passa rapidement devant Perry, qui huma son odeur à la fois dans la tunique qu'elle lui avait lancée et dans le courant d'air levé par son passage : formol, transpiration, shampooing. Fleurs en poudre.

Le temps d'un horrible instant, tout en disposant ladite tunique sur son avant-bras, il pensa qu'elle sentait comme l'église, le matin des obsèques de Nicole.

« Ça craint là-dedans, déclara Brett en se penchant vers Perry. Je te préviens. Cette sortie est vraiment merdique. La prof mériterait de se faire virer pour nous avoir amenés ici. »

Il transpirait d'abondance et respirait avec difficulté. Perry ne lui fit même pas l'aumône d'un hochement de tête. Après avoir enfilé sa tenue, il suivit Kurt et les trois autres étudiants dans la salle d'autopsie. La porte se referma derrière lui dans un silence pneumatique, avec pour effet le sentiment d'avoir été téléporté sur une autre planète à l'atmosphère entièrement différente : raréfiée, sans poussières et marquée d'une affreuse suavité. Si les parois étaient blanches, tout le reste était en acier inoxydable, jusqu'au sol, percé d'une bonde d'évacuation en son milieu. Perry, qui avait suivi les autres jusqu'au centre de la pièce, se retrouva avec cette bonde à ses pieds.

À l'intérieur de celle-ci, il y avait, formant comme un nid, une pelote de cheveux de couleur fauve.

Il fit un pas en arrière et éprouva une pulsation glacée à la tempe droite, comme si on la lui tapotait d'un index enfermé dans un gant de latex. Il y porta la main.

« Ça va ? l'interrogea Kurt. Est-ce que ça va ? »

Il lui fallut un moment pour comprendre que c'était à lui que Kurt s'adressait, et constater que les trois autres étudiants le dévisageaient. Il déglutit et répondit par l'affirmative, tout en prenant sur lui pour ne plus regarder la bonde ni s'interroger sur son contenu.

« C'est là que nous rangeons les ustensiles utilisés pour les autopsies », déclara Kurt, désignant un meuble argenté étincelant. Il préleva dans un casier métallique et montra brièvement avant de l'y laisser retomber ce qui ressemblait à une grande aiguille de forte section.

« Voici le tableau où sont notées les données », dit-il ensuite. Perry regarda dans la direction indiquée. Il s'agissait d'un tableau comme il en avait connu en primaire à Bad Axe, datant d'avant l'avènement du tableau blanc et du marqueur magique. Y était dessiné ce qui semblait être la représentation schématique d'un buste humain. Quelques pointillés avaient été tracés à hauteur du cou. L'inscription A-17-00 Wt NTD DB, qui figurait près du croquis, avait été plusieurs fois soulignée. À côté, une liste dont chaque mot avait été coché :

Foie	X
Poumon droit	X
Poumon gauche	X
Rein droit	X
Rein gauche	X
Rate	X
Thyroïde	X
Cerveau	X

Apparemment, la dernière autopsie avait été menée à son terme.

« Le mot *autopsie* (Kurt prononça le mot comme s'il s'agissait d'une seule longue voyelle) signifie "voir par soi-même". »

Les étudiants rirent un peu du côté familier de cette observation. De sa simplicité.

« Aussi… » reprit Kurt. (Plus possible à présent de ne pas remarquer l'homme de scène qui était en lui. En Yougoslavie, il avait dû être comédien ou prestidigitateur.) « Voyez par vous-même. »

Il ouvrit un tiroir par une poignée dont Perry n'avait pas même noté la présence au mur. Ce tiroir produisit un chuintement infime et, soudain, il roula si rapidement à l'intérieur de la pièce que les quatre durent se séparer pour lui faire place. Et puis il y eut l'odeur. Elle correspondait exactement au souvenir que Perry avait conservé des obsèques de Nicole Werner – l'odeur suave de Karess quand il avait enfilé la tunique – et il lui fallut plusieurs secondes pour comprendre qu'il y avait subitement une sixième personne dans la pièce.

Sur un lit à roulettes.

Un homme nu aux doigts et aux orteils bleus, un linge négligemment jeté sur l'abdomen et, à la gorge, comme un grossier travail de broderie. Perry dut se contraindre au silence, car la première remarque qui lui vint à l'esprit fut : Lucas ! Qu'est-ce que tu fiches ici ?

72

La cafétéria était tout emplie de vapeur. Les fenêtres donnant sur la cour de Godwin Hall ruisselaient de condensation, un nuage mouvant planait au-dessus des bacs en inox de pâtes, de viandes indifférenciées et de brocolis ramollis.

Comme toujours, Perry alla droit au comptoir des salades avec un bol de plastique marron sur son plateau.

(« Comment saurais-je quelle quantité de nourriture il me faut, tant que je n'ai pas mangé ma salade ? » expliquait-il quand Craig lui demandait pourquoi il ne se servait pas en une fois.)

Craig prit un tas de manicotti avec deux tranches de pain aillé jetées dessus, un grand ravier de brocolis, un gobelet de Coca sans glace, et emporta le tout à la table que Perry et lui occupaient toujours lorsqu'ils mangeaient ensemble.

« Encore une fois, excuse-moi, déclara Craig quand Perry prit place en face de lui avec sa laitue blanchâtre et une petite portion de baby-carottes recouvertes d'un filet d'une sauce d'un ton plus orangé que celles-là. J'espère que tu n'as pas été traumatisé de me voir embrasser les gentils petits pieds de Nicole. »

Perry soupira et prit sa fourchette. Il paraissait s'attacher à éviter le regard de son vis-à-vis. Bien qu'ils aient commencé de beaucoup mieux s'entendre depuis le début du semestre, cela semblait faire royalement chier Perry quand il trouvait une pièce de lingerie de Nicole traînant dans la chambre. Une fois, il avait lancé une paire de collants à la tête de Craig avec une telle violence (d'accord, elle était sous sa chaise de bureau) que, s'il s'était agi d'un objet plus pesant, ce dernier aurait pu se faire éborgner. Il n'avait pas dû goûter beaucoup plus de tomber sur la scène précédente.

« Mais tu vas t'en remettre, pas vrai ? dit Craig en enfonçant sa fourchette dans les manicotti, qui cédèrent comme de l'argile, quelques fragments giclant sur la table. Tu m'entends, Perry ? Je suis sincèrement désolé à propos de…

— Laisse tomber, dit Perry.

— Comme tu voudras, fit Craig dans un haussement d'épaules. Mais, tu sais, si tu avais une copine, je pense que je…

— Laisse tomber », répéta Perry.

Craig opina du chef, mais il cherchait quelque chose à ajouter, quelque chose qui fût propre à modifier l'humeur exécrable de Perry. Il avait toujours du mal à passer à autre chose, il le savait. Il entendait souvent des échanges de ce type entre ses parents, et son père finissait toujours par lâcher : « Bon sang, tu ne peux pas me lâcher un peu ? », et lui de se dire : Oui, pourquoi diable est-ce qu'elle ne la ferme pas ?, cependant que sa mère continuait et continuait d'exposer griefs, excuses ou justifications. À présent, il mesurait à quel point il était difficile de passer à autre chose quand on n'avait pas été au bout de ses explications.

Après quelques instants de silence, il reprit : « J'aimerais bien que tu sois moins tendu rapport à Nicole. Elle est toute ma vie. Je suis ton compagnon de chambre. Aussi, c'est un peu comme si… »

Perry reposa violemment sa fourchette sur la table. Craig sursauta, mais n'en poursuivit pas moins, son regard passant de la fourchette à la physionomie fermée de Perry :

« Je vais l'épouser, mec. Ça n'a rien à voir avec du bricolage entre étudiants. C'est le grand amour, et je… »

Perry repoussa violemment son saladier, qui partit en glissade à travers la table. Craig l'aurait reçu sur lui s'il ne l'avait arrêté de la main.

« Merde, mais qu'est-ce qui te prend, Perry ? »

Perry se pencha par-dessus la table. Peut-être était-ce un effet de l'humidité qui régnait dans la cafétéria, mais ses joues étaient singulièrement congestionnées, et il avait un film de transpiration sur les tempes et sur le front. Alors, de l'air d'y avoir longtemps réfléchi, il déclara : « Écoute, Craig, puisque tu ne veux pas changer de sujet, tu vas devoir entendre quelque chose qui ne va pas être à ton goût. Je me suis tu jusqu'ici, mais si tu dois remettre ça chaque fois qu'on est à table, me dire à quel point je suis coincé, répéter que Nicole est une vierge innocente et expliquer que vous êtes follement amoureux l'un de l'autre, je te préviens, mec, je vais te dire quelque chose qui ne va pas te faire plaisir. »

73

« Est-ce que tu as eu mon message ? s'enquit Mira en faisant irruption dans l'appartement. Je suis tellement… »

502

Jeff leva une main pour la faire taire. Il était assis en tailleur sur le tapis d'Orient usagé. Andy était à cali-fourchon sur un de ses genoux, Matty sur l'autre. Ils lancèrent un regard à leur mère, puis reportèrent leur attention sur lui. « Écoute », dit-il. Notant l'intensité de son ton de voix, elle fit silence, même si ce qu'elle avait à lui dire ne souffrait selon elle aucun retard.

Levant lentement un doigt de la main qu'il tenait en l'air, Jeff le passa devant les yeux des jumeaux.

« Un, dit Andy.

— Un », confirma Matty.

Jeff ne regarda pas Mira. Dans le cas contraire, il l'aurait vue reculer d'un pas, la main plaquée sur la bouche. Jamais elle n'avait entendu l'un ou l'autre prononcer un mot intelligible. Ni *maman* ni *papa*, pas le moindre.

Ensuite, tel un prestidigitateur préparant un tour, Jeff se cacha la main derrière le dos, puis la ramena avec deux doigts levés.

« Deux ! lancèrent les jumeaux d'une même voix.

— Oh, mon dieu ! » s'écria Mira en se prenant la tête à deux mains.

Cette fois, il n'y avait pas à s'y tromper. Un troi-sième doigt se leva, et, avant même de l'avoir vu, ils braillèrent : « Trois ! », à quoi Jeff s'adressa à Mira en riant : « Ils vont jusqu'à dix sans problème. J'ignore quelle langue vous leur avez enseigné, mais ils n'éprou-vent aucune difficulté avec la mienne. »

Il fallut longtemps à Mira, beaucoup de câlins sur ses genoux et de répétitions du prodige, jusqu'à cinq, jusqu'à huit, jusqu'à dix, avant qu'elle ait le cœur de leur sortir la boîte de cubes en leur disant : « Maman revient tout de suite. »

Jeff se releva en grognant un peu (il était manifestement resté longtemps assis en tailleur sur le sol du séjour) et la suivit dans la cuisine, où, dès qu'elle fut certaine que les jumeaux ne pouvaient pas la voir, Mira jeta les bras autour de son torse remarquablement vaste et doux (comment se faisait-il qu'elle lui eût toujours trouvé l'air à ce point raide ? Entre ses bras, il était souple et rebondi) et l'étreignit en pressant le visage contre sa chaude poitrine, cependant qu'il se mettait à la tapoter doucement entre les omoplates. Elle aurait pu rester là indéfiniment, à respirer son parfum de taverne, de voiture, de fast-food et d'eau de Cologne. Elle serait volontiers restée dans cette position, peut-être en versant des larmes, et peut-être aurait-elle fini par l'emmener dans son lit, où elle aurait dormi des heures entre ses bras ; mais elle devait lui raconter ce qui s'était passé. Un bras toujours passé à son cou, elle l'entraîna vers la table et commença son récit.

D'abord, la morgue.

Elle avait essayé de joindre le bureau du doyen, de lui retourner son appel, fort inquiète de la teneur du message inaudible qu'il lui avait laissé. Elle avait marché de long en large dans la ruelle en pianotant sur le cadran, en portant ce fichu téléphone à son oreille, et chaque fois que la secrétaire décrochait, soit l'une ne pouvait entendre l'autre, soit l'inverse, ou bien encore la communication était coupée. S'éloignant peu à peu du bâtiment, elle s'était rapprochée de la rue dans l'espoir d'obtenir une meilleure réception, inquiète en même temps de trop s'éloigner de ses étudiants, quand, entendant s'ouvrir la porte de la morgue, elle s'était retournée pour voir courir dans la ruelle en bottillons et tunique vert menthe un Perry au visage livide et défait.

« Madame Polson ! Madame Polson ! Lucas est à la… »

Alarmée par son expression, bien qu'elle ne comprît pas ce qu'il cherchait à lui dire, elle avait jeté son portable dans son sac pour regagner à sa suite l'intérieur du bâtiment. Sans se soucier d'enfiler la tenue requise, elle s'était ruée dans la salle d'autopsie, passant devant Kurt, qui lui avait demandé : « Vous connaissiez ce garçon ? »

Et il s'agissait bien de ce pauvre Lucas, du triste et dépenaillé Lucas, allongé là, un drap remonté jusqu'aux épaules, les yeux clos, avec au cou ce qui paraissait être une marque de brûlure causée par une corde.

« Vous le connaissiez ? » répéta Kurt, et Mira, luttant contre le désir de fuir à toutes jambes, ne parvint pas même à répondre d'un hochement de tête. Elle se plaqua une main sur la bouche pour réprimer ce qui aurait pu être un hurlement. Hormis Perry, les étudiants étaient déjà ressortis, Dieu merci ; mais ils étaient toujours à côté, en train de se dépouiller de leur tenue, d'autres s'apprêtant à la revêtir pour découvrir à leur tour la salle d'autopsie.

« Nom de Dieu ! souffla Jeff. Lucas ? »

Ils parlèrent un moment de Lucas, convenant que s'il avait existé sur le campus un prix du sujet le plus enclin à se pendre, Lucas aurait eu de bonnes chances de se le voir décerner. La drogue. L'attitude générale. Le côté paumé. Les lectures et la musique nihilistes. Tout ce dégoût du monde trimballé çà et là dans son sac à dos en chanvre. Mira ne put néanmoins s'empêcher de demander : « Tu penses que cela a à voir avec Nicole Werner, avec…

— Un peu, que je le pense, lui répondit Jeff. Un jeune croit avoir fait l'amour avec une morte. Soit il était mentalement dérangé avant, soit il l'est devenu par la suite. »

Mira lui parla ensuite de l'appel urgent, énigmatique, du doyen.

« Je ne l'ai pas encore rappelé, dit-elle. Il s'agit apparemment d'une affaire pressante. Que crois-tu qu'il veuille ?

— Rien du tout. Des agrafes – il t'en manque deux ou trois. Ou bien il veut savoir s'il t'en faut plus. Je sais que tu n'as pas encore eu ta titularisation, Mira, et je n'ignore pas quelles idées peuvent passer par la tête de quelqu'un dans ta position. Mais, crois-moi, le doyen Fleming t'a juste appelée pour savoir si tu aimes sa nouvelle cravate ou quelque chose de ce genre. Va le voir. Plus vite ce sera réglé, mieux ce sera. »

Mira éprouva de nouveau un tel afflux de chaleur qu'elle craignit de fondre en larmes. Lui avait terriblement manqué – sans même qu'elle en eût conscience – d'entendre un homme adulte lui dire que tout allait bien se passer. Combien lui avait manqué un homme qui, malgré les points faibles évidents de sa personnalité, paraissait compétent, sain d'esprit et plein de bienveillance à son endroit. Elle ne pouvait que le dévisager avec émerveillement et gratitude. Bientôt, il se leva et lui tendit le sac à main qu'elle avait laissé tomber sur la table.

506

« Va. Va voir le doyen. J'ai deux heures devant moi avant que tes garnements ne m'assomment avec les connaissances linguistiques et mathématiques occultes que j'ai eu l'inconséquence de leur inculquer.

— Oh, Jeff.

— Il n'y a pas de "Oh, Jeff" qui tienne. En avant. » Il la souleva de sa chaise et lui montra la porte.

74

« Eh bien, vas-y. Tu crois que je ne peux pas entendre ça ? C'est quoi, d'abord ? Tu fais régulièrement des rêves mouillés en pensant à ma copine ? Tu crois peut-être que je ne sais pas qu'elle te déclenche une gaule de cinq kilomètres de long ?

— Tu fais chier, Craig.

— Non, c'est toi qui fais chier. Vas-y, accouche. Tu sais bien que tu as les boules et que tu te mets la rate au court-bouillon depuis que j'ai commencé à sortir avec Nicole, alors pourquoi tu ne déballes pas ce que tu as sur le cœur ? Allez, vide ton sac. Toi et tes connards de boy-scouts, là-bas à Bad Ass, vous vous faisiez pas par hasard des branlettes sous la tente en matant sa photo dans l'annuaire du lycée ? Nicole m'a raconté comment un autre type a mis ta copine en cloque. Peut-être que t'arrivais pas à bander ou bien que… »

Perry projeta la table sur Craig. Sa salade, les manicotti qui figeaient dans l'assiette de Craig, tout alla se répandre sur le sol avec un bruit aussi humide qu'écœurant. L'instant d'après, il se retrouva de l'autre côté, sans savoir comment il s'y était transporté. Sa main gauche avait empoigné Craig par le col du tee-shirt, son poing droit lui martelait le nez. Et tous deux se retrouvèrent à terre, le dos de Craig écrasant salade et manicotti. Devant le nez ensanglanté de son compagnon de chambre, Perry s'entendit hurler : « J'ai baisé avec Nicole, espèce de con ! T'es sourd, t'es aveugle, t'es bouché ou quoi ? La moitié de Godwin Hall l'a sautée, ton oie blanche ! Foutu crétin ! »

À chacun des derniers mots qu'il lui asséna, il souleva Craig par le tee-shirt et le plaqua de nouveau contre le sol. Ensuite, alors qu'ils se regardaient dans le blanc des yeux, pantelants, en sang, il s'échangea entre eux quelque chose de si affreux, de si honnête, de si intime (pire encore que la soudaine prise de conscience par Perry qu'ils étaient vaille que vaille devenus, à un moment donné, des amis) que, le temps d'un horrible instant, ce dernier eut l'impression qu'il était Craig, Craig levant les yeux vers lui, le regardant le regarder – qu'ils avaient troqué leurs places, leurs visages, leurs corps, leurs moi, que chacun était devenu l'autre.

Sur quoi, un costaud en tablier blanc souleva Perry par le dos de la chemise et le poussa vers la sortie de la cafétéria.

75

« J'estime, commença le doyen Fleming avec un geste à hauteur de son visage, comme s'il cherchait à faire sortir les mots de sa bouche en les enjôlant, j'estime qu'une part de tout cela est, au bas mot, contestable. Ou, devrais-je dire (cajolant de plus belle), suscite des interrogations. Ou encore, à tout le moins, on voit en quoi cela peut donner lieu à des questionnements. »

Mira hocha la tête. Elle n'avait aucune idée de ce qu'il essayait de dire.

Elle avait du mal à se concentrer sur le visage de son interlocuteur, qui lui semblait étrangement déformé par le pâle soleil qui se déversait par la fenêtre directement sur lui, comme s'il était pris dans des phares. Tout en promenant un regard dans la pièce, elle s'efforçait de paraître réfléchir à ce qu'il venait de proférer. Pour une raison inconnue d'elle, mais qui n'avait, selon elle, rien d'ironique ni rien à voir avec le poème d'Edgar Allan Poe, le doyen Fleming conservait un corbeau empaillé sur une étagère de son bureau, juste au-dessus de son épaule gauche. Cette chose possédait l'œil en bouton de bottine de l'oiseau de Poe, et Mira l'eût facilement imaginée croassant : « Jamais plus ! », à ceci près qu'une partie du bec avait disparu et qu'une des ailes était tombée en poussière. Elle ne pouvait s'empêcher de la regarder. Le doyen avait sorti d'un tiroir et déposé entre eux sur le bureau un exemplaire du programme de son séminaire de première année. À présent, il s'adressait à ces six feuilles agrafées, comme si elles pouvaient l'entendre.

« J'ai reçu un certain nombre de questions identiques de la part de parents, ce qui, bien sûr, me soucie moins que les interrogations soulevées par les étudiants eux-mêmes… »

Mira comprit aussitôt que le doyen faisait référence – *déférence* – à la dernière réunion du Honors

College, lors de laquelle de nombreux professeurs, plutôt remontés, avaient réclamé un moratoire sur ce qu'on nommait l'« ingérence parentale ». On avait insinué que le doyen encourageait passivement cette ingérence en n'y mettant pas un coup d'arrêt. Le corps enseignant était en majorité convenu que cette génération d'étudiants avait des parents par trop impliqués, que les étudiants étaient des « adultes » et que, sur les questions de programmes, de notations, etc., les professeurs n'avaient pas à en référer aux parents. La question avait donné lieu à de longs monologues, lors desquels Mira n'avait cessé de regarder sa montre avec un sentiment croissant de panique et de désespoir, car elle avait dit à Clark qu'elle serait rentrée pour dix-neuf heures.

Elle hocha la tête à l'adresse du corbeau, et le doyen continua de parler au programme de cours, posé sur le bureau.

« Je pense que nous devons nous pencher non seulement sur l'orientation qu'est en train de prendre votre enseignement, mais aussi sur votre travail de chercheur. »

Cette fois, Mira fut suffisamment surprise pour le regarder directement, et avec assez d'insistance pour qu'il lève les yeux et croise son regard. Un jour baptismal se déversait sur la tête du doyen. Ou bien, remarqua-t-elle, il avait un espace dégarni où s'opérait une nouvelle pousse capillaire, ou bien la lumière de novembre roussissait un emplacement circulaire sur son crâne par ailleurs bien fourni. Elle tâcha de préparer mentalement la réponse qu'elle entendait lui faire ; mais son cœur s'était emballé et, tout en luttant pour s'empêcher de chevroter, elle ne put que souffler : « J'avais eu le sentiment que vous souteniez mon projet, la dernière fois que nous… »

Il agita la main, et elle nota pour la première fois qu'il portait à l'auriculaire un petit rubis de couleur sombre. Paraissant s'aviser qu'elle avait remarqué la chose, il glissa la main sous le bureau.

« Je me basais sur une impression fausse.

— Qui était… ? interrogea-t-elle en se penchant vers l'avant.

— Je ne réalisais pas que c'était à ce point… à ce point marqué par la mort, à ce point populiste. Bien sûr, ce genre de chose peut fonctionner dans certains cas, mais très rarement. Nous sommes une institution de recherche, madame Polson, une des plus remarquables du pays (combien de fois Mira n'avait-elle pas entendu cela depuis son premier entretien d'embauche ?) et le domaine de l'anthropologie ne me paraît pas particulièrement convenir à… à… »

Elle essuya ses paumes moites sur ses genoux, sentant leur chaleur à travers ses collants noirs, comme si ses mains allaient brûler ses vêtements et se souder à sa chair.

« Bref, la question n'est pas là, reprit le doyen. La question est qu'on ne peut vous laisser enseigner Études sur la mort dans ce collège ni faire des "révélations" sur des tragédies de la magnitude de l'affaire Nicole Werner. Je suis certain que vous mesurez vous-même combien c'est déplacé. Combien c'est…

— Dangereux ? lança-t-elle, incapable de se contenir.

— Précisément, oui, dit le doyen, sur la défensive. Oui, c'est cela. Dangereux. Mais également déplacé, comme je le disais. Cela ne se fait pas. Pour commencer, votre fascination pour le sujet ne fournit pas la matière d'un projet d'enseignement qui se tienne. Le type de recherche que vous menez, votre enseignement, tout cela est... est...

— Est exactement ce pour quoi on m'a engagée. Vous faisiez partie de la commission de recrutement, monsieur. En dehors de quelques améliorations, le cours que je dispense suit exactement le programme que j'ai présenté lors de mon entretien et dont je me souviens que vous avez loué la rigueur. Vous avez dit, et je pense que cela figure dans mon évaluation du semestre dernier, que j'apportais à la fois au collège et à mon travail de recherche quelque chose de "différent d'un point de vue dynamique".

— C'était avant votre travail sur Nicole Werner.

— Mon travail sur Nicole Werner ? Que voulez-vous dire ?

— Je parle du suicide d'un de nos étudiants. Vous en mesurez certainement la gravité, madame Polson... »

Tout à coup, la lumière se fit :

Lucas.

On lui mettait la pression au sujet de Lucas.

Tout suicide était suivi d'une chasse aux sorcières. Elle avait fréquenté suffisamment de campus universitaires pour comprendre cela.

Elle avala sa salive. Au moins savait-elle désormais à quoi elle était en butte. Au moins pouvait-elle désormais faire face.

Son regard passa de l'emplacement qui luisait sur le crâne du doyen au corbeau naturalisé, puis au programme posé sur le bureau, puis elle revint aux petits yeux perçants de son interlocuteur. Elle prit une inspiration et dit : « Je mesure assurément la gravité d'un suicide, monsieur. C'est là une des choses que je m'efforce de faire ressortir auprès de mes étudiants. Le principal objectif de mon enseignement est de les détourner d'une vision romantique de la mort et de convaincre efficacement une part incrédule de la population, à savoir la jeunesse, de sa permanence. Croyez-moi, les étudiants qui étaient à la morgue ce matin en sont tous désormais convaincus.

— Il m'est revenu qu'il travaillait avec vous. Lucas. Et qu'il…

— Il ne travaillait pas avec moi. Mais je l'ai interviewé, en effet, au sujet de Nicole Werner, et…

— Et c'est bien ce qu'il ressort dans sa lettre de suicide, madame Polson. Avez-vous idée de ce que cela signifie ? »

Mira secoua la tête. Elle sentait son pouls battre à ses tempes et derrière ses genoux. Sa lettre de suicide. « Il ne s'est pas suicidé à cause de moi », dit-elle, bafouillant presque. Après quoi, s'étant accordé le temps de la réflexion, elle se mit à rire. « Ce garçon avait des raisons d'en finir, dont beaucoup pouvaient être liées à sa vie sur le campus, mais dont aucune n'a à voir avec moi.

— C'est peut-être exact. Cependant, vous étiez au courant de ses problèmes. Or, en tant que membre du corps enseignant, vous…

— J'en ai informé le service psychiatrique le matin qui a suivi l'interview. Je me suis entretenue avec trois thérapeutes différents. J'ai aussi parlé avec Lucas. J'ai pris un rendez-vous pour lui. J'ai tout fait, hormis l'accompagner à sa consultation.

— Oui, mais vous n'avez pas mis ses parents au courant. Ses parents, qui, comme vous pouvez l'imaginer… »

Mira fit de nouveau entendre un rire, né de sa stupéfaction. « Dieu du ciel, monsieur Fleming ! Il est spécifié dans mon contrat, à l'article Confidentialité, que je ne dois *en aucune circonstance* entrer en relation avec les parents de mes étudiants. L'université est un *système clos*. Vous vous rappelez ? Je ne dois contacter ni la police ni les professionnels de santé et encore moins les parents. Il s'agit de la formule exacte que vous avez employée quand j'ai été recrutée : un *système clos*. »

Il se racla la gorge. Il s'humecta les lèvres. Il fit silence pendant ce qui parut un long moment, puis déclara : « Vous aurez mal compris. De plus, ce cours que vous faites encourage dans ce collège une sorte de culte de la mort. »

C'était, cette fois, si cocasse que Mira ne parvint même pas à rire. « J'encourage un culte de la mort ?

— Oui. Certaines jeunes filles directement influencées par votre enseignement ont créé un club dont l'objet est d'essayer d'entrer en contact avec Nicole Werner et je ne sais plus quelle autre défunte. Elles prétendent voir des revenants. Elles ont causé de sérieux dommages à leur propre personne comme à nos installations. Des scarifications. Ce genre de chose. Elles ont déclenché un début d'incendie avec leurs cierges. »

Mira sentit la quitter tout l'air que contenaient ses poumons. Elle attendit que le doyen poursuive, mais le silence semblait devoir s'éterniser ; elle finit par le rompre : « Eh bien, je n'avais pas entendu un mot à ce sujet jusqu'à la minute présente. Pas un mot. Il y a toujours eu des étudiantes perturbées. Celles dont vous parlez ne suivent pas mon cours. Vous ne pouvez me reprocher ce que quelques déséquilibrées font dans leur résidence. »

Le doyen Fleming regarda autour de lui comme s'il avait perdu son corbeau et qu'il cherchait à le localiser, puis il joignit les mains sur le bureau, regarda Mira dans les yeux et reprit : « Croyez-le ou non, ce n'est pas tout. » Il se pencha en avant, comme si un tiers se trouvant dans la pièce pouvait surprendre ce qu'il allait dire. « A également attiré mon attention, Mira, la question de vos fréquentations. Votre époux m'a informé de ce que vous avez noué une… relation. Avec un étudiant. Une relation en dehors des heures de cours. »

Mira crut avoir été frappée à la tête par un objet contondant. Il lui revint soudain qu'une nuit, se relevant dans le noir, elle avait heurté un rayonnage et en avait fait tomber un serre-livres en bronze qui l'avait touchée juste au-dessus de la tempe gauche ; elle repensa à cette douleur sourde.

Pareille surprise ne fut pas même douloureuse. La douleur était enfouie si profondément en elle qu'elle ne l'éprouva pas physiquement. Il lui fallut plusieurs secondes pour rouvrir les yeux, en battant des paupières, et se ressaisir suffisamment pour demander : « Quoi ? Mon mari ? Mon mari vous a contacté ?

— Oui. Mais ce n'est pas tout. Ce n'est qu'une partie du problème. J'ai mes propres inquiétudes, mes propres réserves, en ce qui concerne votre relation avec le professeur Blackhawk.

— Jeff ?

— Oui. »

Bien sûr.

En sortant de la ville pour aller chercher les jumeaux, ils étaient passés devant le doyen Fleming, qui attendait au bord d'un passage pour piétons.

Elle comprenait maintenant que, nonobstant son absence d'expression, il avait noté qu'ils se trouvaient ensemble dans cette voiture, cela venant peut-être s'ajouter à d'autres soupçons qu'il nourrissait. Conversations à bâtons rompus en salle des professeurs. Pressentiments, choses entraperçues. « Jeff ? » interrogea-t-elle derechef sans rien trouver à ajouter.

« À vrai dire, reprit le doyen, cela ne me regarde pas du tout, même s'il s'agit là encore d'une question sensible et même si ce type de relation entre collègues n'est pas à encourager au sein d'une structure aussi resserrée que la nôtre. Mais je suis moins inquiet pour Jeff Blackhawk que je ne le suis pour Perry Edwards, qui est un étudiant. Vous n'ignorez pas combien cette université prend au sérieux toute transgression de professeur à étudiant, et je dois vous mettre en garde, Mira, car nous vivons dans une époque marquée de puritanisme. Vous ne pouvez espérer rester employée chez nous et continuer de vous comporter d'une manière qui est... qui est... »

Mira porta la main à sa tempe, la ressentit de nouveau – dans l'obscurité, cette douleur sourde à l'arrière de la tête – et parvint à demander une fois encore : « Mon mari vous a appelé ? Clark vous a appelé ? »

Était-ce possible ? Était-ce pour cela qu'il était parti ? Était-ce pour cela qu'il avait paru n'éprouver aucune culpabilité à emmener les enfants loin d'elle et ensuite à ne pas appeler pour dire où ils se trou-vaient ?

Le doyen Fleming souleva une épaule, de l'air de ne pas savoir quelle devait être sa réponse.

« Où est-il ? demanda-t-elle. D'où est-ce qu'il appelait ?

— C'était il y a déjà quelque temps, Mira, et vos problèmes conjugaux, quoique regrettables, ne sont pas la raison pour laquelle... »

Elle se leva, bien qu'elle ne sentît plus ses jambes. Et, regardant de tout son haut le crâne de son inter-locuteur, là où cela brillait, son espace chauve, son point faible : « En ce cas, quelle est-elle, cette raison, monsieur Fleming ? Parce que, sauf votre respect, tout ce que vous m'avez sorti jusqu'à présent n'est qu'un ramassis de conneries. »

Elle lut sur le visage du doyen le choc causé par sa sortie et, ne lui laissant pas le temps de répondre, elle leva la main et reprit : « Désolée, excusez-moi. Mais c'est tout autre chose qui se passe ici. Cela n'a rien à voir avec Jeff Blackhawk et assurément rien à voir avec Perry Edwards. Cela concerne Nicole Werner, n'est-ce pas ? ainsi que la sororité. Cela a à voir avec Nicole Werner, avec mon travail de recherche et mon cours, avec Lucas et avec Perry, c'est vrai ; mais ce n'est pas du tout ce que vous dites. »

Qu'était-ce donc ? Elle se surprit à le dire avant même de l'avoir pensé :

« La fugueuse. »

L'histoire que lui avait racontée Jeff lui revenait en tête.

Tout était en train de se dessiner sous un nouveau jour.

Comme en transe, elle continua : « La fille de l'école de musique. L'autre sœur d'Oméga Thêta Tau. Nul ne la recherche. Pourquoi cela, monsieur Fleming ? Pour quelle raison l'université abandonnerait-elle aussi vite les… ?

— Pour l'amour du ciel, Mira ! Ne vous faites pas théoricienne de la conspiration par-dessus le marché. Pour vous parler franchement – et excusez-moi d'être un peu direct –, vous avez toujours été un pari sur l'avenir. Quand nous vous avons recrutée, nous ne savions pas ce que nous recrutions. Nous n'avions aucun moyen de le savoir. Je reconnais que j'étais, tout comme vos étudiants, intrigué par le sujet et la passion qu'il vous inspirait ; mais on ne peut tout simplement accepter que cela continue ainsi. Je n'ai pas à vous rappeler, j'en suis certain, que vous n'êtes pas titularisée ; c'est pourquoi je vous suggère, madame Polson, si vous souhaitez conserver votre poste, de prendre très au sérieux ce que j'ai été amené à vous dire, et de… et de… »

Mais Mira avait vidé les lieux avant de savoir si, cette fois, le mot que le doyen cherchait désespérément allait lui venir.

76

Des gens rigolaient en le dépassant dans le couloir, mais quand ils virent l'expression de son visage et le sang qui le poissait, ils se turent. Seule Megan Brenner lui parla :

« Ça va aller, Craig ? Tu t'es pris un coup de poing dans la figure ou quoi ? Et dans ton dos, qu'est-ce que c'est ? Du sang aussi ? »

Il ne lui répondit pas. Elle était la fille la plus menue qu'il eût jamais connue. Il aurait pu faire deux fois le tour de sa taille avec le bras. Il aurait pu la porter à travers le Sahara sans même avoir soif ni s'essouffler. Perry et lui s'étaient mis à l'appeler Méga par antiphrase. Il la regarda – petit minois gros comme celui d'un chat, les yeux levés vers lui – et ne put que hocher la tête.

Il se rendit aux toilettes. L'endroit était désert. Les carreaux de faïence, lisses, luisants, couleur d'urine (Perry avait émis l'idée qu'ils avaient été blancs ; Craig lui avait répondu que les carreleurs avaient tout simplement anticipé) le réfléchissaient vaguement tandis qu'il se lavait le visage dans la vasque en ayant soin d'éviter le miroir et son véritable reflet. Il jeta à la poubelle le tee-shirt couvert de manicotti et gagna sa chambre pour enfiler un vêtement propre.

Perry était lui-même remonté de la cafétéria. Il était assis à son bureau, la tête entre les mains. Il ne leva pas les yeux à l'entrée de Craig, mais il s'éclaircit la gorge. Pendant une terrible seconde, Craig crut que Perry allait dire quelque chose, qu'il allait peut-être même essayer de s'excuser ou de s'expliquer ; si cela arrivait, Craig n'allait pas pouvoir le supporter.

Il lui faudrait tuer Perry ou y laisser la vie.

Mais il ne voulait pas en arriver là, pas du tout.

Perry avait été au-dessus de lui, à califourchon sur lui, guère différemment en cela de la façon dont machine, la fille à la baignoire (comment s'appelait-elle déjà ?), l'avait chevauché, sans le quitter des yeux, dans le cabanon du bord de la piscine des Mac-Guirre, à ceci près qu'il se trouvait en elle et qu'elle regardait en lui, faisant comme si le coup qu'ils tiraient constituait une grande expérience spirituelle.

Il avait des doutes à ce sujet, étant donné qu'elle renouvelait la même expérience avec un partenaire différent chaque samedi soir à Fredonia. Elle était raide défoncée, ce fameux soir, et Craig de même, mais il se souvenait que, les yeux dans les yeux, elle lui avait dit : « Je sais ce que tu es en train de penser. Toi et moi ne faisons plus qu'un… »

Elle l'avait durement giflé quand il s'était mis à rire.

Même sur le moment, plongé de dix-huit centimètres en elle, il ne se rappelait pas son nom ; et il le lui avait dit.

Mais Perry…

Craig avait compris quelque chose à ce moment-là. Quelque chose de transcendantal. Alors que, debout au-dessus de lui, Perry le regardait dans les yeux tout en le plaquant au sol, Craig avait eu l'impression que sa vie entière se trouvait empoignée comme son tee-shirt dans le poing de Perry, houspillée, plaquée de nouveau au sol, et cela avait été une expérience spirituelle.

« Connard ! Trou du cul ! Écoute-moi, espèce de crétin ! »

Perry était son ami. Son premier véritable ami.

Il ne voulait pas tuer Perry. Il voulait que Perry fût Perry. Soulignant des conneries dans un bouquin comme si sa vie en dépendait, lui donnant des conseils sur la façon de ranger un peu mieux son côté de la chambre, remplissant son bol à salade de trucs que sa mère devait le forcer à ingérer depuis dix-huit ans et qu'il continuait de manger. Il voulait que Perry fût son compagnon de chambre, son ami.

Mais ce qu'il lui fallait présentement, c'était aller trouver Nicole.

Cela n'avait rien à voir avec Perry.

Heureusement, celui-ci ne disait mot.

Craig prit son blouson et referma la porte derrière lui plus doucement qu'à l'accoutumée – sans la claquer, mais sans non plus laisser de doute quant au fait qu'il la refermait.

Il prit la direction de la chambre de Lucas.

Il n'avait pas le temps d'aller à pied à la maison d'OTT.

Il lui fallait une voiture.

77

Assise à l'ordinateur, Jeremy ronronnant dans son giron, Shelly faisait défiler les articles. Il y en avait une centaine et elle les connaissait tous ; mais ils lui apparaissaient désormais sous un nouvel éclairage.

La *mare de sang*, la *méconnaissable*, la *brûlée à quatre-vingt-dix pour cent*, le conducteur de la voiture *fuyant à pied le site de l'accident*, et elle-même, la cinquantenaire arrivée la première sur les lieux, qui avait omis de fournir des indications précises au standard des urgences, si bien que les secours n'avaient pu s'y transporter à temps pour sauver la malheureuse.

À leur arrivée, s'il fallait en croire tous ces comptes rendus, les ambulanciers avaient trouvé la victime gisant dans une mare de sang depuis plus d'une heure sur la banquette arrière du véhicule et méconnaissable en raison de l'étendue de ses brûlures.

Non.

Ni de près ni de loin.

Shelly revoyait un infirmier descendre à la hâte de l'ambulance. Il avait un grand cartable noir à la main, un extincteur sous le bras. Elle s'était alors relevée après être restée à genoux auprès de la fille et du garçon, de l'autre côté de ce fossé qu'elle avait dû traverser pour arriver jusqu'à eux.

Elle avait agité les bras pour attirer son attention.

Assez logiquement, il était d'abord allé à la voiture pour regarder à l'intérieur. Il ne pouvait savoir que la victime avait été éjectée à une telle distance.

« Par ici ! » avait lancé Shelly, sur quoi il s'était retourné, l'air désorienté.

Elle s'était alors demandé où étaient passés les autres. Il devait y avoir quelqu'un d'autre avec lui – qui le suivait, qui était en route.

« Madame ! avait-il crié. Ne la touchez pas ! Reculez ! Veuillez regagner immédiatement votre véhicule. »

Elle s'était exécutée à contrecœur, passant devant lui après avoir retraversé l'eau froide du fossé. Il ne l'avait pas même regardée. Il avait laissé tomber son extincteur par terre. Il paraissait marmonner quelque chose dans sa barbe.

Remontée de l'autre côté, elle s'était retournée pour regarder la scène :

Le couple sous le clair de lune.

Le garçon tenant la fille dans ses bras.

Shelly avait vu cette dernière de près. Elle les avait vus et touchés tous les deux. Ils étaient tièdes. Ils étaient vivants. Elle avait été heureuse de sentir cette tiédeur. La fille portait une robe noire, et ses cheveux d'or n'en luisaient que plus sous la lune. Quand Shelly lui avait posé la main dans le cou pour essayer de trouver son pouls (et elle l'avait sentie, cette petite palpitation insistante d'une artère sous la peau), les paupières de la fille avaient frémi. Le garçon avait alors baisé cette dernière sur le front, puis il avait fait entendre des sanglots de soulagement. Il avait prononcé son nom : Nicole. Au son de son nom, elle avait ouvert les yeux pour le regarder, en souriant et en grimaçant tout à la fois.

Elle va bien, s'était dit Shelly. Elle est contusionnée, en état de choc, désorientée, mais elle va bien.

Toujours sur Google, elle ouvrit la page suivante, qu'elle connaissait déjà, et tomba sur Josie en robe noire et verres fumés, le poignet chargé de bracelets noirs. Le soleil se déversait sur le jais de ses cheveux et sur les lourdes boucles d'oreilles exotiques qui avaient appartenu à l'arrière-grand-mère de Denise Graham. Derrière elle, un verger en fleurs.

Shelly examina la photo de plus près.

Les sœurs de la sororité étaient toutes vêtues de même.

La même robe noire : col en V, galon de dentelle au long de l'ourlet, sans manches, petit ruban de satin à la taille. Shelly se rappelait avoir dit à Josie, un après-midi qu'elles étaient au lit : « Une chose que je détestais dans le fait d'appartenir à une sororité, c'est que nous étions toutes censées nous ressembler et agir pareillement. » Et l'autre de rétorquer : « Est-ce que ce n'est pas partout la même chose ? Est-ce que toutes les lesbiennes de ton âge ne se ressemblent pas et n'agissent pas pareillement ? Est-ce que tous les jeunes adeptes de la contre-culture, tous les conservateurs, tous les profs, les bibliothécaires, les libraires, ne sont pas, tous autant qu'ils sont, parfaitement interchangeables ? »

Interchangeables.

Le mot avait surpris Shelly.

Il lui avait semblé ne pas vraiment faire partie du vocabulaire de Josie, comme si, réfléchissant depuis longtemps sur l'uniformité, sur les sororités, sur la condition humaine, elle avait cherché dans le thésaurus le mot juste pour caractériser le tout. De l'entendre employer ce mot, si parfait, lui avait fait le même effet que si Jeremy s'était soudain adressé à elle pour lui dire son peu de goût pour telle marque de croquettes. (*J'aimerais autant ne plus avoir de Royal Félin, si cela ne te dérange pas.*) On aurait dit que cela modifiait, ne fût-ce que pour une ou deux secondes, les règles du jeu auquel elles jouaient.

Sur cette photo, il y avait au moins trente filles, et chacune portait la même robe. Où avaient-elles pu s'en procurer autant d'un coup, d'autant qu'elles devaient toutes faire à peu près la même taille ? Quel magasin, quelle maison de vente par correspondance, quel entrepôt avait pu répondre à une telle demande ?

Et les lunettes de soleil. Les bracelets noirs. Certaines avec des cheveux raides et blonds leur arrivant aux épaules, le reste avec des cheveux raides et noirs leur arrivant à l'épaule. Pas une ne souriait, mais pas une ne pleurait non plus.

Shelly agrandit l'image une fois, puis une fois encore, et quand elle se pencha en avant, non sans vivacité, Jeremy sauta de son giron et s'en alla vers le couloir dans un cliquetis de griffes sur le parquet.

« Jeremy ? Bébé ? » l'appela-t-elle, toujours rivée à l'écran, mais il ne revint pas. Elle l'avait effrayé.

Encore un double clic, et l'objet central de l'image prit la forme de quelque chose qu'elle n'avait fait qu'effleurer jusqu'alors :

Une fille à l'arrière-plan, floue, traversant l'aire de stationnement avec une apparente rapidité, balançant les bras au rythme de sa course. Un pied en suspens au-dessus du sol. Ses cheveux blonds flottant derrière elle en raison de la vitesse de son déplacement ou bien à cause du vent. Elle regardait droit devant elle avec une expression résolue. De belles voitures luisaient au soleil autour d'elle.

Quelques branches en fleurs encadraient encore l'image agrandie.

Shelly en toucha une sans détacher les yeux de la fille.

Les multiples agrandissements lui avaient brouillé les traits, mais, en dépit de ce voile brumeux et des pixels grenus, elle savait exactement de qui il s'agissait et où elle l'avait vue auparavant.

D'une main tremblante, elle appuya plusieurs fois sur la flèche gauche pour revenir à l'article accompagnant la photo et au petit coffret posé à côté des jolis pieds de Josie.

« Craig Clements-Rabbitt n'a pas encore été accusé d'un crime qui inspire de l'indignation au sein d'une communauté d'Oméga Thêta Tau accablée de douleur. »

Shelly se laissa aller contre son dossier, porta une main à son front, puis s'en voila les yeux. Il fallait qu'elle le retrouve. Pourquoi ne l'avait-elle pas encore fait ? Qu'attendait-elle ? Il y avait des choses que ce garçon avait besoin de savoir et qu'elle seule pouvait lui dire. D'une main toujours tremblante, elle tapa l'adresse Internet de l'annuaire de l'université et découvrit non sans quelque dépit à quel point il était facile à trouver. Comme les Graham, comme tous les autres, il était pris là, dans la Toile – son adresse, son numéro de téléphone et les détails publics et personnels de sa vie. Elle nota l'adresse, ramassa son sac à main et fila en direction de la porte.

<h2 style="text-align:center">78</h2>

« Mrs Polson arrive.

— Notre prof vient ici, chez toi ? s'étonna Karess.

Elle était postée, bras croisés, près de la fenêtre. Depuis qu'ils avaient quitté la morgue et qu'ils avaient regagné l'appartement de Perry, elle n'avait pas arrêté de trembler. Ils avaient marché si vite qu'ils auraient aussi bien pu courir, et lui-même était en nage sous sa doudoune. Arrivé devant la porte d'entrée, il avait noté combien elle était pâle et l'avait prise dans ses bras. « Oh, Seigneur, marmonna-t-elle, je me souviens de ce type. Ma compagne de chambre et moi, on lui a acheté de l'herbe peu de temps après la rentrée. Oh, mon Dieu, Perry, c'est son cadavre qu'on a vu. »

Perry l'avait entraînée dans le hall pour l'adosser aux boîtes aux lettres en se tenant tout contre elle pour essayer de la réchauffer et de la calmer. Mais cela n'avait pas fonctionné. Des heures et de nombreuses tasses de café plus tard, Karess tremblait toujours, debout à la fenêtre, les jambes contre le radiateur. Elle n'avait pratiquement plus rien dit, sinon pour saluer Craig quand Perry les avait présentés, et pour répondre par la négative quand il lui avait demandé si elle voulait quelque chose à manger.

« Est-ce que Mrs Polson passe beaucoup de temps ici ? interrogea-t-elle.

— Nous travaillons ensemble à…

— Ouais, c'est ça.

— Écoute, dit Perry, elle n'a jamais mis les pieds ici. Mais ce truc, avec Lucas… J'ai bien vu au téléphone qu'elle était complètement tourneboulée.

— Qu'elle aille se faire foutre ! » lança Karess, s'animant soudain. Les bijoux et les plumes qu'elle portait se mirent à se balancer et à voleter autour d'elle. Elle frappa le sol du talon de sa botte, et Perry se dit que, si quelqu'un dormait dans l'appartement d'en dessous, ce ne devait plus être le cas à présent. « Elle était tourneboulée, tu parles ! Elle nous a piégés, Perry. Tu n'as pas compris ça ? C'est pour ça qu'elle nous a laissés là-bas et qu'elle est remontée à l'air libre. Elle savait qu'il y avait un cadavre dans cette salle et que c'était un garçon de notre âge. Tu comprends, le type qui travaille là-bas, c'est son autre petit ami. Tu n'as pas vu comme ils se sont serrés dans les bras et j'en passe ? Tu crois peut-être qu'il ne lui aura pas dit qu'il y avait un étudiant mort aujourd'hui à la morgue ? Depuis le premier jour, elle cherche à nous flanquer la trouille, et j'ai bien l'intention de déposer une plainte à ce sujet. Ce cours, c'est du grand-guignol du début jusqu'à la fin. Mes parents ne vont pas trouver ça drôle.

— Elle n'était pas au courant, dit Perry. Elle n'avait aucun moyen de le savoir, je t'assure. Elle a éprouvé le même choc que nous tous. J'étais là quand elle a reconnu Lucas. J'ai bien cru qu'elle allait s'évanouir.

— Si tu le dis », répondit-elle en lui tournant le dos. Il lui voyait les omoplates à travers le pull et le débardeur. Il se dit que, dévêtue, elle pouvait tout aussi bien être d'une impossible beauté ou un véritable squelette. Elle se parait toujours de tant de couches de vêtements flottants qu'il n'aurait su hasarder quel était son poids, mais il ne devait pas être très élevé.

Il entendait l'eau couler dans la salle d'eau et Craig se cogner dans la minuscule cabine de douche. Soudain, la sonnerie de l'interphone retentit. Perry alla appuyer sur le bouton commandant l'ouverture de la porte d'entrée. Karess fit entendre un ricanement. Perry alla se poster dans le couloir pour prêter l'oreille à ce qui devait être le pas de Mrs Polson dans les escaliers (le son ferme et régulier de ses talons effilés, comme si elle était lasse ou en train de se demander si elle se trouvait dans le bon immeuble et se dirigeait vers le bon appartement) ; aussi fut-il surpris, quand la femme apparut sur le palier, de constater qu'il ne s'agissait pas de Mrs Polson. Il crut dans un premier temps que c'était sa tante Rachel. Mêmes cheveux blond roux, même teint pâle. Dans les quarante ans. Jolie mais sans chercher à l'être. Elle portait une robe en soie et une volumineuse parka noire. « Seriez-vous Craig ? » interrogea-t-elle.

528

79

« Seriez-vous Craig ? » demanda Shelly au garçon qu'elle vit dans le couloir près d'une porte restée ouverte, bien qu'il ne ressemblât pas à celui dont elle se souvenait. Il était beau garçon, cheveux très courts et visage comme ciselé dans le marbre – le type même du jeune Américain auquel elle rêvait dans son adolescence, mais qu'elle n'avait jamais rencontré. Celui qui s'en était rapproché le plus était ce Chip Chase qui l'avait invitée au bal des terminales ; mais il avait les cheveux plus longs qu'elle, ce qu'elle avait feint d'aimer – en passant les doigts dans ses longues boucles brunes – alors qu'en réalité elle détestait cela.

Celui-ci ne ressemblait pas au garçon à cheveux longs qu'elle avait vu sur le lieu de l'accident. Il ressemblait au contraire à son frère. Oui, il aurait pu s'agir de Richie, s'il avait été encore de ce monde, s'il avait fréquenté l'université au lieu d'intégrer le corps des Marines. Le mot de Josie, *interchangeables*, lui traversa l'esprit.

« Non, lui répondit le garçon. Craig est sous la douche.

— Ah. J'aurais aimé pouvoir lui parler », dit Shelly à ce fantôme de son frère. Il lui ouvrit la porte en grand.

Quand il sortit de la salle de bains – séché et habillé –, Craig eut la surprise de constater que

Mrs Polson, le professeur de Perry, était déjà là. Elle était installée sur le canapé. Une autre femme, mince, les cheveux tirant sur le roux, était assise sur une chaise de cuisine que Perry lui avait avancée. Karess et ce dernier se tenaient debout du côté de la fenêtre.

« Je m'appelle Shelly Lockes, déclara la rousse. Je me trouvais sur le lieu de l'accident. J'y suis arrivée la première. C'est moi dont on a dit que je n'avais pas donné les bonnes indications au standard des urgences. Je vous ai vus, vous et Nicole, le soir où...

— Le soir où elle est morte », dit Craig en se laissant tomber sur le canapé à côté de l'autre femme. Il s'étonna de la facilité avec laquelle il pouvait dire : « Elle est morte. » Il lui avait fallu quatre séances avec le Dr Truby pour parvenir à énoncer ces trois mots ; et la toute première fois qu'il l'avait fait, à l'époque où la mémoire commençait de lui revenir, il avait jailli de son siège avec la sensation que sa propre parole l'avait frappé à l'estomac. Puis il s'était laissé retomber pour pleurer entre ses mains jusqu'à la fin de la séance.

Aujourd'hui, ces mots, il pouvait les dire et les redire, comme s'ils ne correspondaient pas à la vérité.

Shelly Lockes secoua la tête comme pour le contredire, mais elle ne dit rien de plus. On aurait cru qu'elle attendait la permission de reprendre la parole.

Craig lui trouvait comme un air de déjà-vu. Elle était très belle femme. Elle ressemblait à ce à quoi auraient dû ressembler selon lui les anges des cartes de Noël si leurs concepteurs avaient eu plus d'imagination. Elle était féminine, mais sans maquillage. Bien qu'elle fût menue et très jolie, elle dégageait une incroyable impression de force. Elle était le type d'ange qui pouvait très facilement vous sortir de la nième histoire d'immeuble en flammes en vous déposant d'un coup d'ailes en sécurité sur le sol.

Il prit conscience qu'il l'avait déjà vue auparavant.

Il l'avait vue *partout*, se dit-il.

De nouveau, elle secoua la tête.

À côté de lui, Mrs Polson tremblait. Karess, l'amie de Perry, n'avait cessé de trembler de même. Perry semblait transi, lui aussi. Il avait les mains enfoncées dans les poches de son jean. Craig, pour sa part, se sentait tout brûlant. Peut-être était-il souffrant. Il avait dormi comme une bûche (douze heures ?) dans le lit de Deb, la fille aux cookies, et avait pourtant l'impression que, s'il posait la tête une seconde, il sombrerait de nouveau dans ce sommeil sans rêves. Si elle ne l'avait pas réveillé pour lui rouvrir l'appartement avec la clé que le gardien était passé déposer, il serait peut-être toujours dans son lit.

Peut-être ne se serait-il jamais réveillé.

Il trouvait que Shelly Lockes avait l'air un peu congestionnée, elle aussi. Comme si elle avait trop chaud. Un film de transpiration luisait sur son front, bien qu'elle ne portât qu'une robe d'apparence légère, des collants noirs et des bottines, qui ne semblaient guère faites pour l'hiver. Elle le regardait avec intensité, comme cherchant à lire en lui ou souhaitant qu'il lût en elle.

« Vous étiez sur place le soir de l'accident ? lui demanda-t-il. Le soir où elle est morte ? »

Elle promena un regard alentour, comme si la question s'adressait à quelqu'un d'autre. Mais toutes les personnes présentes la dévisageaient, elle. Elle s'éclaircit la gorge, y porta la main, puis se ramena une mèche de cheveux derrière l'oreille et se mit à regarder ses bottines.

Combien de millions de fois Craig avait-il vu Nicole se ramener ainsi une mèche derrière l'oreille tout en réfléchissant avant de parler ? Cette femme aurait pu être Nicole, si Nicole avait vécu suffisamment longtemps. Ou Josie. Ou n'importe laquelle des autres sœurs en sororité qu'il avait vues ou connues.

Elle s'humecta les lèvres, se les mordit, puis déclara : « Elle n'était pas morte. »

81

Shelly avait commencé de penser que, dans les mois qui s'étaient écoulés depuis l'accident, elle avait peut-être réinventé le garçon dans son imaginaire. Il faisait noir ce soir-là malgré le clair de lune. Par la suite, il y avait eu partout des photos de Nicole Werner, aussi avait-elle disposé d'une image à comparer à son souvenir. Mais Craig Clements-Rabbitt n'était revenu que dans ses rêves.

En le regardant maintenant assis face à elle sur ce canapé fatigué – les genoux pratiquement ramenés contre la poitrine – elle s'apercevait qu'elle l'aurait reconnu n'importe où.

Cette tignasse de cheveux noirs. Cette expression douloureuse, qu'il avait dû, elle en était certaine, passer son adolescence à essayer de changer en rictus de rock star. Elle avait connu des garçons comme lui au lycée, à l'université et après. Ils étaient de ceux qui faisaient des poètes ou des profs de dessin dans l'enseignement primaire, pour peu que quelqu'un les aidât à se débarrasser de ce personnage. Sinon, ils traversaient la vie avec ce rictus, en buvant trop et en ratant tout.

Le soir de l'accident, il l'avait regardée et comprise ; de cela, elle n'avait jamais douté. Il n'avait pu l'entendre, mais il avait su ce qu'elle disait. Il la regardait de la même façon en ce moment, et elle avait la conviction que quelque chose était en train de se faire jour en lui : souvenir, compréhension.

Maintenant, elle comprenait, elle aussi.

Il ne se rappelait vraiment pas ce qui s'était passé. Voilà pourquoi il n'avait jamais contacté quiconque afin de dissiper toute confusion. *Amnésie, confabulation, fugue*. Autant de jolis mots pour désigner l'oubli, tels des noms de fleurs grises. Pourtant, elle avait la conviction que si elle le fixait dans les yeux aussi intensément que possible, il verrait au-delà d'elle et se souviendrait de ce fameux soir. Il se souviendrait d'elle. Pour finir, c'est ce qui sembla se produire. « Vous étiez sur place, lui dit-il.

— Oui. J'y étais. J'y étais, et cela ne s'est pas passé comme on l'a rapporté. »

Il hocha la tête. Il comprenait. Tout lui revenait, non ? *Elle* lui revenait.

« Vous y étiez, dit-il encore. Vous savez ce qui s'est passé.

— Oui, j'ai été la première personne sur place.

— Que s'est-il passé ? »

Shelly sentit un petit sanglot lui serrer la gorge, elle y porta la main. Il faisait chaud dans l'appartement, même si tout le monde hormis Craig Clements-Rabbitt paraissait frigorifié. La fille qui se tenait près du radiateur ne cessait de frissonner. L'autre femme se soufflait dans les mains pour tenter de les réchauffer. Shelly, pour sa part, avait soit la fièvre soit une nouvelle bouffée de chaleur, ou alors il faisait trente-cinq degrés. Elle était en nage sous sa robe de soie. Ses pieds étaient mouillés d'avoir marché dans la neige fondue, mais ils n'étaient pas froids. Elle avait soif. Comme si elle avait cheminé dans le désert. Mais rien de tout cela n'avait d'importance. Enfin, *enfin*, elle disposait de ce petit auditoire auquel elle allait pouvoir raconter sa version des faits. Elle s'éclaircit la gorge et commença par le commencement :

Les feux arrière sur la route à deux voies. Elle chantait en accompagnement de la radio tout en les suivant à bonne distance. Puis ils avaient tout à coup disparu.

Le couple sous le clair de lune, de l'autre côté d'un fossé plein d'eau. Elle expliqua à Craig qu'elle savait devoir lui dire de ne pas déplacer la fille, mais n'était pas certaine de le lui avoir dit. Il se trouvait à une telle distance, et cependant...

« Je vous ai entendue », dit-il.

Elle hocha la tête.

Il eut toutefois un geste de dénégation. « Seulement, Nicole était sur la banquette arrière. Tout devait être en flammes.

— Non. Cela ne s'est pas passé comme ça. Elle a été éjectée. La voiture n'était pas en feu. J'ai appelé les secours. J'ai franchi le fossé et je me suis approchée. Vous la teniez dans vos bras. Il n'y avait pas de sang. Elle était blessée : elle avait été éjectée. Mais vous avez dit son nom et elle a ouvert les yeux. Elle allait s'en tirer. Je suis restée jusqu'à l'arrivée de

534

l'ambulance. Ils m'ont dit que ma main avait besoin d'être recousue. »

Elle montra sa cicatrice. La prof se pencha en avant, elle aussi. Elle avait les cheveux aussi noirs et brillants que Josie, et une expression sérieuse et attentive. Elle semblait préoccupée et aussi très intelligente.

« Je suis donc repartie. Quand l'ambulance vous a emmenés, Nicole et vous, je me suis rendue au service de consultation externe de la clinique universitaire. Il n'y a jamais eu de sang. Il n'y a jamais eu d'incendie. Vous n'avez jamais quitté les lieux sinon avec eux. On tient à ce que nous ne nous souvenions de rien. On veut nous chasser du campus. Il s'agit de quelque chose qui doit rester ignoré.

— Je te l'avais bien dit, fit Craig à l'adresse de son colocataire. Les cartes postales. Tu m'as convaincu, surtout après qu'on a cessé d'en recevoir, qu'elles n'étaient pas d'elle, que c'était un canular.

— Vous avez reçu des cartes postales de *Nicole Werner* ? » interrogea la fille, toujours à la fenêtre. Bouche bée, elle regarda tour à tour les personnes présentes.

« La fille aux cookies, dit Craig, elle aussi m'a dit ça. »

L'autre referma la bouche, puis, comme ne pouvant se contenir plus longtemps après avoir eu la patience de prêter l'oreille à une histoire par trop ridicule : « Qui est la *fille aux cookies* ?

— Notre voisine, expliqua le colocataire de Craig.

— Elle m'a dit la même chose, reprit celui-ci. "Elles cherchent à se débarrasser de toi. Elles ne

535

veulent pas de toi ici." Elle m'a dit qu'il n'y a pas de fantôme. »

Il se tut. Shelly attendit qu'il poursuive.

« Alice Meyers, finit-il par dire. Je pensais qu'il y avait aussi cette fille. Cette morte. Elle passe des coups de téléphone. Une nuit, elle est venue ici, à l'appartement. Debout sur le seuil, elle m'a demandé si elle pouvait entrer. »

La fille près du radiateur fit entendre une onomatopée et passa une main menue, d'apparence frigorifiée, à travers ses cheveux noirs en désordre. « C'est un tas de conneries, dit-elle. Je loge dans la résidence. Il y a là-bas un groupe de filles "Alice Meyers". De vraies cinglées. Elles se font des scarifications. Elles sont obsédées par Nicole. Elles racontent partout qu'elles l'ont vue…

— Nicole ? interrogea Craig en la regardant comme s'il remarquait sa présence seulement maintenant. Elles pensent avoir vu Nicole ? »

La fille haussa les épaules avec affectation, roula des yeux et dit : « Elle ou Alice Meyers. Quelle importance ? Elles sont tapées. »

Le colocataire de Craig regarda le professeur et dit : « Il faut le lui dire à présent. »

Le professeur hocha la tête, à quoi Craig bondit du canapé pour faire un pas vers l'autre garçon. « Me dire quoi ?

— Craig », dit le professeur en se levant à son tour. Elle s'approcha, lui toucha le bras. « D'autres personnes l'ont vue également. Ou pensent l'avoir vue.

— Dieu de Dieu ! lança la fille. C'est de la folie pure. Moi, je me tire. » Elle leva la main comme pour gifler le professeur, mais la glissa dans la poche de

536

son chandail. « Vous êtes cinglée, madame Polson. Vous êtes censée nous apprendre des choses, pas vous foutre de nous. J'ignore ce que vous cherchez à faire, mais ce sera sans moi. Je laisse tomber votre cours et je… » Elle regarda les trois autres comme en quête d'une personne sensée et, n'en voyant aucune, se dirigea à grands pas vers la porte et la claqua derrière elle.

Ils prêtèrent l'oreille au bruit de ses talons dans les escaliers, puis, le silence revenu, Shelly déclara : « Je pense que quelqu'un est bien mort, ce soir-là. Mais je ne crois pas que ce soit Nicole. »

Et de prendre dans son sac la petite photo de Denise Graham que la mère de celle-ci lui avait donnée plus tôt dans la journée.

82

Craig gara la Ford dans la rue de la sororité et demeura quelques minutes à l'intérieur afin d'étudier les abords.

Le ciel était clair. La neige avait fondu à demi pour former un ondulant revêtement mouillé sur les trottoirs et la chaussée. De l'emplacement où il était stationné, la résidence d'Oméga Thêta Tau paraissait projeter sur les pelouses environnantes son propre surcroît d'obscurité. Il ne distinguait pas même la lueur d'une simple bougie. À croire que cette maison était abandonnée ou n'avait jamais existé. Il fourra les clés de la voiture de Lucas dans sa poche et sortit. Nicole était à l'intérieur et il fallait qu'il la voie.

Il traversa l'étendue de pelouse, progressant à pas délibérément mesurés, se tenant droit, bien en vue de quiconque pouvait l'observer de la maison.

Pourquoi aurait-il agi autrement ?

Il n'était pas un criminel. Il venait voir sa copine. Il s'agissait d'une sororité, non d'une société secrète ni d'un quartier de haute sécurité. Merde, à la fin. Il voulait juste voir Nicole. Pourquoi aurait-il rampé à plat ventre pour ce faire ?

Néanmoins, il n'était pas tranquille et son cœur battait à coups redoublés. Bien que la bâtisse fût plongée dans le noir et parfaitement silencieuse, il avait la nette impression d'être épié. Il tâchait de cheminer lentement, mais son pas se faisait plus rapide à mesure qu'il approchait. Ses mains étaient moites. Arrivé sur le côté de la maison, il s'accroupit pour se cacher dans l'ombre.

Il aurait dû prendre son blouson. Ce froid de l'hiver finissant était humide et non plus vif. À Fredonia, on devait déjà sentir l'imminence du dégel. Mais ici, le redoux était encore loin. Il allait faire froid comme entre des draps souillés. Comme de dormir dans son linge mouillé.

Tout à coup, tapi dans l'ombre au pied du pignon de la maison d'OTT, il se sentit plus triste qu'il ne l'avait jamais été. À genoux. Dans la terre. Soudain, il se prit, bêtement, à penser à sa mère.

À ses chevilles.

Il se revoyait fonçant vers elle à quatre pattes, car il ne marchait pas encore. Car dès qu'il tentait de se lever, il retombait sur son postérieur. Parce qu'il était son bébé. Pourquoi ne le prenait-elle pas dans ses bras ? Il était son bébé, tout de même.

Il secoua la tête. Quelle sottise ! Penser à sa mère ? En un moment pareil ?

(« J'ai baisé avec Nicole, espèce de con ! lui avait lancé Perry. T'es sourd, t'es aveugle, t'es bouché ou quoi ? La moitié de Godwin Hall l'a sautée, ton oie blanche ! Foutu crétin ! »)

Il s'aperçut qu'il se trouvait derrière un massif qui lui était familier – exactement là où, la dernière fois, il s'était embusqué avant de se faire virer d'OTT. Il colla le visage au soupirail pour regarder (en battant des paupières) le tableau qu'offrait le sous-sol en contrebas.

Il ne s'attendait pas vraiment, cette fois, à y voir du monde.

Il n'y avait pas de musique. Pas de stroboscope. Il avait fini par se convaincre qu'il était dans le vrai, que le bâtiment dans son entier était soit une illusion soit complètement désert. Impossible qu'une pleine maisonnée de filles, toutes habillées pour leur rituel de Printemps, fût aussi tranquille et silencieuse.

Sa vision mit un court moment à s'adapter suffisamment à l'obscurité pour qu'il pût distinguer la scène :

Elles se tenaient immobiles au point de paraître se fondre aux atomes ambiants. Elles étaient aussi grises que l'espace alentour.

Des sœurs en sororité constituées d'air, constituées d'ombres, toutes en noir, tête basse, et les seuls objets un peu luminescents étaient les poignées argentées du cercueil autour duquel elles se tenaient. Dans la pénombre.

Approchant le visage tout contre le carreau, il vit qu'il y avait une fille dans le cercueil. Sans doute vêtue de blanc, car elle était plus claire que tout ce qui l'environnait ; mais elle paraissait absorber le noir, tant il était intense. Il devait s'agir de celle qu'elles allaient ramener d'entre les morts. (Ridicule. Pathétique.) Il allait se relever et repartir quand il entendit comme une psalmodie, vague et monotone, grotesque.

Des moines femelles.

Il eut un ricanement de mépris.

Jeu stupide. Bizutage stupide. Et il l'était tout autant de s'être déplacé pour cela, de se faire autant de mouron, de se tenir tapi derrière un buisson pour tenter d'apercevoir sa petite amie, présentement debout au-dessus d'un cercueil dans un sous-sol en train de faire semblant de ramener d'entre les morts une sœur en sororité.

C'est alors qu'il avisa le fameux type :

L'omniprésent EMT.

Celui-ci était posté dans un angle, dans l'ombre, comme à son habitude.

Craig entendait encore Nicole lui demander : « Ça veut dire quoi, EMT ? » et nier avoir jamais vu ce personnage auparavant. Il entendait encore Perry lui lancer : « T'es aveugle, t'es bouché ou quoi ? »

Il aurait voulu s'en aller, mais il était comme aimanté par le son de leurs voix. C'était comme une musique sortant en bouillonnant du sol. C'était la froidure imprégnant son jean. Ce chant semblait très ancien et complètement nouveau. Tout lui apparaissait clairement à présent. Il ne s'agissait pas d'un jeu. La fille était morte. La garniture intérieure du cercueil dans lequel elle reposait était de la même couleur que sa peau gris bleuté. Certes, elle était vêtue de blanc, mais ce blanc s'était mué en une pâleur cadavérique, en une absence bleuâtre. Craig regardait fixement ce tableau tout en retenant son souffle. Merde. Est-ce qu'elles l'avaient tuée ? Avaient-elles idée de ce qu'elle était morte ? Était-il seul à discerner, de ce soupirail à travers lequel il la voyait en plongée, que cette fille était bel et bien morte ?

Avaient-elles les yeux fermés ? Pourquoi ce con d'EMT restait-il dans son coin ? Les autres étaient-elles hypnotisées par leur chant au point de ne pas voir qu'elle avait trépassé ?

Avant même de savoir ce qu'il faisait, Craig fracassa la vitre à coups de poing et se jeta à l'intérieur. Les filles hurlaient, s'enfuyaient, comme lorsqu'il avait déboulé par l'escalier du sous-sol, sauf que, cette fois, la commotion n'avait rien à voir avec lui.

CINQUIÈME PARTIE

83

« Il lui est arrivé quelque chose après l'accident, déclara Perry. Je connais Craig. Il peut être très con, mais il fait partie des personnes les plus intelligentes que je connaisse. Il se souvient de tout. Il peut réciter dans l'ordre le nom de tous les présidents, avec les années où ils ont exercé leurs fonctions. Il ne va pas l'admettre, mais il en est capable. Il ne risque pas d'avoir oublié ce qui s'est passé ce soir-là. »

La voiture de Jeff Blackhawk ferraillait autour d'eux de façon déconcertante. Mais Mira se sentait étrangement réconfortée par ce boucan ainsi que par l'odeur de beignets Krispy Kreme et de vieilles frites. Quand ils étaient repartis de l'appartement, Jeff regardait *5, rue Sésame* avec les jumeaux, émission dont Clark affirmait qu'elle était l'opium du peuple. (« Cette connerie est destinée à changer les parents en zombies asexués », avait-il rétorqué quand Mira avait émis l'idée qu'un minimum de programmes du service public pouvait aider les garçons dans leur acquisition du langage.) « Regardez ! s'exclama Jeff en montrant le poste. C'est Elmo !

— Elmo ! » s'écrièrent les jumeaux, comme s'ils connaissaient ce nom depuis toujours et n'avaient attendu que ce moment pour le prononcer.

Jeff ne voulut même pas que Mira le remercie – ni de lui prêter sa voiture ni de garder les enfants. « Tu n'as qu'à recueillir du matériau de qualité pour ton livre, lui avait-il dit, et me citer dans les remerciements. Ce sera mon titre de gloire. »

Assis à côté d'elle, Perry lui indiquait l'itinéraire pour se rendre à Bad Axe. Ils entendaient y voir l'entrepreneur de pompes funèbres qui avait pris livraison de la dépouille méconnaissable de Nicole Werner et l'avait placée à l'intérieur de ce cercueil blanc que, le jour des obsèques, Perry avait aidé à porter dans l'église luthérienne de la Trinité.

« Bien sûr, déclara Mira, certaines lésions crâniennes peuvent provoquer une amnésie sélective…

— Oui, mais on n'a relevé aucune lésion crânienne, lui répondit Perry. Il a subi un examen au scanner. Il en a subi une dizaine. »

Mira regardait la route à travers le pare-brise craquelé. Il s'agissait d'une petite fêlure située sur le côté gauche, qui s'étendait lentement mais de façon suffisamment perceptible pour qu'elle pût en mesurer la progression depuis la dernière fois qu'elle était montée dans cette voiture. Cinq centimètres. À ce train-là, elle traverserait la longueur du pare-brise en l'espace de quatre semaines.

Mira s'efforçait de réfléchir.

Elle en avait vu, des crânes.

Des quantités. En Roumanie. Dans des morgues. En monceaux et longs empilements chaotiques dans les catacombes de Paris.

La visite de ce souterrain empli d'ossements l'avait plongée dans l'ébahissement. Tant et tant de morts.

Laissant courir la main au-dessus de ces centaines, de ces milliers de crânes, sentant l'odeur qu'elle savait être la leur (moisi, poussière), tandis qu'au-dessus de sa tête la voûte froide et luisante dégouttait d'une eau très ancienne, elle s'était laissé peu à peu pénétrer par l'idée que ce casque qui protégeait tout était vraiment bien mince. Le fragile contenant des rêves, souvenirs, aspirations et désirs. De *tout*. Un coup bien placé avec un morceau de bois pouvait le fracasser entièrement.

Cette impression ne l'avait plus jamais quittée. Enceinte de sept mois, elle avait dit à Clark (qui en avait roulé des yeux) : « Je veux qu'ils portent un casque quand ils seront assez grands pour monter sur un vélo. Et jamais ils ne joueront au football. »

Mais alors, s'il n'avait pas subi de lésion crânienne ?

Elle savait que rien ne pouvait échapper au scanner. S'il ne présentait pas de lésion crânienne ou cérébrale, comment se faisait-il que Craig Clements-Rabbitt ne se rappelât rien de l'accident dans lequel Nicole Werner avait trouvé la mort ?

« Il y a bien des produits, dit-elle. Des drogues. Injectables. Il en existe une que l'on appelle la "drogue du zombie", c'est la scopolamine. À haute dose, elle est fatale. Faiblement dosée, elle entraîne une amnésie. Il est arrivé que des prostituées s'en servent pour droguer et détrousser leurs clients. Dans certains pays, elle serait utilisée pour droguer des mères et enlever leur bébé, ensuite vendu à des agences d'adoption. Il paraît que cela rend les gens dociles au point qu'ils aident les malfaiteurs à cambrioler leur maison et que, après que le produit a quitté leur organisme, ils ne conservent aucun souvenir de ce qui s'est passé. »

Perry se passait la main sur le crâne. Mira avait remarqué que ses cheveux, naguère coupés très ras, avaient bien repoussé. Ils étaient bruns, comme elle s'y était attendue.

« Autrefois, reprit-elle, on administrait de la scopolamine aux femmes qui accouchaient. On en a probablement donné à votre grand-mère. Elles se réveillaient et on leur annonçait qu'elles avaient un bébé. Cela bloque complètement la formation du souvenir. Impossible même d'hypnotiser la personne pour l'aider à se rappeler ce qui lui est arrivé, comme c'est le cas pour la drogue du viol, car le souvenir n'a tout simplement pas été enregistré.

» On pense que cette substance est employée depuis des siècles pour le vaudou en Haïti. On l'administre à des victimes qui sont ensuite enterrées vivantes, puis exhumées, et on leur fait accroire qu'elles sont mortes et revivent sous la forme de zombies – et elles le croient. Elles sont disposées à vivre le restant de leur vie en tant qu'esclaves, prostituées ou domestiques, convaincues qu'elles sont mortes et ont été ramenées à la vie. »

Perry avait cessé de se caresser la tête. À présent, il pianotait des doigts sur un de ses genoux. Son jean présentait un pli si impeccable que Mira se dit qu'il le portait peut-être pour la première fois. Difficile d'imaginer un garçon de son âge en train de repasser son pantalon, mais s'il en était un seul, ce devait être Perry Edwards. « Avant qu'il parte ce soir-là avec la voiture de Lucas, dit-il tout à coup, nous nous étions disputés. Non. (Il marqua un temps.) Nous nous étions battus. Nous nous sommes retrouvés par terre, lui avec le nez en sang. Il n'en a jamais reparlé par la suite, comme si ça n'était jamais arrivé ou comme si, après tout ce qui s'était passé entre-temps, cela n'avait plus d'importance. Je n'ai jamais su s'il était possible qu'il ne se souvienne de rien. Comment se fait-il que vous ayez connaissance de cette drogue ? »

Les bons étudiants finissaient toujours par exprimer un doute. Ils ne vous croyaient que jusqu'à un certain point.

Elle lui expliqua qu'un été, à l'époque où elle travaillait à son mémoire de maîtrise, elle était partie pour Haïti grâce à une petite allocation qu'elle et une autre étudiante de troisième cycle avaient reçue pour financer leur projet d'aller rencontrer une femme que les journaux haïtiens avaient vainement cherché à discréditer en la surnommant la « zombie de Port-au-Prince ».

Les proches de cette femme avaient déclaré qu'elle avait été enlevée par des voisins qui cherchaient à leur extorquer de l'argent. Ne recevant pas ce qu'ils demandaient, les kidnappeurs l'étranglèrent et abandonnèrent son cadavre au bord d'une route. Un automobiliste qui passait par là le chargea dans le coffre de sa voiture pour le porter au poste de police. Quand on ouvrit le coffre, la jeune femme avait les yeux ouverts. Elle fut rendue à sa famille, qui, lorsqu'elle la vit, refusa de la reprendre, affirmant qu'elle avait été dépossédée de son âme.

Quand la nouvelle se répandit que ce zombie quittait sa ville, où l'on n'en voulait plus, pour être hébergé dans une institution de Port-au-Prince, les employés de ladite institution démissionnèrent et

549

les autres pensionnaires protestèrent avec véhémence. À l'époque où Mira et l'autre étudiante eurent vent de l'affaire et firent leur demande de bourse, la malheureuse en était à sa quatrième famille d'accueil. Le fait qu'elle avait elle-même reconnu sa qualité de zombie n'avait pas arrangé les choses.

Cela paraissait offrir une très prometteuse perspective de recherche, et les directeurs de thèse se montrèrent enthousiastes et très favorables. Mais Mira et Alexandra Durer, sa partenaire, n'allèrent pas plus loin que l'aéroport de Port-au-Prince. On leur refusa l'entrée du pays, car des émeutes avaient éclaté. Des Américains avaient été tués. Des rebelles en armes s'étaient, aux dernières nouvelles, emparés de la capitale. Mira et Alex furent rembarquées séance tenante dans l'avion qui les avait amenées et, après beaucoup de coups de fil sans effet et de vaines implorations, elles s'enivrèrent avec une bouteille de rhum détaxé qu'elles avaient achetée à l'aéroport.

Le zombie de Port-au-Prince mourut l'hiver suivant d'une pneumonie.

Avant leur départ, Alex et Mira avaient conduit une recherche approfondie sur la drogue du zombie, et leur première hypothèse fut que cette femme avait été droguée par ses kidnappeurs, que son « sauveteur » s'était mépris en la croyant morte, et enfin que la réaction à son retour d'entre les morts avait été à ce point influencée par la culture vaudou que, n'ayant aucun souvenir de ce qui lui était vraiment arrivé, la victime elle-même avait été portée à croire qu'elle était un zombie.

« On a déjà entendu parler de la présence de scopolamine sur des campus universitaires, déclara Mira

– dans les cas de viol commis par une connaissance, bien sûr, mais aussi pour d'autres usages. Pour le bizutage ? » Elle eut un haussement d'épaules. Elle n'avait jamais ouï parler de ce genre de chose, mais cela ne paraissait nullement invraisemblable. « Nicole pourrait avoir connu des membres de confrérie capables de s'en procurer. Elle et Craig étaient-ils des expérimentateurs ? »

Perry secoua négativement la tête. « Il fumait de l'herbe. Beaucoup d'herbe. Il prenait probablement d'autres trucs, là-bas dans le New Hampshire. Elle, je ne sais pas. J'ai toujours pensé qu'elle était contre tout ça, mais il y a eu d'autres choses que je croyais à son sujet et qui se sont révélées fausses. »

Paraissant peu enclin à poursuivre, il détourna la tête vers sa fenêtre et le paysage de neige en train de fondre. Il posa une main sur la grille du chauffage. Il ne devait pas faire plus de cinq degrés dans la voiture. Perry avait les doigts tout blancs et les ongles bleus. Mira lui aurait bien proposé ses gants, mais elle craignait de ne pouvoir conduire sans eux.

« Des drogues de zombie », reprit Perry après un long silence. Il se coinça les mains entre les genoux, marqua de nouveau un temps, puis déclara : « Tout ce que Craig se rappelle de l'accident est ce qu'on lui en a dit et ce qui figurait dans les comptes rendus, à savoir que Nicole avait été si grièvement brûlée qu'on n'était parvenu à l'identifier que d'après les objets qu'elle avait sur elle, et qu'il avait pour sa part quitté les lieux sans même tenter de faire quoi que ce soit. C'est là que nous sortons. » Il montrait droit devant un panneau vert et blanc sur lequel on lisait : BAD AXE.

84

Le répondeur de Shelly clignotait si rapidement et de façon si chaotique qu'elle ne prit pas la peine de compter le nombre des messages qu'il avait enregistrés. Elle appuya sur la touche Messages, puis, ayant approché une chaise de la table du téléphone, s'assit et entreprit de délacer ses bottines.

« Nous savons qui vous êtes », commença le premier message, suivi d'un bip. Une voix féminine, jeune. Non identifiée, mais pas tout à fait étrangère non plus. Shelly abandonna ses lacets et posa les deux pieds l'un à côté de l'autre sur le sol.

« Nous savons tout de vous. Vous ne savez rien de nous. Nous sommes plus intelligents que vous ne le pensez. Vous ne pourrez localiser ces appels. »

Un rire, un bip, puis :

« Nous avons une surprise pour vous. Tout un tas de surprises. »

Bip.

« Shelly ? C'est Rosemary. Est-ce que ça va, ma cocotte ? Je me fais du mouron depuis la dernière fois. Je te promets que tout ça va s'arranger, mais d'ici là pourquoi ne viendrais-tu pas passer un moment à la maison ? J'ai dit aux enfants que je t'invitais, ils sont tout excités. C'est d'accord ? »

Bip.

« Surprise ! »

Toujours une voix féminine, mais pas la même. Plus sourde. Plus sexy. Plus calme.

Bip.

« Peut-être devriez-vous faire le tour de la maison.

Il y a un cadeau qui vous attend. Il se trouve dans la chambre. Nous savons que c'est là que vous aimez recevoir vos cadeaux. »

Shelly se leva.

Bip.

« C'est ça, allez-y voir. »

Bip.

« Salut, Shelly. Vas-y voir. » *Josie*. Shelly n'aurait pu se prononcer avec certitude – la communication avait été trop courte –, mais quelque chose dans la cadence, dans ces consonnes prononcées du bout de la langue contre les dents, lui sembla douloureusement familier.

Bip.

« Miaou, miaou. » Ce fut suivi d'un rire, d'un fou rire. Shelly était en train de se diriger à grands pas vers sa chambre, tandis que ce rire se déversait sur elle comme une pluie froide.

Bip.

« Minou minou minou... »

Bip.

« Tu es la prochaine sur la liste, espèce de salope, si tu ne te tiens pas à carreau. M'est avis que le moment est venu de faire tes valises. Et ne va pas te figurer que tu peux localiser ces appels, vu que même les flics en seraient bien incapables et que... »

Mais Shelly hurlait comme une possédée tout en détachant la cordelette nouée au plafonnier au-dessus du lit et passée au cou de son chat, tout en prenant entre ses bras le petit corps inerte, criant son petit nom idiot à l'adresse de son minois sans expression, à la langue flasque et nécrosée, aux yeux vitreux fixant intensément le néant.

85

Mr Dientz se souvenait de Perry à l'époque des louveteaux. Son propre fils étant plus âgé, les deux garçons ne s'étaient côtoyés que le temps d'une année. Il lui serra chaleureusement la main en lui demandant : « Bon sang, mais qu'est-ce que tes parents t'ont donné à manger, mon gars ? »

Perry lui demanda des nouvelles de Paul Dientz, qui suivait en Caroline du Nord une formation dans la même branche que son père, puis il lui présenta Mrs Polson. Mr Dientz fut manifestement surpris et pas forcément de façon positive (haussement rapide de sourcils gris fort broussailleux) que ce professeur fût une femme. Jeune de surcroît.

Au téléphone, il avait dit : « Perry, vu que je te connais et que tu me dis mener un travail de "recherche" (dans sa bouche, ce mot semblait appartenir à une langue étrangère), je suis bien sûr disposé à vous aider, ton professeur et toi. Au fait, t'ai-je dit combien je suis impressionné que tu fréquentes la plus prestigieuse institution de l'État ? »

Perry l'assura qu'il n'y avait pas manqué.

« Mais c'est un côté de mon métier dont je ne raffole pas. La réouverture de blessures anciennes, pour ainsi dire. Tu serais surpris d'apprendre combien de parents et d'amis, dans les semaines, les mois, les *années* après les obsèques – particulièrement en cas de crémation ou de cercueil scellé – finissent par se convaincre qu'il y a eu erreur sur la personne. Ils croient avoir entraperçu un frère, un fils ou une fille dans la rue ou dans un magazine, ou bien encore leur téléphone a sonné en pleine nuit et personne au bout du fil – et s'ils n'étaient pas sur les lieux de l'accident, s'ils n'ont pas été appelés à identifier le corps ou s'il y a eu des difficultés d'identification, car je ne te le cache pas, Perry, beaucoup de décès prématurés laissent un cadavre qui ne ressemble pas à la personne de son vivant – ils peuvent faire une véritable fixation.

» Mais, je suis tout disposé, dans l'intérêt de la science, à vous recevoir, ton professeur et toi, pour que nous nous penchions sur le dossier. Je dois cependant t'avouer que je ne me rappelle pas tous les détails, en dehors, bien évidemment, de l'horrible tragédie que cela a été. Je me souviens, toutefois, que les Werner n'ont pas suivi notre recommandation de voir le corps. Cela aurait certainement été affreux pour eux que de voir ce qu'était devenue leur si ravissante fille ; mais il n'y a rien de mieux pour se forger un sentiment d'irrévocabilité, si tu vois ce que je veux dire, que de voir le défunt de ses propres yeux. »

« Bienvenue à vous, déclara Mr Dientz en désignant d'un ample mouvement du bras les deux somptueux fauteuils de velours rouge installés face à son bureau. J'ai parcouru mes archives et, dès que vous serez installés, je me ferai un plaisir de vous montrer les photographies de la reconstruction. »

Perry n'avait aucune idée de ce que pouvaient être de telles photographies, mais il savait, Mr Dientz le lui ayant dit au téléphone, que le salon funéraire conservait une photothèque et des dossiers informatiques sur tous ses « clients ». S'apprêtait-il à leur montrer des photos de Nicole ? Là, tout de suite ?

Perry lorgna du côté de la porte en se demandant s'il pouvait s'absenter un moment ; mais Mr Dientz eut tôt fait d'ouvrir le fichier et d'orienter l'écran du Mac vers ses visiteurs.

« Vous vous demandez sans doute, reprit-il d'une voix de publicité radiophonique, s'apprêtant manifestement à dire quelque chose qu'il avait déjà dit un million de fois, mais qui avait toujours du sens à ses yeux, pourquoi nous passons tant et tant d'heures, ici au salon funéraire Dientz, à reconstruire le portrait de défunts défigurés dans un accident ou par la maladie, alors qu'en fait la plupart des obsèques que nous organisons se font cercueil fermé et que, tout particulièrement dans les cas extrêmes, même les proches parents ne verront pas le corps ? »

Il regarda Perry et Mrs Polson d'un air d'animation étudiée, comme s'il évaluait dans quelle mesure ils s'étaient posé la question.

« Eh bien, je m'en vais vous répondre par le biais d'une anecdote remontant à mes débuts dans la profession. Un jeune homme avait trouvé la mort dans un accident de moto. Je n'entre pas dans les détails, mais, comme dans le cas de votre amie Nicole, l'identification se révéla difficile. Des blessures, des brûlures et même un démembrement. Tous les proches affirmaient, comme c'est si souvent le cas, vouloir se souvenir de lui uniquement "tel qu'il était avant". Bien sûr, quelqu'un était venu l'identifier à la morgue, mais il s'agissait d'un parent éloigné, et l'identification se fit surtout d'après les vêtements et une bague. La famille ne voulait aucune espèce de reconstruction ni d'embaumement. Ces gens se moquaient même de ce que le défunt porterait dans son cercueil.

» Néanmoins, il s'agissait d'une famille très traditionnelle ; c'est pourquoi, après m'être assuré qu'ils n'y voyaient pas d'inconvénient, j'ai procédé aux opérations habituelles préalables à l'exposition d'un défunt – je précise que je n'ai pas facturé ces services à la famille et que je ne l'ai même pas informée que je m'en étais acquitté.

» Comme je m'y attendais, les obsèques donnèrent lieu à de considérables effusions. La mère était effondrée de chagrin. Le père était devenu presque violent tant il était inconsolable. Un des frères se jeta en pleurant sur le cercueil, et une des sœurs fit une crise de nerfs, affirmant que son frère ne se trouvait pas à l'intérieur de cette boîte, que c'était un cauchemar ou une terrible erreur, ce qui amena toute la famille et même certains des amis du mort, membres du gang de motards dont il faisait partie, à émettre de semblables protestations. Une bagarre aurait éclaté si le père, repoussant son autre fils, n'avait pas ouvert le cercueil.

» Je vous laisse imaginer ce qui se serait passé si je l'avais fait fermer ou sceller, ou si, dans le cas contraire, ce jeune homme s'était trouvé dans l'état qui était le sien quand la morgue du comté me l'avait apporté. C'est la raison pour laquelle je tiens toujours à réaliser une reconstruction avant de mettre un corps en bière au salon funéraire Dientz.

» Grâce à ce travail, parents et proches purent se rassembler autour du cercueil et faire leur travail de deuil. Il s'agissait bien de celui dont ils gardaient le souvenir. Il était vêtu d'un costume décent. Ses cheveux étaient peignés. Et j'avais refaçonné son visage dans la mesure du possible en me basant sur la photo parue dans le journal.

» Rien, absolument rien, ne rend la mort aussi croyable que d'être en situation de voir, de *toucher* le corps de l'être aimé. Nous sommes des créatures physiques, Perry, madame Polson (il adressa un signe de tête à cette dernière). Et bien que l'on se soit abondamment employé, dans ce pays, à ridiculiser et à calomnier l'"industrie de la mort", je puis vous assurer que l'on puise un formidable réconfort dans le fait de voir un corps au repos, bien vêtu, réparé avec art, les yeux clos, manifestement en paix. Et mon travail consiste à offrir ce réconfort aux personnes qui peuvent ignorer, jusqu'au dernier moment, qu'elles en auront besoin.

— Et pour ce qui est de la famille de Nicole... ? » interrogea Mrs Polson.

Mr Dientz secoua la tête. « Eh non, répondit-il. La famille de Nicole n'a pas voulu affronter cette épreuve. » Il haussa les épaules, comme pour dire : Tantôt on gagne, tantôt on perd. « Bien. À présent, les photos ! »

Il fit pivoter son siège en s'accompagnant d'un grand mouvement de bras qui aurait convenu pour dévoiler la Joconde. Il agita la main au-dessus du clavier, empoigna la souris et cliqua sur un fichier intitulé *NWERNER.JPEG10.* En moins d'une demi-seconde, une image s'ouvrit et occupa tout l'écran. Dans l'instant, Perry bondit de son fauteuil et, une main plaquée sur la bouche, traversa la pièce pour se ruer aux toilettes qui se trouvaient près du hall d'entrée du salon funéraire.

86

« Craig, tu restes ici, d'accord ? avait recommandé Perry au moment de partir pour Bad Axe en compagnie de Mrs Polson. Nous rentrerons tard. Ne fais rien de stupide.

— Comme quoi ? avait interrogé Craig, obligeant Perry à préciser sa pensée.

— Comme de partir à la recherche de Nicole. »

Craig s'y était efforcé. Il avait arpenté l'appartement, allumé puis éteint la télévision. Il avait mangé un sandwich au salami, pris sa douche de la journée. Il s'était mis au lit, puis relevé. Après s'être passé un coup de peigne, il était allé frapper chez Deb, la voisine, mais il n'y avait personne. Pour finir, il s'était posté près du téléphone en voulant très fort l'entendre sonner, ce qui, incroyablement, s'était produit.

« Allô ? »

Silence à l'autre bout du fil.

Il tint le combiné plus près de son oreille et répéta : « Allô ? »

Il distinguait quelque chose à présent. C'était très lointain, peut-être le bruit d'une voiture passant sur l'autoroute. Peut-être, très faible, de la musique sur un autoradio. Ou alors ce n'étaient que les battements de son cœur.

« Allô ? » dit-il encore une fois. Puis : « Nicole ? »

À quoi la communication fut coupée. Il se leva, attrapa son blouson et sortit commettre la bêtise contre laquelle Perry l'avait mis en garde.

Dehors, il faisait plus froid qu'il ne s'y attendait. La neige tombait en gros flocons qui adhéraient aux trottoirs, aux toitures et au pare-brise des voitures en stationnement, même si, sur la chaussée, la circulation les changeait en ombre mouillée et glissante.

Rues et trottoirs lui parurent singulièrement grouiller d'étudiants. Cela tenait-il à ce qu'il n'avait pas suffisamment mis le nez dehors cet automne pour s'habituer à leur nombre, ou bien étaient-ils sortis en masse pour il ne savait quelle raison ?

Ils le dépassaient en marchant à deux ou trois de front. Craig avait le sentiment de les connaître tous ou, du moins, de les avoir tous déjà vus auparavant. Ils poussaient des exclamations, se tapaient dans le dos, faisaient semblant de se disputer, se racontaient des blagues. Des couples se donnaient la main. Des filles se tenaient par l'épaule. Chacun semblait content de son sort. Aucun n'était vêtu en fonction du froid ni ne paraissait même le remarquer. Combien Craig avait douloureusement conscience d'être coupé de la vie de ses pairs. Il était comme un fantôme revenu hanter les lieux de ses derniers jours. Personne ne paraissait remarquer sa présence.

Il se souvenait de cette vie et de ce que c'était que d'en faire partie. Il revoyait Lucas avec une flasque dans sa poche revolver, titubant en direction du quatrième bar de la soirée, et un Perry réprobateur les devançant de quelques pas. Il se rappelait qu'ils s'étaient arrêtés pour brailler une ânerie en direction de la maison d'Oméga Thêta Tau. Quelque chose à propos de putains d'oies blanches.

Il se souvenait d'avoir raffolé de ce moment.

Comme il se sentait bête et comme il se sentait bien.

Il se rappelait qu'une fille était sortie sur la varangue et qu'elle était tout illuminée par-derrière. Même à cette distance, il voyait combien elle était belle.

Il avait adoré être cet étudiant stupide et pris de boisson. Ce conneau gueulant des absurdités en direction d'une sororité. Il adorait cette fille qui les regardait de son haut, et cette bâtisse et l'idée qu'à l'intérieur avait lieu, à la lueur des cierges, il ne savait quelle cérémonie pleine de solennité. Des filles se donnant la main en chantant des psalmodies. Il aimait qu'existât une telle maison, une semblable société secrète de belles créatures, et il aimait se trouver là, braillant des obscénités en direction de la colline, se comportant en véritable crétin, en malotru, cependant qu'une grosse lune tout aussi stupide éclairait la scène, tandis qu'il tâtonnait pour prendre la flasque dans la poche de Lucas et que Perry les plantait là.

Mais tout cela, c'était avant Nicole. Avant qu'elle intègre la sororité. Avant toute l'histoire.

Il était présentement en train de passer à hauteur du premier des terribles jalons. Le banc de pierre sous un saule pleureur où il lui avait glissé au doigt la bague d'ambre et où elle lui avait donné un poème, qu'il conservait depuis dans son portefeuille :

> *Il se peut que le temps nous sépare,*
> *Mais tu seras toujours l'amant de mon cœur.*
> *Je ne t'ai pas encore donné mon corps,*
> *Mais je t'ai offert, à jamais, ce que je suis.*

Il s'arrêta pour contempler ce banc, la couche de neige qui s'y accumulait. Le froid était si vif et il tremblait si fort qu'il se dit que s'il n'avait pas remonté la fermeture éclair de son blouson, celui-ci lui serait tombé des épaules. Après avoir exhalé au-dessus du banc une longue écharpe d'haleine givrée, il s'en repartit pour ne lever de nouveau les yeux que lorsqu'il atteignit l'endroit où, dans Greek Street, on découvrait la colline du haut de laquelle la sinistre résidence d'Oméga Thêta Tau dominait les environs.

Comment le soir avait-il pu tomber aussi vite ?

Depuis combien de temps marchait-il ainsi ?

Il leva la tête vers le ciel, où était suspendue une grosse lune blafarde, puis il reporta son attention sur la maison, dont il vit descendre le perron à deux filles aux cheveux foncés vêtues d'un volumineux manteau d'hiver, mais d'une jupe très courte et de bottes montant au genou.

Bien qu'elles fussent encore à bonne distance, il pouvait voir qu'elles riaient. Chacune se jeta sur l'épaule une épaisse écharpe de laine au moment où elles émergeaient d'une étendue de neige.

Il fit quelques pas vers elles. Elles venaient dans sa direction mais ne l'avaient pas encore vu. Quand elles furent à moins d'un pâté de maisons, il se frotta les yeux pour être sûr.

Aucun doute : l'une des deux était Josie.

Il aurait reconnu n'importe où cette chevelure noire et soyeuse, ce menton pointu. À mesure qu'elle approchait, il pouvait même entendre son rire, ce gloussement haut perché. « Oh, Seigneur ! disait-elle.

Tu me fais marcher. Dis-moi que tu me fais marcher. »

Planté au milieu du trottoir, il les observait. Elles se trouvaient directement en face de lui, et si proches à présent que leur ombre, qui s'étirait devant elles sur la neige, le touchait presque, l'envelopperait sous peu.

Oui.

Certain que celle de gauche était bien Josie, il dut se frotter de nouveau les yeux, battre plusieurs fois des paupières pour en chasser les flocons, pour s'assurer de ce dont il était déjà certain.

L'autre fille, cette brune qui cheminait avec Josie, était Nicole.

Nicole.

« Nicole », dit-il.

Elle ne l'entendit pas, elle ne l'avait pas vu.

Il resta figé sur place, la contemplant sans que rien lui échappât : sa façon de bouger, les commissures de sa bouche, les petits plis au coin des yeux, la petite bosselure parfaite sur l'arête du nez.

Sa chevelure soyeuse tirait sur le noir à présent, comme celle de Josie.

Mais cette inclinaison de la tête.

L'oreille délicate derrière laquelle étaient ramenés les cheveux.

Il les aurait reconnues n'importe où.

Elle portait une jupe en cuir. Des collants argentés et des bottines à talons hauts. Elle avait les yeux plus fardés que dans – dans quoi ? Dans la *vie* ? – et un rouge à lèvres foncé. Sa peau était pâle au clair de lune, mais les joues étaient vermeilles, effet du maquillage ou du froid, à moins qu'elle n'eût bu. Son pas semblait un peu flottant. Elle porta la main à sa bouche pour rire à quelque chose que Josie avait dit, mais la voix de cette dernière couvrit ce rire, ce dont Craig lui sut gré, car s'il l'avait entendu, s'il avait entendu sa voix, il ne l'aurait pas supporté.

« Nicole », dit-il une nouvelle fois, et il se mit à marcher vers elle en répétant son nom encore et encore, en le criant, tout en glissant sur le ciment trop lisse. Alors, elles le virent, et il n'y eut pas à se tromper : il s'agissait bien de Nicole.

Elle le reconnut. Son regard s'emplit d'effroi. Elle tourna les talons et se mit à détaler à une vitesse incroyable vers la colline et la maison d'OTT. Craig s'élança à sa suite, dérapant sur le trottoir, trébuchant comme un ivrogne, mais parvenant tant bien que mal à rester d'aplomb et à continuer la poursuite.

Mais elle était tellement plus rapide que lui. Elle ne glissait pas du tout. Comment était-ce possible avec de si hauts talons ? Il n'avait vu qu'une seule créature courir avec autant de prestesse et de grâce, sans un regard en arrière : un cerf traversant sans bruit l'autoroute pour s'enfoncer dans les bois. Il était, lui, un animal beaucoup plus pataud et plus lourd, au pas incertain, pantelant, non d'épuisement mais sous l'effet de la panique, de l'excitation, de l'extase.

Elle le devançait, mais il était plus proche d'elle qu'il n'aurait jamais pensé pouvoir l'être de nouveau. Elle n'était pas à sa portée, mais aurait pu l'être. Il pouvait finir par la rattraper, pour peu qu'il…

C'est alors que Josie se jeta crânement sur lui, le fit tomber à terre et, à califourchon sur lui, se mit à le marteler de ses petits poings. Elle se débarrassa de ses gants pour lui lacérer le visage, la tête, les yeux. « Salaud ! Sale con ! Assassin ! Fous le camp d'ici ! Disparais de nos vies ! Tire-toi de ce campus, espèce de fumier ! » Il avait un goût de sang dans la bouche, il entendit un os se briser quelque part dans son visage et, quoiqu'il eût l'impression que cela n'en finissait pas, il n'éprouvait nulle douleur. Et tout à coup, juste comme il commençait de s'y habituer, il rouvrit les yeux et constata qu'elle n'était plus là. Il était seul sur le trottoir, contemplant l'astre lunaire, qui semblait projeter de blancs flocons sur son visage parcouru d'élancements.

« Merde alors ! lança en se penchant au-dessus de lui un type coiffé d'une casquette des Red Sox. Ça va aller, vieux ? Je sais pas ce que tu lui as fait pour la mettre dans cet état, mais j'espère que ça en valait le coup. »

87

« Oh, mon Dieu ! Ce n'est pas du tout l'image que je voulais vous montrer. Je suis désolé », dit Mr Dientz comme qui s'excuserait, après coup, d'avoir omis par étourderie de vous proposer du sucre pour votre thé.

Perry, de retour des toilettes, se tenait à la fenêtre, le front appuyé contre la vitre, et contemplait l'aire de stationnement, sur laquelle l'enseigne rectangulaire en forme de cercueil du salon funéraire Dientz projetait son ombre.

Dix mille fois peut-être il était passé, en voiture ou à vélo, devant cette enseigne et ce parking, et cependant les deux lui semblaient présentement si insolites, si irréels, qu'il aurait été incapable, si on le lui avait demandé, de déchiffrer l'une ou de préciser la fonction de l'autre, comme de situer ces deux choses ou sa propre personne à la surface du globe. Bien qu'il se fût abondamment rincé la bouche aux toilettes, il y avait toujours un goût de bile. Mrs Polson s'approcha dans son dos et lui toucha le bras. « Perry, dit-elle d'un ton ferme en commençant de le ramener vers le centre de la pièce.

— Dis donc, ça a dû te faire un coup ! »

Impossible de se méprendre sur l'amusement de Mr Dientz. Perry le revit alors tournant un jour autour d'une table de louveteaux dans la cantine de l'école primaire de Bad Axe, riant sous cape en les regardant essayer de clouer des planches. Qu'est-ce qu'ils confectionnaient ? Des maisons à oiseaux ? Des boîtes à outils ? Ces planches en pin étaient épaisses et incroyablement dures, et les louveteaux avaient tous moins de dix ans. À chaque coup de marteau, une pointe se tordait lamentablement au lieu de s'enfoncer dans le bois. « Ha, ha, ha ! On n'est pas tellement habiles aux travaux d'homme, pas vrai, les filles ? » avait raillé Mr Dientz. Et Perry se rappelait l'expression chiffonnée de son fils Paul, le regard humide qu'il posa sur la pointe au moment de la frapper, et la façon dont, quand elle se tordit pour la quatrième ou cinquième fois et que son père se mit à rire, il ne jeta pas le marteau ni même ne le laissa tomber, mais le reposa doucement à côté des planches et s'en alla, suivi par le regard et le rire paternels.

« Voilà donc l'image que je voulais vous montrer, dit Mr Dientz, la photo post-reconstruction. Une excellente photo et de la belle ouvrage, vous pouvez me croire.

— Attendez que je voie ça, dit Mrs Polson en lâchant le bras de Perry afin de le laisser à bonne distance du bureau.

— J'espère que vous mesurez, madame Polson, la somme de travail que cela a exigé. Il n'y a vraiment rien à voir entre le premier visage et celui-ci, pas vrai ? »

Mrs Polson ne répondit pas. Elle regardait intensément l'écran de l'ordinateur de Mr Dientz. Perry nota qu'elle avait, le long de la colonne vertébrale, un petit filet de transpiration qui imprégnait légèrement la soie rouge de sa robe. Le corsage ne la serrait pas et pourtant le tissu était plaqué à son dos. De l'endroit où il se trouvait, Perry aurait pu lui compter les vertèbres. La lueur électrique de l'ordinateur lui faisait un nimbe de cheveux autour du visage, si bien qu'ils étaient à la fois noirs et d'un éclat aveuglant. « Perry ? dit-elle d'une voix douce en se retournant vers lui. Pensez-vous pouvoir jeter un œil à cette photo ? »

Il avala sa salive et, traversant l'étendue de moquette mauve, revint s'asseoir à côté d'elle, se frotta les yeux, encore mouillés et brouillés d'avoir vomi, puis se pencha vers l'écran.

« Vous constaterez, reprit Mr Dientz, que le type de travail qui doit être accompli sur un visage dans l'état où était celui de cette défunte quand on me l'a apportée, se rapproche de la sculpture. Par chance, la boîte crânienne était en grande partie intacte et

présente dans son entier, si bien que les sections frag-
mentées ont pu être recollées à leur emplacement
d'origine – il prit une profonde inspiration, comme
s'il revivait en souvenir une tâche qui avait été particulièrement épuisante. Je pus ensuite recourir, pour
rhabiller l'os, à ce qu'on appelle du mastic funéraire,
à la suite de quoi, bien sûr, en raison de la décolora-
tion due aux brûlures, il m'a fallu employer de la cire
afin de confectionner une sorte de masque. Après
cela, moyennant un petit apport de cosmétique, elle
fut pratiquement terminée. La chevelure n'avait
besoin que d'une petite remise en forme assortie d'un
ou deux ajouts synthétiques. C'était une chance,
considérant les dégâts subis par l'épiderme sous
l'action du feu. En tout, peut-être cinq heures de travail. Malheureusement, en dehors de vous deux, personne à part moi n'a jamais vu le résultat. »

Perry se pencha un peu plus près.

Le visage de la fille, photographié à l'aide d'un
appareil numérique, ne ressemblait à aucun visage
humain qu'il eût jamais vu.

Il s'en dégageait quelque chose de tellement rayonnant qu'il eut tout à la fois envie de fermer les yeux
et de se pencher plus encore pour s'y engloutir. Il
avait le sentiment que s'il avait posé la main sur
l'écran pour la toucher, elle aurait pu se réveiller. Elle
aurait été stupéfaite, peut-être gênée, mais assurément plus vivante que quiconque dans cette pièce.

La morte de la photo avait les paupières closes,
mais Perry n'avait pas l'impression qu'elle ne pût
voir. Il avait au contraire le sentiment qu'elle n'avait
nul besoin d'ouvrir les yeux pour voir. Elle voyait
toute chose. Elle était toute chose. Il dut se laisser

aller contre le dossier de son fauteuil de velours et fermer les yeux, puis il les rouvrit pour regarder tour à tour Mrs Polson, Mr Dientz et la fille.

« Perry ? interrogea Mrs Polson.

— Ce n'est pas elle, fit-il en secouant la tête. Ce n'est pas Nicole. »

88

Shelly n'emporta que le nécessaire pour une nuit dans un motel – pas question de descendre chez Rosemary, à cause des enfants et à cause de son état du moment –, mais en refermant derrière elle, elle fut assaillie d'un intense chagrin à la pensée des objets qui emplissaient la maison, les tasses à thé et la courtepointe, les gravures, son meuble à CD, toutes choses qu'elle pouvait bien ne jamais revoir. On ne savait jamais, pas vrai ?

Elle ne prit pas la peine de fermer à clé. Le quartier était si tranquille et si sûr qu'elle avait toujours procédé de même – habitude qu'elle avait partagée avec Josie.

Ses mains étaient toujours endolories et toutes tremblantes d'avoir creusé à la bêche le sol durci. Tout en enterrant Jeremy (enroulé dans une couverture, car il lui était insupportable de l'imaginer à même la terre froide), elle s'était demandé, les larmes aux yeux, s'il fallait appeler la police, finissant par décider que, si elle le faisait, ce ne pouvait être maintenant.

La pelouse était illuminée par la pleine lune.

La neige, qui tombait d'abondance, faisait une écume arachnéenne sur le gazon.

Il y avait dans la rue un nombre d'étudiants plus important qu'à l'accoutumée. Ils cheminaient en petits groupes ou bien par deux. Des filles ridiculement juchées sur des talons hauts, la démarche incertaine sur le sol glissant, se rendaient dans des bars ou bien à des soirées, où leur arriveraient des choses exaltantes ou affreuses. Il y aurait des baisers, des accidents. On échangerait des mots d'amour et des paroles blessantes. L'une tomberait amoureuse. Telle autre danserait toute la nuit. Telle autre encore boirait trop, se ferait violer, serait meurtrie.

Pour sortir de l'allée en marche arrière, Shelly dut attendre que se sépare un couple qui s'embrassait au milieu de la chaussée (deux beaux jeunes gens blonds, la fille sur la pointe des pieds pour atteindre la bouche du garçon). Finissant par voir ses feux arrière, ils rirent et, toujours enlacés, se déplacèrent vers le trottoir. Quand Shelly recula et passa à quelques mètres d'eux, les distinguant à travers les ruisselets de neige fondue qui couraient sur la vitre côté passager, la fille (dont les lèvres écarlates s'entrouvraient sur des dents blanches) lui fit un doigt d'honneur. Puis ils s'écartèrent l'un de l'autre, pliés en deux de rire, et s'éloignèrent en glissant un peu sur le trottoir, éclairés par le clair de lune – êtres humains aussi incroyablement beaux que vains, sans la moindre notion de ce qui les attendait. Shelly n'eut d'autre choix que de les dépasser une nouvelle fois, en s'efforçant de ne pas les regarder au passage, en s'interdisant même de leur lancer un coup d'œil dans le rétroviseur et le faisant néanmoins.

Ils n'avaient que faire d'elle.

Elle le savait parfaitement.

Elle aurait pu rester plantée toute la nuit dans la neige à les sermonner sur le caractère fugitif de la jeunesse, les dangers de ce monde, l'importance croissante de chaque acte posé dans cette vie, le fil ténu, si facilement tranché, entre la vie et la mort, ou simplement sur l'importance d'être respectueux de ses aînés, ils n'en auraient rien entendu.

89

« Allez-y, dit Mrs Polson en remettant à Perry les clés de la voiture de Jeff Blackhawk. Je vais rester pour m'entretenir avec Mr Dientz de ce qu'il est possible de faire en ce qui concerne l'identification. Ce genre de choses. Il paraît disposé à œuvrer pour nous. Il m'a l'air très intrigué. »

Perry acquiesça.

Dans un premier temps, quand Perry avait déclaré que la fille de la photo n'était pas Nicole, Mr Dientz, aussitôt sur la défensive, avait bégayé que même un praticien miracle ne pouvait faire qu'une personne qui a été brûlée sur quatre-vingt-dix pour cent du corps et qui a subi un énorme traumatisme crânien, ressemblât à ce qu'elle était de son vivant. Mais quand il comprit que, loin de contester son savoir-faire de thanatopracteur, Perry et Mrs Polson discutaient de la question de savoir si cette fille, sur la photo, était ou non Nicole Werner, il parut fort intéressé.

Tout à coup, Perry se le représenta parfaitement en lecteur de littérature policière – le genre de personnalité pour laquelle pareil mystère constituait un défi intellectuel riche en frissons potentiels, et qui ne tiendrait pas nécessairement pour impossible qu'une défunte ait été substituée à une vivante et inhumée à sa place. Il était à tout le moins désireux d'envisager cette éventualité.

« Vous savez, dit-il, des choses plus étranges sont arrivées. Je ne vais pas entrer dans les détails, mais laissez-moi vous dire que... »

Il ne leur dit pas quelles étaient ces choses plus étranges, mais il leur expliqua qu'en raison précisément de tout ce qu'il avait vu de singulier depuis qu'il s'était installé, il s'était mis, quelques années plus tôt, à conserver un échantillon de l'ADN de chaque corps qui lui « passait entre les mains ».

« Les militaires ont ouvert la voie. Ils ont mis au point, pour collecter l'ADN, une technique si simple que quiconque a affaire aux morts pourrait se faire taxer de négligence s'il n'en profitait pas. »

Et d'expliquer qu'il avait fait pour chaque corps une « carte tache de sang » et qu'il conservait ces cartes, dûment classées, dans son sous-sol.

« La plus infime goutte de sang est porteuse de la totalité des données. L'ensemble du message génétique d'un individu et de toute sa lignée depuis l'origine de l'espèce ! »

Mrs Polson hocha la tête de l'air de savoir exactement de quoi il parlait, puis elle lui demanda : « Et donc, vous avez conservé un tel échantillon du sang de Nicole ?

— Bien sûr. Tout ce qu'il me faudrait, ce sont environ cinq cheveux de sa mère ou de sa sœur pour déterminer avec certitude si la tache de sang que j'ai archivée appartenait à une parente de ces femmes

Werner. Apportez-moi ces cheveux et je passe un coup de fil à mes copains de chez Genetech, et pour huit ou neuf dollars nous aurons notre réponse. »

Mr Dientz et Mrs Polson parlèrent avec animation de la rapidité et de l'efficacité de ces techniques modernes permettant de confirmer ou d'infirmer un lien de parenté. Mr Dientz trouvait manifestement Mrs Polson attirante. Il lui avait donné du « ma chère » à deux reprises, et Perry l'avait vu profiter de ce qu'elle cherchait quelque chose dans son attaché-case pour se pencher par-dessus le bureau afin de guigner l'échancrure de son corsage en soie, là où se devinait l'amorce du sillon mammaire. Qu'elle n'eût cessé d'exprimer de l'admiration pour son travail, ses installations, son savoir-faire, n'était sans doute pas non plus pour lui déplaire. Elle lui avait parlé des autres salons funéraires qu'elle avait visités, d'un congrès de thanatopracteurs auquel elle avait assisté, d'instituts médico-légaux d'autres États et d'autres pays, de pratiques depuis longtemps abandonnées, de celles qui avaient toujours cours, en les comparant favorablement aux siennes. Ou bien elle savait que cela lui permettrait de se le concilier, ou bien elle le comprenait et l'admirait sincèrement.

« Écoutez, j'ai envie d'être franc avec vous, lui dit-il sans un regard pour Perry. Je ne conserve pas l'ADN aux seules fins d'identification – car enfin, honnêtement, ce genre de cas ne se présente pas si souvent. Certes, cela arrive, mais pas assez fréquemment pour justifier que l'on prenne la peine de conserver ce type d'archives. Voyez-vous, la première fois que j'ai entendu parler de ce projet de l'armée, je me suis dit : *Ho, ho, ils ont une idée derrière la tête.* »

Mrs Polson de hocher la tête. Il prit une profonde inspiration.

« L'ADN est capable de se reproduire, bien évidemment ; or à combien d'années sommes-nous, franchement, de savoir fabriquer un être humain, un clone, si vous voulez, une réplique à partir de l'échantillon le plus microscopique ? Je me suis dit : C'est comme ça qu'ils constitueront leurs armées à l'avenir, maintenant que les jeunes Américains sont trop ramollis. Même mes propres fils – ah, ne me lancez pas là-dessus ! Impossible que ces garçons nous sauvent la mise en cas de conflit. On n'élève plus de vrais hommes dans ce pays, et les militaires le savent bien. Ils ont conservé l'ADN de l'élite des combattants, des machines de guerre. C'est à partir de ça qu'ils forgeront leurs armées au gré des besoins.

» Alors, je me suis dit : Et si *mes* morts présentaient les mêmes avantages ? Même s'ils ne sont pas morts en héros, pour la plupart, un homme qui exerce ce métier a de l'affection pour ses morts, et j'ai eu le sentiment, en tant que dernière personne à qui ils furent confiés, de leur devoir la possibilité d'une telle résurrection. Leurs proches étaient assurément trop choqués et peinés pour se soucier de tels détails. De plus, cela ne demande que quelques secondes. Ces cartes sont d'un faible encombrement. Je n'en ai jusqu'à présent rempli qu'un seul tiroir. »

Mrs Polson, bouche bée, muette d'étonnement, battit des paupières.

« Bref, reprit Mr Dientz, d'ici là, nous avons ce qu'il nous faut pour résoudre ce mystère ! » Sa face était encore plus colorée que lorsqu'il glosait sur les prodiges de la reconstruction et sur sa passion du métier.

À présent, il avait disparu au sous-sol pour y quérir la carte de Nicole Werner.

Perry prit les clés que lui tendait Mrs Polson.

« Allez dire bonjour à vos parents, lui suggéra-t-elle. Et si vous vous en sentez la force, pourriez-vous rendre visite aux Werner ? Histoire de vous rappeler à leur bon souvenir. Et de… voir ce qu'il en est. Vous comprenez, nous pourrions en définitive avoir besoin d'eux, de leur coopération. Pendant que vous serez parti, je vais m'occuper de ce qu'il y a à faire ici, et ensuite nous aviserons.

— Entendu », répondit-il, bien qu'il n'eût aucune envie de partir. Il ne voulait pas quitter le salon funéraire, se retrouver face à ses parents ou à ceux de Nicole, s'en aller en voiture dans Bad Axe, qui, dans ce nouveau contexte, lui semblait être un endroit complètement étranger. « Entendu, répéta-t-il néanmoins.

— Et dans le cas où vous iriez voir les Werner, ajouta-t-elle, cela ne pourrait pas nuire si vous en rapportiez quelque chose. Tout le monde a une brosse à cheveux ou un peigne ou quelques cheveux qui traînent sur le lavabo de la salle de bains. Toutes ces sœurs, tous ces cheveux… Mr Dientz dit avoir besoin de cinq cheveux, mais j'ai entendu dire qu'un seul pouvait suffire. Je ne voudrais pas que vous fassiez quelque chose qui pourrait vous plonger dans l'embarras ;

mais cela nous éviterait d'avoir à les mettre au courant dès maintenant, avant que…

— Oui », acquiesça Perry

C'était le début de la soirée, mais il faisait déjà nuit noire. Il avait neigé toute la journée, les pelouses, les trottoirs et les rues de Bad Axe semblaient recouverts d'un tapis de verre brisé. Il n'y avait personne dehors. Les seuls signes de vie que Perry relevait se trouvaient tapis derrière des rideaux : des silhouettes profilées devant la lueur tremblotante d'un écran de télévision, une lampe brûlant sur l'ombre d'un bureau. Certains habitants avaient déjà allumé leurs guirlandes de Noël, qui clignotaient, clignotaient.

Il prit conscience que chacune des maisons devant lesquelles il passait avait son histoire. Du fait qu'il s'agissait d'une petite ville, il connaissait toutes ces histoires. Elles ne tournaient pas toutes autour de la mort ; mais, là-bas, une grand-mère avait chassé à coups de pelle son petit-fils, drogué à la méthamphétamine, venu lui voler sa bague de mariage. De l'autre côté de la rue, la maison de Melanie Shenk était plongée dans le noir. Perry savait que la mère de celle-ci était en prison pour fraude bancaire. Une des maisons qui faisaient le coin appartenait au père d'une autre fille, son aînée de quelques années, avec laquelle il était allé à l'école. Sophie Marks. Tout le monde avait pitié d'elle à l'époque parce que, ses parents ayant divorcé, elle avait été confiée à la garde de son père. Toujours mal fagotée, elle plaisantait elle-même sur le fait qu'elle n'avait, de toute sa vie, jamais mangé un plat cuisiné à la maison. (« En quoi est-ce différent de, disons, un hot-dog ? ») Mais elle était maintenant hôtesse de l'air et mariée à un pilote. Perry tenait de la bouche de sa mère que Sophie faisait voyager gratuitement tout autour du globe son postier en retraite de père. « Aux dernières nouvelles, il partait pour Singapour. »

Perry s'aperçut qu'il venait de dépasser sa maison sans s'y arrêter, n'y jetant qu'un coup d'œil comme s'il s'agissait de n'importe quelle autre maison du quartier – chaleureusement éclairée de l'intérieur, une mère apportant une assiette remplie sur la table. Un père assis à cette table. Ils ne devaient pas s'attendre à ce qu'on toque à leur porte. Ils auraient été surpris, inquiets, de voir s'y encadrer leur fils, censé se trouver à l'université.

Au lieu de cela, il roulait en direction du domicile des Werner. À gauche dans Brookside Avenue. À droite dans Robbins Street.

Il avait parcouru cet itinéraire des centaines de fois, en allant chercher Nicole pour un lavage de voitures organisé par le comité des délégués de classe ou une réunion du club de rhétorique. Il pouvait disposer d'une voiture et pas elle. C'était une petite ville. Nul besoin de longues explications pour se rendre chez tel ou tel. Il suffisait de dire : « Oh, il habite à trois maisons en dessous de chez les Werner » ou : « Tu files en diagonale jusque chez les Edwards, et c'est en face. »

La maison Werner était elle aussi chaleureusement illuminée, guirlandes de Noël déjà allumées. Des bleus, des rouges, des blancs et des verts brillaient en pointillés sous les avant-toits. Les rideaux étaient tirés derrière la baie vitrée de leur jolie maison style ranch.

Perry y était maintes fois entré. Leur domicile ne comptait que peu de chambres à coucher par rapport au nombre des filles de la maisonnée. Leur attribution avait dû changer au fil des ans, l'une partant à l'université, une autre disposant alors d'une chambre à elle. Cette maison était petite, mais elle lui avait toujours paru chaleureuse et bien tenue. Lorsqu'il attendait Nicole au salon, il lui semblait qu'il aurait pu la parcourir tout un jour à quatre pattes sans trouver un grain de poussière. Bien sûr, il en allait de même de leur restaurant. On aurait facilement imaginé qu'ils le passaient toutes les quelques heures au nettoyeur à haute pression, tant toute surface y rutilait. La perfection par effet de souffle.

Toutefois, ces décorations de Noël lui parurent étranges.

Comptait-il voir leurs fenêtres drapées de noir ?

Non, certes. Mais il ne s'attendait pas à des guirlandes de si bonne heure avant Noël. Et il fut encore plus surpris d'apercevoir, par-delà les ampoules de couleur et les fins rideaux, plusieurs ombres féminines rassemblées autour des larges épaules d'une silhouette masculine. Perry comprit, après avoir arrêté la voiture au milieu de la rue pour contempler assez longuement ce tableau, que la famille était réunie autour de l'orgue Hammond du salon.

Toutes les filles savaient en jouer, de même que leur mère, croyait-il se souvenir. Nicole lui avait parlé de cantiques chantés une bonne partie de la veillée de Noël.

S'étant garé devant la maison, il coupa le moteur. L'ensemble de la guimbarde de Jeff Blackhawk – chromes, soupapes, garnitures – trépida bruyamment avant de faire silence. C'était plus de bruit qu'il ne s'attendait à en produire, sinon il se serait arrêté plus loin. Apparemment, un membre de la maisonnée avait entendu. Il vit une des ombres féminines (Mrs Werner ?) s'écarter du groupe pour venir à la fenêtre écarter le côté d'un rideau. Un visage se dessina en contre-jour, regarda au-dehors, puis le rideau retomba en place. Sans doute cette personne s'adressa-t-elle aux autres, car tous se détournèrent de l'orgue pour la regarder.

D'un certain côté, Perry n'était pas mécontent qu'ils fussent au courant de la venue d'un visiteur, pas mécontent de s'être annoncé de la sorte.

Il aurait détesté l'idée de leur tomber dessus par surprise.

Il supposait que, même avec leurs autres filles à la maison, même rassemblés autour de l'orgue, le chagrin de ces gens devait posséder une texture propre – ces ombres – et une odeur, peut-être celle de la benne à ordures rangée sur l'aire de stationnement derrière le *Boulettes*. À l'époque où Perry apprenait à faire du vélo, son père l'amenait parfois sur ce parking, le samedi matin avant l'ouverture, quand il était encore désert. L'endroit comportait une pente douce se terminant dans une étendue de hautes herbes, aussi était-ce le lieu idéal pour s'exercer à tourner, à freiner – préférable à la rue devant chez lui, où une voiture pouvait toujours survenir. Ces matins-là, il sentait l'odeur émanant de cette benne. Ce n'était pas une puanteur. Juste un parfum de fermentation lente. Du pain humide, semblait-il. Et des reliefs de choux dont un enfant n'avait pas voulu. Peut-être une part de tourte aux cerises noires qu'une femme suivant un régime n'avait pas terminée. De la sauce au jus de viande enfermée dans un sac poubelle, des os.

Il descendit de voiture, claqua la portière (un préavis de plus) et se dirigea lentement vers la porte d'entrée, que Mrs Werner ouvrit avant même qu'il y eût toqué. Bien que son visage coloré parût marqué par le contentement (elle était telle que dans son souvenir, allant et venant dans son restaurant, apportant des gâteries de pain noir et de confiture maison aux tables occupées par « les copains de [sa] fille ! »), elle n'avait pas l'air heureuse de le voir.

Il regarda derrière elle en direction de l'endroit où la famille se trouvait réunie quelques instants plus tôt, mais il ne vit plus personne. Pourtant, un petit point rouge luisait au-dessus du clavier de l'orgue, resté allumé.

Il crut entendre l'instrument bourdonner en sourdine quand Mrs Werner s'effaça, à contrecœur, lui sembla-t-il, pour le faire entrer.

« Ça fait plaisir de te voir, Perry. Comment vont tes parents ?

— Ils vont bien, madame Werner. Je...

— Qu'est-ce que je peux faire pour toi ?

— Je passais juste dire bonjour. Je...

— J'étais sur le point de sortir, mais si tu veux entrer t'asseoir une seconde... »

Elle montrait un canapé blanc. Il était recouvert d'un plastique, et Perry se souvint du chat noir à poil long, Grincheux, qui lui avait un jour craché dessus, alors qu'il s'agenouillait pour le caresser, ce qui avait déclenché le fou rire de Nicole (« Ça alors ! Il aime tout le monde. Il ne fait jamais ça à personne ! C'est pour ça qu'on l'a appelé Grincheux »). Il n'avait pas

580

pris la peine de lui demander si elle plaisantait – si, ce chat crachant sur tout le monde, elle disait cela pour rire, ou s'il était effectivement gentil et baptisé ainsi par antiphrase. Aujourd'hui, il regrettait de n'en avoir pas le cœur net.

« Avez-vous toujours Grincheux, votre chat ? » interrogea-t-il – bêtement, pensa-t-il dès que la question eut franchi ses lèvres. (Après tout ce qui était arrivé, venir s'informer de leur chat !)

« Pourquoi me demandes-tu ça ? » s'enquit Mrs Werner en s'asseyant face à lui, de l'autre côté d'une table basse à dessus de verre, dans un fauteuil blanc assorti, lui aussi recouvert de plastique. Peut-être était-ce décidément une question stupide, pensa Perry, mais la réaction de Mrs Werner le surprit néanmoins, et tout ce qu'il trouva à dire fut : « Je me souviens de lui.

— Eh bien, oui, nous l'avons toujours. Il est vieux. Mais un chat peut vivre plus de vingt ans.

— Ah, c'est une bonne nouvelle.

— Tes parents, comment vont-ils ? interrogea de nouveau Mrs Werner.

— Ils vont bien, madame Werner. À merveille. Enfin, je ne les ai pas encore vus, mais Thanksgiving approche et…

— Tu es venu à Bad Axe pour nous voir, nous ? » demanda-t-elle en écarquillant les yeux, l'air inquiète. Perry la trouvait tout aussi belle que ses filles. Son visage, pratiquement dépourvu de rides, resplendissait de santé. Elle avait les cheveux gris, mais sans ce côté desséché qu'il avait remarqué le jour des obsèques, la dernière fois qu'il l'avait vue. À présent, ils paraissaient souples et tombaient en vagues argentées jusqu'à ses épaules.

« Euh, non, en fait, dit-il. Mais comme j'étais ici, j'ai voulu venir vous saluer.

— Merci », dit-elle en s'appliquant les mains sur les genoux, comme si cela concluait le marché. Fin de la discussion. « C'est très gentil de ta part, Perry. Nous pensons souvent à toi ainsi qu'à tes parents. Ils vont nous manquer.

— Ils vont vous manquer ? »

Elle le regarda d'un air intrigué.

« Ah, dit-elle. Je pensais que tu étais au courant et que c'était la raison de ta venue. Nous avons vendu le restaurant. Nous partons vivre en Arizona. Dans deux semaines.

— Dans deux semaines ?

— Oui. Je sais que certaines personnes trouvent ça un peu soudain, mais cela fait déjà un moment que nous envisageons de nous retirer. Mr Werner et moi ne sommes pas des perdreaux de l'année, tu sais, et…

— Oui, bien sûr. » Perry se montra bien élevé. Il éprouvait pourtant une certaine confusion ainsi qu'une étrange incrédulité. De quel droit mettait-il en doute les projets et les motifs de ces gens ? Cependant, à Bad Axe depuis tant de générations… Sa première école avait été le cours primaire Werner. Et voilà qu'ils s'en allaient vivre en Arizona ? Dans deux semaines ?

Mrs Werner se leva. « Je suis heureuse d'avoir eu l'occasion de te dire au revoir, Perry. J'ai été ravie de te revoir, et si jamais tu viens en Arizona…

— Où cela en Arizona ? »

Elle s'éclaircit la gorge avant de répondre : « Nous n'avons pas encore décidé. Probablement Phoenix. Bien sûr, quand nous aurons une adresse définitive, nous le ferons savoir à tous nos amis ici. »

Son sourire était crispé, mais pas entièrement faux. Elle était heureuse de le voir, comme le montra la chaleur avec laquelle elle le serra dans ses bras. Mais quelque chose la navrait en même temps. Quand il demanda s'il pouvait utiliser ses toilettes, le sourire s'évanouit.

Elle le dévisagea durant plusieurs secondes, de l'air d'attendre qu'il retire sa requête. Comme il n'en faisait rien, elle dit : « Ma foi, attends que j'aille d'abord y jeter un œil, histoire de vérifier qu'il n'y a pas de serviettes à traîner par terre. Tu comprends, avec le déménagement qui se prépare, nous sommes devenus un peu négligents, et je ne voudrais pas que… »

Avant que Perry ait pu se récrier, affirmer que l'état de leur salle de bains lui importait peu, elle disparut par la porte d'un couloir donnant sur le séjour. À son retour, elle dit : « C'est bon. Vas-y. » Il passa devant elle et referma derrière lui.

Un carrelage bleu pâle. Un papier peint avec des coquillages, exactement le même que celui que sa mère avait posé quelques années plus tôt, un samedi après-midi d'été (sans doute acheté dans le même magasin ; une vente en promotion dans les mêmes temps). Sans perdre de temps, il se jeta à quatre pattes sur la moquette blanche et se mit à chercher tout ce qui ne serait pas des poils de chat (Grincheux en déposait partout). Il ne trouva rien sur le sol. Au moment où il se relevait, il avisa ce qu'il lui fallait : une brosse à cheveux posée sur une étagère au-dessus du réservoir de la chasse d'eau. Manche en écaille et poils blancs. Elle était de petites dimensions, le genre qu'il pouvait glisser sans peine dans la poche de son blouson. En l'examinant, il y vit un trésor : de longs cheveux blonds flottant, éthérés, au-dessus de la pelote, mêlés à d'autres, plus courts et gris. Un nid de féminité, quelque chose fait de soie et d'haleine. Il prit un Kleenex dans la boîte posée sur le lavabo, l'enroula autour de la tête de la brosse et empocha le tout avant de tirer la chasse d'eau, de s'éclaircir la gorge et de regagner le séjour.

« C'est bon ? » s'enquit Mrs Werner. Elle lui tenait la porte ouverte en dépit du vent qui s'engouffrait dans l'entrée. Son désir fervent de le voir prendre congé sur-le-champ ne faisait aucun doute.

Perry lui tendit la main. Elle la lui serra chaleureusement. C'est alors qu'il baissa les yeux, et elle dut s'apercevoir qu'il remarquait la bague sertie d'un bloc d'ambre qu'elle avait au doigt (il était certain qu'elle ne la portait pas quand il lui avait pris la main en arrivant). L'instant d'après, elle avait récupéré sa main et refermé la porte sans lui dire au revoir.

Il regagna la voiture en marchant aussi lentement que possible. Il avait envie de rebrousser chemin, il cherchait une bonne raison de le faire. Y avait-il quelque chose qu'il eût « oublié » de dire aux parents de la fille dont il avait porté le cercueil neuf mois plus tôt seulement ? Peut-être : *Nous pensons que Nicole est toujours vivante ?* Ou bien : *Nous pensons qu'il se peut que votre fille soit revenue d'entre les morts ?*

Non.

Il dut se résigner à remonter en voiture, lancer le moteur et démarrer.

Il n'avait parcouru que quelques pâtés de maisons (il venait de dépasser celle des Holliday – dont, aux dernières nouvelles, un des fils était violoniste sans domicile fixe à Santa Monica – et de tourner le coin de la rue où Mrs Samm vivait avec les enfants de sa fille cadette, tuée dans un accident de moto) quand il s'arrêta le long du trottoir et coupa le contact.

Tout un groupe de filles était rassemblé autour de l'orgue dont jouait Mr Werner. En apprenant la venue d'un visiteur, tout ce petit monde s'était envolé.

Il s'agissait d'une maison de dimensions modestes. Trois chambres. Le sous-sol était-il seulement terminé ? La cuisine, telle qu'il se la rappelait, était assez petite pour mériter l'appellation de kitchenette. Ils avaient dû aller s'enfermer dans la chambre la plus éloignée. Avaient-ils attendu assis au bord du lit en retenant leur souffle, un doigt sur les lèvres pour se rappeler au silence ?

Mais pourquoi ?

C'était complètement fou.

S'ils voulaient l'éviter, ils n'avaient qu'à envoyer Mrs Werner lui signifier sur le pas de la porte : « Nous sommes occupés, Perry, sinon je t'aurais volontiers fait entrer… »

Non.

Ils ne voulaient pas qu'il sache qu'ils se trouvaient là.

Ou bien était-ce lui qui était fou ?

Il descendit de voiture et reprit à pied la direction du domicile des Werner.

90

Ted Dientz rappelait à Mira un professeur d'éducation physique qu'elle avait eu, un de ses rares profs de collège paraissant aimer vraiment son métier et éprouver une véritable passion pour la matière qu'il enseignait. Il lui arrivait parfois, encore maintenant, de penser à lui en faisant cours, de revoir la façon dont il se tenait devant la projection d'une diapositive présentant la musculature du corps humain.

Lui-même abondamment pourvu de muscles saillants, Mr Baker leur montrait les meilleurs, ceux qu'il était possible de développer avec « si peu de travail que vous ne vous en rendrez même pas compte ». Parfois, lorsqu'il en parlait, les bienfaits de l'exercice, les beautés du maniement de la fonte, semblaient le bouleverser. (« Vous n'en reviendrez pas. Un jour viendra où vous ne serez même plus capable de soulever quelque chose et, très vite, vous n'aurez même plus l'impression de le soulever. ») Quoique ne s'étant jamais intéressée à l'haltérophilie, Mira avait appris de cet homme ce qu'était l'enthousiasme et de quelle manière un enseignant pouvait le communiquer à ses élèves. C'est à lui qu'elle avait pensé quand, en première année à l'université, elle avait appris en cours de grec que le mot *enthousiasmos* signifie « inspiration divine ».

Dans le cas de Ted Dientz, nul doute que cet homme était possédé par le dieu des enfers ; ce que Mira était bien placée pour comprendre. Quand il remonta du sous-sol avec l'enveloppe renfermant la fameuse carte, il déclara : « Vous savez, il n'y a plus grand-chose que quelques cellules sanguines ou un cheveu ne puissent nous apprendre. Vous auriez beau être un génie du travestissement ; si je comparais une seule de vos cellules à un cheveu de votre mère, je saurais instantanément qui vous êtes. »

Il laissa Mira lui prendre l'enveloppe des mains. « Allez-y. Elle est scellée. Vous ne risquez pas de l'endommager. »

Elle ouvrit l'enveloppe et en sortit la carte. Celle-ci était un peu plus grande qu'une carte de visite. La moitié supérieure en était blanche, avec, écrits au stylo-feutre noir, le nom et les dates de naissance et de décès de Nicole. La moitié inférieure était violette, avec en son centre un cercle de la taille d'une pièce de dix *cents*, au milieu duquel se voyait une petite tache foncée de forme irrégulière.

Ted Dientz tapota le carton en disant : « Voilà notre cliente. »

Mira regardait la petite tache. Nicole, s'il s'agissait bien d'elle.

« Tout ce que nous voulons savoir se trouve là. Ainsi que tout ce qu'il nous faudrait pour la ramener à la vie, si nous possédions un tout petit peu plus de savoir-faire. Ce jour viendra ! » Il eut un petit rire, puis récupéra la carte, la glissa dans l'enveloppe, qu'il posa dans son giron. Elle resta là, entre eux, comme une troisième personne – pas exactement un fantôme, juste une présence –, pendant qu'ils parlaient des travaux de Mira, de son livre, de leurs voyages respectifs.

Il avait, tout comme elle, visité le château de Bran, dans les Carpates.

« Bien évidemment, mon épouse et moi n'avons pas informé les gens d'ici que nous allions visiter le château de Dracula. Cela n'aurait pas été bon pour les affaires.

— En ce cas, que leur avez-vous raconté ? interrogea Mira avant de réaliser que son mensonge pouvait lui causer de l'embarras.

— Ma foi, nous avons dit que nous étions chargés d'une mission, que cela avait trait aux orphelinats, ce genre de chose. (De fait, en disant cela, il rougit du nœud de cravate jusqu'à la racine des cheveux.) Vous imaginez bien à quel point cela pouvait m'intéresser ! Je sais que vous comprenez, comme bien peu de gens en sont capables, que cette fascination n'a rien de morbide, qu'elle est toute scientifique. Je ne m'intéresse pas aux vampires, mais aux légendes qui entourent la mort. J'ai moi-même assisté à des choses extraordinaires. »

D'un hochement de tête, Mira lui fit signe de continuer, tout en refrénant un désir de sortir carnet et stylo.

« J'ai vu, par exemple, des cadavres se dresser sur leur séant et faire entendre comme des hurlements. La cause en est biologique, bien sûr, et tout à fait explicable. Mais je vous prie de croire que… (il se mit à rire et elle l'imita). J'ai vu des corps résister à la corruption pendant un temps singulièrement long. Et d'autres se désintégrer alors même que je les portais de leur lit de mort à une civière. Et ces différences sont fort peu liées à l'âge ou à la maladie. Assurément, un peuple plus primitif aurait besoin d'une explication à ces phénomènes, comme à bien d'autres, telle cette impression que l'on ressent parfois d'une présence. Tantôt malveillante. Tantôt désespérée.

— Comment expliquez-vous cela ?

— Je ne l'explique pas, admit-il d'un ton un peu penaud. Vous serez peut-être étonnée d'apprendre, reprit-il en haussant les sourcils, espérant manifestement qu'elle le serait, que Mrs Dientz et moi sommes allés en Thaïlande après le tsunami pour aider à la toilette et à l'enlèvement des corps. À l'époque, il y avait un besoin criant en thanatopracteurs et autres spécialistes des arts funéraires. Cela a peut-être été la contribution la plus importante qu'il m'ait été donné d'apporter. »

Mira fut effectivement étonnée. Il était plus facile d'imaginer Mr et Mrs Dientz, de Bad Axe, en train de visiter le château de Dracula que prenant l'avion pour se rendre dans un des lieux les plus dévastés de la planète.

Ted Dientz lui raconta qu'au cours de ces semaines en Thaïlande il avait rencontré de nombreuses personnes qui pensaient avoir vu des noyés sortir des eaux, prendre pied sur le rivage, passer devant des gens saisis d'épouvante et même héler un taxi.

— Ces personnes pensaient-elles que c'étaient des revenants ?

— Oui, certaines le pensaient. D'ailleurs, au cours de ces premières semaines, la plupart des chauffeurs de taxi refusaient de faire leur tournée à proximité du rivage, affirmant qu'ils se faisaient héler par des fantômes, qu'ils voyaient des touristes morts se cherchant les uns les autres sur la plage ou s'ébattant dans l'eau comme si de rien n'était. L'un d'eux me dit :

"Ils se croient toujours en vacances." Mais la plupart des gens semblaient penser qu'il s'agissait de cadavres *ranimés*. Ce n'est pas une croyance inhabituelle, comme vous le savez, professeur. Vous pourriez penser qu'un homme comme moi, qui a exercé ce métier toute sa vie, trouve cela risible, mais ce n'est pas le cas. »

Mira sentait les larmes lui monter bêtement aux yeux.

La simple honnêteté dont cet homme faisait montre, et avec elle, une inconnue. Elle avait l'impression qu'il attendait depuis longtemps l'occasion de parler de tout cela à quelqu'un d'autre que Mrs Dientz. C'était important pour lui de la voir l'écouter en hochant la tête comme elle le faisait. Sa main reposait patiemment sur l'enveloppe renfermant la carte. Elle se dit que ce personnage était pétri de patience.

Elle eut le sentiment de lui devoir à présent son histoire à elle – ou bien elle découvrit que, tout comme lui, elle avait besoin de la raconter à quelqu'un. Aussi se lança-t-elle, commençant par ce fameux jour où elle n'était pas allée à l'école et la vision qu'elle avait eue de sa mère dans la petite pièce sur l'arrière de la cuisine, les obsèques des années plus tard, les étranges et terribles images qui avaient inspiré le travail de toute sa vie. Elle venait d'en terminer, et Mr Dientz hochait la tête, silencieux mais parfaitement attentif, quand Perry franchit la porte, hors d'haleine, tout suffocant, serrant dans sa main le manche d'une brosse à cheveux enveloppée d'un mouchoir en papier et traînant derrière lui un petit blizzard blanc.

91

Craig était à mi-hauteur des escaliers menant à son appartement quand il entendit une porte s'ouvrir et quelqu'un se diriger d'un pas inégal vers le palier. « Ah, salut », dit-il lorsqu'il reconnut Deb, puis, avisant son expression horrifiée, il se couvrit le visage de son blouson, qu'il avait ôté.

« Merde alors ! » lança-t-elle en se précipitant vers lui pour lui poser une main sur l'arrière du crâne et, de l'autre, lui presser encore plus fortement le blouson contre le visage, au point qu'il put craindre que le duvet qu'il renfermait ne finisse par l'étouffer. « Putain, mais comment on t'a fait ça ? »

Elle le fit entrer chez elle aussi précipitamment que le lui permirent ses béquilles. Elle referma la porte et le poussa vers sa chambre, où elle n'avait apparemment touché à rien – ni changé les draps, ni fait le lit – depuis qu'elle était venue le réveiller la veille.

« Ça paraît plus sérieux que ça ne l'est vraiment », lui dit-il tout en sachant que le blouson étouffait sa voix et que son crâne était couvert de sang. Qui sait ce qu'elle avait compris ?

« Oh, mon Dieu ! Oh, mon Dieu ! répétait-elle. Oh, mon Dieu. Je reviens tout de suite, je vais chercher des serviettes. »

Craig était embêté : il allait ruiner lesdites serviettes avec son nez sanguinolent et risquait de tacher les draps avec le sang qui lui dégoulinait dans le cou. Il se laissa néanmoins tomber à la renverse, de tout son haut, sur le lit, et la pièce se mit à tournoyer autour de lui comme un bain chaud. Jamais de sa vie un lit ne lui avait semblé à ce point confortable. Il se dit que ce serait bien si elle revenait avec des serviettes, mais que ce serait tout aussi bien si quelqu'un éteignait la lumière et le laissait à jamais allongé ici.

« Tiens ! » cria-t-elle en lançant les serviettes dans sa direction. Puis, de nouveau : « Oh, mon Dieu !

— C'est rien qu'un nez peut-être cassé et qui pisse le sang, dit-il, même s'il se doutait que, du fait de ses intonations nasales du moment, elle n'avait probablement aucune idée de ce qu'il disait. C'est pas bien méchant. Ça m'est déjà arrivé. S'il est fracturé, il suffit de poser un bandage. Je vais peut-être aussi avoir les yeux au beurre noir. »

Il écarta le blouson et se saisit d'une serviette. Il comprit à la manière dont elle reprit sa respiration qu'il devait déjà avoir les yeux pochés.

« Qu'est-ce qui s'est passé ? » interrogea-t-elle. Elle avait posé sa question d'un ton si anxieux qu'il estima préférable de réprimer son envie de rire. Il appuya plus fortement la compresse improvisée sur son visage. Il pouvait presque entendre la neige qui tombait dehors. Ces flocons, gros comme de petites mains, lui avaient giflé le visage pendant tout le trajet du retour. En chemin, cela avait été la suffocation des filles avisant le petit sillage de sang qu'il laissait dans la neige, et les « Putain, mec ! » des types ; tandis qu'il se trouvait, pour sa part, habité d'une puissante envie de s'esclaffer et d'une tout aussi violente envie de frapper quelqu'un, de le rouer de coups, de lui flanquer son poing en pleine figure, sentiment qu'il prêtait aux boxeurs – une joie et un amour profonds, un besoin d'être violent, le tout englobé à l'intérieur d'un impérieux désir physique.

Mais il n'en fit rien, se bornant à aller son chemin. Riant et pleurant peut-être (étaient-ce là des larmes ou du sang, mais quelle différence désormais ?) en pensant à elle, qui l'avait vu et s'était enfuie. *Elle n'était pas morte. Il l'avait vue, de ses yeux vue.*

La putain de salope, menteuse et déloyale, n'était pas morte.

C'était elle qui téléphonait. Les cartes postales, c'était encore elle. La splendide créature qu'il avait aimée et dont il avait causé la mort, était revenue à la vie.

Deb, qui était repartie, reparut au-dessus de lui avec ce qui semblait être un gant de toilette empli de cailloux ou de glaçons. Elle s'assit au bord du lit, écarta précautionneusement la serviette et descendit vers son nez la petite surprise glacée, tout en émettant des bruits d'empathie et de dégoût, tout en exigeant qu'il l'éclaire sur ce qui était arrivé. Mais il ne savait par où commencer, car il n'y avait pas de mots pour exprimer pareille chose.

92

« Elle aussi, je l'ai vue, déclara Perry en leur tendant la brosse à cheveux. Au même moment. Ici, à Bad Axe. Je l'ai vue.

— Que voulez-vous dire, Perry ? demanda Mrs Polson en faisant un pas vers lui.

— J'y suis retourné. Après avoir laissé la voiture à bonne distance, j'ai traversé à quatre pattes le jardin des Barber. J'ai trouvé une fenêtre où le rideau laissait un jour et je me suis embusqué là… »

Au début, il ne vit presque rien par cet interstice. Mais toutes les autres fenêtres comportaient un store, baissé et bien ajusté, n'offrant pas le moindre aperçu sur l'intérieur de la maison. Il était resté là un long moment, les mains, bientôt engourdies, plaquées contre la vitre, à fixer une étroite échappée de vue entre ce qui semblait être un vaisselier et les chaînes pendantes d'un coucou, à regarder le ballet des ombres qui s'y projetaient, à écouter une rumeur de conversations parfois ponctuée d'un éclat de rire, mais en grande partie nourrie d'échanges tempérés.

De temps en temps, Mrs Werner passait devant lui – il reconnaissait la robe ardoise – ainsi qu'une autre silhouette féminine. Mary ? Constance ?

Un pull gris pâle.

Ce qui ressemblait à une jupe écossaise.

Il vit deux bras féminins portant ce qui devait être Grincheux. Mr Werner, en chemise jaune, passa plusieurs fois, lui aussi. Perry était sur le point de repartir (Mais qu'est-ce que je fiche ici ?). La neige avait complètement imbibé son blouson, le trempant jusqu'aux os. De plus, il s'aperçut qu'il se tenait à l'endroit exact où, si jamais un voisin s'avisait d'allumer l'éclairage de sa véranda, il se fût trouvé en pleine lumière, exposé à la vue de tous ; en ce cas, aucune issue possible, sauf à escalader la palissade, après quoi…

À cet instant, il la vit qui se penchait.

Elle ramassait quelque chose qu'elle avait fait tomber à terre.

Sa chevelure était de ce blond de lin dont il se souvenait depuis l'école primaire – bruissant autour de son visage, s'enroulant autour de la courbe de son bras.

Au volley-ball. Levant ce bras pour servir, pour smasher.

Dans son lit à lui.

Roulant sur le côté, lui posant un bras sur la poitrine, elle avait dit : « Craig tomberait raide s'il entrait, là maintenant. »

Et lui, de demander à sa jolie nuque, qu'il était présentement en train de contempler : « Pourquoi est-ce que ça te fait marrer ? »

Et elle avait ri de plus belle.

Elle riait aussi en ce moment. De ce rire qui lui était familier. Elle ramassa ce qu'elle avait fait tomber et le replaça dans ses cheveux (un peigne ? une barrette ?). À cet instant précis, elle se retourna vers la fenêtre et fixa sur lui un regard qu'il connaissait bien également :

Cache-cache dans le jardin des Coxe.

Je t'ai vu.

Elle avait les lèvres plus rouges que dans son souvenir. Ses joues étaient colorées – guère différentes en cela de celles de sa mère. Ses yeux semblèrent lancer un éclair dans sa direction, puis elle renversa la tête en arrière vers le plafond et, quand elle s'esclaffa, il vit ses dents étinceler sous l'éclairage du plafonnier. Il éprouva dans tout le corps la douleur foudroyante provoquée par ce rire en forme de coup de poignard.

93

« Tu fricotes avec Perry ou quoi ?

— Pardon ?

— Combien de fois t'ai-je croisée dans les escaliers en regagnant ma chambre, et quand j'arrive là-haut, il est soit en train de dormir soit sous la douche ?

— Je suis montée voir si tu étais là, Craig. »

Ils se trouvaient dans les marches, l'un face à l'autre. Entrant par l'unique petite croisée, la dernière lueur de cette journée d'hiver faisait briller le lino et projetait des ombres en losange sur les pieds blancs de Nicole.

Elle était chaussée de claquettes. Par conséquent, elle n'avait pas l'intention de sortir. Ses ongles de pied étaient vernis en rose. Elle laissait courir la main sur la rampe de l'escalier. Craig regardait cette main – les ongles en étaient également vernis en rose – et la manière dont elle caressait le bois, qui brillait d'avoir été, semblait-il, reverni de fraîche date, mais dont le revêtement laissait transparaître les indentations, les griffures et les initiales gravées d'à peu près un million d'étudiants. Il avait envie d'ôter cette main de la rampe. Bon sang, combien de microbes déposés par combien de mains était-elle en train de toucher ?

Elle se passa la langue sur la lèvre inférieure, et ce petit tic familier (chaque fois qu'elle était tendue ou fâchée ou au bord des larmes) lui parut tout à coup presque obscène.

Sur l'arrière-fond terreux des parois de la cage d'escalier, ses joues semblaient rougies. Elle avait les lèvres très rouges. Bien qu'elle se tînt à quelque distance de lui, Craig croyait bien sentir son odeur, et il ne s'agissait pas de son parfum habituel de talc pour bébé et de shampooing fleuri. Il se dit qu'elle sentait l'amour.

Il reporta son regard sur la main, qui frictionnait toujours la rampe, et il dut prendre sur lui pour ne pas saisir cette main, lui faire cesser son manège.

« Tu savais bien que je n'étais pas là. Tu savais que j'étais en cours, un cours dont je ne pouvais pas me défiler. »

(Horrible. Un vieux prof qui, pendant plus d'une heure, marmonnait dans un micro son cours magistral sur l'impasse post-copernicienne et les conséquences épistémologiques du cogito cartésien – quoi que ce pût être. Les gens s'étaient mis à se débiner tous en même temps de l'amphi, comme si un minuteur ou autre avait donné le signal, et Craig avait suivi le mouvement, cependant que le prof poursuivait son débit monotone. Il s'était hâté de rentrer à la résidence, tout en imaginant le pauvre vieux en train de poursuivre pour la poignée de doctorants assis au premier rang.)

« Il se trouve simplement que je rentre plus tôt que prévu. Tu n'avais aucune raison de penser que je serais déjà à la piaule.

— Je suis désolée. Il faut croire que je ne connais pas assez bien ton emploi du temps.

— Seulement, c'est pas la première fois que ça arrive.

— Est-ce que tu me soupçonnerais de… ? »

Était-ce le cas ? Était-ce ce qu'il était en train de lui signifier ? Pensait-il vraiment qu'elle… quoi ? couchait avec Perry ? Était-il bien en train de regarder Nicole et de juger possible que cette histoire de virginité, la bague de promesse qu'elle portait à la main gauche – la bague à l'ambre, dont il nota qu'elle ne l'avait pas cet après-midi-là ; mais elle prétendait devoir l'enlever parfois, lorsqu'elle avait à pianoter longtemps sur son clavier – que tout cela ne fût qu'une vaste plaisanterie ? Que non seulement elle n'était pas vierge, mais que, de plus, elle s'envoyait son compagnon de chambre ?

Perry ?

Il savait bien que Perry ne l'appréciait pas plus que ça, mais ils s'entendaient beaucoup mieux depuis quelque temps. Perry, le boy-scout. À supposer même que Nicole y fût disposée, jamais Perry ne ferait cela.

Il était pourtant une chose que Craig avait retenue du cours de l'après-midi et elle le tracassait en cet instant, alors que Nicole faisait un pas vers lui. Voyant qu'elle avait les larmes aux yeux et que tremblaient ses lèvres d'un rouge éclatant, il comprit qu'elle s'apprêtait à poser la tête sur son épaule ou à nicher le visage contre sa poitrine. Il s'agissait d'un truc de Kant sur la manière dont l'esprit humain ordonne subjectivement le réel. La vieille barbe avait appelé cela le « caractère relatif et flottant de la connaissance humaine ».

C'était la seule chose qu'il s'était donné la peine de prendre en note.

Elle lui trottait présentement dans la tête à la façon d'une image troublante ou d'un air obsédant.

Mais quand Nicole leva vers lui son visage sillonné de larmes, il secoua la tête et la prit dans ses bras.

94

Il lui sembla, pendant des kilomètres, qu'elle était seule à rouler sur l'autoroute. De temps en temps, elle croisait un camion, dont les balais écartaient la neige du pare-brise avec ce qui évoquait les amples mouvements compliqués des boas et volants d'une meneuse de revue. Shelly se figurait les chauffeurs dans leur cabine. Ils devaient être hypnotisés par le bruit de leurs essuie-glaces. Peut-être écoutaient-ils un débat à la radio, la voix d'inconnus appelant des quatre coins du pays pour poser des questions personnelles ou exprimer de profondes convictions. Ils pouvaient être au bord de s'endormir ou bien dopés à la caféine ou à ces pilules énergétiques qu'on vendait au comptoir des stations-service. La neige qui se jetait sur son passage avait quelque chose de désespéré, de suicidaire, mais Shelly n'était pour sa part nullement assoupie par le bruit de ses essuie-glaces.

Elle était plus réveillée et vigilante qu'elle ne l'avait jamais été.

Et bien qu'elle sût avoir passé sa vie d'adulte dans la solitude (au moins depuis la mort de son frère et la séparation de ses parents), il s'agissait de la première nuit où elle eût une conscience aussi aiguë de son esseulement extrême.

Elle pensa à Jeremy.

Elle pensa à la nouvelle de James Joyce[1].

La neige tombant sur les vivants et sur les morts.

À quoi aurait-il servi d'écouter la radio ?

1. « Les morts » (1907).

On n'y trouvait qu'un surcroît de vie et de mort.

Quelques kilomètres plus tard, elle croisa un semi-remorque arrêté en travers sur le terre-plein central, environné de balises lumineuses orange, et aperçut, venant en sens inverse, une voiture de police qui, gyrophare rouge et bleu en marche, se dirigeait vers les lieux à travers une visibilité quasi nulle.

Elle aurait dû sortir de l'autoroute. Elle savait que si elle avait supporté d'écouter la radio, c'est le conseil qu'elle aurait entendu. Elle venait de voir un panneau annonçant un *Motel 6*, un *Cracker Barrel*, un *Quik Mart*[1] (sortie 49), et bien qu'elle ne se souvînt pas d'avoir jamais emprunté cette sortie, pas plus que d'être passée par cette localité (Brighton), elle puisa du réconfort dans le fait de savoir exactement à quoi celle-ci devait ressembler.

Combien de centaines de *Motel 6* avait-elle connues au cours de sa vie ?

Combien de *Cracker Barrel* ? Combien de *Quick Mart* ?

À la différence de beaucoup de ses collègues universitaires, elle fréquentait ces endroits. Elle y passait la nuit. S'y restaurait. Y achetait ses sandwichs et ses boissons. Elle raffolait de ces établissements pour les raisons mêmes qui amenaient ses collègues à les dédaigner. Leur uniformité kitsch, et la façon dont leurs caissières disaient toujours des choses comme : « Bonjour ! Quoi de neuf ? Ça a été comme vous vouliez ? »

---

1. Respectivement, chaînes de motels, de restauration rapide, de supérettes.

Shelly pouvait emprunter cette sortie, qu'elle n'avait jamais empruntée de toute sa vie, descendre de voiture et se diriger les yeux fermés. Le menu plastifié. La réception. Le distributeur de sodas.

Non. Elle n'allait pas encore quitter l'autoroute. Pas par cette sortie 49. Elle allait continuer de rouler, et c'est ce qu'elle fit. La sortie s'estompa dans le sillage. Alors, Shelly comprit quelle destination elle avait en tête depuis le début. Bien qu'elle détestât ces gens qui faisaient défiler leurs contacts sur un portable tout en conduisant dans des conditions difficiles, elle se livra à cet exercice en quête du numéro d'Ellen Graham. L'instant d'après, elle demandait à cette malheureuse femme, à cette quasi-étrangère, si elle pouvait passer la voir (en pleine nuit, en plein blizzard) pour la deuxième fois de la journée.

95

« Ça va, Perry ? »

Il fit signe que oui. Il avait de nouveau les mains posées sur le tableau de bord et les sorties du chauffage quasi inexistant de la voiture de Jeff. Mira se dit qu'ils feraient bien de s'arrêter pour lui acheter des gants avant de quitter Bad Axe. Il y avait dans l'atmosphère une immobilité qui faisait paraître la neige plus froide et plus enveloppante que d'ordinaire. Évidemment, si peu de chaleur sortait des aérateurs de la voiture qu'il semblait vain de la laisser tourner au ralenti sur le parking, pour qu'elle « chauffe ». Elle semblait même refroidir. Ils étaient installés à l'intérieur de l'habitacle, moteur grondant autour d'eux, éclairés par la lueur blanc électrique de l'enseigne du salon funéraire Dientz. À croire que cette lumière blême abaissait la température de tout ce qu'elle touchait.

Cependant, Mira n'était pas prête à démarrer, et, alors même qu'ils avaient pris congé de Mr Dientz, Perry n'avait pas encore dit tout ce qu'il avait à dire.

À son retour de chez les Werner, il s'était exprimé de façon si précipitée, tout rouge et hors d'haleine, que Mira avait aussitôt pensé à ce « prédicateur » qui, debout sur un banc, interpellait parfois les étudiants qui passaient à portée. Sur tous les campus qu'elle avait fréquentés il y avait eu un semblable personnage. Toujours un complet d'apparence bon marché, une coupe de cheveux soignée, des yeux si pâles qu'ils en paraissaient dépourvus d'iris. En général, considérés phrase par phrase, les propos de celui auquel elle pensait se tenaient, mais ils n'avaient aucun sens dans leur ensemble. La foudre frappait les antennes relais de téléphonie mobile. Les réalisateurs d'émissions de télévision cherchaient à lire dans notre esprit. Les gens en manteau gris étaient difficiles à repérer et pouvaient donc s'approcher en catimini.

Quand il était arrivé en disant qu'il avait vu Nicole, Perry paraissait chercher à contenir un semblable délire logomachique confinant à la folie, à la démence.

Il disait avoir vu Nicole.

Il avait vu ses dents.

Et il y avait aussi quelque chose à propos du chat et des cheveux de Mrs Werner – plus beaux qu'ils ne l'étaient auparavant –, d'un orgue Hammond et d'une partie de cache-cache. Puis il s'était brusquement tu, et Mira avait compris qu'elle devait l'emmener ailleurs. « Le moment est venu pour nous de vous laisser », avait-elle dit à Mr Dientz.

La journée avait été riche en secousses et saisissements, et Mira déplorait l'ébranlement qu'elle avait infligé à Perry – d'abord l'horrible choc de découvrir Lucas à la morgue, puis la rencontre avec la femme de la Société de musique de chambre, et ensuite les photos sur l'ordinateur de Mr Dientz.

Il n'était pas étonnant qu'elle eût pour conclusion Perry apercevant une morte au domicile de ses parents.

En le regardant, elle pensa à la phrase toute faite : « On dirait que tu as vu un revenant », mais elle ne la prononça point. Allongeant le bras, elle prit une des mains posées sur la sortie du chauffage et se la porta contre la joue.

Le pauvre, pensa-t-elle, surprise de constater à quel point cette main était glacée.

96

« Salut, Perry. C'est moi.

— Salut, Nicole.

— Tu es tout seul ?

— Eh bien, vu que, connaissant les moindres déplacements de mon compagnon de chambre, tu sais qu'il est parti pour l'Ohio avec Lucas afin d'essayer d'acheter de l'herbe, je suppose que tu en déduis que je suis seul. »

Il y eut un clic suivi d'un bourdonnement.

Ce bourdonnement était le néant.

Il était, pensa Perry, le chant, l'essence même, du rien. Il avait encore le combiné à l'oreille lorsqu'elle frappa à la porte. Elle ouvrit sans attendre et demanda : « Je peux entrer ? » Il se retrouva en train de lui humer les cheveux, avant d'avoir eu le temps de dire ouf.

97

Ellen Graham avait toujours sur le dos le peignoir rose vif qu'elle portait plus tôt dans la journée. Elle paraissait toutefois avoir mis un peu d'ordre dans la maison, peut-être du fait que Shelly avait, cette fois, annoncé sa venue. Les amoncellements d'enveloppes et de catalogues qui naguère encombraient les marches s'entassaient désormais en piles approximatives près de la porte d'entrée. Le chat blanc était allongé dans une tache de pâle lumière produite par l'éclairage extérieur et entrée par un jour entre les rideaux. Cet animal semblait du genre à éviter l'éclat du soleil et à lui préférer cette lumière aussi indirecte qu'hivernale. Shelly éprouva une pointe de douleur et de chagrin en repensant à Jeremy, à ce pauvre Jeremy qui aimait tant se prélasser dans une flaque de soleil, sur le lit ou à même le sol de la cuisine.

« Asseyez-vous, dit Ellen en désignant le canapé. Je suis contente que vous soyez revenue. J'ai pensé à vous toute la journée. Je me demandais si de nouvelles idées vous étaient venues depuis votre passage, depuis notre entretien. Des idées à propos de ma fille, sur l'endroit où…

— Encore une fois, Ellen, l'interrompit Shelly en secouant légèrement la tête, je ne voudrais pas vous donner de faux espoirs. Je ne dispose d'aucune preuve dans un sens comme dans un autre. Mais j'ai réfléchi.

— Vous avez une mine affreuse. Il vous est arrivé quelque chose ? »

Pas maintenant, se dit Shelly. Elle se sentait incapable de parler de Jeremy. Cela devrait attendre. « En sortant d'ici, je suis rentrée chez moi, dit-elle. Je suis allée sur Google et j'y ai trouvé le garçon, celui qui a eu l'accident avec Nicole Werner. Je suis allée le voir chez lui et nous avons parlé. Il y avait là une femme professeur et un autre étudiant, qui lui aussi connaissait Nicole. Ils se sont… »

Shelly s'interrompit avant de révéler qu'ils s'étaient rendus à Bad Axe pour y rencontrer l'entrepreneur de pompes funèbres qui avait procédé à la mise en bière, car ils soupçonnaient que l'occupante de cette sépulture pouvait n'être pas Nicole Werner. Shelly savait que si elle avait été la mère de Denise Graham, elle aurait compris instantanément ce que cela signifiait. Elle prit une profonde inspiration et déclara prudemment : « Je crois que vous êtes sans doute la seule personne à pouvoir obtenir un surcroît d'enquête. Je ne prétends pas que cela nous conduira forcément à…

— À retrouver Denise », dit Ellen en hochant la tête. Son regard était plus vif qu'auparavant. Elle était toujours pieds nus, ce qui attrista Shelly plus que tout. Il faisait froid dehors ; et même dans la maison, où le thermostat devait être pourtant réglé sur vingt-cinq degrés, les sols étaient glacés. Shelly s'efforça de détacher son regard des pieds d'Ellen, mais n'y parvint pas. Elle pensa à *Mort d'un commis voyageur*. À Willy Loman. *Il faut lui témoigner de l'attention.*

Les ongles de pied d'Ellen étaient soigneusement entretenus, mais ses orteils étaient rouges et biscornus – ceux d'une femme qui avait, jusqu'à récemment, chaussé chaque jour de sa vie des talons hauts. Fière de ses jambes longues et minces, Ellen Graham avait probablement porté aussi jupes courtes et collants de soie même pour aller acheter ses légumes au supermarché.

« Comme vous le savez, reprit Shelly en passant de ces tristes pieds au visage rayonnant d'espoir, je travaillais encore récemment à la Société de musique de chambre. Ce que je ne vous ai pas dit tout à l'heure, c'est que mon étudiante travail-études était Josie Reilly... »

Ellen prit une inspiration, comme si elle faisait un effort pour ne pas hurler en entendant ce nom.

« Eh oui. Désolée de ne pas vous l'avoir dit plus tôt, mais tout est compliqué par tant de choses. »

Ellen eut un hochement de tête, mais sa mâchoire était crispée par la colère. Dieu ait pitié de Josie si elle venait à croiser de nouveau le chemin de cette femme, se dit Shelly non sans satisfaction. Viendrait le moment, elle le savait, où il faudrait raconter à Ellen l'ensemble du sordide épisode ; mais cela ne pouvait les aider pour le moment, et un tel aveu pouvait, de plus, amener son hôtesse à la flanquer à la porte, sans que les choses aient pour autant avancé d'un iota.

606

Au lieu de cela, elle rapporta à Ellen ce que Josie lui avait dit à propos du cercueil, du rituel de Printemps. L'hyperventilation. Le secouriste sur place en cas de coup dur.

Ellen écoutait sans paraître respirer.

Elle avait bien évidemment supposé, comme tant d'autres mères, que le rituel de Printemps était une fête, une sorte de soirée dansante. Il y aurait eu des décorations, des hors-d'œuvre, de jolies robes et peut-être un peu trop de champagne, le tout se terminant par des fous rires et des gigues dansées nu-pieds d'un bout à l'autre de la maison d'OTT.

Même après tout ce qui était arrivé, Ellen n'avait toujours pas commencé de soupçonner que cette vision pût être entièrement erronée.

« Avez-vous fait partie d'une sororité ? » lui demanda Shelly.

Ellen Graham secoua la tête. « Je n'ai pas fait d'études supérieures. J'ai épousé mon mari au sortir du lycée et j'ai travaillé comme secrétaire jusqu'à ce qu'il termine son mastère. Ensuite, j'ai eu Denise.

— Eh bien, moi, j'ai fait partie d'une sororité. C'était il y a plus de vingt ans, mais certaines choses n'ont pas changé. Le bizutage et...

— Le bizutage est illégal. Jamais nous n'aurions autorisé Ellen à entrer dans une sororité si nous avions supposé que...

— Je m'en doute. Cela existe pourtant. Le côté illégal fait que ces pratiques sont devenues encore plus dangereuses et plus secrètes. » Et Shelly d'expliquer à Ellen, qui l'écoutait avec une main plaquée sur la bouche, ce qu'elle savait au sujet du Conseil panhellénique et des pressions qu'il pouvait exercer sur une université – une université publique dont le financement reposait sur le bon vouloir du contribuable, ce dont les administrateurs étaient parfaitement informés.

« J'ai voulu savoir, poursuivit-elle, comment quelqu'un comme Josie Reilly avait obtenu un emploi travail-études généralement réservé à des étudiants issus d'un milieu plutôt défavorisé qui paient eux-mêmes leurs études. Or il se trouve que la femme du doyen de l'école de musique et la mère de Josie étaient sœurs d'Oméga Thêta Tau. Il ne m'a pas fallu bien longtemps pour découvrir que toutes deux sont toujours très impliquées dans l'organisation. Elles auraient tout intérêt à prévenir un scandale lié, par exemple, au bizutage.

— Mais qu'est-ce que cela a à voir avec ma fille ? » interrogea Ellen. À voir le changement dans sa posture, la rigidité de sa colonne vertébrale, Shelly subodora qu'elle savait d'ores et déjà à quoi s'en tenir.

« Je me suis trouvée sur le lieu de l'accident », déclara Shelly. Ses mains reposaient sur ses genoux, paumes orientées vers le ciel, en un geste que sa mère lui avait appris pour implorer le Seigneur de veiller sur son frère au Viêt-nam, et qu'elle n'avait plus jamais refait après sa mort.

Le regard posé sur ses mains, elle dit à leur intention : « Nicole Werner ne présentait pas de blessures visibles. Elle en avait certainement, puisqu'elle avait été éjectée du véhicule. Elle aurait pu souffrir de très graves lésions internes, pouvant faire craindre pour sa vie, mais elle n'était pas…

— Méconnaissable. »

Shelly était incapable de détacher les yeux de ses mains. Ellen Graham prit la parole :

« Mais ce garçon, celui qui était ivre, pourquoi n'aurait-il rien dit si...

— S'il y avait quelqu'un d'autre auprès d'eux ? »

Sur quoi Ellen hocha la tête, rivant ses yeux à ceux de Shelly, qui perçut, venant de cette femme, une incroyable onde de courage et d'intraitable énergie.

Assise parfaitement immobile, ses pauvres pieds serrés l'un contre l'autre, ses mains crevassées tristement posées dans son giron, cette dernière attendait la réponse de Shelly.

« Comme vous le savez, je me suis entretenue avec lui. Aujourd'hui même. Enfin. J'ignore pourquoi j'ai laissé passer tant de temps avant de le rechercher. Il ne se souvient de rien.

— Bien sûr, c'est ce qu'il prétend. On aurait pu le mettre en prison pour des années après ce qu'il a fait.

— En effet, admit Shelly. Je suis moi aussi une nature méfiante, Ellen. Je pense avoir du nez pour détecter les menteurs, les tricheurs, les escrocs, mais je ne crois pas qu'il en soit un. Il ne se souvient pas. Il ne sait vraiment plus. Ou alors seulement de façon périphérique. Il lui est arrivé quelque chose. »

Elle dit ensuite à Ellen Graham ce que Josie lui avait confié au sujet du rituel. La tequila, l'hyperventilation, le cercueil, la fille qui devait être « ramenée d'entre les morts ». Renaissant en tant que sœur d'OTT. Elles avaient un auxiliaire médical à proximité. Elles savaient ce qui pouvait se produire. N'était-il pas possible, interrogea-t-elle, qu'une fille ne revienne pas à elle, que ce rituel...

« Lui soit fatal. » (Ellen ferma les yeux.)

« Oui, dit Shelly en s'efforçant de conserver un ton égal. Vous imaginez le scandale pour la sororité, le Conseil panhellénique, l'université, et jusqu'où ils seraient prêts à aller pour étouffer l'affaire. N'est-il pas possible qu'un accident ait été…

— Simulé ?

— Simulé ou provoqué. Monté de toutes pièces. Machiné. »

Ellen Graham rouvrit les yeux et, de Shelly, son regard se porta vers le plafond.

« J'étais sur place, reprit Shelly. Le garçon a fait une embardée pour éviter quelque chose. Seulement, quelques secondes plus tard, ce qu'il avait tenté d'éviter n'était plus là. Et cette fille dont on dit qu'elle avait été tuée, devenue méconnaissable après avoir brûlé avec la voiture, je l'ai vue. Je la reconnaîtrais n'importe où. Elle n'était pas morte. Il n'y avait pas d'incendie.

— Pourquoi me dire ça, à moi ? » interrogea Ellen en se levant pour aller jusqu'à un magnifique buffet en chêne qui s'étirait d'un mur du séjour à l'autre. Elle en ouvrit sans ménagement un des tiroirs par sa fragile poignée en laiton pour en sortir un paquet de Marlboro Light. D'une main tremblante, elle porta une cigarette à ses lèvres, mais elle ne l'alluma point. Elle se retourna vers Shelly, les yeux tout à la fois clignant et fulminant. « Pourquoi être venue ici ? Vous en savez si long. Pourquoi n'en avoir pas parlé à quelqu'un qui peut faire quelque chose ?

— J'ai essayé, répondit Shelly. J'ai téléphoné aux journaux. J'ai téléphoné à la police. J'ai attendu qu'elle me rappelle, mais…

— Alors quoi ? s'enquit Ellen en jetant cigarette et paquet dans le tiroir avant de revenir vers le canapé, mais sans s'y rasseoir. Vous pensez que c'est ma fille qui se trouvait sur la banquette arrière de cette voiture, c'est ça ? Peut-être était-elle déjà morte ? Peut-être qu'on a incendié la voiture après coup ? Peut-être que c'est mon bébé qui est enterré là-bas à la place de cette Nicole Werner ? Pardonnez-moi. Je vois ce que cela signifie, ce que vous dites de ce que vous avez vu ; sauf que, si cela s'est passé ainsi, si vous êtes dans le vrai, où diable se trouve Nicole Werner en ce moment ? »

Il fallut à Shelly un moment avant de répondre, avant de seulement envisager de le faire.

Elle cherchait comment formuler cette chose, qui paraissait tellement extravagante, de sorte qu'elle le parût moins. « Elle est toujours là, dit-elle pour finir. Elle est à la sororité. »

Ellen Graham se mit à secouer la tête si rapidement, si violemment, que, repensant aux boucles d'oreilles que Josie s'était appropriées, Shelly l'imagina les portant et s'en lacérant le visage. Elle leva la main pour lui faire cesser ces mouvements frénétiques et, de la voix la plus posée qu'elle put se composer, elle déclara : « Je ne peux rien prouver, Ellen, mais je crois que Nicole aura été placée à l'abri. Je sais désormais qu'ils ont – la sororité, le Conseil panhellénique, l'université – le pouvoir de chasser de la ville l'unique témoin de l'accident, d'amener un doyen à y jouer un rôle ; et qui sait si...

— Comment Josie s'y est-elle prise pour vous chasser de la ville ? » interrogea Ellen, qui avait cessé de secouer la tête.

Shelly comprit qu'elle devait tout lui dire. Tout en relatant sa liaison avec Josie, le coup des photos, leur dernière conversation au *Starbucks*, elle tint de nouveau les mains ouvertes vers le ciel et, tout en regardant ses paumes, se prit à penser, pour une raison qui lui échappait complètement, à des moutons. Des moutons à la toison couverte de sang, aux yeux mangés de mouches. Des asticots plein les oreilles et l'anus. Son récit terminé, elle se tut et se plaqua les mains sur les yeux. Quand elle les rouvrit, Ellen la regardait avec une aménité qui l'aurait fait tomber à genoux si elle n'avait été assise. Ce n'était ni de la compassion ni de l'empathie ni de la pitié. Ellen Graham la regardait simplement comme si cette histoire ne l'avait pas du tout surprise.

Comme si elle en avait entendu de semblables tout au long de sa vie.

Après un temps de silence, elle dit, de la voix de la très compétente secrétaire qu'elle avait dû être autrefois : « D'accord, Shelly. Si votre théorie est exacte, ils se sont débarrassés de vous. Mais le garçon est un témoin, lui aussi.

— En effet, répondit Shelly en s'efforçant de reprendre contenance et de faire écho au ton tout professionnel d'Ellen. Oui, lui aussi. Il ne se rappelle rien. Mais on s'emploie néanmoins à essayer de le chasser, lui aussi. Des cartes postales. Des fantômes. »

Ellen ne demanda pas de plus amples explications. « Dites-moi ce que je dois faire. Ce que vous me racontez… Franchement, Shelly, ce que vous me racontez ne me plaît pas du tout. Ce que cela pourrait signifier ne me plaît pas du tout. Mais ce n'est pas pire que tous les scénarios que j'ai retournés dans ma tête. Et puis vous êtes le premier secours que nous ayons eu. Nous sommes allés partout, nous nous sommes adressés à tout le monde. À la police de l'État, au FBI, aux…

— Le FBI, l'interrompit Shelly, chez qui une idée se faisait jour. Retournez les voir. Expliquez-leur qu'il y a eu erreur sur la personne, exigez que Nicole Werner soit exhumée et examinée. Pour ma part, je ne peux rien faire, Ellen. Je n'ai aucune crédibilité dans cette affaire. Alors que vous, vous êtes la mère d'une enfant qui a disparu. Il se pourrait qu'on vous écoute. »

98

Mira aurait voulu réchauffer l'habitacle avant de quitter l'aire de stationnement. Toutefois, bien que le ventilateur tournât à fond, il ne sortait que de l'air froid. À côté d'elle, Perry tremblait comme une feuille. À la froide lumière électrique émise par l'enseigne du salon funéraire, elle vit qu'il avait les yeux fermés. Se pouvait-il qu'il tremblât de la sorte en dormant ?

Ted Dientz avait éteint l'éclairage de ses locaux, mais sa Cadillac était toujours garée à proximité. Il se trouvait donc toujours à l'intérieur. Mira l'imagina en train de faire défiler d'autres photos sur son ordinateur – ses prises de vue « avant et après » des nombreux cadavres défigurés qu'il avait ramenés d'entre les morts.

Elle ne lui jetait pas la pierre. Si elle avait possédé ce genre de talent, elle en aurait été tout aussi fière.

Elle démarra et, sans un mot, prit la direction de l'autoroute. Au bout de quelques minutes, Perry cessa de trembler et parut endormi pour de bon.

Dans ce blizzard, le trajet du retour se révéla lent et périlleux. À l'approche de chaque bretelle, Mira se disait : Nous ferions mieux de sortir et de nous arrêter. Pour ce qu'elle en voyait tandis que ferraillait autour d'eux la voiture de Jeff Blackhawk, il n'y avait de circulation ni devant ni derrière ni en sens inverse. Dans le chuintement de la chaussée glissante qui défilait sous leurs pieds, elle devint de plus en plus consciente que ce véhicule n'offrait que la plus mince illusion d'être autre chose que ce qu'il était : une nef fragile et vulnérable voyageant à grande vitesse sur un sol dur.

L'habitacle se réchauffait quand même un peu – au moins par l'effet de leur haleine et de leur chaleur corporelle, et Mira espérait que Perry aurait suffisamment chaud pour dormir jusqu'à l'arrivée. Elle avait eu tort, elle le savait, de l'emmener avec elle. De l'inciter à participer à tout cela. Cette affaire excédait de loin ce dont elle avait besoin pour un livre. Cela s'était mué en quelque chose à quoi, à supposer qu'elle ait vraiment estimé devoir s'y intéresser de près (à des fins de recherche ? pour retrouver Nicole Werner ?), elle n'aurait jamais dû mêler un étudiant.

Mais Perry s'était montré tellement concerné, et puis il ne lui avait pas fait l'effet d'une personnalité qu'elle aurait qualifiée de « tourmentée » ou d'« impressionnable ». Au cours de ses années d'enseignement, elle avait eu nombre d'étudiants brillants et tourmentés – dont l'intelligence supérieure s'alimentait d'élans aussi brefs qu'intenses, qui étaient toujours prêts et disposés à adopter un modèle. Le type de jeunes gens qui pouvaient être facilement séduits par leur professeur, entraînés vers un culte religieux ou bien encore recrutés pour confectionner clandestinement des bombes en vue du grand soir. Quoique non moins vulnérable pour autant, Perry lui avait paru différent. Il ne lui rappelait aucun de ces étudiants. Elle réalisa que, s'il lui faisait penser à quelqu'un, c'était à elle-même.

Quand Ted Dientz avait affiché la photo de la morte, flamboyante au travers des pixels, elle avait instantanément pensé à sa mère rayonnante de vie, ce fameux jour dans l'arrière-cuisine. Est-ce que l'image de sa mère n'était pas toujours présente en elle ? Il s'agissait d'une sorte de prégnance. Pas une journée ne passait sans qu'elle eût le sentiment que si elle pouvait se retrouver dans la maison de son enfance ce matin-là, elle y trouverait sa mère toujours sur place, rayonnante, versant des larmes, examinant les conserves sur l'étagère de l'office, les classant par ordre alphabétique tout en s'enveloppant de ses ailes éclatantes de blancheur, se préparant à prendre son essor.

Perry possédait cette sorte d'opiniâtreté. Un autre mot pour désigner cela aurait peut-être été celui de *foi*. Il croyait en quelque chose et il le *voyait*. Il ferait, elle le savait, un universitaire. Un érudit. Un chercheur. Jamais il ne serait du genre à laisser les choses en l'état, même dans les cas où cela serait manifestement préférable. C'est ce qu'elle avait perçu en lui dès les toutes premières séances du séminaire, et cela lui avait remémoré ce qu'elle était au même âge – alors que les autres étudiants s'en allaient traîner dans les bars, elle préférait pour sa part s'enfermer dans une salle d'étude pour se pencher sur un sujet poussiéreux et inventer des questions auxquelles apporter des réponses.

Au moment où elle prenait la sortie menant au campus, elle posa la main sur l'épaule de Perry. Il ne bougea pas. Elle se promit de bientôt lui parler sérieusement de ses perspectives universitaires. Les diplômes, les programmes, les différents cursus. Il lui faudrait sous peu le réveiller, mais pas encore. Pour l'instant, sa seule tâche consistait à les conduire en toute sécurité jusqu'à leur destination. À travers la purée de pois, tandis qu'il continuerait de dormir.

99

Elles parlèrent toute la nuit, cependant que, se répercutant dans les pièces de la maison, les tintements de la pendule de cuisine égrenaient les heures. Au matin, Ellen Graham commencerait de passer des coups de téléphone – à la police de l'État, à l'administration de l'université, au FBI –, s'entretiendrait avec des responsables, des avocats, des journalistes, entamerait sa croisade finale. Mais pour lors, elle paraissait souhaiter de la compagnie, aussi Shelly était-elle restée.

Ellen la mit au courant de sa séparation d'avec son mari six mois plus tôt (« Il paraît que certains couples se rapprochent à l'occasion de ce genre de trauma, mais que la plupart se défont. Nous nous sommes rangés dans la seconde catégorie »). Elles s'entretinrent de leur enfance, de leur parcours. Shelly parla de son frère – le cercueil recouvert d'un drapeau – puis, sans l'avoir vu venir, elle parla de Jeremy.

Tout en dévidant cette histoire, elle comprit qu'elle avait peut-être eu l'intention de n'en parler à personne.

Peut-être que, jusqu'à cet instant où elle s'en ouvrit, cette horreur n'était pas vraiment arrivée.

Mais impossible de retirer ce qu'elle venait de dire, ou de le nier, après la réaction d'Ellen :

« Oh, putain de nom de Dieu ! » s'écria-t-elle. Elle se leva brutalement, et son chat, depuis des heures immobile comme une statue, s'anima soudain pour fuir la pièce. Shelly regarda l'endroit où l'animal avait été assis, et crut y voir luire une permanence de son aura.

Après avoir marché de long en large, Ellen retourna au buffet, prit la cigarette qu'elle y avait rejetée des heures plus tôt, l'alluma d'une allumette tremblante et tira dessus comme si elle entendait la consumer d'un coup jusqu'au filtre. Puis elle dit : « J'ai besoin d'un verre, Shelly. Qu'est-ce qui vous ferait plaisir ? »

Shelly n'eut guère la possibilité de formuler une réponse. Ellen s'en revenait déjà avec une bouteille de vin blanc et deux verres. Elle fit le service. Elles burent en silence jusqu'à ce qu'Ellen déclare : « Votre vie est en danger, Shelly. »

Shelly ne répondit rien.

« Vous n'allez pas rentrer chez vous, peut-être jamais et assurément pas ce soir.

— Non. Pour cette nuit, j'avais pensé me trouver un motel.

— Mais non, voyons. D'abord, voyez-moi cette tempête de neige (d'un mouvement de menton, Ellen désigna l'interstice entre les rideaux de la baie vitrée). Vous n'allez pas conduire par un temps pareil. De plus, vous n'avez nulle part où aller. »

Shelly sentit les larmes lui monter aux yeux. *Nulle part où aller.* Mais aussi, de nouveau, cette bienveillance, et venant de quelqu'un qui avait souffert des choses qu'elle-même ne pouvait concevoir. Pareil surcroît de bienveillance. Avait-elle jamais connu quelqu'un de plus gentil ?

« Oui, c'est vrai, admit-elle.

— Je vais vous déplier le canapé. »

Ellen versa de nouveau du vin dans le verre de Shelly et lui toucha légèrement l'épaule. Elle ne reparla plus de Josie ni de Jeremy – autre manifestation de compassion dont Shelly lui sut infiniment gré.

Elles burent sans beaucoup parler.

Ce vin était si pâle que les verres – de beaux verres à pied en cristal, sans doute encore un héritage ou bien un cadeau de mariage – en paraissaient plus vides que lorsqu'ils le furent vraiment.

100

« Mon coloc et moi, on t'appelle la fille aux cookies depuis si longtemps que j'ai du mal à me rappeler ton prénom. En plus, sans t'offenser, tu ne ressembles pas vraiment à une Deb. »

Elle sourit. Craig aimait bien ce petit espace qu'elle avait entre les deux incisives. Le genre de défaut que la plupart des filles auraient fait corriger moyennant quatre mille dollars d'orthodontie, mais il était mignon chez elle. « À quoi est-ce que je ressemble dans ce cas ? »

Il haussa les épaules d'un air contrit et proposa : « À une Debbie ? »

Cessant de sourire, elle plongea son regard dans la tasse de thé qu'il venait de lui servir – ou plus exactement, qu'elle s'était préparée après qu'il eut fait chauffer l'eau au micro-ondes. Comme il ne trouvait pas de thé, elle était allée en chercher deux sachets chez elle.

« Je me faisais appeler Debbie autrefois. Je suis passée à Deb en arrivant ici. Je me suis dit qu'ainsi on aurait plus de mal à me retrouver sur Google. Toute l'histoire y figure, bien sûr, accompagnée de ma photo. Mais Richards est un nom assez répandu. "Deb Richards", ça brouille un peu les pistes, ou du moins je l'espérais. En tout cas, cela ralentit la recherche.

— Excuse, dit Craig avec une grimace, puis, après un temps de réflexion : Peut-être que je pourrais t'appeler "Debbie" en privé ?

— Si tu y tiens. Est-ce que, de mon côté, je peux t'appeler "Craigy" ?

— Non. Ça sonne comme un adjectif plutôt péjoratif. »

Elle but une gorgée de thé, puis, le regardant de nouveau : « Tu es vraiment futé, Craig.

— Merci. Mais tu penses aussi que je suis cinglé.

— Non. Je ne pense pas que tu sois cinglé... pas exactement. »

Et tous deux de rire. Mais ensuite, elle posa sa tasse sur le sol et, se tournant vers lui : « Je crois que tu as vécu quelque chose d'affreux. Quelque chose qui aurait pu te faire perdre les pédales. Moi aussi, tu sais, il m'arrivait de le voir. Je le voyais dès que je fermais les yeux, et je le voyais aussi du coin de l'œil. Par exemple, à la bibliothèque, je me trouvais d'un côté des rayonnages et il y avait quelqu'un d'autre de l'autre côté ; et tu sais comme on peut voir parfois entre les livres ? Eh bien cela m'arrivait, et, plus d'une fois, c'était lui, de l'autre côté. Si bien que j'ai cessé de fréquenter la bibliothèque de mon patelin. Je demandais à ma mère de me conduire en ville. Tu comprends, pour moi, c'est différent. Je ne le connaissais pas avant de... »

Elle s'interrompit avant de dire « le tuer », mais tous deux savaient que c'était ce qu'elle s'apprêtait à dire. Cela faisait des heures qu'ils conversaient. Pas une fois elle n'avait utilisé le mot « accident » à propos de ce qui lui était arrivé. Cependant, après avoir prononcé une fois les mots « le tuer » à haute voix, il lui avait fallu se précipiter à la salle de bains, où Craig avait entendu l'eau couler longtemps dans le lavabo.

« Aussi était-il facile de le voir dans chaque garçon blond, maigre, d'à peu près son âge. Et aussi dès que je croisais un type à vélo. Encore aujourd'hui. »

Elle ferma hermétiquement les yeux. Craig se pencha pour lui poser une main sur l'épaule.

« Je ne pensais pas à proprement parler que c'était lui, reprit-elle. Je ne pensais pas qu'il venait me hanter ou quoi que ce soit, mais c'était comme ce que tu m'as décrit ce soir. Simplement, cela se produisait. J'imaginais l'avoir vu, et soudain tout était changé. Le monde dans son entier. Ma vie tout entière. En l'espace d'une seconde. Au lieu d'être épouvantée, j'étais heureuse, et l'univers fonctionnait soudain selon des lois entièrement différentes, et…

— Oui, je sais, dit Craig.

— Et tout ce qui avait suivi, tout était ramené à rien. Tout se passait comme si, le temps de ces deux secondes, j'étais libérée et que…

— Je sais, répéta Craig en riant malgré lui.

— Sauf que je m'étais trompée. Ce n'était pas lui. »

Craig hocha la tête. Il but une gorgée de thé, du thé mentholé, de couleur verte. Ce goût lui évoqua un breuvage qu'une sorcière aurait concocté pour guérir un cœur brisé ou une mauvaise crise d'urticaire. Cette boisson avait un parfum de jardin surnaturel. Il avait toujours détesté les tisanes que sa mère tentait de le persuader de prendre, mais il raffolait de ce thé.

Il prit une inspiration, leva les yeux de sa tasse et dit : « Sauf que, Debbie, désolé, mais, moi, c'est différent. Je l'ai vue. Je l'ai vraiment vue. C'était bien Nicole. »

Deb le gratifia d'un petit sourire attristé. Pas ravie, mais pas étonnée non plus.

« J'y retourne ce soir, annonça-t-il. Même si je dois poireauter cinq ans devant la maison d'OTT, je vais lui parler. Je vais lui demander ce que… »

C'est alors que Perry ouvrit la porte. Craig se leva, marcha jusqu'à lui, le prit par les épaules. « J'ai un truc à te dire, mec. Un truc énorme.

— Ouais, répondit Perry d'un ton las. Moi aussi, j'ai un truc à t'annoncer. »

101

« Salut, Perry. »

Il sentit, comme dans les clichés, son cœur se serrer, son cœur faire un bond. Eut-il jamais autant conscience de la présence de ce muscle au centre de sa personne que lorsque Nicole Werner se présenta devant lui ?

Il en sentait les quatre compartiments, et le sang qui y entrait et en ressortait, les valves s'ouvrant et se refermant.

Elle portait ce soir-là un tee-shirt passé et un peu grand, comme la fois où il l'avait rencontrée sur les marches de Godwin Hall, souffrant du mal du pays, tout près de pleurer. Elle avait une queue-de-cheval nouée à la diable. Des mèches qui s'étaient échappées retombaient de part et d'autre de son visage – mais sans recherche, pas comme c'eût été le cas si, comme il le supposait parfois, elle avait passé des heures devant le miroir à n'en détacher que les plus dorées.

Elle ne portait pas non plus ses habituelles boucles d'oreilles en perles. Il trouvait jolis et étranges les minuscules trous inoccupés de ses lobes. Il les contemplait.

Les oreilles percées : une parmi les centaines de pratiques bizarres auxquelles sacrifiaient les filles. Il se souvenait d'avoir demandé à Mary si l'opération était douloureuse, et elle de rouler des yeux, de battre des cils avant de répondre : « Seigneur, Perry, tu n'as pas idée à quel point ça fait mal ! »

« Je peux entrer ?

— Pour quoi faire ? »

Elle eut un haussement d'épaules.

« Bon, vas-y, entre », dit-il en s'effaçant. Il tourna les talons pour aller s'asseoir à son bureau. Elle s'assit face à lui sur le bord du lit de Craig.

« À quoi ça sert, Nicole ? Pourquoi est-ce que tu fais ça ? » demanda-t-il sans la regarder.

Elle garda si longtemps le silence qu'il finit par se tourner vers elle. Elle regardait fixement le sol, mais il vit qu'elle souriait.

« Est-ce que tu es malade ou quoi, Nicole ? »

Elle leva alors les yeux vers lui et parut effacer son sourire afin qu'il ne le voie pas. « Genre malade mentale, tu veux dire ? »

Perry haussa les épaules. « Oui. Peut-être. Genre malade mentale.

— Ou bien penses-tu à quelque chose comme *malfaisante* ?

— Oui. Ça le fait, Nicole. Disons malfaisante. »

La colère contenue dans la voix de Perry sembla la faire tressaillir, et il en eut aussitôt du regret, même s'il ne pouvait retirer ce qu'il venait de dire.

Elle se leva et fit un pas vers lui. « Et toi ? demanda-t-elle. Est-ce que tu l'es ? Es-tu malade mental ou malfaisant ? »

Il lui tourna de nouveau le dos et, s'accoudant sur le bureau, se prit la tête entre les mains. Comme il s'y attendait, elle s'approcha par-derrière pour lui poser les mains sur les épaules.

Il sentit près de son cou les doigts lisses et frais.

Et son cœur – cette souffrance délectable, toute d'attente et d'appréhension.

Chaque fois que Mary le traînait dans ce genre d'endroits, entre autres à la galerie marchande, il y voyait des filles – comment s'appelait cette boutique déjà ? *Claire's* ? – à qui l'on appliquait des espèces de petits pistolets sur le lobe des oreilles ; elles grimaçaient, poussaient des cris, avec des larmes plein les yeux et la face barrée d'un sourire.

Il sentit son haleine sur sa nuque juste avant d'y sentir ses lèvres, et quand il se leva et se retourna, il crut voir, le temps d'une seconde, ce dont il s'agissait – dans ses yeux, sur son visage. Il manqua d'en avoir le souffle coupé.

Il se souvenait (ou bien l'imaginait-il ?) de s'être un jour retourné dans le couloir du lycée de Bad Axe. Mary lui donnait le bras et le serrait contre elle. Mais il avait vu une ombre derrière eux et, sans bien savoir pourquoi, il s'était retourné pour découvrir Nicole, qui se tenait là, tenant une brassée de livres.

Elle était simplement postée là, en train de les observer avec ce qui paraissait être un air de profond chagrin, comme si elle assistait à sa propre mort ou à celle de quelque chose qu'elle avait aimé toute sa vie.

Il lui avait adressé un signe de tête, et l'expression se dissipa instantanément, aussitôt remplacée par ce charmant petit sourire. Du plus loin qu'il se souvînt, Perry avait toujours regardé ces jeux de physionomie se succéder sur le visage de Nicole comme les phases de la lune.

Après quoi elle avait tourné les talons pour repartir dans la direction opposée, et il s'aperçut que Mary s'était elle aussi retournée pour la regarder. Elle eut un reniflement de dépit, serra plus étroitement le bras de Perry et se pencha pour lui souffler à l'oreille : « Cette fille est amoureuse de toi. Depuis toujours. »

102

« Voilà bien la pire idée que j'aie jamais entendue, les gars, affirma Deb. Vous n'allez pas vous introduire en douce dans une sororité pour y rechercher une morte. Vous n'êtes pas sans savoir qu'elles ont un EMT à demeure. Et qui sait quoi encore ? Je veux dire, si elles y cachent des cadavres, il doit y avoir là-bas un vigile ou je ne sais quoi. Il y aura des flingues, des alarmes, des…

— Ouais, acquiesça Perry. L'autre soir, j'ai entendu quelqu'un armer un fusil sur la véranda. »

Craig le regarda, mais Perry en resta là.

« Tu veux dire que tu es déjà allé traîner par là-bas à la nuit tombée ? » lui demanda Deb.

Perry ne répondit pas. Assis près d'elle au bord du canapé, il regardait ses mains. Craig avait le cœur qui battait la chamade, à tel point qu'il craignait de se rasseoir. Marchant de long en large devant les deux autres, il avait le sentiment que, s'il se rasseyait, son cœur allait exploser par l'effet même de l'effort qu'il ferait pour le ralentir.

« Il se trame quelque chose ici, déclara Perry, plus pour lui-même qu'à l'adresse de l'un ou l'autre de ses compagnons.

— Il faut qu'on y aille voir, dit Craig. Il le faut.

— Vous êtes cinglés ! » s'écria Deb. Elle bondit pour s'accrocher au bras de Craig. « Elle n'y est pas ! Elle n'est pas non plus à Bad Axe ! Elle n'est nulle part sur cette terre, vu qu'elle est morte !

— Elle n'est pas morte, laissa tomber Perry avec le plus grand calme. Je le sais. Elle n'est pas morte. Je l'ai vue à Bad Axe.

— Non. Elle est ici, dit Craig. Il faut que tu me croies, mec. Je l'ai vue, moi aussi. Elle est...

— Allez, on y va », lança Perry en se levant. Craig ne mit pas même le temps d'un battement de cœur à ramasser son blouson.

« Bon sang, souffla Deb en se rasseyant, défaite. Je vous demande juste de ne... »

Craig tenta bien de se retourner pour lui adresser un sourire contrit – elle était si gentille –, mais Perry l'entraînait déjà dans le couloir.

La ville, les rues, les pelouses, les toits composaient comme un paysage lunaire. À croire que l'astre suspendu là-haut dans un ciel désormais dégagé avait projeté sa surface sur la terre. Il n'y avait pas un chat en vue, et la neige avait gommé toute subtilité, toutes les arêtes, tous les bruits. Les branches des arbres paraissaient alourdies mais pas réellement accablées par la neige dont elles étaient chargées. Elles avaient l'air rénovées, rajeunies, par ce manteau blanc. Les ombres qu'elles portaient sur le sol étaient douces et paisibles.

Aucun des deux garçons ne prononça une parole avant qu'ils eussent tourné le coin de Greek Street et découvert, là-haut sur sa hauteur, la maison d'OTT.

La bâtisse était tout enténébrée et, ne projetant aucune ombre, semblait engloutir la luminosité de la neige et de la lune. Elle semblait, tout au contraire, l'ombre d'elle-même. Découpée dans l'air à l'aide d'une paire de ciseaux. Une silhouette du passé qui se détachait dans l'espace. Ils s'arrêtèrent pour la contempler. « Tu te rappelles la première fois qu'on est passés par ici ? » interrogea Craig.

À voir le regard que Perry posait sur lui, il comprit que cela ne lui disait rien.

« Souviens-toi. On était avec Lucas. Lui et moi étions bourrés, on gueulait, on faisait les cons, et tu avais vraiment les boules.

— Non, aucun souvenir, dit Perry. Mais ce que tu décris là doit bien correspondre à ce qu'il en était. »

Craig aurait voulu rire, mais il n'émit qu'une espèce de sanglot. « Désolé d'avoir été aussi nul comme ami, Perry. »

Perry le regarda et secoua la tête. « Mais non, dit-il. Tu n'as jamais été nul. Bon, allons-y. »

Ils suivirent le côté opposé de la rue, puis traversèrent et commencèrent de gravir la colline en longeant la rangée d'arbres qui séparait l'arrière de la sororité de la fraternité voisine. Craig ouvrait la marche, car il connaissait le chemin menant à la porte de service, par laquelle il avait été flanqué dehors sans ménagement.

Se retournant à une ou deux reprises vers Perry, il constata que ses empreintes dans la neige profonde semblaient ouvrir un sentier fantomatique, que Perry n'avait plus qu'à suivre. Ce dernier ne le regardait pas, n'ayant d'yeux que pour la maison se dressant en contre-haut. Toujours aucune lumière. Peut-être une infime lueur dans une chambre. Peut-être le cadran d'une pendule électrique, un iPod sur son chargeur, la pulsation lumineuse d'un économiseur d'écran.

Craig arriva devant la porte, il en manœuvra la poignée sans grand espoir – ou en s'attendant plutôt à ce que s'allument des projecteurs, se déclenchent des sirènes et des alarmes.

La poignée tourna sans difficulté, la porte s'ouvrit silencieusement vers l'extérieur.

Ça alors ! se dit-il. Une telle débauche de précautions quand elles avaient une soirée – les videurs, les filles de faction à chaque entrée –, et maintenant, au milieu de la nuit, une pleine maisonnée de belles rêveuses, et une porte non verrouillée, comme une invite.

À l'intérieur, l'obscurité était totale. Quelle bêtise, pensa-t-il, de n'avoir pas pris de lampe torche. C'est alors qu'un rond de lumière éclaira le sol de la cuisine. Il eut un sursaut avant de comprendre : Perry avait emporté une lampe. Bien sûr. Le scout aigle. Il se retourna, lui sourit en levant les deux pouces, mais Perry passa devant lui pour s'avancer vers le centre de la pièce.

Craig trouva que cela sentait les cookies. Le genre que sa mère confectionnait avant qu'elle se remît à travailler – si on veut – et cessât de faire de la pâtisserie. Il crut identifier un parfum de vanille. Et peut-être une sorte d'épice. De la muscade ?

Perry promenait le faisceau de sa lampe alentour sur les différents plans de travail, et Craig entrevit de la porcelaine blanche derrière des portes vitrées, de lourdes tasses et assiettes de collectivité. Il s'en figurait la pesanteur. Le bruit des couverts sur d'étincelantes et dures surfaces, dans une pièce remplie de filles mangeant des salades ou des pâtes ou toute autre chose dont se restauraient de jolies filles ultra minces quand elles prenaient leur repas ensemble. Il imagina Nicole – non pas celle qu'il avait connue, mais la nouvelle, la brune – assise à la lourde table en chêne qui occupait le centre de la pièce, en train de dîner avec ses sœurs. Au moment où Perry éclairait le plateau impeccable et nu de ladite table, Craig se représenta l'assiette vide, d'un blanc intense, de Nicole. Avait-elle, désormais, besoin de s'alimenter ? Et si elle le faisait, de quoi se nourrissait-elle ? De neige ? De pétales de fleurs ? De l'haleine de ses sœurs ?

Il leva de nouveau les yeux. Sans doute s'était-il trop longuement attardé à cette table, car Perry n'était plus là, qui avait franchi une porte pour passer dans la pièce voisine. Il avait même pris assez de champ pour que Craig ne distingue plus que vaguement la lueur de la torche éclairant la rampe en bois de l'escalier. Il entendit le grincement sourd des premières marches, sur lesquelles Perry venait de s'engager. S'étant avancé, Craig avisa quelque chose en haut de l'escalier.

Perry avait dû le voir, lui aussi.

Il se figea.

Le faisceau de sa lampe s'immobilisa.

Quelque chose de si pâle et de si aérien que cela semblait né de la lumière de la torche, comme confectionné au crochet à partir d'un peu de lumière flottant en l'air. Une chemise de nuit se cousant en motifs compliqués autour d'une forme pâle. Celle d'un fantôme à cheveux noirs posté là-haut sur le palier.

Un fantôme tenant un objet qui tremblait dans le rai de lumière. Qui le levait, le pointait. Qui disait quelque chose que Craig n'entendit pas. Un murmure. Puis la détonation.

Alors, Craig ne vit plus que le tournoyant faisceau de la torche qui tombait jusqu'au bas des marches, où il s'éteignit juste avant que s'allument d'un coup toutes les lumières de la maison. Il vit alors Perry gisant sur le sol dans une mare de sang qui s'étendait peu à peu. Et la fille au fusil de hurler : « Oh, mon Dieu ! Oh, mon Dieu ! Le cambrioleur, je l'ai tué ! Je l'ai tué ! », cependant qu'une centaine d'autres filles en chemise de nuit blanche dévalaient l'escalier, se répandaient à travers la maison et environnaient Craig en donnant de la voix, en s'interpellant les unes les autres, comme si elles ne le voyaient pas, comme si elles n'avaient pas même remarqué sa présence.

103

En rentrant chez elle, Mira trouva Jeff Blackhawk qui dormait sur le canapé. Il avait ôté ses chaussettes, qui traînaient sur le sol. Il s'était couvert de son blouson en guise de couverture. Elle alla directement dans la chambre des jumeaux, qui étaient exactement tels qu'elle l'espérait : endormis dans leur petit lit. Matty avait sa vache sur les pieds. Andy appuyait la joue contre la sienne. Elle leur déposa un baiser sur la tête, huma leur légère odeur de transpiration. Puis elle ressortit en refermant doucement derrière elle.

Dans le couloir, elle hésita en regardant en direction du canapé. Devait-elle le réveiller ? Lui dire qu'elle était de retour et qu'il pouvait rentrer chez lui ?

Mais ce n'était pas un temps à rouler en voiture. Et puis, si elle avait pu ouvrir la porte, traverser la pièce et se racler la gorge sans le réveiller, c'était assurément qu'il ne volait pas son sommeil.

Elle décida de le laisser dormir.

Elle enfila un des tee-shirts de Clark, se brossa rapidement les dents et se mit au lit.

« Ça alors ! lança-t-elle en reposant le combiné d'une main tremblante. Je n'arrive pas à y croire. Tu ne vas plus jamais m'adresser la parole. Je suis la plus exécrable des amies.

— Non, non, fit Jeff en se frottant les yeux. Tout va bien.

— Je vais lui dire : vingt minutes, pas plus. Je serai rentrée avant que les jumeaux se réveillent.

— Tu peux me croire : si Fleming n'avait pas appelé, j'aurais moi-même dormi jusqu'à ce moment-là. Je ne te l'ai peut-être jamais dit, Mira, mais j'ai un sommeil de plomb.

— Seigneur Dieu, dit-elle, les mains de part et d'autre du visage. Mais qu'est-ce qu'il peut me vouloir, Jeff ? Pourquoi m'appelle-t-il à sept heures du matin ? Qu'est-ce qu'il fiche dans son bureau à une heure pareille ? Il pense peut-être que la réprimande d'hier n'a pas suffi ? Il veut m'en remettre une couche ? »

Le doyen lui avait dit : « J'ai besoin de vous voir dès que possible à mon bureau. J'aimerais mieux que ce soit dans l'heure qui vient. » Cela, d'un ton qui l'avait laissée pantoise. Elle s'était mise à trembler – bien qu'en vérité elle tremblât depuis que la sonnerie avait retenti, sans la moindre idée de l'endroit où elle se trouvait ni, ensuite, conscience d'avoir sauté du lit et couru décrocher.

« Cet homme est un administrateur, Mira. Il dort probablement dans son bureau. Ou bien il ne ferme jamais l'œil. Qui sait où vont les administrateurs quand les lumières s'éteignent ? »

Elle aima bien que Jeff prît cela à la légère sans chercher à lui donner l'impression qu'elle était stupide de s'inquiéter. Clark, lui, n'aurait pas voulu en entendre parler, agacé par sa « réaction disproportionnée au moindre petit événement ». Alors que Jeff concéda qu'il n'aurait pas été tranquille, lui non plus. « Ce n'est pas vraiment rassurant. »

Mais il ne semblait pas avoir, lui non plus, la moindre idée de ce que pouvait vouloir le doyen.

Mira fit ce qu'elle put de ses cheveux et de son visage. Elle enfila un corsage blanc, une jupe noire et un pull. Quand elle referma derrière elle et donna un tour de clé, Jeff était déjà rendormi.

104

Shelly se réveilla sur le canapé d'Ellen Graham. Dehors, le soleil était déjà haut, et on aurait dit que quelqu'un avait tourné à fond la commande de la lumière. La neige renvoyait une luminosité telle que les rideaux ne parvenaient pas à l'endiguer. Dans le salon, tout resplendissait. La moquette blanche, les boutons de tiroir, le dessus de lit en ouatine qu'Ellen lui avait donné quand elle avait déplié le convertible, et jusqu'au chat.

Ce sacré chat.

Était-il (ou elle ?) tout bonnement revenu s'installer dans le fauteuil pour la nuit, observant Shelly avec le calme et l'indifférence dont il faisait montre en ce moment ?

Elle émit avec les lèvres le petit bruit qui ne manquait jamais de faire venir Jeremy tout contre elle, mais ce chat-là ne bougea pas. Il était aussi immobile que le Sphinx. Elle eut envie de lui poser une question, mais craignit qu'Ellen, peut-être déjà debout et en train de vaquer ailleurs dans la maison, ne l'entendît et ne se dît qu'elle avait reçu chez elle une véritable folle.

Elle allait devoir se lever sans tarder pour aller aux toilettes ; mais elle avait pour lors l'impression d'avoir pris pied dans une sorte d'éternité. Avec ce grand soleil réfléchi par la neige, elle n'aurait pas été surprise de constater en ouvrant les rideaux que toute chose avait disparu.

Effacée.

Plus rien ne restant du monde, hormis elle et ce chat blanc, et la lumière tombant entre eux sur quelques particules de poussière.

Le félin continuait de la dévisager. Sans même cligner.

Il était tout différent de Jeremy. Il n'avait rien de son espièglerie débraillée. Jeremy avait le poil rêche et les yeux olive moucheté, alors que celui-ci les avait d'un vert de marbre.

Le regardant la regarder, Shelly eut une pensée qui l'avait déjà effleurée une ou deux fois par le passé : que chaque chat faisait partie d'une sorte d'âme féline d'un ordre supérieur.

Que ce chat et Jeremy étaient donc issus du même endroit – quel que fût ce séjour des âmes félines.

Elle et l'animal s'entre-regardaient ainsi, plongés dans une transe née de cette assurance et de l'incroyable réconfort qui en découlait. Ni elle ni lui ne bronchèrent quand Ellen appela du haut des escaliers :

« Êtes-vous visible ? J'allais descendre préparer du café.

— Oui, merci », répondit Shelly.

Elle boirait un café, puis rentrerait en ville, irait trouver Craig Clements-Rabbitt, lui parlerait du nouveau plan d'action et solliciterait son concours.

105

Le campus était vide. Les trottoirs glissants et déserts. Le soleil s'était levé au-dessus de l'horizon, faisant de la neige vierge – hautes congères et aplats immaculés – un aveuglant paysage lunaire. Mira se dit qu'on avait désormais là un parfait campus pour revenants. Pour les invisibles. Les disparus. Nul ne pourrait les voir déambulant sur cette neige. Il n'y avait du reste personne pour les voir. Tous les étudiants étaient encore au lit, dormant à poings fermés. Elle pensa à Perry, en train de rêver. Elle imagina ses yeux bougeant rapidement derrière ses paupières – agitation frénétique qui était en fait une paix parfaite.

Difficile de marcher à travers toute cette poudreuse. Elle ne se rappelait pas avoir vu pareille chute de neige en novembre depuis qu'elle avait emménagé dans cette ville, bien des années plus tôt. Heureusement, elle avait chaussé des bottillons plats. Bien que ces chaussures ne fussent pas bien chaudes et même si les semelles en étaient un peu lisses, elle parvenait à aller d'un bon pas sur les trottoirs et à traverser les amoncellements de neige jaunie qui encombraient la chaussée. À en juger par les empreintes de pneus, quelques voitures et camions avaient déjà circulé, même s'il n'y avait présentement aucun véhicule en vue. Parvenue au croisement, elle ne se soucia pas de s'arrêter au signal lumineux figurant un piéton en rouge.

« Madame Polson », dit l'homme en se levant au moment où elle entra dans le bureau du doyen Fleming. Elle ne l'avait jamais rencontré en personne, mais elle savait de qui il s'agissait pour avoir vu sa photo sur le site de l'université, photo qui apparaissait tout à côté du médaillon doré portant la date de création de l'institution et sa devise latine (*Utraque unum* : « Les deux font un ») dès qu'elle cliquait pour obtenir la page d'accueil.

« Monsieur Yancey », dit-elle.

Le doyen se tenait dans un angle de la pièce, comme s'il y avait été relégué. Il évita le regard de Mira.

« Asseyez-vous, madame Polson », invita le président en montrant un fauteuil qui faisait face au sien. Il avait une feuille de papier à la main. « L'affaire est grave. Très grave. Des plaintes très sérieuses ont été déposées contre vous par vos étudiants… » Elle prit place dans le fauteuil. Il lui remit la feuille, à laquelle elle jeta un coup d'œil. Elle crut qu'elle allait se sentir mal en y reconnaissant quelques noms et signatures :

Karess Flanagan. Brett Barber. Michael Curley. Jim Bouwers.

« Mais la grande nouvelle du jour, reprit le président Yancey – et il n'y avait pas à se méprendre sur le petit rire nerveux dont cela s'accompagna – est qu'un de vos étudiants a été tué. Abattu. Après avoir pénétré par effraction dans la maison d'OTT... »

Submergée par la nouvelle, Mira se dressa en battant des bras comme pour remonter à la surface. « Qui ? interrogea-t-elle.

— Asseyez-vous, intima le président en montrant le fauteuil qu'elle venait de quitter. Asseyez-vous, je vous prie. Je ne doute pas que vous receviez sans tarder la visite de la police. Vous allez toutefois d'ici là libérer votre bureau. En attendant, expliquez-moi dans le détail comment il se fait qu'un de vos étudiants, ce Perry Edwards qui collaborait étroitement avec vous, se soit introduit à trois heures du matin dans une sororité, se soit arrangé pour tomber nez à nez avec une jeune personne terrorisée armée d'un fusil, et se soit fait tuer.

— Oh, mon Dieu ! lâcha Mira en se laissant retomber dans le fauteuil.

— Oh, mon Dieu, c'est le putain de mot juste, lança le président Yancey. Avez-vous une putain d'idée de ce que cela signifie, madame Polson, pour cette putain d'université ? »

106

Lors du trajet de retour (la neige donnant au monde l'apparence d'une lune, d'un autre monde, désert et parfait), Shelly passa devant le lieu de l'accident.

Bien sûr, elle était passée par là des centaines de fois dans les mois qui s'étaient écoulés depuis, et elle avait pu observer les modifications de ce lieu de pèlerinage dressé à la mémoire de Nicole Werner. Les ours en peluche étaient de temps en temps remplacés, les fleurs réarrangées. Les croix avaient continué de s'accumuler. Il devait désormais y en avoir une cinquantaine, disséminées sur l'emplacement même ou alignées le long du fossé. Au bord du champ, une douzaine au moins avaient été disposées en forme de *N*.

Shelly se dit que les filles de la sororité qui s'occupaient de tout cela finiraient par passer leur diplôme. Les choses se dissiperaient, se délabreraient. Peut-être que tous les un ou deux ans, à la Toussaint, un parent ferait le voyage pour déposer un bouquet de fleurs.

Elle se dit qu'elle s'abstiendrait dorénavant de passer par ici. Elle allait quitter la ville, mais si jamais elle devait y revenir, elle y entrerait par l'autre côté.

Elle ne voulait même pas passer devant.

L'éclat de la neige lui arrachait des larmes.

Elle n'avait pas prévu de ralentir ni même d'accorder un regard à cet endroit. Mais elle ne s'attendait pas non plus à voir quelqu'un en train de s'y frayer un passage dans plus d'un mètre de neige, à huit heures du matin et sans manteau, regardant droit devant lui tout en se dirigeant vers la photo, clouée à un arbre et recouverte de neige, de Nicole Werner.

Il n'y avait aucune voiture garée dans les environs. Comment était-il venu jusqu'ici ?

Il portait une chemise blanche. Shelly, les yeux encombrés de larmes, se demanda si elle n'était pas en proie à une hallucination. Peut-être était-ce là le genre de vision qui vous prenait dans l'Antarctique quand il restait si peu de choses à voir. Elle se frotta les yeux.

Non.

C'était un jeune homme. Il se parlait à lui-même ou bien s'adressait à la photo, tendant les mains vers celle-ci à mesure qu'il s'en approchait, sans même un regard pour la voiture de Shelly, qui n'était plus très loin – même s'il avait nécessairement noté qu'elle ralentissait, car elle était l'unique véhicule circulant sur la route.

Roulant maintenant au pas, Shelly fut tout près de pousser un cri car elle imagina subitement qu'il s'agissait de Richie, son frère.

Seigneur, non.

Bien évidemment, non. Qu'est-ce qui n'allait pas chez elle ?

Bien sûr que non.

C'était ce garçon, le compagnon de chambre, celui qui lui rappelait son frère.

La coupe ultra courte. La chemise blanche bien repassée. Comment s'appelait-il, déjà ?

Elle freina et alla se garer le plus loin possible, le long du banc de neige qu'était devenu l'accotement de la route. Comme la première fois, le jour de l'accident, elle abaissa sa vitre et l'appela, tout en sachant qu'il ne pourrait l'entendre à travers la grande étendue blanche qui les séparait – neige et blancheur annihilant tout, surtout le son de la voix.

Il dut néanmoins l'entendre s'arrêter, car il se retourna, la regarda. Elle ouvrait la bouche au moment où il commença de secouer la tête en un lent va-

et-vient – non, non… – qui la fit se raviser et y plaquer la main. Il n'eut pas à prononcer un mot pour
qu'elle comprenne ce qu'il entendait lui signifier.

Non.

Il n'était rien qu'elle pût pour lui.

Il lui disait de s'en aller.

Elle leva la main avant de remonter sa vitre et le
regarda s'éloigner jusqu'au moment où elle ne le vit
plus du tout, avec sa chemise blanche dans la neige.

SIXIÈME PARTIE

107

Ellen avait vieilli. C'était incontestable.

Shelly aussi, bien évidemment. Quel âge Ellen devait-elle lui donner ? Quatorze ans s'étaient écoulés depuis leur dernière rencontre. Elles se reconnurent pourtant dans l'instant et en même temps, et c'est sans hésitation qu'elles coururent l'une vers l'autre entre les ascenseurs et le carrousel de l'aéroport de Las Vegas.

Ellen laissa choir le sac de cuir noir qu'elle portait en bandoulière, noua les bras autour de Shelly et, le visage enfoui dans ses cheveux gris, murmura : « Je vous l'avais bien dit. » Toutes deux se mirent à pleurer – point de sanglots, mais des larmes silencieuses qui leur mouillèrent les joues.

Shelly acquiesça d'un signe de la tête. C'était exact. Ellen avait toujours promis qu'elle viendrait lui rendre visite à Las Vegas avant que l'une ou l'autre ne trépasse. Elle l'avait répété à la fin de chaque coup de téléphone, noté au bas de chaque courriel, carte postale et petit mot. Or il y avait eu au fil des ans un million de coups de fil, de cartes et de mots. On aurait dit que la durée se tissait de ces échanges à travers l'espace.

L'appartement de Shelly ne se trouvait qu'à quelques minutes en voiture. Elles n'éprouvaient quelque gêne que dans les moments de silence, aussi ne cessèrent-elles de converser pendant le trajet. Il fut question du vol d'Ellen – quatre heures à côté d'une femme qui ne cessait de pépier que pour se manger les peaux des ongles (« Je suis allée aux toilettes à trois ou quatre reprises avec l'espoir qu'elle s'en prenne au type qui se trouvait de l'autre côté ; mais elle attendait chaque fois que je revienne »).

Elles parlèrent de Las Vegas. Ellen ne connaissait pas cette ville, or Shelly y vivait depuis maintenant si longtemps qu'elle ne mesurait même plus combien l'endroit pouvait paraître étrange à qui n'avait jamais quitté le Midwest, sinon pour se rendre à Manhattan ou en France.

C'était comme d'emménager sur la planète Mars, avait-elle confié à Rosemary au téléphone peu de temps après son arrivée. Au moment où son avion se posait sur le tarmac, elle avait vu le désert par le hublot et s'était dit : J'arrive sur Mars.

« Mais c'est parfait, lui avait répondu Rosemary. Tous les gens qui habitent Vegas y sont venus pour se planquer. Tu dois considérer que tu t'y caches. Ne va pas faire une sottise, comme par exemple ouvrir une page Facebook, d'accord ? »

Ayant raccroché au terme de ce premier coup de fil passé de sa nouvelle vie, Shelly avait traversé son appartement, situé au troisième, pour se poster devant la baie vitrée.

« Forever », avait-elle pensé. Comme dans la chanson, elle le contemplait de sa fenêtre. Forever s'étendait jusqu'à l'élévation de terre rouge du mont Sunrise, avant de disparaître brutalement.

Durant toutes ces années, pas une fois elle n'avait envisagé de partir. Pas plus de Las Vegas (devenu le foyer qu'elle ignorait jusque-là n'avoir jamais eu – parfois miteux, constamment inconsistant, mais plein d'une beauté d'autant plus attachante qu'il fallait la rechercher) que de cet appartement.

Elle raffolait de la vue qui s'offrait de chez elle. La nuit, la lune flottait au-dessus de la montagne, un vide baigné de lumière et paraissant ne rien réfléchir, mais restant en place avec ténacité – luisant poste de contrôle depuis longtemps abandonné.

Directement sous le balcon, un figuier de Barbarie déployait sa florissante menace entre le panorama et l'aire de stationnement.

Un jour, des années plus tôt, un membre de l'équipe de gardiennage avait voulu le couper, se répandant en imprécations lorsque les épines avaient déchiré son coupe-vent. Shelly s'était hâtée de téléphoner au propriétaire, qui avait consenti à donner un contrordre à l'employé. Depuis, plus personne n'avait touché à ce figuier.

Chaque printemps, il fleurissait comme l'offrande naïve d'un fleuriste à Dieu. Le reste de l'année, il ne cherchait à abuser personne. On savait qu'en l'approchant on se serait fait cruellement lacérer.

Il se disait qu'à Las Vegas on ne voyait jamais deux fois la même personne, ce qui, en un sens, n'était pas faux. Ni à la bibliothèque ni à la salle de gym ni à la galerie marchande. Même les gens avec qui Shelly travaillait à l'hôpital ne cessaient de bouger et de tourner, allant et venant, gardant toujours si bien leurs distances qu'elle avait le sentiment, même si ce n'était pas strictement exact, d'être environnée d'étrangers chaque jour renouvelés. Et les occupants des appartements voisins ne restaient jamais plus de quelques saisons, vite remplacés par de nouveaux locataires, complètement inconnus, qui finissaient par s'en aller à leur tour. Chaque été, la chaleur récurait les rues de toute trace du passé.

Au cours de toutes ces années, il lui était arrivé une seule fois d'avoir un coup au cœur et de se retourner avec le sentiment de reconnaître quelqu'un. Elle cheminait sur une piste sableuse de la vallée de la Mort à l'ombre des monts Funeral quand elle vit approcher cinq filles, qui venaient en sens inverse, leur gourde vide à la main. Elles avaient eu l'inconséquence de se chausser de claquettes pour arpenter le terrain difficile du désert et de ne se vêtir pour affronter le soleil de plomb que d'un débardeur tout léger – sur le devant duquel étaient imprimées des lettres grecques. Leurs épaules nues étaient en train de virer au rouge brique. Il faisait quarante-cinq degrés (« Il s'agit toutefois d'une chaleur sèche, plaisantait-on toujours à Las Vegas. Un peu comme dans un four »).

Elles vont mourir sur place, pensa Shelly. Elles vont y rester par pure sottise.

Elle manqua leur en toucher un mot. Mais au moment où elle les croisa, elles ne la regardèrent même pas – à l'exception de l'une d'entre elles, qui rejeta en arrière ses cheveux d'un noir luisant et la dévisagea sans sourire.

En vérité, cette fille ne ressemblait pas du tout à Josie Reilly, à ceci près qu'elle appartenait au même type. Shelly dut néanmoins prendre sur elle pour poursuivre son chemin, pour ne pas s'arrêter et lui parler, à elle et ses compagnes.

Leur dire quelque chose sur la stupidité de se croire plus fort que la mort. De penser que l'on peut parcourir cette vallée sans se soucier d'emporter suffisamment d'eau ou de mettre des chaussures de marche.

Mais elle était bien certaine que ces filles rebrousseraient chemin et s'en sortiraient. Elles survivraient à l'épreuve. Elles s'en savaient capables. Et puis, après tout, ce n'était pas Josie. Comme tant d'autres qui avaient traversé sa vie au fil de tant d'années (elle avait maintenant soixante-trois ans), Shelly serait à jamais hantée par Josie Reilly et ne la reverrait jamais.

Elle avait déplié le canapé du séjour pour son propre usage, de sorte qu'Ellen pût avoir le lit, mais celle-ci ne voulut pas en entendre parler, bien évidemment. « Vous avez bien dormi sur le mien, de canapé, argumenta-t-elle. Et puis vous m'avez insufflé la force de reprendre le combat.

— Je n'ai fait que vous engager dans une impasse pour le restant de votre vie », répondit Shelly. C'était là quelque chose dont elles avaient discuté des centaines de fois pendant toutes ces années : dans quelle mesure les éléments d'information apportés par Shelly avaient-ils changé les choses pour Ellen ? En valaient-ils la peine au bout du compte, puisqu'ils ne lui avaient pas ramené sa fille ?

« Non, dit Ellen. C'est la seule chose qu'on m'ait jamais donnée. Vous n'auriez pu mieux faire à part me redonner ma Denise. »

Elles parlèrent bien sûr de Denise, comme elles le faisaient si souvent. En s'étonnant de ce qu'elle aurait eu trente-cinq ans si elle avait vécu.

« Je ne la vois plus, dit Ellen. Je la cherche toujours, mais je ne parviens plus à me la figurer. Elle ne peut plus avoir vingt ans pour moi, mais je ne sais pas qui elle serait si elle en avait trente-cinq.

— Elle serait comme vous, répondit Shelly. Elle serait mère à l'heure qu'il est. Et elle serait une amie. Une bonne amie. La meilleure. »

108

Elle avait beau écrire encore et encore les formes correctes des verbes irréguliers, ses étudiants de l'université de South Plains faisaient toujours les mêmes fautes.

Ils tenaient de toute manière Mira pour une femme un peu toquée ou, au moins, pour quelqu'un qui ignorait complètement les fondamentaux de la grammaire. Parfois, elle envisageait de prendre le taureau par les cornes, d'adresser des courriers à la presse et aux hommes politiques pour leur représenter que le moment était venu de simplifier la conjugaison. Il aurait été tellement plus facile de modifier les règles de grammaire que de s'échiner à tenter de leur en inculquer les caprices.

Elle effaça le tableau, referma la porte de la classe derrière elle, gagna le parking, monta en voiture et prit la direction de son mobile home.

On était en septembre. Le ciel était bleu et sans nuages. Dans l'ouest du Texas, rien ne bornait la vue. On aurait pu envoyer une pièce de monnaie rouler sur le sol, et elle n'aurait rencontré aucun obstacle sur plus de mille cinq cents kilomètres.

Mira lança son sac sur le canapé, prit un Coca sans sucre dans le réfrigérateur et s'assit devant l'ordinateur. Comme elle l'espérait, il y avait un courriel de Matty et, juste en dessous, un autre d'Andy.

Les gentillesses habituelles.

Les cours étaient super. Ils avaient besoin d'argent. Matty était amoureux d'une fille, Andy venait de rompre avec une autre et, ce soir-là à la cafétéria, c'était pizza ; tout allait donc pour le mieux. Ils viendraient la voir, pas le week-end suivant mais celui d'après.

Elle souriait en ouvrant la photo jointe par Matty. Lui, un bras passé autour des épaules du nouvel objet de ses assiduités. Il portait des lunettes de soleil et un tee-shirt de l'université du Texas. Il était plus grand, plus mince, mais impossible de ne pas noter sa ressemblance avec son père. Mira pensait avoir encore quelque part une photo comparable à celle-ci de son ex-mari en tee-shirt et lunettes de soleil : Clark avec une tignasse noire, une barbe de deux jours, un sourire en coin, un bras autour de ses épaules à elle, tout comme Matty avec cette fille.

Une blonde. Un peu ronde. Avec un petit air de connaissance, comme tant de filles de cet âge.

Ou comme tout un chacun, quel que soit son âge, se dit-elle.

Cet après-midi-là, elle avait comme chaque jour parcouru en flânant le trajet menant de son bureau à la bibliothèque. Elle avait adressé un signe amical à Tom Trammer, qui lui rappelait tant Jeff Blackhawk (surtout le matin avant que ses yeux aient accommodé et avant que, les heures passant, Tom ait pris un air plus défait et plus âgé) qu'elle fut à deux doigts de l'appeler Jeff au passage.

Puis elle avait salué le doyen, Ed Friedlander, assez brave homme qui faisait ce qu'il pouvait à la tête de ce centre universitaire au budget modeste pour que les professeurs (dont quelques-uns avaient un grave problème d'alcool et les autres différents troubles de la personnalité) assurent leurs cours et pour que les étudiants ne s'entre-tuent point. Sa ressemblance avec le doyen Fleming tenait surtout à l'âge et au costume, mais sa vue ne manquait jamais de perturber Mira, de lui causer des battements de cœur, lutte ou fuite, même si elle parvenait toujours à n'en rien montrer et à sourire.

Clark était partout, lui aussi – bien qu'il restât le jeune père et mari qui lui souriait si tristement lors du prononcé de leur divorce et qui, plus tard, hochait gravement la tête sur les degrés d'une véranda en prenant et reposant tour à tour leurs deux fils. Un homme déprimé, plus tout jeune, qui semblait avoir espéré une deuxième chance, ignorant qu'elle n'arriverait pas.

Il s'était remarié. Cela avait été un autre échec. Aux dernières nouvelles, il habitait Dallas et travaillait dans un genre de magasin de sport. Ils n'avaient plus de raisons d'être en contact à présent que les jumeaux étaient suffisamment âgés pour se déplacer tout seuls d'un parent à l'autre.

Et il y avait, bien sûr, les étudiants.

Brent Stone, gentil garçon originaire de Muleshoe, qui voulait devenir professeur de gymnastique. Mary Bright, dont malheureusement le nom n'était guère approprié[1]. Ils auraient pu figurer parmi ses étudiants, dans d'autres cours et en d'autres lieux, et sans doute aurait-elle pu, de même, être n'importe qui pour eux. Elle supposait qu'en la regardant ils pensaient : tante Molly, Mrs Emerson, maman.

Des types. Des idéaux. Des reproductions. Des représentations. Répliques quasi identiques les unes des autres.

Perry Edwards était, bien sûr, partout ; mais elle y était accoutumée après tant d'années. Elle éprouvait même un véritable réconfort quand il la doublait sur la route à bord de son pick-up ou lui disait : « Bonjour, madame » de derrière le comptoir de l'épicerie. Il aurait eu aujourd'hui l'âge qu'elle-même avait quand elle avait fait sa connaissance – au lieu de cela, il était resté à celui qu'il avait la nuit de la tempête de neige, quand elle lui avait dit au revoir dans la voiture de Jeff Blackhawk.

Parfois, elle le voyait au cinéma, assis un rang ou deux devant elle, le bras passé au cou d'une fille qui ressemblait à Nicole Werner, à Denise Graham ou à l'une ou l'autre de toutes ces filles, la main dans le sac de pop-corn posé entre eux. Elle s'efforçait de ne pas se le représenter exposé à l'intérieur du salon funéraire Dientz. Le beau costume. Le travail remar-

---

1. *Bright* : ici, intelligente, vive d'esprit.

quable accompli par Ted Dientz pour lui donner l'apparence de n'avoir pas été abattu quelques jours plus tôt par une sœur en sororité affolée et armée d'un fusil (fourni par un père qui croyait mordicus que toute jolie fille vivant sur le campus d'une université américaine devait en être pourvue), qui lisait fort avant dans la nuit un livre sur Ted Bundy[1] quand, entendant des bruits de pas, elle sortit de sa chambre dans le noir et se trouva nez à nez avec un inconnu dans l'escalier de la maison d'Oméga Thêta Tau.

Mira serait allée au salon funéraire pour y voir Perry, mais Ted Dientz lui fit savoir que la famille avait poliment demandé qu'elle ne vînt pas. Elle avait également reçu une lettre des avocats de l'université lui demandant de ne pas parler aux médias, aux étudiants ou aux familles d'un quelconque aspect des événements. Elle était de plus tenue de ne *jamais* rien écrire sur le sujet.

Son propre avocat lui avait dit : « Nul n'est en droit d'imposer de telles restrictions. La dernière fois que j'ai vérifié, nous vivions dans un pays libre. Si l'envie vous prend d'écrire un livre là-dessus, écrivez-le et on le leur fourrera sous le nez. »

Mais il s'avéra en fin de compte qu'elle n'avait plus du tout envie d'écrire sur la mort.

Pendant toutes ces années, et jusqu'à sa mort un matin de Noël, elle resta en contact étroit avec Ted

---

1. Cet Américain assassina au moins trente jeunes femmes dans les années soixante-dix et quatre-vingt. Il s'introduisit une nuit dans la résidence d'une sororité, où il viola quatre étudiantes. Il fut exécuté en 1989.

Dientz. Il avait, comme elle s'y attendait, développé une véritable obsession. (Elle y avait vu un point commun entre eux, mais il se révélait beaucoup plus passionné qu'elle ne l'avait jamais été.)

Le test biologique avait prouvé (« Incontestablement ! » avait-il tonné au téléphone) que le corps qu'il avait enterré dans le cercueil de Nicole Werner, celui sur lequel il avait prélevé des échantillons sanguins, n'avait aucun lien de parenté avec les personnes dont on avait trouvé des cheveux sur la brosse que Perry Edwards avait rapportée du domicile des Werner.

« Sauf si Nicole Werner était une enfant adoptée ou si cette brosse a été utilisée par quelqu'un d'autre que les femmes Werner, il est impossible que la personne que j'ai mise en bière ait été la fille ou une parente d'une femme de cette famille. »

À l'époque, Mira ne se souciait plus de Nicole – où elle pouvait se trouver, qui avait été enterré à sa place. Perry était mort, son mari l'avait quittée et elle avait perdu son emploi dans une conflagration d'accusations, de soupçons et de haine.

Elle demanda néanmoins à Ted de la rappeler après l'exhumation. Elle savait qu'il ne serait pas possible de le dissuader d'y recourir. Il était résolu à la déterrer. Comme on n'était pas parvenu à localiser les parents de Nicole, l'autorisation de rouvrir la sépulture fut donnée par Etta Werner, grand-mère de Nicole. (Etta était une pétulante vieille dame qui avait assisté à presque tous les enterrements ayant eu lieu à Bad Axe au cours des quatre-vingts dernières années, et l'idée de rouvrir une tombe ne parut pas du tout la rebuter. Elle ne demanda même pas d'explications.) Après quoi, quand Ted rappela Mira, celle-ci dut s'asseoir pour ne pas se sentir mal en apprenant de sa bouche qu'il n'y avait personne, rien du tout, dans ce cercueil.

« Vide, avait-il répété, paraissant lui-même vidé. Et absolument personne pour m'expliquer ce fait ni même, moi mis à part, faire preuve du plus vague intérêt pour l'élucidation de cette énigme. »

Bien qu'il eût consacré les dernières années de sa vie à la résolution du mystère, Ted Dientz n'en découvrit jamais le fin mot. Il ferma son salon funéraire, multiplia les courriers à la presse, contacta les autorités ainsi que des experts partout dans le monde. Il devint obsédé par cette tombe inoccupée, par l'ADN de Nicole Werner, par la liste des sœurs en sororité ayant disparu dans l'État, puis dans le pays tout entier.

Leur nombre était sidérant !

Elles auraient pu former quelque part leur propre sororité : une vieille et vaste demeure cachée derrière une haie ombreuse, où elles auraient décoré des chars à l'aide de fleurs en papier crépon, se seraient créé les unes les autres de nouvelles coiffures, auraient chanté des hymnes et passé des serments secrets les engageant pour l'éternité.

Ted pensait que des membres de l'université ou de la sororité ou des deux à la fois avaient travaillé à camoufler un décès survenu lors d'une séance de bizutage, qu'ils étaient venus escamoter nuitamment les restes de la morte de sorte qu'on ne puisse jamais déterminer son identité. Il s'agissait de professionnels. Ils avaient opéré avec une précision toute chirurgicale. L'herbe recouvrant la tombe de

« Nicole », le crucifix, les animaux en peluche – toutes choses qui, à l'œil nu, paraissaient n'avoir jamais été dérangées.

Mais par la suite, quand il ressortit que, parmi les centaines de parents qu'ils comptaient à Bad Axe, pas un ne pouvait ou ne voulait révéler où résidaient désormais les parents de Nicole, afin qu'on leur fît savoir que la tombe de leur fille était vide, Ted en vint à suspecter non seulement ces derniers mais également l'ensemble du clan Werner. (Jusqu'à Etta : n'y avait-il pas une note presque enjouée dans la façon dont elle avait consenti à ce qu'on exhume le cadavre de sa petite-fille ?)

Il pensait que la plupart de ces gens savaient exactement où se trouvait Nicole et qu'elle n'avait jamais occupé ladite tombe.

Les années passant, Ted Dientz se prit toutefois à envisager d'autres possibilités. Comme il le confia à Mira, il avait travaillé suffisamment longtemps au contact des morts pour savoir que de bien étranges choses pouvaient se produire. Ce monde n'était pas que matériel. Était-il impossible qu'après qu'il eut enterré Nicole Werner le jour de ses obsèques, elle se soit, il ne savait comment, évadée de sa sépulture ?

Que répondre à cela ?

Ted Dientz était mort sans avoir trouvé de réponses à ses interrogations. Mira n'avait aucune idée de ce que sa femme et ses enfants avaient fait des cartes portant les prélèvements sanguins qu'il avait conservées toutes ces années dans son sous-sol. Toutes ces âmes qu'il voulait ramener à la vie – cette armée de ses morts qu'il attendait de pouvoir ressusciter –, il les avait rejointes désormais. Il y avait si peu de réponses dans cette vie, et encore étaient-elles souvent éparpillées aux quatre vents. Rien que, de temps en temps, de menues parcelles de justice tardive.

Une décennie s'écoula avant qu'une étudiante de seconde année non dépourvue de flair qui écrivait pour le journal de l'université exhume l'histoire de Denise Graham et de Nicole Werner. S'étant fait passer pendant six mois pour une candidate à l'admission au sein d'Oméga Thêta Tau, elle avait ensuite révélé en quoi consistaient exactement les différents rituels.

Il se trouvait que les sœurs ne buvaient pas de tequila, n'hyperventilaient pas et ne s'évanouissaient pas préalablement à leur résurrection dans le cercueil. Un infirmier du service d'ambulances voisin leur injectait de la scopolamine, la drogue du zombie.

Comme Mira le savait déjà, l'étudiante écrivait que, correctement dosée, cette drogue provoquait le sommeil du sujet et qu'à son réveil celui-ci avait l'impression de renaître. À dose plus forte, impossible de former le moindre souvenir de tout ce qui s'était passé au cours des heures précédant et suivant l'injection. En surdose, la substance était fatale.

Mira prit connaissance de cet article sur Internet chez elle au Texas. Ce serait mentir que de ne pas reconnaître qu'elle espéra assister au renvoi de quelques administrateurs ; mais rien de tel n'eut lieu. Elle s'attendait à ce que ce chapitre d'Oméga Thêta Tau fût au moins fermé, mais ce ne fut pas le cas ; la sororité écopa d'une lourde amende, et ses membres passèrent devant une commission d'assistance psychologique.

Mira espérait qu'il serait possible de prouver que Craig Clements-Rabbitt avait lui aussi reçu une injection de scopolamine, cela expliquant qu'il ne se rappelât rien de l'accident. Elle était pour sa part convaincue que la sortie de route de la voiture qu'il conduisait et dans laquelle se trouvait Nicole, avait été provoquée par quelqu'un qui cherchait à couvrir la sororité, quelqu'un qui savait que Nicole et Craig avaient la défunte ou agonisante Denise Graham sur leur banquette arrière. Quelqu'un enfin qui savait qu'ils l'emmenaient à l'hôpital, et qui entendait les empêcher de s'y rendre.

L'accident ayant été provoqué à dessein, la voiture fut ensuite incendiée par ceux qui cherchaient à camoufler le bizutage et l'overdose.

La mort de Nicole fut un maquillage. Denise avait été sa doublure. Étant une bonne sœur en sororité, Nicole s'était prêtée à la machination.

On avait tout mis sur le dos de Craig Clements-Rabbitt, et celui-ci avait admis ce qu'il croyait être sa responsabilité. Il avait été drogué et il était amoureux, ce qui est aussi en soi une forme de drogue du zombie, surtout quand elle est mêlée de culpabilité et de chagrin.

Il était toujours possible de trouver *Nicole Werner* sur Google, et l'on constatait qu'il y avait toujours des blogueurs pour avoir croisé son fantôme à Godwin Hall.

Il apparaissait également sur Internet que certaines étudiantes n'avaient pas renoncé à leur fascination pour Alice Meyers. Chaque année, il y avait des scarificatrices. Chaque année, les postulants à Godwin Honors College étaient moins nombreux – réalité qu'on devait officiellement imputer à la paresse des étudiants actuels, mais dont Mira voyait la cause dans le fait que les parents ne voulaient pas que leurs enfants, et surtout leurs filles, résident à Godwin Hall.

Mais n'y avait-il pas toujours un semblable endroit sur chaque campus ? Mira se souvenait que, de son temps, on se défiait de Fairwell Hall.

Ici, à l'université de South Plains, il y avait aussi une Alice Meyers – une fille qui hantait l'auditorium où, disait-on, elle s'était pendue à un chevron de la toiture.

Et il y avait également une Nicole Werner.

Ici, elle avait nom Sara Bain. Un jour qu'elle était passagère sur la moto de son petit ami, ils avaient heurté – allez savoir quoi. Un écureuil ? Un lapin ? Un caillou traînant sur la route ? Peu importaient les détails. Sara Bain était retombée sur le terre-plein central, où son copain, hébété, couvert de sang, s'était précipité auprès d'elle.

Dans la cour d'honneur de l'université, un petit amoncellement de pierres dessinait un cercle autour d'un cerisier. On disait que, chaque printemps, par une nuit de pleine lune, un groupe de filles se rassemblait autour de cet arbre pour se faire des scarifications, chanter, dire des poèmes. Au matin, des membres horrifiés du corps enseignant retrouvaient les pierres éclaboussées de sang. Il était régulièrement question d'abattre cet arbre, d'emporter ces pierres, mais rien n'était fait.

109

Karess s'égara quelque part au sud de Bad Axe. Le temps qu'elle trouve la bonne sortie de l'autoroute, elle était exaspérée et se demandait comment diable elle avait pu penser qu'il s'agissait d'une bonne idée, et s'interrogeait quant à ce qu'elle avait espéré trouver ou perdre en revenant après tant d'années dans cet État paumé à la recherche d'un garçon qu'elle avait à peine connu.

Mais, tout en jetant la carte routière fatiguée (tachée de café renversé, archifroissée) sur la banquette arrière de sa voiture de location, elle se dit qu'elle en connaissait, quelque part en elle, la raison.

Quelque part en elle, Perry Edwards était toujours vivant.

Certes, elle ne pensait pas à lui tous les jours. Ç'aurait été insensé. Une quinzaine d'années s'étaient écoulées. Elle avait quitté Godwin dans le courant du semestre où il s'était fait tuer, pour finir par obtenir son diplôme après être passée par trois différents établissements de la côte Ouest. Elle s'était mariée, elle avait divorcé et elle aimait son boulot. Elle était parfaitement saine d'esprit. Elle ne buvait pas.

Pourtant, elle se prenait souvent à penser : il était le bon.

« Bien sûr, lui disaient ses amies, le bon, c'est toujours celui qui s'en va. »

Mais Perry Edwards n'était pas parti.

Après sa mort, il était partout. Dans chaque garçon qui tournait le coin de la rue, qui passait en voiture, qui l'invitait à danser ou lui offrait un verre dans un bar.

Après sa mort, Perry Edwards était *l'air*. Il était partout.

« Vous devriez peut-être aller sur sa tombe, lui avait conseillé son thérapeute. Cela vous apportera la conviction que la page est définitivement tournée. »

D'accord, avait-elle pensé. Faisons ça.

La voilà donc sortant de l'autoroute, traversant une ville comme elle pensait qu'il n'en existait plus. Une église à chaque coin de rue. De petites maisons avec leur petite véranda. Devant l'une d'elles, un vrai chien attaché à un vrai arbre. *Fichtre, Toto, m'est avis qu'on a quitté Los Angeles.*

Il lui fallut s'arrêter à deux reprises, dans deux différentes stations-service, pour se faire expliquer comment se rendre au cimetière, après quoi elle se demanda comment elle avait pu se figurer qu'elle trouverait sa tombe : il y avait quatre fois plus de gens enterrés là qu'il ne pouvait y avoir de vivants dans cette saleté de patelin.

Elle se gara, descendit de voiture.

C'était une journée typique de la fin septembre. Elle conservait un souvenir vague de ces journées du début de l'automne à l'époque où elle était en première année à l'université de cet État. Le feuillage dépenaillé. Les branches sinistres. Ce sentiment que les choses dépérissent et meurent, mais en redressant follement la tête une dernière fois avant de succomber – flamboiement, convulsions. *Regardez-moi !*

Putain.

Il y avait des rangées et des rangées de Shepard. Il devait s'agir d'une grande et peu florissante famille, coincée à Bad Axe depuis des générations.

Et un petit groupe de Rush. La mère, le père, le fils bien-aimé. Karess passa de la partie ancienne du cimetière à son secteur le plus récent. Il n'était pas mort depuis si longtemps, après tout. Quelques Owens. Quelques Taylor. Tout un tas de noms allemands. Elle décida de s'en remettre à son instinct. Elle allait fermer les yeux, tourner les talons et se laisser guider.

Cela ne marcha pas.

Elle se retrouva sous un arbre. Comme tous ses semblables, il était en train de perdre ses feuilles. Celles-ci tombaient tout autour d'elle. Orange et rouge. Elle sentait l'odeur de la terre. De l'herbe. L'humidité. Moisie, comme de vieilles frusques. Un parfum d'humus. Une fraîcheur.

Elle décida de s'asseoir. Elle fermerait les yeux pour se reposer un moment, et quand elle se sentirait plus d'énergie, elle retournerait à l'entrée – ces portillons en fer forgé qu'elle avait franchis – et recommencerait tout au début. Au besoin, elle se mettrait à genoux pour balayer les feuilles recouvrant chaque putain de nom, et s'arrêterait devant chaque tombe, même si cela lui prenait la journée.

Même si cela lui prenait plusieurs jours.

110

Chaque pâté de maisons de cette ville comportait un triste repère :

Le banc sur lequel ils s'étaient assis un moment, regardant passer les autres étudiants avec leurs sacs à dos, leurs jupes courtes, leurs iPod.

L'arbre sous lequel ils s'étaient abrités d'une averse, riant, échangeant des baisers, mastiquant de la gomme à la cannelle.

La librairie où il lui avait acheté un recueil de poèmes de Pablo Neruda, et cet horrible bar de supporters où ils s'étaient donné la main pour la première fois.

L'établissement avait changé de nom, mais la façade était restée la même. Les colonnes pseudo-helléniques qui faisaient semblant de soutenir le toit de la bibliothèque Llewellyn Roper. Cette boutique de cadeaux, où il lui avait acheté la bague montée d'un morceau d'ambre – bulle de résine sertie d'argent, avec, emprisonnée à l'intérieur pour l'éternité, une drosophile préhistorique.

Et le *Starbucks*, où ils allaient pour travailler et n'ouvraient jamais le moindre livre.

« Ralentis, fiston, dit le père de Craig, assis à la place du passager.

— Désolé, papa », répondit-il.

Cela faisait maintenant des années que son père avait perdu la vue, et une des plus grandes craintes de celui-ci était d'avoir un accident qu'il n'aurait pas vu venir.

Craig aurait voulu que l'auteur de ses jours puisse voir tout cela. La beauté de l'endroit tenait à la fois à son étrangeté et à son côté familier. Les filles en robe courte. Les garçons et leur coiffure extravagante.

« Tu ne vas rien reconnaître », lui avait écrit Debbie. Elle vivait toujours là-bas et travaillait comme médecin au centre hospitalier universitaire. Elle et Craig n'avaient jamais cessé de correspondre pendant toutes ces années. Ils échangeaient un courriel par semaine, bien qu'ils ne se fussent revus qu'à de rares occasions, au hasard des escales en avion de l'un ou de l'autre. Le mari de Debbie était lui aussi médecin. Craig, qui était retourné vivre dans le New Hampshire, avait une femme, deux enfants et une petite maison adossée à une colline. Il avait construit sur son terrain un petit bungalow en dur à l'intention de son père.

« Tu ferais mieux de ne pas venir, Craig. Je serais ravie de te voir, note bien. Mais tu n'as pas idée. Ça va être un coup pour toi – non pas parce que tout va te revenir, mais au contraire parce que tu ne vas rien retrouver. »

Il avait une famille à présent. Il avait écrit et publié un livre. Il avait sillonné le monde pour en faire la promotion, mais n'avait jamais remis les pieds ici.

Voici qu'il était de retour.

Debbie s'était trompée.

Il se souvenait de tout. Rien n'avait changé. Il aurait pu être aveugle comme son père, ou bien fermer les yeux, et retrouver Godwin Honors Hall ou bien l'appartement qu'il avait partagé avec Perry.

Il ouvrirait la porte, et Perry serait là, avec un livre ouvert posé sur la table à côté d'un sandwich. Celui-ci ne prendrait pas la peine de lever la tête. « Salut », dirait-il. Et Craig, plus âgé, stupéfait, resterait planté sur le seuil, tout à la fois heureux et horrifié de le trouver toujours là, toujours en vie.

Il roulait plus lentement maintenant et se frottait les yeux afin de regarder alentour. Il comprit qu'il cherchait Perry. Apparemment, il y avait à chaque coin de rue une fille qui traversait la chaussée, le bras passé au bras d'un garçon. Les trottoirs luisaient, et le ciel était ce néant blême qu'il avait toujours été en cette période de l'année. Le vieil homme qu'était devenu son père toussait dans un Kleenex. Craig lui dit, oubliant son infirmité : « Regarde », au moment où une beauté de plus traversait devant la voiture, écoutant quelque chose dans ses écouteurs, remuant les lèvres en accompagnement.

La rumeur du moteur les environnait. Le père de Craig toussait toujours. Et tout d'un coup, là, cette jolie fille, rejetant ses cheveux par-dessus son épaule, regardant du côté de Craig, croisant brièvement son regard et détournant la tête.

REMERCIEMENTS

Je remercie de tout cœur Lisa Bankoff, Katherine Nintzel et Bill Abernethy pour leurs remarquables conseils et leur inlassable soutien.

Je rends grâce à Antonya Nelson, ma meilleure amie en ce monde comme en tout autre, et à Lucy Abernethy, ma très belle, intelligente et forte belle-fille.

Je remercie de leur soutien de toujours Carrie Wilson, Eileen Pollack, Jill Elder, Nancy Gargano, Holly Abernethy, Andrea Beauchamp, Linda Gregerson, la révérende Doris Sparks, Laura Thomas, Debra Spark, Tony Hoagland et Keith Taylor.

Toute ma gratitude à Sara Johnson-Cardona pour les secrets de fabrication, les conversations distrayantes, et parce qu'elle est la meilleure des étudiantes.

Merci au département d'anglais et au collège résidentiel de l'université du Michigan, ainsi qu'à mes confrères et à mes étudiants pour leur soutien généreux et l'inspiration aux formes multiples qu'ils m'ont apportée.

Enfin, pour m'avoir offert au moment crucial ce conseil parfait relativement à l'intrigue, merci à Jack Abernethy, mon fils et confrère en écriture.

Laura Kasischke
dans Le Livre de Poche

À moi pour toujours   n° 31077

« À moi pour toujours » : tel est le billet anonyme que trouve Sherry Seymour dans son casier de professeur un jour de Saint-Valentin. Elle est d'abord flattée. Mais cet admirateur secret obsède Sherry qui perd vite le contrôle de sa vie. Et la tension monte jusqu'à l'irréparable...

La Couronne verte   n° 31792

Les vacances de printemps aux États-Unis marquent le passage à l'âge adulte pour les élèves de terminale, qui partent une semaine entre eux dans un cadre exotique. Terri, Anne et Michelle optent pour les plages mexicaines et partent visiter les ruines de Chichén Itzá en compagnie d'un inconnu...

En un monde parfait   n° 32350

Jiselle, la trentaine et célibataire, croit vivre un conte de fées lorsque Mark Dorn, un superbe pilote, veuf et père de trois enfants, la demande en mariage. Elle accepte, abandonne sa vie d'hôtesse de l'air pour celle, plus paisible, croit-elle, de femme au foyer.

Rêves de garçons n° 31360

À la fin des années 1970, trois pom-pom girls quittent leur camp de vacances à bord d'une Mustang décapotable dans l'espoir de se baigner dans le Lac des Amants. Dans leur insouciance, elles sourient à deux garçons croisés en chemin. Soudain, cette journée idyllique tourne au cauchemar.

Un oiseau blanc dans le blizzard n° 32492

Garden Heights, dans l'Ohio. Eve nettoie sa maison, entretient son jardin, prépare les repas pour son mari et pour Kat, sa fille. Un matin d'hiver, elle part pour toujours. La vie continue et les nuits de Kat se peuplent de cauchemars.

Le Livre de Poche s'engage pour l'environnement en réduisant l'empreinte carbone de ses livres. Celle de cet exemplaire est de : 650 g éq. CO_2 Rendez-vous sur www.livredepoche-durable.fr

PAPIER À BASE DE
FIBRES CERTIFIÉES

Composition réalisée par NORD COMPO

Achevé d'imprimer en février 2013 en France par
CPI BRODARD ET TAUPIN
La Flèche (Sarthe)
N° d'impression : 72255
Dépôt légal 1re publication : janvier 2013
Édition 03 – février 2013
LIBRAIRIE GÉNÉRALE FRANÇAISE
31, rue de Fleurus – 75278 Paris Cedex 06